Rudolf Habringer

Engel zweiter Ordnung

Das ist ein Roman. Die Handlung und seine Figuren sind frei erfunden.

Grafische Gestaltung: Dorothea Löcker, Wien
Umschlagabbildung: © Alfred Buellesbach/buchcover.com
Druck und Verarbeitung:
Druckerei Theiss GmbH, St. Stefan im Lavanttal
ISBN 978-3-85452-669-8

Informationen über das aktuelle Programm
des Picus Verlags und Veranstaltungen unter
www.picus.at

Rudolf Habringer

Engel zweiter Ordnung

Roman

Picus Verlag Wien

Einen Engel ersten Grades habe ich erwartet, auf einen Engel zweiten Grades war ich aber nicht vorbereitet.

Franz Kafka, Tagebücher

Prolog

Der erste Tag

Der Schrei des Kindes gellte über den See, durchdringend, keinen Aufschub erlaubend. Der Neunjährige verschmolz mit ihm, für einen Augenblick war er der Schrei, eine einzige Anspannung, die seine Lungen bis zum Zerreißen dehnte.

Nie mehr hatte er so laut geschrien wie damals, dachte der Erwachsene später und immer dann, wenn er, selten, in die Gegend und an den See kam.

In der Erinnerung war der Schrei wie ein Pfeil über das Wasser gerast und gegen die Felsen der aufragenden Berge geprallt; in seiner Erinnerung hatte sich ein riesiges Echo gebildet, der See und die ganze Umgebung waren erschüttert worden. Nur einmal im Leben hat man die Kraft für so einen Schrei, dachte er.

Der See lag ruhig, das Wasser glänzte, die Oberfläche wie eine dünne Haut, kaum ein Windhauch strich die Wellen. Das Wasser war frisch, kalt, grün, dunkel. In den Tagen zuvor hatte es stark geregnet, der See wurde von einem Zufluss aus einem Gletscher gespeist und erwärmte sich in den Sommermonaten wenig.

Sein Schrei gellte über das Wasser und blieb ungehört. Als hätte er gar nicht geschrien, als hätte er sich die Anstrengung seiner Lungen eingebildet, als wäre das gelauschte Echo bloß Chimäre gewesen.

Niemand hörte, niemand kam, niemand half. Kein Mensch, kein Engel und kein Gott.

Dann folgte ein leises Wimmern, ein lang gezogenes Heulen. Ihm war, als krieche ihm ekeliges Gewürm über Rücken und Nacken. Unendlich langsam kroch es über das Kind, einen unselig lähmenden Atemzug lang.

Dann folgte die Stille. Ruhig glitt das Boot über das Wasser. Unmerklich zog das Ufer an ihm vorbei.

Der Tag beginnt heiter, unbeschwert.

Ein schöner, wolkenloser Tag, frisch der Morgen. Wir machen einen Ausflug, sagt der Vater mit einem Flirren in der Stimme. Arnold braucht nicht nachzufragen: Der Vater ist gut aufgelegt. In einem Greißlerladen werden Semmeln gekauft, belegt mit Wurst und Gewürzgurkenscheiben, dazu Bier für die Erwachsenen, Limonade für die Kinder. In der Stadtrandsiedlung wird die fremde Frau mit ihrer Tochter abgeholt. Die Frau trägt ein weißes Sommerkleid mit roten Punkten und heißt Inge, ihre Tochter Annette, sie ist zwei Jahre jünger als Arnold. Sie ist schüchtern und trägt ein Kleid, das dem ihrer Mutter ähnelt, dazu eine violette Handtasche in der Form eines kleinen Tornisters. Arnold hat seine Sonntagslederhose angezogen. Der Vater sitzt am Steuer und raucht. Das macht er selten. Er unterhält sich mit der fremden Frau. Er lacht viel und schaut Inge zärtlich an. Annette hält den Tornister eng an sich gepresst und blickt aus dem Fenster. Langsam rückt der Berg, der Kalkstein am See, näher, wird groß und größer. Ganz oben am Gipfelplateau blinkt eine Hütte in der Sonne.

Gleich sind wir da, sagt der Vater. Er hat den Segelführerschein gemacht. Bei einem Verleih wird ein Segelboot ausgeborgt. Eine Chichester, Typ Zugvogel, sagt der Verleiher, ein untersetzter Mann im Unterhemd mit braun gebrannten Oberarmen. Schwimmwesten für alle, sagt der Vater. Der Verleiher legt die Westen ins Boot und hilft beim Ablegen. Herrlich, sagt Inge, und Annette lässt ihre Hand in das Wasser gleiten. Ihr macht es euch bequem und ich bin der Kapitän, sagt der Vater und setzt ein kleines Segel. Noch weht kaum Wind, er muss ein bisschen rudern, damit sie vom Ufer wegkommen. Sie segeln quer über den See, sanft gleitet das Boot durchs Wasser. Der Vater singt ein Lied. Arnold hat ihn lange nicht mehr singen gehört, Inge versucht sich an einer zweiten Stimme. Als sie mit dem Lied fertig sind, lachen sie. Das klingt doch ganz passabel, meint der Vater. Er hat seinen Fotoapparat mitgebracht. Er möchte ein Foto von Arnold und Annette machen. Annette mag sich nicht zu nahe zu Arnold setzen. So hab dich nicht so, mahnt ihre Mutter. Dann schlüpft Arnold in die Rolle des Fotografen. Der Vater legt den Arm um Inges Schultern. Arnold stellt die Blende und die Entfernung ein. Der Arni ist unser perfekter Fotograf, sagt der Vater. Dann werden die Wurstsemmeln ausgepackt. Annette mag keine Gurken. Sie weiß nicht, wohin mit ihnen. Der Vater gibt die Erlaubnis. Für die Fische, sagt er lachend, sie sollen auch etwas haben. Die Gurkenstücke platschen ins Wasser und versinken.

Später legt das Boot auf der gegenüberliegenden Seite des Sees an, bei einem bekannten Ausflugsgasthaus. Beim Anlegen springt Arnold ans Ufer, um das Boot zu vertäuen. Sie sitzen im voll besetzten Gastgarten. Arnold bekommt Frankfurter Würstel, Annette hat keinen Appetit, Inge trinkt dunkles Bier und isst Kalbsbraten, Vater nimmt ein Wiener Schnitzel, sein Lieblingsessen, wie Arnold weiß. Nach dem Essen legt er den Arm wieder um Inge und spielt mit ihren Locken. Ihr könnt ja spielen gehen, schlägt er den Kindern vor. Arnold läuft mit Annette zum See. Mehrere Schwäne sind ans Ufer gekommen und schnappen nach den Semmelstücken, die ihnen Arnold zuwirft. Annette streift die Sandalen ab und hält die Füße ins Wasser. Schnell zieht sie sie wieder zurück. Kalt, sagt sie und schüttelt sich. Arnold watet ein kleines Stück in den See hinein. Nicht weit, dann beginnt das Tiefe. Die Kälte zieht an den Beinen, schneidet ein, beißt sich an den Waden fest.

Sie segeln weiter. In der Nähe des Strandbads haben sich die Teilnehmer einer Regatta versammelt, eine Herde aus weißen Segeln, die aufgeregt im Wasser zappeln. Dann fällt ein Schuss. Die Karawane aus Booten setzt sich seeaufwärts in Bewegung.

Am Ende des Feldes ein paar motorisierte Begleitboote. Wir folgen ihnen ein Stück, meint der Vater. Wir fahren mit, außer Konkurrenz. Der Wind bläst noch immer schwach, es ist heiß geworden, ein schwüler Tag. Inge trägt einen Sonnenhut, für Annette hat sie Knoten in ein Taschentuch geknüpft, das sie ihr auf den Kopf setzt. Der Taschentuchhut will nicht halten. Süß schmeckt die Limonade, Arnold fährt mit den Fingern das gerillte Flaschenglas entlang. Langsam entschwindet die Regatta aus dem Blickfeld. Noch ein Foto, ruft der Vater, dann fahren wir zurück. Auch ihm ist heiß, er schwitzt. Eine Zeit lang hat er die ringsum liegende Landschaft und die Berge erklärt, Traunstein, Grünberg, den Grasberg, auf den Miesweg und die Kaltenbachwildnis hingewiesen, die Namen der am See liegenden Orte genannt, dann ist er, müde geworden, verstummt. Geräuschlos und langsam gleitet das Boot durch das Wasser. Junger Fotograf, ein Foto bitte. Der Vater drückt Inge an sich, Annette setzt sich auf Inges Schoß. Arnold justiert die Kamera und drückt ab. Hast du den Traunstein im Hintergrund?, fragt der Vater. Arnold nickt. Und jetzt auch noch eines mit dem Boot, bittet der Vater. Ein bisschen was soll man auch vom Segel sehen. Setzt euch doch, sagt er und deutet auf die Segelstange. Wie meinst du, fragt Inge. Na hier, sagt der Vater und setzt sich. Mit seinem Hintern ragt er aus dem Boot. Inge setzt sich neben ihn, Annette zwängt sich dazwischen. Wie die Hühner auf der Leiter, kommentiert der Vater. Das Boot bekommt eine leichte Schlagseite und neigt sich dort, wo der Vater und Inge sitzen, zum Wasser hin. Beinahe berührt die Bordkante die Wasseroberfläche.

Dann: das Geräusch von splitterndem Holz, von reißendem Segeltuch, ein kurzer, spitzer Aufschrei von Inge. Die drei fallen ins Wasser. Arnold drückt auf den Auslöser.

Die Wasseroberfläche ist dunkel, fast schwarz. Eine Hand paddelt, schlägt um sich, greift ins Leere, verschwindet im See. Der Vater ist ein guter Schwimmer, weiß Arnold. Das Wasser ist kalt.

Wild schaukelt das Boot vor und zurück. Der Mast ist gebrochen, das Segel in Fetzen. Um das Boot ein kleiner Ring von Wellen, als würde es leise Nachricht flüstern, eine unbedeutende Bewegung an der Wasseroberfläche, dann ist es wieder ruhig.

Sekunden der Stille. Dann der Schrei, der über den See hallt.

Auf den Planken eines Segelboots mit gebrochenem Großbaum und gerissenem Segel hockt ein neunjähriges Kind. Neben ihm ein Rucksack mit den Resten von Limonade und Bier, daneben ein Fotoapparat, ein Sommerhut, vier Schwimmwesten, unbenützt. Langsam treibt das Boot, von niemandem geführt, mehr als hundert Meter vom Ufer entfernt, von einer leichten Brise angetrieben, südwärts. Weit entfernt ein Schiffshorn, das laut tutend den Einlauf der Regattenteilnehmer verkündet. Irgendwo rattert ein Zug vorbei.

Es gibt keine verbürgte menschliche Erinnerung an diesen Vorfall, an diese eine halbe Stunde, in der das Segelboot führerlos über den See schaukelt. Das Kind, das jetzt erwachsen ist, erinnert sich nicht mehr, hat alles, was von dem Schrei an geschah, ausgeblendet, vergessen, verdrängt. Vielleicht ist da noch die Ahnung von gleißendem Licht, von einer flirrenden Spiegelung im Wasser, vielleicht von einem Gefühl der Ohnmacht, der Schwere. Der Erwachsene, der sich als Kind erinnert, weiß, dass alles, was er zu erinnern glaubt, Einbildung ist, spätere Konstruktion.

Geblieben sind zwei Zeitungsausschnitte, die zu beschreiben behaupten, was sich in dieser Stunde ereignet hat. Ein Gesicht, das sich über das Kind in dem Boot beugt: Es gehört dem Fahrer eines Elektroboots, das in einiger Entfernung am Segelboot vorbeifährt, zuerst das zerrissene Segel bemerkt, dann das Rufen des Kindes hört, näher kommt und beim Segelboot anlegt. In den Zeitungsausschnitten, die sich in einer Dokumentenmappe des Erwachsenen befinden, stehen die Worte *verstört und verängstigt*. Und lassen das Kind einen Satz sagen: *Vati, wo bist du?* Unentwegt: *Vati, wo bist du?* Keine Antwort auf diesen Satz seither.

Der Fahrer des Elektroboots bringt das Kind ans Ufer, ruft Wassergendarmerie und Rettung. Während Boote hinaus auf den See fahren, um mit der Suche nach den Vermissten zu beginnen, wird der Neunjährige von einem Gendarmen befragt. Zunächst bleibt unklar, wie viele Personen ins Wasser gefallen sind. Vielleicht steht im Protokoll des Beamten, was ihm das Kind gesagt hat, der Erwachsene, der das Kind gewesen ist, hat keine Erinnerung mehr an die Befragung. Der Fahrer des Elektroboots ist verstorben, der Polizist lange schon im Ruhestand und es ist ungewiss, ob er noch am Leben ist. Der Vorfall jedenfalls ist längst geklärt, vielleicht existiert noch ein Protokoll irgendwo in einem Archiv, oder es ist verschollen oder bereits vernichtet.

Während der Beamte durch sanftes Zureden etwas aus dem Kind *herauszubringen* versucht, vollzieht sich im Kind, so hat der Erwachsene später den Vorgang rekonstruiert, eine Wandlung. Ohne äußeres Zutun und ohne äußere Anzeichen: An diesem Nachmittag am See wird das neunjährige Kind erwachsen. Als man es schließlich nach der Befragung, nach einer ersten Labung mit einem Glas Süßsaft, *wegführt*, ist es erwachsen. In einem Moment der Scharfsicht und Klarheit weiß es, was es zu halten hat. Von allem.

Vati, wo bist du? Der Vater ist nicht da. Das ist so, weil es so ist.

Was ist vom Leben zu erwarten? Nichts. Von niemandem.

Später setzt die Erinnerung wieder ein. Ein schattiger Garten mit Obstbäumen, eine Schaukel, ein Hund, zutraulich und ungefährlich. Die Frau des Gendarmen. Ein Stück Zwetschkenkuchen. Eine freche Wespe, über die ein Glas gestülpt wird. Eine Hand, die über seinen Kopf streicht. Der seltsame Geruch eines fremden Badezimmers. Eine Toilette mit Spülung. Ein Mädchen, Katharina, die Tochter des Gendarmen und seiner Frau. Sie trägt Zöpfe und ist sieben Jahre alt. Dann möchte er seinen Namen nennen. Die Kehle ist wie zugeschnürt, er bringt nur ein unverständliches Krächzen zustande. Nur Schauen ist möglich, seine Augen sind jetzt wahrscheinlich riesengroß. Er folgt dem Mädchen, das ihm seine Spielsachen zeigt, einen Kinderwagen, einen Gummiball, ein Sprungseil.

Nebenan läuft ein Radiogerät, die Übertragung eines Fußballspiels. Ein Spiel ist zu Ende, auf das Ende eines anderen wird noch gewartet, dann überschlägt sich die Stimme des Reporters: Der LASK ist Meister, der LASK ist Meister!

Interessierst du dich für Fußball?, fragt ihn der Gendarm. Du bist doch aus Linz? Kennst du den LASK?

Die Erinnerung an eine Schwäche, die ihn in diesem Moment wegzuschwemmen droht. Die Erinnerung, genau bei dieser Frage an den Vater gedacht zu haben. Genau in diesem Moment *Vati, wo bist du?* gedacht zu haben.

Ja, den LASK kennt er. Der LASK ist Meister?, fragt er den Polizisten. Ja, der LASK ist Meister, antwortet dieser. Das Wunder ist perfekt, jubelt der Radioreporter.

Den LASK hat er ein paarmal gesehen. Im Linzer Stadion. Gemeinsam mit dem Vater. Bevor ihn die Schwäche anweht, verbietet sich das Kind, sich zu erinnern, und erinnert sich doch: an Chico, an Liposinovic, an Sturmberger.

Das Mädchen möchte mit ihm spielen. Sie hatte den Auftrag, mich abzulenken, denkt der Erwachsene später über diese Stunden im Garten, er ist sich nicht sicher, ob Katharina *informiert* war oder sich einfach freute, unvermutet einen Spielkameraden für einen Nachmittag zu haben. Sie spielen Ball gegen die Wand, sie schieben sich gegenseitig bei der Schaukel an, sie springen Schnur, Katharina ist geschickt. Ihre Augen sind dunkel, sie gefällt ihm. Er sagt nichts und schaut sie nur mit großen Augen an. Stoß mich an, sagt sie und er gibt der Schaukel einen Schubs. Zehnmal, sagt sie, wirft den Ball gegen die Wand, dreht sich um und fängt den Ball wieder auf. Und jetzt du. Er tut es.

Jemand hat das Radio abgedreht. Die Frau deckt den Gartentisch zum Kaffee. Später kommt Besuch. Jemand bittet den Gendarmen, immer noch in Uniform, mitzukommen, es müssten noch Fragen geklärt werden. Spiel du mit ihm, sagt jemand zu Katharina.

Dann gehen sie ins Haus. Ein fremdes Kinderzimmer. Schulhefte. Ein Stammbuch. Ein Pierre-Brice-Poster. Ein Brettspiel. Sie spielen Mensch ärgere Dich nicht, und der Bub gewinnt. Sie hat mich gewinnen lassen, denkt der Erwachsene, sie hat Rücksicht auf mich genommen. Einmal werde ich sie fragen können, ob sie es aus Mitleid getan hat. Ob das ihr Motiv gewesen ist.

Zweiter Tag

Er erwachte in einem fremden Zimmer, wie aus einer Ohnmacht. Die Tuchent lag schwer auf ihm, das Leintuch fühlte sich rau an, die Luft war klar, das Fenster gekippt. Draußen im Garten tschilpten Vögel, der Himmel war blau. Er wusste nicht, wie er in das Zimmer gekommen war. Er hatte das Gefühl, in Watte gebettet zu sein, er sah sich in einer Wolke liegen, schwebend. Plötzlich stand jemand neben ihm, die fremde Frau, die ihm wieder über das Haar strich. Wir kennen uns nicht, sagte er unhörbar zu der Frau und ließ ihre freundliche Geste geschehen.

Dann fiel ihm ein, was am Vortag geschehen war. Er spürte, wie das Schwanken des Bootes in seinem Körper nachhallte, er wusste, dass die Vorstellung, auf Wolken zu schweben, die Erinnerung seines Körpers an den Tag zuvor war. Sie kennt mich nicht, dachte er, als ihm die fremde Frau über den Kopf strich, sie weiß nicht, dass ich erwachsen bin.

Erwachsen sein heißt allein sein. Das dachte das Kind, neun Jahre alt, am Tag, nachdem es erwachsen geworden war. Ein zweiter Satz schob sich nach: Jetzt muss ich mich selber erziehen.

Wenn der Erwachsene später an das Kind dachte, das er gewesen war, wusste er nicht mehr zu unterscheiden. Waren das Sätze, die er dem Kind von damals unterstellte, oder hatte er als Kind damals, am Tag nach dem Unfall, tatsächlich so gedacht?

Im Kind versteckt verhüllte sich seit gestern ein anderer, für niemanden erkennbar als für es selbst. Sein kindliches Erscheinungsbild war nur mehr eine Hülle, eine Tarnkappe, eine Verkleidung für die Erwachsenen. Ein Mantel hüllte ihn ein, ein Schutzschild umgab ihn, der ihn unangreifbar, unverletzlich machte.

Jahre später sah der Erwachsene Aufnahmen eines Jungen, der an einer seltenen Immunschwächekrankheit litt und deswegen nicht mit der normalen Atemluft in Berührung kommen durfte; der Junge steckte in einem Ganzkörperanzug, der dem eines Raumfahrers ähnelte. Der Junge konnte gehen, hantieren, sich bewegen, langsame Drehbewegungen ausführen, sogar essen, immer geschützt durch den Anzug, der ihn am Leben hielt. Der Erwachsene hatte die Aufnahme des Jungen in einer Fernsehdokumentation gesehen und gedacht: So bin ich gewesen. So habe ich mich gefühlt, ohne dass mir jemand etwas angesehen hätte.

Er wusste nicht, wie er in das Zimmer gekommen war. Anderntags war das Mädchen Katharina wieder um ihn herum. Sie sprach leise und deutlich, ununterbrochen mit ihrer Puppe spielend, ihn in das Spiel einbeziehend. Wenn sie mit der Puppe sprach, suchte sie immer wieder den Augenkontakt mit ihm, löste den Blick, sprach wieder einige Sätze mit der Puppe, gab ihr Anweisungen, sah dann wieder zu ihm hin. Der Blick, der ihn aus ihren dunklen Augen traf, baute eine Brücke zwischen ihnen, eine unsichtbare Verbindung. Vielleicht hatte Katharina damals als Einzige die Hülle um ihn herum gesehen, dachte er später.

Er stellte sich vor, Katharinas Blick hätte eine Sichtbrücke, ein kunstvolles Gerüst aus Licht zwischen ihnen erbaut, und als sie den Blick löste, hatte sich die Brücke aus Licht geteilt. Jeder von ihnen trug seither einen Teil der Brücke, unsichtbar für alle, mit sich herum.

Mein platonisches Modell als Kind, die Lego-Version, hatte er später gedacht. Die Vorstellung hatte sich ihm stark eingeprägt, sich später zwar abgeschwächt, war aber nie verschwunden. Von diesem Tag an ging er mit der Hälfte einer Brücke vor seinen Augen durch die Welt, immer auf der Suche, den anderen Teil dieser Brücke zu finden, sie wieder zu vervollständigen.

Man ging sorgsam mit ihm um, als wäre er ein kostbarer, zerbrechlicher Gegenstand. Die Frau bereitete ihm ein Frühstück, vielleicht hatte er eine Schale Kakao getrunken und eine Buttersemmel gekaut, dann kam der Gendarm, in dessen Haus er die Nacht verbracht hatte, zu ihm und sagte ihm, was er schon wusste.

Der Mann sprach sanft, hatte buschige Augenbrauen, sie waren allein im Zimmer, Katharina (und ihre Lichtbrücke) war nicht im Raum, der Mann beugte sich über ihn und sprach.

Seine Sätze kamen warm über den Neunjährigen, wie lauwarme sprenkelige Schauer aus einer Dusche, Sätze der Schonung, des Trostes. Der Klang der Stimme des Gendarmen beruhigte. Vor jedem Satz, zu dem der Gendarm vorsichtig ansetzte, hatte das Kind das Gefühl, bereits zu wissen. Es wusste, dass es keiner Schonung bedurfte, es war ja in seiner Schutzhülle und in Sicherheit. Doch der Beamte wusste nicht, zu wem er sprach.

Sie hatten Arnolds Mutter tags zuvor nicht ausfindig machen können; sie, die schon länger mit einem anderen Mann zusammenlebte, hatte, wie Arnold mit seinem Vater, einen Ausflug gemacht und war erst am Abend über Umwege telefonisch erreicht und verständigt worden.

Sie hatten auch die Großeltern von Arnold, die Eltern des Vaters, die in der Stadt am See wohnten, nicht erreichen und verständigen können. Sie sind mit den *Keramiksenioren* in Südtirol, sagte der Gendarm, und dass er das Kind jetzt zu seiner Mutter nach Linz bringen werde. Das Wort *Keramiksenioren* tanzte vor der Schutzhülle des Kindes und drang schließlich in sie ein.

Weil das Kind bereits wusste, was geschehen und wie alles ausgegangen war, sah es *eigentlich* keinen Anlass, so wie am Vortag den Gendarmen nach dem Verbleib des Vaters zu fragen. Aus Wohlverhalten und um den Mann nicht zu irritieren, hatte das Kind den Gendarmen dann doch nach dem Verbleib des Vaters und seiner Begleiterin und deren Tochter gefragt. Und der Gendarm hatte die Nachricht, die auszusprechen ihm so schwerfiel, aussprechen und sich von einem Druck befreien können. Der Gendarm hatte ihn angesehen und erleichtert gewirkt, als ihm das Kind die erwartete Frage gestellt hatte. Der Vater sei gefunden worden, ja. Und die Frau und das Mädchen auch.

Der Gendarm hatte nicht gesagt, wohin man den Vater gebracht hatte, und seine Freundin und das Kind, und der Junge hatte ihn nicht danach gefragt, sondern in den Vorschlag des Gendarmen eingewilligt, zu seiner Mutter nach Linz gefahren zu werden.

Katharina bedauerte, dass er nicht mehr mit ihr spielen konnte. Für einen Augenblick fanden sich die Teile ihrer Lichtbrücke noch einmal zusammen und war es ihm möglich, auf ihr bis zu den dunklen Augen des Mädchens zu gelangen. Er verabschiedete sich von Katharina, um ein Geheimnis wissend.

Später, als der Erwachsene Professor für Literatur geworden war und eine Vorlesung zur Geschichte der großen Liebesromane der Weltliteratur vorbereitete, fiel ihm seine kindliche Vorstellung der Augenbrücke wieder ein und er schlug in Lexika nach, ob sich ähnliche Topoi in der Literatur fänden. Auch hatte er in seiner Vorlesung einen Exkurs zum Thema Kitsch und wann und in welchen Zusammenhängen bestimmte Motive als kitschig empfunden würden eingeplant. Die Idee, das Bild der Lichtbrücke im Rahmen seiner Vorlesung öffentlich, wenn auch nicht autobiografisch darzustellen, hatte er in einer plötzlichen Entscheidung und nach einem heftigen, aber kurzen Schamanfall an seinem Schreibtisch im Institut für Germanistik in Regensburg verworfen und das Motiv weiterhin seiner privaten Geschichte und Erinnerung zugeschlagen. Darin hatte jeder etwaige Kitsch Platz, solange er Anspruch auf Tatsächlichkeit in seiner Erinnerung beanspruchen konnte: So und nicht anders war es gewesen. Er konnte keinen Zeugen für seine Vorstellung aufrufen, Katharina schon gar nicht. Niemandem, nicht einmal seiner Frau, hatte er je davon erzählt.

Am Nachmittag des darauffolgenden Tages brachte ihn der Gendarmeriebeamte, in dessen Haus Arnold die Nacht verbracht hatte, in seinem Privatauto nach Linz zu seiner Mutter.

Arnold saß im Fond des Wagens, eines VW-Käfers, und drehte sich einmal um: Im ovalen Rückfenster wurde der Traunstein kleiner und kleiner. Die Frau des Gendarmeriebeamten hatte dem Kind ein belegtes Brot mitgegeben, eingewickelt in Butterbrotpapier, Arnold rührte es nicht an, der Gendarmeriebeamte schwieg während der Fahrt.

Die Fahrt verlief ereignislos, Arnold schaute aus dem Wagen und beobachtete die Autos, von denen sie überholt wurden und die sie ihrerseits überholten. Familien, die das Wochenende an den Seen verbracht hatten, kehrten in die Hauptstadt zurück. Im Heck eines Ford entdeckte er einen aufgepumpten Schwimmreifen, aus dem Fond eines anderen Autos winkten Kinder, Arnold winkte beim Überholen hinüber und hoffte, der Gendarm würde nicht bemerken, dass er aus dessen Auto winkte. Ihn wunderte, dass der Beamte die Uniform trug, obwohl er doch nicht im Dienst zu sein schien, da er sonst mit einem Einsatzwagen gefahren wäre. Er wagte nicht, den Beamten nach dem Grund zu fragen.

Die Mutter war von ihrem Ausflug zurückgekehrt. Als Arnold mit dem Beamten beim Häuschen in der Stadtrandsiedlung eintraf, kam ihnen Mutters zweiter Mann Horst, ein untersetzter, bulliger Typ mit kurzen, nach hinten gekämmten Haaren, bei der Gartentür entgegen und bat sie in den Obstgarten, wo sich die Familie aufhielt. Die Mutter saß in der kleinen Laube und stillte ihre Tochter, Andrea, die gerade ein Jahr alt geworden war, Arnolds Stiefschwester. Er hatte sie erst wenige Male gesehen. Als die Mutter ihn sah, stand sie auf, legte ihre Tochter in die Wiege und ging auf Arnold zu. Arnold blieb mitten in der Wiese stehen, die Mutter drückte ihn wortlos an sich. Arnold spürte keinen Impuls, den Druck zu erwidern, er ließ das An-sich-Drücken durch die Mutter geschehen; dann ließ sie von ihm ab, um den Beamten zu begrüßen.

Arnold sah, dass Horst, der kurze Hosen trug und ein Unterleibchen, das sich über einen beachtlichen Bauch wölbte, stark schwitzte. Horst suchte deshalb, nachdem er den Beamten an den Gartentisch, an dem zum Kaffee gedeckt war, gebeten hatte, einen Platz im Schatten eines Obstbaums auf. Es war noch immer heiß und schwül. Um einen Streuselkuchen kreisten Wespen, die die Mutter zu verscheuchen versuchte.

Schrecklich, schrecklich, sagte Horst mehrmals. Die Mutter hatte vorher etwas zum Beamten gesagt, was Arnold nicht gehört hatte. Sie hielt die Hände vor die Brust gepresst.

Erst jetzt bemerkte Arnold, dass sich noch jemand im Garten aufhielt. In einem Plastikzuber planschte Renate, Horsts ältere Tochter. Sie war drei Jahre jünger als Arnold. Sie hatte er noch seltener gesehen als seine Halbschwester Andrea. Arnold erinnerte sich, dass Renate einmal, als ihr Dolores, seine Mutter, ein Honigbrot geschmiert hatte, dieses nicht gegessen, sondern in einem unbeaufsichtigten Moment einfach unter die Küchenbank geworfen hatte. Arnold hatte den Vorgang beobachtet, seine Mutter aber nicht darauf aufmerksam gemacht. Renate war ihm unsympathisch, er mochte ihr keinen Anlass geben, böse auf ihn zu sein, deshalb verriet er sie nicht. Renate wohnte bei ihrer leiblichen Mutter, Horsts erster Frau, mehr wusste Arnold nicht von ihr.

Spielt doch ein wenig miteinander, ermunterte ihn die Mutter und deutete auf Renate, die so tat, als würde sie Arnold nicht bemerken. Arnold begriff, dass ihn die Mutter in Wahrheit aufgefordert hatte, vom Kaffeetisch aufzustehen und wegzugehen, weil sie und Horst dem Beamten Fragen zu stellen hatten, die er nicht hören sollte. Arnold tat so, als würde er auf die Bemerkung der Mutter, die bloß eine geheuchelte Aufforderung gewesen war, eingehen und vermied in seiner Reaktion jeden Hinweis darauf, dass er verstanden hatte, was die Mutter in Wahrheit von ihm gewollt und durch sein Weggehen letztlich auch erreicht hatte. Er stellte sich neben den Badezuber, in dem Renate nackt saß und so tat, als bemerkte sie ihn nicht. In ihren Händen hielt sie eine gelbe Plastikente, die sie mehrmals unter die Wasseroberfläche drückte, worauf die Ente jedes Mal wieder hochschnellte und Renates kleinen Händen entglitt. Während Renate mit der gelben Ente das Untertauchspiel spielte, betrachtete Arnold den kleinen Schlitz zwischen ihren Beinen und stellte sich vor, wie Wasser durch ihn in Renates Körper eindrang und sie sich wie ein Schwamm mit Wasser vollsaugte. Arnold überlegte, wie es wäre, wenn man mit einer Stecknadel in den Bauch von Renate stach, so wie man beim Braten einer Ente in die Hautkruste stach, um zu sehen, ob sie schon durch war. Er überlegte, ob dann Wasser aus dem Körper von Renate spritzen würde. Als er seiner Überlegung, die er ungeprüft beenden musste, überdrüssig wurde, schnappte er sich einen Ball, der im Gras lag, und begann, ihn gegen eine hölzerne Schuppenwand im hinteren Teil des Gartens zu schießen. Immer wenn er die Wand traf, war ein schepperndes Geräusch zu hören. Aus den Augenwinkeln beobachtete er, wie sich die Erwachsenen dazu verhielten, dass er mit dem Ball Lärm verursachte. Kurz vermeinte er, dass sich alle drei, die Mutter, Horst und der Beamte, zu ihm umdrehten, als die Schuppentür knallte, dann begriff er, dass sie ihn an diesem Tag schonen würden und er den Ball gegen die Holzwand schießen konnte, so fest und so oft er wollte.

Schnell war er dabei, das Spiel des LASK gegen den GAK, das er im Stadion miterlebt hatte, und die Ballstafetten zwischen Sturmberger, Liposinovic und Chico nachzuspielen. Er wusste noch genau die Reihenfolge der Tore: Viehböck hatte zweimal getroffen, der junge Köglberger einmal, kurz vor Schluss hatte Cäsar Sabetzer den 4:0-Erfolg komplett gemacht. Cäsar, das heißt der Kaiser, hatte ihm der Vater erklärt. Am Tag vor diesem Spiel hatte sich Sabetzer entschlossen, für ein weiteres Jahr beim LASK zu unterschreiben, der Moment seines Torschusses bestätigte den Zuschauern, dass Sabetzer noch mit ganzem Herzen bei der Mannschaft war. In dem Moment, als ihn seine Fantasie vom Spiel auf dem Rasen weg auf die Tribüne und zu seinem Vater ziehen wollte, der ihm erklärte, was Cäsar bedeutete, zwang Arnold sich, sich wieder auf das Spielgeschehen zu konzentrieren. Es galt, die letzten Spielminuten ohne Gegentor zu überstehen. Nach der Niederlage schlichen die GAK-Spieler deprimiert vom Platz, für ihre Mannschaft bestand nun akute Abstiegsgefahr.

Später bemerkte er, wie der Gendarmeriebeamte aufstand und sich bei der Mutter und bei Horst bedankte. Arnold empfand das Aufstehen des Gendarmeriebeamten als Aufforderung, wieder zum Kaffeetisch der Erwachsenen zurückzukommen. Die Mutter und Horst waren ebenfalls aufgestanden, auf dem Tablett stand der Rest des Streuselkuchens. Arnold sah, dass der Beamte seinen, Arnolds, Rucksack auf der Wiese neben dem Eingang ins Haus abgestellt hatte.

Die Mutter, Horst und Arnold begleiteten den Beamten bis zur Gartentür, wo sich dieser von allen mit Händedruck verabschiedete. Alles Gute, sagte er Arnold zum Abschied, und Arnold überlegte, ob er sich bei dem Gendarmen bedanken sollte. Die Mutter kam ihm aber zuvor und bedankte sich dafür, dass der Beamte ihn *gebracht* hatte, wie sich die Mutter ausdrückte. Schweigend sahen sie zu, wie er in den VW-Käfer einstieg und langsam die Sackgasse, in der sich das Häuschen von Mutter und Horst befand, zurückfuhr. Zum Abschied hob Horst seinen Arm, ohne zu winken. Er hob ihn lediglich ungefähr bis zur Höhe seiner Schläfe hoch. Wenn er diese Geste fortgesetzt hätte, wäre es möglich gewesen, dass er sich durch die Haare gefahren wäre. Horst hob seinen Arm einen Augenblick in die Luft und ließ ihn dann wieder sinken.

Wenig später kam noch einmal Besuch. Besuch, der von Horst und der Mutter offenbar bereits erwartet worden war. Eine kleine, dicke Frau mit stämmigen Waden, schwer atmend, die Arnold nie zuvor gesehen hatte und die er durch den Begrüßungsvorgang als Margarete, Horsts erste Frau identifizierte, in Begleitung eines Mannes, der sich Fritz nannte, auch er untersetzt und dick, mit kurzen, rötlich blonden Locken. Von der Statur her sahen sich Fritz, der nun offenbar Margaretes Ehemann war, und Horst, der ihr erster Mann gewesen war, durchaus ähnlich. Die beiden Männer schienen sich zu kennen und gaben einander die Hand. An der Hand von Margarete ging ein Bub, der sich schüchtern an seine Mutter drängte. Auch ihn hatte Arnold noch nie gesehen; der Bub mochte vielleicht drei Jahre alt sein und scheute jeden Blickkontakt. Das Einzige, was Arnold an dem Kind auffiel, waren seine deutlich abstehenden Ohren. In Arnolds Schule wurden solche Kinder *Flieger* genannt. Arnold beobachtete, ob er bei Margarete oder Fritz, offenbar den Eltern des Kindes, Auffälligkeiten an den Ohren erkennen konnte. Die Ohren von Margarete und Fritz zeigten keine Auffälligkeiten. Das ist der Arni, sagte Margarete zu ihrem kleinen Sohn, und zu Arnold gewandt: Und das ist der Hari. Arnold hörte sich, wie er Servus zu dem Kind sagte, das nicht weiter zu ihm aufsah, Dolores bat die Ankömmlinge in den Garten.

Die Besucher waren gekommen, um Renate abzuholen. Dann saßen sie um den Gartentisch, an dem der Kaffee ausgegangen und der Kuchen fast aufgegessen war. Ein Anstandsstück war auf dem Tablett liegen geblieben. Horst holte eine Flasche Cognac aus dem Haus und schenkte eine Runde ein. So saßen sie um den Tisch, zwei Frauen, Dolores und Margarete, jeweils mit ihren zweiten Ehemännern, dazu vier Kinder, Arnold, Renate, Harald und das Kleinkind Andrea, die von drei verschiedenen Vätern stammten. Einer der Männer, Arnolds Vater, war am Vortag im Traunsee ertrunken, Arnold konnte sich nicht erinnern, dass sich das Gespräch am Gartentisch um das Unglück vom Vortag gedreht hätte. Möglicherweise, dachte er, hatten sie bereits darüber geredet, als Fritz und Margarete am Morgen Renate zu Horst gebracht hatten und er, Arnold, als der Betroffene des Unglücks, noch nicht da gewesen war. Stattdessen unterhielten sich die Männer über den sensationellen Meisterschaftssieg des LASK. Bis lange nach Mitternacht sei in der Landstraße in der Nähe der

Blumau gefeiert worden, wusste Fritz zu berichten, das habe doch niemand vorher geglaubt, dass der LASK partout nach der letzten Runde und damit endgültig an der Spitze der Tabelle stehen würde. Während die Männer den Sieg des LASK und wie sie sein Zustandekommen mitbekommen hatten, diskutierten, sprachen die beiden Frauen abwechselnd über Renate, die sehr brav gewesen sei, wie Dolores nicht aufhören konnte zu betonen, und den kleinen Harald, der, obwohl er schon drei Jahre alt war, sich mit dem Sprechen noch sehr Zeit lasse, wie Margarete bedauerte. Das wird schon, tröstete Dolores und tätschelte dem Kleinen mit den abstehenden Ohren die Wangen. Später setzte sie Harald, der mit großen Augen schaute und Daumen lutschte, Arnold kurz auf den Schoß. Renate, die sich in der Zwischenzeit angezogen hatte, war zu ihrer Mutter auf den Schoß gekrochen und buhlte um Aufmerksamkeit. Unser kleiner Engel, sagte Margarete zu Harald, und Arnold, der bemerkt hatte, dass Haralds linkes Knie aufgeschürft war, kommentierte, arglos und unbedacht: Ja, ein Engel mit Fliegerohren. Dummer Bub, schalt ihn darauf Dolores, so etwas sagt man nicht. Obwohl unklar blieb, ob Harald die Aussage von Arnold überhaupt verstanden hatte, kehrte dieser dann schmollend auf den Schoß seiner Mutter zurück. Ich auch, sagte Renate. Du ja auch, sagte Margarete. Du bist mein erster Engel, sagte sie, zu ihrer Tochter gewandt, und du mein zweiter, sagte sie und drückte Harald an sich.

Arnold beobachtete, dass Horst Fritz ein zweites Mal eingeschenkt hatte. Gesundheit, sagte Horst und stieß sein Glas an das von Fritz. Sollst leben, sagte dieser.

So verging der Nachmittag.

I

Dass er Katharina nach so vielen Jahren wiedersah, verdankte Arnold Walter einer Banalität. Einer Rauchpause. Nach seinem Vortrag, dem eine Diskussion folgen sollte, fragte er den Direktor des Bildungshauses, ob es erlaubt sei, im Haus zu rauchen. Dieser verneinte lächelnd, zupfte ihn jovial am Ärmel und zog ihn in ein kleines Zimmer am Ende des Ganges. Weil Arnold seine Zigaretten im Wagen liegen gelassen hatte, bot ihm der Bildungshausdirektor persönlich eine an und gab ihm Feuer. Im stillen Einverständnis, ein Gebot zu brechen, das der Direktor selbst erlassen hatte, standen sie am halb geöffneten Fenster und pafften. Abwechselnd glühten ihre Glimmstängel in der Dunkelheit auf, der Direktor hatte kein Licht gemacht. Schweigend schauten sie hinunter in den Innenhof, wo sich eine Abendgesellschaft zum Aufbruch bereit machte.

Unten stand eine dunkle Limousine, deren Türen von einem Chauffeur eilig geöffnet wurden. Unter einem der gut beleuchteten Arkadenbögen befanden sich mehrere Personen, alles junge Leute. Die Burschen trugen dunklen Anzug, die Mädchen rotes Kostüm, an den Revers steckten Namenskärtchen. Die jungen Leute warteten offenbar auf jemanden, der gleich das Haus zu verlassen beabsichtigte. Dass sie sich wichtig fühlten, war an ihren federnden Schritten zu erkennen, an der aufgeregten Hektik, die sie verbreiteten, an der Art, wie sie hin und her tänzelten.

Dann trat ein Mann in das Licht im Torbogen, gefolgt von einer Frau. Er war elegant gekleidet, auf den ersten Blick war erkennbar: Das war das Alphatier. Für ihn und seine Begleiterin stand der Wagen bereit.

Arnold sah die Frau und erkannte Katharina sofort. Das Erkennen befiel ihn als eine Mischung aus Erschrecken und jäher, heimlicher Begeisterung, ein Vorgang, der ihn augenblicklich in einen Zustand konzentrierter Wachheit versetzte.

In diesem Moment unterbrach der Direktor, dem auffiel, dass Arnold die Gruppe unten im Hof beobachtete, die Stille.

Wir haben eine Gastveranstaltung im Haus, das ist Andreas Bogner, vielleicht kennen Sie ihn, der Spitzenkandidat der Sozialdemokraten. Sie machen Wahlveranstaltungen im ganzen Bundesland, heute war der Auftakt für unseren Bezirk. Und die Attraktive daneben, das ist seine Frau. Ich weiß ja nicht, ob Sie Zeit haben, von draußen unsere Wahlen zu verfolgen. Arnold nickte. Der Mann, den der Direktor Bogner genannt hatte, hielt die Tür auf einer Seite auf, ließ seine Frau einsteigen und stieg selbst auf der anderen Seite ein. Mit einem leisen Ploppen klappten die Türen zu, die Limousine fuhr ab. Lässig winkten die jungen Leute nach und verschwanden dann in den Torbögen.

Nein, er sei nicht mehr im Detail informiert, was in der Landespolitik vor sich gehe, gab Arnold dem Direktor höflich die Antwort, die dieser wohl erwartet hatte.

Unten im Hof wurde es wieder ruhig, der Innenhof leerte sich, die Episode war beendet, der Direktor wechselte das Thema. Planungsvorhaben, Umbau, Ausbau, die Worte rauschten an Arnold vorbei.

Sie rauchten gemeinsam zu Ende, der Direktor hielt ihm einen Aschenbecher zum Ausdämpfen hin, dann traten sie auf den Gang, kehrten in den Vortragsraum, in die öffentliche Sphäre zurück.

Arnold fühlte sich wie ein Schauspieler, der nach der Pause auf die Bühne zurückkommt, um sein Stück weiterzuspielen. Seine Rolle bestand nun darin, nach dem Vortrag über Adalbert Stifter und dessen Beziehung zu Fanny Greipel einige freundliche und äußerst vorsichtig vorgetragene Fragen – Wenn ich Sie richtig verstanden habe? Eine Kleinigkeit, die ich noch nachfragen wollte? et cetera – kurz, prägnant und mit routinierter Präsenz zu beantworten, die in keinem Augenblick Rückschlüsse auf seinen Gefühlszustand zuließ. Arnold entledigte sich der Aufgabe mit geringstem energetischen Aufwand. Dramaturgisch betrachtet handelte es sich um einen kurzen Epilog, beinahe nur mehr um eine Zugabe, die sein reichlich angegrautes Publikum – wer las heutzutage noch Stifter? – aus Müdigkeit, aus Bequemlichkeit, sofort aufzubrechen, oder aus Gründen der Etikette: weil es einfach dazugehörte, von ihm forderte. Dann war auch dieses Nachspiel beendet und die Zuhörerschaft verstreute sich. Einer der Besucher, ein pensionierter Schulrat und Hobbyforscher, versuchte, ihn in ein Privatissimum zu verwickeln und ihm ungefragt und eitel ein paar Details seiner Stifter-Kenntnisse aufzudrängen: Auch dieses pseudoakademische Backstage-Getue gehörte zwingend zum Programm, Arnold ließ es gelassen über sich ergehen.

Ein weiteres Angebot des Direktors, doch noch ein Glas Wein zu trinken, schlug er mit dem Hinweis auf die lange Heimfahrt aus. Anderntags musste er zur Uni, zweieinhalb Stunden waren für die Fahrt zu veranschlagen, spätestens um Mitternacht wollte er zu Hause sein.

In Wahrheit sehnte er sich nach der Ruhe und Geborgenheit seines Wagens. Eine Sekretärin, der anzusehen war, dass sie den Dienstschluss kaum mehr erwarten konnte, bat ihn, die Honorarnote zu unterschreiben. Dann verabschiedete er sich vom Direktor, der sich *angetan und beflügelt* über den Vortrag geäußert hatte, und verließ das schlossartige Gebäude. Rund eine halbe Stunde, nachdem er rauchend von dem Zimmer im ersten Stock auf den Torbogen hinuntergeblickt hatte, stand er nun selbst einen Augenblick lang unter diesem. Vor einer halben Stunde war hier der Politiker Bogner mit seiner Crew gestanden, Bogners Dienstwagen, sein Chauffeur. Und seine Frau.

Arnold überlegte, wann er Katharina das letzte Mal gesehen hatte, es musste mehr als ein Jahrzehnt her sein, er war sich im

Moment nicht sicher. Er hatte sie nur einen Augenblick lang gesehen und sofort gedacht: Sie hat sich gut gehalten.

Es war schon erstaunlich genug, dass man Menschen, denen man lange nicht mehr begegnet war, zufällig und unverhofft bei irgendeiner Gelegenheit über den Weg lief; erstaunlicher war nur noch – darüber gab es aber keine wissenschaftlich belegten Auskünfte –, dass es sicher auch Menschen gab, die man über lange Jahre verfehlte, glücklicher- oder unglücklicherweise, obwohl man vielleicht öfter in ihre unmittelbare Nähe kam. Mit Scheu, seinem Kollegen von der kognitiven Psychologie, hatte er dieses Phänomen schon ein paarmal besprochen, wenn sie einander donnerstags zum Mittagessen in der Unipizzeria trafen. Scheu hatte fasziniert die Idee eines kollektiven, wenigstens die Einwohner von Regensburg betreffenden Bewegungssoziogramms vor ihm ausgebreitet, nicht wegen einer Überwachungsfantasie im Orwell'schen Sinn, sondern sozusagen aus Lust an der strukturellen, systemischen, statistischen Ordnung. Ameisen gleich wuseln wir durch die Welt, bewegen uns scheinbar unstrukturiert durch Raum und Zeit, kreuzen Wege und Abläufe anderer Menschen. Warum aber gibt es Menschen, denen wir, obwohl wir auf ein Zusammentreffen mit diesen gern verzichten würden, in schöner Regelmäßigkeit über den Weg laufen, warum gibt es Menschen, denen wir, obwohl wir uns in ihrer Nähe wohl fühlen oder diese sogar ersehnen, niemals zufällig begegnen? Der amerikanische Sozialpsychologe Stanley Milgram hatte vor Jahrzehnten errechnet, dass jeder Mensch, Bewohner des Amazonas oder anderer extrem abgelegener Weltregionen vielleicht ausgenommen, mit jedem anderen Menschen der Welt über bloß fünf bis sechs Mittelspersonen verknüpft ist: dass sich ein unvorstellbar dichtes Netz von menschlichen Verbindungen rund um den Erdball spannt, alle miteinander vernetzt sind, ob erwünscht oder nicht.

Die Überlegungen mit Scheu führten meist zu keinem geordneten Ende. Das unterschied ihre wöchentliche Zusammenkunft daher auch von ihrer beruflichen Arbeit, die immer in eine Conclusio, ein Ergebnis, wenigstens eine These münden musste. Der Lustgewinn an ihren privaten und gelegentlich recht abstrusen Abschweifungen bestand eben darin, dass ihre Gedankengänge chaotisch bleiben durften, dass nichts *herauskommen* musste, der Charakter ihrer Besprechungen definitiv zweckfrei und bezogen auf den Nutzen für die Welt sinnlos bleiben durfte. In der banalen Abschweifung, ja Geschwätzigkeit lag der heimliche Sinn der donnerstäglichen Besprechung mit Scheu, die nach der obligaten Pizza und dem abschließenden Mocca oft abrupt endete. Dennoch gut möglich, dass ein begonnenes Thema beim nächsten *Termin* – so offiziös ironisierend lautete die Sprachregelung – eine Fortsetzung fand, möglich aber auch, dass es mit Ende eines Mittagstreffens endgültig erledigt und *vom Tisch* war. Ein neuer *Termin* bot jedenfalls immer die Chance für ein noch nicht erkundetes, vielleicht noch abwegigeres Sachgebiet.

Scheu hätte jedenfalls an einem Bericht über das zufällige Treffen mit Katharina, vielmehr an einem Bericht ihrer zufälligen Beobachtung durch Arnold, seine Freude gehabt. Noch ehe Arnold im Auto saß, wusste er, dass er Scheu von dieser Begegnung nichts erzählen würde.

Die Heimfahrt verlief ruhig und ohne Zwischenfälle. Die Fahrbahn war trocken, wie eine Horde Elefanten krochen die Lastwagen auf der Autobahn knapp hintereinander her.

Während der Wagen ruhig über die Straße glitt, erteilte sich Arnold die Erlaubnis, an Katharina zu denken.

Er hatte den Wunsch jahrelang verdrängt, sich ein Wunschverbot auferlegt gehabt. Später hatte er ihn vergessen wie einen Gegenstand, den man, weil er einem wichtig ist, in der Hoffnung, ihn irgendwann wieder einmal hervorzukramen, in den Keller oder auf den Dachboden räumt. In den letzten Jahren hatte sich der Wunsch selten in ihm gemeldet, war abgeflaut. Am ehesten verspürte er ihn, wenn er in die Nähe der Stadt kam, in der sich *das Unglück* ereignet und sein Leben maßgeblich verändert hatte. Wenn er dem Wunsch einen Namen gegeben hätte, hätte er ihn die *Katharinasehnsucht* genannt, wenn er ihm eine Geschmacksrichtung hätte zuordnen müssen, hätte er sich für bitter und süß entschieden. Gleichzeitig wusste er, wenn er so dachte, um den Kitschgehalt seiner eigenen Vorstellung. Dann brach er den Gefühlsgedanken ab; noch während er fühlte, zensierte er seine Empfindung als unsäglich und unmöglich.

Der Kopf sagte nein, etwas anderes in ihm, er konnte nicht benennen, was, drängte. Die zufällige Wiederbegegnung, die keine Begegnung, sondern nur eine Art einseitiges Wiedererkennen gewesen war, hatte seinen vergessenen Wunsch wiederbelebt.

Aber den Umstand, dass er arglos zu dem Vortrag gefahren war, keinen Augenblick lang an Katharina gedacht und von ihrem Wiedererkennen regelrecht überrumpelt worden war, nahm er als Indiz für etwas, das er vorläufig *Gefühlserlaubnis* nannte. Gerade weil die Wiederbegegnung mit Katharina so zufällig und ungeplant eingetreten war, interpretierte er sie als Freischein für eine unverhoffte Erinnerungsschleife. Vorher hatte ihn Alltagskram aus dem Büro beschäftigt, der Ärger über eine Studentin, die einen weiteren, ihr gnädigerweise gewährten Abgabetermin verpasst hatte, ein leiser Schmerz über den Abschied von Kerstin, seiner Tochter, die nach einem kurzem Heimatbesuch wieder in ihr Auslandssemester nach Stockholm geflogen war, die nervöse Unruhe, die ihn vor einem Vortrag sinnloser Weise immer wieder aufs Neue befiel. Im Auto sitzend hatte er laut vor sich hin gesprochen, um sich zu beruhigen. Dass er erwachsen, alt und gebildet genug war, diesen läppischen Vortrag abzuspulen, und dass es an diesem Abend gar nicht darum ging, vor einem Fachpublikum zu glänzen, sondern seine Fachkenntnis vor einer kleinen Schar möglicherweise sogar einfältiger und ein bisschen rührender Stifter-Verehrer abzuliefern.

Dass ihm Katharina an dem Abend über den Weg gelaufen war, empfand er als Geschenk, als Wink. Er fuhr an dem Abend mit der willigen Dankbarkeit eines Esoterikers nach Hause, ihr plötzliches Auftauchen als zu seinen Gunsten zeichenhaft deuten zu dürfen.

Im Kopf blieb: Ich möchte dich wiedersehen. Jetzt möchte ich dich wiedersehen.

So fuhr er durch die Nacht, hörte klassische Musik und beobachtete sich bei seinen dialektischen Eselssprüngen zwischen Denken und Schwärmen, seinem strengen Über- und seinem unbefangenen Kind- und Jugendlichen-Ich: schwärmend und sehnend, sich verhöhnend und dumm scheltend, erfrischt und wach, daher planend und fantasierend, wie er den Kontakt zu Katharina herstellen könnte, sich einbremsend und seinen Gefühlsaufschwung durch Anfälle schwallartiger, kalter Scham blockierend.

Seit seiner Matura und dem Weggang aus der Stadt, in der er bei den Großeltern väterlicherseits seine Jugendjahre verbracht hatte, waren fast dreißig Jahre vergangen.

Die paar Male, die er Katharina seither gesehen hatte – sie war schon vor seiner Matura aus der Stadt weggezogen – konnte er an den Fingern einer Hand abzählen.

Kurz nach Beginn seines Studiums, als die Verbindung zu den Maturakollegen noch stärker als die neu geknüpften Kontakte am Studienort waren, war er zu einer Fete eines Kollegen in dessen Elternhaus am See eingeladen worden. Zu den ehemaligen Kollegen gesellten sich auch einige Jugendliche, die gar nicht mit ihnen in die Klasse gegangen waren. Jemand hatte Platten aufgelegt, Arnold erinnerte sich, eben mit einer Mitschülerin getanzt zu haben, als Katharina in Begleitung eines Burschen, der ihm unbekannt war, zum Fest dazustieß. Obwohl er von diesem Zeitpunkt an seine innere Energie auf Katharina und darauf, mit ihr zu reden, richtete – er hatte sie seit dem unglücklichen Maturaball nicht mehr gesehen –, ergab sich die Gelegenheit an dem Abend nur kurz zwischen Tür und Angel.

Außer dem Abtausch schnell hingesagter Sätze – *Wie geht es dir? Du lebst jetzt in Wels? Was hast du nach der Matura vor?*

Ich studiere in Wien, Germanistik und Publizistik. Ich komme nur selten nach Oberösterreich. Schöner Zufall, dass wir uns wiedersehen. Vielleicht treffen wir uns ja wieder einmal – ereignete sich nichts Verbindliches. Er blieb zurück mit seinen Fragen und einer an seiner eigenen Schüchternheit geschulten Eigenart, jeden Sprechakt von Bedeutung einer peinlichen Nachbetrachtung zu unterziehen. Seiner damaligen Überzeugung folgend kratzte alles Gesagte bloß an der Oberfläche, wichtig blieb, was gemeint war, was der Körper mitteilte, die Augen, die Gesten. Arnold bildete sich ein, dass das Gewünschte, das Ersehnte, das Nichtgesagte ebenso erkennbar und dechiffrierbar waren wie das banal Ausgedrückte, die cool hingesagten Sätze und Halbsätze.

Und falls Katharina durch seinen kargen Text herausgehört hatte, dass er sie gerne wiedersehen wollte, dass er gern mit ihr Kontakt aufnehmen wollte, besser: dass er darauf wartete, dass sie sich bei ihm meldete – er sollte es nie erfahren. Katharina verließ das Fest so unauffällig wie sie gekommen war, ob allein oder in Begleitung, blieb unklar. Irgendwann beschloss Arnold, sich zu betrinken, nicht so stark, dass ihm übel wurde, aber gerade so viel, dass er damit zufrieden war, sich in eine Ecke zu kauern, der Musik zuzuhören, die Tanzenden zu beobachten und selig wach- oder nachzuträumen.

Jahre vergingen, er war schon verheiratet, wohnte bereits in Regensburg, als er mit seiner Familie anlässlich eines Stadtfests mit Feuerwerk in die Stadt an den See fuhr. Inmitten des Jahrmarkts, der sich vom Rathausplatz weg über die sogenannte Esplanade das Seeufer entlangzog, inmitten einer schiebenden Zuschauermenge, in der er Mühe hatte, seine Kinder und seine Frau im Auge zu behalten, begegnete ihm im Gegenstrom Katharina, offenbar ohne Begleitung, und erkannte ihn gerade noch, vorbeigehend. Sie grüßte ihn kurz und errötete dabei wohl, wie er sich später erinnernd wünschte, auch ein bisschen. Diese kurze Begegnung, ihr Blick, der in ihm nach Jahren wieder das Bild der Lichtbrücke zwischen ihnen aufblitzen ließ, und ihr Erröten hatte ihm geschmeichelt und seine Fantasien entflammt. Das Treffen war kürzer gewesen als jene Zeitspanne, die er morgens benötigte, um den Aufsichtsbeamten Dascola, einen ausgewiesenen Jahn-Fan, der zur Kontrolle am Eingang zur Bibliothek saß, zu begrüßen und einige belanglose Worte mit ihm zu wechseln.

Diese Begegnung hatte neuerlich den inneren Disput angestachelt: War da doch etwas zwischen ihnen, war ihr Erröten Wunsch und Enttäuschung zugleich gewesen, hätte er stehen bleiben und wenigstens ein paar Worte mit ihr wechseln sollen? Es war keine Zeit geblieben, zu handeln, Katharina war von der Masse an ihm vorbeigeschoben worden und im Gewühl verschwunden; als er wenige Meter später auf seine Familie traf, hatte niemand auch nur das Geringste mitbekommen. Gleich ging es wieder um Handfestes: den Wunsch nach einer Toilette (Verena), den Wunsch nach einem Eis (von Hannes), nach einer Schaumrolle mit Schokoüberzug (von Kerstin).

Wieder Jahre später, als sie erneut Urlaub in der Nähe der Stadt machten – nichts mehr band ihn an sie, die Großeltern waren verstorben, ihr Haus verkauft, einzig ihr Grab, das weiter zu zahlen Verena nach beinahe zehn Jahren eine Torheit nannte: Tote waren tot, man konnte ihrer überall gedenken –, und er allein eine Radtour den See entlang in das am Südende gelegene Ebensee unternahm (die Strecke führte exakt an der Seite des Sees entlang, an der er am *Tag des Unglücks* mit seinem Boot entlanggetrieben war), glaubte er, Katharina zusammen mit Begleitern an einem Tisch bei einem Imbiss in der Nähe von Altmünster sitzen zu sehen. Wieder hatte er nur einen Augenblick Zeit, seine Wahrnehmung den Sitzenden zuzuwenden, und einen weiteren instinktiv gedehnten Moment, in dem er sich noch einmal nach der Gruppe umdrehte, um sich zu vergewissern, ob er Katharina nun gesehen hatte oder nicht. Sein Stolz, seine Scham oder beide zugleich verboten ihm, einfach umzudrehen und die wenigen Meter zurückzufahren und seine Beobachtung zu verifizieren. Noch später, in Ebensee am Rathausplatz eine Wurst verzehrend, überlegte er, ob er nicht wie geplant mit dem Schiff nach Gmunden zurück, sondern, seinen Plan ändernd, mit dem Fahrrad zurückfahren sollte, einzig um an dem Imbiss vorbeizuradeln, an dem er Katharina zu sehen geglaubt hatte. Eine Idee, die er als billig und dumm verwarf. Wenn Katharina dort gesessen war, hatte sie den Ort in der Zwischenzeit mit unbekanntem Ziel verlassen; wäre sie einer von den Menschen gewesen, die sich stundenlang bei einem Imbiss aufhielten, wäre ohnehin klar gewesen, dass sie ein zu großer Graben trennte (solche Menschen konnte sich Arnold nur als Saufbrüder vorstellen), wäre ihm sein Vorbeifahrmanöver nur noch blödsinniger vorgekommen. Er ließ vernünftigerweise den Plan fallen, fuhr mit dem Schiff zurück nach Gmunden und würde nie in seinem Leben erfahren, ob er Katharina an jenem Tag begegnet war oder nicht.

Eine letzte Begegnung mit Katharina fiel ihm ein, und diese Begegnung war wohl die skurrilste und seltsamste gewesen. Es war an einem Freitagabend, Verena leitete irgendwo in einem Seminarhotel einen Wochenendkurs für Burn-out-Gefährdete, Hannes war seinen Angaben zufolge auf ein Grunge-Konzert gegangen, um dann bei einem Freund zu übernachten. Samstags war schulfrei, und Arnold hatte beschlossen, sich nach einer aufreibenden Arbeitswoche – zu viele Sitzungen, noch dazu in einer Phase, wo sein Verständnis dafür, dass seine Arbeitszeit als Wissenschaftler von nahezu täglichen Sitzungen aufgefressen wurde, restlos verbraucht war – mit einem freien Abend zu belohnen. Die Übung fiel ihm nicht schwer, weil sich mit den Jahren eine derart träge Routine in sein Leben eingeschlichen hatte, dass er sich bereits das Beschreiten von alternativen Spazierwegen durch die Stadt als Abenteuer anrechnete. Arnolds Abendbelohnung war ein Besuch des Programmkinos im Andreasstadel auf der Donauinsel Stadtamhof, das er zwar gern, aber aufgrund seiner häufigen abendlichen Erschöpfung, die oft nur mehr belegte Brote und ein Bier vor den Tagesthemen oder einem Fußballspiel zuließ, viel zu selten besuchte. Irgendwann einmal war er es auch überdrüssig geworden, Verena, die außer montags bis zehn Uhr abends arbeitete, zu fragen, ob sie Zeit habe, mit ihm auszugehen. Jemanden anderen anzurufen, dazu war Arnold mit den Jahren schlicht zu bequem geworden, eine Tatsache, die er sich nur heimlich eingestand.

An jenem Tag fühlte er sich gerade in der richtigen Spannung, arbeitsmäßig zwar belastet, aber doch nicht zu erschöpft, um allein aufzubrechen und den Tag mit einem Almodóvar-Streifen ausklingen zu lassen. Arnold hatte sich gerade an der Kasse die Karte gekauft und war dann in das angrenzende Lokal gegangen, das um diese Zeit erstaunlich schütter, nämlich nur mit einem einzigen Paar, besetzt war: Nach solchen Beobachtungen neigte Arnold dazu, bedauernde Überlegungen über die Liquidität solcher Lokale anzustellen – Kollege Scheu hatte den Aspekt, den er *Fremdsorge* nannte, bereits einmal auf den Punkt gebracht, dass sich nämlich Akademiker auffallend oft über die Wirtschaftlichkeit von Restaurants und Gasthäusern Gedanken machten, selten aber über das Fortkommen von Sanitäts- und Gesundheitsläden. Arnold also stand unschlüssig in der Mitte des Lokals und überlegte, ob er vor Beginn des Films noch ein Glas Wein trinken oder sich doch ins Foyer begeben und zu einer Beobachtungsviertelstunde niederlassen sollte. Er liebte es, eintreffendes Publikum zu studieren und Hypothesen über soziale Verhältnisse und Berufe anzustellen. An dem Abend neigte sich sein Bedürfnis eher einem Glas Wein zu und er war gerade im Begriff, sich zu setzen, als er aus den Augenwinkeln beobachtete, wie sich draußen die Türflügel zum Kinosaal öffneten, in dem offenbar die erste Vorstellung zu Ende gegangen war. Der Saal entließ bloß eine Handvoll Publikum, zwei ältere Freundinnen, einen Einzelgänger und schließlich eine Frau, deren Anblick ihn elektrisierte: Sie schaute kurz in seine Richtung, es war aber auch gut möglich, dass sie nur ein Plakat betrachtete, das neben der Eingangstür zum Lokal hing. In dem Moment, in dem Arnold diese Frau sah, wusste er, dass es sich um Katharina handelte.

Eine höchst irritierende Erkenntnis, die ihn, der sich gerade gesetzt hatte, vor Schreck erstarren ließ. Blitzartig schlugen seine Emotionen aus, die wirr zwischen überraschendem Zufall, böswilliger Täuschung, sensationeller abendlicher Entwicklung und grausamer Selbstquälerei hin und her pendelten. Gleich darauf trat eine junge Kellnerin, die ihm selbstbewusst ein beachtliches Bäuchlein in einem bauchfreien Top mit der Versalienaufschrift EINZELSTÜCKE über ihren Brüsten feilbot, an den Tisch und fragte nach seiner Bestellung. Er musste die junge Frau verblüfft haben, weil er plötzlich aufsprang und murmelte, dass er draußen etwas vergessen habe und gleich wiederkommen wolle. Arnold hastete aus dem Lokal, vielleicht hätte er den Ausdruck *verhetzt* verwendet, wenn er diesen nicht als Büchner-Plagiat erkannt und, angewendet auf seine Situation, dann doch für übertrieben gehalten hätte. Er ging also rasch in das Foyer, wo ihn sofort die Auffallensscham befiel und er seinen Eilschritt wieder auf Normaltempo drosselte, um nicht die Schaulust des Kassiers, der gelangweilt hinter seinem Pult saß – Almodóvar wurde an diesem Abend nicht von den Massen gestürmt – zu locken. Im Foyer war niemand, und Arnold ging nach draußen vor den Eingang des Kinos. Dort war es bereits dunkel, eine Schautafel leuchtete nur die unmittelbare Umgebung des Eingangs aus. Draußen befand sich kein Mensch. Vom Stadel weg führten mehrere Wege, einer durch einen kleinen Park, ein anderer über den Grieser Steg Richtung Altstadt, ein weiterer ans Ende der Insel zum Zusammenfluss von Regen und Donau. Nach wenigen Metern begriff er, dass es völlig aussichtslos war, hier nach jemandem zu suchen. Sich selber tröstend, auf ein kleines Alltagswunder hoffend, ging er ein paar Meter Richtung Fußgängerbrücke, ehe er schließlich, sich innerlich scheltend, aufgab. Arnold ging in das Lokal zurück und bestellte bei der Kellnerin mit dem bauchfreien Top: Zur Tröstung ein Freispiel, dachte er, betrachtete den bloßen Bauchnabel, der sich bei genauer Inspektion als gepierct herausstellte, verfiel ins Grübeln über das Spezialetikett EINZELSTÜCKE und trank das Glas Wein, wütend über sich selbst, schnell hinunter. Der Kinoabend endete genau genommen, bevor er noch richtig begonnen hatte, auch wenn Arnold, das war er sich schuldig, den Abend *durchzog*, wie er sich vorsagte, das heißt, er saß den Film ab, ohne viel vom Geschehen auf der Leinwand mitzubekommen. Ein dienstfreier, sich selbst geschenkter Abend hatte sich in einen vergrübelten verwandelt. Arnold hatte rasch Titel für ihn parat: *Wie man alte Wunden sachgemäß wieder aufreißt, Wunden schlagen leicht gemacht* et cetera. Er würde Verena seine Vorschläge für mögliche Seminare beizeiten zukommen lassen, sie musste ja nicht erfahren, welchen Vorgängen sie sich verdankten. Mit Bitterkeit im Schritt – seine eigenes Schrittmuster erschien ihm nach solch stillen Niederlagen abgesetzter, gestelzter, gespreizter – ging er nach dem Film zu seinem Wagen. Am Parkplatz noch einmal eine Art *Gefühlsrückfall*, als er sich dort, zwei Stunden, nachdem er geglaubt hatte, Katharina in einer das Kino verlassenden Frau zu erkennen, umsah und die Nummerntafel der umstehenden Autos studierte. Bis auf eine Wiener Nummer war kein österreichisches Kennzeichen auszumachen. Arnold war so schlau wie zuvor. Dumm und ein bisschen beleidigt auf sich selbst fuhr er nach Hause.

An der Raststätte Bayerischer Wald beschloss er, eine Pause einzulegen, einen Kaffee zu trinken und seine Gedanken zu ordnen. Zu Hause erwartete ihn niemand. Verena würde bereits schlafen, sie nahm ihren Beruf ernst und musste früh aufstehen. Sie vergab den ersten Termin bereits um acht Uhr früh. Die Raststätte war spärlich besetzt. In einer Ecke saß ein Ehepaar, wortlos, halb volle Gläser vor sich, die Frau wechselte zwischen zwei Tätigkeiten, entweder gähnte sie oder sie rieb sich mit beiden Fäusten die Augen. Es sah aus, als rührte sie ihre Augäpfel an, die symmetrisch kreisende Bewegung ihrer Hände ließen Arnold an eine menschenähnliche außerirdische Flugmaschine denken.

Er zahlte den Kaffee, rührte den Zucker mit Andacht in die

Tasse und trank; er schmeckte wenig aromatisch, aber heiß, sodass er nur in kleinen Schlucken trinken konnte. Er versuchte, seine *Gefühlsmelange?, Gefühlsmesalliance* – was war das denn? – seine Nachdenkpause begann mit einem Ärger, weil er sicher war, vorhin im Auto noch den passenden Begriff für seinen Zustand parat gehabt zu haben –, er versuchte also, seine im Moment schwer beschreibbare emotionale Lage in den Griff zu bekommen. Er ging über zur Tortendiagrammübung, zeichnete einen Kreis auf einem Bierdeckel und unterteilte diesen in einzelne Segmente, denen er Begriffe zuordnete: *Gefühlsmelange, Gefühlsmix, Gefühlsmelancholie, Gefühlsregression, Gefühlskitschrückfall, Kitschgefühlrückfall.* Dann fiel ihm nichts mehr ein. Das richtige, vorher gedachte exakte Wort, das er mehrmals gedacht hatte, ohne es sich im Kopf zu notieren, war nicht darunter, er war sich absolut sicher. Er wusste, dass er langsam vergesslich wurde, eine Tatsache, die er in seinem Alter noch lässig abtat; außerdem war er mnemotechnisch so konditioniert, dass es ihm möglich sein würde, sein Gedächtnis mit Hilfe von Notizen zu unterstützen, solange er fähig war zu schreiben. Im Moment wollte ihm nicht einmal das gelingen. Er betrachtete das Wort *Gefühlsmelancholie*, das er mit dem Kugelschreiber umrandet hatte, ein Wort zweiter Qualität und Güte; die Idee, Gütesiegel für bestimmte Wörter zu vergeben, wie es Gütesiegel für frische Eier gab, hatte er schon lange gehabt, mit Scheu schon längst besprochen. Das Wort *Gefühlsmelancholie* erschien ihm als ein Wort der zweiten Güteklasse, nicht erstklassig, aber auch nicht drittklassig.

Er nahm einen weiteren Bierdeckel und versah ihn mit der Überschrift *Gefühlsmelancholie.* Dann zeichnete er erneut ein Tortendiagramm, direkt über das Foto einer drallen Kellnerin, die mit strahlenden Zähnen mit einer Handvoll gezapften Bieres an einen Tisch heranritt. Der Bierdeckel markierte subtil, dass sich der Konsument bereits im Einflussbereich der Thurn-und-Taxis-Brauerei befand; ein Indiz für Heimat, dachte er bei sich. Er nahm sich vor, später eine Liste sogenannter *Heimatindika-*

toren anzulegen, also Dinge, die in ihm das Gefühl aufkommen ließen, zu Hause zu sein oder nach Hause zu kommen, aufzulisten; er begann das Tortendiagramm erneut mit Begriffen zu füllen. Ohne abzusetzen und lange zu überlegen schrieb er: *aufwallende Freude, Erinnerungsgeilheit, modrig schlechtes Gewissen, inverse Scham.* Er sah sich am Podium eines Vortragsraums und seine von ihm spontan herbeigeredeten, mit Fremdwörtern gespickten Begriffspaare systematisch ordnen und erklären. *Inverse Scham,* das bedeutete in diesem Zusammenhang: dass der Erwachsene in ihm wegen der geradezu pubertär ausgebrochenen Gefühle bei der scheinbaren Begegnung mit Katharina von einer Scham befallen worden war, die aber in ihm selber verblieben und, schizoid gedacht, sozusagen lediglich auf einen Teil von ihm niedergeprasselt war. Eine *inverse Scham* war also jene erwachsene, besorgte Bestürzung in ihm, die als eine Mischung aus Wut, Häme, Masochismus und Sadismus auf den in ihm eingelagerten juvenilen Persönlichkeitsanteil in Form einer stummen Anklage niederging.

Arnold sah sich im Audimax stehen beim Versuch, die eben von ihm entwickelte Begrifflichkeit dem studentischen Auditorium begreiflich zu machen. Das ging über seine systematisch ausgebildeten Fähigkeiten, das traf ihn am heikelsten Punkt seiner Wissenschaftlerehre; sich selbst hatte er nie für einen Wissenschaftler mit der Fähigkeit zur Systematik gehalten, in seinem Selbstbild war er ein Handwerker, ein positivistischer Faktenhuber, der literaturgeschichtlichen Forschung, handfest und faktennahe, verbunden. Interpretatorische Schlüsse, hermeneutische Textanalysen sollten die anderen liefern, er blieb lieber bei den beschreibbaren Möglichkeiten von Texten. So gesehen war er ein Literaturwissenschaftler mit naturwissenschaftlichen Methoden, hatte er Scheu diesbezüglich einmal dargelegt, während Scheu, der kognitive Psychologe, der Naturwissenschaftler, ihm gegenüber oft genug geäußert hatte, dass er dem Spekulativen nicht abgeneigt sei.

Arnold hatte den Kaffee ausgetrunken, vor sich den Bierdeckel, auf dem er zuletzt den Begriff *inverse Scham* gesetzt hatte. Er sah die Liste mit den Begriffen noch einmal durch, strich das Wort *Erinnerungsgeilheit* aus und ersetzte es versuchsweise durch *gesteigerte Erinnerungssensorik mit hedonistischem Anteil, Klammer Angstlust.* Er machte einen Punkt, der etwas verunglückt, weil erhöht, auf dem Deckel landete. Und schrieb dann noch dazu: *senile Lust.* Er wusste, dass er sich damit selber kränkte. Dennoch ließ er das Wort stehen. Steckte den Bierdeckel ein und verließ das Lokal. Noch immer saß das ältere Ehepaar vor seinen halb vollen Gläsern; der Mann regungslos, wie in einer Meditation versunken, die Frau mantraartig die Augen reibend, als ob sie den Radius einer Scheibenbremse beschriebe, dachte Arnold.

Nach Mitternacht kam er nach Hause. Die Spielstraße lag ruhig, in den Häusern ringsum brannte kein Licht mehr. Er stellte den Wagen aus Bequemlichkeit vor dem Haus ab, in der Nacht würde es trocken bleiben. Der Anrufbeantworter blinkte, Arnold beschloss, ihn erst am Morgen abzuhören. Der Kaffee hatte ihn wachgehalten, er hatte noch keine Lust, ins Bett zu gehen. Ohne es vorher geplant zu haben, ging er in sein Arbeitszimmer und schaltete den Computer ein. (Natürlich hast du das bereits geplant gehabt, hätte ihm Scheu, der kognitive Psychologe widersprochen; die Entscheidungspsychologie war sein Fachgebiet.)

Arnold ging systematisch vor, soweit sich das für das World Wide Web machen ließ. Keine einzige Anzeige unter dem Begriff Katharina Raftl; so hatte Katharina mit Mädchennamen geheißen. Mehr als siebenhundert Hinweise, als er Katharina Bogner eingab. Aber Katharina Bogners gab es offenbar viele: Eine offerierte einen Urlaub auf ihrem Reiterhof, eine Schülerin hatte sich auf ihrer Homepage verewigt, eine andere Katharina Bogner sang *Imagine* von Lennon auf einer schlecht gestimmten Gitarre. Arnold wechselte auf die Fotosuchleiste: Mehrere Katharina Bogners hatten sich per Foto verewigt, seine Katharina war nicht dabei. Als er dann den Suchkreis auf Österreich einschränkte, die Ernüchterung: plötzlich kein einziger Eintrag mehr. Das war doch nahezu unmöglich, dass ein Lebewesen in mittleren Jahren, das wohl die digitale Revolution mitbekommen und die Technik des Surfens und Mailens erlernt hatte, mit keinem einzigem Hinweis im Internet vertreten war. Arnold merkte, wie ihn der Befund mürrisch stimmte. Ein Gefühl, das ihn immer dann befiel, wenn er wissenschaftlich recherchierend tätig war und unerwartet begriff, dass er sich, einer Fährte folgend, auf dem Holzweg befand. Gestoppt, zurückgeschossen, gebremst. Das erzeugte ein mürbes Gefühl im Mund, das Gefühl, nicht ernst genommen zu werden, von wem auch immer. Das Material prügelt seinen Knecht, hatte er einmal formuliert, das Thema Bibliografieren war auch unter seinen Studenten mit den Jahren immer unbeliebter geworden.

Er wechselte die Strategie und landete schnell auf der Homepage der Sozialistischen Partei, dann auf einer Seite mit Hinweisen zu ihrem Spitzenkandidaten Andreas Bogner. Arnold erkannte in ihm sofort den Mann, den er am Abend zuvor im oberösterreichischen Bildungshaus beobachtet hatte. Der Mann von Katharina. Wirtschaftsstudium, diverse Tätigkeiten in Sozialeinrichtungen und Körperschaften, Politikerkarriere. Keine persönlichen Angaben. Keine Informationen aus dem privaten Umfeld, keine Fotos. Arnold googelte Bogner auch auf der Bildmenüleiste, wo zahlreiche Fotos von Veranstaltungen aufschienen: Bogner mit Lokalpolitikern, die sich mit ihrem Spitzenkandidaten fotografieren ließen, im Hintergrund Biertische, Neonlampen, Pinnwände, Wimpel, Fahnen, das Drumset einer Band. Kein Foto mit Katharina, nirgends. Arnold war frustriert und notierte, ehe er abschaltete, die Nummer der Parteizentrale. Vielleicht konnte man ihm dort weiterhelfen. Gegen zwei Uhr ging er zu Bett. Verena ließ ein leichtes Schnauben hören, als er leise ins Bett glitt, und drehte sich dann mit einem Seufzer von ihm weg.

Am Küchentisch lag ein Zettel, Verena war schon in die Praxis gefahren, sie würde erst spätabends nach Hause kommen, hatte am Abend einen Supervisionstermin. Arnold bewunderte ihre Ausdauer und Disziplin, er wusste, sie würde während ihrer kurzen Mittagspause ein Schläfchen auf der Couch in ihrem Arbeitsraum halten, die Rollos runterlassen, sich in eine Decke hüllen, binnen weniger Minuten einschlafen und anschließend fit für den Tag sein. Ihm war es unmöglich, im Büro zu schlafen; weder gab es dort eine Gelegenheit, sich auszustrecken, noch den Entspannungszustand zu erreichen, der ein Einschlafen ermöglichte. Die Maximalerlaubnis, die er sich im Büro gewährte, war ein kurzes Einnicken am Schreibtisch, meist an regnerischen, grauen Tagen. Niemals aber hätte er sein Büro während des Tages zugesperrt; niemand machte das, einige Sekretärinnen ließen tagsüber sogar die Türen offen. Eine versperrte Tür hätte in den Köpfen der Kollegen sofort Koitusverdacht ausgelöst. Irgendwann einmal soll das tatsächlich auch vorgekommen sein, allerdings lange vor Arnolds Zeit.

Gegen halb zehn, als er am Institut eintraf, kam ihm der abends abgebrochene Denkversuch über die *Heimatindikatoren* wieder in den Sinn. Obwohl auch jetzt nicht die Zeit dafür war, eine genau austarierte Skala zu skizzieren, dachte er beim Betreten seines Büros dennoch blitzartig: Diese Umgebung, das waren 6,9 auf der nach oben offenen *Arnold Heimatindikatorenskala*. Sein Büro, die unmittelbare Umgebung am Institut, der Gang im ersten Stock um den vergammelten Innenhof, der Übergang zum zentralen Lesesaal: Wenn Arnold sich die Füße vertreten wollte und zu faul war, das Gebäude zu verlassen, schlenderte er tatsächlich hinüber in den Lesesaal und machte sich zu einer *Scheinrecherche* auf, wie er das nannte; angekommen im Lesesaal hatte er sich im Lauf der Jahre mehrere *Begehungsrouten* zurechtgelegt: So wie es auch für Tiere in einem Käfig mehrere sich kreuzende Routen gab, die immer wieder beschritten wurden. Das Büro, der Gang, der Lesesaal: Das hatte zweifellos einen hohen *Heimatindikatorwert* für ihn. Eine Gummidichtung zwischen zwei Betonplatten in der Gangdecke zum Beispiel, die offenbar an Klebekraft verloren und sich gelöst hatte und deren schwarzer Wulst seit einem dreiviertel Jahr in den Raum herunterhing: Sie löste bei Arnold ein höheres Beheimatungsgefühl aus als der von vielen als Teil der eigenen Persönlichkeit empfundene Computer, dessen Betriebssystem aber millionenfach auf der Welt verbreitet war. Wie auch die Warnung, die nach Inbetriebnahme regelmäßig aufploppte: *Ihr Computer ist eventuell gefährdet* – und garantiert millionenfach ignoriert wurde. Die *Gefährdungsgefahr* einer Gesellschaft in einer Skala festhalten, dachte Arnold. Eine Skala, die die Gefährdung eines politischen Systems wie des Kapitalismus anzeigte, konnte man ja vielleicht direkt vom Club of Rome übernehmen. Schon befand er sich in einer Gefährdungsdenkschleife, sah auf großen Wandtafeln die persönlichen Gefährdungen jedes der Institutsmitarbeiter vor sich: Alkohol (blau), Rauchen (schwarz), Depression (grau), Workaholismus (dunkelrot), Beziehungsunglück (weiß), allgemeines Lebensunvermögen (braun), Übergewicht (fleischfarben), Eifersuchtsvergiftung (gelb) anzeigend: Jede dieser Gefahren war am Institut vertreten.

Erstaunlich, dass es Arnold schwerfiel, sich selbst in eine dieser Absturzgefahrensskalen zu fantasieren: Meine Gefährdung liegt in der Mittelmäßigkeit, dachte er. Ich lebe in der Weder-noch-Gefahr. Ich saufe nicht nichts, aber doch zu wenig, um als Alkoholiker zu gelten, ich rauche entschieden zu wenig, um als Raucher zu gelten, ich bin zu wenig depressiv, aber auch ohne jeden Anflug von Daseinseuphorie, ich bin zu wenig unglücklich, als dass jemand auf mein Unglück aufmerksam würde. Einzig beim Thema Übergewicht ließe sich vielleicht diskutieren; wenn Arnold sich aber mit Gleichaltrigen verglich, etwa wenn er zum Jahn ging – wer zum Jahn ging und etwas auf sich hielt, ging auf den Stehplatz – und die Hüftumfänge seiner Stehnachbarn betrachtete, konnte er sich nicht wirklich in die Kategorie der Übergewichtigen einreihen. Meine persönliche *Gefährdungsgefahr* liegt im Bereich Unauffälligkeit, dachte Arnold (Farbe: nicht einmal weiß, nicht grau, sondern: farblos), Abteilung Lebensvermeidung. Arnold brach den Selbstdestruktionsversuch ab.

Vor dem Zimmer seiner Kollegin Ulli Plößmann hing ein neuer Spruch: *Zwei Dinge sind unendlich: Das Universum und die Dummheit. Aber bei dem Universum bin ich mir noch nicht ganz sicher. Albert Einstein.*

Ulli Plößmann war wie eine lebende Verkehrsampel, ständig blinkend. Ihr sah man die Stimmung von Weitem an. Sie war etliche Jahre jünger als Arnold, aber dennoch schon länger am Institut, eine Universalallergikerin, es gab wenig, worauf sie nicht mit Ausschlag reagierte.

Der neue Spruch verwies offenbar darauf, dass sich die Schere zwischen ihrer Bewusstheitshöhe und jener der Studierenden weiter geöffnet hatte. Arnold las den Spruch als Warntafel für jeden in das Arbeitszimmer Plößmanns Eintretenden: Drum prüfe sich, wer es wagt, einzutreten.

Plößmanns *Gefährdungsgefahr*, kam er auf die vorhergehende Denkfigur zurück, bestand wohl in ihrem sprichwörtlich übersteigerten Selbstbewusstsein, das zu Zeiten reaktionärer Tugendtafeln einmal Hochmut genannt worden war. Über ihr Beziehungsleben wusste Arnold zu wenig Bescheid, was weiß man denn schon, pflegte Scheu bei der Donnerstagspizza oft zu sagen, von außen verströmte sie nicht den Eindruck, zu den Hedonisten zu gehören. Angeblich lebte sie in einer Fernbeziehung mit einer Kongressbekanntschaft.

Arnold brach seinen Gedankengang ab und schaltete seinen Computer ein, ignorierte wie immer das Aufploppen am rechten Bildschirmrand: *Ihr Computer ist eventuell gefährdet* und widmete sich seiner Mailpost.

Die Sekretärin des Bildungshauses bat um seine Versicherungsnummern, andernfalls sie das Geld nicht überweisen könne; warum fragte sie nicht auch noch Taillenumfang, Blutwerte und Schuhgröße ab, dachte Arnold. Der Redakteur der germanistischen Fachzeitschrift aus Göttingen avisierte, in höfliche Vorsichtsfloskeln gekleidet: Darf ich dich, lieber Kollege, noch einmal auf den kommenden Abgabetermin aufmerksam machen, den du ja sicher bereits …

Arnold klickte die Mail in den Abfall, natürlich hatte der Artikel schon eine Spitzenposition auf seiner To-do-Liste besetzt, natürlich hatte er bereits in alten Veröffentlichungen gekramt und über eine Neukompilation früherer Ergüsse nachgedacht, natürlich hatte er noch keine einzige Zeile für den Artikel geschrieben.

Später schlenderte er in die lichtlose Teeküche, die unbesetzt war, und machte sich einen Espresso, er war nicht ausgeschlafen. Dann saß er wieder in seinem Büro, betrachtete interessiert, wie die Tasse einen Abdruck auf dem obersten Konvolut eines Stoßes Seminararbeiten hinterließ – zufällig auf der Arbeit einer Studentin, der er, wie Arnold für sich formulierte, vermutlich *nicht ganz egal* war, eine Erkenntnis, die er aus wochenlanger Beobachtung ihrer Körpersprache gewonnen hatte. Schließlich ließ er von der Betrachtung zweier überlaufender Kreissegmente, die die Tasse aus Kaffee gezeichnet hatte, ab und starrte in die Luft. Dann fiel ihm Katharina ein. Dann seine Farblosigkeit. Dann fasste er kurzerhand einen Entschluss. Beziehungsweise bekräftigte er den Entschluss, den er auf der Heimfahrt schon besiegelt hatte. Und begründete ihn neu: Weil es *schon wurscht* war. Es geht um nichts, pflegte Scheu bei der Donnerstagspizza zu sagen, es geht um nichts, sagte sich Arnold und beschloss, mit Katharina Kontakt aufzunehmen.

In der Mittagspause verließ er das Unigelände zu Fuß Richtung Bezirksklinikum. Über den zentralen Platz zwischen Verwaltung und Unibibliothek huschten Studenten, die Tische vor der Pizzeria waren dünn besetzt. Arnold las die Tafel auf einem der Treppenaufgänge, an der er täglich vorbeilief: *Kein Durchgang. Unfallgefahr. Weg ist nicht geräumt und nicht gestreut. Die Universität übernimmt keine Haftung. Der Rektor.* Es war knapp nach

Semesterbeginn, der erste Schnee würde hoffentlich nicht vor Ende November fallen. Die Tafeln standen hier unverrückbar und unverrückt seit Jahren, unbewusst fielen sie einem jeden Tag bei einem der Gänge durch das Gelände ins Auge. *Monumente der Existenzstabilisierung*, dachte Arnold, der überlegte, womit zusammenhing, dass manche Tafeln mit *Der Rektor*, andere aber mit *Der Präsident* unterzeichnet waren. Darüber hatte er sich noch keine Gedanken gemacht.

Er wusste, dass er ein Spiel spielte. Er wusste, dass er sich – vielleicht klang noch immer die Entrüstung über die nächtliche Gefühlsemphase nach – nicht ernst nahm. Vielleicht hatte er auch nur keine Lust, sich mit dem aus Göttingen angeforderten Aufsatz zu beschäftigen.

Er hatte beschlossen, einen Privatdetektiv in Anspruch zu nehmen. Kein normaler Mensch konsultierte einen Privatdetektiv, es sei denn, es bestanden ernsthafte Gründe: Betriebsspionage oder der Ehegatte betrog einen oder Ähnliches. Arnold hatte keinen derartigen Grund vorzuweisen. Er betrachtete sein Handeln als ein kleines Match am Nachmittag zwischen seinen schizoiden Ichs; nach Abflauen der Spiellaune würde er wieder zu seinem Ernst-Ich an den Schreibtisch zurückkehren. Für den Augenblick blickte das Ernst-Ich aus einem der Fenster des Germanistischen Instituts und beobachtete den verspielten, den liederlichen?, den romantischen?, den lächerlichen? Teil seines Ichs, der sich verschämt und heimlich aus dem Staub des Geländes machte.

Drüben im Klinikum wusste Arnold von einer abgelegenen, akustisch gut abgedichteten Telefonzelle, von der aus er den Anruf zu unternehmen beabsichtigte. Telefonzellen waren innerhalb weniger Jahre verschwunden wie eine Tierrasse, die eine Seuche hinweggerafft hatte. Jetzt, nach Ausbruch der Handyseuche, waren ihre Stellplätze so rar wie die Fundstellen seltener Pilze, die von ihren Sammlern wie persönliche Geheimnisse gehütet wurden. Arnold hatte im Internet nach einem Büro eines Linzer Detektivs gesucht und war rasch fündig geworden. Er merkte, dass er nervös wurde, und schalt sich seines lächerlichen Begehrens. Sein Wunsch war harmlos, für einen Privatdetektiv eine Bagatelle.

Er steckte die Telefonkarte in den Apparat und versicherte sich, dass die Tür gut verschlossen war, ehe er wählte.

Prinzipiell hatte er zwei Sprachidiome zur Auswahl, ein oberösterreichisches, das er immer verwendete, wenn er in die Gegend seiner Kindheit kam – auch tags zuvor hatte er sich, nach seinem Vortrag, im privaten Gespräch mit dem Bildungshausdirektor vorsichtig der oberösterreichischen Umgangssprache bedient – und einen leicht oberpfälzisch eingefärbten Dialekt, der ihn seit Jahren in Regensburg als einen *Dasigen* durchgehen ließ, wie ihm seine Schwiegereltern regelmäßig bescheinigten.

Noch ehe jemand am Ende der Leitung abhob, entschied er sich für die oberpfälzisch-bayerische Variante: Sie bot Sicherheit und Abstand.

Es klingelte mehrmals, er überlegte, ob er auflegen sollte, als sich die Privatdetektei Seisenbacher meldete. Die fremde Stimme klang beschäftigt und ein wenig gereizt, Arnold beschloss, sich nicht irritieren zu lassen. Je sicherer er wirkte, je klarer er sich ausdrückte, umso weniger Argwohn würde sein Gegenüber schöpfen. Arnold trug sein Anliegen vor: Er rufe aus Deutschland an, es handle sich um eine rein private Angelegenheit. Es gehe darum, mit einer Person, die er in Jugendjahren gekannt habe, wieder in Kontakt zu treten, nichts Illegales, fügte er hinzu. Aber doch diskret. Was er sich wünsche, sei eine private Handynummer oder eine E-Mail-Adresse der genannten Person. Und, auch wenn das vielleicht ein wenig *komisch* klinge (Arnold sagte tatsächlich *komisch* und schalt sich für die Wortwahl), Bedingung sei: die absolute Anonymität des Vorgangs, also auch seiner Person. Er rufe, wie sich sein Gegenüber vielleicht überzeugen könne (das war seine Reverenz an die Kompetenz des Privatdetektivs) aus einer öffentlichen Telefonzelle aus dem süddeutschen Raum an und würde auch in Hinkunft nur so mit ihm verkehren. Die Bezahlung des Auftrags erledigen wir in bar und bei einem persönlichen Treffen, sagte Arnold. Mit der Übermittlung von Nummer und/oder E-Mail-Adresse wäre der Auftrag auch schon wieder beendet. Ob so etwas möglich sei, und wie schnell, und welche Kosten anfallen würden?

Arnold hörte, wie Seisenbacher verstummte und nachdachte. Das dürfte im Prinzip keine Schwierigkeit sein, erwiderte der Detektiv dann, schließlich kam die Frage: Um welche Person handelt es sich denn?

Arnold sah, wie ein Samariterfahrzeug im Schritttempo an der Telefonzelle vorbeifuhr; der Fahrer lehnte sich mit den Ellbogen auf das Lenkrad und biss in eine Leberkässemmel, die in einem Butterbrotpapier steckte. Arnold bemerkte, wie sich sein Puls beschleunigte. In diesem Moment wurde dem Spiel, das sich bis zu diesem Zeitpunkt in ihm, irrelevant, abgespielt hatte, ein öffentliches.

Es geht um die Frau eines Landespolitikers, sagte er und bemühte sich, stimmlich so ruhig zu bleiben, als würde er eine x-beliebige Automarke aufsagen. Aber, um das deutlich zu sagen, es geht um nichts Politisches, damit wir uns richtig verstehen, wiederholte er. Der am anderen Ende der Leitung schwieg.

Den Namen brauchen wir noch, sagte Seisenbacher, das vertrauliche Wir, das Arnold angeschlagen hatte, aufnehmend.

Bogner, sagte Arnold. Katharina Bogner, die Frau des sozialdemokratischen Politikers Bogner. Seisenbacher schwieg einen Augenblick. Verstehe, sagte er schließlich. Unklar blieb, was Seisenbacher zu verstehen glaubte.

Ich denke, das wird kein Problem sein, sagte Seisenbacher ruhig und aufgeräumt. Arnold hatte das Gefühl, dass die Stimme nun eine Spur freundlicher und aufmerksamer geworden war. Wie sollen wir verbleiben?

Wenn es Ihnen recht ist, rufe ich Sie in ein paar Tagen wieder an, sagte Arnold. Es eilt nicht. Sie sagen mir einen Zeitpunkt, ich rufe Sie an. Wenn Sie die Info haben, können wir einen Übergabezeitpunkt festlegen.

Arnold hatte seinen Wunsch nun endgültig als sachliche Information, als *Info* definiert, so wie er telefonisch gelegentlich Buchtitel oder Artikel per Fernleihe bestellte.

Ich denke, das wird zu machen sein, sagte Seisenbacher.

Und vom Honorar her, was muss ich mir da vorstellen, fragte Arnold.

Einen Augenblick, sagte Seisenbacher geschäftig und schwieg. Arnold stellte sich vor, dass er in einem Honorarkatalog nachsah oder überschlagsmäßig die Summe durchrechnete.

Die Summe, die Seisenbacher dann nannte, fand er unverschämt hoch. Nepp, schrie eine Stimme in ihm auf, jetzt hab dich doch nicht so, rief eine zweite, leisere, wie ihm schien von Verena aufgestachelte Stimme. Arnold überlegte einen Augenblick, das Gespräch sofort zu beenden. Dann würde er mit der Recherche von vorn beginnen müssen. Vielleicht war die Honorarforderung aber auch bloß branchenüblich?

Ganz schön saftig, kommentierte er. Die Antwort von Seisenbacher kam prompt: Ein Prominenter, sagte Seisenbacher knapp. Sie müssen verstehen, da muss man schon aufpassen.

Arnold schluckte. In Ordnung, sagte er schließlich. Auch wenn ihm klar war, dass zum Honorar noch Fahrtspesen dazukommen würden.

Sie verstehen, das kostet …, setzte er stammelnd hinzu. Dafür kann ich mich aber auf absolute Diskretion verlassen, verstehen Sie? Also, ich meine, es ist für Sie in Ausnahmefällen auch möglich, einen Auftrag einmal nicht zu … – Arnold suchte nach einem passenden Ausdruck –, nicht offiziell zu verbuchen, ich meine, Sie verstehen mich? Es geht um einen Auslandsauftrag, da ist das wahrscheinlich nicht so schwer, ich zahle natürlich brutto für netto, es soll Ihnen kein Nachteil erwachsen.

Er hatte sich für seinen Geschmack etwas zu klein gemacht, der Schlenker, die Devotion im letzten Angebot war gar nicht nötig gewesen, er konnte den Satz nicht mehr zurücknehmen.

Seisenbacher erklärte sich einverstanden. Sie vereinbarten, dass

Arnold sich am übernächsten Tag wieder melden würde. Ein Stichwort hätte ich gern, sagte Seisenbacher, wie nennen wir den Vorgang?

Witt, sagte Arnold, ohne lange nachzudenken. Wie?, fragte Seisenbacher. *Witt*, wiederholte Arnold: Er dachte an Katharina Witt, die Eiskunstläuferin aus dem Osten, die jahrelang als Talkprominente durch die Fernsehsender getingelt war.

Wie Sie wollen, sagte Seisenbacher. Arnold wusste nicht, ob Seisenbacher mitbekommen hatte, auf wen er mit Witt anspielte, aber das war letztlich egal. Dann verbleiben wir so, sagte Arnold, wir verbleiben so, sagte Seisenbacher.

Dann legte er auf. Er merkte, dass die Hand, in der er den Hörer gehalten hatte, schweißnass geworden war.

Na, komm aber, sagte er zu sich, wie jemand, der seinen Hund mit der Leine von einem Platz zerrt, wo dieser nichts verloren hat. Jetzt aber, sagte er noch einmal und verließ dann die Zelle.

Er fühlte sich matt, müde, schuldig. Bis zum Abend verurteilte er sich zur intensiven Arbeit an dem Artikel – was dem Text nicht schlecht bekam – und verbot sich, weiter an den Telefonanruf zu denken. Seltsamer Vorfall. Es stand ihm ja frei, übermorgen nicht mehr bei diesem Seisenbacher anzurufen.

Anderntags wirkte das Denkverbot weiter und die Arbeit schritt erstaunlich gut voran. Die Vermeidungskraft, die *Aufschubenergie*, die es kostete, einen Textauftrag nicht anzugehen, erschien ihm beinahe größer als die Energie, die aufzuwenden war, wenn er endlich konzentriert am Schreibtisch saß. Die Forschungsarbeit über diesen Sachverhalt war wohl noch zu leisten.

Was bedeutet es, wenn man in einem Amt, dem Finanzamt, einem Ministerium, im Rathaus, anrief und mit dem Hinweis: *Herr X, Frau Y ist gerade in einer Besprechung* vertröstet wird? *Die Bedeutung des Wortfelds Besprechung* skizzierte Arnold für eine Lehrveranstaltung in Linguistik. Besprechung konnte alles Mögliche heißen: Aufenthalt auf der Toilette, Kaffeepause, privates

Telefonat, Besuch beim Zahnarzt, Besuch der Kantine, schärfer: Büroschlaf, schärfer: die Joggingrunde während der Arbeitszeit, privates Surfen im Internet, schärfer: GV während der Arbeitszeit, schärfer: GV bei gleichzeitig scheinbarer Aufrechterhaltung der Amtsgeschäfte, etwa während eines Telefonats et cetera. Arnold rief seine Fantasien zurück. *Volkswirtschaftliche Schäden durch Arbeitsvermeidung*, titelte Arnold. Gelegentlich sah er sich als Redakteur für die *Mittelbayerische Zeitung*; im Vorüberdenken erfand er meistens auch gleich einen entsprechenden Titel für die *BILD*-Zeitung: *Der Kaffeeklatsch macht uns kaputt! Faulsäcke in Deutschlands Ämtern!*

An dem Tag hätte ihn das Arbeitsinspektorat oder jemand aus dem Wissenschaftsministerium inspizieren können, Arnolds Tagespensum war mustergültig. Keine Unterbrechung der konzentrierten Schreibarbeit durch eine dubiose Besprechung. Sogar die Mails erledigte er erst am späten Nachmittag. Zwischendurch hatte er das Telefonat mit Seisenbacher schon ganz vergessen.

Abends fiel ihm das schwerer: Verena hatte mit ihm, nach langer Zeit wieder einmal, einen Kinobesuch im Andreasstadel vereinbart. Der Vorschlag war von ihr gekommen. Der Gang ins Kino, es lief eine französische Liebesschmonzette, der Arnold von der ersten Minute keinen Glauben zu schenken gewillt war, löste eine Art Gedankenkoinzidenz in ihm aus. Erstaunlich: Wenige Tage, nachdem er intensiv an diese unwahrscheinliche, aber auch eindringliche Beinah-Begegnung mit Katharina vor dem Andreasstadel gedacht hatte, wollte Verena partout mit ihm in dasselbe Kino gehen. Davor waren sie wohl ein Dreivierteljahr nicht mehr dazu gekommen.

Nun also der Abend mit Verena. Sie kuschelte sich an ihn, während er gegen das Einnicken ankämpfte. Anschließend waren sie beide so müde, dass sie das obligate Glas Wein erst auf zu Hause, schließlich auf einen in der Küche eingenommenen Schluck reduzierten und bald ins Bett gingen, den Tag *sang- und klanglos* versacken ließen.

Anderntags war Donnerstag. Gegen halb elf setzte Scheu eine Erinnerungsmail ab, in der er mitteilte, dass er den Tisch für halb eins reserviert hatte. Arnold schickte als Antwort eines der kürzesten Mails, die ihm möglich war. P, lg A. Das hieß: Passt, liebe Grüße Arnold.

Knapp vor zwölf verließ er das Büro, um zur Telefonzelle im Bezirksklinikum aufzubrechen. Draußen am Gang kam ihm Ulli Plößmann entgegen, *forsch und offensiv*, wie Arnold unmittelbar in seinem Kopf formulierte. Sie gingen aneinander vorbei, Arnold tat so, als werfe er einen Blick in seine Aktentasche. Erst als Plößmann ein paar Schritte von ihm entfernt war, blieb sie plötzlich stehen und fixierte ihn: Na?, fragte sie. Das konnte vieles heißen. Arnold ließ sich auf nichts ein. Na denn, sagte er und ließ sie stehen. Er hörte, wie ihre Tür mit einem deutlichen Knall zufiel.

Er ging übers Zentrumsgelände zwischen Unibibliothek und Pizzeria. Vor der Schütte in der Buchhandlung stand einer der universitätsbekannten Seniorenstudenten und hechelte mit flottem Finger die Buchrücken durch. Der Senior, ein pensionierter Zahnarzt, der nun der Reihe nach Promotionen in Philosophie und Germanistik einholte, hatte einen Stapel Bücher unter seinen Arm geklemmt. Vorbei am Treppenaufgang zum Verwaltungsgebäude las Arnold gezwungenermaßen: *Kein Durchgang. Unfallgefahr. Weg ist nicht geräumt und nicht gestreut. Die Universität übernimmt keine Haftung. Der Rektor.*

Es gab wohl Alltagszwänge, denen man sich fügen musste. Als Hannes klein gewesen war und Arnold seinen Sohn einmal die Woche in die Musikschule zum Elementarunterricht fuhr, hatten sie im Auto immer eine Benjamin-Blümchen-Kassette laufen, die Hannes abends vor dem Schlafengehen noch einmal hören wollte. Und zwar exakt dieselbe Geschichte, die er im Auto gehört hatte. Stets hatte sich Arnold abends daran erinnern können, wo sie sich an einem bestimmten Punkt der Erzählung am Vormittag in der Stadt befunden hatten. Die Erzählung hatte sich mit markanten Orten der Fahrt, einer Ampelkreuzung, einer Abzweigung, der Musikschule, verknüpft. Die eine Erinnerung hatte sich zwingend an eine andere geheftet; so funktionierte möglicherweise Lernen. Kognitive Auswendiglerntalente im Fernsehen glänzten mit ihrem Können, indem sie sich endlose Schlangen von Zahlen merken konnten. Sie hatten ihre Zahlen mit Geschichten und Orten verknüpft; so ähnlich wie es bei Arnold mit seinem Sohn gegangen war.

Ich bin gerade dabei, die Wiederannäherung an Katharina kognitiv mit dem Unfallgefahrwarnschild zu verknüpfen, dachte Arnold. Was das wieder bedeutete? Und was bedeutete in diesem Zusammenhang, dass niemand die Haftung übernehmen wollte?

Bei der Telefonzelle musste Arnold warten. Eine Frau mit Kopftuch und bodenlangem Kleid argumentierte ausführlich. Arnold wartete seitlich und sah nichts außer der Nasenspitze der Frau, ihren geschminkten Mundwinkel und einen Arm mit Reif, der beredt gestikulierte. Als Arnold fand, angemessen lange gewartet zu haben, ging er einmal um die Telefonzelle herum, ohne dass ihn die Frau beachtete. Farblos, kommentierte Arnold seinen eigenen Kreisgang, *keine Erscheinungsenergie, keine Akutpräsenz*. Eine Schwäche, an der er häufig litt und die er durch eine Langzeitbeobachtung an sich selbst gut belegen konnte. Oft schon hatte er an sich beobachtet: Immer wenn er gut aufgelegt war, waren in einem Lokal Kellner oder Kellnerin seiner Bitte zu zahlen sofort oder beinahe sofort nachgekommen. Wenn er müde oder niedergeschlagen war, war er trotz mehrmaliger Urgenz fast immer ignoriert worden. Kein Wunder, wenn ihn die Muslima ungeachtet ihrer kulturellen Prägung, ja keinen Mann anzuschauen, ignorierte, hatte er doch auf seinem Weg von der Germanistik bis zur Telefonzelle seine Aura quasi eingefahren, sozusagen den Unscheinbarkeitsgang eingelegt, um ja niemandem aufzufallen.

Jetzt, vor der Telefonzelle, wäre er doch gern aufgefallen und tat es doch nicht. Die Frau hatte schließlich ein Einsehen, besser: Die Situation hatte ein Einsehen mit ihm, irgendwann war das Gespräch zu Ende und die Frau verließ, ohne ihn eines Blickes zu würdigen, die Zelle. Ein feiner Duft nach einem süß riechenden Parfüm blieb in der Zelle zurück. Arnold zückte seine Mappe, in der er die Nummer des Privatdetektivs notiert hatte, und tippte die Zahlen in den Apparat.

Der Grad der Selbstbeobachtung ist hoch, dachte Arnold, als er zurück ins Unigelände ging. Plötzlich hatte ihn die Frage seiner Körperhaltung beschäftigt. Meist, wenn er gedanklich beschäftigt war, schlurfte er in gebeugter, seinen Rundrücken ausstellender Haltung, jetzt hatte er das Gefühl, eine Spur aufrechter zu gehen als üblich. Lag es an den Rückenschmerzen, die er seit Tagen verspürte und deretwegen ein Termin beim Physiotherapeuten dringend nötig war, dass er eine das Rückgrat schonende aufrechte Haltung einnahm, oder lag es an der dem Telefonat folgenden Erleichterung, die durch seinen Körper flutete? Arnold wusste nicht, woran es lag. Er merkte nur, dass er unvermutet über seine Körperhaltung nachdachte. Die Selbstbeobachtung mündete in den Satz: Der Grad der Selbstbeobachtung ist hoch.

Am Ende dieser Erkenntnis stand er schon vor der Unipizzeria, die sich den Namen *Pizzeria Universo* verpasst hatte; die Selbstzentrierung hat System, dachte Arnold, die Schlussfolgerung über sich selbst auf das System Universität übertragend. Irgendwo im Vogtland gab es eine Kleinstadt, die von sich behauptete, der Nabel der Welt zu sein, und wo es Besuchern gestattet war, an einer aus der Erde ragenden Weltachse zu drehen.

Vielleicht lag seiner neuesten Beobachtung aber nur ein begriffliches Missverständnis zugrunde; *Universo* (war das ein reguläres italienisches Wort?) war hier vordergründig zweifellos von Universität abgeleitet worden.

Scheu saß bereits am Tisch in der hinteren Ecke, der von außen von allen, die über den Uniplatz gingen, einsehbar war; die Wände waren aus Glas. Sie hatten sich dennoch für diesen Platz als ihren wöchentlichen Treffpunkt entschieden; er war von ihren Arbeitsplätzen rasch zu Fuß erreichbar, das Essen war ausreichend und gut, *ausreichend gut*, wie Scheu zu sagen pflegte. Als Ort domestizierten Exhibitionismus' hatte ihn Scheu definiert. Tatsächlich: Sie saßen in der Auslage, aber sie scherten sich wenig darum. Ihre wöchentliche Begegnung war privat und verdankte sich einer Freundschaft aus jenen Jahren, in denen Arnold als Assistent an die Uni gekommen und, damals noch gut bei Kondition, Anschluss in der Fußballmannschaft der Unibeschäftigten gesucht hatte. Dort hatte er Scheu, den Dozenten für kognitive Psychologie, schwer kurzsichtig – er konnte den Fußballplatz nur mit einer zur Sportbrille umfunktionierten Schwimmbrille betreten –, kennengelernt. Die Fußballkarriere hatten beide längst beendet, Scheu nach einem Ellbogenbruch, Arnold nach einem Bänderriss. Die Freundschaft hatte sich fortgesetzt. Scheus Spezialität bei den Treffen war es, alles, gleich was, ins Allgemeine und Abstrakte, ins Systemische, das Typische oder ins Psychologische überzuführen.

Scheu also hatte ihren exponierten Stammplatz, der der ihre war, seit diese Pizzeria existierte, mit einem latenten exhibitionistischen Trieb zu erklären versucht, wie er überhaupt ihrer beider Leben stets auf dem Hintergrund einer persönlich gestrickten Triebunterdrückungstheorie deutete. Ob und wie weit er Freudianer war, hatte Arnold nie interessiert.

Andere Leute lebten ihren Alltagsexhibitionismus durch ihre Kleidung aus, durch ein Piercing, durch ein Statussymbol, deutlich exhibitionistischere Charaktere zeigten sich nackt in Clubs oder ausschweifend an der französischen Südküste (Hast du Houellebecq gelesen?, begann eine ihrer Diskussionen über die neu aufgeflammte existentialistische Phase in der französischen Literatur, in die Szenen aus der hedonistischen Orgienwelt eingestreut waren), sie gaben sich zufrieden damit, in der gläsernen Ecke der Unipizzeria zu sitzen, gelegentlichen Blicken vorbeigehender Studentinnen und Kollegen ausgesetzt. Man ging vorbei und erkannte sie; auch das ein hoher *Heimatindikator*, wie Arnold konstatierte.

Es fiel ihm schwer, sich auf Scheu zu konzentrieren, der, die neueste Ausgabe der *ZEIT* aufgeschlagen auf dem Tisch, bereits auf ihn wartete. Noch klang Arnold das Gespräch mit Seisenbacher im Ohr. Eine Stimmung aus Leichtigkeit, steigender Neugier und Argwohn hatte ihn erfasst: Womöglich hatte er beim Telefonieren doch einen Fehler begangen. Noch war aber nichts passiert. Er hatte bloß einen Ort und einen Termin mit Seisenbacher vereinbart, wo er die *Info* über Katharina erhalten sollte. Ich habe die *Infos* in der Hand, hatte Seisenbacher gesagt, was professionell klang und ein wenig trivial.

Scheu hatte einen Artikel im *ZEITmagazin* gelesen, und ihm stand der Sinn danach, ihn an diesem Donnerstag abzuhandeln. Jemand hatte ein Interview mit einem französischen Modedesigner geführt, der die Popikone Grace Jones entdeckt hatte. Das ist doch die Schwarze mit der abgesägten Frisur, stellte Arnold fest. Eben diese Frisur hatte der Modedesigner der Bürstenfrisur amerikanischer GIs nachempfunden und so eine androgyne, kühle, auf manchen Aufnahmen von Körperöl glänzende Frau kreiert. Scheu hatte eine Passage in dem Interview entdeckt, in der der Designer über die Zeit rauschender Partys im berühmten New Yorker Studio 54 sprach, Scheu zitierte wörtlich: *Wir tranken und koksten, wie das jeder tat. Ich bin nie vor fünf Uhr nachmittags aufgestanden.*

Und was machen wir?, fragte Scheu rhetorisch. Wir stehen um acht in den Hörsälen und lassen in stoischer Gelassenheit die Melange aus unausgeschlafenen Gören, Bauchnabelpiercings, iPods und Handygedudel über uns ergehen. Später examinieren wir Halbverdautes und nicht Verstandenes und lassen diese Spätpubertierenden auf die nächste Generation los, und statt Koksen und Weibern bin ich froh, wenn ich nicht bei den Tagesthemen einschlafe.

Du könntest dich für das *ZEITmagazin* interviewen lassen, schlug Arnold vor und erfand gleich einen passenden Titel: *Berichte aus der existenziellen Kreisklasse.*

Was ist aus uns geworden, seufzte Scheu.

Kinder des sozialistischen Aufschwungs waren wir, kommentierte Arnold. Die idealistischen Flügel wurden uns frühzeitig gestutzt, der Übergang in die pensionsaffine Versorgungsmentalität war gleitend. Unsere Jungen marschieren in Afghanistan ein und wir machen Weinreisen in die Toskana und in die Wachau und kochen Siebeck nach.

Arnold merkte, dass das Gespräch in Gefahr geriet, ins Zynische abzurutschen. Es war Zeit, das Thema zu wechseln, rechtzeitig zog auch Scheu die Bremse, als hätte er gespürt, was Arnold gedacht, aber noch nicht ausgesprochen hatte.

Er sage nur: Alles könnte ja auch ganz anders sein, wir könnten ja auch ganz anders leben, auch wir könnten es krachen lassen, wenn wir nur wollten.

Das Essen kam, Spaghetti mit Meeresfrüchten, dazu tranken sie Wein.

Arnold merkte, dass er Mühe hatte, sich zu konzentrieren. Noch immer klang das Telefongespräch mit Seisenbacher nach.

Wo treffen wir uns?, hatte dieser gefragt. Arnold hatte sich das noch nicht überlegt gehabt. Österreich kam nicht in Frage, Regensburg erst recht nicht, Seisenbacher sollte gar nicht wissen, woher die Anfrage genau kam, Arnold hatte lediglich gesagt, er rufe aus Süddeutschland an.

Die Raststätte Bayerischer Wald an der A3, kennen Sie die? Eine Autostunde nach Passau ungefähr? Arnold war dort schon öfter abgefahren, um Kaffee zu trinken. Die Raststätte war von Regensburg aus in kurzer Zeit zu erreichen, sie verabredeten sich für einen Freitagvormittag im Restaurant in nördlicher Fahrtrichtung.

Dort würde die Übergabe der *Info* und die Bezahlung des Honorars stattfinden.

Wie erkenne ich Sie?, fragte Seisenbacher schließlich.

Ich nehme eine *Süddeutsche* mit, sagte Arnold, wenn Sie wollen, ich werde sie in der linken Hand tragen. Ein kleines Täuschungsmanöver, das er damit in letzter Sekunde unternahm, eine kleine Tarnung, da in Deutschland ja jede Kleinstadt ihre eigene Tageszeitung hat; mit der *Mittelbayerischen* hätte Arnold sich genauer deklariert.

Beinahe hätte er überhört, was Scheu gerade von sich gab. Arnold vernahm den Namen Plößmann, er, Scheu, habe einen Bekannten in der Werbebranche, der ihm vor ein paar Tagen erzählt habe, dass diese Linguistin da, die Plößmann eben, in ihrer Freizeit hobbymäßig Namen für Markenartikel erfinde, der Bekannte habe die Frau kürzlich bei einer Besprechung kennengelernt. Ob er, Arnold davon wisse.

Da musste er passen, davon hatte er nie gehört. Namen für Markenartikel, für welche? Das wiederum wusste Scheu nicht. Wie heißt sie?, fragte er. Ulrike, sagte Arnold, bei uns am Institut heißt sie nur Ulli. Wofür erfindet sie? Für Toiletteartikel, Kleinwagen, Damenrasierer?

Ulli: *Uleva*, sagte Scheu. Eine Handcreme. *Ulva*, sagte er. Ein Damenrasierer. *Ulva* wie Vulva. Zu ordinär. Außerdem das U zu dunkel. *Aneva*. Klingt zu sehr nach anal, du bist fixiert, sagte Arnold. *Aneis*, sagte Scheu. Na, geht doch, sagte Arnold. Na, dachte er. *Na* hatte Plößmann heute Früh zu ihm gesagt.

Vielleicht war das gar kein Gruß gewesen. Vielleicht hatte die Kollegin an ihm bloß die Wirkung eines Markennamens in Entwicklung abgetestet. Was hatte er ihr geantwortet? *Na denn*. Klang das nicht wie ein Brotaufstrich? Oder gar wie die Eigenmarke einer Handelskette? *Nana. Shanana.* Das klang wie der Name für eine Popsängerin. *Nina*. Das klang nach einem flotten Zeitgeistmagazin für Thirtysomethings. *Nano*. Das war der Kleinwagen. *Nanu*: der Name des Konkurrenzprodukts für ein Überraschungsei. *Nonni*: eine exotische Eissorte mit nordischem Einschlag. Oder die Produktpalette einer Hostienbäckerei aus Mariazell. *Norma*: So hieß bereits eine Handelskette, aber auch eine Opernfigur. Das klang gesetzt, matronenhaft. Wofür konnte das noch stehen? Für ein Pflegeprodukt? Monatsbinden? Eine Kondommarke?

Vielleicht hätte ich Markennamenerfinder werden sollen, dachte Arnold. Die linguistische Kollegin, bloß zwei Türen weiter angesiedelt als er, schuf sich offenbar als Erfinderin von Cremeseife oder Fruchtjoghurt ein zweites lukratives finanzielles Standbein. Man musste nicht in einen New Yorker Club gehen, um einen anderen Lebensentwurf zu studieren. Welche Mechanismen waren wirksam, dass der Kollegin ein Angebot zulief, das sie heimlich in das Lager der Kreativen führte? Warum hatte ihn niemand gefragt? Oder hatte sie nach dem Angebot gesucht? War das Einsteinzitat (das mit der Dummheit) nicht bloß auf die Studierenden gemünzt, wie er morgens noch gedacht hatte, sondern auch auf Plößmanns Kollegen, also auch auf ihn? War es dumm von ihm, in der Pensionserwartungsstarre zu verharren?

Scheu sprach weiter in der Meinung, Arnold höre ihm zu. Arnold sah ihn sprechen, bemerkte, dass sich Scheu sein tiefblaues Hemd mit weißer Sauce bekleckert und dieses nur mühsam wieder gereinigt hatte: Auf dem Hemd war nun ein dunkler Fleck zu sehen, er beobachtete, wie Scheu mehrmals sein Handy kontrollierte, als erwartete er einen Anruf, aber er bekam nicht mehr mit, was Scheu ihm mitteilte.

Er spürte, wie die Müdigkeit in ihm hochkroch. Minuten später verabschiedeten sie sich. Arnold ging ins Institut zurück, den Rücken gebeugt, in sich verkrochen. Vielleicht verpasste er etwas, er wusste nur nicht, was.

Arnold war knapp dran, als er zur Raststätte abbog. Er war bei Bogen von der Autobahn ab-, dann gleich wieder Richtung Norden aufgefahren. Er parkte den Wagen und betrat, die *Süddeutsche*, die er am Morgen von zu Hause ins Büro mitgenommen hatte, unterm Arm, das Rasthaus. Ein paar Tage zuvor hatte Arnold hier Kaffee getrunken, dennoch schien ihm der Ort fremd; er konnte sich an kein einziges Gesicht des Personals erinnern. Mitarbeiter stellten in den Warmhaltevitrinen die Mahlzeiten bereit; noch war es eigentlich zu früh zum Mittagessen. Arnold blickte sich um und überlegte, wie Seisenbacher wohl aussah. Ein österreichischer Privatdetektiv: War der dick? Drahtig, wendig, ein glatzköpfiger Security-Mann, von Anabolika aufgeblasen wie ein Bodybuilder, wie man ihn vor jeder Disco und bei jedem Rockkonzert sah? Oder farblos und unauffällig wie er selbst? Auffällig unauffällig oder unauffällig auffällig wie ein Stasimann aus dem Osten? Billige Lederimitatjacke mit Cordhose? Der Innenraum des Restaurants war bis auf wenige Gäste unbesetzt. Auf der Terrasse draußen, an die ein Kinderspielplatz anschloss, saß ein Paar, er dick, sie untersetzt: sie vor einem Grillhähnchen, er vor einem Teller mit Fleisch und Knödel. Arnold sah auf die Uhr. Es war kurz nach halb elf. Vielleicht hatte sich sein Geschäftspartner aus Österreich verspätet. In dem Moment, in dem er sich vergewisserte, ob er die *Süddeutsche* in der Linken trug, sprach ihn jemand von hinten an. Arnold erkannte die Stimme wieder: Entschuldigen Sie. Die Stimme sprach nicht weiter, Arnold drehte sich um. Vor ihm stand ein Mann mit dunklem Wuschelkopf, der eben seine Sonnenbrille absetzte.

Die Sache Witt. Ich glaube, wir sind verabredet. Seisenbacher, guten Tag. Seisenbacher hatte die Stimme gesenkt, niemand war in der Nähe.

Er gab Seisenbacher die Hand und fühlte einen massigen, festen Druck. Sie gingen nach draußen auf die Terrasse. Seisenbacher zeigte auf einen Tisch hinten beim Zugang zum Kinderspielplatz. Der Spielplatz war nicht besetzt. Da vielleicht.

Sie setzten sich. Auf dem Tisch stand ein Körbchen mit Bierdeckeln, Salz- und Pfefferstreuer. Sie saßen kaum, da stand Seisenbacher wieder auf. Im Restaurant herrschte Selbstbedienung. Kaffee? Arnold nickte. Seisenbacher verschwand im Lokal.

Und jetzt? Es war ein bisschen wie in einem Film. Nur war kein Mord passiert, gar nichts. Arnold beschloss, das Spiel rasch hinter sich zu bringen. Die Frau ein paar Tische weiter war dazu übergegangen, die Haxen ihres Grillhähnchens mit der Hand zum Mund zu führen. Mit geschlossenen Augen, wie beim Küssen, biss sie Schenkelfleisch vom Knochen. Seisenbacher kam mit zwei Tassen zum Tisch zurück.

Er trug tatsächlich eine Lederjacke. Schwarz. Vermutlich echt. An seinem linken Arm baumelte ein goldenes Kettchen. Die Sonnenbrille lag auf dem Tisch. Seisenbacher faltete die Hände und sprach leise auf Arnold ein. Die vertrauliche Stimme eines Verständigen. Eines Priesters vielleicht, eines Arztes, eines Nachrichtenübermittlers. Eines Gerichtsvollziehers. Einer, der es gewohnt war, schonend auch schlechte Nachrichten zu übermitteln. In Seisenbachers Rede schwang Beruhigung. Wie gesagt, ich habe die *Info* bei mir, die sie gewünscht haben. Schön, sagte Arnold.

Seisenbacher legte ein Kuvert, das verschlossen, aber nicht verklebt war, auf den Tisch. Arnold lüpfte den Verschluss und sah einen Zettel, auf dem Katharina B. stand, daneben eine E-Mail-Adresse und eine Telefonnummer.

Dann ist die Sache für Sie ja gleich erledigt. Um es noch einmal zu betonen, es ist nichts Politisches, ganz und gar nicht. Arnold schalt sich im gleichen Moment für seine Erklärung. Seisenbacher hatte ihm keinen Anlass gegeben, sich zu rechtfertigen. Seisenbacher blieb cool und sagte gar nichts.

Was bin ich schuldig?, fragte Arnold.

So einfach war es auch wieder nicht, sagte Seisenbacher. Sie ist schließlich die Frau eines Prominenten. Und es sollte ja anonym bleiben.

Wie viel?, fragte Arnold.

Den heutigen Vormittag muss ich Ihnen schon rechnen, und die Reisespesen kommen dazu, sagte Seisenbacher. Aber darüber haben wir ja schon am Telefon gesprochen.

Seine Hände blieben ruhig und gefaltet am Tisch.

Ist schon okay, sagte Arnold.

Seisenbacher nannte die Summe. Sie war etwas höher als jene, die er ursprünglich genannt hatte. Unwillkürlich musste Arnold schlucken, kurz stieg Ärger in ihm auf. Gleich darauf beruhigte er sich. Das war nicht der Rede wert. Er zückte seine Börse und fächerte die Scheine auf den Tisch.

So banal ging ein Schwarzgeschäft vor sich.

Seisenbacher lächelte, strich das Geld mit der bloßen Hand ein und steckte es in seine Lederjacke. Abgehakt, sagte er und stand auf.

Arnold verspürte den Drang zur Toilette zu gehen und verabschiedete sich. Auf Wiedersehen, sagte er. Kommen Sie gut nach Hause.

Sie gaben einander die Hand. Seisenbacher hatte die Sonnenbrille wieder aufgesetzt und stakste davon.

Doch wie in einem Film, dachte Arnold. Als er aus der Toilette kam und zum Parkplatz ging, hielt ein Reisebus mit Wiener Kennzeichen direkt vor dem Rasthaus. Eine Gruppe aufgeräumter Senioren verließ eben den Bus. Arnold drehte sich noch einmal kurz um, von Seisenbacher war nichts mehr zu sehen. Das Kuvert mit der Info hatte er gefaltet und in seine Hosentasche gesteckt. Als er wegfuhr, bemerkte er, dass er die *Süddeutsche* im Lokal hatte liegen lassen. Das gab möglicherweise Ärger wegen des Magazins, das Verena gerne las. Er beschloss, die Zeitung in Regensburg nachzukaufen.

Im Auto bemerkte er plötzlich, dass er laut mit sich sprach.

Gestatten, Witt. Er lachte über seine eigene Fehlleistung.

In der folgenden Nacht schlief Arnold schlecht. Abends hatte er noch ein Bier getrunken, während er unkonzentriert den Wochentagsspieltag der Bundesliga im Fernsehen verfolgte. Gegen halb zehn kam Verena nach Hause, er hörte sie in der Küche hantieren; später schaute sie kurz zu ihm ins Wohnzimmer.

Anstrengend?, fragte er. Ging so, sagte sie. Sie hatte die Fähigkeit, sich perfekt zu entrollen – untertags war sie die aufnahmefähige, geduldige Zuhörerin, die die Bandbreite menschlicher Befindlichkeiten, Bedauerlichkeiten, Beschwernisse, Betrübnisse in sich aufnahm, abwog, analysierte, spiegelte; wenn sie nach Hause fuhr, ließ sie alle ihre Fälle in der Praxis. Ein wenig beneidete Arnold seine Frau um die Fähigkeit, alles sein lassen zu können. Sie war ausgeglichen, der ruhende Pol in der Familie, die Berufsjahre hatten sie gelassen gemacht – eine Gelassenheit, die sich auf die gesamte Familie positiv auswirkte. Er hatte keinen Grund, sich zu beschweren.

Arnold saß vor dem Fernsehschirm und schaute auf die Männer in ihren farbigen Trikots, die auf der Rasenfläche zwischen den Toren dem Ball nachliefen. In seiner Börse steckte das Kuvert, das ihm Seisenbacher übergeben hatte. Eine E-Mail-Adresse, eine Telefonnummer.

Wozu eigentlich?, fragte er sich. Was stand hinter seinem Wunsch, Kontakt mit Katharina aufzunehmen?

Sie war zwei Jahre jünger als er. Jenes *tragische Ereignis* – er hatte oft überlegt, wie er den Unfall am See in eine für Außenstehende begreifbare Kurzformel fassen konnte, die sein Gegenüber nicht ein Übermaß an Mitleid verströmen ließ – hatte sein Leben auf entscheidende Weise verändert.

Vor dem Unfall hatte er beim Vater in Linz gewohnt. Nach einigem Hin und Her stand schließlich fest, dass er nicht zu seiner Mutter, die nach der Scheidung mit ihrem Horst zusammenlebte, ziehen würde. Arnold war in ihrer neuen Familie unerwünscht und kam zu den Großeltern, die in der Stadt am See wohnten. Der Unfall war in den großen Ferien passiert, mit einem für die damalige Zeit erheblichen Medieninteresse. Arnold war für einige Wochen sozusagen weltberühmt gewesen, die Großeltern und er wurden von einer Welle des Mitgefühls erfasst, die nur langsam abebbte. Ab Herbst des Jahres besuchte er die vierte Volksschulklasse in der neuen Stadt, ein Jahr später wechselte er ins Gymnasium.

Er hätte das Mädchen, mit dem er am Nachmittag des tragischen Unfalltags im Garten gespielt hatte, vergessen, wenn ihn nicht ihr Vater, ein stadtbekannter Gendarm, bei der Abnahme der Fahrradprüfung am Ende der vierten Volksschulklasse erkannt und angesprochen hätte. Arnold war das peinlich gewesen. Er hatte das Gefühl, dass der Gendarm bei seiner Prüfung deswegen besondere Nachsicht hatte walten lassen.

Er sah Katharina erst zwei Jahre später wieder, als sie ins Gymnasium eintrat. Sie wohnte in einem Stadtteil Richtung Autobahn, Arnold kam da nie hin. Jahrelang gab es keinen Kontakt zwischen ihnen. Erst ab der vierten, fünften Klasse Gymnasium begann er sich für Mädchen zu interessieren, immer im Schutz einer Gruppe von Gleichaltrigen. Man traf einander im Strandbad, an der Esplanade und später, als die Ersten seiner Klasse eine Vespa fuhren, an den Treffpunkten der Jugendlichen: vor dem Kino, am Rathausplatz, bei der Stadtpfarrkirche. Damals gab es ein paar unbeholfene Annäherungsversuche im Dunkel des Kinos, schüchterne Kussversuche am Rand eines Zeltfests, in der Dämmerung in der Nähe des Sportplatzes. Die Großeltern waren streng und erwarteten gute Leistungen in der Schule, und Arnold, auf sich allein gestellt, tat ihnen den Gefallen. Das Lernen fiel ihm leicht, er war den anderen voraus, galt manchen auch als Streber. Weil er aber erfolgreich war, unterstützten ihn die Großeltern großzügig – sicher auch, um ihn vergessen zu lassen, dass er eben nicht in einer gewöhnlichen Familie lebte wie die anderen. Immer aber, wie unsichtbar, klebte der Makel des Unfalls an ihm, auch wenn nicht mehr darüber gesprochen wurde.

In der siebten Klasse besuchte er mit seinen Klassenkollegen einen Tanzkurs, bei dem er Katharina erstmals wiedersah. Sie hatte sich zu einer Schönheit entwickelt, der die Klassenkameraden nachpfiffen.

Warum und wann er sich in sie verliebte, konnte er später nicht erklären. Es geschah einfach. Er wünschte sich in ihre Nähe, er versuchte, sie auf dem Schulweg zu sehen, er freute sich, wenn er sie, auch wenn es nur in der Gruppe war, vor dem Kino traf oder wenn sie einander im Schulgebäude zufällig begegneten. Er verlangsamte seinen Schritt, er genoss es, sie *einfach zu sehen*. Ihre Figur war fraulich geworden, meistens trug sie ein Kleid, wie es üblich war, die Haare hatte sie zu einem Pferdeschwanz gebunden. Und immer war es ihr Blick, den er suchte. Er hatte über die Jahre vergessen, was er damals gefühlt hatte, als er bei ihr im Garten gewesen war; immer, wenn er sie jetzt ansah, stieg ihm wieder das Bild der Brücke auf, die sie mit ihren Blicken gebildet hatten. Und er hatte durchaus den Eindruck, dass es Katharina nicht unangenehm war, wenn sie ihn traf. Zu direkten Avancen seinerseits kam es nicht, dazu war er zu schüchtern, gerade Katharina gegenüber; auch sie war zurückhaltend. Bei Mädchen, die von selber die Initiative ergriffen, war auch er aktiver.

Dass Katharina denselben Tanzkurs besuchte, setzte ihn unter Stress, weil dieser nichts anderes als eine Art Wettbewerb war. Nur wenige Draufgänger deklarierten sich und erklärten, welche Mädchen sie bevorzugten, Arnold gehörte zu denen, die ihre Wünsche verbargen und die meistens auch mit einer anderen als der begehrten Partnerin vorlieb nehmen mussten.

Es gab ein paar Mädchen außer Katharina, die ihm gefielen, aber mit ihr zu tanzen war von Anfang an sein Ziel gewesen, das er wochenlang nicht durchsetzen konnte.

Bis eines Tages das Kommando Damenwahl hieß. Katharina war zielstrebig auf ihn zugekommen und hatte ihn aufgefordert, Arnold war heiß geworden und er war rot angelaufen. Da die ganze Klasse während dieses dramatischen Vorgangs der ersten Damenwahl einem immensen Stress ausgesetzt war, wurde seine körperliche Reaktion von niemandem weiter bemerkt. Katharina tanzte mit ihm und von diesem Tag an war ihm klar, dass sie ihm durchaus gewogen war und er nur weiter auf sie zugehen musste.

Ein paarmal wollte er sich mit ihr nach einer Kursstunde verabreden, da der Kurs aber während der Woche und also vor einem Schultag stattfand, musste Katharina jedes Mal bedauernd ablehnen; ihre Eltern erlaubten ihr nicht, nachher noch auszugehen. In dieser Zeit machte Arnold erstmals Bekanntschaft mit dem Alkohol: Bier löste die Zunge, machte die Schüchternheit vergessen, ließ die zarten Gefühle der Verliebtheit umschlagen in derbe Zoten über die *Weiber*, man stand drüber, Bier dämpfte die Sehnsucht, machte stark, Bier war männlich.

Als Arnold der Großmutter eines Nachts in das Vorhaus kotzte, war es mit seiner Freiheit vorbei. Bis zum Ende des Kurses musste auch er pünktlich zu Hause sein.

Der Kurs fand seinen Abschluss beim großen Schulball, der knapp vor den Ferien angesetzt war. Arnold hatte große Erwartungen in diesen Ball gesetzt, obwohl er schon vorher vom Tanzlehrer enttäuscht wurde, der die Paare für die Eröffnung zusammengestellt und ihn nicht mit Katharina zusammengespannt hatte. Aber ein Ballabend war mit der Eröffnung nicht zu Ende. An diesem Abend, so hatte Arnold geplant, wollte er *zuschlagen*. In seinem Kopf hatte er mehrere Varianten entwickelt, die alle darin gipfelten, mit Katharina in eine intime Situation zu kommen, sie wenigstens zu küssen und mit ihr zu vereinbaren, dass sie miteinander gehen würden.

Der Ball fand im Schloss am See statt, ein lauer Juniabend. Im Park brannten Fackeln, die man in den Boden gesteckt hatte, das Gelände war weitläufig, Arnold war sich sicher, endlich ans Ziel seiner Wünsche zu gelangen.

Nach der beklatschten Eröffnung, zu der auch die Großeltern und Katharinas Eltern gekommen waren, ging der Abend in eine rauschende Ballnacht über. Die Großeltern, beide bereits über sechzig, verabschiedeten sich rasch, Arnold hatte freies Feld, seinen Plan auszuführen. Zuerst verlief auch alles nach Wunsch: Bald nach den Pflichttänzen mit der zugewiesenen Tänzerin und nachdem Arnold einen Widersacher durch eine Finte aus dem Rennen geworfen hatte, forderte er Katharina auf und ließ sie dann nicht mehr los. Sie tanzten den ganzen Abend lang; zwischendurch lud sie Arnold auf ein Getränk ein, überlegte, wie er es anstellen könnte, mit ihr ins dunkle Freigelände zu gelangen, aber auch Katharina war in Hochform und drängte ihn immer wieder auf die Tanzfläche. Sie wirbelten alles, was sie in den Wochen davor erlernt hatten, Linkswalzer, Foxtrott, Tango, bewegten sich im Cha-cha-cha-Rhythmus, tanzten Rock'n'Roll und gingen in den Beatkeller, wo frei getanzt wurde. Katharina strahlte ihn an, das Strahlen ihrer Augen machte ihn trunken, Arnold fühlte sich am Ziel seiner Träume. Sie trug ein leuchtend rotes Kleid, das sie zur Ballkönigin machte: für Arnold jedenfalls.

Irgendwann wusste er: Das würde sein Abend werden. Sogar Toilettenpausen verbrachte er wartend vor der Tür, um sie wieder abzupassen und nicht an einen anderen zu verlieren.

Knapp vor der Mitternachtseinlage tanzten sie einen wilden Foxtrott, als sich Katharina plötzlich verknöchelte. Sie lachten, nichts Ernstes; Arnold ging mit ihr an einen der Tische, wo sie sich, verschwitzt, glücklich, leicht, setzten. Dann entdeckte Katharina, dass ein Stöckel ihres Schuhs gebrochen war. Was folgte, war eine jähe Katastrophe, ein unvermutetes Unglück. In einem ihm unverständlichen Anfall aus Verzweiflung und Sturheit erklärte ihm Katharina, dass der Abend für sie gelaufen war und sie nach Hause müsse. Er sah ihre Enttäuschung, er sah ihre Verzweiflung, es gelang ihm nicht mehr, sie umzustimmen. Katharinas Eltern waren bereits nach Hause gefahren, Ersatzschuhe standen nicht parat, es gab keinen Ausweg. Für ein Getränk blieb sie noch bei ihm sitzen, dann begleitete er sie nach draußen vor die Einfahrt zum Schloss, wo Taxis warteten. Der Abschied erfolgte rasch und wurde dem Verlauf des Abends nicht gerecht. Katharina war in ihrer Verzweiflung ganz bei sich, plötzlich ein zickiges Mädchen, eine Prinzessin auf der Erbse. Kein Auge mehr für den Prinzen. Ein flüchtiger Kuss auf die Wange, das war alles. Arnold blieb allein vor dem Schloss zurück, enttäuscht zuerst, dann kam ein Schwall von Wut, wie er sie vorher noch nie verspürt hatte. Er hatte alles riskiert, er hatte offenbar alles verloren wegen der Kaprizen dieser Zicke. Es war nicht zu fassen.

Arnold ließ sich volllaufen; an der Bar schaffte er es später, einem Mädchen aus seiner Klasse, das auch nicht mehr nüchtern war, die Zunge in den Mund zu stecken und sie abzutasten. Irgendwann sank er betrunken zusammen, in den frühen Morgenstunden forderte ihn jemand auf, mitzukommen. Im Auto der Eltern eines Freundes kam er nach Hause.

Wenige Tage später war Schulschluss. Arnold, der sich regelrecht verraten fühlte, sah keinen Grund, sich bei Katharina zu melden. An einem heißen Sommertag, Ausflugstouristen strömten durch die Straßen, traf er Katharina auf dem Weg zum Postamt noch einmal.

Es blieb keine Zeit, ihr auszuweichen, er wollte ihr auch nicht ausweichen.

Wir ziehen weg, sagte Katharina, Papa wird versetzt. Wohin?, fragte Arnold. Nach Wels. Und du?, fragte Arnold. Ich gehe ab Herbst dort zur Schule, sagte Katharina.

Ja dann, sagte Arnold. Er hielt ein Paket in der Hand, das seine Großmutter ihn aufzugeben gebeten hatte. In wenigen Minuten würde die Post schließen.

Das nächtliche Missgeschick beim Ball kam nicht zur Sprache. Für solche Situationen fehlte ihm das Vokabular. Kein: Vielleicht sehen wir uns wieder einmal. Schreib mir doch einmal. Ich liebe dich. Vergiss mich nicht. Ich werde dich vermissen. Ich würde dich gerne wiedersehen. Ich würde gerne den Kontakt mit dir halten. Ungesprochene Sätze.

Möglicherweise hatte er irgendetwas gestammelt von *Na dann,* und *alles Gute*. Sie hatte ihm zum Abschied die Hand gegeben, die noch lange brannte. Er hatte noch einmal ihren Blick gespürt. Dann war sie um die Ecke verschwunden. Er sah sie nicht mehr wieder.

Arnold hatte öfter überlegt, ob er diese Episode, die längst vorbei und nicht einmal eine richtige Liebesgeschichte gewesen war, Verena erzählen sollte. Ihr gegenüber hatte er einmal beiläufig angedeutet: Natürlich habe es zu Schulzeiten ein paar Liebschaften gegeben, alles unbedeutende Schwärmereien, er hatte auch überlegt, sie seinem Sohn zu erzählen: Wie sollte er jemandem, der sich mittels SMS, Handy, E-Mail verlieben, verabreden und auch wieder trennen konnte, sein jugendliches Missgeschick und seine Unfähigkeit, damit umzugehen, erklären? Arnold hatte es gelassen, das Erlebnis eingemottet, als unbedeutend in der Kiste seiner Erinnerungen abgelegt – tief unten, nichts weiter bedeutend als eine Träne, die sich in der damaligen Nacht in einen gewaltigen Rausch verwandelt hatte.

Jetzt saß er nächtens vor dem Fernsehapparat und sah die Fußballbilder flackern, hielt in der Hand den Zettel mit Katharinas E-Mail-Adresse und fragte sich: Warum möchte ich sie wiedersehen?

Benebelt ging er zu Bett, ohne eine Antwort zu wissen.

Er frühstückte allein, löffelte ein Gemisch aus Joghurt, Müsliflocken und Banane. Verena hatte ihm eine Mail von Kerstin ausgedruckt; sie war wieder gut in Stockholm gelandet, hatte sich mit Freunden zum Grillen in den Schären getroffen, freute sich auf das Wintersemester.

Was wollte er? Eine Affäre? Was trieb ihn an? Neugier, Langeweile, Liebesblödigkeit, Sentimentalität, Nostalgie?

Sein Leben zerfiel in zwei Teile: in den belasteten, gefährdeten Österreichteil und in jenen, den er in Deutschland verbracht hatte: Hier hatte er Verena kennengelernt, hier erst hatte er sein Leben in die Hand genommen. In Österreich war er das gehorsame und dankbare Kind seiner Großeltern gewesen, die ihm ermöglicht hatten zu studieren und zu promovieren. Er hatte nicht zu den Aufmüpfigen gehört; auch wenn er sich als Student gelegentlich eine Eskapade geleistet hatte, hatte er Rücksicht genommen auf seine Großeltern. Das Kind hatte früh gelernt: Seine Existenz allein in der Großmutterfamilie war Hinweis auf den *tragischen Vorfall*, der alles verändert hatte, den Unfalltod seines Vaters. In ihrem Enkelkind sahen die Großeltern ihren eigenen Sohn fortleben, ihren Enkel hüteten sie wie einen kostbaren Rohdiamanten, und der Enkel, der von ihnen schließlich auch adoptiert worden war, spiegelte diese Sorge wider. Arnold hatte seine Jugendjahre in vorauseilender Bravheit absolviert, seine Existenz flach angelegt, auf Schonung, auf wenige impulsive, exzessive Ausschläge, die Diätversion einer pubertären Existenz geführt. Die Großmutter war herzkrank und litt, besonders an schwülen Tagen, unter Asthma. Immer bestand die Gefahr, dass ihr irgendetwas die Kehle abdrückte, den Atem nahm. Alles, was Arnold im Haus der Großeltern unternahm, hatte etwas Gedämpftes, Zurückgenommenes. Rücksicht, Vorsicht, Umsicht, Einsicht, Nachsicht. Der Gescheitere gibt nach und der Esel fällt in den Bach. Vorsicht ist die Mutter der Porzellankiste. Übermut tut selten gut. Hochmut kommt vor dem Fall. Das waren die Bremsparolen.

Es war nicht alles möglich, was möglich gewesen wäre. Wenn er mit Freunden vor einem Porsche oder sonst einem schnellen Wagen stand, immer galt ihr Blick der Tachoscheibe: Wie hoch war jener Wagen angeschrieben?, lautete die entscheidende Frage. Entscheidend war nicht, wie schnell tatsächlich jemand fuhr. Allein die Tatsache, dass es möglich gewesen wäre, so schnell zu fahren, fanden sie aufregend.

Es gab die Verwegenen, die an den Wochenenden in den Tod rasten, es gab die Vorbilder im Fernsehen, Jim Clark, Jochen Rindt, Piers Courage, Helden, die auf der Strecke starben. Beim Begräbnis von Jochen Rindt, das wie ein Staatsbegräbnis begangen und im Fernsehen übertragen wurde, musste Arnold weinen. Popidole wie Jimi Hendrix und Janis Joplin waren bestimmt, kurz und heftig zu leben, um dann zu verglühen, über Arnolds Leben stand das Unglück des Vaters, der in relativ jungen Jahren *durch einen tragischen Unfall*, wie es auf der Parte hieß, verstorben war.

Das Projekt des umhegten Enkels war auf Dauer angelegt, auch auf ein Überdauern. Ein Griff der Großmutter an den Hals genügte, um in ihm die Seinsbremse anzuziehen; er war ein der Atemangst der Großmutter angepasster Jugendlicher gewesen, allzu angepasst.

Nach der Promotion erst hatte er sich frei gefühlt und sich

für ein Lektorat im Ausland beworben, wenig später für eine befristete Stelle in Regensburg. Daraus war eine Anstellung geworden, erst als Assistent, später eine Professur. In Regensburg hatte er Verena kennengelernt, die selbstbewusste, manchmal laute Tochter einer Vertriebenenfamilie aus dem Sudetenland, die sich im Grüngürtel von Regensburg in den Nachkriegsjahren ein Häuschen gebaut hatte.

Mit Verena begann ein neues Leben, Österreich verblasste; es hatte eine Phase gegeben, in der Verena sich stark für die Zerrissenheit seiner Herkunftsfamilie interessiert hatte. Sein Verhältnis zur Mutter war schon vor dem Tod des Vaters gespannt gewesen; nie hatte er ihr verziehen, dass sie den Vater verlassen hatte. Ein-, zweimal im Jahr rief er sie an, aus Pflichtgefühl, zum Geburtstag, zu Weihnachten, einmal im Jahr besuchte er sie in Linz, wo sie seit Horsts Tod allein lebte. Seine Halbschwester Andrea hatte er seit über zehn Jahren nicht mehr gesehen. Zum 70. Geburtstag seiner Mutter hatte sie eine Geburtstagsfeier ausgerichtet, zu der auch Arnold und Verena eingeladen gewesen waren. Man traf sich in einem Landgasthaus, Geschenke wurden überreicht, Freunde, Verwandte und Bekannte von Dolli, wie die Mutter genannt wurde, waren eingeladen worden, eine unübersichtliche Schar von Menschen, die Arnold nicht zuordnen konnte. An zwei Kinder Andreas konnte er sich erinnern, an Nicole, ein außerordentlich hübsches Mädchen, das er auf dem Spielplatz neben dem Gastgarten geschaukelt hatte. Bald hatten er und Verena die Heimfahrt angetreten, sie hatten sich fremd und nicht zugehörig gefühlt. Arnold war froh gewesen, wieder über die Grenze zu kommen.

Mehrmals war er mit Verena nach Österreich gefahren, hatte das Grab seines Vaters besucht, zwei-, dreimal verbrachten sie mit den Kindern eine Urlaubswoche am See. Als die Kinder älter waren, urlaubte die Familie in Griechenland oder Spanien. Österreich war zu belastet für Arnold, es gab keine Freundschaften mehr, die ihn in die Heimat seiner Kindheit führten, zwei

Schulkollegen, mit denen er lose verbunden war, waren ebenfalls ins Ausland gegangen, zu zwei, drei Freunden aus seiner Wiener Studienzeit gab es gelegentlich noch Kontakt, das war Österreich.

Arnold lebte in Regensburg, hatte sich hier mit Verena einen Freundeskreis aufgebaut. Hier waren ihre Kinder, waschechte Oberpfälzer, zur Welt gekommen, ihnen versuchten sie ein warmes Nest zu bauen, hier machten sie auch Karriere, Verena als Psychotherapeutin, er als Wissenschaftler. Auch Verenas Eltern waren bereits verstorben; jetzt in der Mitte des Lebens galt es, gemeinsam in Würde alt zu werden. In Pentling, südlich von Regensburg, hatte vor Kurzem ein neues Altenheim eröffnet. Wenn sie gelegentlich an einem Sonntagnachmittag dort spazieren gingen, blödelten sie, dass sie hier wohl einmal landen würden. Es war ein friedliches, ruhiges Fleckchen außerhalb der Stadt, sie würden nicht versäumen, sich rechtzeitig einen Platz zu reservieren.

Arnold kam gegen neun an die Uni und fuhr mit dem Aufzug hoch zum Institut. Hätte er sich besser gefühlt, wäre er zu Fuß gegangen. Außer Dascola, der Aufsichtsperson beim Eingang zur Bibliothek, bemerkte er niemanden. In seinem Büro schaltete er den Computer ein, hechelte die Mails durch, verbannte sie allesamt in den Papierkorb und blieb dann bewegungslos sitzen. Der Aufsatz wartete auf die Fertigstellung. In der Hand brannte die E-Mail-Adresse von Katharina. Arnold beschloss, einen Rundgang durch die Bibliothek zu machen. Der Lesesaal im Philosphicum I war um diese Zeit schütter besetzt, von draußen war das dumpfe Klopfen von Presslufthämmern zu hören – endlich hatte man begonnen, den bröckelnden Bau aus den Sechzigern zu renovieren. Arnold ging die Treppe hoch zur Galerie, wo sich die Computerarbeitsplätze und die Dauerarbeitsplätze der Diplomanden befanden. An ein paar Plätzen wurde bereits gearbeitet. Sonnenlicht, das durch die Oberlichte fiel, schnitt den Saal in regelmäßige Streifen. An den Laptop-Plätzen saßen eine Studentin und ein Student, Arnold nahm im Vorbeigehen wahr, dass beide mit demselben Spiel beschäftigt waren. Weiter vorne, vor dem Übergang in die Hauptbibliothek, bemerkte er eine seiner Hörerinnen: Sie trug eine schulterfreie weiße Bluse, die mit Trägern überkreuz am Nacken zusammengehalten wurde, eine dreiviertellange Hose und sie war barfuß. Sie gehörte zu den Studentinnen, die man als männlicher Lehrender nicht übersah, und die Frau wusste das auch. Sie drehte ihm den Rücken zu, aber sie musste ihn kommen gesehen haben. Sie sieht, dass ich sie sehe, dachte Arnold. Die Studentin kratzte sich an ihrer nackten Wade. Er ging an ihr vorbei, er spürte ihren Blick in seinem Rücken. Jetzt war er es, der sich nicht umdrehte. Es war ein Spielchen. Als er als Assistent an die Uni gekommen war, hatte er noch geglaubt, die Annäherungs- und Flirtversuche der Studentinnen gälten ihm persönlich; mittlerweise wusste er, dass ihm bloß ein väterlicher Part in diesem Bewunderungsspiel zukam. Keine dieser Studentinnen wollte ernsthaft seine Virilität locken; immer aber ging es darum, dass er ihnen gegenüber eine väterlich-unschuldige, durch keine sexuelle Annäherung getrübte Wertschätzung erkennen ließ.

Mehr verbot auch die Vernunft; ein Kollege, der sich vor Jahren auf eine Affäre mit einer Studentin eingelassen hatte, war nach einem entwürdigenden Disziplinarverfahren schließlich gekündigt worden.

Unverrichteter Dinge: Die Formulierung war passend. So kehrte Arnold ins Büro zurück. Der Spaziergang durch die Unibibliothek: eine verdeckte, mutierte Form des Büroschlafs. Man war in Bewegung, man erlebte, genoss vielleicht auch ein kleines erotisches Schauspiel: Das Kratzen der Wade, war das nicht für ihn allein inszeniert worden? Man tat, als ob, und verrichtete doch nichts. So verging der Tag. Vor der Tür der Kollegin Plößmann hatte jemand an der Tafel mit dem Einsteinzitat manipuliert und aus *Einstein* einen *Zweistein* gemacht, ein Kalauer, dem es allein beim Hinschauen schon an Wirkung gebrach.

Arnold saß im Büro und vermeinte auch hier die Presslufthämmer zu hören: Wie sollte er sich bei diesem dumpfen Lärm auf seine Denkarbeit konzentrieren? Er holte sich ein Glas Wasser aus der Teeküche, setzte sich an den Computer, änderte seinen Plan, holte den Laptop, den er nur benutzte, wenn er unterwegs war, aus dem Schrank und schloss ihn ans Netz. Was privat war, sollte privat bleiben und nicht über den beruflichen Server laufen. Er gab die E-Mail-Adresse über einen privaten Mail-Account ein und schrieb.

Liebe Katharina! Er strich die Formulierung durch. *Hallo Katharina! Wenn sich jemand nach so langer Zeit wieder einmal meldet, ist eine Erklärung notwendig. Kurz: Wenn es den Zufall gibt im Leben – und manchmal wage ich an ihn zu glauben –, dann hat der Zufall es gewollt, dass ich dir heute schreibe. Weißt du, dass wir am Dienstag vor zwei Wochen zur selben Zeit am selben Ort gewesen sind?* Er nannte den Ort, er nannte die Zeit. *Es war Zufall, dass ich in dem Moment mit meinem Vortrag (über Fanny Greipel und Adalbert Stifter) fertig geworden und für die Dauer einer Zigarette ans Fenster getreten bin und dich gesehen habe. Wie du, deinen Mann begleitend, nach der Wahlveranstaltung mit ihm weggefahren bist. Ich sage dir: Du hast dich nicht verändert. Und: Ich verspürte spontan den Wunsch, Kontakt mit dir aufzunehmen. Ich hoffe, das ist dir nicht unangenehm und bleibt unter uns. Ich dachte mir: Es gäbe viel zu erzählen. Und vielleicht auch etwas auszuräumen, wer weiß? Ich weiß beinahe nichts von dir, allein, an deine Adresse zu kommen, war ein kleines Abenteuer.*

Wenn du Interesse hast, würde ich mich über ein Lebenszeichen sehr freuen.

Mit lieben Grüßen Arnold (inzwischen Regensburg), der ein kleines, aber wichtiges Kapitel seines Lebens mit dir teilt. Alles andere schriftlich oder mündlich.

Solltest du auch nur den geringsten Anlass haben, diese Mail als belästigend zu empfinden, bitte ich dich um Löschung, gegebenenfalls um eine kurze Nachricht. Dir ungewollt zu nahe zu treten wäre das Letzte, was ich beabsichtigte. Liebe Grüße, Arnold.

Er drückte auf Senden und fühlte sich gut. Erleichtert. Zu Mittag ging er in die Mensa. Die Studentin mit der schulterfreien Bluse saß drei Tische weiter und lächelte ihm freundlich zu. Depp, sagte Arnold zu sich und lächelte zurück.

Als er sich auf den Weg zum Mittagessen mit Scheu machte, fiel ihm auf, dass Plößmann den Spruch mit der Dummheit abgenommen und durch ein Plakat von Janosch ersetzt hatte. Darauf prangte ein dicker grüner Frosch mit breiter Zahnreihe und der Empfehlung *LACH DOCH MAL.*

Arnold stellte sofort eine Verbindung zwischen diesem und dem vorigen Spruch her, ohne zu wissen, in welcher Absicht Plößmann das Plakat gewechselt hatte. Hieß das, dass die Dummen über sich lachen sollten? War der Spruch eine Botschaft an den anonymen Scherzbold, der aus Einstein einen Zweistein gemacht hatte? Konnte man mittels der Sprüche Plößmann beim Denken zusehen? Hatte sie sich zuerst über die Dummen entsetzt, brach sie jetzt in ein sardonisches Lachen über sie aus?

Arnold fiel der gepolsterte Sessel vor seiner Bürotür auf, an dem er mindestens fünfzehn Mal am Tag vorbeirannte, ohne ihn genauer zu betrachten. Sowohl die Rückenlehne als auch der Sitzteil waren mit Stoff überzogen; auf dem Sitzteil breitete sich ein dunkler Fleck aus. Die unbekannte Herkunft dieses Fleckes beschäftigte Arnold beim Gang in die Pizzeria. Im Kopf skizzierte er die Übung *Fleckenkunde*. Vielleicht wurde ja sinngemäß eine ähnliche Lehrveranstaltung in Forensik gehalten: bei den Medizinern? Bei den Juristen? Bei den Chemikern? Man nahm eine Gewebsprobe und konnte binnen Kurzem feststellen, welcher Flüssigkeit sich ein Fleck verdankte und unter welchen Umständen jener möglicherweise auf den Polstersitz geraten war. Arnold ging verschiedene Möglichkeiten durch: Kaffee, Cola oder Apfelsaft waren naheliegend, kriminalistisch interessanter schienen andere Flüssigkeiten: Körpersäfte (gab es Tränen, die dunkle Flecken machten?), Speichel, Blut, Ejakulat. Ich denke mir hier unbezahlt und unbedankt den Kopf für ein anderes Fach wund, dachte Arnold, wer denn von den Chemikern, Juristen, Kriminologen machte sich Gedanken über die verwinkelten Baupläne literarischer Werke? Die lasen vielleicht zwei, drei Krimis im Urlaub und damit hatte es sich. Auch wieder richtig, dachte Arnold: Auch ich produziere ununterbrochen Körpersäfte, Ausscheidungen, Ohrenschmalz, Kaffeeflecken, Saucenpatzer, Ölflecken, Benzinspritzer (wie groß war der volkswirtschaftliche Schaden durch das an den Zapfsäulen verschüttete Benzin?) und mache mir keine Gedanken über die Herkunftsgeschichte von Flecken und deren Entsorgung. Das war übrigens noch ein schönerer Lehrveranstaltungstitel als Fleckenkunde: *Flecken I. Herkunftsgeschichte*. In seinem Kopf setzte sich ein drastisches Bild fest: Die Studentin, die ihm gern schöne Augen machte und vornehmlich mit schulterfreien Blusen in seiner Vorlesung saß, kopulierte laut stöhnend mit einem Kommilitonen vor seinem Büro, um ihn drinnen zu reizen. Sie vögelten direkt vor seinem Büro und hinterließen einen kleinen Fleck auf dem Stuhl als eine stumme, schreiende, provokante Botschaft: Wir sind jung! Wir dürfen das! Unzulässige Fantasien, schalt sich Arnold und brach die Fantasie ab.

Scheu saß schon in der Ecke, jetzt häuften sich die Donnerstage, an denen Arnold ihn warten ließ; eine Ganzjahresstatistik hätte vielleicht darüber Auskunft gegeben, ob Arnold tatsächlich immer der Zuspätkommende war (den das Leben bestrafte, sagte der Spruch, respektive Gorbatschow: warum eigentlich?, fragte sich Arnold). Gefühlt war er nämlich der meist *Erstkommende*.

Scheu hatte schon bestellt und offenbar auch bereits sein Thema gefunden. Vor ihm lag das *ZEITmagazin* aufgeschlagen mit einer Deutschlandkarte, die den Verbrauch von Katzenfutter auf das Bundesgebiet verteilt anzeigte. Während Arnold in der Speisekarte blätterte und schließlich eine Quattro orderte, dozierte Scheu bereits zum Thema Seitensprung. Arnold musste überhört haben, wie der Übergang vom Katzenfutter zum Seitensprung vor sich gegangen war. Wäre doch interessant, meinte Scheu, eine Art

Seitensprungkataster herauszugeben. Einmal im Jahr veröffentlicht das Statistische Zentralamt eine Karte, auf der verzeichnet ist, in welchen Bundesländern, in welchen Städten prozentuell, bezogen auf legalisierte Beziehungen, meinetwegen auch auf Lebenspartnerschaften, erweiterte Scheu, die meisten Seitensprünge begangen werden.

Man müsse da zwischen mehreren Fällen unterscheiden. Interessant wären a) der Wohnort der Seitenspringer (Forschungshypothese: die östlichen Bundesländer, die mangels Abwechslung schon immer eine liberalere Einstellung zu solchen Sachen gehabt hätten), b) der Ort des Geschehens (Forschungsansatz: Findet der Seitensprung vermehrt im Alltag statt oder etwa an signifikanten Orten, etwa im Urlaub, sprich: Handelt es sich bei Ost- und Nordsee praktisch um einen Seitensprunglandstrich?, oder aber findet der klassische Seitensprung gediegen sozusagen vor der eigenen Haustür oder gar im eigenen Haus statt?), c) die Religion der Seitenspringer (Forschungsansatz: Gibt es einen signifikanten Nord-Süd-Unterschied, der auf unterschiedliche religiöse Prägungen hinweist? Forschungshypothese: Im katholischen Süden werde signifikant mehr zur Seite gesprungen, im protestantisch strengen Norden Seitensprünge dafür signifikant weniger gebeichtet; Sonderfragestellung: Gibt es eine Korrelation zwischen Seitensprung und Atheimus?; Sonderfragestellung: Wie hoch ist die Zahl der Seitensprünge in der islamisch geprägten Bevölkerung, spielen dort die machistische Prägung, das Frauenbild eine Rolle?), d) Sonderfragen: Trinken Seitenspringer eher Bier oder Wein?, e) Parteizugehörigkeit: Poppen SPD-Anhänger häufiger auswärts als jene von CDU und CSU, sind die Grünen Kostverächter, wie liberal sind die Liberalen? f) Konsum- und Mobilitätsverhalten: Springen Vielreiser häufiger fremd? (Forschungsannahme: Ja, weil es mehr Möglichkeiten gibt), sind Schnitzelesser tendenziell eher fremdgeil als Vegetarier? (Forschungsannahme: Eher ja, weil jede Form von Askese auf eine Triebblockade hinweise) et cetera.

Scheu steigerte sich in einen ausufernden Seitensprungmonolog, dem Arnold, an seiner Quattro herumschneidend, nur mehr ungefähr folgen konnte. Warum quasselte Scheu ausgerechnet heute über dieses Thema, warum ging es nicht um Fußball oder, seinetwegen, um den Papst aus Deutschland (der ja an der Uni Regensburg gelehrt und in unmittelbarer Nähe gewohnt hatte: Sein Haus in Pentling wurde in der Zwischenzeit zu einer quasi heiligmäßigen Devotionale hochstilisiert)? Hatte Scheu Lunte gerochen, hörte er das Gras wachsen?

Scheu merkte nicht einmal, dass Arnold keine Lust hatte, in die Debatte einzusteigen.

Zwei Tage nach seiner Mail hatte Katharina ihm geantwortet. Er hatte die Nachricht überflogen, nervös wie ein pubertierender Fünfzehnjähriger. Ihre Zeilen waren von nüchterner Klarheit und Kürze. Und ohne jede Doppeldeutigkeit, hatte er beim ersten Lesen gedacht. Bei einer zweiten Lektüre des Textes von *Katharina I* (das war der Philologe, der Positivist in ihm: Alles, was in seiner Mailbox landete, war Text, jede Mail von Katharina wurde nummeriert, und nur eine ihrer Nachrichten konnte die *Nummer eins* für sich beanspruchen) hatte er dann doch zu grübeln begonnen.

Sie fasste sich kurz, schrieb, dass sie tatsächlich überrascht gewesen war, von ihm zu hören. Nach so vielen Jahren. Dass er sich überhaupt noch an sie erinnere? Und dass sie es im Nachhinein witzig fände, dass sie sich beide zur selben Zeit am selben Ort befunden hatten. Und dass sie nichts von ihm wisse, unter welchen Umständen er lebe, auch von Regensburg habe sie aus seiner Botschaft erstmals gehört. Ob es den Zufall gäbe?

Dass ich verheiratet bin, weißt du, schrieb sie. *Mein Mann steht gerade im Wahlkampf. Keine leichte Zeit für ihn (und für mich)*, wie sie in Klammern anfügte. *Hast du Kinder? Unsere Tochter studiert in Wien.* An dieser Stelle brach ihre Auskunftsfreudigkeit ab. *Aber vielleicht interessiert dich das gar nicht*, schrieb sie. Und sie schloss mit dem kryptischen Satz, der unkommentiert am

Ende ihrer Mail stand und der ihn einen Tag ratlos zurück ließ: *Was wollen wir machen?*

Vielleicht höre ich ja wieder von dir? Sei gegrüßt von Katharina.

Er musste an sich halten, um ihr nicht umgehend zu antworten. Der Anstand gebot Einhalt, der Erwachsene in ihm sprach: Lass dir Zeit, lass ihr Zeit. Du wirst doch nicht den Hungrigen, den Ungeduldigen spielen.

Er gewährte sich einen Tag, über ihrem Satz zu meditieren: *Was wollen wir machen?* Was meinte sie damit? Was bedeutete denn das Verb *machen*? *Machen*: Das deutete ein Tun an, eine Aktion, über das einander Schreiben hinausgehend. Aber sie hatte nur angedeutet.

Was wollen wir machen? Arnold wusste zweierlei: dass er sich das noch keineswegs überlegt hatte, und dass auch Katharina unschlüssig darüber war, wie ihr Kontakt weitergehen sollte.

Oder war doch alles klar?

Wenn sie rekapitulierte, was und wie es gewesen war, als sie einander tatsächlich das letzte Mal gesehen hatten – er war neunzehn gewesen, sie siebzehn! – damals hatten Abba die Charts dominiert, die Beatles hatten sich gerade ein paar Jahre vorher aufgelöst: Also, Herr Professor, seither waren dreißig Jahre vergangen! –, wenn sie sich also daran erinnerte, unter welchen Umständen sie einander das letzte Mal tatsächlich gesehen hatten: Dann konnte seine jetzige Kontaktaufnahme ja nichts anderes bedeuten, als dass noch etwas offen war zwischen ihnen.

Er setzte sich an den Laptop und tippte seine Antwort.

Versuchte seine stille Freude zu verschleiern. Er wollte nicht zu offensiv formulieren, deponierte aber doch vorsichtig den Wunsch: Ein Treffen irgendwann, schrieb er, wäre schön, ein Spaziergang irgendwo, einmal einen Kaffee miteinander trinken. Der Satz kam ihm schwammig vor und er überlegte, ob er nicht deutlicher werden sollte. Dann schrieb er doch nur: Verstehe mich bitte nicht falsch. Es geht nicht ums Aufwärmen, beschwichtigte er, aber es geht uns ja immer ums Leben.

Verstehe mich bitte nicht falsch: Er wusste, dass es fies war, so zu schreiben. Das hieß alles und nichts, das war eine nebulose, verantwortungsabschiebende, sich selbst absichernde Formulierung. Wie konnte sie einer derart blödsinnigen Bitte, ihn nicht falsch zu verstehen, überhaupt entsprechen? Jemanden falsch zu verstehen hieß: Es gab ein Richtig und Falsch. Die Formulierung: *Dass du mich richtig verstehst* war doch genauso verkehrt und unmöglich.

Was schaust du? Ist irgendetwas los mit dir?

Scheu hatte endlich, da sie schon länger an ihren Pizzatorten herumschnitten, bemerkt, dass Arnold noch so gut wie gar nichts gesagt hatte. Mein beredtes Schweigen, antwortete Arnold kauend und sagte damit: nichts.

Nicht gut drauf?, bohrte Scheu weiter.

Ein Aufsatz, der den Magen verdirbt, sagte Arnold und bemerkte, dass er den Teil der Quattro, die mit Champignons belegt war, völlig gedankenlos in sich hinein geschlungen hatte.

Sollen wir lieber über den Bolognaprozess sprechen, feixte Scheu, der wusste, dass Arnold genug von der Punkterechnerei hatte.

Arnold schüttelte den Kopf.

Ich kann aber nicht weg. Maximal eine Autostunde weit. Mehr ist nicht drin. Mein Vater, erinnerst du dich an ihn?, ist in der Zwischenzeit ein Pflegefall. Ich habe eine Betreuung organisiert, dennoch braucht er mich. Vielleicht höre ich ja wieder von dir?, hatte sie geschrieben.

Der Satz war als Frage formuliert. Wie sollte er das Fragezeichen interpretieren? Als Bitte? Als Wunsch? Als Begehren?

Wo gefällt es dir? Ich komme dir entgegen. Lg A., hatte er ihr geantwortet.

Sie antwortete einen Tag später. *Manchmal fahre ich an die tschechische Grenze. Kennst du den Moldaublick? Den Aussichtsturm im Böhmerwald?*

Er antwortete ihr umgehend: *Wann?*

Sie vereinbarten einen Termin für den kommenden Samstagnachmittag. *Mein Mann ist unterwegs. Heiße Phase im Wahlkampf*, schrieb sie. *Ich warte am Parkplatz vor dem Gasthaus. Beim Ausgang der Loipen*, schrieb sie.

Arnold wusste, dass Verena unterwegs war. Sie hielt irgendwo bei Stuttgart ein Seminar. Das schrieb er Katharina nicht. Er schrieb: *Ich freue mich* und fügte einen Scherz mit Smiley an: *Woran erkennst du mich?* Sie schrieb zurück, ebenfalls mit Smiley: *Hast du dich so sehr verändert? Du kannst ja zur Sicherheit eine SZ mitnehmen.* Er schrieb ihr zurück, übermütig, gut gelaunt: *Keine Angst, ich werde dich erkennen. Aber abgemacht: Ich werde eine SZ dabeihaben. In der linken Hand.*

Es war ein Spiel.

Scheu reagierte ein bisschen gekränkt, dass Arnold so wortkarg vor ihm saß, und wechselte extra das Thema, sprach über die aktuelle Situation beim Jahn. Das war kein Spiel, das war eine Katastrophe, das war ein Abwehr-Desaster, sagte Scheu, der am Samstag im Jahnstadion eine neuerliche Niederlage miterlebt hatte.

Es ist ein Spiel, dachte Arnold. Der Gedanke gefiel ihm und machte ihn leicht. Scheu merkte nichts, nichts von Arnolds Euphorieschub drang nach außen.

Es ist doch nur ein Spiel, sagte Arnold plötzlich laut und Scheu schaute ihn verdutzt an. Du verharmlost die Situation, sagte Scheu. Wenn wir so weitermachen, steigen wir ab.

Am Samstag früh hatte er das Bedürfnis, sich um Verena zu kümmern. Seminare, die sie auswärts leitete, durchbrachen die Routine ihres Berufsalltags, der sonst auf die Arbeit mit Einzelklienten und kleinen Gruppen beschränkt war. Wenn sie sich auf ein Seminar vorbereitete, stieg in den Tagen vorher ihre Nervosität, auch wenn sie versuchte, sich nichts anmerken zu lassen. Sie tänzelte wie ein Rennpferd vor einem wichtigen Rennen und war dankbar, wenn ihr jemand den Haushaltskram abnahm.

Während sie duschte – sie hatte vor, nach dem Frühstück abzufahren –, besorgte Arnold Gebäck aus der Bäckerei, Käse und Wurst vom Metzger. Sie hatten es sich angewöhnt, samstags ein ausgiebiges Frühstück einzunehmen, wochentags frühstückte jeder für sich allein. Arnold machte Kaffee, deckte den Tisch, legte die *SZ* dazu und war fertig, als Verena sich mit noch feuchten Haaren zu ihm setzte. Übermorgen um diese Zeit ist alles bereits Schnee von gestern, sagte sie, ihren Bannspruch hersagend, mit dem sie ihre Nervosität bekämpfte.

Arnold liebte diese Samstagsfrühstücke. Er konnte ohne Zeitdruck essen und Zeitung lesen und dann das gewohnte Wochenendprogramm abspulen: auf den Markt fahren, eine Radtour unternehmen, seine Wochenlektüre beenden – er hatte sich vorgenommen, wenigstens einen Roman pro Woche zu lesen und seinen Vorsatz leider zu oft gebrochen. Jetzt merkte er, dass auch er nervös war. Ich denke wie sie, dachte er: Ich darf mir nichts anmerken lassen. Er verharrte in einer nichts übertreibenden Haltung: nicht nur schweigsam in die Zeitung starren, aber auch nicht gar nicht Zeitung lesen: Das tat er doch beim Frühstück immer. Nicht zu viel Körperkontakt: Das mochte Verena nicht, wenn sie nervös war, aber auch nicht gar keinen. Dann nämlich fragte sie schnell nach: Ist irgendetwas? Am Vorabend hatten sie miteinander geschlafen. Ihr Triebprogramm funktionierte noch immer, sie waren aufeinander abgestimmt und verschafften sich respektvoll, aber unspektakulär ihre hirnphysiologischen Genüsse, um dann friedlich ineinander verkeilt einzuschlafen und sich, wenn die Augenlider im Traum flatterten, wieder zu entwirren. Er spielte den Samstagvormittagsehemann, wach, aber nicht zu frisch, unternehmungslustig, aber nicht zu sehr. In Verena lief längst das Aufwärmprogramm für das Seminar: Sie hechelte noch einmal den genau geplanten Ablauf im Kopf durch, dieses Ritual beruhigte sie.

Er las das *Streiflicht*, sie schaute nach dem Wetterbericht. Kurze Sätze pendelten zwischen ihnen hin und her. Zu vereinbaren waren: das sonntägliche Abendessen: Sollten sie essen gehen, wollte Arnold kochen? Wär doch schön, sagte Verena und griff nach seinem Arm, er öffnete die Handflächen: Na ja, wenn's sein soll, dann werde ich dir morgen den Koch machen. Hannes, der angehende Abiturient, musste sanft beaufsichtig werden. Arnold sollte ein Auge auf ihn werfen, dass er ja nicht vergaß, für die anstehende Mathearbeit zu lernen. Wann, war egal, aber eine Zeit dafür musste eingeplant werden.

Arnold half Verena, den Koffer in den Polo zu hieven, sie hasste es, beim Fahren unter Zeitdruck zu stehen, und brauchte stets Zeit, sich an einem neuen Ort zurechtzufinden. Bis morgen Abend dann und viel Spaß, sagte sie. Es war bewölkt, aber es würde nicht regnen.

Sie küssten einander flüchtig, dann fuhr sie ab.

Später kam Hannes verschlafen an den Frühstückstisch und klang, nach seinen Plänen gefragt, reichlich vage. Ja, vielleicht würde er mit Freunden nach München fahren (ja, mit der Bahn, aber das sei noch nicht sicher), oder vielleicht am Abend in ein Konzert in die alte Mälzerei gehen. Und was war mit Mathe? Die Antwort kam schnell: Morgen. Morgen sei nix los. Morgen. Schon fix gebucht, vielleicht kam ja Felix zum Lernen.

Felix? Arnold zog fragend die Augen hoch: Ein Felix war – nomen est omen –, was Mathe betraf, jederzeit willkommen, aber ein Felix war ihm nicht bekannt. Felix eben, sagte Hannes und gähnte, einer aus der Parallelklasse.

Dann ist alles bestens, sagte Arnold und wusste, dass er nicht mehr gebraucht wurde. Mittags würde Hannes sich aus dem Kühlschrank versorgen, abends zur Sportschau ebenfalls; außerdem würde er dann wieder zurück sei.

Ich ziehe mich zurück, sagte Arnold. Wenn es was Dringendes gebe, das Handy sei abgeschaltet, er rufe ihn, wenn nötig, zurück.

Hannes rückte mit einer Tasse Kaffee und einer Schinkensemmel in sein Zimmer ab, Arnold räumte den Frühstückstisch ab und machte sich fertig für einen Samstag im Büro, was immer dann geschah, wenn ein Abgabetermin drängte. Er tat so, als müsste er tatsächlich ins Büro gehen. Er spielte für sich selbst, niemand war da, der sein Schauspiel beachtet hätte: das Überprüfen der Aktentasche, waren die Unterlagen verstaut, lagen Handy und Schlüssel bereit? Für alle Fälle kam ein Schal mit, Arnold hatte es nicht gern kühl um den Hals. Gegen halb zehn war er mit seinen Vorbereitungen fertig und fuhr los.

Er hatte überlegt, über den Bayerischen Wald ins Mühlviertel zu fahren, nahm dann aber doch den Weg über die Autobahn. In Passau fuhr er auf die kaum befahrene Straße entlang der Donau Richtung Linz; bei Wesenufer wechselte er auf die nördliche Seite des Stromes. Im Kopf versuchte er nachzuzählen, wie oft er die Donau bereits gequert hatte. Die Donau, der Fluss, das war die Verbindung zu früher: seiner ersten Stadt Linz. Später hatte es ihn flussaufwärts verschlagen. Dazwischen lagen: nicht Welten, aber die Städte waren doch sehr verschieden, Arnold hatte das Vergleichen nach wenigen Jahren aufgegeben. Er hatte die zurückhaltende Art der Oberpfälzer, die der der Mühlviertler ähnlich war, schnell gemocht.

Als seine Schwiegereltern noch gelebt und beizeiten am Küchentisch von ihrer Jugend erzählt hatten, leise und verhalten, in der Zeit, in der er Verena zum Ausgehen abgeholt hatte, und auch später, wenn er durch Regensburg ging, hatte er sich oft gefragt, woher diese Zurückhaltung stammte: Wie viele Bewohner hatten die Erfahrung der Flucht in den Knochen, den Krieg, die Scham, das Gefühl, alles verloren zu haben? War die Zurückhaltung der Schwiegereltern, ihre geduckte Ruhe, ein verhallendes Echo jener Zeit? Oder bloß Ausdruck jenes gemütlichen, traditionsgebundenen Charakters, den man den Oberpfälzern zuschrieb?

Durch das Mühlviertel fahrend ließ er seinen Regensburger Kopf zurück, Vorfreude erfasste ihn. Ein Gefühl der Leichtigkeit im Bauch: So hatte er sich als Kind gefühlt am Tag, ehe der Urfahraner Jahrmarkt begann, so hatte er sich den ganzen Tag über gefühlt, als er den Vater im Meisterjahr des LASK ins Stadion begleitet hatte, so hatte er sich als Jugendlicher auf das Tanzen mit Katharina gefreut.

Bei Ulrichsberg bog er von der Bundesstraße ab, bald ging es durch kleine Ortschaften hindurch steil bergauf. Oben weitete sich eine Hochfläche, auf der im Winter Langläufer trainierten. Er konnte sich nicht erinnern, seit dem Tod seines Vaters jemals wieder hier gewesen zu sein. Damals endete die Fahrt nach einigen Kilometern Richtung Norden an der tschechischen Grenze. Hier war das Ende der begreifbaren Welt; jenseits war ein fremdes Land, fremder als alle Mittelmeerländer, fremder als das ferne Amerika. Knapp vor dem Zollhaus steht eine Kirche, errichtet von den vertriebenen Sudetendeutschen, eine Kapelle der Tränen und versteckten Sehnsüchte, verschämter und totgeschwiegener Kinderträume. Arnold erinnerte sich an einen Ausflug mit den Eltern dahin, das Altarbild, das Maria auf der Flucht nach Ägypten zeigt, daran, dass sie Kerzen entzündet hatten und anschließend zum Moldaublick gewandert waren, von wo aus die Vertriebenen in das verunmöglichte Land der Kindheit hinüberschauen konnten.

Er bog beim Gasthaus ab, von dem der Fußweg zum Moldaublick wegführt. Ein windiger Samstagnachmittag. Graue Wolken am Himmel, aber kein Regen. Arnold stieg aus. Es war kühler, als er vermutet hatte. Er holte die Jacke aus dem Wagen und zog sie über. Der Parkplatz war menschenleer. Vor dem Gasthaus ein Ständer, auf dem jemand mit Kreide die Preise von ein paar Gerichten angeschrieben hatte. Arnold bemerkte, dass sich auch auf der anderen Straßenseite in Richtung der Wanderstrecke ein Parkplatz befand. Diesen Weg schlug er ein; noch sah er niemanden.

Am Ende des Straße, dort, wo die asphaltierte Trasse in einen sogenannten *grünen Weg* überging (wann hatte er diese Formulierung zuletzt gedacht?), stand eine Frau, die mit einer roten Jacke bekleidet war. Als er näher kam, erkannte er Katharina.

Er ging langsam auf sie zu. Vielleicht bemerkt sie meinen schiefen Gang, dachte er, meine schiefe Hüfte. In diesem Moment fiel ihm ein, dass er die *Süddeutsche* zu Hause auf dem Küchentisch vergessen hatte. Er grüßte Katharina erst, als sie eine Schrittlänge voneinander entfernt waren. Er unterdrückte den Impuls, sie auf die Wange zu küssen. Ihr Händedruck war fest. Kühler Wind rauschte durch die Wipfel, Katharina fasste an ihr Halstuch. Aus der Nähe sah er, dass sie älter geworden war; ihre Augen waren so dunkel, wie er sie in Erinnerung hatte. Sie waren Kinder gewesen. Irgendetwas kratzte ihn in der Kehle.

Sie sagte als Erste etwas: Grüß dich. Jetzt sehen wir uns wieder.

Er kniff die Lippen zusammen. Kein Scherz, keine ironische Anmerkung. Kein: Der Professor geht in die Knie (diese Bemerkung kam ihm erst bei der Rückfahrt). Er war ergriffen von der Einfachheit der Situation. Zwei erwachsene Menschen, keine jungen mehr, standen sich an einem Waldrand im böhmischen Wald nahe der tschechischen Grenze gegenüber, gerüstet für einen Spaziergang durch den Wald.

Später dachte er: Wissenschaftlich gesehen sind solche Empfindungen nicht mehr vorgesehen. Seit der Moderne, spätestens seit der Postmoderne. Dafür gibt es keine Sprache, keine Kategorien mehr. Die Grenzen des Zynismus sind die Grenzen meiner Welt. Ironie mildert ab. Außerhalb aber bleiben: Gefühle, Sentiment, Empfindung, Romantik, Irrationalität. Wenn ich an diese Grenze gehe, bewege ich mich im Hochland des Selbsthohns, im Hochmoor der Lächerlichkeit. An der Hohngrenze. Was ist der Mensch? Vivisektion von hirnphysiologischen Vorgängen. Ein hormonell gesteuertes Tier. Gefühlsaufschnitt. Sekretcocktail. Verliebtheit: seniler Sabber. Glotzt nicht so romantisch! Das Höchstmaß an Möglichkeit: Ich könnte zitieren, was ich zu spüren glaube. Mir selber würde niemand mehr glauben, außer ich erklärte mich freiwillig zum Idioten.

Da bin ich, sagte er. Der Satz kam unvermutet aus seinem Mund, für die Situation eigentlich zu spät. Ohne Zeitung, sagte er mit einem bedauernden Lächeln.

War nicht nötig, sagte Katharina. Dann: Gehen wir.

Sie spazierten nebeneinander den Waldweg entlang, der leicht bergan führte.

Das Gespräch kam zögerlich in Gang. Arnold merkte, dass er sich fremd fühlte, dass es ihm anfangs nicht gelang, in den oberösterreichischen Dialekt, den sie sprach, einzusteigen. Er sprach in seinem bayerisch eingefärbten Idiom. Wenn er von seiner Arbeit erzählte, wechselte er – unbewusst – ins Hochdeutsche. Erst allmählich kehrte das Gefühl der Leichtigkeit zurück, er fühlte ein Einverständnis seines Körpers mit der Situation, die sagte: Es ist gut, wie es ist, gleichzeitig eine Scheu, einen Hauch von Schüchternheit, die ihn für Momente zurückzog in das Kind, den unsicheren Jugendlichen, der er gewesen war.

Sie sprachen leise, gedämpft, sie gingen nebeneinander her. Fast sprachen sie vor sich hin, als führten sie ein Selbstgespräch, sie hatten einander, außer bei der Begrüßung, nicht angesehen. Sie trugen ein Geheimnis zwischen sich.

Wer bist du?, fragte er sie. Wahnsinn, sagte er, nach so vielen Jahren. Sie hatten Belangloses geredet: über den Anfahrtsweg hierher, darüber, dass Katharina mit ihrem Vater vor seiner Erkrankung öfter hierher gekommen war; ihre Mutter lebte nicht mehr.

Dann begann sie zu erzählen, er hatte als Erster gefragt: Sie hatte das Gymnasium in Wels beendet, später in Salzburg studiert: So war man einander nie mehr begegnet. Nach dem Publizistikstudium hatte sie eine Stelle bei der Arbeiterkammer gefunden und dort auch ihren späteren Mann kennengelernt. Früh hatte der sich in der Studentenpolitik engagiert, rasch war er nach Beendigung seines Studiums in der Parteizentrale in Linz aufgestiegen. Sie war ihm nach Oberösterreich zurück gefolgt. Gemeinsame Wohnung, Heirat. Später der Hausbau außerhalb von Linz. Da war die Tochter schon längst auf der Welt. Sie hat unser Leben ganz schön durcheinandergewirbelt, erzählte Katharina. Sie sei dann ein paar Jahre bei der Kleinen zu Hause geblieben, später wieder in den Beruf eingestiegen. Die Jahre mit der Tochter: Kindergarten, Volksschule, Gymnasium, Pubertät, erster Freund. Tränen trocknen. Er kannte das wohl auch. Teilzeitmitarbeit in der Presseabteilung einer Sportorganisation. Daneben ehrenamtliche Tätigkeit in der Organisation einer Sozialeinrichtung. Als ihre Mutter krank wurde, begannen die häufigen Besuche in Wels, nach deren Tod dann der schwierige Versuch, den Vater zu betreuen, der in der Zwischenzeit in Pension gegangen war. Und du wirst lachen, sagte sie und schaute ihn von der Seite an, sie sei auch in einer Leserunde engagierter Frauen, die Neuerscheinungen läsen und sich regelmäßig zum Austausch träfen. Ein-, zweimal im Jahr organisierten sie Lesungen bekannter Autorinnen und Autoren. Und Tennis spiele sie leidlich gern, und das Wandern liebe sie. Und das Reisen. Und das Lesen. Dann: Jetzt erzähl doch du.

Dann erzählte er. Sie gingen langsam, sie schlenderten, sie achteten darauf, wie ihm schien, nicht zu schnell ans Ziel zu kommen. Sie kosteten den Spaziergang aus.

Wanderer kamen ihnen entgegen, er glaubte, ein paar tschechische Worte zu vernehmen. Er erzählte, was es zu erzählen gab. Stockholm? Die Stadt hätte sie auch gern einmal besucht. Die Frau Psychologin? Hieß das, er hätte eine Therapeutin im Haus? Germanistik? Die Studenten heute: hätten sich wohl sehr verändert im Vergleich zu ihrer beider Zeit.

Regensburg? Ließ sich da wohnen?

Dann gingen sie nebeneinander her und schwiegen, wie Kinder, die sich verständigt hatten und die auf den Weg achteten: auf Steine und Wurzeln, auf das Klopfen eines Spechts, auf das Rauschen der Baumwipfel, wenn eine Böe in sie fuhr. Das Brummen einer Motorsäge. Den Kondensstreifen eines Flugzeugs am Himmel.

Warum hast du mir geschrieben?, fragte sie ihn unvermittelt.

Er, nach einer Pause: Eine Laune. Ich weiß nicht genau, warum. Ich wollte dich einfach wiedersehen. Ich kann gar nicht genau beschreiben, was mir da alles durch den Kopf ging.

Sie schwieg. Er schwieg.

Ich habe dich nicht vergessen, sagte er leise.

Sie blieb stehen. Er blieb stehen. Sie sah ihn an. Er bemerkte feine Falten, die von ihren Nasenflügeln zum Mund führten. Sie sah noch immer jung aus. Fast so, wie er sie in Erinnerung gehabt hatte. Sie war eine schöne Frau. Er begriff, warum er in sie verliebt gewesen war. Dann sah er die Brücke, die Verbindung, die von ihren Augen zu seinen führte. Er bemühte sich wegzuschauen, die Verbindung zu kappen. Sein Blick verfing sich in dem ihren, einen Augenblick zu lange; so wie sie einander damals in die Augen gesehen hatte. Das geht nicht, dachte er. Der Kopf sagte nein. Das Kind, der junge Mann in ihm genoss den Augenblick.

Sie kamen zur Raststation, wo man den Eintritt für die Besteigung des Turmes zahlte.

Jedes Mal, wenn ich da raufklettere, muss ich mich ein wenig überwinden, sagte sie. Ich bin nicht ganz schwindelfrei. Er ließ ihr den Vortritt. Die Metallkonstruktion des Turmes schwankte unter den Füßen. Eine Familie mit zwei Kindern kam ihnen entgegen. Auf halber Höhe hatten sie die Spitzen der Tannen erreicht. Dann standen sie oben auf der Plattform.

Sie waren allein und blickten sich um. Da war ich oft mit meinem Papa, sagte Katharina. Da hat er hinübergeschaut und mir erklärt, wie die Dörfer hießen, die durch den Stausee verschwunden oder gesprengt worden sind. Und da drüben ist Oberplan, sagte Arnold. Herr Stifter lässt grüßen. Sie traten an das Fernrohr, das an einem Metallfuß montiert war, und an die Tafel, an der eine Karte mit dem Panorama der umliegenden Bergspitzen verzeichnet war: vom Schöninger im Norden, auf Tschechisch Kleť, bis zum Ötschergebiet in Niederösterreich. Katharina fasste Mut und ging einen Schritt vor, stemmte sich aber doch mit einer Hand gegen die Brüstung, um nicht senkrecht hinunterzuschauen. Ganz schön hoch, sagte sie und lachte.

Ihr Lachen verzauberte ihn und machte ihn hilflos; er legte seinen Arm um sie, kurz nur; eine Geste, als wollte er sie schützen. Er spürte ihre Schulter, sie spürte seinen Arm. Sie standen vielleicht eine Minute reglos und spürten den Wind, der vom Norden kam. Dann sprachen sie nicht mehr.

Lärm drang von unten herauf; er löste die Berührung, dann kehrten sie um und machten einer Wandergruppe Platz. Langsam stiegen sie nach unten.

Sie ging vor ihm, er sah sie von der Seite an: Ihre Wange erzählte eine kleine verblasste Geschichte, ihr Ohr, an das er sich geschmiegt, ihr Nacken, den er umfangen hatte.

Sie hatten die Ausflugstour absolviert und standen unschlüssig vor der Imbissstation, die Suppen und Würstel anbot.

Und jetzt? Was machen wir jetzt?

Nicht hier, sagte er und schlug vor, man könne ja noch irgendwo in der Nähe Kaffee trinken. Sie gingen den Waldweg zurück bis zum Parkplatz.

Sie gingen in der seltsamen Erwartung, es würde noch etwas Entscheidendes passieren. Er fragte nach, erkundigte sich nach ihrer Familie, nach dem Beruf ihres Mannes. Man war erwachsen, es war kindisch, diese Fragen auszuklammern, er hatte beschlossen, sich nicht von den Gefühlen von damals fangen zu lassen. Er vermeinte sich wieder im Griff zu haben.

Kein leichtes Leben, wenn der Partner dauernd unterwegs war, eine öffentliche Person, eine Projektionsfigur, eine Wundertüte: Man sprach ihn an und erwartete umgehend Lösungen für komplizierte Probleme. Die Erwartungshaltung an einen Politiker war groß: eingesogen mit der Muttermilch seit Generationen. Wir haben heute alles, was wir brauchen, sagte Katharina, aber wir haben nie genug. Das kannst du keinem klarmachen, von dem du möchtest, dass er dich wieder wählt. Die, die zu wenig hätten, natürlich gebe es die: Sie sei in diesem Bereich engagiert; diese hätten keine Stimme, keine Lobby, machten das Kraut nicht fett. Jetzt gebe es nichts mehr zu verteilen. Sinowatz, erinnerst du dich, der Unterrichtsminister war, als wir maturierten, die Witzfigur für viele: Weil er sich zu sagen traute, dass alles ziemlich kompliziert sei: Er habe auf traurige Weise recht gehabt. Wer aber heute so rede, schlüpfe freiwillig in die Rolle des Kasperls.

Die Schwierigkeit eines Politikers von heute, den Leuten den

Unterschied zwischen dem berechtigten Anspruch auf soziale Zuwendungen und einer weit verbreiteten Versorgungsmentalität klarzumachen. Mit fünfzig in Pension gehen, Hacklerregelung für viele. Hackler, verstehst du? Damals waren das Schwerarbeiter in der Industrie, Menschen, die am Bau schufteten, Forstarbeiter, die gefährliche Arbeiten verrichteten; heute nehmen vor allem Beamte diese Regelung in Anspruch.

Der Idealismus der früheren Jahre sei heute vernebelt durch Pragmatik, gedämpft durch ermüdende Grabenkämpfe, abgeschnitten durch die Erfahrung von Ohnmacht, die sich der Globalisierung verdanke. Politik gestalten? Geld verwalten, ja. Das bisschen, das da sei. Auch Andreas sei mit den Jahren abgestumpft, zähle die Jahre bis zur Pension und träume davon, sich in die private Sicherheit zurückzuziehen. Lesen, Wandern, Zeit für die Familie, für ein ruhiges Frühstück: Das sei derzeit beschränkt auf ein paar Tage Urlaub im Jahr. Das Handy als Dauerdominator. Wir haben alles, sagte Katharina, uns fehlt nichts. Aber wir haben keine Zeit, zu genießen, keine Zeit, uns zu spüren.

Ich bin mit einem Workaholic verheiratet, sagte sie unvermittelt. Es handle sich um die Sucht mit der höchsten sozialen Akzeptanz. Die Sucht werde abgegolten. Mit öffentlicher Wahrnehmung. Mit der Präsenz in den Medien. Mit einer Zuvorkommenheit, die mit der Zeit als Selbstverständlichkeit aufgefasst werde. Der Spezialplatz im Restaurant, das Netzwerk der Freunde, die Dauerpräsenz in den Zeitungen. Sie habe vor Jahren entschieden, sich aus dem Berufsleben ihres Mannes zurückzuziehen. Ich spüre die Basis, ich weiß, wie es in der Wohnung eines Sozialhilfeempfängers riecht, ich habe wenigstens eine Ahnung davon, wie es Müttern geht, die mit ihren nintendo- und internetsüchtigen Kindern nicht zurande kommen, ich weiß, wie viel das billigste Puddingprodukt beim Diskonter kostet. Für Andreas drücken sich soziale Missstände bloß in Zahlen aus, die, wenn schon nicht aus der Welt zu schaffen, wenigstens der Konkurrenz zuzuschieben seien.

Und dann gebe es noch die Bereiche der Politik, in denen permanent weggeschaut werde: der Rechtsradikalismus, die Verrohung von Jugendlichen, der Umgang mit Migranten. Herabgebrochen auf ein Sicherheitsproblem. Keinen Sensus mehr für politische Probleme außerhalb des Landes: Flüchtlinge aus Afrika, die vor Italiens Küste absaufen. Nicht unser Problem, weiter im Text. Gegen die Ohnmacht helfe dann wieder der Zynismus: *Bildungskitsch, Gutmensch*. Eine Gereiztheit im Land, die Folge einer gefühlten, aber nicht eingestandenen Ohnmacht sei. Der unverhohlene Hass auf den politischen Gegner als österreichisches Erbe, nahezu ungebrochen konserviert, frisch vererbt aus der Zwischenkriegszeit. Die Politikverdrossenheit der Jungen und aller als Folge. Tageshedonismus.

Es geht uns gut, gesundheitlich, finanziell. Persönlich habe ich aber das Gefühl, im goldenen Käfig zu leben, sagte Katharina.

Ich wollte eigentlich gar nicht so viel von mir erzählen. Die Welt werden wir heute sowieso nicht verbessern, sagte sie.

Sie schwiegen. Zwei Wanderer kamen ihnen entgegen, einer der beiden mit einer weißen Mönchskutte. Stift Schlägl, sagte Katharina, das Kloster mit dem Bier. Der Stiftskeller mit den Weinfässern.

Arnold erinnerte sich. Als er mit den Eltern zum Moldaublick gefahren war, waren sie dort noch eingekehrt.

Dann waren sie am Parkplatz angelangt.

Was machen wir?, fragte Katharina und lächelte.

Wie lang hast du Zeit?

Sie handelten eine kleine Verlängerung aus. Arnold merkte, dass sie nicht darauf eingestellt war, noch sehr viel länger mit ihm zusammen zu sein. Das Gespräch mit ihm hatte sie unruhig gemacht.

Sie betraten kurzerhand das Gasthaus; eine einfache, urige Gaststube, deren Einrichtung seit Jahrzehnten nicht erneuert worden war, wie es schien.

Als sie Kaffee tranken, lag der Abschied schon über ihnen. Er saß seitlich von ihr und überlegte, ob er seine Hand auf ihre legen konnte. Er sah ihr in die Augen. Sie lächelte ihn an.

Ich hätte schon noch einiges zu bereden mit dir, meinte er. Dann überwand er sich: Ich würde dich gern wiedersehen, sagte er. Wenn du möchtest, fügt er hinzu.

Heimlich, still und leise, sagte sie erstaunlich trocken.

Heimlich, still und leise, wiederholte er. Er suchte den schmalen Grat der Zweisamkeit. Ich hoffe natürlich, dass du meine Mails auch wieder löschst. Sie sind nicht für die Ewigkeit geschrieben.

Vielleicht kann ich ja einmal dienstlich bei dir anfragen. Für einen Vortrag zum Beispiel. Sie meinte es ernst.

Bitte?

Ist nicht auch die Literatur einmal angetreten, weltverändernd einzuwirken? Wie steht's heute damit? Vielleicht kannst du uns was darüber erzählen.

Du müsstest offiziell anfragen.

Kann ich machen.

Er zahlte, sie ließ sich einladen. Er begleitete sie zu ihrem Wagen.

Ich habe mich sehr gefreut, sagte er leise. Es war ein bisschen kurz. Ich möchte dich wiedersehen. Und, wenn ich sagen darf, du siehst immer noch so bezaubernd aus wie früher. Aber das sollte ich wohl nicht sagen.

Wurde sie rot? Das hatte er sich vielleicht gewünscht. Den Kleinmädcheneffekt. Vielleicht hatten sich ihre Wangen auch nur durch das Gehen und Erzählen gerötet. Er gab ihr die Hand, er umarmte sie, küsste sie auf die Wangen.

Pfiat dich, sagte sie. Er hörte den Gruß seiner Kindheit.

Sie startete den Wagen, winkte kurz und fuhr davon.

Auf der Heimfahrt ging er in die scharfe Selbstzensur. In der Postmoderne ist eine solche Situation gar nicht mehr vorgesehen, dachte er. Was war dann mit den Stoffen der Weltliteratur? Gretchen und Faust, Tristan und Isolde, Orpheus und Eurydike, Romeo und Julia. Was mit den Obsessionsgeschichten? Lady

Chatterley? Lolita? Relativ willkürlich hatte er vor einiger Zeit begonnen, Texte für eine Vorlesung zum Thema Liebe als Topos in der Literatur zusammenzustellen und zu lesen. Das Thema war zu breit gefächert: Ging es um die Liebe in einer ehelichen Beziehung, um heimliche Liebe, um Eros und Thanatos, um Eifersucht, um Rache, um Verzeihung, um Altersliebe? In einem Text eines Amerikaners, dessen Namen er bereits wieder vergessen hatte, hatte er von einem Mann gelesen, der eine Frau betrachtete, die ihm gefiel, und dachte: *Ich würde sie gerne ficken.* Der Autor schrieb weiter: *Die meisten Männer unterziehen Frauen dieser imaginären Prüfung. Wenn sie ehrlich sind, geben sie es zu. Und wenn sie anständig sind, handeln sie nicht entsprechend.*

War es so? Dachte er so? War *ficken* seine Wortwahl? Und ging es überhaupt darum? War er ehrlich? War er anständig? (Was hieß das denn?) Was bedeutete: nicht entsprechend zu handeln?

Sinowatz hatte recht gehabt.

Er saß im Auto; das Wetter war schlechter geworden, es hatte zu regnen begonnen. Um noch ein bisschen länger zu fahren, schlug er nicht den kürzesten Weg zur Donau ein, sondern fuhr über die Dörfer und Kleinstädte des Bayerischen Waldes zurück nach Deutschland. Erst bei Deggendorf fuhr er auf die Autobahn auf. Er sprach mit sich selbst.

Ziemlich kompliziert, sagte er vor sich hin.

Es regnete, die Scheibenwischer fegten knarrend hin und her, er hatte Mühe, sich zwischen den Wassergischten, die die Reifen der Lastwagen aufwirbelten, zurecht zu finden. Erst vor Regensburg ließ der Regen nach. X-mal über die Donau gefahren, dachte er. Katharina würde bereits zu Hause sein. Sie hatte nicht gesagt, weswegen sie nach Hause musste. Sie hatten nicht über ihre Zeit in der Schule geredet, nicht über das Ballunglück, nicht über den tragischen Unfall am See. Er merkte, dass ihm aufgefallen war, wie sie gerochen hatte. Er konnte den Geruch nicht beschreiben, nur seine Wirkung. Ihr Geruch hatte ihn aufgeregt. Erregt. Er saß am Steuer und sprach mit sich selbst.

Ich liebe dich, sagt er. Nach einer Weile wieder: Ich liebe dich.

Das ist die Schwundstufe, sprach der Zensor in ihm.

Ich würde sie gern ficken, das war postmodern. Das ging durch als postmodern. Viril, materiell gedacht, physisch. *Ich liebe dich*: Das war die Sprache von gestern. Das war die Sprache von Büchern, Papier. Arnold erinnerte sich nicht, diesen Satz in seinem Leben genau so verwendet zu haben. Im Süddeutschen hieß das: Ich mag dich, ich habe dich gern. Ich liebe dich: Das hing zu hoch. Das ging nicht. Am Theater hieß es: Was gestrichen ist, kann nicht durchfallen.

Gegen Abend kam er nach Regensburg; das Haus war verlassen, am Küchentisch lagen Brotkrümel, die Schnittblumen in der Vase konnten noch einmal Wasser vertragen. Für die Sportschau war es zu spät, Hannes hatte einen Zettel auf dem Küchentisch hinterlegt: Bin in der Mälzerei.

Arnold ging in den Arbeitsraum, schaltete den Laptop ein, sah routinemäßig die Mails durch. Katharina hatte ihm bereits geschrieben: *Ich möchte dich wiedersehen.*

In dieser Nacht schlief er schlecht.

Es war um ihn geschehen.

Am Sonntag hatte er sich abgelenkt, war aufs Rad gestiegen und ein Stück donauabwärts gefahren, um in einer Gastwirtschaft zu essen.

Unzählige Wespen trieben die Essenden zur Eile, die Gläser waren mit Bierdeckeln abgedeckt. Am Nachbartisch lärmten Kinder, drahtige Menschen in farbigen Radanzügen saßen zufrieden und in völliger Übereinstimmung mit ihrer Fitness bei ihren Putenschnitzeln, die Fahrradhelme griffbereit neben sich aufgestellt, wie Zweitköpfe, dachte Arnold. Ein sublimiertes Memento mori; Sennbach fiel ihm ein, der Altphilologe auf der gegenüberliegenden Seite des Instituts. Der hatte auf seinem Schreibtisch einen Totenkopf stehen, der angeblich echt war.

Die Kellnerinnen trugen Dirndlkleider mit tief ausgeschnittenen Dekolletés und präsentierten ihre braun gebrannten Brüste wie Sommeliers, die Flaschen zur Prüfung über den Tisch reichten.

Die Einheit von Lukullik und Erotik war längst verlorenen gegangen. Alles zu seiner Zeit, alles an seinem Platz. Die Schaulust allein war noch vorgesehen; Arnold überlegte kurz, ob er die Kellnerinnen bedauern sollte, und verwarf den Gedanken. Arnold überlegte, ob er jemanden kannte, der ihm die Präsentation von sekundären Geschlechtsmerkmalen als Stillleben (Äpfel, Birnen sah Arnold, aber auch Kürbisse und Kokosnüsse) aus der Ethnologie zwingend nachweisen konnte. Präsentiert wurde ja ununterbrochen, wenn auch sublimiert: Arnold sah sich um, sah Tattoos, Haarspangen, eng anliegende Radlertrikots. Vor der Gastwirtschaft standen die Wohlstandausweise auf vier Rädern: aus München, aus Ingolstadt, aus Regensburg.

Er schwang sich aufs Rad und konzentrierte sich auf das Fahren, genoss den Fahrtwind, nahm die Gerüche einer frisch gemähten Wiese wahr, den Geruch von Moder, der mit einem Schwall kühler Luft von der Donau heraufzog. Er verbot sich, über den Tag hinaus zu denken, versuchte, die Gedanken an den Vortag vorbeiziehen zu lassen, so wie die Donau an ihm vorbeizog. Die Gegenbewegung beim Nachhausefahren: Unbeirrt floss die Donau nach Süden, während er nach Regensburg zurückradelte: In wie vielen Tagen mochte das Wasser bei dieser Geschwindigkeit bis nach Linz fließen?

Am Montagmorgen saß er am Frühstückstisch und war mit der Betrachtung des Fingernagels am rechten Ringfinger beschäftigt. Er hatte die Nagelschere nicht gefunden, der Nagel war gewachsen, unter ihm hatte sich ein sichelförmiger Streifen Dreck gebildet. Wäre er ein Chemiker gewesen, wäre es ihm möglich gewesen, eine Analyse seines Fingernageldrecks vorzunehmen; auffallend war, dass der Dreck unter dem Nagel sich nicht gebildet hatte, weil Arnold tatsächlich in Dreck, schmutzige Erde gegriffen hatte, sondern einfach so. Es gab keine plausible Erklärung dafür. Arnold hielt den Fingernagel an die Nase und roch daran mit einer schnaubenden Aufziehbewegung: Der Fingernagel roch nicht abstoßend, sondern *interessant*, eine Kategorie, die sich Arnold in seinen Lehrveranstaltungen, wenn es darum ging, literarische Texte zu beschreiben, von der ersten Stunde an verbat.

Verena wirkte aufgeräumt, aufgebaut, das Seminar hatte sie gefordert, aber auch beglückt. In der Feedbackrunde hatten sich die Teilnehmer – Arnold fragte nicht weiter, Verena berichtete keine weiteren Details – sehr positiv über das Seminar geäußert. Wieder ein paar Burn-outs abgewendet, sagte sie. Prävention sei alles. Angespornt ging Verena in die neue Woche und ließ ihn, den Spätstarter, am Frühstückstisch zurück.

Während er das Geschirr in den Spüler räumte, vermengten sich zwei Morgenerkenntnisse in seinem Kopf: Es gibt keine plausiblen Erklärungen. Und: Prävention ist alles. Es gab nicht wirklich eine Erklärung dafür, was mit ihm in den letzten Tagen passiert war. Wenn Prävention aber alles war, hieß das wohl, dass er Vorkehrungen treffen musste.

Er fuhr mit dem Rad zur Uni. Bei einer Bäckerei vor einer Ampelkreuzung fuhr ein Auto ohne Rücksicht aus einer Parklücke, sodass er bremsen und absteigen musste. Er hob instinktiv die rechte Hand, das Auto brauste davon. Kurz spürte er, wie der Ärger in ihm hochstieg und das Gefühl, zu kurz zu kommen; bis er an der Uni anlangte, hatte er sich wieder beruhigt.

Als er über den Uniplatz ging, fiel ihm auf, wie er mit dem Rhythmus seiner Schritte den Satz *heimlich, still und leise* vor sich in den Boden trat. *Heimlich, still und leise.* Im Viervierteltakt, mit einer Pause auf der Vier. Er spielte den Satz, er klapperte ihn in seinen Schritt, bis er im Philosophicum angelangt war.

Er ging zu Fuß in den zweiten Stock hinauf. Oben angekommen, hatte der Satz eine neue Kette von Bedingungen gesetzt. Arnold hatte sich nämlich vorgenommen, Katharina nicht sofort zu antworten. Angekommen im Philosophicum weichte er seinen Vorsatz durch eine Reihe neuer Bedingungen erheblich auf: Wenn Dascola nicht in der Koje beim Eingang zur Hauptbibliothek saß (er hatte einen Tag pro Woche frei, gelegentlich blieb er am Montag zu Hause) und wenn gleichzeitig das rote Körbchen neben der Bürotür (das als Postkorb für hausinterne Nachrichten und für die Abgabe von kleineren Arbeiten benutzt wurde) leer war: Nur wenn diese beiden Ereignisse gleichzeitig eintraten, würde er Katharina heute *nicht* antworten, ansonsten sähe er seinen Vorsatz durch die Umstände aufgehoben.

Dascola saß in seiner Koje, hatte die *Mittelbayerische Zeitung* mit aufgeblättertem Sportteil vor sich liegen – der Jahn hatte wieder vergeigt – und hob nur flüchtig den Kopf, um zu grüßen. Er bekam nicht mit, dass er soeben durch seine bloße Anwesenheit eine Erlaubnis erteilte, die Arnold augenblicklich in Aufregung versetzte. Dass im roten Körbchen eine Mitteilung des Unisportinstitutes lag, spielte schon keine Rolle mehr.

Arnold setzte sich an den Schreibtisch, zwang sich, den Computer ausgeschaltet zu lassen, und machte sich an die Zweitbegutachtung mehrerer Nachklausuren, die eine Woche zuvor geschrieben worden waren. Gegen elf Uhr und nachdem er sich mit den vorgeschlagenen Zensuren einverstanden erklärt hatte, drehte er eine Pausenrunde im Stockwerk. Arnold betrachtete die Bäumchen, die auf dem Dach des Innenhofs wuchsen: Sie taten dies unerlaubt, inkompatibel mit der Ordnung dieser Universität, in leiser Subversivität, kleine Gefangene ohne Perspektive. Arnold war sich sicher, sie würden nie über den Rand des Hofes hinausschauen. Vorher, vielleicht erst knapp davor, würde ihnen jemand von der Hausverwaltung mit einer Säge oder einer Harke auf den Leib rücken und sie entfernen.

Aufgeregtes Tratschen vor den Büros in der Anglistik. Das Zimmer der japanischen Lektorin stand offen. Immer, wenn Arnold dieser Kollegin begegnete, fiel ihm Yoko Ono ein: Yoko, als sie jung gewesen war: love and peace.

In Sennbachs Büro brannte Licht; an Sennbach, an den Totenkopf auf seinem Schreibtisch, hatte Arnold ja heute schon gedacht.

Eine Art Soziogramm der Gedanken aufstellen: Wer hatte heute schon an wen gedacht? Wer dachte an einen und man wusste nichts davon? In wessen Gedankenwelt tauchte man auf wie ein Unglücksrabe, wem verursachte man Magendrücken, nur weil der an einen dachte, wem zauberte ein Gedanke an jemanden ein Lächeln ins Gesicht?

Arnold fiel auf, dass in der klassischen Philologie signifikant weniger Plakate und Aushänge die Wände zierten. Ließ das auf eine messbar größere Introversion der Altphilologen schließen? Saßen diese, bildlich gesprochen, introvertiert und in sich gekehrt in ihren Zimmern und meditierten über Totenköpfen, das Sinnbild ihrer Vergänglichkeit? Waren die Wände tot, weil die Sprachen *tot* waren – eine Bezeichnung, mit der man Sennbach bis zum Wutanfall provozieren konnte?

An der Wand zwischen dem Büro von Ulli Plößmann und dem Literaturwissenschaftler Beigler hing ein Plakat von Heiner Müller (mit Brille; natürlich mit Brille! War der auch mit Brille beerdigt worden, oder war er verbrannt worden? Wurden Brillen bei Einäscherungen, weil zur Person gehörig, mit verbrannt?). Müller guckte aus einem Gully. Unter dem Plakat die Aufschrift: *Der Abgrund unter mir heißt Zukunft.*

Arnold fiel ein, dass ein neues Gerücht über Plößmann die Runde machte: Angeblich hatte sie sich für einen Lehrstuhl in Bochum beworben. Gerüchte dieser Art kreisten im Institut so häufig wie der Wochenspeiseplan der Mensa.

Er sah, dass er eine Mail aus Österreich bekommen hatte, er begriff erst nach dem zweiten Lesen. Es ging um eine Anfrage für einen Vortrag. *Sehr geehrter Herr Professor*, hieß es da. Als Sie kürzlich einen Vortrag in Österreich hielten, haben wir Ihren Namen. Da wir ja auch. Beschäftigen wir uns hauptsächlich mit belletristischen Neuerscheinungen, die sich mit Fragen der

Gegenwart – Auswirkung der Globalisierung auf das Arbeits-, soziale und private Leben von Menschen auseinandersetzen. Wollten Sie dazu gern einmal zu einem Vortrag. Würden uns sehr freuen, wenn Sie uns kontaktierten. Die Konkretisierung des Themas läge ganz bei Ihnen. Mit freundlichen Grüßen, Katharina Bogner.

Arnold merkte, dass ihn die Mail schwächte und vorher festgelegte Grundsätze ins Wanken brachte. Keine Vermischung von Privatleben und Beruf. Keine Mails an seine Uniadresse.

Über den Uniserver formulierte er rasch eine Antwort, knapp, seriös, förmlich, unverbindlich. Dankte für die Anfrage, aber leider im Moment. Keine freien Kapazitäten. Vielleicht im nächsten Sommersemester. Mit freundlichen Grüßen.

Er packte seinen Laptop aus, schickte per Webmail unter seiner pseudonymen E-Mail-Adresse eine knappe Mail an Katharina: *Bitte nicht! Nicht so. Außer du möchtest mich leiden sehen. Zur Vorbereitung auf einen möglichen Vortrag empfehle ich unter anderem Adolf Muschg, Liebesgeschichten und andere Erzählungen. Ergänzen Sie bitte den Satz: Manchmal strich er ihr mit den Augen eine Haarsträhne hinter ihr Ohr zurück … (Seite sieben, Lizenzausgabe)*

Er schickte die Mail ab. Er schwitzte. Er hatte Durst. Erst jetzt merkte er, dass er Katharina sowohl per Du als auch per Sie angesprochen hatte. Er schickte eine Mail nach. *Keine Mails mehr an die Uniadresse bitte!!!* Drei Rufzeichen.

Die Antwort kam eine halbe Stunde später. Ein offizielles Schreiben dieser österreichischen Literaturrunde. Katharina Bogner bedankte sich für die prompte Antwort und drückte ihr Bedauern aus. Vielleicht ließe sich doch ein früherer Termin arrangieren. Oder eventuell ein Vorbereitungsgespräch, um das Thema abzustecken. Vielleicht befinde er sich ja irgendwann einmal wieder in der Nähe seiner ehemaligen Heimat. Auf jeden Fall wäre es schön, in Kontakt zu bleiben. Dankbar wäre sie auf jeden Fall für weitere Literaturhinweise, um sich einzulesen.

Er schrieb ihr zurück, auf dem Laptop, per Webmail, mit seinem Nicknamen: *Bitte umgehend löschen! Der Muschg-Hinweis war rein privat!*

Auf dem Uniserver schrieb er ihr zurück: Das vorgeschlagene Thema umreiße so ein großes Feld, dass es fürs Erste unmöglich sei, treffsicher und aus dem Bauch heraus Lektürevorschläge zu liefern. Eine Publikation, die er derzeit aus beruflichen Gründen eben wieder lese und zur Lektüre gern empfehlen könne, wäre ein Buch des Schweizer Autors Adolf Muschg: *Liebesgeschichten und andere Erzählungen.* Er nannte Verlag und Erscheinungsjahr.

Die Antwort kam auf seine Privatadresse: *Schon bestellt!*

Er beschloss, eine Beruhigungsrunde im zentralen Lesesaal zu drehen. Dascola saß in seiner Koje und löste das Sudoku aus der *Mittelbayerischen,* hob nur kurz die Augenbrauen. Der Lesesaal war mäßig besetzt; Arnold ging die Treppe hoch und schlenderte die Reihen der Dissertationsarbeitsplätze entlang. Die Zahl der berufstätigen Studenten, die weit über die dreißig und noch älter waren und sich noch einmal an eine Dissertation machten, war im Steigen begriffen. Heute saßen da vor allem ein paar ältere Semester, die Jungen zogen es an diesem milden Herbsttag offenbar vor, den Nachmittag draußen zu verbringen. In den Regalen mit den Büchern aus der Skandinavistik ließ Arnold seine Finger über ein isländisch-deutsches Wörterbuch gleiten. Sein Traum war es immer gewesen, einmal im Leben nach Island zu reisen; eine ferne Sehnsucht, eine unbestimmte romantische Ahnung von der Weite dieses Landes, das er nur vom Fernsehen und von Fotos kannte, ließen ihn in unausgelasteten Augenblicken von einem Studium der isländischen Sprache träumen. In Wirklichkeit wusste er nicht einmal, ob es derzeit möglich war, in Regensburg Isländisch zu belegen.

Arnold setzte zur kritischen Selbstbeobachtung an: Wie er durch die Regale mit den Büchern der Skandinavistik schlich, ein Buch herausnahm (das war doch das Lieblingsmotiv, wann immer ein Geisteswissenschaftler für das Fernsehen abgefilmt wurde: Immer blätterten irgendwelche leichenblasse Buchmenschen scheinbar in Büchern und markierten, dass sie etwas zu suchen beabsichtigten): Das nannte man wohl eine Alibihandlung. Er bewegte sich am Ort seiner Arbeitsstätte, er hantierte (mit einem Buch), er blätterte (in einem Isländischwörterbuch). Er schaute von oben über den Lesesaal; niemand beachtete ihn, die paar, die unten saßen, hockten mehr oder weniger inspiriert über Büchern und Exzerpten. Er ging zurück ins Institut und fühlte sich stabilisiert. Am Dach im Innenhof wippten die Bäumchen in einer sanften Brise, von der Decke hing die abgegangene Gummidichtung, wie schon seit Monaten. In der Teeküche war es dunkel. Er schaltete den Wasserkocher ein und suchte nach einem Beutel mit Früchtetee. Mit der dampfenden Tasse ging er zu seinem Büro zurück. Ulli Plößmann war gerade im Begriff zu gehen. Sie hatte mehrere Taschen neben sich abgestellt, eine mit der Aufschrift einer spanischen Modekette, und suchte in der Handtasche nach ihrem Schlüssel. Na?, sagte sie fragend, als sie ihn bemerkte. Noch bei der Arbeit? Mir geht's leider nicht so gut wie dir, sagte er und bedauerte gleichzeitig, keine zündende Antwort parat zu haben. Mit dem Ellbogen öffnete er das Büro und ließ, die Tür hinter sich schließend, ein Tschüss vernehmen. Als er im Büro stand, hörte er sie draußen abschließen und stakkatoartig von dannen ziehen.

In den nächsten Tagen war Arnold darauf bedacht, sich *normal* zu verhalten. Mehrmals ertappte er sich bei der ängstlichen Kontrolle, ob er sich auch tatsächlich unauffällig benahm. Hätte er einem Fremden den Sachverhalt der – begrifflich gesprochen ohnehin problematisch – *Normalität* erklären müssen, hätte er auf den Tagesablauf von Verena verwiesen. Ihr Leben verlief in diesen Tagen, *Gott sei Dank, normal.* Sie arbeitete viel, ging pünktlich aus dem Haus, hörte ihren Klienten zu, hielt einen kleinen Mittagsschlaf, trank lauwarmes Wasser und bereitete sich zu Mittag eine heiße Suppe, sie arbeitete nachmittags und kam zum späten Abendessen, das sie gemeinsam einnahmen, nach Hause. Dann übernahm sie den Haushaltsdienst (Arnold hatte vorher eingekauft und gekocht), gemeinsam schauten sie die *Tagesschau*, gelegentlich lag sie abends dann vor einem jener Herzschmerzfilme, die den Lebensgeschichten und Tragödien, die sie tagsüber über sich ergehen lassen musste, diametral entgegenstanden. Verena liebte Liebesfilme, Schmonzetten mit heiterem Einschlag, auch um Abstand zu den meist humorfreien Fällen zu gewinnen, die ihr tagsüber serviert wurden. Sie lachte viel und schien im Lot zu sein; einen Nachmittag pro Woche verbrachte sie beim Nordic Walken mit einer Freundin oder, wenn es regnete, im Hallenbad. Gelegentlich saß sie mit ihm zusammen, den Terminkalender auf dem Schoß, und suchte nach freien gemeinsamen Terminen, die sie dick anstrich und in der Regel auch nicht ausfallen ließ. Seit die Kinder groß waren, Hannes sich an den Wochenenden selbst versorgen konnten, hatten sie in der kalten Jahreszeit hauptsächlich Städte besucht, waren in Venedig gewesen, in Berlin, Hamburg, Wien und Prag: kurze Kulturreisen, auf denen sie Theateraufführungen und Ausstellungen besuchten. In der warmen Jahreszeit gingen sie wandern oder vereinbarten sich mit einem anderen Paar zu einer Radtour: Das Altmühltal war gleich um die Ecke.

Arnold wusste nicht, welchem Umstand sich Verenas Normalität verdankte; ob ihrem ausgeglichenen Naturell oder ob sie ein Reflex auf seine war: Auch wenn diese derzeit nur eine gespielte war, die aber offenbar so echt wirkte, dass sie sich positiv und kalmierend auf ihr Leben auswirkte.

Einzig die Wochenendtermine hatten bei Verena zugenommen, was vor allem im Herbst immer ein Zeichen ihrer Arbeitswut und Energie war. Ausgeruht nach dem Sommer, in dem sie mehrere Wochen am Stück pausierte, sprühte sie vor Kraft und brauchte bis in den November hinein nur wenig freie Zeit. Arnold schätzte diese Phase der geballten Arbeitsintensität, weil auch sein Pensum in den Wochen nach Semesterbeginn am höchsten war.

Es traf sich, dass Verena gleich an zwei Wochenenden hintereinander Veranstaltungen angesetzt hatte; ein Mal hatte sie das Burn-out-Seminar gehalten, andererseits setzte sich am folgenden Wochenende ihre Ausbildung zur systemischen Ausbildnerin fort.

Arnold konnte sich nur wundern, wie unerschöpflich in der Psychoszene die Möglichkeiten waren, sich bis ins hohe Alter immer weiter und differenzierter zertifizieren zu lassen. Irgendwann hatte er aufgehört, die verschiedenen Diplome, die Verena im Lauf der Jahre erworben hatte, mitzuzählen. Verglichen mit ihr war er, der nach seiner mühsam verlaufenen Habilitation nur mehr gelegentlich einen Aufsatz schrieb, ohne je an seine Erschöpfungsgrenze zu gehen, ein Faulpelz der Sonderklasse.

Am Institut genoss er, der österreichische Literaturwissenschaftler, eine Narrenfreiheit, was die Themen seiner Vorlesungen und Seminare betraf. Zwar gab es regelmäßig rituellen Streit darüber, ob und in welcher Weise es zulässig war, von einer österreichischen Literatur zu sprechen: Thematisch hatte er alle Freiheiten, wenn er nur Autorinnen und Autoren behandelte, zu denen sich ein Österreichbezug herstellen ließ. Mit den Jahren hatte sich eine Art Kernthematik herausgeschält, die um ein paar Namen kreiste, Ödon von Horváth, Karl Kraus, Broch, Musil, was die Zeit vor dem Krieg betraf, Bernhard, Handke, Bachmann, die Wiener Gruppe, Jelinek, Köhlmeier und einige andere, was die Nachkriegszeit und die Moderne betraf. Arnold entledigte sich dieser Aufgabe in der Zwischenzeit routiniert; er galt in der Studentenschaft als berechenbar und, wenn man sich ein bisschen Mühe gab, kooperativ.

Nun erinnerte ihn Verena bedauernd an den dräuenden Termin, der das zweite Wochenende hintereinander auswärts betraf. Es ging um die Familienaufstellungs-Ausbildungsgruppe. Da rückte auch Arnold nach einem Tag Nachdenkpause mit seinem Plan heraus, ein Klausurwochenende im Bayerischen Wald zu verbringen. Gelegentlich hatte er schon, um den Fortgang einer schriftlichen Arbeit zu beschleunigen, zu einer solchen ihn selbst disziplinierenden Maßnahme gegriffen und sich von Freitag bis Sonntagabend in eine Pension irgendwo zwischen Cham und Grafenau weggesperrt.

Verena traf sein Plan also nicht unvermutet, sie redete ihm sogar zu. Schließlich bastle er an dem Aufsatz schon mehrere Wochen herum; daran am Stück zu arbeiten, würde den Abschluss der Arbeit sicher beschleunigen.

Obwohl sich Arnold Mails ans Institut verbeten hatte, waren im Lauf der Tage noch ein paar eingetrudelt, die er, seriös und vor allem kurz, beantwortet hatte. Über sein Webmail hatte er Katharina geschrieben und einen dringenden Telefontermin erbeten. In einer Mittagspause hatte er erneut die Telefonzelle beim Klinikum aufgesucht und Katharina angerufen.

Kurz und kurzatmig teilte er ihr mit, dass er am Wochenende sozusagen frei hätte, beziehungsweise sich auf eine Klausur begeben würde: Dorthin, wo er für mindestens zwei Tage nicht erreichbar sein würde. Für niemanden. Vielleicht kreuzen sich ja unsere Wege, sagte er in einer Haltung, die ihm im Moment eine Spur zu devot schien. Katharina überging sein Flehen und blieb bei der Sache. Mein Mann ist auf Wahlkampftour, sagte sie. Wenn es nicht zu weit weg ist, kann ich hinfahren, meinte sie. Sich in Oberösterreich zu treffen, war zu riskant. Sie trat zwar kaum gemeinsam mit ihrem Mann auf, dennoch war es nicht unmöglich, dass man sie irgendwo erkannte. Irgendwie trafen sich ihre Überlegungen dann in der Mitte, oder doch nicht ganz. Sie einigten sich auf Krummau in Tschechien. Arnold hatte die Stadt im Stifterjahr, von Oberplan kommend, besucht und beschlossen gehabt, sie mit Verena noch einmal zu bereisen; Katharina kannte sie offenbar von mehreren Tagesausflügen, Krummau war von Linz in etwas mehr als einer Stunde gut erreichbar.

Und was machen wir dann?, fragte Katharina und ihre Frage war bereits ein Zitat einer gemeinsamen Erfahrung. Arnold sagte nichts, lachte nur, und Katharina stimmte in sein Lachen mit ein.

Sie hatten einander versichert, einander wiedersehen zu wollen, und das Wiedersehen würde früher als erwartet stattfinden. Wir gehen ein bisschen spazieren, schauen uns die Gegend an und gehen gut essen, sagte Arnold aufgeräumt.

Tags darauf traf er Scheu in der Pizzeria.

Scheu hatte sich entgegen seinem Vorsatz wieder einmal einen *Tatort* im Fernsehen angesehen und war schwer enttäuscht, wenn nicht gar gekränkt worden.

Ein Kriminalkommissar, der sich in eine Kollegin verliebt hatte, was im *Tatort* erstaunlicherweise selten vorkam, hatte diese zu seinem Geburtstag zum Essen eingeladen, die Geladene und heimliche Geliebte hatte aber absagen müssen.

Und dann, führte Scheu bei seinem Empörungsreferat in der Pizzeria aus, sieht man, wie der liebeswunde Kommissar einsam und allein in einer Gastwirtschaft vor einer Schweinsstelze sitzt. Und was passiert dann?, fragte Scheu. Die Tür geht auf und die Kollegin kommt herein und hat doch gewusst, wo sich der Kommissar aufhält und setzt sich zu ihm an den Tisch, während vor ihm immer noch die Mordsschweinshaxenportion steht. Und was lernen wir daraus?, fragte Scheu: Die Drehbuchautoren haben das natürlich so gedrechselt, dass der Schweinshaxenfresser als der Blamierte dasitzt, die Tatsache, dass er eine Schweinshaxe isst, eine aufgelegte Peinlichkeit ist. Das ist die Macht der Bilder, schrie Scheu aus seiner Ecke heraus, dass uns en passant suggeriert wird, dass die Schweinshaxenesser natürlich die abgeblitzten Liebhaber sind, einsame Wixer sozusagen, emotional degenerierte Krautsalatfresser. Also, wenn ich nicht wüsste, dass es hier keine Schweinshaxe gibt, ich würde auf der Stelle Schweinshaxe bestellen, rief Scheu aus, diese Scheißklischees hingen ihm allmählich zum Hals heraus. Was ihm am meisten auf den Nerv gehe: Diese Drehbuchautoren seien doch die, die selber nur mehr Sushi essen gingen und in diese Molekularküchen. Und dann sich über den gemeinen bayerischen Schweinshaxenesser lustig machen! Versteht du, der Zusammenhang zwischen Fleischeslust und Fleischesfrust war doch evident: Suggeriert wurde, dass der Fleischessakt letztlich ein sublimierter Sexualakt sei. Der Fleischessakt letztlich ein Surrogat, ein Indiz für Impotenz, ein Zeichen der Unfähigkeit, eine Frau zu befriedigen!, schrie Scheu so laut durch das Lokal, dass sich Arnold umdrehte, wie viele denn nun den Monolog bereits mithörten. Wer Schweinefleisch isst, hat den Beistrich in der Hose, so schauts inzwischen aus! Vor lauter Multikulti und Toleranz vor anderen Kulturen und Essgewohnheiten macht sich inzwischen eine subtile Selbstaggression gegen in unseren Breiten gewachsene Esstraditionen breit! Der Schweinshaxenesser als emotionales Würstchen, als Dillo, der einfährt, der den Schwanz einzieht! So sehe er das, ereiferte sich Scheu, und dass er sich das nicht mehr länger vorsetzen lasse. Der *Tatort* sei ja irgendwie witzig gewesen, aber witzig nur auf Kosten der Schweinefleischesser: und so gemein, so subtil, so unausgesprochen fies. Selbst ihn, Scheu, als partiellen Fleischesser, als Quartalsschweinshaxenesser, der vielleicht einmal im halben Jahr auf der Dult eine Schweinshaxe bestelle und alle paar Monate irgendwo einen Schweinsbraten esse, selbst ihm sei dieser *Tatort* schwer aufgestoßen und nicht mehr verdaulich gewesen. Er sei knapp davor gewesen, einen Leserbrief an die *Süddeutsche* zu schreiben. Und hast du einen geschrieben?, fragte Arnold.

Natürlich hatte er nicht. Ich werde mich nicht entblöden und mich als Schweinshaxenverteidiger outen, schrie Scheu, inzwischen die Spaghetti Carbonara zwischen seinen Zähnen einziehend, das sei das Fiese an diesen Platzanweisern, dass man sich solcher Punzierungen nicht erwehren könne.

Was fehlt?, fragte die Kellnerin, deren brauner Hüftspeck zwischen T-Shirt und Hose hervorlinste. Als Scheu und Arnold abwinkten, zog sie wieder ab.

Was fehlt, ist eine Liga zur sexuellen Rehabilitierung der Schweinshaxenesser, stellte Arnold fest. Das war eine fleischfeindliche, antifleischliche Veranstaltung, sagte Scheu und dass er schon immer gesagt habe, den *Tatort* schaue er sich nicht mehr an. Und dann doch wieder der regelmäßige Rückfall.

Gewissermaßen fleischlich erregt ging das Mittagessen zu Ende.

Verena fuhr zur systemischen Familienaufstellung (und hatte dafür aufwendige genealogische Forschungen betrieben, unter anderem auch die Sudetendeutsche Landmannschaft und deren Archiv kontaktiert), Hannes lernte angeblich für eine Matheklausur und Arnold verfügte sich in seine Arbeitsklausur in den Bayerischen Wald: So stoben sie am Freitagnachmittag auseinander.

Arnold nahm die Strecke über den Bayerischen Wald und fuhr bei Philippsreuth nach Tschechien. Das Wetter war unentschieden, der Himmel grau und verhangen, ein Wetter zum Wandern. Weiter fuhr er über holprige, wenig befahrene Straßen über Nová Pec nach Oberplan, wo er zu Mittag aß, die Handvoll tschechischer Phrasen, die er einmal mühsam gelernt hatte, anwendend. Im Stiftermuseum, einem geduckten Böhmerwaldhaus am Ortsrand von Horní Planá, wie der Geburtsort Stifters auf Tschechisch hieß, eine Ausstellung über Stifterübersetzungen aus aller Welt: Sogar ins Koreanische und Japanische war der Schulmann aus dem Böhmerwald übersetzt worden. Arnold überlegte kurz, ob er Friedberg, dem Ort, in dem Stifters Geliebte Fanny Greipel gelebt hatte, einen Besuch abstatten sollte, ließ es dann bleiben und fuhr direkt nach Krummau.

Er hatte die Stadt schon früher, wenige Jahre nach der sogenannten samtenen Revolution besucht gehabt. Damals hatte sie noch den muffigen Charme einer vergessenen, vernachlässigten Kleinstadt im Ostblock – den Städten in Ostdeutschland vergleichbar – gehabt. Autos mit Zweitaktmotoren tuckerten über das Kopfsteinpflaster, Hausbesitzer entdeckten sich als Zimmervermieter, in den verqualmten Gaststätten saßen die Gäste an langen Tischen; noch trugen die Kneipen die in der Tschechoslowakei üblichen Kategorisierungen. In den Jahren seither hatte sich Krummau zu einem Tourismusziel gemausert. Gleich nach

Prag besuchten Reisende aus Asien und Amerika die Kleinstadt an der Moldau, deren Altstadt, was sich jetzt als Segen herausstellte, während der kommunistischen Jahrzehnte vergessen und vergammelt war. Mittlerweile war die historische Altstadt renoviert worden. Wer einen Blick vom Schloss auf die spitzen Dächerreihen der Stadt warf, konnte ihn auf ein ähnliches Panorama richten, wie es sich schon dem jungen Egon Schiele beinahe hundert Jahre zuvor dargeboten hatte; ein Ausblick, den er in zahlreichen Werken festgehalten hatte.

Arnold stellte das Auto an einem bewachten Parkplatz ab, die Altstadt durfte nicht mehr befahren werden. Überall Parkwächter, die mürrisch und kurz angebunden Ortsunkundige per Handzeichen in die Parkzonen verwiesen.

Zu Fuß ging er durch die Arkaden unter dem Schloss in Richtung Altstadt; zahlreiche Läden offerierten Souvenirs für die Touristen, chinesischen Plastikkram, Keramik. Jeder zugängliche Platz an der Moldau, die hier wie ein zusammengeschobener Schlauch um die Altstadt mäanderte, war von einem Restaurant oder einem Kaffeehaus besetzt worden. Durch die Stadt schoben sich Touristen in völliger Apathie und Absichtlosigkeit. Nur wenige waren mit einem Reiseführer ausgerüstet, die Mehrheit der Masse schien zufrieden, die Stadt, ein Must für Tschechienbesucher, erreicht und damit auch abgehakt zu haben. Arnold wusste, warum er die Regensburger Innenstadt seit Jahren mied. Auch Krummau hatte etwas Künstliches: Der Geschäftssinn wehte durch alle Gassen, prangte auf jedem Schild. Die Preise schienen entsprechend höher als in den tschechischen Städten, die Arnold vor allem nördlich von Cham und Furth besucht hatte: Der Wert der Örtlichkeit war im Preis inbegriffen.

Nach wenigen Minuten stand er am Stadtplatz, in dessen Ecke ein Brunnen stand, den eine Schulklasse belagerte. Rund um den Platz Restaurants, Kaffees, die Touristeninformation, ein paar Hotels. Arnold ging einfach in das ihm am nächsten liegende, das Zlatý Anděl hieß. Die Rezeptionistin sprach Deutsch mit starkem

Akzent, der die Rs heftig rollen lässt. Arnold zeigte seinen Pass und verlangte ein Doppelzimmer, auch hier würde sich arbeiten lassen. Krummau würde als Alibi durchgehen.

Er hatte Katharina noch einmal angerufen. Sie würde nicht vor Samstagmittag ankommen.

Das Zimmer lag im zweiten Stock, die Fenster gingen nach hinten in eine kleine Gasse hinaus, die Kajovska hieß. Arnold legte sich aufs Bett und schaltete den Fernseher ein, zappte durch eine Reihe tschechischer Sender, ehe er auf einen deutschen Privatsender stieß. In einer Talkshow gerieten sich eine aufgetakelte Blondine und ihr tätowierter Freund in die Haare; Arnold schaltete ab.

Später ging er in die Touristeninformation, weil er auf einem Hinweisschild gelesen hatte, dass es da einen Internetzugang gab. Über die Webmail der Touristeninformation nannte er Katharina das Hotel und schrieb ihr auch die Telefonnummer auf: Bitte nur im dringenden Fall anrufen! Er freue sich auf sie, er fühle sich hier, in fremder Umgebung, umgeben von einer Sprache, derer er nicht mächtig war, ein wenig einsam.

Der Himmel war aufgerissen, ein schöner Herbsttag. In den schmalen Gassen lag die Wärme des Sommers gespeichert. Die Stadt lag in einer Art Kessel, von Hügeln umgeben. Möglich, dass die Stadt deswegen windgeschützt war, möglich aber auch, dass im Winter, wenn die Sonne nur stundenweise schien, eine schwer erträgliche Kälte herrschte. Arnold versuchte sich vorzustellen, wie mühsam es zu Schieles Zeiten gewesen sein musste, ein Zimmer im Winter warm zu halten.

Abends aß er in einem der am Hauptplatz gelegenen Restaurants allein an einem kleinen Tisch. Rundherum Reisegruppen, Wortfetzen auf Englisch, Französisch, die Klänge einer asiatischen Sprache.

Der Kellner hatte kurz geschorene Haare, trug einen winzigen Schmuckring im Ohr und sprach gebrochen Deutsch. Arnold quetschte seine tschechischen Worte aus und schämte sich dafür, sich als Tourist, als Fremder, als nicht Dazugehöriger deklarieren zu müssen. Lieber noch wäre er ins Englische gewechselt, als Deutsch zu sprechen. Nach dem Kaffee und nachdem er beschlossen hatte, keine Palatschinken mehr zu probieren, zahlte er. Beim Hinausgehen überlegte er, ob er nicht zu viel Trinkgeld gegeben und sich vielleicht erst dadurch die Verachtung des Kellners zugegezogen hatte. Er titelte für eine imaginäre Zeitung und entwarf mehrere Untertitel: *Der Gast als Eindringling. Wie die Sprachbarriere auf die Wahrnehmung zurückschlägt. Der Gast als ökonomischer Faktor. Die uniforme Maske des Touristen. Wie der Mensch hinter das Bild des Touristen zurücktritt. Zahlen und Gehen. Über die Unmöglichkeit menschlicher Kommunikation im touristischen Kontext.*

Jetzt erst hatte er das Gefühl, sich genug bemitleidet zu haben. Er drehte noch eine Runde durch die ruhiger gewordenen Gassen. Vorhin, im Tourismusbüro, hatte er kurz den Eindruck gehabt, mit einem Menschen gesprochen zu haben: Es war eine Mitarbeiterin der Infozentrale gewesen, die ihn freundlich und auf Deutsch über die Möglichkeit, ins Internet zu gelangen, aufgeklärt hatte. Die junge Frau, vielleicht dreißig Jahre alt, war hübsch gewesen, mit ihr hätte er gern Kaffee getrunken, wäre er gern ins Gespräch gekommen, auch über ihr Land, über das Geburtsland seiner Schwiegereltern und deren Geschichte. Die Frau in der Infozentrale war aber für eine Auskunft, nicht für ein Gespräch vorgesehen gewesen, zwischen ihnen hatte sich ein Tresen befunden.

Ausdifferenzierung durch Dienstleistung, dachte Arnold: Die einen bereiten uns das Bett, die anderen servieren uns Kaffee, die dritten erteilen uns eine Auskunft, die vierten, vorwiegend am Stadtrand gelegenen – dass die Grenzregion von legaler und nicht legaler Prostitution lebte, war ihm bei der Anfahrt natürlich nicht entgangen – sorgen für taktile Reize und erledigen das Geschäft der körperlichen Entspannung.

Er drehte seine Runde, beobachtete ein paar Touristen, die wie er ziellos über die holprigen Pflastersteine schlenderten, er sagte an diesem Tag nur mehr ein Wort: sechsundzwanzig, das war seine Zimmernummer. Auf dem Bett liegend zappte er sich durch die Programme und fand schließlich die Sendung, in der über die Zweitligaspiele des Abends berichtet wurde. Eine Beschäftigung, der er um diese Zeit auch zu Hause nachgegangen wäre.

Er fühlte sich unzufrieden, hatte das Gefühl, sich zu versündigen. Seine Sünde bestand nicht darin, Verena die Wahrheit über seinen Verbleib verschwiegen zu haben, seine Schuld bestand darin, dass er seinen geheimen Verbleib in der Fremde an diesem Abend wahrscheinlich in keiner Minute auch wirklich genossen hatte. Mit dem Gefühl des leichten Verdrusses, einer Mischung aus Gier und Sehnsucht, die nicht wusste, wonach sie eigentlich strebte, schlief er ein.

Der nächste Tag bestand zunächst aus Warten. Katharina hatte gesagt, dass sie gegen Mittag nach Krummau kommen würde. Er wiederum hatte ihr versprochen, im Hotel auf sie zu warten.

Nach dem Frühstück ging er über den Hauptplatz, setzte sich an einen sonnigen Platz in ein Kaffeehaus und beobachtete Touristen: eine junge, hübsche Frau, deren linkes Bein bis zum Oberschenkel geschient war und die sich mittels zweier glitzervioletter Krücken, unterstützt von einem Begleiter, ungelenk fortbewegte. Eine ältere, weniger hübsche Frau in einer dreiviertellangen Hose, von deren Saum lose Bänder flatterten; in einem grünen transparenten Plastiksack transportierte die Frau mehrere Packungen mit den für Böhmen typischen Oblaten. Eine Gruppe von Menschen, die Arnold erst bei mehrmaligem Hinsehen als leicht behindert einstufte, dezent von einer Betreuerin begleitet. Ein Mädchen, das zu der Gruppe gehörte, fiel ihm auf; es trug eine Brille mit dicken Gläsern, die die Augen übergroß hervortreten ließen, ein junger Mann, den er als kleinwüchsig, wenigstens in seinen Proportionen unrund bezeichnet hätte; eine junge Dame, deren Lippenstiftfarbe auf die Farbe ihres T-Shirts abgestimmt war. Sie hieß die Gruppe sich um den Brunnen aufstellen und machte ein Foto, mit dem sie erst nach mehreren Wiederholungen zufrieden schien.

Als er den Kaffee getrunken und genug gesehen hatte, ging er in sein Hotelzimmer zurück, schaltete den Fernseher ein, ließ den Schund tschechischer Werbung auf sich einwirken, schaltete wieder aus, legte sich aufs Bett und starrte aus dem Fenster. Ein lautes Poltern, das von draußen kam, wusste er einem der Bagger zuzuordnen, die er tags zuvor im Flussbett der Moldau beobachtet hatte. Die Uferzone wurde einer Renovierung unterzogen. Zwischen den Fensterflügeln hatte sich eine Fliege verirrt; Arnold beobachtete minutenlang, wie sie auf- und abflog, sich wieder auf die Scheibe setzte und dann mit ruckartigen Bewegungen eine Strecke bis zum Rahmen und wieder zurück abging. Sie war ahnungslos, dass sie verloren war. Dann schwebte vor dem Fenster etwas, das einem dicken weißen Haar oder einer übergroßen Spinnwebe glich. Wie von einer unsichtbaren Hand bewegt, wahrscheinlich durch leichten Aufwind immer wieder hochgewirbelt, schwebte die weiße Strähne vor dem Hotelzimmerfenster.

Der bewaldete Hang, der die Moldau auf dem anderen Ufer umschloss, war von Laubbäumen besetzt, von denen wenige erst die typischen Herbstfarben angenommen hatten. Mit einem eleganten Schwung löste sich ein großes Blatt von einem Baum und segelte ein Stück den Hügel hinunter. Ein Gedicht, war es von Mörike?, fiel Arnold ein: *Das Weinlaub wird schon rot/ Dahinter steht der Tod.* Er wusste nicht, wie die Verse weitergingen. Während er nachdachte, nickte er ein.

Das Telefon klingelte. Die Rezeption rief nach ihm und teilte ihm mit, dass Besuch für ihn angekommen sei. Arnold blickte auf die Uhr; es war halb zwölf. Er stand auf, band sich die Schuhe, kämmte sich und ging nach unten.

Katharina stand an der Rezeption, mit dem Rücken zu ihm,

neben sich einen kleinen Handkoffer. Sie trug einen Hosenanzug und einen roten Sommermantel. Sie drehte sich um, ohne dass er noch etwas gesagt hatte, sie musste gespürt haben, dass er hinter ihr stand. Er sah, dass sie leicht geschminkt war, ihre dunklen Augen waren betont, eine Welle von Wärme durchflutete ihn. Er gab ihr die Hand, drückte sie an sich und küsste sie auf die Wange. Sie wollte weg von dieser Stelle an der Rezeption, die von einem Aufenthaltsraum, in dem sich ein paar Personen befanden, eingesehen werden konnte. Sie sprachen wenig. Brauchst du einen Schlüssel?, fragte er sie. Unschlüssig sah sie ihn an, zur Sicherheit, meinte er und bat die Tagesrezeptionistin um den Schlüssel mit der 26. Sie gingen zu Fuß nach oben, Arnold ging vor Katharina her und öffnete die Zimmertür.

Sie hatten nicht abgesprochen, ob sie ein Doppelzimmer oder je ein Einzelzimmer nehmen würden. Katharina willigte ein, ohne dass sie ein Wort darüber verlor.

Im Zimmer angekommen, merkte Arnold aber, dass es ihr zu eng war. Sie wollte etwas von der Stadt sehen, wollte hinaus auf einen öffentlichen Platz, der sie nicht auf den ersten Blick kompromittierte. Sie stellte ihr Gepäck ab, dann gingen sie wieder nach unten.

Er merkte, dass sie aufgeregt war – er war es ja auch. Sie bewegten sich in ungewohnten Rollen; Arnold fiel auf, dass Katharina bestrebt war, körperlich Abstand zu ihm zu halten. Draußen, am Marktplatz angekommen, atmete sie tief durch. In der Rolle der durch eine fremde Stadt schlendernden Touristin fühlte sie sich wohler.

Ehe sie irgendetwas besichtigten, wollte er sich mit ihr unterhalten. Schon tags zuvor hatte er sich in der Nähe der Holzbrücke beim Schloss ein Kaffeehaus mit Terrasse ausersehen, das ein wenig abseits lag. Sie erreichten die Terrasse, die direkt an der Moldau lag, über einen schmalen Gang, der von der Hauptstraße abwärts führte. Zwei Kellnerinnen versorgten den Laden, eine Kuchenvitrine offerierte ein kleines Angebot. An einem Haken hing eine einzige Zeitung, die *Dnes*. Sie suchten sich einen Platz direkt unterhalb der Brücke. Gelegentlich brach die Sonne durch die Wolkendecke, sie saßen geschützt unter einer Balustrade. Von hier konnte man das dunkle Getrappel der Touristen auf der Brücke hören; da oben bot sich ein idealer Blick auf Schloss Krummau. Viele blieben stehen, um zu fotografieren. Beim Vorbeigehen war Katharina die Statue des Heiligen Nepomuk mitten auf der Brücke aufgefallen; eine dunkle Statuette, bei der nur der Heiligenschein und ein Zweigchen, das Nepomuk in der Hand hielt, vergoldet waren. Katharina blätterte in ihrem Reiseführer, fand aber nichts, was die Bedeutung des Zweiges erklärt hätte. Stattdessen las sie Arnold belustigt vor, dass Nepomuk unter anderem auch als Patron des Beichtgeheimnisses und der Verschwiegenheit gelte. Wollen wir es hoffen, sagte Arnold und grinste zurück.

Sie sitzen in dem Café unter dem Sonnenschirm, die Moldau fließt direkt an ihnen vorbei. Die Strömung ist viel schneller, als Arnold es sich vorgestellt hat. Alle paar Minuten gleitet ein Kanu vorbei, an Bord Ehepaare, Schüler. Alle tragen Schwimmwesten, wie kleine Flügel ragen die Paddel aus den Booten, je eines an der Seite. In der Mitte der Boote liegt ein großer weißer Tornister, in dem das Gepäck der Kanufahrer gebunkert ist. Die Strömung ist so stark, dass sich einige der Boote kurz vor der Brückenpassage drehen und verkehrt weitergleiten. Die Kanuten bleiben ruhig und streicheln mit ihren Paddeln die Wasseroberfläche. Ein Stück flussabwärts dreht sich das Boot in seine ursprüngliche Lage zurück und verschwindet langsam aus dem Blick.

Es ist nicht wichtig, was gesagt wird. Sie sind da, sie sind angekommen. Möchtest du ein Stück Kuchen?, fragt Arnold. Die Kellnerin spricht deutsch und trägt eine hellblaue Haarspange.

Katharina erzählt von der Fahrt von Linz hierher, erwähnt das verlassene Zollhaus auf der österreichischen Seite, das direkt neben der Grenze steht. Sie fragt sich, wer das wohl heute bewohnt. Am ehemaligen tschechischen Grenzübergang habe sie in der Wechselstube Geld gewechselt und die ersten tschechischen Worte vernommen.

Jetzt bin ich da, sagt sie und schaut auf den Fluss. Sie sitzt seitlich neben ihm, vorsichtig legt er seine Hand auf ihre; sie zieht sie nicht zurück. Er kann sie aus der Nähe betrachten; auf ihrer Oberlippe ist leichter Flaum. Er drückt ihre Hand, sie wendet sich ihm zu und lacht ihn an. Sie strahlt ihn an; er schaut sie an und vermeint, in ihren dunklen Augen zu ertrinken.

Später rufen sie die Kellnerin und Arnold zahlt. Sie möchten das Schloss besuchen. Dichtes Treiben auf der Hauptstraße. Auf der Brücke Menschen mit Fotoapparaten, die zum Schloss hinauf knipsen. Über eine Steintreppe erreichen sie den Vorhof, vor dem Eingang zum Schloss drängen sich auf beiden Seiten die Menschen an den Gitterstäben, von wo man in den Bärenzwinger sehen kann. Rechts ist nur das Gehege mit ausgelaufenen Wegen zu sehen, aber keine Bären. Auf der linken Seite schläft eines der Tiere auf einem Mauervorsprung; es liegt da wie erlegt, wie tot. Er rührt sich nicht, obwohl wenige Meter über ihm die Betrachter aufgeregt miteinander reden. Zwei Frauen neben Arnold brechen in Entzücken aus; Arnold kann nur deuten, was er zu hören glaubt: Ist der Bär aber süß!

Der Weg führt stetig bergan; ein wenig außer Atem erreichen sie den ersten Innenhof des Schlosses. Auf einer Bank ruhen sie aus und betrachten die Graffiti und die Wandmalereien. Ein Mann mit Brille und grauem Vollbart im Anzug geht an ihnen vorbei. Er ist elegant gekleidet und trägt eine braune Krawatte, das Besondere ist sein Gehstock mit Knauf, der ihm einen Hauch von Glanz und Aristokratie verleiht. Die Linke mit dem Stock tastet sich vorsichtig über das Pflaster. Die Hand in die Hüfte gestützt, schaut der Mann nach oben, während er sich langsam dreht und sein Gesicht mitteilt: So sieht es also hier aus. Arnold überlegt, aus welchem Land der Mann stammen könnte, kann sich aber für keines entscheiden.

Sie setzen den Spaziergang fort und kommen zum Übergang

über den Arkaden, wo ein überwältigender Blick auf die Altstadt wartet. Auf der Seite stadtauswärts legt ein Arbeiter ein Brett über ein Gerüst; eine ganze Mauer ist schon halb eingerüstet und wird offenbar für die Renovierung vorbereitet. Vorsichtig tritt der Arbeiter die Bodenplatte fest, noch fehlt ein kleines Stück Abdeckung, vor der er stehen bleibt und in die Tiefe schaut.

Angelangt im Schlossgarten, nimmt Katharina den Weg in einen labyrinthförmig angelegten Teil, der von hohen Hecken eingefasst ist. Die Hecken müssen erst vor Kurzem geschnitten worden sein, so akkurat sind ihre Kanten, an mehreren Stellen hat man ihnen kleine Kuppen geschnitten. Links hinten ein Baum inmitten einer Wiese, die von einer Hecke eingefasst wird. Sie rätseln, um welche Baumsorte es sich handelt. Auch Arnold hat keine Ahnung, Katharina pflückt ein Blatt und möchte zu Hause in einem Bestimmungsbuch nachsehen. Direkt vor dem Baum bleiben sie stehen: Aus der Mitte seines Stammes reckt der Baum die Abbruchstelle eines Astes aus seinem schorfigen Leib; dort, wo der Ast gewesen, ist nun eine deutlich Höhlung, die wie eine Wunde aussieht. Katharina hält ihre Hand in die Höhlung hinein. Die Öffnung hat die Form einer Vagina, denkt Arnold.

Katharina steht vor ihm, nahe am Baumstamm; er legt ihr seine Hand auf die Schulter, nah am Nacken, sie lässt es geschehen. Plötzlich dreht sie sich um, sie steht ganz nahe bei ihm und schaut ihn an: Ihr Anblick lässt ihn beinahe taumeln. Er beugt sich leicht vor und küsst sie, es ist eine selbstverständliche Bewegung, die ohne Aufwand erfolgt.

Dann gehen sie weiter, er nimmt ihre Hand, sie erwidert den Druck, lässt seine Hand dann wieder los.

Sie schlendern zu einem anderen Teil des Gartens, wo ein Baum steht, aus dem drei gleich starke Stämme zu wachsen scheinen. Auf der Hecke liegt schon Herbstlaub. Unter dem Baum angekommen, zieht Arnold Katharina an sich und küsst sie lange.

Danke, dass du gekommen bist, sagt er.

Im hinteren Teil der Gartenanlage befindet sich die barocke

Drehbühne. Ein Drahtseil sperrt die Tribüne für die Zuschauer. Arnold und Katharina nehmen in der ersten Reihe Platz. Ihnen gegenüber die Fassade eines barocken Gartenschlosses; die Fenster sind mit Brettern und mit Läden verrammelt, zwei geschwungene Treppenaufgänge sind mit eisernen Geländern versehen. Die Fassade wirkt heruntergekommen, schäbig, Teile des Verputzes haben sich gelöst. Hier muss auch einmal renoviert werden, hört Arnold sich sagen. Er hat neben Katharina auf einem der Klappstühle Platz genommen; er schlingt seinen Arm um sie und küsst sie. Er schließt die Augen und möchte wissen, wie sie schmeckt.

Hinter dem Schloss führt ein Weg die Schlossmauer entlang in die Stadt zurück. Als würden sie hinter den Kulissen einer Bühne gehen. Erst als sie über eine Treppe zu einer Moldaubrücke gelangen, von der aus sie zurück ins Hotel gehen, treten sie wieder auf die Bühne.

Sie sprechen nicht viel. Arnold merkt, dass Katharina jetzt, unter vielen Menschen, keinen direkten Körperkontakt möchte.

Nach wenigen Minuten sind sie im Hotel. Katharina geht duschen, dann geht auch er. Sie hat die Vorhänge zugezogen; aber es ist noch genug Licht.

Sie schlafen miteinander, sie fließen ineinander, sie suchen beieinander Unterschlupf. Er streichelt ihre Brüste, er sucht ihren Körper, tastet ihn ab, erfindet Schleichwege für seine Hand, verweilt in ihrer Achselhöhle, huscht über ihren Hintern, streicht um ihren Bauchnabel herum, findet den warmen Eingang zu ihrer Scham, seine Zunge kostet sich durch die Konsistenz ihrer Nackenhaut, ihrer Brustwarzen, die Rundung ihrer Hüfte. Sie nimmt sein Geschlecht in die Hand, sie zeigt ihm den Weg, sie spornt ihn an, sie stemmt sich ihm entgegen. Sie schnaubt ihm ihren Atem in kurzen Stößen ins Gesicht, er betrachtet ihre angestrengte Miene, eine Falte zwischen ihren Augenbrauen, als denke sie nach, sie ist weit weg, er ruft sie beim Namen. Er schaut ihr in die Augen, sie entzieht sich, er packt sie an den Handgelenken und dreht sie zu sich: Er schaut ihr in die Augen.

Sie liegt neben ihm, er hat die Hand auf ihre Brust gelegt, sie hat den Kopf zur Seite gedreht, er legt seine Finger in ihre feuchte Achselhöhle, ihre Hand ruht auf seiner Hüfte.

Er küsst ihr Ohrläppchen, er schaut sie an, er betrachtet sie, er kann sich nicht sattsehen. Schau mich an, sagt er und sie wendet sich ihm zu.

Sie blicken einander an, er verliert sich in ihren Augen. Er spaziert in ihre Augen, auf einer Brücke aus Licht wandert er zu ihr.

Das siebenjährige Mädchen schaut ihn an. Er schließt die Augen und drückt es an sich.

Sie liegen da, sie decken einander zu. Draußen verdämmert der Tag, überzieht die Gegenstände im Zimmer mit blauschwarzer Farbe. Langsam bekomme ich Hunger, sagt Katharina, ich habe Lust, essen zu gehen.

Sie schlendern durch die Gassen von Krummau, lassen sich treiben, sie halten Abstand. Sie gehen in das Restaurant an der Brücke. Heute ist heute, sagt Arnold, lass uns den Abend genießen. Sie stoßen an: das Klingen der Gläser. Das leise Kratzen des Bestecks. Katharina sitzt ihm gegenüber. Ihr Lachen ist ein Geschenk, es ist ganz für ihn. Wenn ich es denn sagen dürfte, würde ich sagen: Ich bin glücklich, sagt Arnold. Dass ich dich wiedergefunden habe. Dass unsere Wege sich wieder einmal, noch einmal gekreuzt haben. Sie essen Fisch, sie trinken Wein. Zum Nachtisch Palacinky, wie es sich gehört, sagt Arnold. Sie teilen sich eine Portion.

Draußen leuchten die Straßenlaternen, überziehen die Gassen mit einem fahlgelben Licht. Sie gehen die Moldau entlang; ruhig fließt der Fluss, dunkel. Er rauscht. Die Enten schlafen. Dort drüben hat Egon Schiele gelebt. War er glücklich in dieser Stadt? Die Tagestouristen haben das Zentrum verlassen, der Hauptplatz ist fast menschenleer. Das Pflaster ist so uneben wie vor hundert Jahren. Wenn es ganz still wäre, könnte man vielleicht das Klappern der Pferdefuhrwerke hören, das Aufschlagen der Hufe auf den Steinen, das Quietschen der Räder.

Später gehen sie ins Hotel zurück. Die Rezeptionistin wurde vom Abenddienst abgelöst; dieser, ein Mann, betrachtet sie wortlos. Ob er uns für ein Ehepaar hält?, fragte Arnold leise.

Dann sind sie im Zimmer. Wie spät ist es?, fragt Katharina. Bist du müde, sagt Arnold. Sie schüttelt den Kopf. Komm, sagt sie und zieht ihn zu sich heran.

Sie waren ein Liebespaar ohne Öffentlichkeitsrecht. Am nächsten Morgen gingen sie gemeinsam zum Frühstück, aber sie berührten einander nicht mehr. Sie saßen einander gegenüber wie ein gut eingespieltes Team einer Firma auf Geschäftsreise.

Arnold stellte keine Fragen, noch nicht. Im Lauf dieses Tages würde ihre Begegnung zu Ende gehen. Beide versuchten sie den Zeitpunkt der Trennung, der bereits über dem gemeinsamen Frühstück lag, so lange wie möglich hinauszuschieben. Sie hatten ihre Autos auf zwei der Altstadt entgegengesetzten Parkplätzen geparkt; während Arnold die Hotelrechnung beglich, holte Katharina ihr Gepäck und trat hinaus auf den Hauptplatz. So wie sie das Hotel verließ, hätte man sie für eine Einzelreisende halten können. Arnold kam wenig später nach; sie wussten, dass sie ein kleines Stück der Fahrtstrecke gemeinsam hatten, und vereinbarten, einander in Friedberg am Lipno, dem Stausee im böhmischen Wald, wiederzutreffen. Für Katharina bedeutete das einen kleinen Abstecher von ihrer Route, für Arnold lag der Ort auf dem Weg, den er einzuschlagen beabsichtigte.

Hintereinander fuhren sie Richtung Stausee. Kein Passant hätte vermuten können, dass sie sich verabredet hatten: ein Kleinwagen mit Linzer, ein Wagen mit Regensburger Kennzeichen. In Friedberg parkten sie in der Nähe der Autofähre, die Katharina dann für den Rückweg nehmen wollte. Sie warfen einen Blick in die Kirche, deren Altarraum von einem Gitter versperrt war. Am Haus von Fanny Greipel gingen sie vorbei.

Dann spazierten sie am See. Ein milder Sonntagmorgen im September, der Ort, obwohl auch er touristisch herausgeputzt war wie manche in Südböhmen, wirkte ausgestorben; die Saison – in der Gegend machten vor allem Holländer Urlaub – war vorbei.

Wie sollte es weitergehen? Katharina beantwortete die Frage, ohne sie gestellt zu haben. Bis zur Wahl in vier Wochen würden sie sich wahrscheinlich nicht mehr wiedersehen. Sie wolle ihren Mann auf keinen Fall beunruhigen und den Wahlkampf nicht gefährden. Die Wahlkampfmanager hatten beschlossen, die Familie in der Kampagne völlig aus dem Spiel zu lassen. Sie sei dankbar dafür, keine Auftritte mit ihrem Mann absolvieren zu müssen. Auch deswegen fühle sie sich ihm verpflichtet. Jetzt dürften keine Unstimmigkeiten, keine Störungen auftreten. Stell dir vor, sagte sie zu Arnold, wenn so eine Sache wenige Tage vor der Wahl aufkommt, gibt es eine Katastrophe. Die Wahl lasse ein Kopf-an-Kopf-Rennen zwischen den Parteien erwarten, eine private Affäre würde das Ende der Kampagne bedeuten. Ich glaube, das würde er nicht überstehen, sagte sie. Persönlich nicht, und politisch auch nicht.

Sie gingen nebeneinander her und entfernten sich bereits voneinander. Arnold merkte, dass er es war, der im Begriff war, *zurückzutreten*, den Katharina bat, sich zurückzunehmen.

Nach der Wahl würde alles wieder anders aussehen. Dann würden sie weitersehen. Katharina seufzte. Eben noch hatte sie sich distanziert, dann ließ sie sich umgehend küssen. Es wird mir nicht leichtfallen, dich gehen zu lassen, sagte Arnold, aber es wird mir leichter fallen, wenn ich daran denke, wie lange ich auf dich gewartet habe.

Schließlich war die Spazierrunde beendet, ein Kaffee getrunken, erledigt, was zu erledigen war. Er konnte es nicht ertragen, sich schon zu verabschieden, jetzt doch noch nicht. Es war gerade erst Mittag. Ob sie nicht doch noch ein Stück den Stausee hinauf mitfahren wolle; vielleicht könne man dort noch irgendwo zu Mittag essen.

Katharina ließ sich überreden; Arnold fuhr voraus, betrachtete im Rückspiegel, wie sie ihm nachfuhr. Woran dachte sie, während sie ihm folgte, oder hörte sie Radio, war sie bei ihm oder lenkte sie sich ab, litt sie wie er, oder war sie in Gedanken schon wieder woanders, zu Hause?

In der Nähe von Cerna, wo eine Brücke eine kleine Bucht des Sees abschneidet, machten sie Halt. Ein kleiner Markt, den Vietnamesen betrieben, war dort aufgebaut; mit Ramsch, Schuhen und billigen Imitaten aus China. Wenige Jahre zuvor hätte Arnold noch überlegt, ob er nicht ein Trikot des FC Bayern als Geschenk für Hannes mitnehmen sollte; in der Zwischenzeit hatte Hannes seine Fanjahre hinter sich, sein Vater hätte wohl nur mehr ein billiges Grinsen geerntet, hätte er dem Sohn ein gefakedes Trikot aus Tschechien mitgebracht. Neben den Marktständen war ein kleiner Rummel aufgebaut, ein Fahrgeschäft mit einer Schaukel, ein Autodrom, in dem ein paar Jugendliche fuhren. Neben einem Stand mit Zuckerwaren – Katharina kaufte zwei Packungen Oblaten, Arnold überlegte, wie und ob sie deren Herkunft zu Hause rechtfertigen würde – war eine improvisierte Tombola aufgestellt. An einem Glücksrad mit Zahlen waren Nägel eingeschlagen. Wurde das Rad gedreht, blieb es nach einigen Umdrehungen, abgebremst durch einen Nagel, bei einer beliebigen Zahl stehen. Daneben waren die Preise aufgereiht: Plüschbären, Schlüsselanhänger, kleine Bälle, Plastikautos, ein Kassettenrekorder. Arnold kaufte zwei Lose. Das Mädchen, das das Glücksrad bediente, sprach tschechisch. Arnold gab ihr mit den Fingern zu verstehen, dass sie selber drehen wollten; dann setzte Katharina das Rad in Gang. Klappernd kam es in Bewegung und blieb mit einem ratternden Geräusch stehen. Der erste Versuch war eine Niete. Jetzt du, sagte Katharina, aber Arnold bat sie, noch einmal zu drehen. Jetzt aber den Hauptgewinn, sagte er und gab Katharina einen Stups. Das Rad hatte nun erheblich mehr Schwung. Was mache ich denn mit einem Radiorekorder, lachte Katharina noch, als das Rad bereits zum Stillstand kam. Aus einer Kiste kramte das tschechische Mädchen einen Gegenstand, der in Plastik eingeschweißt war: eine kleine Tonfigur mit einem Umhang. Als Arnold die Figur näher betrachtete, merkte er, dass es sich um einen Engel handelte. Jemand hatte der Figur zwei Punktaugen, aufwärts gezogene Brauen sowie links und rechts je zwei Falten aufgemalt. Außerdem lächelte der Engel; er wirkte fröhlich, erstaunt, ein bisschen naiv. Und er hielt die Hände gefaltet; vielleicht konnte er ja auch singen. Ein bisschen sah er aus wie ein Regensburger Domspatz. Ein Schutzengel, definierte Katharina. Der ist für dich, beschied Arnold. Katharina nahm ihn an sich.

Sie gingen zu der Stelle am Ufer zurück, wo sie ihre Autos geparkt hatten. Hier endete ihr gemeinsames Wochenende, hier endete ihr Abenteuer.

Es gab nichts mehr zu sagen. Was folgte, waren Sicherheitsanweisungen; als wären sie Passagiere eines Flugzeugs, denen Hinweise für das richtige Verhalten bei der Landung gegeben wurden. Weiter keine Telefonate an mich, sagte Arnold. Und keine Mails an die Uni. Mails werden sofort nach Beantwortung gelöscht, schärfte er ihr ein. Und wenn ich mit meiner offiziellen Anfrage wegen eines Vortrags hartnäckig bleibe?, fragte Katharina kokett. Ich bitte darum, sagte Arnold förmlich und verbeugte sich.

Dann war auch dieses Geplänkel beendet.

Schließlich sagte Arnold: Du bist einfach eine tolle, wunderschöne Frau. Er sah, wie der Bereich unter ihrem Hals rot angelaufen war. Sie umarmten sich, er küsste sie, sie erwiderte den Kuss. Weißt du, wo wir hier sind?, fragte Arnold. Beinahe im Niemandsland. In einem Bereich, wo beinahe nichts war, wo alles endete und noch nichts begann.

Sie ging zu ihrem Wagen, drehte sich noch einmal um, winkte scheu. Er merkte, wie ihm etwas den Hals zuschnürte. Pass auf dich auf, rief er ihr zu. Sie stieg in den Wagen und fuhr weg, nahm die Straße, die sie gekommen waren, Richtung Friedberg, Richtung österreichischer Grenze.

Er nahm den Weg in die andere Richtung, durchquerte Oberplan, fuhr durch Wälder und Orte, die Stifter in seinem Werk erwähnt hatte. Um sich abzulenken, schaltete er das Radio ein. Hier, wenige Kilometer von der österreichischen und bayerischen Grenze entfernt, konnte man nur tschechische Sender empfangen. Als er die Grenze bei Philippsreuth überquerte, begann es zu dämmern.

Vier Tage später bekam Arnold Post ohne Absender an die Uni. Am Stempel war zu erkennen, dass das Kuvert in München abgegeben worden war. Zuerst beachtete er es nicht, weil er glaubte, es enthalte Druckfahnen seines Aufsatzes, dann schnitt er das gelbliche Kuvert doch auf. Darin befand sich ein weiteres weißes Kuvert mit dem Vermerk *Persönlich öffnen!*, sonst nichts. Kein Brief, kein Hinweis. Arnold dachte an ein Köderschreiben. Zuerst musste man sich durch mehrfach verpackte Informationen arbeiten, dann wurde ein dubioser Gewinn in Aussicht gestellt: Material für den Papierkorb. Arnold öffnete das Kuvert und erschrak. Eingeschlagen in eine tschechische Zeitung waren zwei auf Normalpapier kopierte Fotos: Auf beiden waren er und Katharina zu erkennen. Die Aufnahmen waren in Krummau gemacht worden. Das erste Foto zeigte sie im Kaffeehaus am Ufer der Moldau – es musste von der Brücke aus geschossen worden sein. Er saß an der Seite von Katharina ins Gespräch vertieft, seine Hand lag auf ihrer. Das zweite zeigte sie beide im Schlossgarten: Katharina mit dem Rücken an einem Baum stehend, er vor ihr, wie er sie an den Schultern fasste und küsste: ein Bild, das Ruhe und Zärtlichkeit ausstrahlte. Das Foto war aus größerer Entfernung aufgenommen worden. Beigelegt war ein Blatt Papier, auf dem in Druckbuchstaben stand: *Wir haben noch weiteres Material. Info am 4. Oktober, 19 Uhr, im Institut.*

Arnold spürte, wie die Wut in ihm aufstieg. Er trat mit dem Fuß gegen die Wand unter dem Schreibtisch. Er stand auf, trank das Glas Wasser leer, das auf einem Beitisch stand, suchte seinen

Schlüssel in der Jacke, ging zur Tür und sperrte ab. Er setzte sich an den Schreibtisch und starrte auf die Fotos. Jetzt bemerkte er, dass er zitterte.

Er war unfähig, die Nachricht zu begreifen. Er saß da, starrte auf die Fotos und auf den Zettel mit dem kurzen Hinweis. Sein Gesicht verzerrte sich zu einem Grinsen, er verspürte einen dumpfen Schmerz im Bauch. Da war nur die Wut, keine Sprache, keine Gedanken. Und Ungläubigkeit. Er betrachtete die Fotos.

Er saß mit Katharina im Terrassenkaffee in Krummau und hielt Händchen, er hielt sie im Schlossgarten eng umschlungen und küsste sie. Katharina hatte die Augen geschlossen, sie genoss den Augenblick. Ein Dokument der Intimität. Die Wucht der Fotos lähmte ihn, die Brutalität, mit der hier jemand in sein Privatleben eindrang. Das wohlige Gefühl, das ihn seit Wochen in eine tänzelnde Hochform versetzt hatte, abrupt abgeschnitten. Unmittelbar nach der Wut kam die Scham in einer heftigen Welle. Und mit ihr die Selbstbezichtigung. Scheiße, Scheiße, sagte er vor sich hin und: Du Trottel. Du Volltrottel. Du Trottel. Minutenlang saß er da und sagte nichts anderes. Es gab Dinge, mit denen nicht zu rechnen gewesen war. Er, der Vorsichtige, der die Affäre mit Katharina mit äußerster Diskretion geplant und durchgeführt hatte, schien irgendetwas übersehen zu haben. Ein unverzeihlicher Fehler. Die Wut auf sich selbst war so groß wie auf den Unbekannten. Er musste auf die Toilette.

Als er wieder im Büro war, die Tür erneut versperrte, begannen die Gedanken zu kreisen. Wie handeln, was tun? Wer konnte hinter dieser Attacke stecken?

Er besah den beigelegten Zettel noch einmal. Da war von weiteren Informationen die Rede. Arnold dachte an das Hotel Anděl in Krummau, er dachte an das Wochenende mit Katharina, er dachte an ihr erstes Treffen am Moldaublick.

Die Wut war grenzenlos. Welches Dreckschwein konnte ein Interesse daran haben, ihm einer Lächerlichkeit wegen nachzuspionieren?

Dann kamen die Namen und Gesichter, dann kam die Stunde des Verdachts. Wer wusste von seinem Treffen mit Katharina? Niemand. Niemand aus seinem Umfeld jedenfalls. Er hatte Scheu nichts von den Treffen erzählt, er war zum Telefonieren immer zum Klinikum gegangen, er hatte darauf geachtet, dass niemand mithören konnte. Der Typ, von dem er Katharinas E-Mail-Adresse bekommen hatte? Sie hatten sich an einem neutralen Ort getroffen, der Arsch hatte nicht einmal seinen Namen erfahren und war für seinen lächerlichen Dienst bezahlt worden. Verena? Hatte sie, die in den letzten Wochen, obwohl stark beschäftigt, so ausgeglichen und heiter schien, etwas spitzgekriegt? Spielte sie ein böses Spiel mit ihm, scherzte sie mit seinen Gefühlen? War ihr so eine Aktion zuzutrauen?

Die Fotos waren in München aufgegeben worden. Hatte ihn ein Berufskollege oder jemand, der ihn kannte, in Krummau als Tourist durch die Stadt bummelnd, zufällig entdeckt und war ihm und der offenbar als Freundin identifizierten Frau gefolgt? Ein Feind oder jemand, der ihm einen Schrecken einjagen wollte? Das war doch absurd. Jemand aus Krummau selbst? Aus dem Umfeld des Hotels? Hatten die Leute an der Rezeption, Hausdiener, Zimmermädchen mitbekommen, dass er sich heimlich mit seiner Liebschaft traf? Jemand, der das nützte, um seine kriminellen Fantasien auszuleben? Scheu? Spielte ihm der Freund einen Streich? War es denkbar, dass der ihm aus einem unerfindlichen Grund ins Wochenende nachfuhr?

Oder ging es gar nicht um ihn, sondern um Katharina? War sie es, die aus irgendeinem Grund beobachtet wurde? Ihr Mann genoss einen besonderen Schutz, Katharina selbst hatte ihm das erzählt. Bei bestimmten Veranstaltungen war er umgeben von Sicherheitspersonal, zum Teil wurde er auch von zu Hause abgeholt und spätabends heimgefahren. Hatte jemand aus dem Umfeld des Politikers mitbekommen, dass seine Frau alleine ins Ausland fuhr, um sich dort mit einem Liebhaber zu treffen? Hatte gar Bogner selbst einen Verdacht gegen seine Frau gehegt? Hatte er vielleicht einen Privatdetektiv eingeschaltet? Aber warum kam dann der Brief aus München? Und warum waren die Fotos in eine tschechische Zeitung eingewickelt?

Die Gedanken gingen im Kreis, verwirrten. So kam Arnold nicht weiter. Große Scheiße, sagte er sich. Ruhig denken. Gehen und denken, sagte er sich.

Er stand auf und trat ans Fenster. Draußen in der Allee der Albertus-Magnus-Straße färbten sich langsam die Bäume: ein changierendes Farbenspiel, das von Grün über Gelb in ein helles Rot überging. Die Äste eines Baumes bewegten sich, als würde jemand Unsichtbarer mit den Zweigen fächeln. Ein Unsichtbarer hatte ihn in Krummau mit Katharina fotografiert und trampelte auf seinen Gefühlen herum.

Plan B, sagte sich Arnold, Plan C, Plan D. Es gab viele Möglichkeiten. Was konnte er tun? Den Brief ignorieren, die Nachricht aussitzen. Den Brief zerreißen, er war nie an seine Adresse geschickt worden, aus, fertig. Der Informant sollte sich die Zähne an ihm ausbeißen.

In dem Brief stand etwas von weiteren Informationen. Und ein Datum war angeführt: 4. Oktober. Das war in zwei Tagen, der Semesterbetrieb hatte eben mit vollem Schub eingesetzt. Abwarten bis zum vierten um neunzehn Uhr? Sich selbst einen Aufschub zum Überlegen gewähren. Jemanden einweihen?

Oder sollte er einfach zur Polizei gehen? Um Diskretion bitten, eine Anzeige gegen Unbekannt machen und die Polizei ermitteln lassen? Vielleicht fanden sich DNA-Spuren in dem Brief, im Klebstoff, am Zeitungspapier? Würde die Polizei nicht auch, so wie er in Gedanken, in Katharinas Umfeld nachzuforschen beginnen, müsste sie nicht, wenigstens theoretisch, auch Verena in die Erhebungen einbeziehen, sie damit in die Affäre einweihen?

Verena informieren? Ihr die Affäre beichten? Ihr etwas gestehen, wofür es seiner Meinung nach kein Geständnis brauchte? Das Treffen mit Katharina bagatellisieren? Als One-Night-Stand? Den Erklärungsaufwand auf sich nehmen und damit Verenas

Argwohn, ja ihre Wut – ihr Wutpotenzial war beträchtlich – anstacheln? Lohnte sich die Aufregung wegen einer eben erst begonnenen Romanze? Was war gewonnen, wenn er zwar Verena gegen sich aufbrachte, aber in der Ursachenforschung, wer ihm das Kuvert mit den Fotos zugesandt hatte, keinen Schritt weiterkam?

Sollte er Scheu einweihen? Dass Scheu selbst hinter der Attacke stand, hätte er ihm niemals zugetraut, dass ihm dieser jetzt konstruktiv beistehen würde aber auch nicht. Arnold verwarf diese Möglichkeit.

Katharina informieren? Wurde auch sie erpresst?

Er gewährte sich Bedenkzeit bis zum Telefonat. Noch wusste er ja gar nichts: Was bedeutete denn schließlich der Besitz von zwei fremden Schnappschüssen? Was wollte der Unbekannte (die Unbekannte – dass es sich um eine Frau handelte, schloss Arnold aus, außer es handelte sich absurderweise um Verena), was wollten die Unbekannten?: Auf dem Blatt stand das Wort »wir«. Handelte sich um eine Gruppe, ging eine Bande gezielt gegen ihn vor? Und warum? Warum München? Die Gedanken gingen im Kreis.

Ruhig bleiben, den Ball flach halten. Nachdenken. Ruhig atmen.

Arnold schloss die Fotos in den kleinen Tresor, in dem er sonst nur die Daten seiner wichtigsten Arbeiten verwahrte, und hatte sich entschieden: keine Reaktion bis zum angekündigten Kontakt.

Zwischendurch musste er doch auch einmal grinsen: Das war doch höchst lächerlich, was er da gerade erlebte. Für ihn war es ein Spiel gewesen, sich mit Katharina zu treffen, warum sollte er nicht den weiteren Fortgang dieser Angelegenheit auch spielerisch sehen? Jemand hatte ihm die Fotos zugespielt, es lag ganz allein an ihm, wie er damit umging. Das Spiel selber in die Hand nehmen, sich nicht die Butter vom Brot nehmen lassen. Den Spieß umdrehen. Die Wut in Angriffslust verwandeln. Zurückschlagen.

Nach zwei Stunden hatte sich Arnold halbwegs gefasst und ging in das erste Seminar, das er für dieses Semester geplant hatte: Formen experimenteller Literatur in der Nachkriegsliteratur. Fünfzehn Studentinnen saßen im Seminarraum. Neugierig und aufgeweckt schauten sie ihn an, auch seine Verehrerin war darunter. Als er die Anwesenden begrüßte, durchfuhr ihn für einen Augenblick ein Glücksgefühl. So schön konnte Normalität sein, sein Alltag an der Uni. Das Kuvert, das in sein Leben eingedrungen war, lag in seinem Schließfach im Büro, eine kleine lästige Störung. Es würde sich eine Lösung finden. Bald.

An dem Tag, an dem er sich laut anonymer Postsendung abends am Institut bereithalten sollte, zwang ihn eine Frage Verenas am Frühstückstisch endgültig, sich seine Wirklichkeit zurechtzubiegen. Verena stand schon im Flur und kam in die Küche zurück, um ihm aufzutragen, abends rechtzeitig nach Hause zu kommen. Das Brathuhn stehe fertig gewürzt im Kühlschrank, er solle es bitte in den Ofen schieben. Gegen sieben, wenn sie nach Hause kam, wollte sie gemeinsam mit ihm essen. In diesem Moment blieb Arnold nichts anderes übrig, als Verena glatt ins Gesicht zu lügen: Das gehe leider nicht, kurzfristig sei eine Sitzung der Strukturkommission für eben diese Zeit angesetzt worden. Theoretisch wäre es Arnold möglich gewesen, das Huhn schon früher ins Rohr zu schieben, wenn Verena dafür etwas eher nach Hause kam. Für diese Lösung blieb keine Zeit mehr, die Lüge setzte ein Faktum. Verena reagierte säuerlich mit einem *Na, dann eben nicht* und zog mit einem *Keine Ahnung, wann wir dann Zeit haben, das Huhn zu essen*, ab. Arnold blieb mit der Notlüge und einer grundsätzlichen Frage am Frühstückstisch zurück.

Es gab zwei Möglichkeiten, den kleinen Krach eben zu deuten, eine harmlose und eine gravierende. Die harmlose bedeutete: Verena hatte nicht den geringsten Schimmer von dem Kuvert, sie hatte auch nichts damit zu tun und hatte ihm nichts ahnend und routinemäßig den Auftrag gegeben, das Huhn ins Rohr zu stellen. Dann war es gut. Die gravierende bedeutete: Verena wusste um die Sendung und die Fotos oder sie war gar die Urheberin des Kuverts gewesen: Dann hatte sie ihm eben die Möglichkeit gegeben, sich zu erklären, oder aber sie hatte ihm eine Falle gestellt. Wissend darum, dass es ihm unmöglich sein würde, um sieben zu Hause zu sein, hatte sie ihn zu einer Lüge gezwungen. Ganz egal, wie sie sein bisheriges Verhalten beurteilte, sah sie sich nun darin bestätigt, dass er sie belog. Was nur ihren offenbar bereits entfachten Argwohn aufs Neue entfachte. Wenn Zweiteres zutraf, dann war Feuer am Dach. In den Tagen zuvor hatte er Verena heimlich beobachtet. Bis auf eine Bemerkung, dass es auf dem Aufstellungsseminar ziemlich turbulent zugegangen war, war alles gewesen wie immer. Wenn Verena also irgendetwas über die Fotos wusste, war ihr harmloser Auftrag mit dem Brathuhn bereits ein fieser Akt des Gegenangriffs gewesen, eine Tatsache, die Arnold augenblicklich niederschmetterte. Für einen Moment hatte er das Gefühl, knapp vor einem fiebrigen Krankheitsausbruch zu stehen und sich umgehend niederlegen zu müssen. Das war aber völlig unmöglich, weil eine Wiederholungsklausur mit einer notorisch nervösen und hysterischen Studentin anstand, der eine neuerliche Verschiebung des Prüfungstermins schwerlich beizubringen wäre.

Arnold musste davon ausgehen, dass Verenas Frage mit keinerlei Hintergedanken verbunden gewesen war, ansonsten wäre es ihm nicht möglich gewesen, zur Arbeit zu fahren. Seine Notlüge mit der Sitzung bedeutete auch, dass er abends telefonisch nicht erreichbar war.

Arnold hatte wegen des Kuverts nichts weiter unternommen. Er verhielt sich so, als sei überhaupt nichts geschehen. Er hatte auch Katharina nicht informiert. Es würde sie nur durcheinanderbringen, wenn er ihr mitteilte, was er fragmentarisch zu begreifen glaubte. Sie hatten ja auch strikt vereinbart, den Kontakt zueinander sparsam und wenn, dann scheinbar nur beruflich bedingt, aufzunehmen. Wenn er Katharina jetzt unnötig verunsicherte, konnte das nur zu weiteren, vielleicht irreversiblen Reaktionen führen.

Scheu gegenüber hatte er kurz überlegt, den Fall als theoretischen und etwas verklausuliert darzulegen, aber der wöchentliche Termin in der Pizzeria verlief anders als erwartet. Scheu war ungewohnt ernst und breitete seine Sorgen um seine Tochter aus erster Ehe aus. Sie hatte ihn mit einem nicht weiter abgeklärten gynäkologischen Befund zutiefst beunruhigt. Gelegentlich besuchte sie ihren Vater auf der Uni – sie arbeitete in einer chemischen Fabrik als Laborleiterin –, medizinische Details gehörten normalerweise nicht zu den Gesprächsthemen zwischen Vater und Tochter. Dass sie bei ihrem letzten Besuch den Befund erwähnt hatte, deutete Scheu dann auch als Hinweis auf *etwas Ernstes*. Scheu traf seine Tochter regelmäßig zum Essen, Arnold wusste von ihr allerdings nicht viel mehr, als dass sie an chronischem Geldmangel litt.

Die Sorge um sie und die Rede von dem unklaren Befund lag wie ein Schatten über dem Donnerstagstreffen, sodass Arnold es nicht wagte, Scheu mit seiner eigenen Angelegenheit zu belasten.

Der Tag verging im Schneckentempo; die Studentin schrieb in einem Besprechungsraum ihre Nachklausur; zwei-, dreimal hielt Arnold Nachschau und fand ein zitterndes Häuflein Elend vor, das er durch leichtes Handauflegen auf die Schulter (beim ersten Mal), sowie einem *wird schon werden*, nachdem er einen Blick in ihren Aufsatz geworfen hatte, zu beruhigen versuchte. Am liebsten hätte er sich an die Seite des Mädchens aus dem Oberpfälzer Wald gesetzt und sich mit ihr zitternd gleich gemacht. Er war froh, als das Mädchen mit einem Seufzer abgab, der nicht deutlich machte, ob es sich um einen Seufzer der Erleichterung oder erneut um einen des gefühlten Versagens handelte.

Den Nachmittag hatte Arnold für sich, an Arbeit war nicht zu denken. Er drehte eine unlustige Runde durch den zentralen Lesesaal, er drehte zwei Runden in den Gängen des ersten Stockwerks, er schrieb eine Mail an Katharina, die er wieder verwarf.

Er betrachtete den Sekundenzeiger auf der Uhr und beobachtete das Verdämmern des Tages. Irgendwann nach sechs Uhr löschte er das Licht in seinem Zimmer, das durch die Oberlichte draußen am Gang zu sehen gewesen wäre, und schloss sich ein.

Wenn er aus seinem Fenster sah, sah er wenig. Wo er am Nachmittag die belaubten Äste im Wind beobachtet hatte, war es nun dunkel. Obwohl Arnold seit dem frühen Nachmittag keinen Kaffee mehr getrunken hatte, vermeinte er, von irgendwoher Kaffee zu riechen. Er konnte die Quelle nicht ausfindig machen. Er überlegte, ob es möglich war, dass jemand, der viel Kaffee trank, eventuell über die Haut den Geruch von Kaffee abgab, so wie es offenbar bei Zwiebel oder Knoblauch der Fall war. Arnold hauchte sich den eigenen Mundgeruch in die Nase, um festzustellen, ob er nach Kaffee roch. Er wiederholte den Vorgang ein paarmal und brach dann den Versuch ab. Er saß in völliger Dunkelheit in seinem Büro. Niemand konnte von außen vermuten, dass er noch hier hockte. Durch die Oberlichte über der Tür sah er auf den Gang hinaus, wo in unregelmäßigen Abständen das Licht anging und nach wenigen Minuten wieder erlosch. Dann hörte man das Rasseln eines Schlüsselbunds, das Absperren einer Bürotür, schwere Schritte, später ein leichtgewichtiges Wegstöckeln. Die Kollegen und Kolleginnen hatten ihr Tagwerk beendet und fuhren nach Hause.

Dann schreckte ihn das Läuten des Telefons auf. Arnold ließ es zweimal klingeln, dann hob er ab. Ja, sagte er mit betont fester Stimme und einem hochgezogenen Fragezeichen nach seinem Namen. Walter?

Die Stimme am anderen Ende der Leitung klang verzerrt, wie durch ein Megafon gesprochen. Sie haben unsere Information erhalten?, fragte die Stimme. Durch die Verzerrung konnte Arnold die Herkunft der Stimme nicht erkennen. Einen Akzent schloss er augenblicklich aus, aus Tschechien stammte der Anrufer nicht.

Ja, antwortete Arnold. Das Kuvert, meinen Sie. Was wollen

Sie damit? Wollen Sie mich einschüchtern? Was beabsichtigen Sie eigentlich?

Wir haben noch mehr, sagte die Stimme.

Was soll das heißen?, fragte Arnold zurück.

Mehr Informationen, sagt die Stimme monoton.

Was wollen Sie von mir?

Hotel Zlatý Anděl, Zimmer Nummer sechsundzwanzig, sagte die Stimme. Verstehen Sie?

Was hieß das nun wieder?

Zlatý Anděl, das war das Hotel in Krummau gewesen. Sechsundzwanzig die Zimmernummer, Arnold erinnerte sich. Ihn schauderte. Was war damit?

Wir haben eine Aufnahme, sagte die Stimme. Auf Video. Sie verstehen? Ich denke, Sie hätten die Aufnahme gerne.

Arnold merkte, wie die Wut kam. Das ist doch absolut lächerlich, stieß er hervor. Das ist doch meine Privatangelegenheit.

Wie Sie meinen. Arnold vermeinte ein leichtes Auflachen in der fremden Stimme zu vernehmen.

Sie können die Aufnahme haben. Es gibt ein paar Bedingungen: Nummer eins: Keine Polizei. Nummer zwei: Sie zahlen vierzigtausend. Haben Sie verstanden?

Arnold wusste nicht, was er sagen sollte.

Die Übergabe erfolgt in bar, sagte die Stimme. Am Freitagnachmittag. Haben Sie verstanden?

Ich lasse mich nicht erpressen, sagte Arnold in den Hörer. Er zwang sich, leise zu sprechen, damit er nicht draußen von einem zufällig Vorbeikommenden gehört würde.

Sie haben Bedenkzeit, sagte die Stimme. Zehn Minuten. Wenn Sie einverstanden sind, knipsen Sie in zehn Minuten das Licht in Ihrem Zimmer dreimal kurz an und lassen es dann wieder dunkel. Wenn nicht, werden wir weitere Schritte unternehmen.

Aber das ist doch …, sagte Arnold.

Es knackte im Hörer, der andere hatte aufgelegt.

Das ist doch lächerlich, sagte sich Arnold leise. Dann merkte er, wie er zitterte. Er trat nahe ans Fenster. Draußen lag der Park und ein Teil des Parkplatzes im Dunkeln; wenn das mit dem Licht kein Trick war, dann stand oder saß dort jemand und konnte zu seinem Fenster sehen. Oder konnte man sein Büro von einem benachbarten Fenster der Bibliothek beobachten? Er merkte, dass er nervös wurde. Er war knapp davor, in Panik zu geraten.

Jetzt die Polizei rufen? Zehn Minuten waren lang, zehn Minuten waren kurz. Bis die Polizei ankam, bis er sich ihr erklärt hatte – die Uni hatte mehrere Abfahrten –, bis das gesamte Gelände großflächig abgesperrt war, mochte eine halbe Stunde vergehen.

Arnold überlegte, ob er das Institutsgebäude verlassen und selber auf den Parkplatz gehen sollte. In weniger als fünf Minuten würde er dort stehen, wo er den Fremden vermutete, der ihn angerufen hatte. Und dann?

Er wusste, dass ihm jeglicher Plan fehlte. Er ging verwirrt zur Tür und drückte die Klinke. Das Gefühl der Erleichterung, als er merkte, dass tatsächlich abgeschlossen war.

Er setzte sich. Er hörte seinen Atem gehen, pfeifend, beinahe, als ob er gelaufen wäre. Er hörte den Puls in seinen Schläfen hämmern. Er musste sich entscheiden. Was geschah, wenn er nicht einwilligte? Wenn er nicht einwilligte, setzte er alles aufs Spiel. Ein Spiel wurde plötzlich ernst. Gefährdete alles. Seine Beziehung, Katharinas Beziehung, die Karriere von Bogner, einem Menschen, der ihm nichts getan, mit dem er noch nie im Leben gesprochen hatte.

Wenn er einwilligte, gewann er Zeit. Wichtig war, das Heft in die Hand zu bekommen. Der Fremde sollte sich in Sicherheit wiegen. Sollte glauben, dass er mitspielte.

Arnold sah auf die Uhr. Die phosphoreszierenden Zeiger bedeuteten ihm, dass die Zeit beinahe verstrichen war.

Er ging zum Lichtschalter und drückte kurzentschlossen dagegen. Einmal, zweimal, dreimal. Er zuckte wie geblendet zusammen. Dann war es wieder dunkel. Er setzte sich. Sein Herz trommelte wild. Er merkte, dass er unter den Achseln schwitzte. Er wusste nicht, wie lange er im Dunkeln saß. Sicher vergingen ein paar Minuten.

Dann klingelte das Telefon. Arnold hob sofort ab.

Ja, krächzte er in den Hörer. Seine Stimme sprang nicht sofort an.

Sehen Sie, sagte die verzerrte Stimme, Sie sind ein vernünftiger Mensch. Vierzigtausend. Am Freitag. Die Übergabe erfolgt im Nationalpark Bayerischer Wald bei Neuschönau. Sechzehn Uhr. Sie fahren zum Parkplatz Hans-Eisenmann-Haus, ziehen eine Parkkarte und parken rechts, so weit vorne wie möglich. Sie haben das Geld in bar in einem normalen Wanderrucksack. Haben Sie verstanden, rechts vorne. Sie gehen nicht zu den Tiergehegen, verstehen Sie. Sie gehen Richtung I-Punkt und bei der roten Metallskulptur bleiben sie stehen. Dort befindet sich eine Markierung eines Wanderwegs Richtung Waldhäuser. Haben Sie verstanden? Waldhäuser. Sie gehen zehn Minuten. Dann hören Sie von uns. Ich wiederhole, sagte die Stimme und wiederholte die Anweisungen. Haben Sie verstanden?

Arnold hörte sich mit Ja antworten.

Freitag sechzehn Uhr, sagte die Stimme. Seien Sie vernünftig, sagte die Stimme. Dann wird alles gut. Dann klickte es in der Leitung und der Fremde legte auf.

Arnold saß im Dunkeln in seinem Büro und schüttelte den Kopf. Ich bin im falschen Film, dachte er. Das ist ein Witz. Das passiert nicht mir. Das träume ich. Ich bin es, der erwachen kann. Der diesen Albtraum stoppt. Ich bin es, der alle Möglichkeiten hat. Ich kann es Katharina erzählen. Ihr werde ich es erzählen. Dann Verena. Wenn es denn sein muss. Dann gehen wir zur Polizei.

Als Arnold das Institut verlassen wollte, merkte er, dass er Angst hatte. Er presste seine Hände gegen seine Wangen. Arnold ging aus dem Büro; auf dem Gang war es ruhig, in den anderen Zimmern war es dunkel. Die Aufsichtskoje vor dem Lesesaal war verlassen, Dascola und seine Kollegen waren nach Hause gegangen. Vielleicht war der Unbekannte ja auch im Haus. Arnold lief in sein Büro zurück und rief beim Portier an. Er log das Erstbeste vom Himmel; es sei ihm zwar noch nie passiert, aber heute früh habe er sein Auto in der Eile irgendwo in der Parkgarage abgestellt, und jetzt habe er die Platznummer vergessen und könne nun seinen Wagen nicht mehr finden. Ob ihm der freundliche Herr Herbert denn nicht einen Augenblick behilflich sein könne. Arnold modelte seine Angst um, er goss sie in einen harmlos wirkenden Hilfsappell, der an seine Vergesslichkeit appellierte. Herbert reagierte ruhig und gelassen, das werde sich machen lassen. Fälle dieser Art schienen ihm bekannt zu sein, immer wieder kam es vor, dass jemand in der verwinkelten Tiefgarage die Nummer seines Parkplatzes vergaß. Deswegen parkte Arnold auch immer an ungefähr derselben Stelle. Er traf Herbert vor der Hauptbibliothek. Der Portier hielt eine Taschenlampe in der Hand; die Lampe schwenkte einen unruhigen Lichtkegel vor sich her.

Wo sollen wir denn beginnen?, fragte Herbert. Da hinein, glaube ich, sagte Arnold, und deutete auf einen der Abgänge in die Tiefgarage, obwohl er wusste, dass er unmittelbar daneben geparkt hatte. Nach fünf Minuten scheinbarer Suche hatten sie das Auto gefunden. Arnold bedankte sich, er werde sich revanchieren. Ist schon recht, sagte der Portier und verabschiedete sich mit einem lässigen Winken.

Als Arnold im Wagen saß, verriegelte er von innen und fühlte sich sicher. Er nahm einen Umweg über die Stadt. Vielleicht folgte ihm jemand, vielleicht konnte er denjenigen wenigstens auf dem Weg nach Hause abschütteln oder in die Irre führen. Es war Dienstag. Am Freitag sollte die Übergabe stattfinden.

In den folgenden Tagen suchte er nach einem Grund, der sein Schweigen rechtfertigte. Er sagte nichts, niemandem. Katharina schrieb ihm eine Mail, heiter, verliebt, wie ihm schien. *Je ne regrette rien*, schrieb sie. Und dass sie das Muschg-Zitat endlich entdeckt hatte: *Manchmal strich er ihr mit den Augen eine Haarsträhne hinter ihr Ohr zurück, dachte daran, wie es wäre, mit ihr zu schlafen; dann vergaß er es wieder.*

Jetzt weißt du es, wie es ist, schrieb sie. *Oder hast du es schon vergessen?*

Ihr würde er nichts sagen, er wollte sie nicht unnötig beunruhigen. Er schrieb ihr zurück: dass er oft an sie denke, viel Arbeit habe (der Aufsatz, er hatte ihr davon erzählt) und sich bald wieder bei ihr melden würde. Außerdem bat er sie, die Mail sofort zu löschen.

Auch Verena hatte viel zu tun, ihr Ärger war schnell verflogen. Zwei Tage nach seiner Notlüge bereitete er das Brathuhn zu. Hannes war beim Essen dabei, erst drehte sich alles um eine dräuende Schularbeit, dann um eine Band, die Hannes zu gründen entschlossen war: zu Hause also Normalität. Es war, als hätte Arnold kein Kuvert, keine Drohung und keinen Anruf erhalten.

Abends, Verena war schon schlafen gegangen, Hannes in seinem Zimmer, kramte Arnold in Unterlagen und Bankauszügen. Theoretisch konnte er die Vierzigtausend von einem Sparbuch abheben, ohne dass Verena Verdacht schöpfte. Andererseits: Vierzigtausend! Das war der Wert eines Luxuswagens! Wegen zweier Fotos?

Er hatte seine Sparbücher in einem Schrank aufbewahrt, in dem sich alle persönlichen Papiere befanden: Zeugnisse von der Volksschule bis zur Uni, Dissertationsurkunde, Habilitationsurkunde, Rot-Kreuz-Kurs-Bescheinigung, Blutspendeausweis, Reisepass. Dann fiel ihm die rote Mappe in die Hand, in die er jahrzehntelang keinen Blick mehr geworfen hatte.

Die Unfallmappe. Sein Großvater hatte die Ausschnitte damals gesammelt. Der Unfall auf dem Traunsee hatte großes Aufsehen erregt. Die *Salzkammergutzeitung* hatte darüber berichtet, die Zeitungen aus Linz. Auf einem Foto war Arnold allein abgebildet, ein Bub mit kurz geschorenen Haaren, der verlegen in die Kamera blickt. Das Foto musste noch am Tag des Unglücks aufgenommen worden sein. Arnold hatte keine Erinnerung mehr daran. Sie setzte erst wieder ein, als ihn der Gendarmeriebeamte, Katharinas Vater, mit nach Hause genommen hatte. Jahrelang hatte er nicht gewusst, dass es diese Zeitungsberichte gab, im Chaos dieser Unfalltage, in den chaotischen Tagen um das Begräbnis des Vaters herum war alles andere wichtiger gewesen. Sein Großvater hatte ihm die Mappe kurz nach der Matura übergeben. Arnold hatte sie damals flüchtig durchgesehen und dann geschlossen: Sie rührte an einen Schmerz, dem auszusetzen er sich als Neunzehnjähriger weigerte. Immerhin, die Mappe hatte mehrere Umzüge mitgemacht; irgendwann hatte er sie Verena gezeigt, irgendwann würde er auch seinen Kindern davon erzählen.

Da gab es noch einen Ausschnitt aus der Montagsausgabe der *Nachrichten*, zwei Tage nach dem Unfall. Rechts vorn auf der Titelseite des Blattes prangte ein Foto, das Arnold selbst geschossen hatte: mit dem Vater, mit Inge und Annette. Irgendwie musste jemand von der Zeitung damals an den Fotoapparat des Vaters gekommen sein, irgendjemand hatte, ohne jemandes Erlaubnis einzuholen – wer hätte denn gefragt werden können, die Großeltern waren auf einem Ausflug – die Fotos entwickelt. Unter dem Foto die Bildunterschrift: *Die letzte Aufnahme!*

Viel später, Arnold war bereits erwachsen, hatte er begriffen, dass ihm die Zeitung damals seine letzte bildliche Erinnerung an den Vater geraubt hatte.

Die Mappe enthielt noch ein weiteres Foto, eine Originalaufnahme. Die Aufnahme war verrissen und wirkte wie ein künstlerischer Versuch. Auf dem Foto war ein Stück Himmel zu sehen, im Hintergrund ein verwischter Ausschnitt des Traunsteins, vorne die Andeutung der Spitze eines Segelmastes. Es war das Foto, das Arnold gemacht hatte, unmittelbar nachdem die Segelstange abgebrochen war und die drei ins Wasser gefallen waren. Das Foto verriet mit keinem Detail, was gerade geschehen war, außer dass der, der die Kamera führte, sie in diesem Augenblick verriss.

Arnold blätterte die Mappe mit den Zeitungsausschnitten

durch. Plötzlich wusste er, wie er sich dem Erpresser gegenüber verhalten würde.

Mach ein Foto, hatte der Vater damals zu ihm gesagt. Und er hatte das Foto gemacht. Dann hatte der Vater die Freundin und deren Tochter gebeten, sich mit ihm auf die Segelstange zu setzen und Arnold erneut aufgefordert, abzudrücken. Und Arnold hatte getan, was ihm sein Vater angeschafft hatte.

Später hatte er sich heftige Vorwürfe gemacht. Er hatte gehorcht. Er hatte getan, was sein Vater ihm gesagt hatte. Er hatte den Befehl des Vaters ausgeführt. Wenn ich Nein gesagt hätte, wenn ich sie gewarnt hätte, wäre der Unfall vielleicht nicht passiert, hatte das Kind, hatte der Halbwüchsige gedacht. Ich hätte es in der Hand gehabt, das Unglück zu verhindern. Ich habe den Tod meines Vaters nicht verhindert, weil ich getan habe, was er mir aufgetragen hat. Weil er nicht Nein gesagt, weil er der Aufforderung seines Vaters keinen Widerstand geleistet hatte, hatte er den Unfall mitverursacht. Ich habe das Leben meines Vaters auf dem Gewissen, hatten der Neun-, der Zwölfjährige, der Maturant gedacht. Später hatte er diesen Gedanken verdrängt. Abgetötet.

Jetzt, da ihm die Mappe zufällig in die Hände fiel, wusste er, wie er sich verhalten würde.

Er hatte getan, was ihm der Vater angeschafft hatte. Er würde nicht tun, wozu ihn dieser lächerliche Erpresser zwingen wollte. Er würde sich weigern, dieses lächerliche Spiel weiterzuspielen. Er würde Widerstand leisten.

Es fiel ihm schwer, den Vorsatz umzusetzen. Zu Hause hatte er eine weitere Klausur im Bayerischen Wald angekündigt: Der Aufsatz musste schleunigst abgeschlossen und abgeschickt werden – das war nicht einmal gelogen. Bevor er in die Stadt fuhr, holte er einen ausrangierten Rucksack aus dem Keller, den er mit ein paar Wochenendbeilagen der *Süddeutschen*, die er unsinnigerweise über Jahre hindurch gesammelt hatte und die sich nun im Keller stapelten, auffüllte.

Auf dem Weg zur Uni hielt er bei seiner Bank. Unmittelbar vor ihm verhandelte eine ältere Frau umständlich über die Änderung eines Dauerauftrags. Selbst in diesem Moment wusste er noch nicht, welchen und ob er nicht doch den gesamten Betrag abheben würde. Als er an der Reihe war, hörte er sich tausend Euro sagen. Tausend Euro, die brauchte man schnell; für eine Anschaffung im Haushalt, für einen Urlaub. Die Schalterdame, die er seit Langem kannte, händigte ihm das Geld aus, ohne irgendeinen Anflug von Argwohn.

Als er die Bank verließ, fragte er sich, warum er überhaupt Geld abgehoben hatte.

Er fuhr an die Uni, packte seine Unterlagen für den Aufsatz ein sowie seinen Laptop – er war fest entschlossen, gleich nach *Erledigung der Angelegenheit* in die Frühstückspension nach Grafenau zu fahren, wo er schon mehrmals Gast gewesen war. Zur Strafe und Belohnung zugleich nahm er sich vor, den Aufsatz definitiv bis Sonntagabend abzuschließen.

Bei Deggendorf bog er von der Autobahn ab Richtung Norden. Als die Kinder noch klein gewesen waren, war er mit Verena einige Male in den Nationalpark zum Wandern gefahren. Wahrscheinlich waren sie irgendwann einmal auch in Neuschönau gewesen, Arnold konnte sich nicht mehr daran erinnern.

Der Unbekannte hatte vom Hans-Eisenmann-Haus gesprochen; man musste durch Neuschönau fahren – ein Nest mit Kirche, Bank und einem kleinen Laden –, ehe man in das Gelände des Nationalparks gelangte. Arnold hielt kurz an, um Post in einen Briefkasten zu werfen. Es hatte zu regnen begonnen, der Wind drückte die Wasserstrahlen gegen die Windschutzscheibe, kein Mensch auf der Straße, kein Tag zum Wandern. Bei Sonnenschein hätten die Laubbäume in allen Schattierungen gestrahlt; heute wirkte der Wald düster, abweisend, unfreundlich. *Das Weinlaub wird schon rot, dahinter steht der Tod:* Das Mörike-Gedicht fiel Arnold wieder ein. Gleichzeitig wusste er plötzlich, dass er sich beim Autor geirrt hatte. Er kannte das Gedicht von einer vertonten Version, die er während seiner kurzen Mitgliedschaft im Universitätschor in seiner Regensburger Anfangszeit gesungen hatte. Das Gedicht stammte von einem Nachkommen von Matthias Claudius, einem gewissen Hermann Claudius, der sich in der Nazizeit durch Bekenntnisgedichte auf den Führer hervorgetan und auch nach dem Krieg noch geehrt worden war. Über diese seltsamen Kontinuitäten in Dichterbiografien war noch viel zu wenig geforscht worden; Arnold wusste, dass man wenig Begeisterung unter Kollegen entfachte, wenn man solche Themen vorschlug. Man begab sich damit schnell auf unsicheres Terrain, Erben, Nachfahren, Nachlassverwalter lebten, das *ewige Nachbohren* war unerwünscht.

Beim Parkplatz zum Hans-Eisenmann-Haus befand sich ein Schranken, an dem man einen Parkschein ziehen musste. Sogar in der Wildnis wurde also schon abkassiert: Parkraumbewirtschaftung hieß der dafür erfundene Euphemismus.

War der Typ schon da, stand Arnold unter Beobachtung?

Arnold spürte, dass ihn die Anfahrt beruhigt hatte. Der Lächerlichkeitsfaktor an diesem Ausflug war beträchtlich. Er würde das Heft in der Hand behalten.

Der Parkplatz war beinahe leer; Arnold parkte rechts vorne, wie der Unbekannte gesagt hatte, diesen Gefallen konnte er dem Kerl ja machen.

Als er ausstieg, überlegte er, ob er die tausend obenauf in den Rucksack stopfen sollte, ließ es dann aber bleiben. Das Geld blieb in der Börse; Arnold packte den Rucksack mit den *SZ*-Magazinen auf den Rücken.

Er sah sich um. Der Parkplatz war menschenleer. Er orientierte sich an ein paar Hinweistafeln. Rechts ging es offenbar zu den Tiergehegen, links war schon die Metallskulptur erkennbar, von der der Typ gesprochen hatte. Links und rechts davon standen zwei Holzhäuschen, eines davon offenbar ein Imbiss, in dem anderen befand sich ein Laden. Menschen sah Arnold nicht. Von der Ferne hörte man ein dumpfes Klopfen; entweder es wurde Holz geschlagen oder irgendwo wurde gebaut.

Bei der Metallskulptur bog Arnold rechts in den Wald; tatsächlich fand sich hier eine Tafel mit dem Hinweis Richtung Waldhäuser. Es regnete jetzt stark, Arnold schlug die Kapuze seines Anoraks hoch, um nicht nass zu werden.

Er würde *die Angelegenheit* jetzt schnell hinter sich bringen.

Rasch ging er in den Wald hinein, der Weg führte leicht bergab. Bald schon kamen ihm zwei Wanderer mit roten Jacken entgegen. Waren das die Typen? Hatte der am Telefon nicht von wir gesprochen? Arnold grüßte die Fremden, möglicherweise Vater und Sohn. Die grüßten zurück. Sie sind der Einzige, der heute unterwegs ist, sagte einer der beiden Männer und ging an ihm vorbei.

Er ging weiter in den Wald hinein; man hörte das Prasseln des Regens, das Streifen des Windes in den Wipfeln. Gelegentlich das Geräusch eines fahrenden Autos. Möglicherweise befand sich in der Nähe eine Straße. Das Klopfen wiederholte sich. Vielleicht handelte es sich doch um eine Baustelle. Der Boden fühlte sich weich an.

Der Wald war dicht bewachsen, stellenweise dichtes Unterholz. Die Konzeption des Nationalparks sah vor, dass der Wald naturbelassen blieb. Angrenzende Holzbauern bedankten sich für das Übergreifen des Borkenkäfers.

Bald würde er die Lust verlieren, weiterzugehen. Bis Waldhäuser zu marschieren, wo immer sich das befand, dazu hatte er jedenfalls keine Lust.

Er kam an einer Weggabelung vorbei, die mit einem rot-weißen Band abgesperrt war; auf einer Tafel wurde gewarnt: *Vorsicht Lebensgefahr. Betreten verboten.*

Bezog sich die Warnung auf Fallen, die Jäger im Wald aufgestellt hatten? Oder wurde wegen Holzschlags gewarnt?

Dann hörte er eine Stimme, jemand sprach ihn an. Von hinten. Instinktiv drehte er sich um. Die Stimme wurde lauter. Nicht Umdrehen! Weitergehen!

Arnold blieb stehen. Die Stimme rief: Weitergehen!

Arnold drehte sich um. Er sah den Sprecher nicht sofort. Dann bemerkte er ihn. Der Mann stand hinter einem Baum im Unterholz, vielleicht zehn Meter von ihm entfernt. Er war groß, trug einen dunklen Anorak mit Kapuze und eine Sonnenbrille. Er war offenbar allein.

Arnold trat vom befestigten Wanderweg in den Waldboden und ging auf den Mann zu. Der Boden fühlte sich weich und moosig an.

Stehen bleiben, rief der Mann und duckte sich hinter den Baum.

Er hat Angst, dachte Arnold und ging weiter. Einmal hatte er gemacht, was sein Vater von ihm gewollt hatte. Jetzt ließ er sich nicht zwingen.

Stehen bleiben, rief der Mann noch einmal. Sie waren vielleicht noch fünf Meter voneinander entfernt. Da sah Arnold plötzlich den Revolver, den der Typ hielt. Er blieb stehen.

Sind Sie wahnsinnig?, fragte er den Unbekannten. Ich meine, Sie dirigieren mich daher und jetzt bedrohen Sie mich. Nehmen Sie die Waffe weg!

Rucksack auf den Boden, sagte der Mann und fuchtelte mit der Waffe.

Alles mit der Ruhe, sagte Arnold und streifte den Rucksack langsam vom Rücken. Er spürte, dass er der Stärkere war.

Nur keinen Stress, sagte er, ich habe ja alles mit dabei. Er hielt den Rucksack vor sich wie ein Paket. Er legte ihn nicht auf den Boden. Ich möchte mir nur sicher sein, dass Sie auch was für mich dabei haben.

Rucksack auf den Boden, wiederholte der Mann. Er wurde lauter.

Arnold spürte, wie die Welle aus Wut in ihm aufstieg. Nichts konnte sie jetzt aufhalten.

Ihnen ist schon klar, dass ich mir auch sicher sein muss! Wo sind denn die Fotos? Wo ist das Video?

Der Mann schien überrascht zu sein; er wich ängstlich hinter den Baum zurück.

Arnold ging noch ein paar Schritte auf ihn zu. Es hatte den Anschein, als wolle der andere fliehen. Er machte einen Schritt zurück, stolperte über einen Ast und fiel nach hinten. Rappelte sich wieder auf. Dem Mann war die Sonnenbrille hinuntergefallen.

Da erkannte ihn Arnold. Sie standen sich einen Augenblick reglos gegenüber. Erstaunt, fassungslos. Da schoss der andere. Ein kurzes Ploppen. Ein heftiger Schlag gegen die Stirn.

Er stürzte dem anderen entgegen. Im Stürzen beschloss er, dem Mann in die Augen zu sehen.

II

Normalerweise irrte Seisenbacher sich nicht. Aber an diesem Tag, der sich allmählich zu einem Schiefläufer entwickelte, musste er ein einmal gefasstes Urteil zurücknehmen.

Er saß hinter seinem Schreibtisch im Büro seiner Privatdetektei, die sich in dem beinahe lichtlosen Innenhof eines Hauses in der Nähe der Linzer Landstraße befand. Ihm gegenüber hockte seit einer halben Stunde ein verzweifelter Bestattungsunternehmer namens Ewald Sendelsburner. Seisenbacher hatte kurz rekapituliert: Es war Sendelsburners dritter Besuch binnen weniger Wochen. Der Fall Sendelsburner hatte sich ungünstig auf Seisenbachers Firma auswirkt; energetisch gesehen hatte Sendelsburner ein mieses Karma in das Büro eingebracht, nach Feng Shui ein schlechtes Qi. Der Typ sitzt da und saugt mir die Energie aus dem Schädel, dachte Seisenbacher, während Sendelsburner sein drittes Papiertaschentuch hervorzog und sich laut hineinschnäuzte. Die zwei gebrauchten Taschentücher lagen zerknüllt vor ihm auf der Schreibtischkante wie Musterstücke, die ein Vertreter zur Probe ausgelegt hatte. Neben den Taschentüchern lag die Parte der verstorbenen Sendelsburnerin, die beim letzten Besuch noch mit von der Partie gewesen war.

Während Sendelsburner sich tränenerstickt in der Endlosschleife seiner Kummererzählung verirrte, hatte Seisenbacher ausführlich Zeit, den frisch verwitweten Bestattungsunternehmer zu begutachten. Kein Zweifel, es lag an den Ohren. Seisenbacher schalt sich innerlich, dass er trotz aller sonstigen Achtsamkeit offenbar zweimal nicht richtig hingesehen hatte. Oder es lag daran, dass Sendelsburner knapp vor dem Begräbnis seiner Frau zum Friseur gegangen war. Das kam sicher vor. Andere kauften sich anlässlich eines Begräbnisses einen dunklen Anzug oder, falls der Abgang in der kalten Jahreszeit anfiel, einen schwarzen Mantel. Sendelsburner, der aufgrund seines Berufes sicher genug Trauerkleidung im Schrank hängen hatte, dem diese Kompensationshandlung daher berufsbedingt nicht zur Verfügung stand, war eben zum Friseur gegangen. So musste es gewesen sein. Seisenbacher stellte sich eine junge, gut riechende Friseurin vor, die Kunden beim Haareschneiden absichtlich unabsichtlich mit ihren Brüsten anstreifte und Einsicht in ihre rasierten Achselhöhlen gab. Sendelsburner war also zum Friseur gegangen, um den ersten Trauerschock erotisch abzufedern, hatte dabei aber, wahrscheinlich um die Verweildauer bei der süß und nach Leben riechenden Friseurin so lange wie möglich auszudehnen, offensichtlich kapital über das Ziel hinausgeschossen: Die Friseurin hatte ihm die Haare, vor allem in der Region um die Ohren herum, vollständig ausgeschnitten und wegrasiert. Wahrscheinlich, fantasierte Seisenbacher, presste die junge Friseurin ihre Brüste gerade beim Um-die-Ohren-Herumschneiden an Sendelsburners Oberarme, sodass Sendelsburner gar nicht auf die Idee gekommen war, ihr Schneiden abzustoppen. Seisenbacher wusste, dass es einen Spezialbegriff gab für Leute, die sich durch Pressen an andere Körper sexuell erregten, ihm fiel der Begriff im Moment nicht ein. Möglicherweise hatten sich in eben der Aktion, bei der die junge, aufreizende Friseurin an Sendelsburner herumzuschneiden und wahrscheinlich auch an seinem Ohr zu manipulieren begann, ein passiver und ein aktiver Anpresser zusammengefunden, ohne es zu wissen. Frotteur, so hieß das, jetzt fiel es Seisenbacher wieder ein.

Der Effekt des massiven Haarschnitts, der möglicherweise von einer starken sexuellen Erregung beiderseits begleitet worden war, zeigte sich darin, dass Sendelsburners Ohren nun überdeutlich, beinahe provokant von seinem birnenförmigen Schädel abstanden. Viel deutlicher, als Seisenbachers erster Augenschein und seine Kategorisierung beim Erstbesuch damals ergeben hatten. Seisenbacher musste das erste Ohrenurteil, das er vor einem knappen Jahr gefällt hatte, korrigieren und als klassisches Vorurteil zurücknehmen. Eine Tatsache, mit der er sich gleichzeitig natürlich auch ein verheerendes Eigenfeedback gab; schmerzlich gestand er sich den Irrtum ein.

Zuerst ging es immer um die Ohren. Sendelsburner hatte das Büro im Frühjahr ziemlich nervös aufgesucht, weil er glaubte, Anzeichen dafür gefunden zu haben, dass ihn seine Frau Sieglinde, mit der er über fünfzehn Jahre lang verheiratet war, mit einem anderen betrog. Seltsame Telefonate, undefinierbare und nicht mehr rekonstruierbare Aufenthalte in der Stadt, an den Haaren herbeigezogene Abendtermine: das Übliche halt. Aber alles ohne Beweise. Seisenbacher hatte den Fall aufgenommen und nebenbei den Klienten begutachtet, routinemäßig, wie er das mit allen seinen Kunden und im Übrigen mit allen Menschen, denen er sonst begegnete, tat. Ohren hatte jeder, oder beinahe jeder, und mehr als neunzig Prozent der Bevölkerung trugen sie auch gut sichtbar an den Seiten ihres Kopfes. Seisenbacher erinnerte sich, dass er Sendelsburner damals mit Ohrenklasse 2+ eingestuft hatte. Das war im Prinzip nichts Aufregendes. 1 war normal, 2 leicht abstehend, 3 erheblich und 4 extrem.

Jetzt aber, nachdem Sendelsburner, offenbar eines billigen sexuellen Abenteuers wegen – vielleicht war es ja im Friseurstuhl sogar bis zum *Äußersten* gekommen: Das zu überprüfen war nun nicht mehr möglich –, weil Sendelsburner also seinem sexuellen, durch Trauer hervorgerufenen Notstand (das allein war ja wohl mehr als pervers!) so exzessiv nachgegeben hatte, saß er nun mit äußerst unkleidsam kurz geschnittenen Haaren und nackten Ohren vor ihm, die nach Klasse 3, wenn nicht nach Klasse 3+ abzuzustufen – downzugraden hieß das neuerdings – Seisenbacher sich genötigt sah.

So wie Seisenbacher Sendelsburners Ohren betrachtete, unschlüssig zwischen den Kategorien 3 und 3+ hin- und herpendelnd, so sehr war auch seine Aufmerksamkeit auf die Erzählung, die Sendelsburner ihm tränenreich und unter Einsatz mehrerer Papiertaschentücher einer Billigmarke, wie Seisenbacher auffiel, darlegte, reichlich getrübt. Spätestens ab Ohrenkategorie 3+ konnte Seisenbacher von erheblichen Bewusstseinstrübungen, ja von einem Aufmerksamkeitsdefizit-Syndrom berichten, das hatte er sich längst eingestehen müssen. Jeder Mensch hatte seine schwachen Stellen, bei Seisenbacher setzte ab Ohrenkategorie 3+ irgendwie jegliches Verständnis aus. Okay, es gab auch innere Werte, man sollte einen Menschen nicht nach dem Äußeren beurteilen. Geschenkt. Pfarrersätze. Die Realität sah aber anders aus, Seisenbacher wusste, woran er dachte.

Sendelsburners Erstbesuch hatte zuerst einmal eine ermittlungsmäßige Routine oder eine routinemäßige Ermittlung in Gang gesetzt, andererseits und tragischerweise aber eine firmeninterne Rutschbewegung ausgelöst, mit der Seisenbacher nicht hatte rechnen können.

Seisenbacher hatte seinen Mitarbeiter Mandi Scherer auf den Fall angesetzt, der schon nach kurzer Zeit die bedauerlicherweise zu befürchtenden Wahrheiten referierte: Sieglinde Sendelsburner hatte sich, offenbar nach einem banalen Reifenwechsel, mit dem Mitarbeiter eines bekannten Autogroßhändlers auf ein einmaliges Pantscherl eingelassen, das sich im Lauf der Monate zu einer veritablen Affäre auswuchs.

Seisenbacher selbst übernahm in diesem Fall die Übermittlung der schlechten Botschaft, zitierte Sendelsburner (damals noch Kategorie 2) ins Büro und übergab ihm ein paar Fotos von Sieglinde und ihrem Reifenmonteur in eindeutigen Posen. Die Faktenlage reichte aus für die Scheidung. Sendelsburner verließ, von Seisenbacher nur unleidlich getröstet, das Büro, der Fall schien erledigt, abgehakt.

Keine drei Wochen später stand Sendelsburner wieder im Büro, wütend, verletzt, angriffslustig, seine Sieglinde (1+) war bei ihm. Sieglinde war klein, blond, mit einer bereits deutlich ausgebildeten Fasstaille; sie war aber kleiner, blonder und ein bisschen dicker, als es die im Prinzip scharfen Fotos, die von Mandi gemacht worden waren, hätten vermuten lassen. Positiv gesprochen: Sieglinde Sendelsburner war offenbar einer der seltenen fotogenen Typen, die sich beim Fotografieren ohne Aufwand erfreulicher ins Bild setzten als bei der tatsächlichen Begegnung.

Sendelsburner war aber nicht ins Büro gekommen, um bei Seisenbacher einen Foto/Realitätsabgleich machen zu lassen. Er wetterte gleich los, ohne das Angebot, sich zu setzen, abzuwarten. Es ging um eine angeblich infame Spesenabrechnung, die ihm ins Haus geflattert war. Mandi hatte bei der Beobachtung der inflagranten Sieglinde derartig horrible und abstruse Spesen geltend gemacht, die selbst Seisenbacher, der sich bei derartigen Angelegenheiten immer schützend hinter seinen Kompagnon stellte, sprachlos und kleinlaut werden ließen.

Sendelsburner drohte unverhohlen mit einer Anzeige, bei Gericht und bei der Finanzbehörde, er werde diesen unseriösen Saustall, wie er sich ausdrückte, ausmisten lassen, so eine Sauerei sei ihm überhaupt noch nie untergekommen. Auch er sei ein Geschäftsmann, wenn er sich seinen Kunden gegenüber so verhielte, dann Gute Nacht, er verlange einen sofortigen Preisnachlass, ansonsten lasse er die Bude auseinandernehmen. Außerdem habe sich die Situation verändert, seine Frau sei reumütig zu ihm zurückgekehrt und er habe ihr verziehen. Zum Beweis der Versöhnung hatte er seine Frau ins Büro mitgebracht. Während sich Sendelsburner in Rage redete, stand seine Frau Sieglinde neben ihrem Mann und hielt sich in grotesker Weise an dessen linker Hand fest, als wäre sie untrennbar an ihren Gatten gekettet. Sie sprach während der Sendelsburner'schen Tirade kein einziges Wort. Gerade ihr Schweigen verstärkte die Wucht des Auftritts ihres Mannes extrem, sodass sich Seisenbacher genötigt sah, hinter seinem Schreibtisch aufzustehen. Der Angriff Sendelsburners fand ja auch im Stehen statt.

Die Sache war aber schon entschieden. Seisenbacher blieb letztlich nichts anderes übrig, als die Rechnung mit dem Hinweis, sie auf die Richtigkeit der Ausstellung zu überprüfen, zurückzunehmen und sich zu entschuldigen. Das Ehepaar Sendelsburner verließ daraufhin sichtlich befriedigt das Büro, Seisenbacher musste sich eine geschäftliche Niederlage eingestehen, eine Pleite, die gegen sein oberstes Prinzip, niemals, aber auch niemals als Verlierer vom Platz zu gehen, verstieß und ihn zutiefst kränkte.

Der firmeninterne Rutschvorgang war damit in Gang gesetzt und verstärkte sich rapide, als Seisenbacher die Scherer'sche Spesenabrechnung überprüfte. Da fanden sich eine ominöse, sehr hohe Rechnung eines stadtbekannten Nachtlokals ebenso wie ein horrender Betrag, hingekritzelt auf einen Zettel eines Bierblocks, auf den Scherer von eigener Hand den Vermerk *Bewirtung* angefügt hatte, die Rechnung einer Fotokette für die Entwicklung einer Handvoll Aufnahmen, mit der man gleich mehrere dicke Fotobücher bezahlen hätte können, und mehrere Taxirechnungen mit Datumsangaben, an denen Scherer laut Dienstplan frei gehabt hatte.

Der Sendelsburner'sche Protestauftritt in Seisenbachers Büro war der Anfang vom Ende der Zusammenarbeit mit Mandi Scherer, der mehr als vier Jahre bei Seisenbacher gearbeitet hatte. Eine Durchsicht früherer Fälle, die von Scherer bearbeitet und abgerechnet worden waren, bestätigte Seisenbachers schlimmste Befürchtungen. Scherer hatte seit mehr als einem Jahr überzogene Rechnungen an Kunden gestellt, bei denen er erwarten konnte, dass diese sich aus Gründen der Diskretion nicht zur Reklamation entschließen würden.

Seisenbacher stellte Scherer zur Rede. Der leugnete kurz, gab dann aber seinen Widerstand auf und gestand seine Fehlleistungen. Die letzte dienstliche Mitteilung, die Seisenbacher an seinen Kompagnon, mit dem er vor Gründung der Detektei bei einer Security-Firma gearbeitet hatte, gab, war der kurze Satz: Du bist ein Vollidiot. Seisenbacher hatte sich bei der Innung erkundigt: Die Gründe für eine sofortige Auflösung der Partnerschaft waren gegeben, Scherer war gefeuert, Seisenbacher stand ohne Mitarbeiter da.

In den folgenden Wochen sprachen mehrere junge Männer bei Seisenbacher vor, die allesamt bei der CURE-Security arbeiteten, für die auch Seisenbacher tätig gewesen war. Seine Wahl fiel schließlich auf einen gut aussehenden jungen Mann mit gepflegtem Äußeren und tadellosen Manieren, der auch Bereitschaft zeigte, sich weiterzubilden und allfällige Wochenend- und Nachtdienste auf sich zu nehmen. Ein Nachteil war, dass der junge Mann türkischstämmig war und Ümit hieß. In der Branche ging es vorrangig um dezentes Auftreten und Diskretion, jedes unnötige Auffallen war zu vermeiden. Ein Vorname wie Ümit war in dem Job schlicht unmöglich. Ümits Sprachkenntnisse waren erstaunlich gut, er hatte eine österreichische Handelsschule abgeschlossen. Neben Ümits Bewerbung war Seisenbacher noch jene eines Rumänen aufgefallen, der in seiner Jugend in der rumänischen Ringernationalmannschaft gekämpft hatte; der Ringer wiederum hatte den Nachteil, dass er in Rumänien Sportwissenschaft studiert hatte. Auch wenn sein Studium in Österreich unnütz war und er sich deshalb bei der Security herumtrieb: Die Arbeit bestand dort hauptsächlich aus Abschreckung, das hieß täglich stundenlanges Stehen – einen Akademiker wollte Seisenbacher nicht mit an Bord nehmen. Verwicklungen und freche Gegenrede waren absehbar. Bei der Frage Türke oder Akademiker hatte sich Seisenbacher dann für den Türken entschieden, er war ja nicht ausländerfeindlich, wenigstens nicht generell. Die Frage *Bist du Moslem?* hatte Ümit verneint. Angeblich gab es auch keine verschleierten Frauen in der Familie.

Seisenbacher hatte dem jungen Türken die Sache mit der Diskretion erklärt und hinzugefügt, dass es im Detektivgewerbe durchaus üblich war, Decknamen oder Künstlernamen zu verwenden. Auch Krankenschwestern trugen erfundene Namen. Wenn du nichts dagegen hast, sagte er Ümit, dann bist du für mich Kurt. Als Kurt kann ich dich brauchen, als Kurt lassen dich die Leute optisch als Grieche, als Spanier oder auch als Italiener durchgehen. Nach einem Tag Bedenkzeit stimmte Ümit dem Vorschlag zu und trat in den Dienst ein, in dem er sich als erstaunlich geschickt erwies. Manche Ausländer waren eben williger als verwöhnte Inländer, außerdem war Kurt/Ümit als Anfänger um einiges billiger als Mandi mit seinen angesammelten Dienstjahren. So hatte der Rausschmiss von Mandi auch sein Gutes gehabt.

Es gibt aber nichts Gutes, das nicht auch einen Nachteil hätte. Die Problematik mit Kurt gestaltete sich derart, dass Kurt für einen Anfänger bei den Kunden geradezu sensationell gut ankam. Bei der Verteilung des Charmes war Kurt offenbar überreich beschenkt worden; vor allem die weibliche Kundschaft lobte den neuen Mitarbeiter in den höchsten Tönen. Ümits/Kurts Ausstrahlung hatte schließlich auch auf das Büro selbst übergegriffen. Die Buchhaltung erledigte eine Sekretärin namens Kerstin Schmidradner, die Seisenbacher nach einem scharfen Auswahlverfahren ausgewählt hatte. Sie war jung, Ende zwanzig und, wie man sagt, bildhübsch. Kurz geschnittene tiefschwarze Haare, eine kleine Nase, ein zart gezeichnetes Gesicht, die Ohren zierlich, kleine erotische Schneckchen, zum Anbeißen. Sie gehörte zu der Gattung schöner Frauen, bei denen man unwillkürlich den Atem anhielt, wenn man in ihre Nähe kam. Sie kam zweimal in der Woche ins Büro, um die Buchhaltung zu erledigen. Wenn sie da war, wehte der betörende Geruch ihres Parfüms durch den Raum: ein Hauch nur, keine Duftwolke – und die Luft schien vor Spannung zu knistern. Kerstin arbeitete im Hinterzimmer des Büros. An den Tagen, an denen sie in der Firma war, richtete Seisenbacher den Dienstplan so ein, dass auch er sich im Büro aufhielt, während er Kurt auf Außendienst schickte, was aber nicht immer möglich war. War Seisenbacher mit Kerstin einen Tag allein im Büro, ertappte er sich häufig dabei, dass er nach hinten ging, um nachzuschauen, ob sie noch da war. Allein dass dieses schöne Geschöpf im Hinterstübchen seiner kleinen Firma saß, wertete er als Sensation. Als Seisenbacher Kerstin das erste Mal gesehen hatte, war er innerlich aufgesprungen wie ein Fan auf der Stadiontribüne nach einem unvermuteten Torerfolg der eigenen Mannschaft. Die würde ich gerne ficken, hatte er spontan gedacht. Er hasste es, in der Möglichkeitsform zu denken. Was möglich schien, drängte auf Realisierung. Der Satz stand daher umformuliert auf der ungeschriebenen Seisenbacher'schen To-do-Liste: *Ich werde sie ficken.*

Vorläufig stand hinter Kerstins Namen der Vermerk i.V. I.V. war ein Kürzel für *in Vorbereitung*. Seisenbacher war in jungen Jahren Mitglied bei einem Leichtathletikverein gewesen, für den er im Weitsprung und auf den kurzen Laufstrecken angetreten war. I.V., in Vorbereitung, verstand sich im Fachjargon der Wettkampfrichter als Hinweis für einen Athleten, sich für seinen Einsatz bereitzuhalten. Und sprungbereit war Seisenbacher in Bezug auf Kerstin auf jeden Fall. Noch hatte er nicht mit ihr geschlafen, ein Mehrstufenplan zum Erreichen dieses Zieles war jedoch bereits erstellt. Das würde nicht von heute auf morgen gehen, so viel hatte Seisenbacher in seinem bewegten Beziehungsleben schon gelernt: Zuerst einmal eine Einladung zum Essen aussprechen, dann noch einmal, dann gegebenenfalls noch einmal, eventuell noch ein weiteres Mal, vielleicht, um ganz sicher zu gehen, noch einmal. Dann die *Schnecke*, so der vorläufige Deckname Seisenbachers für Kerstin – hatte er je einen Fall bearbeitet, in dem der Begriff *Deckname* besser gepasst hatte? –, also die Schnecke nach einem Essen noch auf ein Gläschen in eine Bar einladen, um endlich die entscheidende Frage zu stellen, wo denn der *Absacker* stattfinden sollte: bei ihr oder bei ihm zu Hause, so der Plan. *Absacker*. Noch so ein Wort.

Allein der drahtige Kurt/Ümit durchkreuzte seit einiger Zeit seine Pläne. Niemals Dinge miteinander vergleichen, die nicht zu verändern sind: Das war ein weiterer Leitsatz von Seisenbacher, der damit hart auf die Probe gestellt wurde. Ümit war: a) jünger, b) besser aussehend (das hing wahrscheinlich mit a) zusammen),

c) möglicherweise um eine Spur charmanter (das abzuklären hätte einer direkten Befragung Kerstins bedurft, was natürlich unmöglich war) und d) wahrscheinlich spritziger et cetera et cetera. Blieb die Tatsache, dass Ümit Türke war. Auch wenn er aussah wie ein Italiener, Kerstin wusste natürlich Bescheid: migrantischer Hintergrund, möglicherweise ostanatolische, bildungsferne Herkunft, unausrottbare kulturelle Unterschiede bei scheinbarer Integrationswilligkeit, ein als Charmepaket verpacktes Machogehabe, man kannte das. Darin lagen wahrscheinlich Seisenbachers Vorteile. Vorläufig trachtete er danach, Kurt/Ümit sprichwörtlich am Laufen zu halten, ihn mit Arbeit einzudecken und von Kerstin so gut es ging fernzuhalten.

Was Kerstin in ihrer Freizeit trieb und ob sich Kurt außerhalb seiner Dienstzeit bereits an sie herangemacht hatte, entzog sich natürlich Seisenbachers Kenntnis. Kurz hatte er einmal daran gedacht, sich einen privatdetektivischen Auftrag gegen seinen eigenen Mitarbeiter zu erteilen, den Plan aber wieder verworfen, der Aufwand war zu groß. Positiv denken! Positiv formulieren! Das stand dick angestrichen in Seisenbachers Notizbuch. Es war Energieverschwendung, sich an der Outlinie in Dribblings zu verstricken, gefragt war allein der Zug auf das Tor. Seisenbacher hatte es sich im Lauf seines Dienstlebens angewöhnt, Bilder aus der Fußballsprache zu verwenden, diese Sprache war seiner Kundschaft vertraut. Wichtig war also, Kerstin weiter offensiv zu bedienen und Kurt ins Abseits laufen zu lassen.

Es gab Tage, die sich vom frühen Morgen an zum Schiefläufer entwickelten. Der eben anlaufende Tag zeigte alle Anzeichen dafür. Einmal handelte es sich um einen von Seisenbacher erst kürzlich eingeführten sogenannten OK-Tag. Das hatte mit dem amerikanischen okay gar nichts zu tun, ganz im Gegenteil. Ein OK-Tag war der definitive Nicht-okay-Tag, weil OK-Tag: Ohne Kerstin Tag. An diesem Tag kam Kerstin nicht ins Büro, was Seisenbachers Laune und auch seinen Testosteronspiegel von vornherein niedrig hielt. Dann war unerwartet unerfreuliche Post eingelangt: Mandi Scherer hatte sich einen Anwalt genommen, der inklusive einer Fristsetzung von einer zu zahlenden Abfertigung faselte, ansonsten mit der Einbringung einer Klage auf Eintreibung derselben drohte.

Dann kam auch noch Sendelsburner mit der Parte von Sieglinde Sendelsburner vorbei. Jetzt haben wir uns versöhnt und dann das, sagte Sendelsburner, legte die Parte zum Beweis seines Unglücks auf den Schreibtisch und begann ungefragt, die große Geschichte der Aussöhnung mit Sieglinde auszubreiten. Inklusive Versöhnungsurlaub auf einem Kreuzfahrtschiff, Wellness-Wochenende in Bad Füssing und Shopping-Wochenende in Mailand. Bei einer Weinverkostung im Seewinkel war Sieglinde vor ein paar Tagen plötzlich zusammengebrochen. Herzinfarkt und aus.

Seisenbacher merkte, dass er Sendelsburners Geschichte jetzt nicht kommentieren durfte. Gern hätte er gesagt: eine schöne, romantische, zu Herzen gehende Geschichte. Hat ihre Beziehung doch noch ein Happy End genommen. So ähnlich hätte er gern formuliert, war sich aber nicht sicher, ob der sich schnäuzende Sendelsburner daraufhin nicht ausgezuckt wäre. So zog er es vor, zu schweigen. Sendelsburner verstand allerdings Seisenbachers Schweigen als Aufforderung, noch weiter auszuholen, und erwähnte, dass an besagtem Abend Sieglinde jede Menge Wein geordert hatte, den sie dann aufgrund des plötzlich eingetretenen Todes nicht mehr hatte konsumieren können. Mit meiner Frau bin ich ins Burgenland gefahren, mit fünf Kartons Rotwein bin ich nach Hause gekommen, flennte Sendelsburner, der inzwischen beim fünften auf dem Schreibtisch ausgelegten Papiertaschentuch angekommen war. Um sich abzulenken hatte Seisenbacher, der den verständigen Zuhörer spielte, noch einmal bewusst an die am Morgen eingetroffene Post gedacht und ein aufwallendes Gefühl von Ohnmacht verspürt. Die Entscheidung, von Sendelsburners Unsinn weg und in den eigenen Körper hineinzuhören, in dem aber bloß der Morgenzorn hochschwappte, war die falsche gewesen, das merkte Seisenbacher, als es fast zu spät war. Plötzlich stand er auf, nahm die Parte von Sieglinde Sendelsburner, die ihr verwitweter Mann vor ihn hingelegt hatte, suchte nach einem Reißnagel und befestigte sie auf der Pinnwand, auf der er normalerweise firmeninterne Informationen festhielt. Plötzlich hing die Parte mit Sieglinde Sendelsburner neben einer Mitteilung der Gebietskrankenkasse, auf der ihre Mitglieder aufgefordert wurden, regelmäßig zur Vorsorgeuntersuchung zu kommen. Möglicherweise hat Sieglinde Sendelsburner nicht das Glück gehabt, in einer Firma zu arbeiten, in der sie aufgefordert worden ist, zur Vorsorgeuntersuchung zu gehen, dachte Seisenbacher in diesem Moment. Möglicherweise hätte ihr diese Untersuchung aber den Herzinfarkt erspart und das Leben gerettet. Ich weiß nicht einmal, wo und ob Sieglinde Sendelsburner gearbeitet hat, fiel Seisenbacher in diesem Moment ein. Es war nicht ganz unwahrscheinlich, dass sie im Betrieb ihres Mannes mitgearbeitet hatte. Wenn Sendelsburner auch so ein umsichtiger Firmenchef wie ich gewesen wäre und die Aussendung der Gebietskrankenkasse seinen Mitarbeitern durch Aushängung kenntlich gemacht hätte, wäre seine Frau möglicherweise noch am Leben. Vielleicht hat Sendelsburner das Leben seiner Frau auf dem Gewissen, ohne es zu ahnen, dachte Seisenbacher. Vielleicht heuchelt er auch nur und hat den Tod seiner Frau billigend in Kauf genommen, weil er einen Anlass brauchte, sich seine Ohren ausrasieren zu lassen, um den betörend riechenden Brüsten und Achselhöhlen der jungen Friseurin nahe zu sein, dachte Seisenbacher. In diesem Augenblick merkte er, dass Sendelsburner zu erzählen aufgehört hatte. Entweder irritierte den Bestatter, dass Seisenbacher aufgestanden war, oder er hatte eben denselben Zusammenhang wie Seisenbacher hergestellt, als er die Parte neben dem Informationsblatt der Gebietskrankenkasse hängen sah. Oder er fühlte instinktiv, was Seisenbacher in diesem Moment dachte. Der Sachverhalt war nicht aufzuklären.

Sendelsburner schwieg und schaute Seisenbacher aus rot geweinten Augen an. Einen Augenblick war es still im Büro. Ich glaube, ich gehe jetzt, sagte Sendelsburner und erhob sich. Mit spitzen Fingern nahm er die vor ihm liegenden Taschentücher auf und sah sich nach einem Papierkorb um; Seisenbacher deutete auf den Korb, der direkt neben dem Kopiergerät stand. Sendelsburner warf die Taschentücher hinein und überlegte kurz, ob er Seisenbacher seine zweifellos bakterienkontaminierte Hand geben sollte, ließ es dann aber bleiben.

Erst als er aus der Tür war, fiel Seisenbacher auf, dass sich Sendelsburner mit einem neutralen Guten Tag verabschiedet hatte, nicht mit Auf Wiedersehen. Branchenüblich, dachte Seisenbacher und merkte, wie sein Unmut langsam von einem Gefühl der Dankbarkeit abgelöst wurde.

Im nächsten Augenblick läutete das Telefon.

Eigentlich verspürte er den spontanen Impuls, sich dafür, Sendelsburner *überstanden* zu haben, zu belohnen und kurz in das wenige Meter entfernte Casino oder in die nahe gelegene Tagesbar zu gehen, die von Herbert König, einem Bekannten aus alten Security-Zeiten, geführt wurde. Seisenbacher verschob die Belohnung auf die Mittagspause und hob ab.

In der Leitung war ein Typ mit bayerischem Dialekt, der ihm vom ersten Moment an unsympathisch war. Der Mann räusperte sich ein paarmal und sprach zu leise. Ein typischer Fall eines sogenannten Angstscheißers, wie das in der Branche hieß. Also jemand, dem es aus irgendeinem Grund peinlich war, bei einem Privatdetektiv anzurufen, oder einer, bei dem nicht wirklich klar wurde, welches Anliegen sich mit dem Anruf verband. Als der Bayer dann auch noch betonte, es gehe um nichts Illegales, spitzte Seisenbacher die Ohren. Warum sollte es um etwas Illegales gehen? Was wollte der Komiker von ihm? Als könnte der Bayer Seisenbachers Gedanken lesen, erläuterte dieser auch noch, dass das, was er wolle, vielleicht ein wenig komisch klinge: Er brauche die private Handynummer oder die E-Mail-Adresse einer bestimmten Person; alles müsse unter absoluter Diskretion ablaufen, außerdem wolle er anonym bleiben. Der Verdacht, einen Angstscheißer in der Leitung zu haben, verstärkte sich. Oder aber der Bursche wollte eine Linke drehen. Seisenbacher ließ sich Zeit.

Im Prinzip sei das keine Schwierigkeit. Es komme natürlich drauf an. Um wen handelt es sich denn?, fragte Seisenbacher.

Der Typ wurde noch leiser. Gleich wurde er so leise, dass ihn Seisenbacher bitten musste, lauter zu sprechen. Er hasste Telefonsäusler. Bei einem Gratishörtest in der Fußgängerzone vor einigen Wochen hatte ihm der Tester gesagt, dass es langsam Zeit wurde, sich untersuchen zu lassen. In Hinkunft war mit einem hörgestützten Leben zu rechnen; gerade das rechte, Seisenbachers Telefonohr, war laut Testergebnis schon reichlich geschädigt.

Es geht um die Frau eines Landespolitikers, sagte der Bayer, aber es geht um nichts Politisches. Der Angstscheißer, der Telefonsäusler rückte nicht mit seiner wahren Absicht heraus. Wieso betonte er, dass es um nichts Politisches ging? In Neunundneunzig Komma fünf Prozent aller Fälle ging es um nichts Politisches, sondern um Privates: Eifersucht, Seitensprung, Erbstreit, weiß der Teufel, die Politik spielte doch im Leben der meisten Leute keine Rolle. Spuck den Namen aus, dachte Seisenbacher und bat ihn ruhig darum.

Bogner. Katharina Bogner. Die Frau des sozialdemokratischen Politikers, sagte der bayerische Anrufer.

Für einen Moment stand Seisenbacher auf der Leitung. Den Namen Bogner hatte er natürlich schon einmal gehört, er war Abgeordneter irgendeines Bezirks, der Name der Frau sagte ihm gar nichts.

Verstehe. Ich denke, das wird kein Problem sein, sprach er in den Hörer. Mal sehen, was der Bayer zu zahlen bereit war.

Er hörte, wie der Typ am anderen Ende der Leitung erleichtert durchatmete. Und von einer *Info* sprach und einem Übergabetermin.

Der Auftrag war schon fast an Land, das hatte Seisenbacher im Gespür. Was immer auch das Motiv des Flüsterers war, der

Typ hatte bereits angebissen. Das wird zu machen sein, sagte Seisenbacher ruhig und sicher.

Die nächste Frage galt dem Honorar. Die letzte Klippe. Seisenbacher rechnete blitzschnell. Einen Augenblick, sagte er.

Überschlagsmäßig ging er die Tarife durch. Eine Telefonnummer aufzutreiben war eine Sache von Minuten, für eine E-Mail-Adresse war eine Stunde wahrscheinlich schon viel bemessen. Seisenbacher setzte zunächst den Normaltarif von drei Stunden für eine Recherche an, dann stellte er sich vor, dass er in der Mittagspause hinüber ins Casino gehen und wie üblich eine fixe Summe – Seisenbacher setzte der Einfachheit halber den Dreistundensatz: dreihundert Euro an – auf schwarz oder rot setzen würde. Dann stellte er sich vor, dass er die Summe wider Erwarten verlieren würde: Machte einen Verlust von dreihundert. Das bedeutete unter dem Strich: Dreihundert mussten zum üblichen Tarif dazuverdient werden, um den Casinoverlust auszugleichen.

Sechshundert Euro inklusive, sagte Seisenbacher ruhig in den Hörer hinein. Er merkte, wie der Bayer schluckte. Ganz schön saftig, kommentierte der Typ. Augenblicklich, als der Anrufer *saftig* sagte, sah Seisenbacher seinen Telefonkontakt auch schon vor einer Schüssel dampfender Weißwürste sitzen, es war ja noch nicht Mittag. Seisenbachers Antwort kam sofort: Ein Prominenter, da muss man schon aufpassen.

Das saß. Schon war das Gegenüber eingeschüchtert und gab klein bei. In Ordnung, sagte er. Dann druckste der Bayer herum und säuselte was von brutto und netto und davon, dass er den Auftrag gern bar bezahlen wollte und offenbar als Schwarzauftrag verstand.

Seisenbacher war das ziemlich egal, er stimmte zu. Der Bayer versprach, sich am übernächsten Tag wieder zu melden.

Seisenbacher wurde amtlich. Ein Stichwort brauchte er, einen Namen für den Vorgang. Wenigstens für intern.

Die Antwort erheiterte ihn. Witt, sagte der Bayer. Seisenbacher fragte zur Sicherheit noch einmal nach. Witt, wiederholte der Bayer.

Witt, das war diese Eistussi aus der DDR, die allmählich auch schon etwas zerknittert wirkte. Seisenbacher erinnerte sich daran, in einer Illustrierten gelesen zu haben, dass dieser Eisfloh zu DDR-Zeiten beim Vögeln von der Stasi belauscht und recht harsch und durchschnittlich bewertet worden war. Irgendwie war sie den Lauschern zu schnell fertig geworden. Andererseits: Eiskunstläufer waren es gewohnt, ihre Nummern in fünf Minuten abzuwickeln. Kleiner Privatscherz. Seisenbacher zwang sich ins Gespräch zurück. Verbleiben wir so, sagte er. Dann legte der Bayer auf.

Seisenbachers Zwischenresümee knapp vor Mittag: Der Tag hatte gerade noch die Kurve gekratzt. Seisenbacher sah sich als Reporter an der Börse, gerade begann die Berichterstattung. Im Hintergrund eine große Anzeigetafel mit dem aktuellen Tageskurs, davor Seisenbacher mit einem großen, penisähnlichen Mikrofon. Das Mikrofon reckte sich steif in das Blickfeld, während gleichzeitig eine grau-blau gestreifte Krawatte schlaff an ihm hinabhing. Der Tag begann mit einem erheblichen Kurseinbruch, meine Damen und Herren, sagte Seisenbacher, aber die Kurse haben sich nach einem Invest aus Bayern erstaunlich schnell erholt. Wenn Sie mich eine Prognose riskieren lassen, meine Damen und Herren, kann man jetzt um die Mittagszeit vielleicht so viel sagen: Der Tag ist im Aufwind, die Seisenbacheraktie liegt gut im Rennen und Sie wären gut beraten, bei Seisenbacher anzulegen. So viel von der Börse.

Seisenbacher sah, dass auf dem Bildschirm unten der Name des Reporters, Hari Seisenbacher, eingeblendet war. Ihm war klar, dass an der Konstruktion seines Tagtraums manches noch nicht stimmte, unter anderem, dass immer ein Reporter namens Seisenbacher über die Entwicklung der Seisenbacheraktien berichtete, was doch äußerst unwahrscheinlich war. Seisenbacher hatte schon mehrmals versucht, diese Vorstellung zu verändern, war daran aber stets gescheitert. Immer wenn er den Bildschirm anschaltete, war sofort der Reporter Hari Seisenbacher im Bild, die Vorstellung war so stark, dass er sich nicht dagegen wehren konnte.

Gleich nach dem Telefonat mit dem Anrufer aus Bayern hatte Seisenbacher den Politiker Andreas Bogner gegoogelt, aber nichts Interessantes über ihn herausgefunden. Bogner saß für einen Bezirk als Abgeordneter im Landtag und kandidierte an prominenter Stelle für die Landtagsliste. Seisenbacher sah eine Reihe von Fotos durch, die Bogner bei Veranstaltungen zeigten: einem Zeltfest, einem Rot-Kreuz-Fest, Geburtstagsfeiern mit altgedienten Parteimitgliedern, der Eröffnung einer Asphaltsporthalle. Nirgends ein Hinweis auf seine privaten Verhältnisse. Nichts über Frau und Kinder, kein einziger Hinweis. Nicht einmal auf den Wohnort. Bogner war also nicht dumm, oder seine Frau legte Wert darauf, Beruf und Privates zu trennen.

Seisenbacher überlegte kurz, in der Parteizentrale anzurufen, ließ den Plan aber fallen. Aus Gründen der Fitness. Vor einiger Zeit hatte er sich vorgenommen, bestimmte Wege in der Stadt bewusst zu Fuß zurückzulegen. Alltagsintegrierte Bewegung hieß das. Er erteilte sich den Auftrag, eine Runde zu *cruisen*. Den Begriff hatte er vor Kurzem aufgeschnappt und er gefiel ihm. Möglicherweise stammte er aus der Schwulenszene; auf der Suche nach einem möglichen Partner schlenderte man durch ein Stadtviertel, kreisend, suchend. Während Seisenbacher die Landstraße entlangging, die um diese Zeit schon ziemlich belebt war, stellte er sich vor, in einem offenen Porsche Cabrio, mit feinen Lederhandschuhen und teuren Sonnenbrillen ausgestattet, langsam durch die Stadt zu *cruisen*. Ehrfürchtig blieben die Passanten stehen und schauten ihm nach; neidisch die Männer, erstaunt, mit diesem Wow-Ausdruck im Gesicht die jungen Frauen, die für den Moment des An-ihnen-Vorbeifahrens sogar auf das Einkaufen vergaßen.

Das Gehen tat ihm gut; von der isolierten Bürozelle im Hinterhof hinaus in die vitale Stadt: Linz hat eine Hauptschlagader und das ist die Landstraße. Hier pulsierte das Leben; wenige Meter daneben fiel der Blutdruck sofort ins Bodenlose.

Der Boden vor dem Landhaus war aufgerissen, das Pflaster sollte saniert werden. Bei den Arbeiten war man auf eine verschüttete steinerne Brücke aus dem Mittelalter gestoßen, die jetzt mühsam renoviert wurde. Warum war eigentlich alles, was verschüttet war, so unendlich wertvoll? Darauf hatte Seisenbacher noch nie jemand eine befriedigende Antwort geben können.

Sein Gefühl hatte ihn nicht getäuscht, er hatte Glück. Im Hof des Landhauses, wo die Dienstwagen der Politiker parkten, traf er Haselwanter, der gerade auf das Ende einer Sitzung wartete, wie er sagte. Seisenbacher kannte Haselwanter aus seiner Zeit bei der Security, wie überhaupt ehemalige Security-Leute über die ganze Stadt verstreut arbeiteten. So spielt das Leben: Einige hatten sich verändert, manche verbessert, Herbert zum Beispiel hatte sich nach der Haft selbständig gemacht, Haselwanter war zum Land gegangen und Chauffeur geworden, er selber zum Detektiv aufgestiegen, andere hatten die Karriere nach unten angetreten: Minihold zum Beispiel stand jetzt als Billeteur am Großen Haus des Landestheaters. Minihold war vor allem bei der Objektbewachung eingesetzt worden, das viele Stehen und die ständige Anspannung hatten ihn nervös gemacht. Irgendwann war ihm sein Job *zu viel* geworden und er war einfach zusammengeklappt; nach ein paar Wochen im Wagner-Jauregg-Krankenhaus hatte er den ruhigen Job im Theater angenommen.

Vielleicht war es ja ganz einfach, an eine *Info* über Bogner heranzukommen. Irgendwie hatte Seisenbacher im Hinterkopf, dass Bogner in der Nähe von Linz in einem architektonisch auffälligen Haus wohnte. Vielleicht irrte er sich aber auch. Haselwanter freute sich, als er ihn sah. Er stand bei seinem Dienst-Audi und klopfte mit den Schuhen leicht gegen einen Hinterreifen.

Ah, du, sagte er, gerade unterwegs?

Gerade unterwegs, sagte Seisenbacher und blieb stehen.

Sie wechselten ein paar Sätze über das Wetter, Haselwanter ließ eine abfällige Bemerkung über den LASK fallen, die Seisenbacher überging. Haselwanter, der trotz seiner sitzenden Tätigkeit immer noch genauso schlank war wie in Security-Zeiten, strich die ganze Zeit wie nebenbei über die Dachleiste der schwarzen Dienstlimousine, so wie andere an ihrem Pullover zupften.

Weil ich dich gerade zufällig treffe, sagte Seisenbacher und trug sein Anliegen vor. Ein Bekannter von ihm plane einen Hausbau, habe ein bisschen Geld auf der Kante und wollte sich etwas Exklusives hinstellen lassen. Habe nicht auch einer der Landespolitiker, er wisse jetzt nicht genau, der Bogner vielleicht, fragte Seisenbacher, hat der sich nicht auch vor einiger Zeit ein Architektenhaus, wenn ich mich nicht täusche, bauen lassen? Wo hat denn der seine Hütte eigentlich stehen?, fragte er beiläufig.

Ja, das ist eh der Bogner, sagte Haselwanter. Das Haus kenne ich. Das ist eh bei uns draußen, die Gegend Ottensheim, Walding, sagte Haselwanter. Die Seilbahnstation, sagen die Leute. Weil das Haus so auffällig schräg gebaut ist. Also, mir gefällt es nicht. Aber bitte, das ist Geschmackssache.

Der möchte sich das nämlich einmal anschauen, erklärte Seisenbacher, der Bekannte. Eben noch hatte er einen Bekannten erfunden, an den Haaren herbeigelogen, plötzlich stellte er sich einen konkreten Bekannten zu seiner Erfindung vor: Herbert. Der hatte tatsächlich vor einiger Zeit einmal vage davon gesprochen, dass er sich vorstellen konnte, außerhalb von Linz zu bauen.

Haselwanter war es egal, ob der Bekannte, von dem Seisenbacher sprach, tatsächlich existierte (Herbert kannte er natürlich von der Security her; außerdem war dieser später, als er seinen Chef erstochen hatte, regelrecht berühmt geworden). Wortreich und etwas umständlich schilderte er den Weg, wie Seisenbachers Bekannter Bogners Haus finden konnte. Versteckt in einer kleinen Mulde, etwas von der Bezirksstraße nach hinten versetzt. Dann den Bach zurück und es war nicht mehr zu übersehen.

Seisenbacher wechselte das Thema. Streifte kurz die bevorstehenden Wahlen: Ja, Haselwanter hatte viel zu tun, vor allem Abenddienste zu fahren, die Wahlveranstaltungen dauerten lange. Man gewöhne sich dran, aber immer noch besser als früher, aber das kennst du ja. Und bei dir, was läuft bei dir?

Eh ganz gut, sagte Seisenbacher. Ich kann nicht klagen.

So, jetzt aber, sagte er. Er müsse weiter. Die Vorstellung, in seinem Porsche Cabrio von Haselwanter, der bloß einen Dienst-Audi streicheln konnte, bewundernd beobachtet zu werden, beruhigte ihn.

Jetzt aber war es nicht zu spät für eine kleine Mittagsbelohnung.

Entweder er machte einen kurzen Abstecher (*kurzer Abstecher:* treffender Ausdruck!) in Herberts Tagesbar oder er versuchte sein Glück tatsächlich noch im Casino; vielleicht stimmte tatsächlich, was der mittägliche Börsenbericht hatte verlauten lassen: dass es aufwärts ging.

Seisenbacher cruiste die Landstraße zurück und spielte kurz das Wen-treffe-ich-heute-Spiel? Die Porsche-Cruising-Vorstellung und das Wen-treffe-ich-heute-Spiel schienen sich aber offenbar auszuschließen; die Cruising-Vorstellung war heute stärker; Seisenbacher traf niemanden mehr, den er kannte. Als er am Schillerpark angelangt war, entschied er, dass er kurz ins Casino gehen würde.

Das Casino war schwach besucht, an den Einarmigen hockten ein paar dieser Innenstadt-Hutträgerinnen, die die Witwenpensionen ihrer verstorbenen Beamtenehemänner verschmissen, am Roulettetisch saß ein englisch sprechendes Ehepaar, bei dem eindeutig die Frau den Ton angab. Sie zischte ihre Anweisungen fast pfeifend durch die Zähne, ihr Mann musste die Jetons nach ihren Anweisungen platzieren.

Außerdem saß da Jasmin, die Edelasiatin, die bei Herbert arbeitete, an ihrem Stammplatz. Offenbar hatte sie ihren freien Tag. Sie grüßte ihn mit einem Augenaufschlag, das war schon viel. Seisenbacher wusste nicht einmal, war sie Japanerin oder Koreanerin oder sonst was. Er wusste nur, dass Herbert sie Mieze, *meine Mieze* nannte. Sie gehörte laut Herbert zu den Hasen, die den meisten Umsatz machten. Seisenbacher mochte sie trotzdem nicht; sie war handwerklich ziemlich perfekt, aber sie war eine Stresserin. Wenn sie den Eindruck hatte, es war Zeit, fertig zu werden, begann sie mit der Zunge wild an ihrer Unterlippe zu lecken und *komm, komm, komm, schneller, schneller* zu rufen.

Jasmin hatte neben sich einen hohen Berg Jetons gestapelt. Seisenbacher wusste, dass sie mit System spielte: immer auf einfachen Gewinn, dann bei Verlust das Doppelte setzen et cetera. Von Zeit zu Zeit den Gewinn abschöpfen und nach Hause gehen oder wieder von vorne anfangen. Herbert hatte sich vor einiger Zeit ziemlich besorgt gezeigt. Es gehe ihn zwar nichts an, wie die Mieze ihre Freizeit verbringe, aber ihre Spielerei sei für ihn schwer erträglich, bringe ihn in eine No-win-Situation: Verliere sie zu viel, bestehe die Gefahr, dass sie zu grübeln beginne: schlecht für den Job, gewinne sie aber zu viel: auch schlecht für den Job. Spaßeshalber hatte sie nämlich schon einmal damit gedroht, sich selbständig zu machen und selber einen Laden auf die Beine zu stellen. *Ist große Scheiße, Scheiße groß*, pflegte Herbert dann zu sagen und zitierte damit die Ausdrucksweise von Slatko, einem Bosnier, der mit ihnen einige Zeit bei der Security gearbeitet hatte und dann von einem Tag auf den anderen verschwunden war.

Seisenbacher überlegte, ob er wieder umdrehen sollte. Plötzlich merkte er, wie sich die Schamwolke auf ihn senkte. Eigentlich war es ihm peinlich, zu persönlich, neben Jasmins Jetonhaufen seine paar Fünfzig-Euro-Jetons auszupacken. Witzig eigentlich: Jasmin wusste ziemlich genau, wie er aussah und funktionierte als Mann, aber jetzt, mit den armseligen paar Jetons neben ihr, kam er sich regelrecht nackt vor.

Er beschloss, seinen Plan durchzuziehen. Sich mental umzuformulieren. Im Prinzip spielte er gegen die Bank und aus. Am Croupierplatz saß Meindl, der Typ mit dem Hormonproblem.

Der Mann hatte sein Gesicht, das über und über mit Pickeln übersät war, schlampig überschminkt. Seisenbacher wunderte sich aufs Neue, dass solche Leute auf die Kundschaft losgelassen wurden. Egal, Augen zu und durch.

Er setzte die Jetons im letzten Moment auf Rot. Bogner war ein Roter. Also rot. Die Kugel setzte sich in Bewegung, rollte ruhig aus und blieb auf einer roten Zahl liegen.

Meindl kratzte die Jetons von Jasmin, die über den ganzen Spieltisch verteilt waren, an sich heran und schob Seisenbacher den Gewinn von dreihundert Euro zu.

Seisenbacher klaubte die Spieljetons auf und stand auf. Jasmin zuckte nicht einmal mit der Wimper.

Draußen auf der Straße fühlte er, wie ihn der *Bonuseffekt* warm umfächelte. Er hatte einem Kunden eine mögliche Verlustsumme bereits aufgeschlagen, die Summe aber tatsächlich noch dazugewonnen: Das nannte sich Bonus. Der Tag verstrich im Hochgefühl.

Das Ihr-könnt-mich-alle-Gefühl hielt sich erstaunlicherweise über Nacht. Im Büro wartete ein MK-Tag, ein Tag mit Kerstin. Kurt war eingeteilt zur Oberservierung einer Fleischfabrikantengattin, die, seit ihr Mann mehrere Metzgereien in der Gegend um Linz aufgekauft und reich geworden war, über ziemlich viel Tagesfreizeit verfügte. Es bestand der begründete Verdacht, dass sie ihre Freizeit nicht nur mit Einkaufen verbrachte. Unter Verdacht stand ein ebenfalls schwerreicher Chef einer Anwaltskanzlei, der auf dem Weg zwischen Büro und Golfplatz gelegentlich noch einen anderen Termin *einschob. Einschob. Von einschieben.* Wieder so ein Wort. Kurt/Ümit war also den ganzen Tag beschäftigt.

Kurz nach dem Aufstehen war Seisenbacher eine supergeile Idee eingeschossen, die zwingend eine engere Beschäftigung mit Kerstin einschloss.

Kerstin war gut gelaunt und hatte wahlweise Salzstangerl oder eine Topfengolatsche zur Kaffeejause mitgebracht. Gib mir Saures, sagte Seisenbacher augenzwinkernd, der Süßen das Süße. Er fühlte sich angespornt, wenn ihm Kerstin sozusagen die Vorlagen zum Flirten lieferte. Sie sah wieder umwerfend aus. Sie trug eine weiße Bluse, darunter ein dünnes Hemdchen mit Spitzen, das einen Blick auf zwei kleine, aber feste Früchtchen zuließ. Erahnen ließ. Ein Anblick wie im Schundroman, dachte Seisenbacher. Das Leben war eben oft auch ein Schundroman. Irgendwann sollte er sich Zeit nehmen, den Schund seines Lebens zusammenzuschreiben, hatte er schon oft gedacht.

Er zwang sich zurück zur Arbeit. Heute brauche er ihre Mithilfe, sagte er geheimnisvoll zu Kerstin, wenn du so nett wärst, würde ich dich heute in eine Ermittlung einbauen.

Er kramte aus der Schachtel mit den Wertkarten jene hervor, auf der Mandi noch mit Filzstift CHARITY notiert hatte, und erteilte Kerstin einen Telefonauftrag. Sie sollte bei der Sekretärin von Bogner anrufen und die Handnummer und/oder E-Mail-Adresse seiner Frau erfragen. Es gehe um eine Charity-Veranstaltung für blinde Kinder in Afrika, für die unter anderem Karlheinz Böhm und auch der Bundespräsident den Ehrenschutz übernommen hätten. Seisenbacher merkte, wie sich Kerstin aufrichtete. Mitarbeitermotivation, dachte er, das hat was. Es machte Kerstin sichtlich Spaß, einmal bei einer Ermittlung mitzuhelfen.

Das Telefonat dauerte nicht lange und war, trotz Kerstins herzlichem Einsatz, nur mittelprächtig erfolgreich. Die Sekretärin Bogners zeigte sich reserviert, normalerweise würden Telefonnummern nicht aus der Hand gegeben, sie müsse bei Herrn Bogner rückfragen, aber der sei momentan bei einer Veranstaltung unterwegs. Aber der Herr Böhm macht uns den Ehrenschutz, legte Kerstin nach. Man hörte, wie die Sekretärin überlegte. Seisenbacher schrieb in Blockbuchstaben das Wort *E-Mail* auf einen Zettel und hielt ihn Kerstin vors Gesicht. Vielleicht können Sie uns ja wenigstens die E-Mail-Adresse von Frau Bogner übermitteln, damit wir sie persönlich kontaktieren können, bohrte Kerstin weiter. Die Sekretärin gab nach. Alles andere müsse aber mit

Frau Bogner persönlich vereinbart werden, wiederholte sie brav den Satz, den Kerstin ihr vorgesagt hatte.

Für den Fall, dass die Sekretärin zurückrief, lief eine Nachricht auf dem Handy, die noch von Mandi besprochen worden war.

Kerstin legte auf und sah Seisenbacher erwartungsvoll an. Vor Aufregung hatte sich ihre Halsregion rot eingefärbt. Seisenbacher interpretierte die Halsröte als Hinweisschild zu ihren Brustbirnchen, die zu berühren ihm noch nicht gestattet war.

Gut gemacht, sagte er, obwohl er wusste, dass er geflucht hätte, wenn Mandi vor ihm gesessen wäre. Die E-Mail-Adresse war nur die halbe Miete. Seisenbacher ahnte, dass er sich damit einen weiteren Termin eingebrockt hatte. Er ließ Kerstin nichts merken; ob er sie dafür in den nächsten Tagen einmal zum Essen einladen dürfe?

Die Essenseinladung war sozusagen als eine Art Belohnung für die Unterstützung beim Telefonieren ausgesprochen worden und musste von Kerstin nicht als persönliche Einladung verstanden werden. Ihre Antwort kam nicht gerade wie aus der Pistole geschossen, war aber auch nicht total demotivierend. Gern, sehr gern eigentlich, sagte sie. Auch wenn es sich in dieser Woche nicht mehr ausgehe. Aber nächste Woche vielleicht.

Seisenbacher gab sich zufrieden und zog sich in sein Büro zurück. Es fiel ihm aber schwer, sich zu konzentrieren. Verdammt, warum roch diese Frau so gut? Wenn ich ein Hund wäre, dachte Seisenbacher, dürfte ich, was ich jetzt will.

Herbert König fiel ihm ein. Wenn er mit ihm in der Nähe des früheren Kolosseum-Kinos in einem Straßencafé saß, pflegte Herbert oft vorübergehende Passantinnen zu bewerten; vor allem auf Frauen mit Hund hatte er es abgesehen. Eine spezielle Art eines sehr kleinen Hundes kommentierte er immer mit den Worten: Schon wieder ein Mösenlecker. Seisenbacher wusste nicht einmal, um welche Rasse es sich dabei handelte, um einen Chinchilla oder einen dieser Zwergrattler.

Seisenbacher erteilte sich einen T-Auftrag mit P-Einsatz. Einen Tarn-Auftrag mit Perückeneinsatz. Er hatte mehrere Modelle auf Lager. Für den Nachmittag wählte er das Modell Versicherungsvertreter mit Bügelbrille. Fast immer, wenn er observierend unterwegs war, benutzte er eine Perücke. Seine Glatze war zu auffällig; mit ihr gab er den seriösen Geschäftsmann im Büro, sie zeigte er, wenn er privat unterwegs war. Seine Vollglatze war nicht ganz naturgegeben: Wenn er gewollt hätte, wäre immer noch ein ansehnlicher Haarkranz auf seinem Kopf gewachsen. Kurz nach der Operation, dem Wendepunkt in seinem Leben, die ihn von Kategorie 4 auf Kategorie 1+ hinaufkatapultiert hatte, hatte er sich zur Totalrasur entschlossen. Glatzköpfe waren damals in, nicht nur in der rechten Szene, mit der er nichts zu tun haben wollte, auch im Türstehermilieu und, wie er seit Gründung der Firma mit Erstaunen festgestellt hatte, genauso in den Wirtschafts- und Kulturkreisen der Stadt. Irgendwie hatten die Glatzen etwas Cooles und Geiles; sie waren ein weithin sichtbares Signal für die Weiber, sozusagen öffentlich zugängliche männliche Streichelflächen. Für sich persönlich wusste Seisenbacher, warum er sich total hatte rasieren lassen: Er hatte es der Ohren wegen gemacht: Mit seinem nun geradezu aerodynamisch idealen Schädel hatte er nichts mehr zu verbergen, konnte er ausleben, was er über dreißig Jahre seines Lebens schamhaft und peinsam hatte verstecken müssen. Bei anderen Männern lag es am Schädel selbst, da war er sich sicher. Irgendwie gab es da eine direkte Leitung vom Kopf in die Hose.

Alle zwei Wochen ging Seisenbacher zum Friseur, um sich die nachwachsenden Haare ausrasieren zu lassen. Theoretisch hätte er sich auch selber rasieren können; bei einer der ersten Vollrasuren, die eine junge, gut riechende Friseurin an ihm vorgenommen hatte (erst jetzt fiel Seisenbacher auf, dass die Friseurinnenfantasie, die er Sendelsburner unterstellt hatte, auf seine eigenen Friseurbesuche zurückgingen; den Zusammenhang hatte er tags zuvor nicht bedacht gehabt!), war ihm, kaum dass die Friseurin ihn an der Glatze berührt hatte, eine Erektion eingeschossen, die kaum zu bändigen gewesen war.

Vor allem wenn bei Seisenbacher der *Alles-nackt-Tag* angesagt war – an solchen Tag ging er durch die Stadt und sah alle Passanten nackt herumlaufen, was immer ein beeindruckendes Erlebnis war –, vor allem also an einem Alles-nackt-Tag hatte er, wenn er einer Vollglatze begegnete, nur eine einzige Assoziation: Hier spazierte ein erigierter Ganzkörperschwanz herum. Und die Frauen reagierten deshalb so flippig und läufig, weil sie in den Glatzen sahen, was eigentlich nicht zu sehen und wahrscheinlich doch gemeint war: eine erotische Kanone. *Erotische Kanone.* Diese Wörter!

Mit dem Frühabendverkehr fuhr er hinaus aufs Land in einer unendlichen Kolonne von Tagespendlern; Seisenbacher war froh, nicht da draußen zu leben. Am Morgen in die Stadt hinein, am Abend wieder hinaus, jedes Mal im Stau stehen: Affenzirkus. Dressur.

Von Haselwanter informiert, wusste er ungefähr, wo sich das Haus von Bogner befand. Als er noch mit Sabine zusammen gewesen war, hatte sie einmal eine Freundin besucht, die in dieser Gegend in einem Haus am Waldrand wohnte.

Beim Bahnhof Ottensheim bog Seisenbacher von der Bundesstraße ab, fuhr über die Geleise und hielt sich dann links. Die Dämmerung hatte eingesetzt, in den Häusern brannte Licht, neben der Straße stapfte ein Schüler, einen Cellokasten geschultert. Bei einer kleinen Brücke bog er rechts ab. Auf dem Navigationsgerät hatte er die Strecke studiert, die Straße führte in ein kleines Tal und dann zu einer Siedlung oben am Waldrand, wo sie eine Schleife machte. Man konnte also eine Beobachtungsrunde fahren, ohne Aufsehen zu erregen. Wenige Hundert Meter nach der Brücke bemerkte er den auffälligen Schrägbau am Hang; der Architekt hatte sich diese Extravaganz sicher gut bezahlen lassen. Vor dem Haus stand ein roter Kleinwagen, in mehreren Fenstern brannte Licht. Die unbekannte Frau, nach der der Bayer gestern gefragt hatte, war allem Anschein nach zu Hause. Seisenbacher fuhr an dem Haus vorbei und eine Kehre hoch, an deren Seiten sich eine Reihe von Einfamilienhäusern auffädelte. Die Straßen waren leer, vor den Garagen standen die Autos der eben Heimgekommenen. Es hatte leicht zu nieseln begonnen. Ganz oben am Waldrand stand das Haus der Freundin von Sabine; er wusste nicht, was aus ihr geworden war, und ob sie da noch wohnte. Er konnte sich nicht einmal mehr an den Namen der Frau erinnern.

Er fuhr die Schleife aus und hielt dann in einer Ausweichbucht. Er wusste nicht, was er tun sollte. Ein unbestimmtes Interesse hatte ihn hergezogen: Wo lebte der Politiker Bogner, wie sah seine Frau aus, für die sich der Bayer – und warum eigentlich – interessierte?

Seisenbacher beschloss auszusteigen. Es war kühl, er schlüpfte in seinen Anorak und schlug die Kapuze über seinen Kopf. Von Ferne hörte er das Signal eines vorbeifahrenden Zuges, irgendwo brüllte eine Kuh in einem Stall.

Zum Haus der Bogners waren es nicht mehr als hundert Meter. Seisenbacher mimte den Spaziergänger. Zur Not konnte er, wenn er angesprochen wurde, nach einer bestimmten Adresse fragen: Haselwanter, würde er sagen, wenn er gefragt würde.

Aus einem Fenster, das in den Garten führte, drang Licht. Wahrscheinlich handelte es sich um die Küche, als Seisenbacher nähertrat, konnte er eine Wanduhr erkennen. Der Kleinwagen stand vor der Doppelgarage, deren Tore geschlossen waren.

Plötzlich ging das Licht in der Hauseinfahrt an. Für einen Moment war Seisenbacher irritiert. Irrtümlich nahm er an, einen Bewegungsmelder ausgelöst zu haben. Gleich darauf bemerkte er, dass jemand im Vorhaus Licht gemacht hatte. Seisenbacher trabte in schnellen Schritten zu seinem Auto zurück. Er saß bereits im Wagen, als sich die Haustür öffnete und eine einzelne Person, offenbar Katharina Bogner, das Haus verließ. Sie trug eine Tasche, aus der ein länglicher Gegenstand herausragte. Vielleicht ein Tennisschläger, dachte Seisenbacher. Die Frau ging zu ihrem Kleinwagen und verstaute das Gepäck im Kofferraum.

Offenbar hatte sie noch einen Termin. In Seisenbacher erwachte der Instinkt. Er hatte nicht vorgehabt, noch weitere Ermittlungen einzuholen, die Frau schien ihm aber freiwillig weitere Informationen liefern zu wollen. Als ihr Kleinwagen reversierte und dann die Zufahrtstraße Richtung Ottensheim verließ, war Seisenbacher knapp hinter ihr. Der Kleinwagen bog in die Bundesstraße ein, hielt sich ein kurzes Stück Richtung Linz und bog dann rechts nach Ottensheim ab. Seisenbacher kam gerade noch bei Gelb über die Kreuzung. Beinahe hätte er die Frau verloren. Er folgte ihr in einiger Entfernung.

Sie kamen an die Donau, wo eine Straße zu der Sporthalle führte, die direkt auf dem Damm stand. An die Halle angebaut befand sich ein chinesisches Restaurant, in dem Seisenbacher einmal mit Sabine gegessen hatte. Neben der Sporthalle: das Fußballstadion, dunkel, verlassen. Katharina Bogner hatte auf dem Parkplatz geparkt, war ausgestiegen und ging, die Tasche in der Hand, auf die Sporthalle zu. Sie trug einen roten Anorak mit weißen Streifen, die sich über die Schulterpartie zogen.

Die Zufahrt zur Sporthalle endete als Sackgasse. Katharina Bogner musste also, wenn sie wegfuhr, in die Richtung fahren, aus der sie gekommen war. Seisenbacher parkte in einiger Entfernung am Straßenrand und stieg aus.

Was folgte, gehörte zu seiner täglichen Routine. Das war sein Job. Er fühlte sich so sicher wie ein Elektriker beim Einsetzen einer Glühbirne. Wichtig war, immer allen und jedem einen Schritt voraus zu sein.

Die Sporthalle hatte einen Seiteneingang; man gelangte in den Kabinentrakt, ohne das Restaurant betreten zu müssen. Bevor Seisenbacher in die Halle kam, hatte er eine Geschichte gebastelt für den Fall, dass man ihn ansprach. Er suche nach seiner Frau, die sich hier mit einer Freundin zum Tennis verabredet habe. Helga Katzensteiner. Er brauche sie dringend. Der Name Katzensteiner war ihm im Augenblick zugeflogen.

Der Garderobengang war leer. Der Gang führte in einer Richtung zum Restaurant, in der anderen zu den Umkleidekabinen und Duschräumen. Seisenbacher öffnete die Tür zu der Herrengarderobe einen Spalt breit. Die Garderobe war besetzt, an den Haken hingen Hosen und Hemden, mehrere Taschen standen im Raum verstreut. Von der Umkleide gelangte man direkt in die Tennishalle, aus der lautes Rufen und das Ploppen von Bällen zu vernehmen war.

Seisenbacher klopfte leicht an die Tür der Damengarderobe. Als sich niemand meldete, trat er ein. An einem Haken hing der rote Anorak, den Katharina Bogner getragen hatte. Eine zweite Tasche deutete darauf hin, dass sie sich hier mit einer Partnerin traf. Auf der Sitzbank unter dem Haken: Kleidung, Handtuch und Toilettesachen. Daneben eine Handtasche. Seisenbacher schlüpfte in die Garderobe und zog die Tür hinter sich zu. Blitzschnell war er beim roten Anorak: in einer Jackentasche ein Schlüsselbund, sonst nichts. Das Handy fand sich in der Handtasche. Ein Griff, und er hatte es an sich genommen. Sekunden später stand er wieder auf dem Gang. Den Anruf erledigte er auf der Herrentoilette. Er rief von Bogners Handy auf sein Charity-Handy an, ließ es ein paarmal läuten und legte dann auf. Zur Sicherheit notierte er sich Bogners Handynummer auf einem Zettel. Er löschte seine Nummer im Anrufprotokoll. Er pinkelte, ließ die Spülung laufen, wusch sich die Hände, trat auf den Gang hinaus. Vorne im Restaurant lief ein Angestellter durch sein Blickfeld, ohne ihn zu bemerken.

Gleich stand er wieder in der Damengarderobe, gleicher Vorgang: Höfliches Anklopfen, eintreten, das Handy in der Handtasche verstauen. Er unterließ es, die Tasche genauer zu untersuchen, auch wenn ihn die Neugier reizte. Kein Risiko eingehen. Er verließ die Halle durch den Seiteneingang. Der Auftrag für den Bayern war erledigt.

Seisenbacher gab sich für den weiteren Abend frei. Was folgte, war Zugabe. Er betrat das Restaurant durch den vorderen Eingang. Seine Erinnerung hatte ihn nicht getäuscht; der Speiseraum war an einer Seite verglast und gab den Blick frei auf zwei Tennisplätze in der Halle, ein Netz schützte die Glaswand vor den Bällen. Das Restaurant war schwach besetzt. Seisenbacher setzte sich an einen Platz an der Glaswand, bestellte Kaffee und beobachtete das Geschehen in der Halle. Katharina Bogner spielte direkt auf dem Platz hinter der Glaswand mit einer Partnerin. Auf dem dahinter liegenden Platz matchte sich ein Männer-Doppel, laut und lachend. Katharina Bogner spielte kein kräftiges, aber ein sicheres Tennis. Häufig spielte sie cross und lief, wenn es die Situation erlaubte, auch ans Netz. Sie trug eine weiße Jogginghose und ein rotes Shirt, dazu ein rotes Stirnband. Schwer einzuschätzen, wie alt sie war, vielleicht Anfang vierzig. Sie hatte mittellange dunkle Haare und ein hübsches Gesicht, war schlank und hatte eine gute Figur. Ihr Spiel wirkte unangestrengt, ihre Bewegungen hatten etwas Leichtes, Mädchenhaftes. Ihre Partnerin war kleiner, pummelig, eine Brünette mit einem vor Anstrengung geröteten Gesicht.

Seisenbacher trank Kaffee, den ihm der Wirt serviert hatte, und sah Katharina Bogner beim Tennisspiel zu. Ein seltsamer Beruf, dem er da nachging. Ein Anruf genügte und er begann sich für das Privatleben einer Fremden zu interessieren. Das war also die Frau, deren Telefonnummer und E-Mail-Adresse sich der verschreckte Bayer wünschte und für die er einen ordentlichen Betrag zu zahlen bereit war. Worum es wohl ging? Um Geld, um ein Geschäft? Eine Abrechnung? Das Leben ist ein Schundroman. Ging es um Liebe? Oder zielte das Interesse des Bayern in Wahrheit auf den Politiker Bogner? Seisenbacher saß da, genoss den Kaffee und den Augenblick, in dem die interessante Wirklichkeit ohne sein Zutun auf ihn einströmte. Ohne ihr Wissen hatte er eben begonnen, in Katharina Bogners Leben einzutauchen. Als er das Lokal verließ, ging er an Katharina Bogners Wagen vorbei und klebte einen Peilsender unter den Kotflügel.

Tags darauf rief der Bayer wieder an. Seisenbacher sah auf dem Display des Telefons, dass die Nummer, wie schon beim ersten

Anruf, unterdrückt war. Vielleicht saß der Typ auch nur ein paar Häuser weiter und machte auf Lederhosenburschi.

Und, können Sie mir schon etwas sagen?, fragte er.

Seisenbacher ging nicht auf die Frage ein. Immer einen Schritt voraus sein: Wo treffen wir uns?, fragte er.

Die Antwort überraschte ihn und warf seine vorherige Überlegung über den Haufen. Die Raststätte Bayerischer Wald wäre doch ein bisschen weit weg für jemanden gewesen, der in Linz um die Ecke saß. Seisenbacher überlegte kurz; die Anfahrt dahin betrug etwa zweieinhalb Stunden. Ein Fahrtkostenzuschlag war zu überlegen. Der Bayer schlug den Freitagvormittag vor, als Treffpunkt die Raststätte in nördlicher Fahrtrichtung. War das nun ein Hinweis, dass der Typ ebenfalls aus dem Süden kam? Oder war das eine Finte?

Noch einmal erwähnte der Säusler, dass er gleich zahlen wolle, nachdem er die Info erhalten habe. Der Typ winselt ja, dachte Seisenbacher. Seltsamer Mensch.

Woran erkenne ich Sie?, fragte Seisenbacher nach.

Ich nehme eine *Süddeutsche* mit, antwortete der Bayer wenig glaubhaft. Ich trage sie in der Linken.

Entweder war der Typ ein Trickser, ein *BILD*-Leser, der glaubte, mit der *Süddeutsche* Eindruck schinden zu können, oder aber ein Angeber, ein Streber. Oder ein Münchner. Ein Gestopfter. Ein Reicher. Oder ein Linker: in der Linken, hatte er gesagt. Das war doch wohl total überflüssig. Der Typ glaubt wohl, wir sind beim *Tatort*, dachte Seisenbacher.

Ein Reifenmonteur war das nicht, der mit Seisenbacher sprach; so viel Menschenkenntnis hatte er mindestens. Ein Rechtsanwalt, ein Arzt schon eher. Ein Studierter. Einer, bei dem Geld möglicherweise keine Rolle spielte. Ein Abzuschöpfender.

Seisenbacher wiederholte den Tag, den Ort, die Stunde. Er werde pünktlich da sein und die *Info* liefern. Dann legte er auf.

Wichtig war, dem anderen immer einen Schritt voraus zu sein: Seisenbacher war eine Stunde früher am vereinbarten Platz. Die Raststätte Bayerischer Wald besteht aus zwei voneinander unabhängigen Baukomplexen: einer Tankstelle sowie einer etwa zweihundert Meter nördlich gelegenen Raststation mit Restaurant. Seisenbacher parkte an der Rückseite der Tankstelle, wo die Angestellten ihre Autos abstellten. Hier würde der Bayer, wenn er zur Raststätte abbog, gar nicht vorbeikommen.

Zu Fuß ging er in Richtung Raststation. Mit dem Kopf des anderen denken. Der Bayer würde ihn bei der Raststätte suchen; also würde er auch möglichst in der Nähe parken. Wichtig war: ihn schon zu beobachten, ehe er einen noch bemerkte. Immer im Rücken von jemandem sein. Dieser Jemand durfte nicht einmal ahnen, dass er bereits beobachtet wurde.

Spontan, kurz nach dem Aufstehen, hatte Seisenbacher gespürt, dass an diesem Typen mehr dran war. Er war kein Hellseher: Was es mit dem Bayern und der Frau auf sich hatte, konnte er nicht wissen. Aber instinktiv spürte er, dass bei diesem Auftrag, von wem auch immer, etwas zu holen war.

Antizipieren! Immer einen Schritt voraus sein. Bevor Seisenbacher seine Wohnung verlassen hatte, hatte er einen GPS-Tracker eingepackt. Für alle Fälle. Vielleicht ergab sich die Gelegenheit für einen Zugriff.

Der Parkplatz lag ruhig. Außerhalb der Reisezeit, mitten am Vormittag, war wenig los. Er sondierte das Gelände, warf einen Blick über die Raststätte: ein Kinderspielplatz mit Schaukel und Rutsche auf der Gartenterrasse des Restaurants fiel ihm auf; die Tische im Freien waren unbesetzt. Vielleicht würde er dort mit dem Bayern Platz nehmen.

Er setzte sich in einiger Entfernung auf einen Betonblock, der sich auf einem schmalen Rasensaum zwischen den Stellplätzen befand. Von hier hatte er einen guten Blick auf den Eingang zum Restaurant.

Die Sonne schien. Er hatte seine Sonnenbrille aufgesetzt und am Morgen eine schwarze Perücke gewählt; kurz hatte er überlegt, ob er einen Oberlippenbart kleben sollte, die Idee dann aber fallen gelassen. Nichts verkomplizieren.

Der Kirchturm eines Dorfes in der Nähe war zu sehen; das Dorf verbarg sich von ihm aus gesehen in eine Mulde. Der Kirchturm wirkte, als hätte man ihn gekürzt und im Zwergenformat auf einen Acker gesetzt.

Seisenbacher saß da und wartete.

Knarrend fuhr ein Lastwagen an. Ein Mann stieg aus seinem Auto, klopfte sich Brösel von der Hand, ein Kind sprang aus dem Wagen. Mann und Kind gingen zu Fuß zur Raststätte, der Mann legte dem Kind beim Gehen die Hand auf die Schulter. Warum weiß ich, dass es sich um Vater und Kind handelt?, dachte Seisenbacher. Um ihre Gesichter zu vergleichen, waren die beiden zu weit weg von ihm. Er wäre augenblicklich eine Wette eingegangen.

Eine südländisch wirkende Familie, Eltern, zwei Kinder (wie und auf welche Weise wirkte eine Familie südländisch? Seisenbacher stand wieder einmal am Schalter eines Wettbüros und setzte: Einmal südländisch, hörte er sich sagen: Die Frau trug Kopftuch. Südländisch war eine einfache Wette, auf das Land zu wetten, wagte er nicht), stand um die hinten offene Tür eines Vans: Eine Wasserflasche kreiste, alle tranken. Der Familienvater aß ein Stück Banane.

Seisenbacher streckte die Beine von sich und bildete sich ein, ein Tourist zu sein, der kurz an einer ihm bis dahin unbekannten Raststätte hielt, an einem Ort, den er vielleicht nie wieder in seinem Leben betreten würde. Hier war nur eine Zwischenstation auf einer Reise nach Holland, Schweden, Norwegen. Alles war möglich. Der Gemütlichkeitsfaktor war hoch. Jetzt noch Kerstin an seiner Seite und ein Roadmovie bis zum Nordkap schien denkbar. Beinahe wäre er eingenickt. Das Rauschen des vorbeifahrenden Verkehrs lullte ein. Auf der Terrasse des Restaurants tat sich nichts.

Dann wurde er doch nervös: Ein großer holländischer Lastwagen verstellte ihm die Sicht. Seisenbacher überlegte kurz, ob er den Beobachtungsplatz wechseln sollte, als sich der Truck wieder in Bewegung setzte.

Minuten später war es so weit. Ein dunkler Wagen bewegte sich im Schritttempo von der Tankstelle Richtung Raststätte. Ein einzelner Mann am Steuer. Noch konnte Seisenbacher das Kennzeichen nicht erkennen. Der Mann parkte unmittelbar vor dem Zugang zum Restaurant. Als er ausstieg, wandte er Seisenbacher den Rücken zu. Seisenbacher sah, wie der Mann ein Sakko überzog, ehe er die Wagentür schloss. Unmittelbar darauf öffnete er die Tür noch einmal. Griff in den Wagen. Seisenbacher sah, dass der Mann eine Zeitung in Händen hielt.

Seisenbacher spürte, wie er sich innerlich anspannte. Der Mann ging auf das Restaurant zu, ohne sich umzusehen. Seisenbacher verließ sich ganz auf sein Bauchgefühl. Plötzlich der Spruch: Was du heute kannst besorgen, das verschiebe nicht auf morgen. Hatte das seine Mutter nicht oft zu ihm gesagt? Der Satz ließ sich abwandeln: Welcher du es heute kannst besorgen, der besorge es auch morgen. Kleiner Privatscherz. Seisenbacher merkte, dass er trotz seiner Konzentration locker geblieben war.

Wer war dieser Komiker? Ein bayerischer Vollidiot, der einer E-Mail-Adresse und einer banalen Telefonnummer wegen ein konspiratives Treffen auf einem anonymen Autobahnparkplatz vereinbarte? Seisenbachers Bauch sagte nein. Da steckte mehr dahinter.

Es gab drei Möglichkeiten. Der Typ war harmlos, vielleicht ein bisschen überspannt; es lohnte nicht, ihn anzuzapfen. Möglichkeit zwei: Er würde sich den Burschen einmal anschauen und dann entscheiden. Möglichkeit drei: den Überraschungseffekt nützen und handeln. Seisenbacher griff nach dem GPS-Tracker in seiner Jacke. Der Tracker fühlte sich kalt an.

Seisenbacher wusste, dass ihm etwa zwei Minuten Zeit blieben. Wenn er nicht in zwei Minuten im Restaurant erschien, würde der Bayer wieder nach draußen kommen und nach ihm suchen. Er setzte sich in Bewegung. Als er beim Wagen des Unbekannten angekommen war, bückte er sich an der dem Eingang zum Restaurant abgelegenen Wagenseite. Seisenbacher hatte Schuhe mit Schnürsenkel angezogen, ein einfacher Trick: Wenn Schnürsenkel locker waren, mussten sie gebunden werden. Auf der Höhe des Kotflügels ging er in die Knie, ein Griff in seine Jacke, er löste den kleinen Knopf des Peilsenders aus, griff unter den Kotflügel und presste den Tracker an; ein fast unhörbares Klicken, und der Magnet saugte sich an den Wagen des Unbekannten. Der Hund war markiert, das verlorene Schaf hatte seine Punze, das Spiel war angepfiffen. Im Vorbeigehen hatte Seisenbacher die Autonummer im Kopf notiert, ein Regensburger Kennzeichen.

Er stand auf. Niemand hatte ihn, einen pausemachenden Autofahrer, der sich die Schnürsenkel band, beobachtet.

Seisenbacher betrat das Restaurant, ein Lokal mit Selbstbedienungsbereich, das jetzt, mitten am Vormittag, schwach besucht war. Mehrere Angestellte füllten Kartoffeln und Gemüse in große Nirostawannen, ein anderer rührte in einem großen Suppentopf.

Direkt neben einem Stehtisch stand eine Glücksspielmaschine, mit einem Piepen blieben drei Symbole stehen.

Seisenbacher bemerkte, dass die Maschine witzigerweise *Cruiser* hieß, was ihn augenblicklich beruhigte. Als hätte die Slotmaschine auf ihn gewartet. Wenn das kein Zufall ist, dachte Seisenbacher und flutschte, ohne es geplant gehabt zu haben, in seine Cruising-Fantasie. Draußen am Parkplatz stand sein Porsche, jetzt cruiste er durch das Lokal: in Lederjacke, mit dunkler Sonnenbrille. Der einarmige Bandit war sein Verbündeter.

Der Bayer mit der *SZ* in der Hand war nirgends zu sehen. Vielleicht suchte er gerade die Toilette auf. Seisenbacher sah, wie sich draußen im Gastgarten ein Paar zum Mittagessen setzte. Fett waren beide, er mit riesigen Schlappohren (mindestens 3+). Sie hatte das Grillhähnchen, das am Eingang im Angebot angepriesen wurde, aufgeladen, er Schweinsbraten mit Knödel. Seisenbacher überlegte kurz, ob er später hier essen sollte. Plötzlich sah er den Mann vor sich: Auch der hatte eine Runde im Lokal gedreht. Er klopfte dem Bayern auf die Schulter und entschuldigte sich gleichzeitig. Außerdem nahm er die Brille ab. Schön höflich bleiben, vielleicht täuschte er sich wirklich in diesem Softie und der war eine Nullnummer. Auch wurscht.

Der Bayer drehte sich um. Er war kleiner, als er ihn sich vorgestellt hatte. Brille, ein rundes farbloses Gesicht, Typ Versicherungsvertreter, Lehrer vielleicht.

Seisenbacher nannte das Kennwort und stellte sich vor. Der Bayer grüßte brav und gab die Hand. Unauffälliger Händedruck. Und die *Süddeutsche* hielt er vorschriftsmäßig in der Linken. Wie im Lehrbuch. Seisenbacher musste innerlich grinsen.

Sie gingen nach draußen auf die Terrasse und suchten sich einen Tisch in einiger Entfernung zum Tisch der Dicken, die still in sich hineinfraßen. Die können fahren, wohin sie wollen, dachte Seisenbacher. Sie sind schon am Ende angekommen, ohne es zu wissen.

Er nahm das Heft in die Hand. Der Bayer war ein Angstscheißer, der telefonische Eindruck verstärkte sich. Seisenbacher würde eine vertrauensbildende Maßnahme setzen und die Verpflegung an den Tisch bringen. Er ging ins Restaurant und ließ zwei Kaffee mit Milch in die Tassen laufen.

Dann saßen sie einander gegenüber.

Seisenbacher machte es kurz. Er fand es erstaunlich, dass auf der Schaukel ein vielleicht vierjähriger Bub mit einem knallgelben T-Shirt saß, ohne dass dessen Eltern zu sehen waren.

Er griff nach dem Kuvert in seiner Jacke. Der Bayer war auf keine Unterhaltung aus. Das war sofort klar. Bemerkungen übers Wetter, über Bayern München, oder wie hieß eigentlich der Regensburger Gurkenverein?, konnten entfallen. Seisenbacher sprach das Wort *Info* aus und legte das Kuvert auf den Tisch. Der Bayer zog es an sich und hob den Verschluss hoch. Er schien zufrieden und wirkte erleichtert. Dann ist die Sache auch schon wieder erledigt, sagte er. Und es ist wirklich nichts Politisches, ergänzte er. Was bin ich denn schuldig?, fragte er.

Der Typ wollte den Vorgang so schnell wie möglich hinter sich bringen.

Warum sollte es um etwas Politisches gehen? Weil Katharina Bogners Mann Politiker war? Warum betonte das der Typ? War der nicht ganz dicht? Oder war er nur ein Hosenscheißer, der sich nicht einzugestehen traute, dass er auf die flotte Tennisspielerin mit der Eins-A-Figur scharf war? Seisenbacher sagte zuerst gar nichts und beging dann einen kleinen Fehler, den er sich aber gleich wieder verzieh. Wenn es ums Honorar ging, fiel ihn diese Schwäche manchmal an. Als müsste er seine Klienten schonen, begann er die Höhe des Honorars zu begründen.

Theoretisch wusste er: Es gab nichts zu begründen. Es existierte eine Honorarvereinbarung. Und es existierte eine erbrachte Leistung.

So einfach war es auch wieder nicht, sagte Seisenbacher und klopfte leise auf das Kuvert. Sie ist schließlich die Frau eines Prominenten. Und es sollte ja anonym bleiben.

Vielleicht wollte er aber nur hören, dass seine Leistung geschätzt wurde. Der Bayer blieb taub. Geldfixiert.

Wie viel?, fragte er.

Bitte, wenn du willst, wir können auch nur über das Geschäft reden, hörte sich Seisenbacher denken. Die Reisespesen und den ganzen heutigen Vormittag muss ich schon verrechnen, sagte er laut.

Schon okay, entgegnete der Bayer.

Ich glaube, du hast die Kohle, dachte Seisenbacher. Und dann nannte er die Summe: Sechshundertfünfzig. Die letzten fünfzig hatte er in letzter Sekunden aufgeschlagen: Förmlichkeitszuschlag. Wäre ihm der Typ sympathisch gewesen, wäre es vielleicht beim vereinbarten Tarif geblieben. Hier aber trat sozusagen der Humorlosigkeits-Paragraf in Kraft. Der Typ war offenbar knochentrocken und sowas von kurz angebunden, also selber schuld.

Seisenbacher merkte, wie der Bayer schluckte. Tja, beim Geld hörte sich die Gemütlichkeit eben auf. Sollte der Bursche sich aufregen, brauchte er nur das Kuvert wieder an sich nehmen, aufstehen und gehen.

Der Brillenheini sackte ein wenig zusammen, fasste sich aber wieder, griff in sein Sakko und blätterte das Geld auf den Tisch. Seisenbacher bemerkte, dass die Dicke, die in der Nähe das Grillhähnchen verspeiste, nun anfing, die bereits zur Seite gelegten Knochen einer gründlichen Nachbehandlung zu unterziehen.

Dann lagen die Scheine zwischen ihnen. Seisenbacher hatte mitgezählt, nahm die Banknoten an sich und steckte sie ein. Keine Rechnung, gute Freunde. Jetzt konnte er eigentlich gehen. Abgehakt, sagte er, um noch etwas zu sagen.

Der Bayer steckte seinerseits das Kuvert ein und wurde edel. Der Kaffee geht natürlich auf mich, sagte er.

Seisenbacher grinste. Schon bezahlt, sagte er und deutet mit einer Kopfbewegung Richtung Restaurant. Selbstbedienung, sagte er. Passt schon.

Sie standen auf und gaben einander die Hand. Auf Wiedersehen, sagte der Bayer. Kommen Sie gut nach Hause.

Das klang komisch. Onkelhaft. Fürsorglich.

Der Bayer entschwand Richtung Toilette. Seisenbacher machte sich auf den Weg nach draußen. Das essende Ehepaar war knapp vor dem Ende der Mahlzeit. Der Mann tunkte mit einer Semmel Saue vom Teller auf, die Frau stocherte mit einem Zahnstocher im Mund herum.

Vor der Raststation flatterten ein paar Fahnen im Wind; der Junge mit dem gelben T-Shirt war verschwunden.

Gegenüber dem Auto des Bayern hatte ein Reisebus aus Österreich Halt gemacht, offenbar Pensionisten aus Wien. Auf der von der Sonne verbrannten Rasenfläche zwischen den Parkplätzen waren improvisiert Picknickkörbe aufgestellt und Proviantsäcke und Pappteller an die Reisegruppe verteilt worden. Die Gruppe stand eng zusammengepfercht auf der kleinen Rasenfläche. Keiner wagte sich aus dem Haufen zu entfernen. Wie eine Herde von Pinguinen, dachte Seisenbacher im Vorbeigehen. Die Gruppe konnte noch nicht sehr lange unterwegs sein, die Hemden der Männer wirkten frisch gebügelt, das Geplapper aufgeregt wie auf einem Schulausflug.

Seisenbacher ging zurück zur Tankstelle, ohne sich noch einmal umzudrehen.

Bei seinem Auto angekommen, spürte er, dass er ruhig wurde. Er holte den Laptop aus dem Kofferraum, klappte ihn auf, schaltete ihn ein.

Startete das Programm für den GPS-Tracker. Das Programm funktionierte. Der Bayer hatte seine Reise bereits angetreten und war ein kleiner, blinkender Cursor auf dem Laptop Seisenbachers, eine kleine Fliege auf dem Bildschirm.

Das Leben war ein Schundroman, eine Einerseits-andererseits-Falle, ein Traktor, der bei schmieriger Fahrbahn in den Graben fuhr.

Aus irgendeinem Grund gelingt es mir nicht, geradeaus zu lenken, dachte Seisenbacher. Einerseits hatte er den Bayern abgezockt und schaute nun jeden Tag ein paar Minuten GPS-Fernsehen, was aber fast so eintönig war wie ein Testbild. Der Bayer war jedenfalls kein Vertreter, das stand fest: Morgens verließ er eine Wohnung oder ein Haus in einer Regensburger Vorstadtsiedlung, untertags stand das Auto in einer Tiefgarage der Universität, gelegentlich vor einem Supermarkt, ansonsten: Fehlanzeige, keine Bewegungen.

Anderseits ließ Mandis Anwalt nicht locker, faselte, begründet mit einer Serie von unbegreiflichen Paragrafen etwas von Kündigungsschutz und Abfertigungsanteilen, einerseits duftete Kerstin weiterhin zweimal pro Woche derart ins Büro, dass sich Seisenbacher ein Erektionsverbot auferlegen musste, andererseits lehnte sie seine Einladung, mit ihm Abendessen zu gehen, mit immer neuen Ausreden ab, die er sich einerseits erklären konnte, andererseits aber auch überhaupt nicht. Allein die Tatsache, dass Ümit/Kurt mit Kerstins Zurückhaltung scheinbar nichts zu schaffen hatte, verstärkte seine Eifersucht und weckte seinen Argwohn.

Wenn Ümit nichts mit Kerstin zu tun hatte, dann hätte er wohl unbefangen und auch in seiner, Seisenbachers, Gegenwart mit ihr sprechen und vielleicht sogar ein wenig schäkern können. In letzter Zeit fiel aber auf, dass Ümit an den Tagen, an denen Kerstin im Büro war, nicht oder nur ganz kurz im Büro war und Kerstin regelrecht ignorierte, was eindeutig auf eine Finte hindeutete. Möglicherweise führten ihn beide hinters Licht und hatten ihren Augenflirt bereits in eine Fickbeziehung übergeführt: eine leidvolle Vorstellung, die sich Seisenbacher in den letzten Tagen mehrmals aufgedrängt hatte und die zu unterdrücken ihm nur mühsam gelang.

Vielleicht musste er sich Kerstin wirklich zur Brust nehmen und ihr erklären, was es mit einem Türken so auf sich haben konnte. Ob Kerstin katholisch oder evangelisch war oder nicht oder bereits aus der Kirche ausgetreten war, spielte keine Rolle. Fix war, dass sie eine normale Österreicherin war und sich als solche Gedanken zu machen hatte, was geschehen konnte, wenn sie an einen Türken geriet. Seisenbacher merkte, wie er Angst bekam, wenn er sich ein Gespräch über dieses Thema mit Kerstin nur vorstellte.

Einerseits wollte er sich auf die Arbeit in der Firma konzentrieren, andererseits kam ihm immer wieder sein früheres Leben in die Quere. Sabine, seine Exfreundin, hatte ihn nach einiger Zeit Sendepause wieder einmal angerufen. Natürlich gab es ein Problem. Es gab gar keinen anderen Grund, wenn sie anrief.

Wieder einmal gab es Zoff mit Erik, dem Fernsehkind. Irgendwann einmal hatte eine Fußballeuropameisterschaft stattgefunden: Zufällig war Seisenbacher gerade zu der Zeit unsterblich und aus heutiger Sicht völlig unbegreiflich in die damalige Altenfachbetreuungsschülerin Sabine verliebt gewesen und hatte, weil er naiv und auch ein wenig betrunken gewesen war, seine Verliebtheit in einem Anfall konzentrierter Dummheit und weil er für die Dänen und gegen die Holländer gewesen war, sozusagen als Liebesdummheitskonzentrat unkontrolliert in Sabines zugegeben ziemlich geilen Körper hineinlaufen lassen. Die Dänen hatten gewonnen, Seisenbacher hatte triumphiert und triumphierend gleich noch einmal *nachgelegt* (nachgelegt! Scheiße! Zurückhalten hätte er sich sollen!) und noch während des entscheidenden Elfmeterschießens selbst *eingenetzt* (eingenetzt!).

1993 war Erik auf die Welt gekommen. Schau, ich bin ja nicht so, hatte er zu Sabine gesagt, als er sie in der Klinik besuchte. Sie hatten sich bereits zu Weihnachten wieder getrennt gehabt. Trotzdem hatte er sie und ihren Sohn – der genetisch sozusagen auch seiner war – in der Klinik besucht.

1993 war der Zoff in sein Leben getreten: ständige Streitigkeiten wegen der Alimente, die sie eingeklagt hatte und bis zum heutigen Tag bezahlt bekam.

Einen Sohn gezeugt, das sei doch was, das war doch etwas, hatten seine Kollegen bei der Security damals gemeint. Und Seisenbacher hatte mitgespielt und eine Zeit lang den stolzen Vater gespielt.

Im Prinzip hatte er es mit Sabine nicht auf Vervielfältigung und Fortpflanzung abgesehen gehabt, ein Bums während eines Fußballspiels musste doch nicht sofort zu Nachwuchs führen. Das Schicksal kannte keine Gnade und Erik war auf die Welt gekommen.

Das Kind kann doch nichts dafür, hatte ihn Sabine oft angeschrien, und sie hatte wohl auch recht gehabt.

Anfangs hatte er kein Problem gehabt, das Baby und seine Mutter zu besuchen. Im Nachhinein wusste er nicht mehr, wann die Probleme wirklich begonnen hatten. Es gibt im Leben eines Babys eine Phase, in der es unmerklich hinüberrutscht in das Kleinkindleben. Bei einem dieser Rutschvorgänge musste es passiert sein. Vielleicht war er vorher auch heimlich stolz darauf gewesen, einen fröhlich vor sich hin krähenden Sohn in die Welt gesetzt zu haben. Aber als er Erik nach einer längeren Besuchspause wieder einmal zu Gesicht bekam und inzwischen offenbar der Wechsel zum Kleinkind erfolgt war (nur so konnte sich Seisenbacher später seinen Schock erklären), traf ihn fast der Schlag. Sie hatten einander am Badeteich nahe der Donau verabredet gehabt; Seisenbacher hatte versprochen, mit Erik im Kinderwagen eine Runde spazieren zu fahren, während Sabine eine Shoppingtour einlegen wollte. Sabine hatte ihm das Kind in die Hand gedrückt, war zu ihrem Fiat Panda zurückgelaufen und davongebraust. In dem Moment, in dem Seisenbacher Erik in den Kinderwagen setzen wollte und dem Kind die Haube, die verrutscht war, zurechtrückte, hatte er die *Bescherung* (*Bescherung!* Das meinte doch wohl ein Geschenk! Den *Beschiss*: Aber das war doch sein Spross! Das *Malheur!*) zur Kenntnis nehmen müssen.

Plötzlich, wie von einem Tag auf den anderen, hatten sich Eriks Ohren, die vorher wahrscheinlich auch schon irgendwie vom Kahlkopf des Jungen abgestanden waren, in einer regelrechten 4+-Kategorie vom Schädel abgewendet. Erik sah plötzlich aus wie ein kleiner Kaktus mit zwei abstehenden Elefantenohren.

Der Anblick war deswegen so schockierend für Seisenbacher gewesen (dessen Ohrenkorrektur auf 1+ zum Zeitpunkt der Erzeugung von Erik jahrelang zurücklag), weil er ihn so unerwartet getroffen hatte. In seinem Sohn war ihm unverhofft und unerwünscht er selber erschienen. Er hatte irgendwann einmal von der Erbsünde gehört: Seit diesem Tag hatte Seisenbacher eine Vorstellung davon, was er sich darunter vorstellen musste. Erik war seine Erbsünde, die ihn zurückzerrte in den Zustand seiner persönlichen Schmach. Erik war die Erinnerung an seine überwunden geglaubte Lebensniederlage. Erik war das wiedererstandene Symbol seiner Lebensschmähung. Die Wiederkehr des Ohrendesasters.

Insofern war Erik – das Kind konnte ja im Prinzip nichts dafür, darin war sich Seisenbacher mit Sabine ausnahmsweise einig –

eine Zumutung, eine Ohrfeige im Sinn des Wortes. Jedes Treffen mit ihm riss eine Wunde auf. Seisenbacher mühte sich, zu trennen: hier das Kind, da die Ohrenproblematik. Das fiel ihm mit den Jahren immer schwerer und der Bub spürte das wohl auch.

Sabine spielte dazu sicher die entsprechende Begleitmusik: Sie konnte dem wehrlosen Buben tagaus, tagein das Lied vom Rabenvater vorsingen.

Seisenbacher hatte also als Gelegenheitsvater von Anfang an einen schweren Stand gehabt; er zahlte seine Alimente – seit einem Wutanfall von Sabine sogar pünktlich –, er besorgte Erik zum Geburtstag und zu Weihnachten ein Geschenk, er unternahm mit dem Kind einmal im Sommer und einmal im Winter eine kurze Reise (Legoland, Disneyland, Erlebnispark Ruhpolding im Sommer, Skifahren im Winter), ansonsten wollte er aber von ihm in Ruhe gelassen werden.

Und Sabine ließ ihn in Ruhe und schloss ihn von allem, was in Eriks Leben zu gelingen schien, aus. Seisenbacher war nur der Dreckkübel und der Problemempfänger. Sabine rührte sich nur, wenn der Hut brannte. Und der brannte in letzter Zeit immer öfter. Erik war jetzt zwölfeinhalb Jahre alt.

Sabine rief an. Der Hut brannte. Die Flammen schlugen aus dem Hörer. Jetzt bist du dran, züngelte sie kurzatmig. Das habe ich dir schon immer gesagt. Jetzt ist es so weit. So weit hast du es kommen lassen. Weil du dich nicht um ihn kümmerst. Ich bin nicht so deppert, sage ich, du hast ja wohl auch noch einen Vater, sage ich zu ihm. Ich habe dir gesagt, das nächste Mal gehst du mit.

Erik hatte die Schularbeiten verhaut; Fünf in Englisch, Fünf in Deutsch, Fünf in Mathe. Er hatte offenbar begonnen, die Schule zu schwänzen. Er hatte seine Klassenlehrerin beschimpft.

Seisenbacher betrachtete den Telefonhörer, aus dem Sabines Hassflammen schlugen. Es war sinnlos, zu betonen, wie egal ihm Eriks Schulnoten waren. Das hatte er Sabine schon ein paarmal erklärt. Auch seine eigenen Schulnoten hatten keine Bedeutung, was seinen jetzigen Job betraf, Sabines Schulnoten – auch sie hatte die Schule mit Ach und Krach hinter sich gebracht – hatten nichts mit ihrer momentanen Tätigkeit zu tun. Als Dreißigjährige noch hatte sie eine Ausbildung zur Altenpflegerin begonnen und arbeitete seither für einen Verein bei der ambulanten Betreuung von Senioren, machte den Einkauf, wischte den Alten den Hintern.

Diskussionen waren sinnlos, hatten noch nie genutzt. Die Lehrerin hatte in Absprache mit dem Direktor die Eltern an die Schule zitiert, ansonsten mit dem Jugendamt gedroht.

Es ist auch dein Kind, flennte Sabine in den Hörer. Bis es Seisenbacher reichte. Er sagte zu. Der Termin stand fest. Er würde kommen. Er würde sich nichts nachsagen lassen. Er würde Flagge zeigen; er war schon mit anderen Kalibern als mit Schuldirektoren und Lehrerinnen zurechtgekommen. Er würde sich nicht von denen beleidigen lassen, wegen unterlassener Erziehungspflicht oder Ähnlichem, er würde sich auch von Sabine nicht anschwärzen lassen. Ein Seisenbacher stand zu seiner Verpflichtung. Er trug den Termin in seinen Kalender ein; der Termin stand für das Versagen Sabines. Für ihr Einverständnis, dass sie allein mit dem Balg nicht klarkam. Das sagte er ihr noch. Dann legte er auf.

Das Leben war vielleicht ein Schundroman, das Leben war alles Mögliche, aber im Moment war es vor allem eine Baustelle. Die Cruising-Fantasie, die ihn über längere Zeit stabilisiert hatte, veränderte sich. Irgendwie ging der Lack von ihr ab. Vor allem die Vorstellung vom Porsche verblasste. Wurde erbärmlicherweise von einer Schubkarre abgelöst. Seisenbacher wusste nicht recht warum, aber er konnte sich der Bilder nicht erwehren. Die Schubkarre radelte gewissermaßen ungebeten in seine Fantasiewelt.

Das Leben war eine Baustelle, und vom Cruisen war nur mehr insofern die Rede, als sich Seisenbacher zwischen den Baustellen mit der verdammten Schubkarre, die er sich bei Gott nicht gewünscht hatte, hin- und herfahren sah. Tagelang verdichtete sich der Eindruck, dass er an jede Baustelle zu spät kam, beziehungsweise an keiner wirklich arbeitete. Er cruiste mit der Karre hin und her, der Porsche stand irgendwo, aber nicht mehr in seinem Kopf.

Da war die Baustelle Ümit-Kerstin, die ihm jetzt echte Probleme bereitete. Irgendwie hatte er den Eindruck, dass Ümit/Kurt hämisch grinste, wenn sie einander trafen. Wer ist hier eigentlich der Polier, dachte Seisenbacher. Und wie lange wollte er sich den grinsenden Türken noch zumuten? Kerstin, die Duftquelle, der Lockstoff, der Leckstein (*Leckstein*: die Worte!), ließ sich nichts anmerken und beging vor allem keinen Fehler. Seisenbacher beschloss, Ümit noch mehr Arbeit aufzuhalsen. Ihn dabei auch noch zu überwachen, das ging über seine Kräfte.

Dann gab es die berufliche Baustelle: Hier wenigstens hatte Seisenbacher noch den Überblick. Abends beobachtete er auf dem GPS, was seine Kandidaten trieben, aber sie trieben nicht viel. Der Bayer hockte in Regensburg und fuhr täglich zur Uni. Arbeitete er als Haustechniker, in einem Büro, war er ein Professor, oder ein Bibliothekar? Das herauszufinden war im Moment nicht möglich.

Und die Politikerfrau? Auch sie eine Langeweilerin. Beinahe täglich eine Fahrt nach Linz, dann eine stundenlange Stehzeit, einmal pro Woche zur Tennishalle, zwei Mal die Woche ein Abstecher nach Wels, wahrscheinlich zum Einkaufen. Das war nicht das, weswegen man einen Peilsender anbrachte. Das sah bereits nach Abschreibposten aus.

Möglich war allerdings, den Namen des Bayern herauszufinden. Es gab da einen Polizisten aus Hauzenberg nahe der österreichischen Grenze. Der Gute war Mandi Scherer bei einer Observation einmal ins Planquadrat geraten; ein Puff in Schärding hatte dabei eine Rolle gespielt und der Polizist – verheiratet, drei Kinder – war dort ganz und gar privat verkehrt. Der arme Polizist war aus reinem Zufall auf einen Film geraten, hatte mit dem Fall aber nichts zu tun gehabt. Mandi regelte das unter Kollegen. Eine Mitteilung an den armen Grenzgänger, dass eine Beobachtung vorgenommen worden war. Dass aber keine weitere Auswertung geplant war, wenn kleine Gegenleistungen erfolgten. Wenn zum Beispiel Auskünfte gegeben würden. Gegebenenfalls. An die man sonst nicht ohne Weiteres herankam. Zum Beispiel an eine Auskunft aus der Flensburger Kartei. Bei der Ausforschung eines Fahrzeugbesitzers. Der grenzübergreifende Verkehr machte es nötig.

Der Mann hatte ein Einsehen und versorgte die Kanzlei seither mit dem Nötigsten, zwei-, dreimal im Jahr. Man gab das Autokennzeichen durch, immer am Privathandy, später kam der Rückruf mit Adresse des Lenkers. Ohne lästige Fragen übrigens.

Die Baustelle Ermittlung eines Fahrzeugbesitzers mit Regensburger Kennzeichen war schnell abgearbeitet.

Ein kollegialer, beinahe freundschaftlicher Anruf in Hauzenberg genügte. Seisenbacher hatte sich vor der Raststätte im Bayerischen Wald eine Handvoll Kennzeichen notiert und eine Legende gebastelt: Ein Klient hatte einen Parkschaden produziert, wollte das aber ohne Polizei regeln. Dass Seisenbacher mehrere Nummern durchgab, sollte den Hauzenberger ein bisschen verwirren und den Hinweis auf den tatsächlich gesuchten Lenker verwischen.

Zwei Tage später kam die Antwort: Seisenbacher erhielt sechs Namen, von denen er fünf entsorgen konnte, den sechsten aber konnte er sich einrahmen: Der Bayer hieß Arnold Walter, wohnte im Regensburger Stadtteil Ziegetsdorf (das wusste Seisenbacher bereits dank GPS), der Hauzenberger lieferte Straße und Hausnummer.

Alles Folgende war Routine von ein paar Minuten, dann spuckte der Computer einiges über den Typen aus, der es, aus welchen Gründen auch immer, vorgezogen hatte, anonym zu bleiben. Arnold Walter war Professor für neuere deutsche Literatur am Institut für Germanistik an der Universität in Regensburg.

Ein Büchertyp. Ein Bücherwurm. Ein Leser. Seisenbacher spürte, wie ihn die Enttäuschung anwehte, wie er sich sein Bedauern aussprach. Von einem Studierten war nichts Aufregendes zu erwarten. Ein farbloser Professor passte unglücklicherweise verdammt gut zur Scheibtruhen-Cruiservorstellung. Ein krimineller Mafiosi hätte besser zum Porsche gepasst.

Es dauerte, bis Seisenbacher sich von dieser stillen Beschämung erholt hatte. Auf der Agendaliste stand daher: Weiter beobachten, was passierte. Eine Deadline setzen, eventuell einen kleinen Ausflug nach Regensburg machen. Für den Fall, dass die Spur kalt und langweilig blieb: die Peiler wieder abbauen, Schaden begrenzen.

Und da gab es die Erik-Sabine-Baustelle, ein Baulos, das noch gar nicht eröffnet worden war. Aber die Stoppschilder waren bereits aufgepflanzt und behinderten Seisenbachers Alltag. Vielleicht waren gerade Erik und Sabine schuld daran, dass die Porsche-Vorstellung abgebremst und in dieses läppische Schubkarrenfahren verwandelt worden war.

Im Kalender war dieser Termin mit der Lehrerin eingetragen, ein Termin, der Seisenbacher ein Schwindelgefühl verursachte, wenn er nur daran dachte. Vielleicht hatte das mit seinen eigenen Schulerfahrungen zu tun; vielleicht hatte es damit zu tun, dass er nicht wirklich wusste, wie er sich der Lehrerin gegenüber verhalten sollte. Der erste Impuls, ihr Saures zu geben, war rasch verflogen und einer Ängstlichkeit gewichen, die Seisenbacher als Zumutung empfand. Seine Schulkarriere war gelaufen, Jahrzehnte vorher abgehakt worden, er war nicht für die Noten von Erik verantwortlich, das war einfach lächerlich.

Seisenbacher versuchte sich die Lehrerin vorzustellen. War sie alt, war sie dick, war sie hässlich?: Umgangsstufe einfach. Leicht zu nehmen, weil ohne Rücksicht auf Verluste gegen sie vorgegangen werden konnte. War sie mittelalt, war sie sehr bemüht, war sie etwa nett?: Umgangsstufe unbestimmt. Ein schwieriger Fall. Vielleicht sollte er in diesem Fall vor allem Sabine mit ihr reden lassen. War sie aber gar hübsch, was, wenn sie eine Wucht war, was, wenn sie sogar *in Frage* kam? Umgangstufe schwierig. Was dann?

Seisenbacher brach den Gedanken ab. Diese Baustelle schwächte ihn, lenkte ihn von seinen Berufsaufgaben ab, saugte Energie aus seinem Körper.

Was macht ein Schubkarrenfahrer, der etwas auf sich hält, in der Mittagspause? Er kauft sich eine Leberkässemmel und hält das schon für Luxus.

Seisenbacher beschloss, seine dämliche Hilfsarbeiterfantasie Lügen zu strafen, und erarbeitete einen raschen Zweiphasenplan für Porschefahrer: Casinobesuch mit anschließender Massage in Herberts Tagesbar.

Das Casino war schütter besucht; wahrscheinlich weil draußen die milde Herbstsonne schien und die Witwen ihre Pudel ausführten, ehe sie dann im Schutz der Dämmerung einliefen, um ihre Kohle zu lassen. Lediglich zwei der Einarmigen waren besetzt. Meindl saß allein am Roulettetisch und langweilte sich. Er sah noch erbärmlicher aus als gewöhnlich, offenbar hatte er sich einen Mitesser am Halsansatz aufgekratzt. Einmal schreibe ich einen Casinoführer, dachte Seisenbacher, während er Meindl grüßte, aber dann grade ich dich down.

Er setzte hundert Euro auf Rot, eine einfache Chance. Die Kugel drehte sich und blieb auf Schwarz liegen. Meindl kratzte die Jetons an sich heran, ohne mit der Wimper zu zucken.

Scheiße groß, große Scheiße, hörte sich Seisenbacher leise sagen und verließ die Unglückshütte. Nicht sein Tag, abhaken. Sich etwas Gutes tun. Herbert hatte angeblich neue Mädchen aus Rumänien hereinbekommen. Mal sehen, was da lief.

Unterwegs bog er in ein Einkaufszentrum, um dort im ersten Stock zu pinkeln. Von der Rolltreppe aus war das Fitnessstudio gut zu erkennen. Hinter großen Glasscheiben standen und schwitzten junge Damen und Herren, obwohl draußen die Sonne schien. Auf den Laufrädern, an den Kraftgeräten. In dünnen

Trikots, die die aufgerichteten Brustwarzen betonten. Schweißflecken um die Achselhöhlen, Schweiß auf geröteten Wangen. Der Ernst des Sich-auf-dem-Stand-Abmühens. Seisenbacher hatte kurz einmal ein Abo besessen, hatte sein Trainingsprogramm aber wegen doppelter Erfolglosigkeit wieder aufgegeben. Doppelt erfolglos, weil er kein Kilogramm, wie erhofft, abgenommen hatte, aber auch, weil er keinen dieser Hasen, die sich hier in eindeutiger Absicht, von allen einsehbar, feilboten und abschwitzten, je hatte abschleppen können. Das muss auch ohne Schweißausbruch gehen, hatte er gedacht.

Immer aber, wenn er an dem Fitnessstudio vorbeikam, fiel ihm der Begriff *Einsehbar* ein. In seiner Vorstellung gab es im hinteren Teil des Studios einen nicht einsehbaren Bereich, zu dem er auch in der Zeit, als er Mitglied des Studios gewesen war, nie vorgedrungen war, eine Bar, die zum alleinigen Zweck der Anbahnung sexueller Kontakte existierte und daher *Einsehbar* genannt wurde. Seisenbacher konnte nicht anders, als sich die junge, am Laufrad schwitzende Thirtysomething mit rotem Stirnband (Signalfarbe!) (sicher: Sex-and- the-City-Seherin) frisch geduscht und geföhnt am Tresen der *Einsehbar* vorzustellen, wo sie einem interessierten Herrn (Versicherungsvertreter, Werbegrafiker, Turnlehrer etc.) Einsicht in kaum verborgene Körperfalten gewährte oder wenigstens *in Aussicht stellte (in Aussicht stellen!).*

Eine Fantasie, gewiss. Vielleicht existierte diese Bar ja gar nicht. Besser auf der sicheren Seite des Lebens bleiben, besser eine solide kleine Massage bei Herbert an sich verrichten lassen, und der Tag war dein Freund.

Bei Herbert gab es Kollegenrabatt. Wenn es gelegentlich Zoff gegeben hatte wegen eines Mädchens, hatten er und Mandi mehrmals Erkundungen für Herbert getätigt, bei größter Vorsicht. Mit den Typen aus dem Südosten war nicht zu spaßen. Es blieb meist bei Observierungen aus der Ferne, Herbert hatte sich aber stets zufrieden gezeigt. Und großzügig.

Herbert war gut aufgelegt. Wie geht's?, fragte ihn Seisenbacher, man kann sich nicht beklagen, antwortete Herbert und wedelte mit einem Wettschein. Seit einiger Zeit hatte er sich auf Spiele unterklassiger Mannschaften spezialisiert. Ich bin halt auf Schiebungen spezialisiert, meinte er grinsend. Was darfs bei dir sein? Spezialschiebung? *(Schiebung!)*

Die Bar war leer, niemand da. Herbert klopfte an die Tür des Sozialraums, wo drei Mädels beim Kaffee saßen. Kundschaft sei da. Einmal rasieren, fügte er trocken hinzu. Es klang, als ginge es um einen Haarschnitt. Seisenbacher hatte es nie anders erlebt, als dass Herbert nett mit den Mädchen umging.

Die Neue hieß Romana. Romana aus Rumänien, grinste Herbert. Ein Künstlername. Da konnte man sich sicher sein. Warum laufe ich eigentlich als Hari herum, fragte sich Seisenbacher. Sie heißen Jasmin, Romana oder Kurt und machen irgendwie auf ihre Art Kunst.

Sie gingen in eines der Zimmer. Das Mädchen, das Herbert Romana genannt hatte, hatte eine blaue Decke um ihren Körper gewickelt.

Wie heißt du?, fragte es.

Jason, sagte Seisenbacher.

Jason?, fragte das Mädchen ungläubig zurück.

Jason, bekräftigte Seisenbacher. Jason Saiser. Das klang doch gut. Irgendetwas in ihm hatte die Schubkarre draußen auf dem Gehsteig vor der Straße stehen lassen. Seisenbacher spürte, wie der Porsche in sein Leben zurückkehrte.

Freund von Herbert?, fragte das Mädchen.

Alter Freund, sagte Seisenbacher.

Das Mädchen ließ die Decke fallen. Darunter war es nackt. Es hatte eine gute Figur; hübsches Gesicht, feste Brüste, einen schmalen Streifen Haare auf dem Venushügel, Ohren 1A. Ein kleines Bäuchlein vielleicht, aber es gefiel Seisenbacher.

Wie machen wir?, fragte Romana und ließ das R charmant rollen: Hinweis auf eine bewegliche Zunge.

Ohne mit, sagte Jason.

Ohne mit bedeutete französisch ohne mit Abspritzen.

Romana hatte verstanden und macht sich fachkundig an die Arbeit. Sie setzte sich an den Bettrand, Jason Seisenbacher blieb stehen. Bisschen auseinander, sagte er und meinte die Schenkel von Romana. Looki look, sagte Seisenbacher. Das hatte er einmal so von Jasmin gehört, und es hatte ihm gefallen.

Manche hatten einen kranken Rücken und gingen massieren, andere einen eingeklemmten Ischiasnerv, andere einen eingezwängten Halswirbel und begaben sich in Behandlung; manche ließen sich einölen, andere gingen ins Dampfbad oder legten sich in die Heublumen. Seisenbacher ging ein paar Straßenecken weiter in Herberts Tagesbar und ließ sich eine französische Massage verpassen, die seine Drüsenzentrale entspannte. Unterkörperwellness.

Erstaunlich eigentlich, wie wenige Worte es brauchte, sich zu verständigen.

Auch an einem Kebabstand kam man mit wenigen Worten aus; auch dort wurde *mit alles* bestellt. Seisenbacher hatte schon gehört, dass Kunden auf die Frage *mit alles? mit ohne* antworteten, was sich meistens auf die Zwiebel bezog, er hatte aber auch schon *ohne mit alles* gehört; da musste dann nachgefragt werden, was wegbleiben sollte: Tomate, Zwiebel, Ketchup oder Chili.

Romana war mit *ohne mit* beschäftigt, in der zeitlichen Abfolge erst mit *ohne*, das *mit* kam dann mehr oder weniger ohne ihr Zutun.

Der Porsche war plötzlich wieder da und nahm ziemlich Fahrt auf; er war plötzlich ein Cabrio. Jason fuhr auf einer Autobahn, die möglicherweise sogar eine Rennstrecke war. Der Stadtring von Monte Carlo. Nirgends andere Fahrzeuge, er hatte Vorfahrt. Neben ihm saß Schnecke Kerstin. Sie trug einen knappen Minirock, der ihr hochgerutscht war. Darunter trug sie nichts. Ihre Spalte war ausrasiert und *einsehbar*. Eine rosa Höhle. Der Tunnel unten am Hafen.

Sie hatte ihre Lippen um seinen Knüppel geschlungen. Der Porsche fuhr in einem Höllentempo um den Ring.

Jason hatte Mühe, den Wagen auf der Straße zu halten. Die Reifen quietschten, der Motor heulte auf, das Chassis vibrierte. Dann die Zielflagge. Jason schlitterte mehr ins Ziel, als er fuhr. Er zitterte am ganzen Körper. Romana hatte sich im letzten Moment von ihm gelöst, ihre Brüste glänzten, zwei kleine Druckknöpfe die Brustwarzen.

Sie grinste ihn an. Bist du fertig?, fragte sie. Bist du fertig, antwortete Jason mit einem Tonfall, als hätte er *Das war Wahnsinn* gesagt.

Augenblicklich war Kerstin verschwunden. Romana stand auf, wischte sich ab, drückte ihm ein Küsschen auf die Glatze, er schaffte es gerade noch, ihr über die Weiche einer Brust und die Hüfte zu streichen, dann bedeckte sie ihre Blößen wieder mit der Decke.

Er zahlte im Nachhinein; das durften die Hausgäste. Und er zahlte den mit Herbert vereinbarten Hauspreis.

Herbert war nicht mehr da; er spazierte nachmittags gern durch die Stadt und besuchte eines der umliegenden Cafés.

Das Mädchen war in den Sozialraum entschlüpft, Seisenbacher trat auf die Straße. Die Sonne blendete. Er setzte die Brille auf. Er war erstaunt. Vor dem Laden parkte sein Porsche. Er cruiste nach Hause. Diese eine Baustelle, bei Herbert, diese wenigstens hatte sich ausgezahlt.

Auf dem Weg ins Büro eine seltene Begegnung, mit der nicht zu rechnen gewesen war. Seisenbacher hatte gar keine Zeit gehabt, das *Wen-treffe-ich-heute-Spiel* anzuknipsen, da traf er seine Halbschwester Renate auf der Straße. Es mussten Jahre vergangen sein, seit er sie das letzte Mal gesehen hatte. Da konnte er nicht einfach weitergehen. Sie war alt geworden, kam ihm vor. Graue Strähnen im Haar. Sie wirkte fast ungepflegt. Beinahe ein wenig abgerissen. Aber vielleicht war das auch Mode. Ein bisschen arm aussehen. War offenbar gerade in. In Berlin jedenfalls. Hatte er vor ein paar Tagen im Fernsehen gehört. Vielleicht sah man so aus, knapp vor den Wechseljahren. An der Kante zu den Wallungen.

Sie standen vor dem Eingang zu einer vor Kurzem eröffneten Filiale einer Billigbäckerei. Hier gab es Brot, Gebäck und Kaffee zu einem deutlich niedrigeren Preis als in der Bäckerei wenige Meter weiter. Seisenbacher überlegte gleichzeitig, ob er Renate vielleicht auch alt und ein wenig verbraucht vorkam und ob er nicht versuchsweise in den Billigladen gehen und das Gebäck probieren sollte. War doch auch nur Brot aus Weizen und Hefe.

Man sieht sich ja fast nicht mehr, sagte Renate. Sie zog eine kleine schwarze Handkarre mit kleinen Rollen hinter sich her, wie man sie häufig bei Gehbehinderten oder alten Menschen sieht. Man sieht sich ja nur mehr bei Begräbnissen, wiederholte Renate.

Seisenbacher überlegte kurz. Sie hatte recht. Sie hatten einander beim Begräbnis der Mutter zum letzten Mal gesehen.

Renate war vier Jahre älter als er, die Verhältnisse waren kompliziert. Mama hatte sich bald von ihrem ersten Mann getrennt. Renate trug den Familiennamen ihres Vaters, Brocher, Mama hatte, um diesen Horst zu vergessen, ihren Mädchennamen Seisenbacher wieder angenommen. Dann war Hari als uneheliches Kind zur Welt gekommen und hatte den Mädchennamen der Mutter erhalten. Dann hatte Mama Haris Vater Fritz geheiratet und dessen Namen Tikal angenommen. Erstaunlicherweise war Seisenbachers Name geblieben, er war nie *umgeschrieben* worden. Lange war die Namensänderung geplant gewesen, irgendwie sollte aber eine Gebühr eingespart werden. Dann wuchs Gras über die Sache. Daher gab es Familienzusammenkünfte, bei denen die Eltern mit zwei Halbgeschwistern zusammensaßen, die insgesamt drei Familiennamen trugen: Brocher (Renate), Seisenbacher (er) und Tikal (Mama und Fritz).

Renate war familienplanungsmäßig ziemlich nach Mama geraten: Sie hatte zwei Kinder, beide unehelich, vom ersten Mann war sie geschieden, ob sie mit dem zweiten, den sie später geheiratet hatte, noch zusammen war, entzog sich Haris Kenntnis.

Weil Renate in jungen Jahren zeitweise auch bei ihrem Vater, Horst, gelebt hatte, hatten sie sich als Geschwister nie wirklich nahe gefühlt. Renate war eine ältere Schwester, von der er nie viel gewusst hatte und die immer auf ihn, Mamas Nesthäkchen, eifersüchtig gewesen war. Jedes Mal, wenn sie einander trafen, sprach Renate davon, dass man sich wieder einmal treffen sollte. So weit das Ritual. Du bist die Ältere, dachte Seisenbacher dann, das ist dein Bier. Er hätte auch nicht gewusst, was ihn an ihrer Familie, ihrem Mann interessiert hätte. Möglicherweise war sie ja sogar schon Großmutter geworden.

Die Auskunft kam prompt. Ja, ihre ältere Tochter, die Eva (Seisenbacher hatte bereits gerätselt, war das älteste Kind nun eine Tochter oder ein Sohn), hatte ein Kind bekommen, ein Mädchen, Jaqueline.

Fein, sagte Seisenbacher und überlegte, ob er sofort in die Billigbäckerei gehen sollte oder in der Vormittagspause oder erst zu Mittag. Ein Multiple-choice-Problem.

Und du?, fragte Renate weiter. Die Frage war ja unvermeidlich. Dass die Sache mit Sabine schon lange aus war, wusste sie sicher, dass ein Sohn existierte, auch.

Passt so weit, sagte Seisenbacher und dachte an den Elterntermin bei der Lehrerin.

Renate quasselte noch ein wenig; vielleicht tat ihr Seisenbacher unrecht und sie wollte sich tatsächlich wieder einmal mit ihm treffen. Dann musste sie ihn aber einladen.

Du, ich muss dann jetzt ins Büro, sagte Seisenbacher und setzte sich ab. Er sah, wie Renate das schwarze Wägelchen vorsichtig über die Straßenbahnschienen rollte. Erstaunlich, wie nahe dieser Handwagen an seine Vorstellung von der Schubkarre heran kam. Vielleicht hatte er unbewusst die Begegnung mit Renate vorweggenommen und die Schubkarre war nichts anderes als eine gemeine Vorstellung gewesen, ihn in die ärmlichen Verhältnisse zurückzudrängen, aus denen er gekommen war.

Eine ärgerliche Erfahrung dann im Büro. Unabhängig voneinander trudelten zwei Krankmeldungen ein. Kerstin meldete per E-Mail einen Halsinfekt mit Fieber, Ümit/Kurt rief an, heiser und verschnupft, er habe Angina, müsse Antibiotika nehmen, und gab w.o.

Attest bitte morgen vorlegen, das war das einzige Machtmittel, das Seisenbacher einsetzen konnte. In der folgenden Stunde überzog ihn schäbiger Ärger: Allein in seinem Büro konnte er zwei und zwei zusammenzählen: Ein Halsinfekt, eine Angina. (*Ümit liegt mit Angina im Bett: So wirf sie doch raus, das Luder!* Uralter Scherz, der Seisenbacher dazu einfiel, ohne seine Stimmung aufzuhellen.)

Sie waren gierig aufeinander gewesen; einer der beiden war infiziert gewesen und hatte seine bakterienverseuchte Zunge in den Mund des anderen gesteckt. Das war erstens unverantwortlich, das war zweitens eine Riesengemeinheit. Noch immer war zu klären, ob der Türke Ümit/Kurt überhaupt etwas in den Körper einer, sagen wir, Kulturchristin, stecken durfte. Wenn es nach Seisenbacher ging: erstens prinzipiell sowieso nicht, zweitens, in diesem konkreten Fall, schon gar nicht. Kerstin war *i. V.*!

Weil niemand anderer da war, musste Seisenbacher sich auf der Stelle selbst bedauern. Womit habe ich mir das verdient, dachte er. Da ermögliche ich einem Migranten die Chance zum sozialen Aufstieg, und dann werde ich auf schäbige Art und Weise hintergangen. Bis jetzt hatte er geglaubt, Ümit logistisch von Kerstin fernhalten zu können. Offenbar hatte er sich getäuscht. Das Nächste war daher eine Aussprache: Keine Spielereien im Dienst. Ansonsten hopp und ex. Seisenbacher notierte auf einem Zettel: *Wie kündige ich unkündbar* kaufen! Den Buchtipp hatte er von Herbert nach den Querelen mit Mandi bekommen. Er hatte das Buch nur deshalb noch nicht angeschafft, weil er im Prinzip und aus Prinzip nichts las. Der Besuch einer Buchhandlung war für ihn ähnlich exotisch wie der Besuch der Klausur in einem Nonnenkloster.

Seisenbacher ging ein paar der laufenden Fälle durch. Im Fall der Fleischfabriksgattin, den Ümit/Kurt bearbeitete, gab es ein paar Ungereimtheiten, die auf eine mögliche spektakuläre Ausweitung des Falles hindeuteten. Der golfspielende Anwalt, der sich bereits mehrmals mit der Fleischfabrikantengattin in einem Motel an der Autobahn getroffen hatte, arbeitete Ümits Hinweisen zufolge für einen Leberkäseproduzenten aus dem Innviertel (damit für einen unmittelbaren Marktkonkurrenten), der im vergangenen Jahr in den Strudel eines bayerischen Gammelfleischskandals hineingezogen worden war. Der Leberkäseabsatz war daraufhin drastisch eingebrochen und hatte die Firma an den Rand eines Konkurses manövriert. Möglicherweise war der Anwalt bewusst auf die Fleischfabrik respektive auf die Fleischfabrikantengattin angesetzt worden, um der Konkurrenzfirma Mängel in der Fleischverarbeitung nachweisen zu können. Soweit Ümits/Kurts Zwischenbericht, der sich ein bisschen las wie der Entwurf für einen *Tatort*. Seisenbacher stellte sich kurz vor, wie der Anwalt in dem Motel versuchte, an der Fleischfabrikantengattin Spuren von Gammelfleisch festzustellen. Nicht meine Baustelle, dachte Seisenbacher; solange der Fleischfabrikant die Rechnungen, die ihm wöchentlich zugestellt wurden, bezahlte, gab es von der Firma her keinen Grund, den Auftrag in Frage zu stellen.

Knapp vor Mittag warf Seisenbacher dann den GPS-Tracker an und machte erst eine harmlose, dann eine erfreuliche Entdeckung: Der Bayer namens Walter hatte seinen Wagen in Bewegung gesetzt und war auf der A3 Richtung Passau unterwegs. Seisenbacher beobachtete eine Zeit lang das blinkende Pünktchen auf dem Bildschirm, das bei Passau die Autobahn verließ, dann den Weg quer durch Stadt nahm und an der Südseite der Donau die Grenze nach Österreich Richtung Engelhartszell überquerte. Es war der erste nennenswerte Ausritt des Bayern seit Beginn der Observierung.

Die tatsächlich erfreuliche Entdeckung machte Seisenbacher einige Minuten später, als er auf den Peilsender von Katharina

Bogner wechselte. Sie hatte gerade ihr Wohnhaus verlassen und bog mit ihrem Wagen auf die Rohrbacher Bundesstraße ein. Diesmal aber nicht in Richtung Linz, sondern in Richtung Norden. Richtung Rohrbach.

Zwei Punkte auf der Landkarte, die sich langsam und unmerklich einander näherten. Seisenbacher wechselte zurück zum Tracker von Walter: Als dessen Wagen bei Wesenufer die Donau Richtung Mühlviertel überquerte, stieg Seisenbachers Puls deutlich an. Die Straße nördlich der Donau führte nach Rohrbach. Zwei Punkte aus verschiedenen Richtungen bewegten sich langsam und blinkend aufeinander zu. Das war kein Zufall mehr. Jetzt hatte sich die Basisarbeit ausgezahlt, irgendwo im Mühlviertel würden die zwei Punkte aufeinandertreffen. Das wurde vielleicht doch ein spannender Nachmittag.

So weit, so erfreulich. So weit, so abscheulich.

Wenn alles mit rechten Dingen zugegangen wäre, hätte Seisenbacher jetzt den Laptop gepackt, wäre ins Auto gestiegen und wäre dem leuchtenden Pünktchen von Katharina Bogner nachgefahren.

Es schien nicht mit rechten Dingen zuzugehen. Das Telefon läutete. Sabine war dran, knapp, kurz angebunden, sie habe eben noch einen Klienten zu betreuen. Um zwei in der Schule. Ich nehme an, du hast nicht vergessen. Der Termin bei der Lehrerin. Und ich hoffe, du reißt dich zusammen.

Seisenbacher war momentan so verblüfft, dass es ihm die Sprache verschlug. Bevor er noch etwas Vernünftiges entgegnen konnte, hatte Sabine auch schon aufgelegt. Seisenbachers *große Scheiße, Scheiße groß* war allein für den Bürokaktus gesprochen.

Ein Seisenbacher hält sein Wort. Das war die Devise. Ein Seisenbacher ist den anderen immer einen Schritt voraus. Das war ein anderer Satz. Zwei Seisenbachersätze kamen einander in die Quere. Wenn er den Termin in der Schule nicht einhielt, ließ er Erik im Stich; wenn er Katharina Bogner nicht nachfuhr, beging er möglicherweise einen schweren Fehler.

Seisenbacher saß am Schreibtisch, von seiner Entscheidungsschwäche festgezurrt, bewegungslos. Auf dem Bildschirm blinkten die Cursors. Der Bayer hatte kurz vor Katharina Bogner Rohrbach erreicht und setzte seine Fahrt Richtung Norden fort; plante der Typ, über eine Bundesstraße wieder nach Deutschland zurückzufahren? Bei der Abzweigung nach Aigen-Schlägl war dann klar: Walter fuhr an Schlägl vorbei Richtung Ulrichsberg.

Seisenbacher saß vor dem Monitor und starrte. Keine zehn Minuten nach Walter erreichte Katharina Bogner die Kreuzung und bog Richtung Schlägl ein. Jetzt befanden sich beide Autos auf derselben Strecke. Eine Ameise folgte einer anderen.

Im Kopf formulierte Seisenbacher ein für sich katastrophales Führungszeugnis: unzuverlässig, inkonsequent, nicht belastbar.

Der Vater in ihm hatte für einen kurzen Moment gesiegt; vielleicht deshalb, weil es eine Stunde gedauert hätte, bis Seisenbacher die beiden in ihren Autos erreichen konnte. Seisenbacher wusste, dass er sich seine Entscheidung nicht so schnell würde verzeihen können.

Als Walters Wagen bei Ulrichsberg Richtung tschechischer Grenze abbog, schaltete Seisenbacher den Laptop aus. Chance vertan, Chance vernebelt.

Was ihm blieb, war, den Trackerverlauf am Abend zu kontrollieren und im Nachhinein den Treffpunkt der beiden, wenn es denn einen gab, zu eruieren.

Als Seisenbacher in der Schule eintraf, fühlte er sich bereits geschlagen.

In seinem Kopf hatte sich ein Übermaß an vorauseilender Wut angesammelt, die wild an seine Schädeldecke pochte und nicht wusste, gegen wen sie sich eigentlich richtete. Gegen Erik, gegen Sabine oder gegen die unbekannte Lehrerin?

In einem überraschenden Impuls unvermuteter Vaterliebe sah sich Seisenbacher seinen Sohn heroenhaft gegen die Schmähung der Lehrerin verteidigen. Sollte diese auch nur ein abschätziges

Wort über Eriks Ohren verlieren: Seisenbacher sah sich zornig aufspringen und heftig protestieren; den gesamten Instanzenweg bis zum Landesschulrat, bis zum Unterrichtsministerium wollte er antreten, um solch lausiges Lehrerpack wie dieses, das gerade in seiner ganzen Unfähigkeit vor ihm saß, ein für allemal aus dem Schulsystem zu eliminieren. Unfähig, aber pragmatisiert, faul, aber anspruchsvoll, dumm, aber arrogant, oberlehrerhaft, aber staatsparasitär.

Als Seisenbacher das Schulgebäude noch nicht einmal in Sichtweite hatte, begriff er, dass seine eben innerlich angefachte Wut eine bloße Wunschwut, eine Scheinwut war, eine Wut, bei der er sich gleichsam selber auf der Leitung stand. Irgendetwas an ihr stimmte nicht; Magma, das brodelte, aber nicht ausbrechen konnte: zu wenig Druck, zu wenig Mut, zu wenig Mumm.

Noch ehe er in der Schule eintraf, verwandelte diese sich wohlig anfühlende Phantomwut in eine einlullende Taubheit, als sei er, kaum war er in den Einzugsbereich der Schule geraten, einer Art Müdigkeitsinjektion unterzogen worden, die nichts als Lethargie und ein Gefühl von Wurschtigkeit in ihm auslöste. Ein Gefühl der Unverletzlichkeit erfasste ihn, plötzlich fühlte er sich leicht, nichts kratzte ihn, jegliche An- oder Untergriffe von welcher Seite auch immer würden an ihm abprallen.

Nachher: eine neue Wut auf sich selber über so viel Nichtigkeitsaufwand. Der vorige Denkvorgang war den Energieverbrauch nicht wert gewesen. Unnötige Kraftverpuffung.

Das Gespräch verlief völlig anders, als er es sich vorzustellen in der Lage gewesen war.

Die Lehrerin – eher jung als alt, eher hübsch als hässlich, eher verständig als vorwurfsvoll – verdammt, warum war Erik eigentlich nicht fähig, mit so einer Frau ein paar Vormittagsstunden lang auszukommen! – erzählte in einfachen, aber deutlichen Worten ihre Sicht der Dinge: Erik sei in allen Hauptgegenständen schwer eingebrochen, interessiere sich für nichts mehr, schwänze gelegentlich die Randstunden und sei bereits mehrmals verbal ausgerastet: Oder was würden Sie machen, wenn er Sie mit *Fick dich ins Knie!* anbrüllt?, fragte die Lehrerin und verstummte.

Der Satz hing ordinär und ungeklärt zwischen ihnen. Sabine hatte ihn kaum angesehen, als sie vor dem Schultor zusammengetroffen waren, sie hatte ihm auch nicht die Hand gegeben, Seisenbacher hatte das Gefühl, dass sie der Termin schwer mitnahm, an ihren Augen vermeinte er zu erkennen, dass sie Beruhigungstabletten genommen hatte, um die Situation überhaupt zu ertragen.

Fick dich ins Knie!, hatte der Zwölfjährige seiner Lehrerin zugerufen. Eine Aufforderung? Als Aufforderung doch völlig unzureichend. Sollte Seisenbacher der Lehrerin erklären, dass er den Satz nicht begriff und wenn er doch über ihn nachdachte, zum Schluss kam, dass er ihn für blanken Unsinn hielt? Niemand konnte sich selber ins Knie ficken. Das war anatomischer Mist. Ins Knie konnte man sich schießen, man konnte etwas übers Knie brechen, man konnte die Knie beugen, aber sich ins Knie ficken?

Das war nicht einmal bei jemand anderem möglich: theoretisch vielleicht noch in eine Kniekehle, selbst das schien völlig abwegig: abgefahren, wie die Jungen heute sagten, aber *ins Knie*?

Wenn der Satz aber nur Unsinn bedeutete, dann war auch jede mit ihm beabsichtigte Beleidigung Unsinn. Weiter kam Seisenbacher nicht. Sollte er das Verstummen der Lehrerin als Aufforderung gehört haben, ihr den als Beleidigung empfundenen Satz zu erläutern, sollte er ihr – sie war Eriks Deutschlehrerin! – mögliche Wortbildungen mit Knie hersagen? Sollte er der Lehrerin darin recht geben, dass es sich nicht gehörte, Lehrer zu duzen?

Die Sprechpause war eine Falle, in die Seisenbacher zu tappen sich nicht erlaubte. Er beschloss zu schweigen. Die Lehrerin schwieg, Sabine schaute mit großen Augen auf die Lehrerin, Seisenbacher betrachtete die Lehrerin und schwieg ebenfalls.

Dann folgte eine besorgte Diskussion zweier Frauen über einen außer Rand und Band geratenen Jugendlichen. Der ja beinahe noch ein Kind war. Der es nicht immer leicht gehabt habe. Der ja noch letztes Jahr. Als alles noch viel leichter ging. Abmahnung von der Schule. Schulpsychologe. Elterngespräch. Gemeinsame Vorgehensweise. Gewisses Verständnis, ja. Aber. Vor allem das *Schwänzen.* (Welches Wort war das eigentlich? *Schwänzen?* Das kam doch von Schwanz, oder?) Wir waren doch selber alle einmal jung. Grenzen setzen. Ich kann Sie ja gut verstehen. Aber Sie müssen sich auch in unsere Lage versetzen. Es wäre ja gut, wenn auch der Vater (Blick auf ihn!). Gerade in diesem Alter. Auch wenn die Eltern getrennt lebten. Kinder brauchen auch Vorbilder. Und sie suchen ja die Auseinandersetzung. Wir unterstützen Sie gerne. Wir sehen ja auch seine positiven Anlagen. So ist es ja nicht.

Die Sätze schwirrten Seisenbacher um die Ohren, er stellte auf Durchzug. Dann von Durchzug auf Programmumstellung. Wir schalten um auf den GPS-Kanal. Es berichtet von unserer Außenstelle im Mühlviertel unser Sonderkorrespondent Hari Seisenbacher.

Daraufhin erschien Hari Seisenbacher im Wintermantel mit dicker Fellhaube, im Hintergrund Schneegestöber, Waldrand, dunkler, dichter Nadelwald. Wir melden uns hier direkt aus dem Böhmerwald, meine Damen und Herren, hier, wo das GPS-Drama heute seinen Anfang genommen hat. Wie wir aus gut unterrichteten Kreisen wissen, ist der gesuchte Wagen aus Bayern, von Passau kommend, in Richtung Österreich gefahren und später in der Nähe von Aigen-Schlägl, später noch einmal in Ulrichsberg gesichtet worden. Der Wagen von Katharina B. aus Linz folgte mit wenigen Minuten Abstand. Ob das Paar sich letztlich an einem konspirativen Treffpunkt eingefunden hat, ob in Österreich oder vielleicht im angrenzenden Tschechien, entzieht sich unserer Kenntnis; ob tatsächlich auch Kontakt zwischen den beiden Wagenlenkern aufgenommen wurde, wird die Analyse der folgenden Stunden ergeben. Soweit im Moment der Bericht von der Lage an der Grenze. Wir geben zurück ins Studio.

Du hast fast nichts gesagt, sagte Sabine zu ihm, nachdem sie das Sprechzimmer verlassen hatten. Hat es dir die Sprache verschlagen?, fragte sie. Ich habe zugehört, entgegnete Seisenbacher. Das habe ich gehört, sagte Sabine, vielmehr, ich habe nichts gehört. Ich kann nicht gleichzeitig zuhören und reden, sagte Seisenbacher. Und ihr habt ja ununterbrochen geredet.

Die Lehrerin ist eigentlich gar nicht so gemein, wie ich gedacht habe, sagte Sabine.

Seisenbacher schwieg. Er hätte ihr recht geben müssen.

Sie trennten sich ohne Streit und ohne laut geworden zu sein. Die Müdigkeitsinjektion, die Wurschtigkeitsspritze wirkte noch. Seisenbacher faselte davon, sich demnächst einmal mit Erik zu treffen. Versprochen?, fragte Sabine nach. Versprochen, sagte Seisenbacher.

Mit der Straßenbahn fuhr er nach Hause. Während er an der Haltestelle wartete, schaute er Sabine nach, wie sie langsam in der Fußgängerzone verschwand. Nach dieser Frau war er einmal verrückt gewesen. Den Puls hatte es ihm hinaufgejagt, nur wenn er diese Frau angesehen hatte. Er hatte sogar freiwillig auf ein Elfmeterschießen bei einer Europameisterschaft verzichtet, nur um mit ihr zu schlafen. Soweit er sich erinnern konnte: Er hatte damals sogar den Fernseher ausgeschaltet, als es so weit war: Dabei war Erik entstanden.

Insofern war der Ausdruck Fernsehkind nicht ganz richtig. Der Fernseher war ausgeschaltet gewesen, da war er sich ganz sicher. Sie waren schon nackt auf der Couch gelegen, als ihn Sabine noch extra darum gebeten hatte, auszuschalten. Nackt war er, mit wippendem Gemächt, aufgestanden und hatte den Fernseher ausgeschaltet, noch bevor van Basten den Elfmeter verschoss; damals hatte er noch einen Apparat ohne Fernbedienung gehabt. Nein: Er hatte die Fernbedienung nicht gefunden. Oder die Fernbedienung hatte nicht funktioniert, weil die Batterieabdeckung zerbrochen und die Batterien verrutscht waren.

Die Batterien waren verrutscht, und er war nackt zum Fernseher gegangen. Anschließend hatte er Erik gezeugt. Das war die Reihenfolge gewesen. Batterie, Fernseher, Zeugung. Beim Zeugungsakt war nichts verrutscht. Kondome konnten manchmal rutschen. Aber sie hatten gar kein Kondom verwendet. Erik war kein Betriebsunfall gewesen. Er war sozusagen freiwillig entstanden. Aber nicht als Fernsehkind. Als Fernsehcouchkind ja, nicht als Fernsehkind. Aber als ein Kind der Fußball-EM. Das doch.

Später hatte er sich die Analyse angesehen und Sabine hatte eine Eierspeise zubereitet. Nackt war sie in die Küche spaziert, er hatte ihr nachgesehen und ihren himmlischen Hintern bewundert. So war das gewesen.

Jetzt verschwand Sabines in eine Jacke gehüllter Körper in der Fußgängerzone. So war das jetzt. Die Vorstellung, sie könne jeden Augenblick mit einer Eierspeise zurückkehren, funktionierte nicht. Dann kam die Straßenbahn.

Abends dann quasi die zeitversetzte Übertragung des GPS-Tracker-Dramas aus dem oberen Mühlviertel. Es verhielt sich so, wie Seisenbacher vermutet hatte, und wirkte doch wie ein computeranimierter Trickfilm über das Zusammentreffen von Ei- und Samenzelle. Kurz vor der Grenze nach Tschechien, bei einem Gasthaus in der Nähe des Moldaublicks, hatte Katharina Bogner geparkt; wenige Minuten später auch der Bayer. Wenn die Koordinaten stimmten, war zwischen den geparkten Wagen gerade einmal ein Abstand von hundert Metern. Das war kein Zufall. Dann knapp zwei Stunden Sendepause beziehungsweise Standbild. Dann kam wieder Bewegung in die Pünktchen. Gleiche Strecke nach Ulrichsberg zurück. Dann fuhr Walter weiter Richtung Nordwesten, überquerte bei Schwarzenberg die nicht mehr existierende Grenze zu Deutschland, kurvte quer durch den Bayerischen Wald und fuhr bei Deggendorf auf die Autobahn Richtung Regensburg auf.

Frau Bogner ihrerseits kehrte auf kürzestem Weg nach Ottensheim zurück. Vielleicht zum gemeinsamen Abendessen mit dem Politikergatten, vielleicht zum Fernsehabend, zum Schaumbad, zum Lesen, zum Stricken: Man kann nicht alles wissen.

Seisenbacher überlegte, ob er sich nicht auch den Herrn Politiker Andreas Bogner vornehmen sollte. Was einen dritten GPS-Tracker bedeutete. Und erheblichen Mehraufwand. Den im Moment keiner bezahlte.

Ein vielleicht liebestrunkener Bayer hatte die Nummer einer österreichischen Tussi angefordert. Sollte sein. Er hatte die Nummer bekommen. Damit war die Geschichte abgehakt. Oder eben nicht.

Seisenbacher merkte, dass ihn der Termin mit Sabine und der Lehrerin ordentlich geschlaucht hatte. Er legte sich mit Hose und Socken ins Bett und versuchte zu dösen. Sätze streiften durch den Schädel wie Nebelschwaden. Eine Schwade verfing: Da ist etwas zu holen. An dem Fall war noch was dran. Ein Nachspiel, ein Dessert, ein Digestif, egal, wie man das nannte. Das Etwas roch nach Geld. Seisenbacher saß am Ufer eines kleinen Bergsees (des vorderen Langbathsees?) und hielt eine Angel in das glasklare Wasser. In der Nähe des Ufers schwamm ein Seesaibling, ein einträglicher Braten. Für den Moment hieß es nur: abwarten. Sitzen und warten. Vielleicht biss der Fisch von selber an. Über diesen Überlegungen döste er ein.

In der Causa tat sich nichts mehr. Tagelang. Seisenbacher hatte ohnehin keinen Kopf für die Sache. Er überlegte ernsthaft, die Peilsender wieder abzumontieren. Bald war Reifenwechselsaison. Leicht konnte es da vorkommen, dass einem übereifrigen Monteur der Sender auffiel und den Fahrzeugbesitzern unnötig aufregende Fragen gestellt wurden.

Ärgerlich war: Ümit und Kerstin hatten sich just am selben Tag wieder gesund gemeldet. Seisenbachers Misstrauen erreichte Stufe neun der nach oben gedeckelten Misstrauensskala (oberster Wert: zehn). Aber es war ihnen nichts nachzuweisen. Seisenbacher kaute tagelang an seinem Ärger, bis er endlich fähig war, die Einladung zum Abendessen an Kerstin zu erneuern. An dem Morgen, an dem er das geplant hatte, überschlugen sich die Ereignisse.

Ümit/Kurt stand aufgeregt im Büro. Im Fall des Fleischfabrikanten hatte es eine überraschende Wende gegeben. In wenigen Minuten würde der Fleischfabrikant persönlich im Büro vorsprechen, er wünsche auch den Chef zu sprechen. Seisenbacher fühlte sich einerseits geschmeichelt, andererseits verunsicherte ihn der ungewöhnliche Vorgang. Hatte Ümit etwas gedreht, verbockt? Ümit/Kurt, geschniegelt, gestriegelt, hatte in einer Mappe Unterlagen vorbereitet, die vorher zu erläutern keine Zeit mehr blieb, weil da auch schon der Fleischfabrikant überpünktlich in der Tür stand.

Eine Besprechung begann, die staatsmännisch vielleicht als Kleine Lage bezeichnet worden wäre: Ümit/Kurt, der Referent, Seisenbacher, der Chef, Kloibhofer, der Fleischfabrikant. Kloibhofer sah aus, wie sich Seisenbacher einen Fleischfabrikanten vorstellte: klein, untersetzt, kurzes dunkles Vollhaar, ein rundliches Gesicht, das Seisenbacher an einen führenden ÖVP-Politiker erinnerte, durch Übergewicht kurzatmig und schnell ins Schwitzen kommend.

Seisenbacher bat die Herren an den Besprechungstisch, Kerstin servierte Kaffee. Kloibhofer hielt die Fingerspitzen verschränkt. Informieren Sie mich, sagte er kurz angebunden. Es klang wie: Ich rechne mit dem Schlimmsten. Ümit/Kurt eröffnete die Sitzung und skizzierte den Fall: Kloibhofer hatte ihn auf den stadtbekannten Prominentenanwalt Edgar Scharschinger angesetzt, der Kloibhofers Frau bei einer Charity-Party kennengelernt und möglicherweise auch abgeschleppt hatte. Soweit Kloibhofers Verdacht, dem Ümit akribisch nachgegangen war. Tatsächlich zeigte sich, dass Hedwig Kloibhofer und Edgar Scharschinger einander mehrmals in einem Motel bei Ansfelden getroffen hatten: immer nachmittags, immer nur stundenweise. Ümit/Kurt legte ein paar Fotos vor: Scharschinger (allein) bei der Ankunft im Motel, Hedwig Kloibhofer (allein) bei der Ankunft, Hedwig Kloibhofer rauchend in einem geöffneten Fenster, hinter ihr, unscharf in der Tiefe des Raumes, allem Anschein nach in Feinrippleibchen Anwalt Scharschinger, Hedwig und Edgar beim Verlassen des Motels, einander am Parkplatz küssend (angedeuteter Zungenkuss). So wie die Dinge lagen: reif für den Gang zum Scheidungsrichter. Seisenbacher merkte, wie Ümit/Kurt zu Hochform auflief; eloquent und geübt, als hätte er gerade ein Rechtspraktikum in einem Anwaltsbüro absolviert.

Der Fall habe sich dann aber verkompliziert, referierte Ümit. Es kursiere das Gerücht (die Quelle dafür konnte nicht genau eruiert werden, stamme möglicherweise aber aus Kloibhofers eigener Firma), wonach besagter Anwalt Edgar Scharschinger schon seit einiger Zeit wegen eines Gammelfleischskandals Untersuchungen im Umfeld der Firma Kloibhofer angestellt hatte.

Das Gerücht habe sich letztlich zerstreut, führte Ümit/Kurt aus. Unter dem Strich bliebe lediglich der erhärtete Anfangsverdacht, wonach Edgar Scharschinger zweifelsfrei mit Hedwig Kloibhofer, der Ehegattin des Auftraggebers, ein außereheliches Verhältnis unterhalten habe. Möglicherweise sei das gestreute Gerücht über Scharschinger nichts anders gewesen als ein so genanntes *Schongerücht,* so Ümits Formulierung. Kloibhofers Belegschaft habe möglicherweise schon früher als ihr Chef mitbekommen, dass Scharschinger ein Techtelmechtel mit Frau Kloibhofer unterhielt. Sie habe aber, vermutlich um Kloibhofers Privatsphäre zu schützen, Scharschingers gelegentliche Aufenthalte auf dem Firmengelände (in Abwesenheit Kloibhofers) Kloibhofer gegenüber als beruflich bedingte Spitzelaufenthalte bezeichnet, um Kloibhofers Argwohn gegenüber Scharschinger zu wecken.

Ümit hatte seine Ausführungen, die er stehend und anhand einer Skizze auf der Flipchart erläuterte, beendet und setzte sich, sichtlich befriedigt. Kloibhofer saß da, beide Hände auf die Oberschenkel gestemmt, und atmete tief durch. *Hat er das Luder also schon die ganze Zeit zusammengeschoben*, sagte er. Eine überdeutliche Ausdrucksweise, die Seisenbacher unwillkürlich zusammenzucken und nach der Tür zum hinteren Büro schielen ließ, wo Kerstin das Gespräch unfreiwillig mithören musste.

Hat der Dreckskerl dieses Luder also bereits die ganze Zeit zusammengeschoben, wiederholte Kloibhofer etwas lauter, so als müsse er die Tragweite der Ümit'schen Ermittlungen akustisch begreifen.

Kloibhofer warf die Lippen auf. So war das also.

Dann setzte er nach, immer den Blick auf Ümit gerichtet: Also hat der Trottel keinerlei Nachforschungen in Bezug auf unsere Lagerhaltung …? Der Satz blieb nicht zu Ende formuliert in der Luft hängen. Ümit/Kurt öffnete die Handflächen: Nein, es gebe keine Verdachtsmomente, es sei ein rein privater Vorfall, schlimm genug für Sie, ergänzte er, zu Kloibhofer gewandt.

Schlau, dachte Seisenbacher in diesem Moment, der Bursche ist begabt. Was Ümit hier unbewusst vorexerzierte, war die sogenannte psychologische Nachbetreuung, die nach Überführung eines Täters den Gehörnten zugeführt wurde: psychologisch wichtig, weil diese in so einem niederschmetternden Augenblick besonderen Trostes und Zuspruchs bedurften und weil diese Nachbetreuung unmittelbar vor der Rechnungslegung stattfand. Der Klient befand sich also in einer Art psychologischem Dilemma, bevor es ans Zahlen ging, auf Deutsch: Der Klient war in diesem Moment ein- und weichgekocht und akzeptierte in diesem gefühlsmäßigen Ausnahmezustand nahezu jede Rechnung, gleich welcher Höhe.

Um Kloibhofers Geisteszustand stand es tatsächlich schlimm, er kippte allmählich in eine Verfassung, die Seisenbacher als das Wolf-Phänomen bezeichnete, benannt nach dem Wolf im Märchen *Rotkäppchen*, der, nachdem er die Großmutter gefressen hatte, nur mehr den Satz: *Damit ich dich besser fressen kann*, stammeln konnte.

Hat der Drecksarsch dieses Luder also schon die ganze Zeit zusammengeschoben, begann Kloibhofer aufs Neue, um das Unbegreifliche zu verstehen.

Was Kloibhofer, dermaßen weggetreten, tatsächlich nicht checkte, war der Umstand, dass bei Seisenbacher ab genau diesem Augenblick eine innere Uhr, er nannte das für sich das *Erträglichkeitstaxameter*, zu laufen begonnen hatte.

Eine Privatdetektei ist keine Einrichtung der Caritas und auch keine Ausnüchterungsstation für psychisch Labile, da kannte Seisenbacher kein Erbarmen. Man musste sich nicht alles anhören, und alles hatte eben seinen Preis. Ab dem Zeitpunkt, ab dem Kloibhofer zum dritten Mal vom *Zusammenschieben* Scharschingers gesprochen hatte, lief das *Erträglichkeitstaxameter*. Jeder Satz Kloibhofers, in dem dieser vom *Zusammenschieben* sprach, erhöhte das Honorar geradeaus um fünfzig Euro, machte so erträglich, was immer Kloibhofer auch von sich gab.

Kloibhofer walkte den Satz noch ein paarmal aus, als ob jemand Fleischmasse in einem riesigen Bottich durchmischte. In immer neuen Variationen wandelte er die Zusammenschiebsätze ab. Zuerst sah Seisenbacher Kloibhofer, wie dieser, die Ärmel aufgekrempelt, die bloßen Arme bis zu den Ellbogen in die Fleischmasse stieß, bei der nächsten Variation (*dieser Hurenbeutel hat also wirklich dieses Weibsbild zusammengeschoben*) veränderte sich das Bild, und Kloibhofer saß plötzlich im Blaumann am Steuer eines Baggers und schob wie wild faschierte Fleischmassen vor sich her und auf einen Haufen zusammen.

So vergingen die Minuten. Ümit/Kurt und Seisenbacher saßen bei Kloibhofer und ließen diesen sein Baggerspiel in aller Ruhe zu Ende führen, Seisenbacher ließ den Taxameter laufen, der bald eine Übergebühr von 300 Euro anzeigte. Seisenbacher gewann allmählich den Eindruck, dass Kloibhofer, indem er den Satz vom *Hurenbock, der das Luder zusammengeschoben* habe, wiederholte und veränderte, sich geradezu in eine Behaglichkeit hineinredete. Bald schien ein regelrechter Anflug von Freude mitzuschwingen, dass *dieser Sack diese Hure zusammengeschoben* habe. Kloibhofer schien erleichtert darüber zu sein, dass es Scharschinger nicht um das Betriebsfleisch, sondern maximal um das Fleisch der Fleischfabrikantengattin gegangen war.

Als sich Kloibhofer ausgekotzt hatte, ging Seisenbacher nach hinten, holte Schnaps und Gläser, nahm auch gleich die vorher vorbereitete Rechnung – jetzt um den *Erträglichkeitszuschlag* erweitert – nach vorne mit, schenkte Kloibhofer ein und hieß ihn dann die Rechnung quittieren.

Erstmalig, soweit sich Seisenbacher erinnerte, zwinkerte er Ümit/Kurt in diesem Moment zu, der offenbar langsam begriff, wie man das Geschäft professionell betrieb. Kurt kippte sogar ein Stamperl, was Seisenbacher erneut überraschte. Einen strengen Moslem hatte er in Ümit/Kurt also nicht vor sich.

Kloibhofer wankte aus dem Büro als ein Gedemütigter, ein Getrösteter und ein für die Zukunft Gerüsteter zugleich. Sein nächster Gang führe ihn, so versicherte er Seisenbacher und Ümit, zu einem Scheidungsrichter und zwar zu einem, von dem er wisse, dass er seit Jahren in einem scharfen Konkurrenzverhältnis zu Scharschinger stehe.

Das war der Tag, an dem Seisenbacher erstmals das Gefühl hatte, mit Ümit/Kurt einen guten Griff gemacht zu haben. Nach dem Abgang Kloibhofers war das Misstrauen jedenfalls auf den Wert vier abgesunken. Seisenbacher nahm es mit Genugtuung zur Kenntnis.

Mehrere Tage lang am Vormittag, Nachmittag und Abend das langweilige GPS-Tracker-Programm. Arnold fuhr morgens zur Uni, abends nach Hause, gelegentlich unternahm er einen Abstecher in die Stadt, vermutlich zu einem Supermarkt. Katharina Bogner pendelte beinahe täglich mit ihrem Wagen nach Linz (traf sie eigentlich ihren Mann auch noch?; in der Zwischenzeit hatte Seisenbacher begonnen, sich für die Wahlkampfberichterstattung zu interessieren). Sie parkte nicht immer im Hof der Parteizentrale, sondern irgendwo in der Stadt, ein paarmal sogar in unmittelbarer Nähe zu Seisenbachers Büro. Zweimal war sie nachmittags nach Hause, dann nach Ottensheim zur Sporthalle gefahren: der Tennistermin mit der Molligen.

Seisenbacher setzte sich eine Deadline: Die Geschichte nervte ihn mittlerweile. Wenn sich bis Sonntag nichts tat, gab er sich zwei, drei Tage, um zu überlegen, ob es sinnvoll war, ein bisschen in Andreas Bogners Leben herumzustochern. Wenn nicht, wurde es Zeit, die Sender wieder abzumontieren: was eine Fahrt nach Regensburg bedeutete.

Der Film am Freitagnachmittag bot endlich und unerwartet Neues: Morgens war Arnold noch wie gewohnt zur Uni gefahren. Mittags war er wieder zu Hause, ehe er sich noch einmal an die Uni begab. Dann begann eine neue Episode: Autobahn bis knapp vor Passau, Richtung Norden Richtung Freyung, erstaunlicherweise aber nicht nach Österreich, sondern bei Philippsreuth über die tschechische Grenze, dann quer durch den Böhmerwald Richtung Osten. Erst als Arnold Oberplan passiert und Seisenbacher mit Blick auf die Karte überlegt hatte, wohin die Reise gehen konnte, wurde ihm klar: Krummau. Eine Stunde später war Arnold am Ziel; ein kleines blinkendes Pünktchen war durch den tiefen Wald in die Stadt an der Moldau gekrochen.

Seisenbacher kannte die Stadt, war nach dem Fall des Eisernen Vorhangs ein paarmal mit Sabine zum Einkaufen und zum Essen dorthin gefahren. Erstaunt hatte ihn, wie viele Schnepfen am Straßenrand standen; sie wirkten so ärmlich und hässlich, dass sie ihm leidtaten. Da lobte er sich Herbert und sein sauberes Etablissement. Der Huren wegen lohnte es nicht, nach Böhmen zu fahren. Und irgendwann hatte man sich am billigen Fisch und an den böhmischen Knödeln, die gar nicht die Form der österreichischen Knödel hatten, satt gegessen und war wieder zum heimischen Schweinsbraten oder Schnitzel zurückgekehrt. Als Sabine schwanger gewesen war, knapp vor der Trennung, waren sie noch einmal nach Krummau gefahren, waren durch das Schloss spaziert und hatten ein hölzernes Schaukelpferd für das heranwachsende Baby gekauft. Tschechien war damit abgehakt, ein fremdes, ein uninteressantes Land, das in Grenznähe ausschließlich von Vietnamesen und Zigeunern bewohnt zu werden schien, die Felder unbebaut und ungepflegt, rundherum Autoaufbrüche, wie man so hörte.

Herr Arnold verfügte sich also nach Krummau; vielleicht weil er noch nie dort gewesen war, vielleicht aber auch, weil er einen beruflichen Termin hatte. Seisenbacher hatte sich in der Zwischenzeit auf der Homepage der Universität Regensburg schlau gemacht, auf der die Professoren – offenbar aus purer Eitelkeit – jede berufliche Tätigkeit, jede Vorlesung, jeden Aufsatz fein säuberlich verzeichneten. Für Seisenbacher, für den Diskretion oberstes Gebot war, schien diese Veröffentlichungswut geradezu obszön. Arnold hatte sogar einzelne Vortragstermine angeführt. Krummau stand allerdings nicht auf der Liste. Warum sollte er aber nicht dort einen Vortrag halten? Auch in Südböhmen gab es Menschen, die Deutsch sprachen und verstanden.

Katharina Bogners Auto blieb indes brav zu Hause und rührte sich nicht vom Fleck. Am Samstag nach dem späten Frühstück – Seisenbacher hatte sich noch nicht entschieden, ob er am Nachmittag ins Stadion gehen oder doch eine Radpartie an der Donau unternehmen wollte – sah er routinemäßig noch einmal nach den Trackern: Arnolds Auto stand wie angekettet in Krummau, aber Katharina Bogners kleiner Wagen setzte sich plötzlich in Bewegung. Richtung Norden, über Zwettl. Als sich ihr Wagen Bad Leonfelden näherte, stand für Seisenbacher fest: Das war keine Fahrt ins Blaue, die Reise ging über die Grenze.

Laptop gepackt, Fotoapparat, Abhörkoffer, Minikamera, ab ins Auto, Pass nicht vergessen. Wir machen einen Ausflug nach Krummau.

Es war Samstag, später Vormittag, schwacher Verkehr Richtung Norden. Wenn er ein bisschen aufs Gaspedal drückte, konnte er die Bogner vielleicht noch vor der Grenze einholen. Während Seisenbacher den Haselgraben Richtung Bad Leonfelden hinaufglühte, konnte er auf dem Laptop, der aufgeklappt neben ihm am Beifahrersitz lag, mitverfolgen, wo Katharina Bogner sich gerade befand. Sie überquerte die Grenze bei Weigetschlag. Knapp vor Rosenberg hatte er die Frau in ihrem roten Panda dann in Sichtweite. Seisenbacher hielt sich in angemessener Entfernung und ließ zwei Fahrzeuge zwischen sich und Frau Bogner. Wichtig war nur, dass er sie in Krummau nicht aus den Augen verlor. Sie parkte auf dem großen Parkplatz unterhalb des Schlosses, außerhalb der Altstadt. Man löste einen Parkschein; Seisenbacher beobachtete, dass Katharina Bogner ihrem Wagen einen kleinen Trolley entnahm. Sie trug einen hellen Hosenanzug und einen auffallend roten Mantel.

Seisenbacher hatte sich noch zu Hause für die dunkle Wuschelkopfperücke und eine dazu passende Sonnenbrille entschieden. Er überlegte, ob er seinen Koffer bereits jetzt ausladen sollte, nahm aber dann, um beweglich zu bleiben, nur die Kamera mit. Alles andere würde sich später weisen.

Er verstieß gegen den Grundsatz, den anderen immer einen Schritt voraus zu sein. Jetzt war er der Nachziehende, er war Katharina Bogner nachgefahren, jetzt folgte er ihr den Fußweg unter den Schlossarkaden in Richtung Altstadt. Jeden Moment konnte von irgendwoher Arnold Walter auf den Plan treten. Ihm wollte er wirklich nicht begegnen.

Katharina Bogner ging zielstrebig und ohne sich umzudrehen in eine Straße namens Široká, vorbei am Egon-Schiele-Museum. Seisenbacher hörte das laute Rattern des Trolleys auf dem unebenen Kopfsteinpflaster.

In dichten Trauben schlenderten Touristen durch die Stadt und musterten die Waren vor den Läden der Souvenirhändler. Seisenbacher hatte genug Möglichkeiten, sich wegzuducken. Katharina Bogner dachte gar nicht daran, sich umzudrehen. Ihr Ziel war offenbar das Hotel Zlatý Anděl am Hauptplatz.

Vor dem Eingang blieb sie einen Moment stehen, dann nahm sie den Trolley hoch und betrat das Hotel. Seisenbacher hatte nur wenige Sekunden Zeit zu überlegen. Er handelte aus einem Bauchgefühl heraus.

Er ging vor den Eingang des Hotels. Von dort konnte er erkennen, dass sich die Rezeption links neben dem Eingang befand. Katharina Bogner sprach mit der Rezeptionistin, die einen Blick auf eine Liste warf und nickte.

Jetzt kam es darauf an, dass Seisenbacher die Situation richtig einschätzte. Arnold Walter war im Hotel, nicht in einer der Straßen und nicht auf dem Hauptplatz. Seisenbacher ging zum Angriff über, Tempogegenstoß hieß das im Handball. Vielleicht blieb ihm eine Minute.

Er betrat die Hotelhalle. Sie war kleiner als es von außen den Anschein gehabt hatte. Links befand sich die Rezeption, an die sich ein Kaffeehaus anschloss, das man auch direkt vom Hauptplatz aus betreten konnte. Am Tresen stand Katharina Bogner mit dem Rücken zu ihm; die Rezeptionistin reichte ihr ein Blatt und beachtete Seisenbacher nicht, der sich nach rechts hielt. Dort ging es ein paar Stufen nach unten in ein Treppenhaus, von dem aus man nach oben zu den Zimmern gelangte.

Unten im Treppenhaus führte ein kurzer Gang nach hinten, wo sich Vitrinen mit Glasschmuck und Geschirr befanden. Seisenbacher ging diesen Gang hinein. Er war ein Tourist, der sich für ein Souvenir interessierte.

Wenige Sekunden später hörte er Schritte von oben. Dann Schritte hinter seinem Rücken, die sich zur Rezeption bewegten. Was jetzt geschah, war eine Übung ohne Netz und ließ sich nicht wirklich planen. Seisenbacher blieb vor einer Vitrine stehen und betrachtete eine Vase aus Bergkristall. Der Schliff wirkte altmodisch. Seisenbacher vernahm die Stimme des Bayern, dann die Stimme der Frau: Sie kannten einander. Ob sie sich umarmten, konnte er nicht erkennen. Er konnte überhaupt nichts erkennen, er musste sich auf seine Ohren verlassen.

Gute Fahrt gehabt? Den Meldezettel schon ausgefüllt? Brauchst du einen Schlüssel? Das fragte der Bayer. Zur Sicherheit. Das sagte sie. Zimmer sechsundzwanzig, sagte eine dritte Stimme mit Akzent. Das war die Rezeptionistin.

Sekunden später hörte Seisenbacher erneut Schritte hinter sich: ein Mann und eine Frau. Sie gingen die Treppe hinauf. Ihn hatte offenbar niemand bemerkt. Er starrte angespannt auf ein Teeglas mit einer geschwungenen Gravur. Aus solchen Gläsern hatte er als Kind getrunken, wenn Mutter Besuch hatte. Das fiel ihm in diesem unpassenden Augenblick ein.

Seisenbacher war hoch konzentriert. Jetzt war er in seinem Element. Im nächsten Moment stand er an der Rezeption.

Die Rezeptionistin sah ihn verwundert an. Sie hatte ihn nicht kommen gehört.

Ob noch ein Zimmer frei sei. Die Rezeptionistin, die ein langweiliges Kostüm trug, bejahte die Frage. Wo wollen Sie?, fragte sie mit deutlichem Akzent. Seisenbacher fiel im gleichen Moment ein, dass er kein einziges Wort auf Tschechisch beherrschte. Nicht einmal das Wort für Prost, das er einmal gewusst hatte, fiel ihm ein.

Bisschen weiter oben. Wegen Aussicht, sagte Seisenbacher. Wenn er mit Ausländern sprach, passierte es ihm häufig, dass er in deren Deutschjargon verfiel. Zweiter Stock, ergänzte er. Er riskierte es.

Die Rezeptionistin schaute arglos in ein Verzeichnis. Naive Tante, dachte Seisenbacher. Vierundzwanzig, sagte sie und reichte ihm den Schlüssel. Dann musste er sich eintragen. Sie hatte keinen Blick in den Pass geworfen, den er demonstrativ neben sich auf den Tresen gelegt hatte. So schnell hatten sich die Sitten in Tschechien geändert, zwanzig Jahre zuvor wäre er wahrscheinlich noch von oben bis unten gemustert worden. Der Pass war gefälscht. Keine besonders gute, aber eine solide Fälschung eines Typen namens Hametinger, eines Haftkollegen von Herbert, der jahrelang mit diesem die Zelle geteilt hatte. Hametinger hatte ihm en bloc zu einem günstigen Preis Pässe für gleich mehrere europäische Länder hergestellt. Heute hieß Seisenbacher Norbert Weissl und stammte aus Spittal an der Drau. Das Geburtsdatum stimmte bis auf einen Tag mit seinem tatsächlichen überein. War aber vergebliche Liebesmühe. Die Rezeptionistin akzeptierte die Meldezetteleintragung auch ohne Passkontrolle.

Nachdem er erklärt hatte, sich erst das Zimmer ansehen und später sein Gepäck holen zu wollen, ging er nach oben. Der Treppenaufgang und die Gänge waren leer. An einer Wand hing der Reprint eines Schielegemäldes, der Titel stand in kleiner Schrift darunter: *Dame in grünem Kleid.* Mehr als fünf, sechs Zimmer pro Etage gab es nicht.

Die Zimmer waren mit einfachen Zylinderschlössern versehen. Damit würde Seisenbacher kein Problem haben, in seinem Instrumentenkoffer (*Arztkoffer* hatte Mandi das Gerät immer scherzhaft bezeichnet) würden sich passende *Picks* finden.

Dann stand Seisenbacher in seinem Zimmer. Er öffnete das Fenster und sah nach draußen; das Fenster des Bayern war nur wenig vom dem seinen entfernt und auch einen Spalt offen. Wenn in dem Zimmer gesprochen wurde, konnte er kein Wort verstehen.

Was tun?

Er hatte Zeit. Die Herrschaften nebenan hatten eben erst eingecheckt, sie würden nicht gleich wieder abreisen.

Eine Oberservierung allein war zu wenig; eine Dokumentation auf jeden Fall zweckmäßig. Während der Fahrt hatte Seisenbacher mehrere Varianten überlegt, sich aber noch nicht für eine bestimmte Vorgangsweise entschieden.

Sollte er jetzt sein Gepäck holen? Die Gefahr bestand, dass er den beiden über den Weg lief. Irgendwann würden sie das Hotel verlassen: Nach Krummau kam man nicht nur zum Schlafen. Irgendwann würden sie eine Runde durch die Stadt ziehen. Er konnte ihnen folgen, er konnte ein bisschen dokumentieren. Sein Gepäck würde er später holen.

Er legte sich auf Bett, schaltete den Fernseher ein, zappte sich durch ein paar tschechische Sender, schaltete wieder aus. Er wollte es nicht versäumen, wenn die beiden das Hotel verließen. Er öffnete die Tür einen kleinen Spalt und legte sich aufs Bett. Ein bisschen dösen, ein bisschen planen. Nur nicht einschlafen jetzt.

Später, wann?: ein Geräusch von draußen. Das Öffnen einer Tür, Stimmen. Zuerst war er sich nicht sicher. Dann: Es waren *ihre*

Stimmen. Sie waren es. Er hörte ihre Schritte auf der Treppe. Er schlüpfte in die Schuhe, schnappte seine Jacke, die Digitalkamera lag griffbereit auf dem Tisch. Der Tourist Norbert Weissl hatte außerdem eine dunkelblaue Schirmkappe dabei, draußen schien noch immer die Sonne.

Er ließ sich Zeit. Als er kein Geräusch mehr von unten hörte – wie oft war er selber in sein Hotelzimmer zurückgegangen, weil er irgendetwas vergessen hatte! –, verließ auch er sein Zimmer. Den Schlüssel nahm er mit. Sobald er den Hauptplatz betreten hatte, mit Kappe und Sonnenbrille, fühlte er sich sicher. Ein Tourist unter Touristen. Unter zu vielen Touristen. Seisenbacher wusste, warum er die Stadt lange nicht mehr besucht hatte. Aus demselben Grund hasste er Salzburg, hasste er die Wiener Kärntner Straße.

Katharina und Arnold Walter gingen durch eine schmale Gasse, deren Name Seisenbacher kaum entziffern konnte. Radnični. Das klang ein wenig wie Ćevapčići. War das nicht kroatisch? Egal.

Links und rechts Ramschläden mit Holzspielzeug, ein Puppenmuseum. Ein Freilichtmuseum überhaupt die ganze Stadt. Existierten hier auch Einheimische? Asiatische Frauen, amerikanische Sprachfetzen, ein hochdeutsches *Kuck ma*, dann wieder breiter oberösterreichischer Dialekt. Jetzt nicht den Anschluss verlieren. Die Gasse führte zu der Holzbrücke über die Moldau unterhalb des Schlosses.

Da gingen alle hin, dahin spazierten auch Bogner und Walter. Seltsam: Seisenbacher hatte Mühe, sich an den Namen Arnold Walter zu gewöhnen. Für ihn blieb der Typ der Bayer. So hatte er sich bei ihm eingeführt. Die beiden blieben auf der Brücke stehen und schauten nach oben; Seisenbacher stoppte vor einem Andenkenladen und fingerte alibimäßig an einer Marionette. Bis eine Verkäuferin aus dem Inneren des Geschäfts auf ihn zukam, ob er kaufen wolle? Er verneinte und ließ die Puppe los.

Nach der Brücke macht die Straße einen Bogen nach rechts;

für einen kurzen Moment glaubte Seisenbacher, die beiden verloren zu haben. Als er die Brücke betrat, tauchten sie auf der Terrasse eines kleinen Cafés, unten an der Moldau, wieder auf. Auf der Suche nach einem geeigneten Tisch. Die Sonne schien direkt auf diesen Terrassenplatz, der, weil er nicht direkt über die Brücke erreichbar war (wo befand sich dann der Eingang zu dieser Hütte?) nicht so voll war wie etwa das Gartenrestaurant auf der gegenüberliegenden Seite des Flusses.

Seisenbacher spürte, wie die Spannung nachließ und die Routine einrastete. Das kannte man, das hatte man jahrelang geübt, das hatte man jahrelang praktiziert. Plötzlich war der Vorsprung wieder hergestellt. Immer einen Schritt voraus sein. Die beiden Herrschaften blätterten in der Karte, orderten Kaffee, sahen einander an. Direkt neben ihnen floss die Moldau vorbei, ab und zu fuhr ein Paddelboot vorüber.

Die Kaffeehausterrasse lag vor ihm wie eine gut ausgeleuchtete Bühne, besser ging es gar nicht. Kamera anvisiert, mit ihm standen fünfzehn andere Touris auf der Brücke und schossen in alle möglichen Richtungen. Bogner und der Bayer tranken Kaffee und unterhielten sich, hatten kein Auge für die Geschehnisse um sie herum. Dann legte der Bayer seine Hand auf ihre. Ein Foto. Und fertig. Dann noch eines.

Die beiden waren noch ein wenig scheu.

Dann warten. Seisenbacher setzte sich in das Lokal unmittelbar vor der Brücke. Nachteil: Es war total überlaufen und die Preise für den Kaffee waren selbst für einen Österreicher verdammt hoch. Wer soll das bezahlen?, dachte Seisenbacher, der gleich beim Servieren um die Rechnung bat. Er gab kein Trinkgeld. Der Kellner zuckte nicht mit der Wimper. Ein Profi, dachte Seisenbacher, oder: ein abgedrehter Hund. Die leben sowieso vom Nepp. Irgendwo hatte er gelesen, dass Krummau die teuerste Stadt Tschechiens war, sogar noch teurer als Prag.

Warten. Auf der Lauer liegen. Auch der Fisch beißt nicht sofort. Es dauerte. Nach etwa einer dreiviertel Stunde bequemte sich das Paar zum Aufbruch. Jetzt kam es drauf an: Gingen sie zurück ins Hotel – dann kamen sie an Seisenbacher vorbei, der für diesen Fall die Flucht in eine Seitengasse überlegte – oder setzten sie den Spaziergang fort? Zum Schloss vielleicht. Dort war Seisenbacher auch, als er vor Jahren mit Sabine Krummau besucht hatte. Das Schloss besuchte im Prinzip jeder. Seisenbacher wartete an der Brücke stehend; die beiden kamen nicht. Er musste flink sein. Sie schlenderten die Steintreppe zum Schloss hinauf. Für einen Herbsttag war es eigentlich zu heiß. Seisenbacher war froh über seine Kappe. Über die Treppe gelangte man in den Vorhof des Schlosses; von dort ging es dann steiler hinauf. Motivmäßig tat sich nichts; die beiden gingen, ohne einander zu berühren. So konnte auch eine Fremdenführerin mit dem Papst gehen, das war nur langweilig. Ja, natürlich, der Bärenzwinger. Seisenbacher ließ sich zurückfallen. Er erinnerte sich, dass sie minutenlang nach unten gestarrt und nichts gesehen hatten. Vielleicht ist da keiner, hatte Sabine gemeint. Angeblich wurden zwei Bären im Graben gehalten.

Heute waren die Viecher offenbar doch zu sehen; am Gitter wurde gedeutet und nach unten gezeigt; Arnold sah Katharina von der Seite an, sie nickte.

Sie gingen weiter. Das Schloss war groß. Zu hoffen war, dass sie keine Innenbesichtigung machten. Ein Observant hat eigene Wünsche: Er möchte, dass die Handlung zu einem Abschluss kommt. Der Jäger wünscht sich, dass es zum Blattschuss, der Voyeur, dass es zum Abschuss kommt. Im Innenhof des Schlosses blieben sie eine Weile sitzen, kauften aber dann doch keine Besichtigungskarten. Manchmal half auch die Suggestionsmethode: Seisenbacher schickte seine Energie aus und die Figuren machten, was er sich wünschte; zugegeben, nicht immer. Bei den Arkaden hoch über der Stadt blieben sie erneut stehen, schauten nach links und nach rechts, gingen weiter. Kurz hatte Arnold Katharina an der Schulter gefasst, dann an der Hand genommen. Zu kurz für eine Aufnahme, man war ja kein rasender Reporter. Als Seisenbacher bei den

Arkaden angelangt war, sah er nach unten. Unten am Parkplatz stand sein Wagen. Unversehrt. Kein Einbruch. Wenigstens etwas. Das Pärchen spazierte gemächlich durch die oberen Schlossanlagen, bog dann in den Park ein. Im Prinzip gut, in einem Park kann man sich gut verbergen. Schlecht allerdings, dass in diesem Moment der Harndrang kam. Seisenbacher kannte das, schlechte Angewohnheit seiner Blase. Sie meldete sich immer ziemlich unvermittelt, dann aber mit Vehemenz. Er musste sofort sein Wasser abschlagen, sonst gab es eine Katastrophe. Was hatten die armen DDR-Stasiinformanten in all den Jahren wohl mitgemacht, wie viele Schnappschüsse waren ihnen entgangen, nur weil Blase oder Darm drückten? Darüber sollte man einmal ein Buch schreiben.

Was hieß Toilette auf Tschechisch? Kein Wörterbuch, keine Zeit zu fragen. Seisenbacher löste die Frage auf Russisch, suchte sich eine abgelegene Hecke in dem labyrinthartig angelegten Garten. Der Vorteil war, dass die Hecken mannshoch standen und man sich gut verstecken konnte. Ob da also einer stand und schaute oder ob der auch gleichzeitig pisste, war von außen nicht zu erkennen. Kleine Lust des Alltags, wenn der gelbe Strahl aus dem Körper schoss. Als Kind hatte er gerne Figuren in den Schnee gemalt, vergänglichste aller Künste.

Er hatte nichts versäumt, das Spaziertempo des Pärchens hatte sich im Park noch einmal verlangsamt, angereichert um einen hohen Romantikwert, Seisenbacher kannte das. Der Mann hatte ein Blatt gepflückt, das er gemeinsam mit Katharina betrachtete. Jetzt steckten sie ihre Köpfe allerdings schon sehr eng zusammen, das war zumindest eine Aufnahme wert. Klick. Als sie weitergingen, gingen sie Hand in Hand. Klick. Sie blieben bei einem Baum stehen, betrachteten ihn wie einen Ausstellungsgegenstand. Katharina drehte sich plötzlich zum Bayern um; dann küssten sie sich. Happy End und Heimatfilm! Und Klick. Und noch einmal. Süß die beiden. Aufnahme. Die Sonne war gnädig. Klick. Parkfotos wären für jede Illustrierte interessant gewesen. Schon war Seisenbacher zufrieden, es gab noch ein kurzes Nachspiel, wieder bei einem Baum (die Bäume!). Jetzt aber! Ein Zungenkuss. Dauer: lange. Intensität: innig. Aufnahmen: vier.

Danke meine Herrschaften, das genügt für den Augenblick. Ihr macht, was ihr für richtig haltet. Er musste schnell zurück über alle Schlosshöfe und die Brücke, dann eine andere Brücke nehmen und zu seinem Auto. Herr Weissl aus Spittal an der Drau nimmt seinen Werkzeugkoffer (mit integrierter Unterhose, Zahnbürste und Rasierapparat) aus dem Auto und eilt zu seinem Arbeitstermin.

Man weiß nie, wie lange Zeit bleibt. Krummau ist klein, nach gut zehn Minuten war Seisenbacher beim Hotel zurück. Ab ins Zimmer; am Zylinderschloss des eigenen Zimmers eine kleine Probe gehalten, sich für eine Handvoll von *Picks* entschieden, dann der vielleicht heikelste Punkt der Mission: Öffnen eines fremden Zimmers ohne Schlüssel. Im Notfall hat man sich in der Nummer geirrt (es fehlte ja nichts), bei Auftreten des Pärchens: Flucht nach vorn, Flucht nach draußen; der Fantasie, Herr Weissl, waren in diesem Fall keine Grenzen gesetzt.

Diese Sekunden waren, obwohl oft geübt (auf Fortbildungsseminaren der Polizeiakademie, die sauber teuer waren: Die ließen sich ihr Know-how einiges kosten) doch immer wieder schweißtreibend. Der zweite Versuch war erfolgreich, mit einem leisen Knacken ging die Tür auf.

Jetzt musste alles schnell gehen.

Noch war genügend Tageslicht, denn das war das Wichtigste: Das Licht musste stimmen. Leute, lasst beim Vögeln bitte das Licht an, alles andere bringt fast nichts und wird bei Gericht auch nicht immer zugelassen. Unterbelichtung ist des Detektiven Gift! Und eine Nachtsichtkamera: Wie oft hatte er schon daran gedacht, in eine zu investieren, dann aber doch noch keine angeschafft. Immerhin, die Statistik gab ihm recht: In der Regel wurde häufiger lichtgebumst als noch in den Jahren zuvor, die Leute wollten schließlich auch etwas sehen, man war nicht mehr in den fünfziger Jahren.

Und dann noch den richtigen Standort wählen: Gegenüber dem Bett, auf dem noch Wäsche und ein Koffer lagen, ein Bild an der Wand: rauschendes Gebirgswasser. Darunter stand geschrieben: Vydra. Hieß wahrscheinlich wild. Das Bild hatte einen Rahmen. Breit wie ein Daumennagel. Das reichte. Seisenbacher setzte das winzige Auge auf. Eine kleine Kontrolle auf dem Laptop: Die Kamera funktionierte, war auf das Bett gerichtet. Ein kleines Hüsteln: Auch die Tonspur stimmte.

Es war angerichtet. Seisenbacher klappte den Werkzeugkoffer zu, löschte das Licht, verließ das Zimmer: Draußen war es ruhig. Mit einem leisen Klacken schnappte die Tür ins Schloss.

Was folgte, war so leicht wie Fernsehen: Laptop einschalten, das Programm für die Direktübertragung bereithalten. Das war schnell erledigt. Dann nebenbei doch tschechisches Fernsehen schauen. Es war ihm völlig unverständlich, wie man ein Leben lang in so einem unhörbaren Kauderwelsch sprechen konnte. Das sprach, weltweit gesehen, niemand. Das verstand, weltweit betrachtet, beinahe keiner. Da durfte es einen nicht wundern, dass die Tschechen jetzt in Scharen unseren Arbeitsmarkt überfluteten. Jede zweite Kellnerin in Linz – eine Tschechin. In jedem Tschecherl – ein tschechischer Kellner. Scherz. Zurück.

Was jetzt folgte, war nur natürlich: Der Körper meldete seine Bedürfnisse an. Wenn schon nicht auf eine tschechische Kellnerin, dann wenigstens auf einen tschechischen Schweinsbraten oder ein Gulasch.

Wo blieben die zwei Turteltauben?

Sie kamen wie gerufen. Jedenfalls noch rechtzeitig, bevor Seisenbacher unwirsch geworden wäre. Dann standen sie im Zimmer. Das Licht ging an, das Fernsehspiel begann. Der Raum war genügend ausgeleuchtet. Das war keine Übertragung eines Fußballspiels mit sechzehn Kameras, und das Bett war im Zentrum des Geschehens. Auch wenn vorerst nichts geschah. Das Schlagen einer Tür. Jemand (sie war es, man sah aber nur ihren Rücken) entfernte den Koffer vom Bett. Jemand drehte den Fernseher an.

Für einen Moment hörte Seisenbacher dieselben tschechischen Laute, wie sie auch aus seinem Gerät kamen. Unwillkürlich drehte er leise: Gefahr einer Rückkopplung. Der Fernseher wurde wieder ausgeschaltet.

Was war jetzt los? Machten sich die beiden frisch fürs Abendessen? Oder hatten sie noch etwas anderes vor?

Dann begann das Andere. Katharina kam ins Bild; sie trug einen schwarzen BH und einen schwarzen Slip; sie war schlank, so wie Seisenbacher sie von der Tennishalle in Erinnerung hatte. Und sie sah noch ziemlich gut aus. Dann betrat der Professor die Szene. Auch er hatte die Unterwäsche anbehalten. Und sogar die Socken.

Es ging alles ganz schnell. Hari Seisenbacher, genregerecht auf ein Bett mit rotem Bettzeug gefläzt: Und hier, meine Damen und Herren, wir steigen live ein in das Geschehen Bogner-Walter. Eben hat das Vorspiel begonnen, sie haben sich bereits der Kleider entledigt, das ging ja so schnell, dass man es kaum mitbekommen hat. Achtung – die Sicht ist nicht gut, aber jetzt sehen wir, wie Bogner, nein, Walter übernimmt die Initiative und beginnt seinen Angriff: Weicht sie zurück? Gibt sie Konter? Und schon sind sie im Infight, schon verwirren sich die Glieder, meine Damen und Herren, das ging vielleicht rasant, kein langes Abtasten, kein Abwarten, wir sehen, hier geht's in die Vollen, das nenne ich Angriff, meine Damen und Herren, Hut ab und Respekt, das nenne ich live, und jetzt geht es Schlag auf Schlag, Stoß auf Stoß, und Bogner, Sie sehen, sie bäumt sich auf, jetzt wird auch sie lauter, aber Arnold übernimmt wieder das Ruder und zwingt sie zu Boden, da ein Haltegriff und jetzt der Vorstoß über die Flanke und jetzt und jetzt und jetzt …

Seisenbacher hatte den Faden verloren, während die Aktion auf dem Bildschirm weiterging und auch die Geräusche lauter wurden: ihr Stöhnen, sein Jammern. Er drehte leiser, damit nicht zufällige Passanten vor der Tür Verdacht schöpften. Da vollzog sich tatsächlich ein kleiner Liveporno, bei dem Freude aufkam und es Seisenbacher die Sprache verschlug, dafür das Wasser im

Mund zusammenlaufen ließ: Er hatte oft versucht, aber nicht immer war es gelungen, die Kamera so aufzustellen, dass die Akteure auch ausreichend im Blickfeld waren, denn hier ging die Post ab, und die Bildqualität war tatsächlich erstaunlich. Noch erstaunlicher aber das akustische Spektakel: Seisenbacher hatte Katharina Bogner in der Tennishalle vielleicht ein bisschen stöhnen gehört, aber das war nichts gewesen gegen die Arie, die jetzt über den Äther kam, sie ächzte, sie tirilierte, sie gab es sich. Sie gaben es sich, sie verausgabten sich.

Und Seisenbacher lag auf seinem Bett und hatte eine völlig unprofessionelle Erektion zu verzeichnen. War, bildlich gesprochen, in ihrem Bunde der Dritte. Sozusagen kleiner Dreier über ein paar Meter Entfernung: Diese Katharina hatte er vielleicht unterschätzt. Langweiliger Schwan, hübsch, aber unauffällig. Aber was sie hier ablieferte, war quicklebendig. Nicht ganz so sensationell der Professor: geschenkt. Seisenbacher war hetero, das nahm er in Kauf.

Nach geschätzten zwölf Minuten trat die Pause ein, der Professor rollte ab, Katharina legte sich in seine Armbeuge. Das war schon eine verdammt gute Aufnahme: So ein Sensationsvideo hatte Seisenbacher lange nicht mehr gesehen. Im ersten Jahr nach der Firmengründung hatte Mandi zufällig einmal ein ähnliches Erlebnis im Freien gefilmt, aber für einen GV im Hotelzimmer war die heutige Aufnahme nahe am Oscar.

Seisenbacher wurde aufgerufen, lächelte schüchtern, die Kameras waren auf ihn gerichtet, langsam ging er nach vorn, ein paar Schritte auf das Treppchen, dann Worte der Rührung: Vor allem danke ich meinem ganzen Team, der Technik, Norbert Weissl an der Kamera, Hari Seisenbacher hinterm Mikro, Schnecke Kerstin für den Cut; weiter kam er nicht: Tränen der Rührung übermannten ihn (im Bett! *Tränen der Rührung!* Worte!), Musik erklang, Applaus brandete auf, Schnitt. Aus. Hunger.

Die ganze Geschichte auf USB kopiert, für alle Fälle. Nur kein Risiko eingehen, jede Festplatte hatte ihre Tücken. Und jetzt ein gediegenes Abendessen. Sollte er den Darstellern den Vortritt lassen? Dort wurde standesgemäß noch einmal geduscht. Ich gönne euch die Freude, dachte Seisenbacher und ging, die Sonnenbrille griffbereit, aus dem Hotel. Draußen dämmerte es bereits. Das Einzige, was jetzt zu vermeiden war, war, dass die beiden ausgerechnet das Lokal wählten, in dem auch er zu Abend aß. Also: professionell denken. Seisenbacher ging in die dem Hauptplatz entgegengesetzte Richtung, auch dort führte eine Brücke über die Moldau (es schien, als schlängelte sich diese vollständig um die Stadt). In einem Lokal, das erstaunlicherweise nach der Stadt Linz benannt war, kehrte er ein. Ein Bier (Budweiser), ein Zwiebelrostbraten. Der Kellner (Tscheche) sprach Deutsch.

Seisenbacher saß allein am Tisch und hatte genug Zeit, die weiteren Schritte zu überlegen.

Ein kleines Nachspiel stand an: Die Minikamera befand sich noch auf dem Bilderrahmen oberhalb der Vydra. Vielleicht war es besser, sie abzubauen, bevor sich ein Zimmermädchen ans Abstauben machte. Was du heute kannst besorgen, das verschiebe nicht: Wie oft hatte Mama das zu ihm gesagt.

Er spürte, wie ihn sein professioneller Eifer antrieb; nicht lange im Strafraum herumfackeln, einnetzen, abziehen.

Im Zimmer angekommen, beugte er sich aus dem Fenster und schaute nach drüben; bei den Nachbarn war es dunkel. Die Minikamera zeigte keine Aktion an, der Lautstärkepegel stand auf Null. Offenbar war das Zimmer leer, nicht einmal eine Klopfprobe war nötig.

Die Herrschaften hatten sich nach der körperlichen Verausgabung zum Abendessen verfügt. Umgekehrter Vorgang wie vorhin: Aufknacken der Tür, Abmontage, Verlassen des Zimmers (noch ein paar Aufnahmen mit der Digitalkamera, das gehörte dazu: Stillleben: Aufgebrochenes Bett mit herumliegender Wäsche, man konnte nie wissen), Rückzug, ohne Spuren zu hinterlassen.

Dann, zurück im eigenen Zimmer, der Spontanentschluss: Seisenbacher spürte keine Müdigkeit, sondern Fahrtenergie. Er überlegte nicht lange und packte zusammen. Der Abenddienst an der Rezeption schaute ihn erstaunt an, als er gegen neun am Abend seine sofortige Abreise ankündigte: Müssen nach Hause, sofort, erklärte er, was keiner Erklärung bedurfte. Norbert Weissl zahlte bar und verschwand in der von fahlgelbem Licht der Laternen beleuchteten Stadt. In den Straßen war es ruhig geworden, kaum Menschen zu sehen; irgendwo in einem Lokal saßen die beiden Glücklichen und strahlten einander an. Seisenbacher verspürte keinen Wunsch mehr, sie zu treffen, die Reisesouvenirs waren besorgt, kopiert und gesichert. In wenigen Minuten war er am Parkplatz angelangt. Sein Auto stand da, wie er es am Nachmittag verlassen hatte, tschechische oder andere ostische Banden hatten noch keine Zeit gehabt, sich einbruchsmäßig zu betätigen, wer wusste, wozu es gut war, dass er unverzüglich heimfuhr.

Bei der Fahrt hörte er auf Radio Oberösterreich eine Schlagersendung, herrlich einschmeichelnde Lieder, die er gut gelaunt mitsang: *Über sieben Brücken musst du gehn*, *Ohne Dich* von der Münchner Freiheit, *Über den Wolken* von Reinhard Mey, *Siebzehn Jahr, blondes Haar* (Schnecke Kerstin wehte ins Bild: obwohl sie doch sicher schon dreißig war).

Kaum Verkehr auf den dunklen Alleestraßen durch Südböhmen, auch die Huren hatten ihr Tagwerk beendet, unbeleuchtet der Grenzübergang bei Weigetschlag.

Singend fuhr Seisenbacher über die Grenze. Toller Typ, toller Tag. Auftrag erledigt.

Am Sonntag ging Seisenbacher ausnahmsweise ins Büro, um das Material zu sichten.

Die Fotos waren gut gelungen, geradezu nett, wie für ein privates Fotoalbum geschaffen; zwei, drei, die Seisenbacher für den *Vorgang*, wie er die Aktion intern für sich bezeichnete, auswählte, eines, das ein wenig schärfer war (das mit dem tiefen Zungenkuss im Schlosspark), behielt er als Reserve.

Ein kurzer Blick auf das Video, bevor er auch dieses zur Sicherheit kopierte: tolle Ausleuchtung, toller Ton, scharfe Handlung. Das Video diente zum Nachschießen. Er hatte beschlossen, mit den Fotos zu beginnen.

Dann verfasste er einen kurzen Brief, den *Liebesbrief*, wie er ihn kokett bezeichnete. Wichtig war nicht, was genau in dem Brief stand, wichtig war, dass es ihn gab. Und dass sauber gearbeitet wurde. Seisenbacher arbeitete mit Handschuhen, verwendete die Times New Roman Großbuchstaben, kopierte zwei der harmloseren Fotos. Und legte einen Tag im Kalender fest, an dem die Aktion in Regensburg stattfinden würde. Er wickelte die Fotos in eine tschechische Zeitung, die er am Parkplatz aus einem Papierkorb gefischt hatte.

Dann spendierte er sich einen Sonntagsausflug nach Deutschland.

Manchmal fielen das Glück und seine Lebensaufgaben zusammen: Tag des Porsches. Heute cruiste er auf der Autobahn über Salzburg nach München, um dort, während der verliebte Bayer vielleicht noch seiner österreichischen Braut in der tschechischen Sonne in die Augen sah, auf dem Hauptbahnhofspostamt ein kleines Päckchen aufzugeben: kleines Verwirrspiel.

Den Heimweg nach Linz nahm Seisenbacher über die A3 – und damit über Regensburg. Irgendwann am frühen Nachmittag fuhr er auf der Autobahn mitten durch die Stadt und konnte es nicht lassen: Er machte einen kurzen Abstecher an die Uni, die von der Autobahn in wenigen Minuten erreichbar war. Ein sonntäglicher Besucher mit Haube und Brille spazierte an einem herbstlichen Nachmittag durch das Unigelände von Regensburg. Jogger, Radfahrer, Menschen, die ihre Hunde äußerln führten. Die Universität schlief, freier Tag, nichts los. Seisenbacher marschierte über den zentralen Platz, staunte über die große Kugelskulptur, die dort aufgestellt war, und wunderte sich, wie groß der ganze Komplex war. Auf einer Tafel hing ein Plan der Gesamtanlage, auf dem auch die Germanistik verzeichnet war. Er spazierte zu dem Gebäude, leider war es versperrt.

Mitten auf dem zentralen Platz eine Pizzeria; auch sie hatte geschlossen.

Seisenbacher warf sich wieder auf die Autobahn: Irgendwo auf dieser Strecke musste sich zu dieser Zeit ein gewisser Arnold Walter auf dem Heimweg von seinem Wochenendtreffen mit der Österreicherin befinden. Eine witzige Vorstellung: Irgendwo zwischen Regensburg und Deggendorf fuhr jetzt der Bayer auf der Gegenfahrbahn an ihm vorbei.

Eine neue Fantasie zuckte durch Seisenbachers Hirn: Er saß in einem Casino an einer Geldmaschine und brauchte bloß ein kleines Knöpfchen anzutippen, und die Maschine begann, Kohle auszuspucken.

Sein Auftrag war praktisch erledigt, jetzt ging es nur mehr ums Verdienen. Seisenbacher hatte lange auf so einen Fall gewartet, ihn sich wieder und wieder vorgestellt, das Risiko abgewogen. Bei Arnold Walter trafen fast alle Kriterien zu, die er sich in jahrelangen Überlegungen zurechtgelegt hatte:

Unbedachter, ängstlicher Kunde, der sozial viel zu verlieren hatte, der größtmögliche Diskretion (diese Geheimnistuerei war ja von Arnold Walter selbst ausgegangen!) suchte. Keine sichtbaren Geldflüsse, keine direkten elektronischen Kontakte, außer über ein Wegwerfkartenhandy. Einschüchterung des Kunden. Todsicherer Geldübergabemodus auf vertrautem Gelände im Freien. Klare Soloaktion, daher keine Mitwisser. Und, für den Notfall: eine Pistole als Notbremse im Handgepäck.

Wer lange plant, geht selten irr. Oder so ähnlich hieß der Spruch. Mit Arnold Walter war der Kunde erschienen, bei dem eine *Aktion* angezeigt schien.

Auch die Heimfahrt nach Österreich war eine Fahrt mit Gesang: zuerst mit Bayern1, dann mit Ö3, zuletzt, auf der Strecke von Aschach nach Linz, mit Radio Oberösterreich. Der Tag verging im Hochgefühl.

Am nächsten Tag hatte Seisenbacher das Gefühl, sich belohnen zu müssen. Kerstin umduftete ihn von dem Augenblick an, in dem sie ins Büro kam. Mit ihrem Parfüm in der Luft war nicht an Arbeit zu denken. Leider auch an nichts anderes – Ümit war da und arbeitete verbissen an einer Telefonrecherche.

Seisenbacher dachte genau in dem Moment an eine Belohnung, als er draußen im Innenhof die Visage von Sendelsburner auftauchen sah. Im nächsten Moment stand der auch schon im Büro, verlegen, eine Witzfigur. Er habe zufällig wegen eines Todesfalls in der Nähe zu tun gehabt und sich gedacht, kurz mal vorbeizuschauen, sagte er und blieb unschlüssig stehen. Seisenbacher blieb nichts anderes übrig, als zu lügen. Er habe einen dringenden Termin und müsse auf der Stelle weg. Vielleicht ist der Mitarbeiter ja bald frei, sagte er und zeigte auf den telefonierenden Ümit/Kurt, der Sendelsburner beiläufig gewinkt hatte.

Seisenbacher ließ Sendelsburner stehen und rannte regelrecht auf die Landstraße hinaus, verschwand bald in der Seitenstraße, die zu Herberts Tagesbar führte. Herbert trank gerade einen Espresso an der Bar, während er einen Wettschein ausfüllte. Er wirkte unausgeschlafen und hatte sich offenbar die Haare nicht gewaschen. Fettig hing ihm eine Strähne ins Gesicht. Alles okay?, fragte er und klopfte Seisenbacher auf die Schulter. Und selber?, fragte Seisenbacher, ohne geantwortet zu haben. Kummer und Sorgen, sagte Herbert. Man sah ihm an, dass er das nicht ironisch meinte.

Die kleine Rumänin, du erinnerst dich?, fragte Herbert. Du hast sie ja auch schon gehabt, Jordanka oder Vera oder wie sie geheißen hat (hieß sie bei mir nicht Romana?, fragte sich Seisenbacher) – sie hat mich reingelegt.

Wie das?

Gefälschte Papiere, sagte Herbert. Noch nicht sechzehn, das Mädel. Hätte man ihr nicht angesehen. Schneit da herein und macht mir Ärger. Razzia und Fremdenpolizei und das ganze Programm. Anzeige wegen Mädchenhandel. Verstehst du, da bemüht man sich, sauber zu arbeiten, und dann so was. Das kann teuer werden. Immer erwischt es die Falschen. Dabei kann ich froh sein, dass sie mir nicht zugesperrt haben. Aber die anderen Mädels waren in Ordnung, Papiere, Deckel, alles paletti.

Was heißt das jetzt?

Na, ja, eine Verhandlung habe ich mir eingehandelt sozusagen, sagte Herbert. Eventuell eine hohe Geldstrafe. Oder eine Bewährung. Wenn ich denen sage, dass es da einen Vermittler gab, lachen sie mich aus. Der ist ja nicht greifbar. Den könnte ich ja erfinden, so einen. Auch wenn ich hundertmal sage, dass der bei mir war und diese Jordanka hergebracht hat.

Hast einen guten Verteidiger?, fragte Seisenbacher.

Den Scharschinger Edi wahrscheinlich. Bei dem habe ich eh noch etwas gut, sagte Herbert.

Seisenbacher gab keinen Kommentar ab.

Und? Lust auf Entspannung? Die Jasmin wäre frei, sagte Herbert.

Da stand Jasmin auch schon hinter der Bar. Offenbar hatte sie das Gespräch mitgehört. Sie lächelte ihn professionell an.

Machen wir es uns gemütlich, sagte sie.

Seisenbacher hörte sie *komm, komm, komm, schneller, schneller* sagen. Er war gekränkt. Insgeheim hatte er sich doch auf Romana/Jordanka gefreut.

Entschuldige, aber ich habe riesigen Stress, sagte er und verließ das Lokal. Alles musste man sich auch nicht gefallen lassen. Die Belohnung aber stand noch aus; er änderte seinen Plan und ging ins Casino.

Kaum Betrieb am späten Vormittag; Meindl hatte Dienst und grüßte mit einem Kopfnicken. Das Elend der Dienstleister, dachte Seisenbacher. Im Prinzip weißt du nie, wie du dran bist. Geht doch allen nur ums Geld. Wenn es etwas bringt, wird gegrüßt und gelächelt, dass sich die Balken biegen.

Er überlegte kurz, ob er einen kleinen Vorschuss auf die zu erwartenden Vierzigtausend riskieren sollte, hielt sich dann aber doch zurück und setzte zweihundert auf Rot. Mit ihm war eine Frau am Tisch, die er schon einmal irgendwo gesehen hatte; wo, wusste er nicht mehr. Vielleicht eine Musikerin, er hatte keine Ahnung. Die Frau trug eine unglaublich große Handtasche bei sich, in der sich ein ausgewachsener Hund hätte transportieren lassen.

Die Kugel rollte aus und blieb auf Schwarz liegen. Meindl schob die Jetons an sich heran, auch die vermeintliche Musikerin hatte verloren und rückte erneut Jetons auf das Spielfeld. Seisenbacher war schon aufgestanden, überlegte es sich aber noch einmal. Er war gekommen, um sich zu belohnen. Er legte noch einmal Jetons um hundert Euro auf Rot. Die Musikerin zwirbelte die Spielmarken zwischen ihren Fingern. Vielleicht spielte sie im richtigen Leben Geige. Oder Flöte.

Meindl, dessen Gesicht wieder grauenhaft verpickelt aussah, setzte die Kugel in Gang. Sie blieb auf Schwarz liegen.

Seisenbacher entfuhr ein lautes *Scheiße groß, große Scheiße*. Das Casino war schütter besetzt, ein paar der Damen, die an den Einarmigen saßen, drehten sich kurz zu ihm um und setzten dann ihr Spiel fort. Meindl scherte ungerührt die Jetons ein und zahlte der Musikerin einen kleinen Gewinn aus. Sie würde weiterspielen, Seisenbacher hatte genug gesehen und verließ das Lokal.

Er hatte eine Erpressung laufen. So etwas fand nicht alle Tage statt. So etwas hatte in seinem Leben noch nie stattgefunden. Schade, dass er sich darüber mit niemandem unterhalten konnte. Die Welt ist schlecht und kann den Mund nicht halten. Nahm der Bayer Kontakt zu seiner Freundin Katharina auf? Die GPS-Tracker verrieten nichts. Keine auffallenden Fahrzeugbewegungen. Arnold Walter fuhr zur Uni, Katharina ein paarmal die Woche nach Linz.

Falls der Bayer Katharina über den Erpresserbrief informiert hatte, dann trafen sie sich in dieser heiklen Situation nicht auch noch persönlich. Eher war anzunehmen, dass Arnold Walter Katharina gar nicht eingeweiht hatte. Der war ein Angstscheißer, ein pragmatisierter Hasenfuß. Bei ihm stand zu viel auf dem Spiel: sein Beruf und wahrscheinlich auch sein Privatleben. Unter dem privaten Telefonanschluss Walters in Regensburg war auch eine Dr. Verena Walter angeführt. Beim Googeln zeigte sich, dass sie offenbar mit anderen eine psychotherapeutische Gruppenpraxis führte. Seisenbacher entdeckte sogar ein Foto der Frau Doktor: etwa fünfundvierzig, quirliges Haar, ein offenes Lachen: Warum betrog jemand so eine Frau? Vielleicht war nicht zu spaßen mit ihr. Oder sie analysierte ihren Mann nach Strich und Faden und der hatte die Schnauze voll von der Gratisanalyse.

Nein, der Angstscheißer würde der Therapeutin nichts von der Erpressung erzählen. Vorerst jedenfalls nicht. Ein weiterer Grund, warum der Bayer auf die Forderung eingehen würde: Als Professor hatte er einen gut bezahlten Job, also genug Kohle. Seisenbacher hatte achtgegeben, die Forderung hoch, aber nicht ungebührlich hoch anzusetzen. Vierzigtausend, das musste drin sein.

Und Walter würde auch nicht die Polizei einschalten. So einer war der nicht. Der würde wegen dieses kleinen Briefchens nicht sofort die Nerven wegschmeißen und die eigenen Diskretionsregeln über Bord. Der Typ würde zu verhandeln versuchen, das war sicher.

Das konnte er haben. Wichtig war, dass Seisenbacher ihm immer um einen Schritt voraus war. Seisenbacher hatte das Datum und den Ort angegeben, an dem er Walter zu kontaktieren beabsichtigte. Vorher hatte er im digitalen Vorlesungsverzeichnis der Uni nachgesehen, ob der Professor an dem Abend eine Lehrveranstaltung abhielt: Tat er nicht. Es gab also keinen Grund, nicht erreichbar zu sein.

Das bedeutete für Seisenbacher noch einen kleinen Ausflug nach Regensburg. No risk, no fun.

Am Dienstag, knapp vor Mittag, kurz bevor er eigentlich abfahren wollte, geschah etwas Witziges. Seisenbacher war mit Kerstin allein im Büro, Ümit auf einem Außentermin, als Kerstin völlig unerwartet an seine Bürotür klopfte. Seisenbacher hatte fast den Eindruck, als wäre sie ein bisschen nervös; ihre mädchenhafte Aufgeregtheit ließ auch seinen Puls in die Höhe schnellen.

Sie wolle nicht aufdringlich sein, sagte sie, aber ihr sei erst kürzlich wieder eingefallen, dass sie einmal vorgehabt hätten, miteinander auszugehen: Seisenbacher glaubte, sich verhört zu haben. Gar nichts war ihr kürzlich wieder eingefallen, das duftende Lausmensch ging von sich aus in die Offensive! Wenn das nicht Wahnsinn war!

Seisenbacher wurde regelrecht kleinlaut. Na, ja, man sagt was, sagte er, aber wenn es sich nicht ausgeht, was soll man machen. Und ich weiß gar nicht, ob ich mir sicher sein konnte, dass dir das auch recht ist, meinte er.

Warum sollte mir das eigentlich nicht recht sein?, meinte sie kokett.

Die Kleine spielte Fangen mit ihm, das fand Seisenbacher schon ziemlich reizvoll. Als sie dann auch noch meinte, dass der Ümit davon ja nicht unbedingt etwas mitbekommen müsse, weil er vielleicht …, da läuteten bei Seisenbacher die Feiertagsglocken.

Eine Fanfare ertönte, der ganze Saal erhob sich, als er auf die Bühne gebeten wurde, und spendete begeistert Applaus. Und der Siegerpreis Kerstin geht an Hari Seisenbacher!, jubelte eine Stimme, und Hari nahm gerührt und überwältigt das Mikro in die Hand. Ich danke Ihnen, das war das Einzige, was er herausbrachte.

Na dann, sagte er. Dann machen wir uns halt etwas aus. Und weil beide am kommenden Samstagabend noch nichts vorhatten, verabredeten sie sich beim Mexikaner. Seisenbacher hatte keine Ahnung, wo sich der befand. Sie legten als Treffpunkt den Taubenmarkt fest, Kerstin würde ihm den Weg dorthin schon zeigen.

Und weg war sie, schon hatte sie sich wieder in ihr Hinterzimmer zurückgezogen.

Kurz überlegte Seisenbacher, ob er nicht aufgrund dieser Fügung seinen Plan ändern sollte. Das hatte er sich in seinen kühnsten Träumen nicht ausgemalt, dass Kerstin von sich aus auf ihn zugehen würde! Und er hatte geglaubt, wegen des grünen Türken die Waffen strecken zu müssen.

Das, was sich mit Kerstin anzubahnen begann, war geil. Noch geiler war, wenn er sich die Anbahnung inklusive der Vierzigtausend vorstellte.

Er würde eine kleine Regensburger Besuchswoche einlegen; am Samstag, wenn er Kerstin zum Essen traf, würde alles gelaufen sein. Vielleicht ließen sich im Kerstin'schen Mehrstufenannäherungsplan sogar ein paar Stufen überspringen, wenn schon von ihr die Initiative ausging. Er hatte ja eigentlich mehrere Ausgehtermine vorgesehen. Und mit der Kohle ließ sich jeglicher Traumurlaub unternehmen.

Der Tag verging mit unglaublichen Vorstellungen. Zum ersten Mal cruiste Seisenbacher, noch während er am Schreibtisch saß.

Er war pünktlich. Er parkte außerhalb des Unigeländes in einer breiten Ausfahrtstraße, an der links und rechts Pappeln standen. Von hier war man in wenigen Minuten auf der Autobahn. Seine Mission bestand aus zwei Teilaufgaben. Eine davon war heikel, gehörte aber dennoch zu den Aufgaben, die er normalerweise routiniert bewältigte.

Für das Telefonat mit dem Bayern hatte er sich eine kleine Überraschung überlegt, die er noch vorbereiten musste. Er wählte die Paketzustellvariante. Er schlüpfte in den Overall eines bekannten Zustelldienstes, klemmte sich ein vorbereitetes, an einen gewissen Professor Norbert Weissl gerichtetes Paket unter den Arm (der Name war eine Hommage an den Menschen aus Spittal, den er vor Kurzem nach Krummau ausgeführt hatte, ein kleiner Scherz durfte sein) und betrat das Unigelände. Wenn ihn unerwartet jemand ansprach, würde sich herausstellen: Ein Professor Weissl war hier unbekannt. Noch wusste er nicht, wo genau sich das Arbeitszimmer des Bayern befand. Perücke und ein dezent geklebter Oberlippenbart sowie eine Mütze schützten ihn; er war Dienstleister, ein Paketbote, den niemand beachten würde. Seisenbacher bemerkte, dass an der Uni gebaut wurde. An mehreren Stellen zwischen den Gebäuden waren Wege abgesperrt, an denen Baumaterial lagerte. Zwischen den Studenten liefen Handwerker in Overalls herum wie er; er würde nicht auffallen. Von außen hatte der studentische Betrieb etwas Faszinierendes. In den Büros der Stadt wurde gearbeitet, diktiert, telefoniert, besprochen, Geschäfte abgeschlossen, verkauft; hier, an der Uni, hatte Seisenbacher den Eindruck, wurde Kaffee getrunken, lief man gelassen über den Uniplatz, lag man lässig auf den Wiesen herum, las in Skripten und ließ sich die Herbstsonne auf die Haut scheinen. Das war es aber auch schon. Sicher wurde hier auch angebaggert, aufgerissen und durchgezogen *(durchziehen!)*; manche taten wohl den ganzen Tag nichts anderes. Wenn ihm nicht sein Alter einen Strich durch die Rechnung gemacht hätte, wäre Seisenbacher gern als Student durch die Uni gegangen.

Das Gebäude, in dem die Germanistik untergebracht war, hatte er bei seinem Kurzbesuch vor ein paar Tagen schon von außen beobachtet; heute stand es offen. Im Foyer hing eine Anzahl von Plakaten und Aushängen. WG-Mitbewohner, Mitfahrgelegenheit nach Münster gesucht, Anmeldung zum Reiki-Kurs, wer unterrichtet Jazz-Gitarre? Er nahm die Treppe in den ersten Stock. Wichtig war, zielstrebig vorzugehen, damit niemand auf die Idee kam, ihn anzusprechen. Oben im ersten Stock ging es rechts in die Bibliothek; davor stand ein Kabäuschen, das Seisenbacher an ein Zollhäuschen erinnerte. Hier wurde offenbar kontrolliert. Bevor noch der Typ, der in der Kabine saß, von ihm Notiz nehmen konnte, hatte Seisenbacher den Weg nach links eingeschlagen, wo sich die Germanistik befinden sollte. Der Gang führte zuerst an der Innenseite des Gebäudes entlang; in der Mitte ein Lichthof. Wichtig war, herauszufinden, auf welcher Seite Walters Zimmer lag. Plötzlich hatte er den Eindruck, in der falschen Abteilung gelandet zu sein: überall Türschilder mit englischen Bezeichnungen. Als sich eine Tür öffnete, aus der eine zierliche Japanerin herauskam, ging er schnell weiter. Die Germanistik lag einige Ecken weiter. Ein düsterer Gang, die Türen grün gestrichen, ein Design aus den siebziger Jahren. Seisenbachers Anbaggerungsfantasien verdunsteten rasch angesichts dessen, was er zu sehen bekam. Da war ja sein Büro in Linz vergleichsweise hell. Vor den Türen hingen hässliche rote Boxen, an den Wänden und Türen klebten schäbige Poster und Konzertankündigungen. Von der Decke hing ein Gummischlauch, an einer Tür ein geschmackloses Plakat mit einem grinsenden Frosch: So etwas hatte man sich in den siebziger Jahren ins Kinderzimmer gehängt! Dann sah er das Türschild: Univ.-Prof. Dr. Arnold Walter. Die Sprechstunden waren angegeben, auf einer Liste an der Tür eine Prüfungsliste, daneben eine Liste mit Zensuren. Die Namen der Studenten waren Nicknamen. Cicero hatte eine Vier, Mausi eine Eins plus bekommen. Drinnen brannte kein Licht. Sollte er anklopfen? Er ließ es bleiben. Er hatte sich ohnehin schon weit genug vorgewagt.

Hier lebte, hier arbeitete der Bayer. Sein Büro befand sich offenbar an der Außenseite des Gebäudes. Seisenbacher, der vom Gang aus nicht nach draußen sehen konnte, wusste noch nicht, auf welcher Seite. Am Ende des Ganges war dann ein Blick nach draußen möglich. Seisenbacher sah, dass es dort einen weiteren Zugang in das Gebäude gab.

Gegenüber lag ein anderes Gebäude, wahrscheinlich die Bibliothek. Dazwischen die Zufahrtsstraße, die mit Pappeln gesäumt war. Links und rechts der Allee parkten Autos. Irgendwo dort unten würde er sich gut verstecken können. In den Rinnen vor den Fenstern lag Weinlaub, dunkelrot gefärbt. Gegenüber landete ein Rabe auf einem Betonsims, obwohl Stäbe zur Abschreckung angebracht waren. Unten hinter einer Absperrung: Bauschutt, ein Stromkabel, Holzbretter, Betonteile.

Direkt an der Gebäudewand: ein ungeordneter Haufen Pflastersteine, daneben hatte wohl jemand begonnen, sie spielerisch wie Legoklötzchen aufzuhäufen. Seisenbacher versuchte, sich das Fenster von Arnold einzuprägen. Für seine Überraschung brauchte er Sichtkontakt.

Nichts war passiert. Bis auf die Japanerin war ihm niemand begegnet. Er verließ das Institut über den Nebeneingang. Unten angekommen, musste er sich zuerst orientieren; wenn er geradeaus ging, kam er nach rund hundert Metern zum Treffpunkt mit der Kugel. Auf den Stufen vor dem Eingang zur Zentralbibliothek saßen Studenten, rauchten und quatschten.

Niemand beachtete ihn; ein Bote hatte irgendwo ein Paket abgeholt und verließ das Unigelände wieder.

Bei seinem Wagen angekommen, zog Seisenbacher sich um. Der erste Teil der Mission war erledigt; jetzt hatte er frei. Er fuhr in Richtung Zentrum; beim Bahnhof stellte er den Wagen in eine Parkgarage. In der Nähe befand sich ein Kino. Seisenbacher kaufte sich eine Karte für einen Polizeifilm, der offenbar im Norden der USA spielte. Viel Blut, viel Herumgeschieße. Einmal hetzte ein Typ sein Opfer über ein verschneites Feld und schoss es dann ab wie ein Stück Wild. Unrealistisch, meine Herren. Alles übertrieben.

Die Zeit verging. Als er aus dem Kino trat, begann es zu dämmern. Er hatte noch eine halbe Stunde Zeit.

An einem Kiosk kaufte er sich einen Kebab. *Scharf mit alles*, sagte er, der Verkäufer nickte und streute extra viel Chilipulver in die Flade. Seisenbacher hielt die Flade beim Beißen vom Körper weg, um sich nicht anzukleckern.

Fremde Gesichter. Bayern, Türken, Kurden, Vietnamesen, Kambodschaner. Manchmal, wenn Seisenbacher in einer fremden Stadt war, gelang es ihm, durch genaues Hinschauen den jeweiligen typischen Bewohner aus einer Menge herauszufinden. Es gab den typischen Wiener, der auch wie ein Wiener aussah, in Prag hatte er diese Übung erfolgreich praktiziert, in Hamburg. Der Regensburger Versuch schlug fehl. Seisenbacher hatte nicht einmal eine Ahnung, worauf er achten sollte.

Dann saß er im Auto, lenkte den Wagen wieder einen Berg hinauf; die Regensburger Uni lag auf einem Hügel.

In einer Seitenstraße der Uni zog er sich um; es war allmählich dunkel geworden, niemand beachtete ihn. Jogginganzug, iPod zur Tarnung. In Wirklichkeit hängte er sich ein Handy um, das mit einem Verzerrer gekoppelt war. Ein Wertkartenhandy. Das Handy würde den Weg nach Österreich zurück nicht mehr finden; damit er sich keine Seuche ins Land holte. Wie Islandpferde, dachte Seisenbacher. Die wurden auch nicht mehr ins Land gelassen, wenn sie einmal die Heimatinsel verlassen hatten.

Er joggte ein Stück durch das Unigelände. Das Nützliche mit dem Angenehmen verbinden. Nur vereinzelt flitzten Studenten auf Rädern an ihm vorbei, müde Angestelltengesichter krochen in die Tiefgaragen. Der zentrale Platz war ruhig; auch an dieser Uni begann das Wochenende offenbar schon am Freitagnachmittag. Die Albertus-Magnus-Straße führte quer durch das Unigelände; im Bereich der Unibibliothek gab es eine Überbauung. In dem Gebäude vorne, erster Stock, befand sich das Büro von Arnold Walter. Das Fenster war dunkel. Seisenbacher hatte sich zu Mittag einen Platz in Sichtweite ausgesucht. Hier parkten mehrere Autos. Im Schatten einer Pappel konnte er gut nach oben sehen. Immer um einen Schritt voraus sein. Er musste den Überraschungseffekt nutzen. Wenn der Angstscheißer nicht zufällig eiskalt war und einen lichtstarken Verfolger in seinem Bürofenster stehen hatte, würde er nie wissen, wo sich sein Beobachter befand.

Ein kurzer Kontrollblick längs der Straße; da kam niemand. In Richtung Audimax befand sich eine Haltestelle; Seisenbacher hatte zu Mittag kontrolliert, in welchem zeitlichen Abstand die Busse in Richtung Stadt gingen. Der letzte war vor ein paar Minuten abgefahren, eine halbe Stunde würde Ruhe sein.

Er wickelte das Gespräch ab; er wusste, dass ihn der Verzerrer schützte. Der Bayer würde seine Stimme nicht identifizieren können.

Er merkte, dass der Bayer Angst hatte und versuchte, auf Zeit zu spielen. Welche Absicht verfolgen Sie denn?, fragte Arnold.

Seisenbacher ließ sich auf nichts ein. Während er sprach, schaute er nach oben. Das Fenster blieb dunkel. Er gab den Hinweis auf das Hotel Zlatý Anděl, auf das Video. Das ist doch absolut lächerlich, stammelte Arnold. Seisenbacher selber musste lächeln. Als Nächstes kamen die Bedingungen: keine Polizei (das würde der Typ sowieso nicht wagen, sonst hätte er sich schon auf dieses Telefonat nicht eingelassen) und andererseits die Vierzigtausend. Die Summe war wohlkalkuliert. Arnold schwieg. Schaute er aus dem Fenster? Dann hätte er im wahrsten Sinn des Wortes hellsehen müssen.

Ich lasse mich nicht erpressen, sagte Arnold schwach.

Dann rückte Seisenbacher mit seiner Überraschung heraus; er gab dem Bayern Bedenkzeit und sagte, dass er das Licht dreimal anknipsen solle, wenn er einwillige. In diesem Moment musste Arnold bemerken, dass er beobachtet wurde. Hier und jetzt. In diesem Moment. Gerade hatte er sich vielleicht noch sicher gefühlt, jetzt aber, wo ihm klar wurde, dass der andere stärker war, würde er Angst bekommen.

Ein heikler Moment. Seisenbacher trat einen Schritt in den Schatten eines Baumes, der hinter einem Auto stand. Jetzt konnte auch er nicht zum Fenster hinaufsehen. Der Bayer stand jetzt wahrscheinlich dort und starrte nach unten. Wenn er ganz mutig war, öffnete er es auch. Wenn er wahnsinnig war, lief er auf die Straße herunter und suchte. Wen? Was? Das war ihm nicht zuzutrauen.

Zehn Minuten. Seisenbacher sah auf die Uhr. Eine kurze Joggingrunde ging sich theoretisch aus. Eine Tafel mit der Aufschrift *Krabbelgruppe* wies zu einem etwas abseits stehenden Gebäude. Es lag unbeleuchtet. Seisenbacher entschied, am Platz zu bleiben. Für den unsinnigsten aller Fälle, dass der Bayer die Polizei einschaltete, konnte er sich rechtzeitig über diesen Weg und dann weiter durch das Unigelände verziehen. Niemand wusste, wie er hieß, niemand, wie er aussah.

Zehn Minuten können lang sein. Seisenbacher sah auf seine Uhr. Es war unwahrscheinlich, dass Arnold gleichzeitig den Lichtschalter drückte und nach draußen sah. Wo ohnehin nichts zu sehen war.

Seisenbacher blieb im Schatten der Pappel stehen und starrte durch die Zweige. Niemand kam. Kein Passant, kein Radfahrer. Da sah er das Licht. Es wurde wieder abgedreht. Und ging wieder an. Wieder aus. Wieder an. Wieder aus.

Seisenbacher machte sich auf den Rückweg. Lief den Weg entlang, den er vorher ausgewählt hatte. Der da oben hatte gerade die Hosen voll, Seisenbacher machte sich aus dem Staub. Ein paar Minuten später blieb er stehen, atmete tief durch, ließ seine Lungen zur Ruhe kommen. Dann rief er an. Der Bayer hob sofort ab. Jetzt freundlich, aber bestimmt bleiben. Er lobte den Bayern für seine Vernunft und nannte den Übergabeort. Er wiederholte die Anweisungen mehrmals. Der Typ sollte sich nicht verlaufen. Waldhäuser, sagte Seisenbacher. Ob er verstanden habe. Der Bayer bejahte. Seisenbacher appellierte an die Vernunft. Es ließe sich doch alles in Ruhe regeln. Dann legte er auf. An Sportanlagen vorbei, in einem großen Bogen um die Uni joggte er bis zu der Stelle, wo er sein Auto geparkt hatte. Vielleicht hatte der Bayer jetzt sein Zimmer bereits verlassen, vielleicht kreuzten sich ihre Wege noch einmal im Abendverkehr. Seisenbacher nahm die Autobahn Richtung Passau. Bei der Raststätte Bayerischer Wald warf er das Handy in einen Mülleimer.

Der Termin kam ungelegen, aber er stand im Kalender. Seisenbacher hatte Sabine versprochen, Erik wieder einmal zum Essen einzuladen. Auf dem überfüllten Parkplatz neben dem Schulgebäude wartete bereits eine Legion dieser hundertprozentigen Aufpass- und Sicherheitsmütter in SUVs auf ihren zu schützenden Nachwuchs; eine Personengruppe, die Seisenbacher normalerweise nur verachtete. Heute gehörte auch er dazu. Um sich innerlich ein bisschen abzugrenzen, schlenderte er bis zum Eingang der Schule.

Vielleicht ergab sich ja ein zufälliges Treffen mit der Klassenlehrerin von Erik, vielleicht ließ sich der beim letzten Gespräch überraschend getätigte Befund *(eher hübsch als hässlich)* bei einer unverbindlichen Zweitbegutachtung vertiefen *(vertiefen!)*. Vertiefen, das lag sprachlich gesehen erstaunlich knapp neben *versteifen*: ein S eingefügt, zwei Buchstaben vertauscht, schon wars passiert. Obwohl, wenn er sich den Vorgang (war in diesem Zusammenhang nicht eigentlich *Vortrieb* passender?) in der Praxis vorstellte, die Versteifung der Vertiefung vorausging. Egal.

Es läutete, binnen weniger Minuten wurde der Eingang zum Ausgang und spuckte lärmende, mit Taschen bepackte Schulkinder aus. Eriks Klassenlehrerin ließ sich nicht blicken, Seisenbacher hatte keine Gelegenheit zur *Zweitbegutachtung*.

Wortlos schleuderte Erik seinen Schulranzen in den Kofferraum, wortlos hockte er auf dem Beifahrersitz und drückte unaufgefordert am Radio, bis er einen ihm genehmen Sender gefunden hatte.

Sie fuhren zu McDonald's; es hatte den Anschein, als hätten Heerscharen von Schülern dieselbe Idee gehabt. Erik wählte einen Big Mac, der inklusive Cola im Angebot war, Seisenbacher bestellte Kaffee im Becher. Sie mussten einen vollgeräumten Tisch freifegen, um einen Platz zu bekommen, rundherum lautes Geschrei. Wenn es innerhalb der Schulgebäude auch so laut zuging, war es kein Wunder, wenn man protesthalber verstummte, dachte Seisenbacher. Während Erik aß, versuchte sein Vater ein Gespräch mit ihm zu führen.

Wie geht es in der Schule?, fragte Seisenbacher.

Eh ganz gut, sagte Erik und biss in den Big Mac, aus dem eine gelbe Sauce troff.

Und sonst?, fragte Seisenbacher.

Eh ganz gut, sagte Erik ohne jeden Anflug von Ironie.

Eriks Gesicht glänzte vor Aknefett, stärker als je zuvor, wie Seisenbacher schien. Es bestand offenbar ein seltsamer Zusammenhang zwischen der Gesichtsakne und der Ohrenkategorie.

Das Fett in Verbindung mit einem aufgekratzten Pickel auf der Stirn schien die Ohrenmisere noch zu verstärken. Erik sah aus wie ein Kategorie-5-Prolo, so extrem hatte er überhaupt noch nie gewirkt. Wie ein verschlagener Außerirdischer bei einer Fressattacke. Beinahe wütend biss Erik in den Big Mac.

Seisenbacher war mit allem guten Willen, der ihm zur Verfügung stand, zu dem Treffen mit seinem Sohn gefahren, Eriks Erscheinung hatte seinen Gutenwillenvorrat aufgebraucht, noch ehe er den Big Mac hinuntergeschlungen hatte. Der Kaffee schmeckte wie Kaffeeersatz, nur heißer.

Und mit der Lehrerin geht es wieder?, fragte Seisenbacher.

Das Opfer wird gemobbt, sagte Erik, ohne ihn anzusehen.

Bitte?, fragte Seisenbacher nach. Wie?

Sie wird gemobbt, wiederholte Erik.

Wieso denn das?, fragte Seisenbacher.

Eben darum, sagte Erik.

Was heißt das?, fragte Seisenbacher.

Darum halt, sagte Erik.

Das heißt, du machst schon wieder Schwierigkeiten, sagte Seisenbacher. Er merkte, dass sich seine Stimme hob.

Gar nicht, sagte Erik. Das sind die anderen.

Ein Mitarbeiter mit einer roten Kappe auf dem Kopf kam vorbei und wischte oberflächlich über den Tisch. Aus der Distanz betrachtet kam sie Seisenbacher wie eine lächerliche Verkleidung für einen Kindergeburtstag vor. Täglich Kindergeburtstag, tagaus, tagein, dachte er. Das musste kaum auszuhalten sein. Der Mitarbeiter wirkte, als sei er geistig abwesend, als sei er an einen unsichtbaren MP3-Player angestöpselt.

Seisenbacher merkte, dass er den Faden verloren hatte. Erik mümmelte die Reste des Weißbrots in sich hinein und sog am Plastikhalm der Cola. Mit einem schlürfenden Geräusch stieg braune Flüssigkeit auf.

Seisenbacher ertappte sich dabei, dass er auf die Uhr sah. Er hatte mit Sabine einen Treffpunkt gegen halb vier bei der Straßenbahnhaltestelle Bürgerstraße vereinbart. Ihm fiel ein, dass er noch nie in ihrer Wohnung gewesen war. Er wusste, wo sie wohnte, die seltenen Treffen mit Erik fanden immer irgendwo in der Stadt statt.

Seisenbacher wusste nicht, ob er eine erzieherische Maßnahme setzen sollte. Ob es dafür stand, eine zu setzen.

Wir waren bei ihr, bei der Lehrerin, sagte Seisenbacher und nahm das Gespräch wieder auf.

Ich hoffe, du benimmst dich jetzt wenigstens anständig.

Eh ganz gut, sagte Erik. Ruhig und provokant. Seisenbacher beschloss, sich nicht provozieren zu lassen.

Und das mit dem Schwänzen? Ich hoffe, das hat aufgehört, sagte Seisenbacher.

Eh ganz gut, sagte Erik und stopfte die Serviette in den Colabecher.

Es geht mich eigentlich nichts mehr an, sagte Seisenbacher. Aber wenn du mich fragst, und auch wenn du mich nicht fragst, sage ich dir, dass es besser ist, einen Schulabschluss zu haben als keinen.

Erik sah an ihm vorbei und sagte nichts.

Wenn du freiwillig blöd bleiben willst, dann sag es mir, sagte Seisenbacher. Damit ich mich darauf einstellen kann. Wenn du glaubst, dass ich dein Geldesel bin, dann hast du dich geschnitten.

Glaube ich eh nicht, sagte Erik.

Wenn du nicht spurst, kürze ich dir das Taschengeld, sagte Seisenbacher. Jetzt wurde Erik hellhörig.

Darfst du ja gar nicht, sagte er.

Hast du eine Ahnung, sagte Seisenbacher. Ich darf mehr, als du glaubst.

Das Gespräch plätscherte dahin. Die Androhung des Taschengeldentzugs stand weiter im Raum. Seisenbacher wusste, dass Sabine sofort bei der Jugendwohlfahrt vorsprechen würde, wenn er seine Drohung wahr machte.

Als sie das Lokal verließen, erfasste ihn eine Welle warmen Mitleids, unvermittelt. Er klopfte Erik leicht auf die Schulter. Den rührte das nicht.

In einem Kaffeehaus lud er Erik noch auf eine Portion Eis ein; Seisenbacher trank Kaffee, das dunkle Heißgetränk vorher hatte er stehen lassen.

Der Nachmittag zog sich. Im Park saßen Obdachlose und schnorrten Passanten um Zigaretten an. Gegenüber der großen Bibliothek, die umgebaut wurde, stand ein Container, der mit großen Porträtfotos drapiert war. Seisenbacher glaubte, ein paar der Gesichter zu erkennen. Er dachte an die Lehrerin, die ihm *entgangen* war. Er dachte an Kerstin.

Sabine wartete bereits an der Straßenbahnhaltestelle. Sie trug weite Jeans, die ihre Hüften unvorteilhaft betonten. Sie war zweifellos dick geworden in den letzten Jahren. In so etwas habe ich einmal herumgestochert, wunderte sich Seisenbacher über sich selbst.

Und, viel zu tun?, fragte er Sabine. Interesse zu heucheln hatte er lange genug geübt.

Man lebt, sagte Sabine. Wenn es zum Arschauswischen kommt, sind alle gleich, ob Räuber oder Gendarm. Ich betreue ja gerade einen alten Gendarmen. Der Typ ist so was von dement, sagte Sabine, wenn der früher ein Krimineller gewesen wäre, machte es auch keinen Unterschied.

Seisenbacher sah, dass er Sabine vielleicht unrecht tat. Ihr Gesicht war immer noch hübsch anzusehen; wenn sie sich pflegte, hätten sich Männer wahrscheinlich noch immer nach ihr umgedreht. Solange sie saß wenigstens.

Also dann, sagte Seisenbacher und stockte. Er gab Erik die Hand. Die Hand fühlte sich nass an. Unvermutet hatte er den Satz *Halt die Ohren steif* auf den Lippen gehabt. Nicht den falschesten Satz der Welt in diesem Moment aussprechen. Er beherrschte sich und war nicht grausam.

Er hatte seine Pflicht erfüllt. Die Pflicht.

Die Kür wartete noch auf ihn.

Den Samstag hatte Seisenbacher so geplant, dass er sich zuerst seiner selbst auferlegten Aufgabe widmen wollte. Abends sollte dann ein gemütlicher Abend mit Kerstin folgen. Seisenbacher hatte beschlossen, sich nicht unter Druck zu setzen; die Vorzeichen für einen erfolgreichen Abend waren günstig, Kerstin war von sich aus auf ihn zugegangen, das war schon die halbe Miete.

Vorher war die Sache mit dem Bayern abzuwickeln.

Wieder und wieder war Seisenbacher verschiedene Abläufe durchgegangen und hatte Sicherheitsmaßnahmen für den Fall eingebaut, dass etwas schiefging. Annahme eins war ein lupenreiner Vorgang: also dass der Angstscheißer die Kohle ablieferte und dafür zwei Fotos geliefert bekam; ein späteres *Nachbohren* mit dem Video war bei erfolgreicher *Erstmelkung* nicht auszuschließen.

Wichtig war, dem Typen immer einen Schritt voraus zu sein. Früher am Ort des Geschehens sein, zweitens gut getarnt (als harmloser Wanderer mit Langhaarperücke und Sonnenbrille), drittens das Auto präpariert (mit einem Passauer Kennzeichen), viertens das Gelände vorher sondiert zu haben. Für den Fall, dass der Bayer wider Erwarten doch die Polizei eingeschaltet hatte. Und fünftens und schließlich: die Notbremse. Für den Notfall wollte Seisenbacher eine Glock mit Schalldämpfer mitnehmen, die er vor Jahren unter der Hand erworben und noch nie verwendet hatte.

Der Gebrauch einer Schusswaffe schien Seisenbacher lächerlich; in Filmen kam es ununterbrochen vor, dass ein Privatdetektiv das Schießeisen zog; im wirklichen Leben hatte er in seiner ganzen Dienstlaufbahn einen einzigen Schuss abgegeben, und diesen als Warnschuss in die Luft. Mandi Scherer war da von einem anderen Kaliber und hatte gerne, vor allem, wenn er im Rotlicht tätig war, mit einer Waffe im Halfter geprotzt, Seisenbacher lehnte diese Angeberei ab, er sah sich in der Lage, kniffige Situationen ohne Waffe zu regeln; für wirklich gefährliche Ermittlungen war ohnehin die Polizei zuständig.

Er fuhr über das obere Mühlviertel nach Deutschland; auf einem Waldweg kurz nach Breitenberg wechselte er die Nummernschilder. Jetzt war er ein harmloser Wanderer aus dem Passauer Landkreis, auch einen entsprechenden Personalausweis trug er bei sich.

Es hatte zu regnen begonnen, ein unfreundlicher Tag. Kein Wanderwetter. Einerseits ein Vorteil: Dann waren auch keine ungebetenen Passanten zu erwarten; ein Nachteil vielleicht, dass er mit der Sonnenbrille auffiel. Seisenbacher beschloss, die Brille erst spät zum Einsatz zu bringen. Perücke und Kapuze würden auch so seine Identität ausreichend verschleiern.

Ihm kam zugute, dass er sich im Nationalpark bestens auskannte. Einmal hatten sie vom Büro aus den Betriebsausflug in den Nationalpark gemacht und eine Wanderung mit einer Exkursion in eine der Glasfabriken verbunden gehabt. Und Jahre zuvor hatte er einen Ausflug mit den Eltern dorthin unternommen. Im Hans-Eisenmann-Haus hatten sie eine *Brotzeit* eingenommen. Die Mutter hatte über den Begriff herzlich gelacht: So ein Unsinn, man war wenige Meter über der Grenze, und schon war eine Jause keine Jause mehr.

Seisenbacher parkte nicht beim Hans-Eisenmann-Haus, sondern fuhr noch ein Stück weiter Richtung Norden, wo sich ein kleiner Parkplatz für Holzarbeiter befand. Von hier aus würde er sich, als Pilzsammler getarnt, auf den Weg machen.

Er nahm einen Wanderweg quer durch den Wald, der direkt zum großen Parkplatz führte. Was, wenn auch der Bayer schon da war?

Was geschah, wann er gar nicht kam? Oder die Stelle irrtümlich nicht fand?

Keine Menschenseele auf dem Waldweg, beinahe leer der Parkplatz. Die Stelle rechts vorne war noch nicht verparkt, Seisenbacher hätte den Wagen des Bayern sofort erkannt.

Bei diesem Sauwetter blieben die Leute zu Hause; auch der Kiosk schien menschenleer, genauso wie der Imbiss. Der Platz hinter dem Tresen war unbesetzt, hier rechnete man nicht mit

Besuch; wenn man schon eine Wurst zu essen wünschte, musste man sich offenbar laut bemerkbar machen.

Irgendwo wurde Holz geschlagen; die Geräusche kamen von weiter weg; wichtig war, dass die Stelle, die sich Seisenbacher ausgewählt hatte, ruhig blieb.

Bei der Metallskulptur bog er in den Waldweg ein, der Richtung Waldhäuser führte. Es regnete in der Zwischenzeit so stark, dass er froh war, wieder in den Wald zu gelangen, wo die Laubbäume einiges an Nässe abfingen. Der Wald war menschenleer. Vielleicht kein schlechtes Vorzeichen.

In seiner Erinnerung existierte eine Weggabelung, nach der eine Stelle mit dichtem Unterholz kam. Dort wollte Seisenbacher auf den Bayern warten; von dort gab es eine gute Sicht zurück auf den Wanderweg, ohne dass man selber gesehen wurde. Außerdem wurde auf Tafeln gewarnt, die gesicherten Wege nicht zu verlassen; wegen möglicher Fallen wahrscheinlich. Seisenbacher achtete auf den Untergrund, um nicht versehentlich in eine Marder- oder Fuchsfalle zu tappen. Der Waldboden war moosig und weich, fühlte sich wie ein dickes Fell an, wie ein Schwamm, der an manchen Stellen nachgab, wenn man daraufstieg. Ein Stück abseits vom Weg stand eine Baumgruppe, rundherum Fallholz und dichtes Buschwerk. Hier beschloss Seisenbacher zu warten. Für den sehr unwahrscheinlichen Fall, bei diesem grausigen Wetter auf einen Ranger zu treffen, hatte er vor, den naiven und reumütigen Pilzsammler zu mimen; mehr als eine knorrige Abmahnung würde ihn nicht erwarten.

Er hörte das Trommeln des Regens auf den Blättern; ein einlullendes, beruhigendes Geräusch. Seisenbacher sah auf die Uhr; er war überpünktlich gekommen, wenn auch der Bayer pünktlich war, musste er noch eine Weile warten.

Er stand da, geschützt hinter einem Baum; ein Wanderer, der nicht gezielt nach ihm gesucht hätte, wäre sicher an ihm vorbeigegangen, ohne ihn zu bemerken.

Seisenbacher trank aus einer Flasche Mineralwasser und warf

einen Kaugummi ein, versicherte sich, dass er die Verpackung wieder im Rucksack verstaute. Es tat sich nichts.

Seisenbacher merkte, wie seine Hände feucht wurden. Er sah noch einmal nach seiner Glock, die geladen, aber gesichert war.

Er wusste nicht, wie lange er hinter der Baumgruppe stand, als er plötzlich Stimmen hörte. Die Stimmen kamen aus dem Wald, von weiter unten, aus der Richtung, in der man nach Waldhäuser ging. Erst hörte Seisenbacher die Stimmen, dann sah er zwei Männer an sich vorbeigehen, ins Gespräch vertieft. Beide trugen rote Anoraks und hatten Kapuzen über die Köpfe gezogen.

Dann wurde es wieder still. Wenn er sich ruhig verhielt, würde ihn niemand hinter dem Baum vermuten.

In der Zwischenzeit war es vier Uhr nachmittags geworden; wenn der Bayer seiner Aufgabe nachkam, dann musste er spätestens jetzt am Parkplatz eingetroffen sein.

Dann sah er ihn kommen. Der Mann trug ebenfalls einen Anorak, einen dunkelgrünen, und hatte eine Kapuze über den Kopf geschlagen. Er erkannte Arnold am leicht vornübergebeugten Gang. Er trug einen Rucksack auf dem Rücken und schaute sich um. Er sucht mich, dachte Seisenbacher. Aber er weiß nicht, dass ich ihn sehe. Arnold ging langsam, möglich, dass er kurz auf seine Uhr sah. In einer Entfernung von etwa zehn Metern ging er an Seisenbachers Versteck vorbei. Seisenbacher merkte, wie sich sein Puls beschleunigte.

Jetzt galt es. Der Profi in ihm übernahm das Kommando. Er trat einen Schritt aus dem Versteck und rief mit unterdrückter Stimme: Nicht Umdrehen! Weitergehen!

Im nächsten Moment merkte er, dass er gehört worden war. Der Bayer stockte im Schritt und schien zu prüfen, ob er richtig gehört hatte. Dann drehte er sich um. Seisenbacher wurde schärfer: Nicht umdrehen!

Der Bayer setzte die Körperdrehung fort; eine unsichere Bewegung, die Kapuze grenzte möglicherweise sein Sichtfeld ein. Dann blieb er stehen. Jetzt hatte er ihn entdeckt.

Stehen bleiben, rief Seisenbacher. Vielleicht waren zehn Meter zwischen ihnen. Zur Sicherheit machte Seisenbacher einen Schritt zurück und trat hinter den Baum.

Da verließ der Bayer den Waldweg und ging auf ihn zu. Damit war nicht zu rechnen gewesen.

Stehen bleiben, rief Seisenbacher. Der Trottel schien nicht zu hören, oder er war wahnwitzig. Der Typ durfte ihm nicht zu nahe kommen, das Risiko war zu groß. Im nächsten Moment zog Seisenbacher den Revolver, den er in der Anoraktasche gehalten hatte. Ruhig bleiben, klar denken, keinen Fehler machen.

Stehen bleiben, rief er noch einmal.

Und der Bayer blieb stehen. Jetzt hatte er bemerkt, dass sich ein Revolver auf ihn richtete.

Sind Sie wahnsinnig?, fragte der Bayer. Ich meine, Sie dirigieren mich hierher und bedrohen mich. Nehmen Sie die Waffe weg!

Die Situation wurde heikel. Der Typ hatte offenbar noch nie eine Waffe gesehen und sonderte entschieden zu viel Text ab.

Seisenbacher spürte, wie ihm der Schweiß ausbrach.

Rucksack auf den Boden, sagte er bestimmt und deutete mit der Waffe auf den Bayer.

Alles mit der Ruhe, sagte der und streifte den Rucksack ab. Nur keinen Stress, sagte er, ich habe ja alles mit dabei. Er hielt den Rucksack vor sich wie einen Schutzschild. Aber er legte das Ding nicht auf den Boden.

Ich möchte mir nur sicher sein, dass Sie auch etwas für mich dabei haben, sagte der Bayer.

Er erkennt mich nicht, garantiert nicht, dachte Seisenbacher.

Aber jetzt war der Typ gefährlich nahe. Rucksack auf den Boden, wiederholte Seisenbacher scharf.

Plötzlich zuckte der Bayer aus und wurde laut. Wo denn die Fotos seien und wo das Video?

Einen Moment lang zögerte Seisenbacher. Der Bayer war gerade ein paar Schritte von ihm entfernt. Seisenbacher trat noch einen

Schritt hinter den Baum zurück. Vielleicht wäre es doch besser gewesen, sich zu vermummen.

Bevor Seisenbacher etwas sagen konnte, preschte der Bayer plötzlich vor und ging auf ihn los. Der Typ war völlig übergeschnappt.

Seisenbacher trat einen Schritt nach hinten, dann noch einen.

Er musste auf einen morschen, glitschigen Ast gestiegen sein. Er stolperte und fiel nach hinten. Ein kurzer Moment nur, und er hatte sich wieder hochgerappelt.

In diesem Augenblick bemerkte Seisenbacher, dass er beim Sturz seine Sonnenbrille verloren hatte. Sie lag jetzt irgendwo auf dem Waldboden. Keine Zeit, danach zu greifen.

Dann stand Arnold vor ihm. Vielleicht zwei Meter, dann einen. Der Mann war völlig durchgedreht.

Er erkennt mich, dachte Seisenbacher. Er weiß, wer ich bin.

Es ging alles sehr schnell. Panik erfasste ihn. Alarm, Notfall. Er zog die Reißleine und schoss. Ein leises Ploppen, mehr war nicht zu hören. Der Bayer war noch einen Schritt auf ihn zugegangen.

Wie erstaunt er ihn ansah. Seisenbacher hatte ihm genau zwischen die Augen geschossen. Der Bayer fiel ihm direkt in die Arme. Fast, als ob er Halt bei ihm suchte. Einen Augenblick lang konnte Seisenbacher das Rasierwasser des Bayern riechen. Dann stürzte der Typ mit einem Seufzen zu Boden. Sonst kein Laut.

Dann war es still. Bis auf das Trommeln des Regens.

Ein Notprogramm lief ab. Ein Schiff war am Sinken. Hatte einen Eisberg gerammt. Wer jetzt bewegungslos an der Bar verharrte, ging unter, wer handelte, überlebte.

Im Unterholz lagen alte Äste, lag genug altes, langsam vor sich hin moderndes Laub. Seisenbacher zerrte den Körper des Bayern hinter die Baumgruppe unter einen Strauch, buddelte mit bloßen Händen, schichtete Äste, bedeckte den Körper mit Laub. Griff sich vorher noch die Geldbörse des Bayern, bekam in dessen Anoraktasche einen Autoschlüssel zu fassen. Schnappte sich den Rucksack. Während das Schiff langsam unterging, kroch Seisenbacher hoch an Deck, konnte sich retten. Verließ das sinkende Schiff, verließ den toten Kameraden, ging den Wanderweg zurück, hielt sich beim Parkplatz links, sah den Wagen des Bayern. Der Parkplatz menschenleer, den Wagen mit einem Knipsen geöffnet, blitzschnell durchsucht: auf dem Rücksitz ein Laptop in einer Tasche, an sich gezogen, auf dem Bord über der Windschutzscheibe der Parkschein, ausgestellt vor nicht einmal mehr als einer halben Stunde, kurz überlegt, ob er nicht mit dem Wagen vom Parkplatz fahren wollte, dann doch umdisponiert, wieder aus dem Wagen raus, abgesperrt, keine Menschenseele auf dem Parkplatz, keine Seele, wessen Seele, ein Griff in den Kotflügel und das GPS abmontiert, hinein in den Rucksack und hinein in den Waldweg Richtung Nordosten, zu dem kleinen Parkplatz, wo ein Auto mit Passauer Kennzeichen stand, jetzt niemanden treffen, jetzt ganz allein sein wollen, die Fingernägel sind schmutzig, jetzt trägst du zwei Rucksäcke, du siehst dich um: keine Menschenseele, du öffnest den fremden Rucksack, du wühlst in Papierschnitzeln, du wirfst den Rucksack von dir, der Hund hat dich betrogen, setzt deinen Weg fort, bist ein Pilzsammler, bei feuchtem Wetter schießt der Pfifferling ins Kraut, erreichst schließlich deinen Wagen: keine Menschenseele, du springst ins Auto, du trägst deine Kapuze, du merkst: Die Sonnenbrille hast du vergessen, sie liegt im Moder, keine Zeit mehr zur Umkehr, das Schiff ging unter, und du bist gerettet, verlässt die Stätte des Unfalls, fährst durch den verschlafenen Ort, keine Menschenseele am Dorfplatz, es regnet, das Wischen der Scheibenwischer, du fliehst über die Dörfer, später: ein Schild: Da überquerst du die Grenze nach Österreich.

An einem Waldweg machst du Rast: trinkst, wischst dir den Schweiß aus der Stirn, wechselst die Nummernschilder.

Irgendwo an einem Stausee: hältst du an, wirfst die fremden Autoschlüssel und die Glock in einem weiten Bogen ins Wasser.

Irgendwo an einem Wegrand: wirfst die Nummernschilder ins Unterholz, irgendwo in einem Ort: eine Mülltonne. Du stopfst deinen Anorak hinein.

Leerer, feuchter, nasser Nachmittag, schützender Regen, behütender grauer Himmel über dem Land, das bist du, das ist deine Professionalität, lässt dich nicht beirren, fahren, fahren, die Gischt von den Zwillingsreifen eines Lastwagens fetzt dir gegen die Scheibe: nur keinen Unfall jetzt.

Durchatmen dann. Durchatmen. Ruhig werden.

Etwas war geschehen. Nichts war geschehen. Er hatte nur die Reißleine gezogen. Die Notbremse gelöst. Es war ein Notfall. Es war Notwehr. Es war ein Unfall. Ein Unfall war es. Der Typ lief ihm in den Weg. Ein Schuss hatte sich gelöst. Der Typ bat um den Gnadenschuss.

Ruhig werden. Langsam fahren. Reichte das Benzin?

Heimkommen. Das war seine Stadt. Das war seine Brücke. Dankbarkeit spüren. Hier war er zu Hause. Hier war er in Sicherheit. Da war seine Tankstelle. Da die Waschanlage. Ein sauberes Bad für den Wagen. Dann, später: ein sauberes Bad für sich selbst. Schlafen. Ruhen. Er war müde.

Nichts war geschehen. Vielleicht war es nur ein böser Traum gewesen. Egal. Es war vorbei. Nichts war geschehen.

Irgendwann auf einem Weiterbildungsseminar war das Fach Psychohygiene auf dem Programm gestanden. Die angehenden Privatdetektive hatten sich die Zeit mit Papierfliegerfalten vertrieben, während vorne an der Flipchart eine diplomierte Psychologin (2+) vom Entrollen und der Kunst der Abgrenzung sprach. Seisenbacher hatte die Unterlagen für den Kurs sofort, nachdem er die Konzession erhalten hatte, verbrannt.

Jetzt, nachdem ein gewisser Ernstfall eingetreten war, hätte er die Kunst des sich Entrollens gerne beherrscht.

Während er lange duschte und den warmen Strahl auf seiner Haut spürte, schloss er die Augen. Die Bilder gingen ihm nicht aus dem Kopf.

Der Trottel war nicht stehen geblieben. Sondern auf ihn zugerannt. Der Arsch war in sein eigenes Verderben gestürzt. Wie nannten das die Fachleute? Es gab da den Fall, dass ein Attentäter oder ein Amokläufer so lange provozierte, bis man ihn quasi versehentlich abknallte. Sozusagen eine gewünschte Exekution. Seisenbacher fiel der Ausdruck nicht ein. So musste es gewesen sein.

Die Vorstellung half nicht viel und hielt nicht lange an. Die Bilder kehrten wieder. Der Typ hatte sich im Fallen regelrecht an ihn geklammert. Wie ein untergehender Passagier eines sinkenden Schiffes.

Seisenbacher, der sich an keine Maßnahme des Entrollens mehr erinnern konnte, griff stattdessen zur Flasche: schenkte sich Whiskey ein, einen Doppelten, dann noch einen Doppelten. Vom Naheliegenden hatte die Psychologin damals nicht gesprochen. Der Whisky wärmte, reinigte von innen, beruhigte, lullte ein.

Dem Dreck unter den Fingernägeln rückte er mit einer alten Zahnbürste zu Leibe, die Bürste entsorgte er nach Gebrauch.

Nach vorne schauen. Das war es. Mehr war nicht von ihm verlangt. Eine Klientin, die er in einer Mietsache vertreten hatte, hatte ihm einmal anvertraut, dass sie einen Sohn im Krieg in Stalingrad verloren hatte. Auf die Frage, wie man damit leben könne, hatte sie mit der biblischen Geschichte von Sodom und Gomorrha geantwortet. Eine Stadt lebt in Saus und Braus und Hurerei, und Gott sagt zu einer Familie, dass er der Stadt den Garaus machen werde. Die Familie darf im letzten Moment fliehen. Da gibt es diese Frau, die an ihrem Haus und Vermögen hängt; sie läuft fort, aber als sie schon fast aus der Stadt ist, dreht sie sich um. Ein schwerer Fehler: Sie erstarrt zur Salzsäule.

Das hatte ihm die Klientin bei einem Glas Sherry und einer Virginia vor Jahren erzählt; sie drehe sich nicht um, sie schaue nach vorne.

Nach vorne schauen. Vor ihm lag das Date mit Kerstin. Lange darauf gefreut, jetzt wollte keine rechte Begeisterung aufkommen.

Dennoch traf er Vorbereitungen für jeden Fall; Kerstin war i.V. Sie hatte das Abendessen selbst gewünscht; das war nicht nichts. Seisenbacher verpasste sich eine ordentliche Körperhygiene, Mundwasser, Schniedelkontrolle, sorgte dafür, dass ein Kondom in der Börse steckte und drückte für alle Fälle ein Viagra aus der Packung.

Nach vorne zu schauen fiel ihm schließlich nicht schwer. Kerstin half nach. Sie hatte sich richtig herausgeputzt, aufrissmäßig: knapper Mini, darunter eine transparente Strumpfhose, knappes Top mit tiefem Dekolleté: Früchtchen in der Auslage. Frech geschminkt, den Lippenstift, der so glänzte, aufgetragen.

Sie waren in das mexikanische Restaurant gegangen, von dessen Existenz Seisenbacher erst von Kerstin erfahren hatte; sie hatten einen Tisch in einer ruhigen Ecke bekommen. Seisenbacher achtete darauf, nicht zu schwer zu essen, und hielt sich an einen mit einer Sauce gefüllten Erdapfel. Den mexikanischen Namen für das Gericht hatte er sofort nach der Bestellung wieder vergessen. Kerstin nahm Salat.

Die folgende Übung war leicht und schwer zugleich: Das Spiel hieß Fragen und Zuhören. Was, war zweitrangig. Kerstin redete sich schnell in Fahrt, mit roten Backen saß sie vor ihm und schnurrte wie ein Webstuhl, redete vom Reisen, von einer Freundin, von der Mode. Schon nach dem ersten Glas Wein schien sie beschwipst; ihr Lächeln war Wahnsinn, ihr helles Lachen wie Musik. Ab dem zweiten Glas gelang es ihr nicht mehr, ihre aufregende Zunge zu zähmen, die ständig an den Lippen leckte.

Seisenbacher begriff schnell: Wenn das in diesem Tempo mit ihr so weiterging, würden an diesem Abend wohl mehrere Phasen seines mehrstufigen Plans auf einmal übersprungen werden.

Seisenbacher registrierte an sich eine akute Spontanerektion ohne händische Fremdeinwirkung. Während Kerstin angeregt von ihren musikalischen Vorlieben schwärmte (sie stand erstaunlicherweise unter anderem auf Heavy Metal!; Seisenbacher hatte von den meisten Gruppen noch nie etwas gehört), erreichte seine Erektion phasenweise Stufe acht der nach oben gedeckelten Erektionsskala (Höchststufe: zehn), was schon erstaunlich war. Man war ja keine achtzehn mehr.

Der Alkohol tat seine Wirkung: Auch Seisenbacher war in der Zwischenzeit beim dritten Glas Wein angelangt und fühlte sich entspannt, angeregt und erregt zugleich.

Spätestens zum Zeitpunkt, als sie überlegten, ob sie ein Dessert bestellen sollten, stand für ihn fest, dass in seinem Countdown soeben das Point-of-no-return-Plateau erreicht war: Er wollte es wissen. Und zwar heute.

Aus irgendeinem Grund zögerte er, Kerstin in seine Wohnung einzuladen; die Spuren seines nachmittäglichen Ausflugs waren verwischt, noch aber lag die Kleidung, die er getragen hatte, ungewaschen in der Wäschebox; auch die Wanderschuhe standen verschmutzt im Vorraum.

Ihm fiel ein, dass sich im Büro noch ein paar Fläschchen Babysekt befanden. Noch vor dem Zahlen erfand er einen Vorwand, weshalb er da noch rasch hin musste; wenn Kerstin ihn begleitete, gebe es ein Schlückchen Sekt für sie, meinte er kokett. Kerstin ging kichernd auf das Spiel ein. Gebongt.

Sie schlenderten zu Fuß durch die nächtliche Landstraße; Seisenbacher überlegte, ob er sich bei Kerstin einhängen sollte, ließ es dann aber bleiben. Ein paarmal gab sich die Gelegenheit für eine zufällige Berührung.

Die frische Abendluft brachte den Alkohol in den Adern erst richtig zur Entfaltung; in Seisenbacher knospte eine Fantasie, bei der Kerstin im Mini auf ihrem Schreibtisch saß, während er in sie eindrang.

Als sie im Büro angekommen waren – weshalb man hingegangen war, war keiner Rede mehr wert – ging alles sehr schnell. Während Seisenbacher den Sekt aus dem Kühlschrank holte und nach Gläsern suchte, war Kerstin rasch auf dem Klo verschwunden. Als sie wiederkam, gelang es ihnen gerade noch anzustoßen und einen ersten Schluck zu nehmen. Dann übernahm Kerstin in einer Geschwindigkeit das Kommando, die Seisenbacher vollkommen überrumpelte. Sie drängte sich an ihn und steckte ihm ihre nach Minze schmeckende Zunge in den Mund, während sie ihn zentral abtastete.

Die Fantasie ging rauschend in die Realität über. Kerstin hatte die Strumpfhose ausgezogen, setzte sich tatsächlich auf ihren Schreibtisch und spreizte die Beine: unter ihrem Mini trug sie nichts mehr.

Das war die Stunde des Fleisches, die keine Zeit mehr für aufwendige Überlegungen ließ. Das Kondom blieb ungeöffnet in der Börse. Kerstin nestelte an ihm herum, legte seine Erregung frei und drückte ihn an sich. I.V. war Geschichte. Das war bereits die Vollendung. Das war der Wahnsinn.

Sie zwang ihn, ihr ins Gesicht zu sehen. Sie hatte freche, lustige Augen. Provokant zwinkerte sie ihm zu. Dass sie Spaß an der Sache hatte, daran bestand kein Zweifel. Seisenbacher merkte, dass er sich rasch überlegen sollte, wie es weiterging.

Kerstin musste etwas gemerkt haben. Noch nicht, sagte sie streng, löste sich von ihm und sprang vom Schreibtisch. Drehte sich um und bot ihm ihren kleinen, himmlischen Arsch. Irgendetwas schien sie zu irritieren, sie zerrte an ihrem Mini, der zu Boden fiel. Jetzt stand sie vor ihm und reckte ihm ihr nacktes Hinterteil entgegen.

In dem Moment, in dem er in sie eindringen wollte, sah er es. Ein Arschgeweih. Kerstin hatte die Partie oberhalb ihres entzückenden Hinterns mit einem Tattoo verzieren lassen. Ein Arschgeweih ist ein Arschgeweih. Normalerweise ein Anlass zur Freude. Das Schlagobers auf der Torte. Aber dieses war keines der üblichen Tattoos mit Blümchen, Ranken und Ornamenten. Ein Augenpaar sah ihn an. Ernst. Traurig irgendwie. Zwei Augen.

Er drang in sie ein, er stieß ein paarmal fest gegen ihren Hintern. Kerstin genoss mit Seufzen.

Die Augen sahen ihn an. Die Augen des Bayern. Seisenbacher spürte, wie seine Erektion augenblicklich erschlaffte. Von hundert auf null in wenigen Sekunden. Er konnte sich nicht wehren.

Der Hund vermasselte ihm die Tour im letzten Augenblick. Da gab es nichts zu kaschieren.

Einen Moment später bekam auch Kerstin mit, dass irgendetwas nicht stimmte.

Ist was?, fragte sie ahnungslos.

Das Desaster war da. Die Katastrophe. Scheiße, große Scheiße.

Seisenbacher spürte, wie sich die Niederlage über ihn stülpte. Kein Ausschlag mehr auf der Erektionsskala. Wie mit einer kalten Dusche abgeschreckt.

Sie fühlte seinen Schrecken und ließ von ihm ab. Sie zeigte Verständnis. Sie tat so, als ob sie Verständnis zeigte. Eben noch war sie ganz nass gewesen und hatte darauf gewartet, dass er sie fertig machte. Sie schnappte sich ihr Höschen und küsste ihn aufmunternd auf die Wange: Nicht so schlimm, meinte sie, das könne jedem passieren.

Welch elendes Krisenmanagement. Seisenbacher brabbelte irgendeinen Unfug, dummes Zeug. Er wagte nicht mehr, Kerstin anzusehen. Die Scham, sich nicht erklären zu können, war noch größer als die Schande, versagt zu haben. Schnell zog er seine Hose an, es war nur mehr lächerlich. Für Viagra war es längst zu spät.

Gemeinsam machten sie schnell sauber; die Reste des Sekts landeten im Ausguss, der Abend war zu Ende.

War doch schön, sagte Kerstin draußen zu ihm und verpasste ihm noch ein Küsschen. Dann verschwand sie in der Tiefe der Landstraße. Seisenbacher vermeinte die Augen auf ihrem Rücken durch ihr Top, durch ihre Jacke hindurch zu sehen.

Wie schwierig es anderntags war, Normalität zu heucheln. Seisenbacher zog es ins Büro, er wusste selber nicht, warum. Dort war natürlich niemand, sonntags hatten sie ja geschlossen. Kerstin würde auch am Montag nicht zur Arbeit kommen, sie hatte frei, Ümit war auf Außendienst. In Kerstins Büro war sauber aufgeräumt, alles akkurat an seinem Platz. Der Schreibtisch, auf dem sie noch wenige Stunden vorher nackt gesessen und Wohllaute von sich gegeben hatte: völlig unauffällig. Ein Hauch ihres Parfüms lag in der Luft. Seisenbacher schnüffelte an der Schreibtischunterlage in der kindischen Hoffnung, ein bisschen mehr von Kerstin zu erspüren. Er gab den läppischen Versuch auf und beschloss, sich abzulenken.

Im Casino herrschte die sonntägliche Trägheit. Es schien noch leiser als sonst zu sein. Am Roulettetisch saß Herr Weber, der Typ mit dem Silberblick. Er trug eine schwarze Krawatte. Das war Seisenbacher niemals zuvor aufgefallen. Kein Mensch spielte. Seisenbacher setzte hundert auf Schwarz. Sozusagen aus gegebenem Anlass. Er verlor prompt. Weber verzog keine Miene. Seisenbacher sah, dass er unter dem Spieltisch die *Kronen Zeitung* liegen hatte.

Am Sonntag ging Seisenbacher normalerweise nicht ins Casino; die Atmosphäre schien ihm lähmend und trist. *Überleise.* Er überlegte, ob er sich einem Einarmigen widmen sollte. Instinktiv überkam ihn das Gefühl, dass er heute kein Glück haben würde. Er suchte den Ausgang. Die Frau an der Kasse – hieß sie Breitenberger, Breitenwanger? – schien von seiner Glücklosigkeit angezogen und lockte ihn einzig, indem sie ihre Augenbrauen hob.

In diesem Augenblick sah Seisenbacher, dass an der Wand direkt neben der Kasse eine Parte hing: Werner Meindl, tot. Zweiunddreißig Jahre alt. Daneben ein Foto von Meindl, wie man ihn in Erinnerung hatte. Die Pickel schien ein gnädiger Retuscheur entfernt zu haben.

Frau Breitenberger/Breitenwanger bemerkte, dass er bemerkt hatte. Seisenbacher fühlte sich bemüßigt, ins Gespräch einzusteigen.

Wie ist denn das passiert?, fragte er naiv flüsternd.

Er hat sich umgebracht, flüsterte Breitenberger/Breitenwanger zurück. Schrecklich, diese jungen Leute.

Seisenbacher sah sie fragend an.

Man weiß nicht, warum. Unglücklich verliebt, sagen die einen. Hoch verschuldet, sagen die anderen, sagte Breitenberger/Breitenwanger.

Man sah ihr an, wie sehnsüchtig sie auf Seisenbachers Kommentar wartete.

Seisenbacher fiel nichts ein außer: *Noch ein Toter.* Den Satz behielt er für sich. Den hätte er unmöglich erklären können. Er warf noch einen genauen Blick auf die Parte; das Begräbnis würde erst stattfinden.

Wir machen zu, wenn er eingegraben wird, sagte Breitenberger/Breitwanger. Drei Stunden geschlossen, sagte sie. Die ganze Belegschaft geht hin. Mir tun die Eltern so leid, sagte sie. Ich habe sie ja gekannt. Einfache Leute.

In dem Augenblick schlüpfte Seisenbacher in die Reporterrolle. Hari S. berichtete live über den Selbstmord des jungen Croupiers Werner Meindl. Vor Ort herrscht Betroffenheit, vor Ort betretenes Schweigen, stille Trauer, begann Seisenbacher. Dann stockte er. Das war nicht sein Tag. Die Reporterfantasie kam nicht in Schwung.

Dann entdeckte er den Namen des Bestatters auf der Parte: Sendelsburner.

Das Unglück der einen ist das Geschäft der anderen, dachte er.

Das Leben ist wie ein Besuch im Casino. Die einen verlieren, die anderen gewinnen.

Am Weg nach draußen ging er in die heftige Selbstbezichtigung.

Und, was ist? Hast du etwa verloren? Kommst du dir gut vor in der Opferrolle? Du hast doch gar nicht verloren. Der Bayer hat verloren. Du bist mit einem blauen Auge davon gekommen.

Vielleicht war das Spiel aber auch noch nicht aus. Er würde darüber nachdenken.

Draußen auf der Straße zog er eine *Kronen Zeitung* aus einem Ständer *(Ständer!)* ohne zu bezahlen. Auf Seite fünf eine Nackte mit unglaublichen Ballonmöpsen.

Im Sportteil entdeckte Seisenbacher, dass am Nachmittag ein

Spiel der Fußballlandesliga stattfinden würde. Donau gegen Vöcklamarkt. Das klang nicht wie Real gegen Barca, nicht wie Bayern gegen Nürnberg. Aber immerhin. Er beschloss, hinzugehen.

Das Leben war ein Schundroman mit unendlich vielen Möglichkeiten.

Entweder war das Spiel aus, die Maus tot und das Kapitel abgeschlossen. Oder es gab noch ein Nachspiel. Eine Verlängerung.

Entweder gab es da oben im Bayerischen Urwald eine Leiche, die nie und nimmer gefunden wurde, dann war es gut. Oder aber die Leiche wurde entdeckt und die Polizei fand kaum Spuren und keinen Hinweis auf einen möglichen Täter. Dann war es auch gut.

Seisenbacher hatte alle Vorgänge mit dem Bayern noch einmal durchgedacht. Der Typ selber hatte Wert auf Diskretion gelegt, hatte wahrscheinlich alle Spuren ihrer Kontaktaufnahmen vernichtet. Der *Liebesbrief* war in München aufgegeben worden – eine Finte. Seisenbacher hatte absolut clean gearbeitet, mit Handschuhen, einer Zeitung aus Tschechien – ein weiteres Täuschungsmanöver. Für das Telefonat hatte er ein Wegwerfhandy benutzt. Die Tatwaffe, die seit Jahren unbenutzt gewesen war, hatte er in einem Mühlviertler Stausee entsorgt. Vielleicht war ihm ja ein kleiner Fehler unterlaufen: Irgendwo im Waldboden lag jetzt eine seiner Sonnenbrillen. Seisenbacher hatte eine ganze Batterie von diesen Brillen. Den Großteil von ihnen hatte er sich auf Flohmärkten besorgt. Die Sonnenbrille, die er beim *Waldeinsatz* benutzt hatte, stammte von einem Flohmarkt; wenn sich DNA-Spuren auf der Brille befanden, dann wahrscheinlich auch von einem Vorbesitzer. Seine persönliche DNA war seines Wissens in keiner Kartei registriert. Und außerdem: Wer sagte denn, dass die Brille tatsächlich gefunden wurde? Und wer brachte diese dann mit der Tat in Verbindung? Vielleicht hatte sie ein harmloser Wanderer im Wald beim Pinkeln verloren. Außerdem handelte es sich bei der Brille um ein älteres Modell. Vielleicht lag die da schon länger im Waldboden.

Also: Entwarnung, was die Brille betraf. Kein Hinweis auf den Täter möglich.

Da gab es den *Liebesbrief*. War der Bayer so blöd gewesen, diesen aufzubewahren? Eher unwahrscheinlich. Hatte er jemanden informiert? Sehr unwahrscheinlich. Dann wäre er gar nicht zum *Waldeinsatz* gekommen. Da gab es die kompromittierenden Fotos. Hatte Arnold Walter diese vernichtet oder noch in seinem Besitz gehabt? Schwer zu sagen.

Wenn er sie vernichtet hatte, war alles gut. Wenn er sie nicht vernichtet hatte – wovon Seisenbacher ausging, der Typ würde sich nicht von einer Erinnerung an Katharina trennen können –, dann hatte er die Fotos wenigstens gut verwahrt. Dann würde es dauern, bis man sie fand. Und was bewiesen sie schon, unabhängig vom Erpresserbrief? Dass er sich irgendwann mit einer Frau getroffen hatte. Ließ sich aufgrund der Fotos der Zeitpunkt der Aufnahmen feststellen? Wer war die Frau auf den Fotos?

Wenn man die Fotos mit dem Tod des Bayern in Verbindung brachte, würde die Polizei die Identität der Frau herauszufinden suchen. Wahrscheinlich würde man die Fotos auch veröffentlichen. Irgendwann würde man auf den Namen der Frau stoßen *(auf den Namen stoßen! In diesem Zusammenhang: nur pervers)*. War man damit aber einem möglichen Erpresser nähergekommen? Vorausgesetzt, man wusste zu diesem Ermittlungszeitpunkt überhaupt etwas von einer Erpressung.

Auf jeden Fall hatte der Bayer das geforderte Lösegeld nicht bei sich gehabt, das zeugte von einem sturen Charakter: Er war nicht gewillt gewesen, auf die Erpressung einzugehen. Der Rucksack war mit alten Zeitungen ausgestopft gewesen, in der Börse des Bayern befanden sich ein bisschen mehr als tausend Euro, Geld, das Seisenbacher gut gebrauchen konnte. Die Extrafahrten nach Regensburg, der Ausflug nach Tschechien waren nicht billig gewesen. Das übrige Plastikzeug in der Geldbörse rührte

Seisenbacher nicht an; für den Anfängerfehler, zum jetzigen Zeitpunkt vom Konto abzuheben, war er nicht zu haben. Sämtliche Kreditkarten und Ausweise kamen in den Reißwolf, die Börse entsorgte er in einer fremden Mülltonne.

Blieb der Laptop des Bayern, den Seisenbacher erst zwei Tage nach dem *Vorfall* in die Hand nahm. Der Zugang zu den Daten war ohne Passwort möglich, das Ergebnis der Durchsicht aber verlief enttäuschend: ausschließlich wissenschaftlicher Schrott, nicht einmal ordentliche Spiele hatte der Langeweiler auf seinen Rechner gepackt, keine Fotos, keine Videos, nichts. Ein Laptop, wie man sich ihn fantasieloser nicht vorstellen konnte. Als Rechner war das Ding vielleicht noch zu gebrauchen; Seisenbacher löschte die Festplatte komplett und setzte sie mit schwarz gebrannter Software neu auf. Vielleicht konnte er Erik damit eine Freude machen.

Die Gedanken gingen im Kreis. War das Spiel zu Ende, sollte, konnte es weitergehen? Da existierte immer noch eine Politikergattin, der es sicherlich nicht recht war, wenn Fotos auftauchten, die sie beim Techtelmechtel mit einem Liebhaber zeigten. Außerdem musste ihr die GPS-Wanze an ihrem Wagen wegoperiert werden.

Du sollst den Tag nicht loben, ehe alle Kühe gemolken sind, dichtete Seisenbacher. Vorerst beschloss er abzuwarten, wie sich die Dinge entwickelten.

Man fand die Leiche dann schneller, als zu erwarten gewesen war. Das Internet verbreitete die Kunde rasch. Die Homepage der *Mittelbayerischen Zeitung* berichtete in einer Meldung, dass ein Professor der Regensburger Universität von einem Arbeitsaufenthalt im Bayerischen Wald nicht zurückgekehrt war. Seine Frau hatte daraufhin Abgängigkeitsanzeige erstattet. Auf einem Parkplatz des Nationalparks hatte man das Auto des Bayern entdeckt. Nach stundenlanger Suche hatten Hunde schließlich die Leiche des Professors aufgefunden. Erschossen. Über das Motiv und den

Tathergang gebe es noch keine Angaben. Ein Selbstmord werde ausgeschlossen, da keine Tatwaffe gefunden werden konnte.

Dann, am Ende des Artikels, ein paar Anmerkungen zur Person von Arnold Walter. Und überraschend: Der Professor, der sich in seiner Lehre auf österreichische Literatur spezialisiert hatte, war offenbar in Österreich geboren worden. Man lernt nie aus, dachte Seisenbacher.

Zwei, drei Tage saß er am Computer und las nach, was der Tod des Idioten an Reaktionen nach sich zog. Nichts Neues jedenfalls außer Gerüchten in der *Mittelbayerischen*: Ging es um Beschaffungskriminalität nahe der Grenze zu Tschechien? Jedenfalls waren das Geld und die Ausweise des Professors verschwunden. Ein spontaner Raubüberfall? Zeugen wurden gesucht, die den Professor vielleicht noch lebend gesehen hatten.

Als Tags darauf gemeldet wurde, dass ein Laptop vermisst wurde, war das erste Mal von einem Mord in Wissenschaftskreisen die Rede. Absurde Kaffeesudleserei von Journalisten. Betroffenheit an der Universität. Die Germanistische Abteilung richtete ein digitales Kondolenzbuch ein, in dem es vor lauter Akademikern nur so wimmelte. Dichter wurden auf und ab zitiert, Rilke, Mörike, Brecht, Bachmann. Verkopfte Eitelkeiten wurden fabriziert, gespreizte Anteilnahme geheuchelt *(gespreizt!)*. Wenn ich einmal sterbe, herrscht Rede-, Fabulier- und Formulierverbot, dachte Seisenbacher. Man konnte aus allem etwas lernen. Ein gewisser Dascola tanzte aus der Reihe: *Er war einer von uns. Ein Jahn-Anhänger. Respekt und Anerkennung. Fritz Dascola.* Zwei Stunden nach dem Posting hatte jemand den Eintrag auch schon wieder gelöscht.

Einer Parte der Universität entnahm Seisenbacher das Datum des Begräbnisses. In seinem Kopf notierte er den Termin. Das Bauchgefühl sagte ihm, dass mindestens noch eine Dienstreise nach Regensburg notwendig war. Man kannte das. Von Unfällen beispielsweise im Skiweltcup. Nichts war besser, als nach einem Trainingssturz im Abfahrtslauf möglichst bald wieder die Sturzpassage zu befahren, um das Gefühl, die Strecke zu beherrschen, wiederherzustellen. Auch das war Psychohygiene. Die Vorstellung mit dem Trainingssturz schwenkte allerdings völlig unvorhersehbar in eine Rüttelstrecke zähen Ärgers um. Der hatte mit Kerstin zu tun.

Mehr oder weniger war Seisenbacher beim Ritt auf ihrem Hintern schwer zu Sturz gekommen. Die Augen auf ihrem Rücken hatten ihn aus dem Gleichgewicht gebracht und aus der Bahn geworfen. Bedeutete das im Sinn der Psychohygiene nicht auch, dass es am besten war, Kerstin sinngemäß so bald wie möglich wieder zu befahren *(befahren!)*? Der Haken an der Sache bestand darin, dass das nicht ohne ihre Zustimmung möglich war.

Der Ärger schob sich auch von außen an ihn heran.

Statt dass Ümit/Kurt am Dienstag seinen Dienst antrat, rief dieser reichlich betreten und aufgeregt an. Er bitte um ein paar Tage Urlaub, es sei ihm peinlich, aber sein Vater habe ihn dringend gebeten, anders ausgedrückt, mehr oder weniger sanft befohlen, bis zum kommenden Wochenende mit der kompletten Familie nach Izmir zur Hochzeit einer Cousine sowie zur Geburtstagsfeier der Großmutter väterlicherseits zu reisen.

Was sollte Seisenbacher machen? Ümit die Reise verbieten? Der schwor hoch und heilig, am darauffolgenden Dienstag (also nach genau einer Woche) den Dienst wieder anzutreten. Seisenbacher gab ihm frei, innerlich zähneknirschend (Stufe sieben auf der zehnteiligen Ärgerskala). Der Ärger stieg rasch an und war immer noch auf Stufe neun, als nur zwei Stunden später Kerstin anrief und sich krank meldete. Leider, sie habe eine Infektion und sei vom Arzt für diese Woche krankgeschrieben worden. Das Attest folge, sie bedaure. Welche Infektion sie sich angeblich eingefangen hatte, sagte sie nicht, Seisenbacher fragte auch nicht nach. Kein Wort über das samstägliche Abendessen und den bedauerlichen Pistenunfall. Nicht die geringste Andeutung, gar nichts.

Sofort nachdem Kerstin aufgelegt hatte, befiel ihn das Gefühl, belogen worden zu sein. Erst fiel Ümit aus, kurze Zeit später Kerstin, die Duftblume. War das Zufall?

Kam ihm das nicht bekannt vor? Was bedeutete das? War das nicht ein *Descha-Wü* oder wie das hieß? Hatte er das nicht schon einmal erlebt, dass beide Mitarbeiter gleichzeitig nicht zum Dienst erschienen waren? Wozu hatte er eigentlich Privatdetektiv gelernt, wenn in so einer Situation nicht sein Argwohn ausbrach?

Der Ärger schnalzte auf den Plafond der nach oben gedeckelten Skala und blieb bei zehn hängen. Zehn, das hieß: gröbster Ärger, nahe der Explosion, Gefahr von Bluthochdruck.

Die Wut war auch deshalb so groß, weil es im Prinzip keine Möglichkeit gab, Dampf abzulassen *(Dampf ablassen!)*. Wo doch alles auf Vermutungen seinerseits beruhte. Der eine fuhr nach Izmir, die andere pflegte ihre Infektion. Welche eigentlich? Und wo?

Dampf ablassen: Das war das Stichwort. In weniger als zehn Minuten war Seisenbacher in Herbert Königs Tagesbar.

Herbert stand hinter der Theke, neben sich einen Espresso und die *Kronen Zeitung*. Seisenbacher sah, dass Herbert sich mit dem Sudoku abmühte. An der Tanzstange rekelte sich eine Schwarze, die Seisenbacher hier noch nie gesehen hatte. Ein paar Gäste saßen einzeln an den Tischen und schauten ungerührt zu. So beobachtete man Fische in einem Aquarium.

Und, was Neues wegen der Anzeige?, fragte Seisenbacher.

Die Verhandlung ist erst in zwei Wochen, sagte Herbert. Aber der Scharschinger Edi hat schon was am Laufen, sagte er. Kennst ihn eh. Der hat ja seine Kontakte.

Und du?

Eh ganz gut, sagte Seisenbacher. Ist die neu?, fragte er und deutete auf die Schwarze, die sich zu einem Betrachter hinunterbeugte und mit ihren beachtlichen Brüsten wackelte.

Ausgeborgt. Im Austausch. Wir arbeiten jetzt im Radl, sagte Herbert. Kommt billiger.

Jasmin war frei.

Sie gingen auf ein Zimmer. Von hinten, sagte Seisenbacher. Jasmin schaute ihn durchaus erstaunt an. Was Neues, sagte sie mit dem Anflug eines Lächelns. Seisenbachers Wut war noch auf Stufe neun, egal, ob Jasmins Freundlichkeit geheuchelt war oder nicht.

Wenigstens war ihr Rücken arschgeweihfrei. Weder Blümchen noch Schlitzaugen. Nur zartbraune, damastene Haut. Es dauerte nicht lange, und Reporter Hari Seisenbacher meldete sich von der Übertragung der Abfahrt aus Kitzbühel. Und mit der Startnummer neunundsechzig *(neunundsechzig!)* jetzt der Kanadier Jason Saiser im Rennen, und passiert soeben die Mausefalle, meine Damen und Herren, das gibt eine neue Zwischenbestzeit, und wenn er sich keinen Fehler erlaubt, hier noch ein kleiner Wackler bei der Einfahrt in die Traverse, jetzt aber geht es im höllischen Ritt über die Hausbergkante und jetzt in den Zielschuss und: Neue Bestzeit für Jason Saiser!

Von überallher das Jubeln der Massen, völlig unwichtig dabei, ob Jasmin gerade züngelte und *schneller, schneller* zischte. Es war egal. Er war ins Ziel gekommen. Mit wackligen Knien. Er hatte Dampf abgelassen. Die Wut sank auf den erträglichen Wert drei. Und alles war gut.

Als Seisenbacher bereits auf der Straße stand, gab er immer noch Interviews: Ja, das Risiko habe sich bezahlt gemacht, es sei richtig gewesen, nach diesem fürchterlichen Sturz gleich wieder auf die Piste zu gehen, das motiviere für die nächsten Rennen.

In der Haltezone vor Herberts Tagesbar stand der Porsche. Seisenbacher stieg ein und cruiste davon.

Zeitig am Morgen fuhr er los; er nahm einen neutralen Leihwagen ohne Firmenlogo. Kurz nach der Grenze montierte er ein neues Kennzeichen, diesmal eine Münchner Nummer.

Das Begräbnis sollte um zehn Uhr stattfinden; knapp nach sieben war Seisenbacher schon bei der Kirche in Ziegetsdorf; wenn ihn nicht alles täuschte, würde die letzte Ruhestätte des Bayern –

für Seisenbacher war und blieb er der Bayer, da mochte der Typ so oft in Österreich geboren sein, wie er wollte – in unmittelbarer Nähe der Universität liegen; vielleicht lagen die Orte gerade einmal zwei Kilometer Luftlinie auseinander.

Die Kirche lag verlassen, auch am Friedhof war es ruhig. Die Zufahrtsstraße zur Kirche endete als Sackgasse; von dort führte nur ein Fußweg weiter. Seisenbacher überlegte, ob er dort parken sollte, ließ den Plan aber fallen. Kein Risiko eingehen. Immer einen Schritt voraus sein. Er parkte in der Nähe eines Studentenwohnheims und zog sich um. Jogginganzug, unauffällige, dunkle Perücke, iPod.

Ein Jogger nützt die frühe Stunde für eine Runde an der frischen Luft. Zufällig führt ihn sein morgendlicher Lauf an einem Friedhof vorbei, wo offenbar Vorbereitungen für eine Beerdigung getroffen werden. Bestatter sind damit beschäftigt, Kränze aus einem Lieferwagen auszuladen. Irgendwo schlägt eine Kirchenglocke, irgendwo bellt ein Hund. Geräusche vorbeifahrender Autos von der nahen Autobahn. Im hinteren Teil des Friedhofs: eine Aufbahrungshalle. Die Tür steht offen. Der Jogger verwandelt sich in einen Friedhofsbesucher. In der Aufbahrungshalle: ein Sarg mit Sichtfenster. Um diese Zeit sind keine Trauergäste anwesend. Der Jogger nähert sich dem Sarg, steigt auf einen kleinen Sockel, um in das Fenster zu sehen. Das wächserne Gesicht eines Mannes. Er hat die Augen geschlossen. Mitten auf der Stirn so etwas wie eine Narbe, die man offenbar mit Schminke kaschiert hat. Der Jogger schlägt ein Kreuz und verlässt die Aufbahrungshalle. Dann bemerkt er das frisch ausgehobene Grab. Daneben riesige Granitsteine mit Namen: Menzl, Reif, Grabul. Der Jogger verlässt den Friedhof und läuft weiter.

Seisenbacher frühstückte in einer Bäckerei an einer stark befahrenen Straße; er nahm Kaffee und eine Buttersemmel und war bedacht darauf, nicht zu viel zu sprechen. Nur nicht den Ösi heraushängen lassen. Er stellte sich an eine Theke ans Fenster. Der Laden lief gut, ihn beachtete niemand.

Der heikle Teil seiner Aktion würde erst kommen, wenn das Begräbnis lief.

Es war damit zu rechnen, dass Sicherheitsbeamte anwesend waren. Möglicherweise auch Beamte in Zivil. Seisenbacher hatte vorher eine Stelle am Ende der Sackgasse ausgemacht, wo sich die Exekutivbeamten vermutlich platzieren würden. Auch Polizisten sind Menschen. Müssen Pausen machen, haben Durst, müssen austreten. Im Lauf der Jahre hatte Seisenbacher viel über die Gewohnheiten von Kollegen erfahren. Er würde von der anderen Seite, vom Fußweg herauf zu der Stelle stoßen: als zufällig vorbeijoggender Passant. Und er würde erst gegen Ende des Begräbnisses, wenn sich die Szenerie auf den Friedhof verlagerte, ins Geschehen eingreifen. Die kirchliche Feier war tabu; kein unnötiges Risiko. Bei der Einsegnung blieb Zeit genug zur Beobachtung.

Gegen elf trat Seisenbacher wieder auf den Plan. In der Zwischenzeit war er durch einen EDEKA-Laden geschlendert, hatte sich Mineralwasser und die *Mittelbayerische Zeitung* gekauft und einen Reiseprospekt mitgenommen. Nichts Neues in der Zeitung. Das Begräbnis war angekündigt, auch zwei Traueranzeigen waren inseriert: eine von der Universität, die andere von der Familie: Arnold Walter hatte offenbar zwei halbwüchsige Kinder. Neben der Ehefrau, der Psychologin, war auch die Mutter von Walter angeführt, die Dolores Brocher hieß. Und eine Schwester namens Andrea Blüml. Wenn der Bayer in Österreich geboren worden war, waren auch Mutter und Schwester wahrscheinlich Ösis. Woher genau Arnold stammte, war nirgends zu lesen gewesen.

Gegen elf näherte sich Seisenbacher als Jogger über den Fußweg von der Stadt dem Friedhof. Er hatte sich nicht getäuscht: Zwei Beamte in Uniform hatten dort ihren Beobachtungsposten bezogen. Die kirchliche Trauerfeier war in der Zwischenzeit zu

Ende gegangen; auf dem nicht gerade großen Friedhof drängte sich eine dichte Menschenmenge.

Die Beamten musterten den Jogger kurz und ließen ihn dann außer Acht. Seisenbacher lief an ihnen vorbei; an der Friedhofsmauer verlangsamte er seine Schritte, nahm Haube und iPod ab und stellte sich in die Menge der Wartenden. Es war gerade möglich, über die Mauer zu sehen. Über das ganze Friedhofsgelände verstreut standen so viele Menschen, dass nicht auszumachen war, wo sich das Grab befand. Reden wurden gehalten, die über eine miese Lautsprecheranlage übertragen wurden. Jemand von der Universität sprach, hechelte die wissenschaftliche Laufbahn des Verstorbenen durch und zählte Lebensstationen und Leistungen auf. Wien war auch darunter. Arnold Walter hatte aber offenbar schon seit vielen Jahren in Regensburg gelebt.

Es war nicht leicht, der Rede zu folgen. Unmittelbar vor Seisenbacher standen zwei Frauen, beide eher dick, eine mit rötlichem, ausladendem Haar, die andere mit einem Bürstenschnitt. Sie flüsterten ständig miteinander. Allmählich verlagerte sich Seisenbachers Aufmerksamkeit auf die beiden.

Sie sprachen von *der Vera*, offenbar der Frau des Verstorbenen.

Sie ist so was von fertig, sie ist ja zusammengebrochen, sagte die Rothaarige.

Sie wissen immer noch nichts. Wer kann denn so einen Menschen umbringen?, fragte der Bürstenschnitt.

Noch vorige Woche war sie bei einer Aufstellung und hat gesagt: *Da stimmt irgendetwas nicht. Da steht etwas zwischen uns. Und ich bin nicht daraufgekommen.* Hat sie gesagt, sagte die Rothaarige.

Was meinst?, fragte die mit dem Bürstenschnitt.

Na, als ob sie es geahnt hätte, sagte die andere.

Meinst du?, fragte die eine.

Sie hat irgendetwas gespürt, sagte die andere.

Dann bemerkte Seisenbacher Katharina Bogner. Es bestand kein Zweifel. Er stand etwa fünfzehn Meter weg vom Eingang zum Friedhof. Auch dort staute sich die Menge. Mitten darin eine Frau: elegant gekleidet in schwarzem Mantel mit einer dunklen Sonnenbrille: Katharina Bogner. An der Art, wie sie dastand, in der letzten Reihe einer Gruppe von Menschen, die in den Friedhof drängten, war klar, dass sie alleine gekommen war. Seisenbacher spürte, wie ihm heiß wurde.

In seinem Hirn liefen mehrere Schlussfolgerungen gleichzeitig ab:

1. Katharina Bogner war nicht als Geladene da, sie war inkognito gekommen. Sonst wäre sie bei der Trauerfamilie gestanden. Absurder Gedanke. 2. Sie trauerte um Arnold Walter. Sonst hätte sie sich nicht zum Begräbnis aufgemacht. Und sie tat es heimlich. Ganz schön verwegen. 3. Wenn Sie etwas von der Erpressung wusste, was äußerst unwahrscheinlich war, hatte sie jedenfalls nicht Kontakt mit der Polizei aufgenommen. Sonst wäre sie nicht zur Beerdigung gegangen. Die Sache war ihr zu heiß, da stand zu viel auf dem Spiel.

In diesem Moment wusste Seisenbacher, dass sich die Dienstreise gelohnt hatte. Tagelang hatte er gegrübelt, ob er die Aktion fortsetzen sollte.

Eigentlich hatte er überlegt, ob er nicht bei dieser Vera andocken sollte. Nachfühlen, wie die sich verhielt.

Jetzt wusste er, dass er sich an Katharina halten würde. Sie war in seiner Nähe, sie war greifbar. Sie hatte offenbar auch etwas zu verbergen: vor ihrem Mann. Die Kartoffel war noch heiß: So sagten doch die Preußen. Der Käse war noch nicht gegessen. Die Messe noch nicht gelesen.

Er hatte genug gesehen.

Seisenbacher joggte an der Trauergemeinde vorbei; lief unmittelbar an Katharina Bogner vorbei, die ihn nicht bemerkte. Im Vorbeilaufen bemerkte er, dass sie eine weiße Rose in der Hand hielt. Das war doch eine Geschichte!

Er lief an den BMWs und Mercedes vorbei, an einem weiteren Einsatzfahrzeug der Polizei. Er lief bis zur Hauptstraße, hielt sich dann ein Stück stadteinwärts, ehe er wieder in die Straße einbog, die ihn zum Parkplatz beim Studentenheim zurückführte.

Die Mission war erledigt. Zur Zehrung geladen war er ja nicht. Er genehmigte sich einen Tafelspitz an der Raststätte Bayerischer Wald. Aus gegebenem Anlass sozusagen. Allerdings im Restaurant in Fahrtrichtung Süd.

Jetzt war nicht die Zeit, lange abzuwarten. Keine hundert Tage Schonfrist wie in der Politik, keine Trauerzeit vergehen lassen.

Wenn er handelte, musste er es sofort tun. In den nächsten Tagen.

Zwei Gründe, die für eine sofortige Fortsetzung der Aktion sprachen: Jetzt, genau jetzt war Katharina Bogner wahrscheinlich schwer angeschlagen, würde sie am ehesten mit sich reden lassen. Und jetzt, nämlich am übernächsten Wochenende, fanden die Landtagswahlen mit dem Spitzenkandidaten Andreas Bogner statt. Ein privater Skandal so knapp vor den Wahlen, und Bogner war aus dem Rennen.

Seisenbacher interessierte sich im Prinzip nicht für Politik. Im Lauf der Jahre hatte er reihum schon alles einmal gewählt, was möglich war, außer die Kommunisten. An eine Splittergruppe unter einem Prozent bei keiner erwartbaren Gegenleistung wollte er seine Stimme nicht vergeuden. Auch Bogners Sozialdemokraten hatte er früher mehrmals das Vertrauen geschenkt, als diese noch Sozialisten hießen und auch solche gewesen waren; das war doch schon etwas länger her. Dann hatte er die Grünen gewählt, weil er gegen Atomkraftwerke war, später, als er sich selbständig machte, die Bürgerlichen; er wurde Mitglied bei der Wirtschaftskammer. Es war nicht schlecht, wenn man ein wenig Nähe zur gehobenen Schicht zeigte. Seine Klientel war ja vor allem bürgerlich. Die Lust, bei aufkeimender Eifersucht und Ehebruchsverdacht einen Privatdetektiv einzuschalten, ist häufig an die Höhe eines gediegenen Einkommens gekoppelt. Die Unterschicht regelt dergleichen Probleme mit vergleichsweise handfesten Mitteln.

Neuerdings sympathisierte Seisenbacher mit der Rechtspartei, der einzigen Gruppierung, die sich in Zeiten totaler Unübersichtlichkeit, Überfremdung, Islamisierung und steigender Kriminalität klar äußerte. Reinen Tisch machen, weg mit der sozialen Hängematte. Seisenbacher wunderte sich immer wieder, wenn er tagsüber über die Landstraße streifte, wie viele untätige Spaziergänger sich dieses Land eigentlich leistete.

Darum ging es aber nicht. Wenn er Andreas Bogner und dessen Partei hätte schaden wollen, hätte er die Fotos einfach einer Handvoll Journalisten zugesandt, und die Medien hätten wenige Tage vor der Wahl noch einmal einen Wirbel entfacht. Der Wahlkampf plätscherte ohnehin ereignislos vor sich hin; Seisenbacher jedenfalls hatte sich bis jetzt nicht dafür interessiert.

Er war Unternehmer, er hatte andere Interessen.

Noch immer klebte der GPS-Tracker am Wagen von Katharina Bogner. Am Tag nach der Beerdigung von Arnold Walter stand der Wagen gegen elf Uhr am Vormittag noch in der Garage der Bogners. Sie würde alleine zu Hause sein, da war sich Seisenbacher sicher.

Er nahm sich vor, die strenge Tour anzuschlagen. Außerdem wollte er einen selbst angelernten deutschen Akzent verwenden, den er sich von einem Kollegen, der kurz bei der CURE-Security gearbeitet hatte, abgelauscht hatte. Der Akzent war vielleicht nicht ganz astrein, hatte aber bei einer Faschingstour vor Jahren, bei der er mit Mandi Scherer, verkleidet als Reporterduo, auf Aufriss gegangen war, seinen Zweck erfüllt.

Er nahm ein lange nicht benutztes Wertkartentelefon aus der Schachtel und rief an. Katharina Bogners Stimme klang müde, erledigt, fertig.

Seisenbacher gab vor, alles zu wissen. Und er wusste ja eine Menge. Er sprach schnell, um ihr keine Gelegenheit zu geben, einzuhaken.

Herr Arnold ist tot, sagte er. Wir wissen von Ihrem Verhältnis. Wir haben genug Material, sagte er. Fotos, Videos et cetera.

Wenn Sie zahlen, bekommen Sie das Material, und die Angelegenheit ist erledigt. Wenn Sie die Polizei einschalten, ist das Material morgen bei der Presse. Ich nehme an, Sie wollen den Wahlkampf Ihres Mannes nicht gefährden. Vierzigtausend in bar. Wir melden uns wieder.

Er legte auf. Wartete keine Reaktion ab. Die Frau sollte unter Druck geraten. Morgen würde er sie wieder anrufen. Das Ding am Laufen halten. Das Eisen schmieden, solange es heiß war.

Am Nachmittag dann ein erstaunlicher Anruf in seinem Büro. Ein geradezu sensationeller Anruf. Seisenbachers Leben war bisher nicht ganz überraschungsfrei verlaufen, aber auf einer noch zu errichtenden Überraschungsskala (Höchstwert: zehn) schlug der Anruf gleich ganz oben an.

Gegen drei Uhr, Seisenbacher hatte bereits überlegt, ob er einen sogenannten *kurzen Tag* einschalten und eventuell noch eine Runde im Casino spielen sollte, läutete das Telefon.

Eine leise, schüchterne Frauenstimme. Ob man sich in einer heiklen Angelegenheit an das Büro wenden könne.

Übliches Eifersuchtsdrama, dachte Seisenbacher. Gerade die Taschen des Gatten durchgestöbert, ungewöhnlichen Fund gemacht, emotionaler Ausnahmezustand, knapp am Weinen, diagnostizierte er. Es kam anders.

Wenn ich mich in dieser Sache an Sie wende, muss ich um absolute Diskretion bitten, sagte die Frauenstimme. Das sei ganz wichtig.

Seisenbacher ging in die Zuhörerrolle. Der gute Onkel lehnte sich zurück und hörte zu.

Es geht um eine Affäre, sagte die Frau. Mit einem Mann. Die Affäre dauert noch nicht lange. Aber – man hörte, dass sich die Frau beherrschen musste, um nicht zu weinen – der Mann ist tot. Ermordet worden. Es ist schrecklich, sagte die Frau.

Seisenbacher merkte, wie er erstarrte. Er saß da und sagte gar nichts. Einen Augenblick war es ruhig, dann sprach die Frau weiter.

Es ist möglich, dass der Mann erpresst wurde. Ich weiß es nicht genau. Aber heute bekam ich einen Anruf von einem Unbekannten – die Frau senkte die Stimme, Seisenbacher musste den Regler am Apparat höher stellen, um überhaupt noch etwas zu verstehen – ein Mann, sagte die Frau. Er versucht mich zu erpressen. Er hat Material, sagte er. Und er geht an die Presse, wenn ich nicht zahle. Hören Sie, ich muss mir sicher sein, dass Sie diskret sind …

Ja, sagte Seisenbacher leise. Seine Stimme sprang nicht an.

Mein Mann, sagte die Frau. Er weiß nichts davon. Er ist Politiker. Es ist eine Katastrophe. Nächste Woche sind Wahlen, verstehen Sie. Dieser Mann zerstört unser Leben.

Sie begann zu weinen. Ein leises, verlorenes Schluchzen.

Nur ruhig, sagte Seisenbacher leise. Wie können wir Ihnen helfen?

Es dauerte, bis die Frau sich wieder gefasst hatte.

Ich soll keine Polizei einschalten. Wenn ich die Polizei anrufe, geht das Material an die Presse, hat er gesagt. Dann ist das Leben meines Mannes zerstört. Es ist eine Katastrophe. Ein Wahnsinn, sagte die Frau. Was soll ich machen?

Die Überraschungsskala war installiert, der Pegel krachte scheppernd an den Plafond. Seisenbacher griff sich an die Stirn, als hätte er Fieber. Das war irgendwie zu viel. Für einen Moment wusste er nicht, wie er reagieren sollte.

Ja, das klingt ziemlich kompliziert, stammelte er in den Hörer. Unprofessionell war das. Es war keine Zeit, jetzt in die Selbstkritik zu gehen.

Was soll ich denn machen?, fragte die Frau.

Seisenbacher überlegte blitzschnell: Wenn er die Frau abwies, wandte sie sich an ein anderes Büro. Schlecht. Dann wusste er nicht, wie die Sache weiter verlief. Oder sie ging doch noch zur Polizei. Noch schlechter. Wenn er sie auf der Stelle ins Büro bat: Achtung! Das konnte gefährlich werden, das musste nicht sein. War dann eine persönliche Übernahme des Geldes überhaupt noch möglich? Scheiße, das war vielleicht kompliziert. Seisenbacher musste reagieren. Er tat das Naheliegende.

Liebe Frau, sagte er so ruhig wie möglich. Wir werden eine Lösung für Ihren Fall finden, das verspreche ich Ihnen. Sie verstehen, ich muss jetzt in eine dringende Besprechung, aber wir können sofort einen Termin vereinbaren, vielleicht morgen Vormittag.

Er merkte, wie sie zögerte. Wie sie mit sich rang, ob ihr der Zeitpunkt nicht doch zu spät war.

Er schob nach. Wir werden garantiert eine Lösung finden, sagte er.

Sie willigte ein.

Ab wann kann ich Sie morgen anrufen?, fragte er. Falls irgendetwas dazwischen kommt, faselte er. Sie merkte nichts. Ab acht, halb neun sei es möglich, sagte sie.

So verblieben sie. Alles Gute noch, sagte er und legte dann auf.

Er merkte, dass er zitterte.

Minutenlang saß er am Schreibtisch, bewegungslos. Dann schenkte er sich einen Whiskey ein. Casino gestrichen, kurzer Tag gestrichen.

Er brauchte Zeit zum Nachdenken. Er merkte, wie ihn die Bewusstseinsspaltung lähmte. Seisenbacher A, der Privatdetektiv, musste sich schleunigst mit Seisenbacher B, dem Erpresser, abstimmen. Die weitere Vorgangsweise klären. Für beide. Wer war am Zug?

Er merkte, dass ihm der Schweiß den Rücken hinuntergelaufen war; seine Unterhose war nass, seine Oberschenkel. Ein Schweißausbruch wie im schwülen Hochsommer.

Er verließ das Büro, um sich mit einer *Ich-bin-doch-ein-guter-Vater-Aktion* abzulenken.

Zu verschenken gab es einen herrenlos gewordenen Laptop. Die dazugehörige Tasche war als Geschenk aber nicht mehr geeignet. Einerseits weil der Tragriemen eingerissen war, andererseits weil auf der Tasche mehrere Aufkleber mit dem Logo der

Universität Regensburg prangten; dazu ein Aufkleber des Jahn Regensburg. Das war zu viel der Hinweise. Seisenbacher fuhr ins Einkaufszentrum, um eine coole Tasche für Erik zu besorgen.

Die Geschäftigkeit der Leute, der Lärm im Center, der Geruch nach frisch gebackenem Brot lenkten ihn ab. Noch hatte er sich nicht entschließen können, wie er sich in der *Angelegenheit* weiter verhalten sollte.

Auf dem Weg zum Elektromarkt klopfte ihm jemand von hinten auf die Schulter. Es war seine Stiefschwester Renate. Sie wirkte noch verhärmter, noch geduckter als bei ihrem letzten Zusammentreffen. Sie zog die schwarze Handkarre hinter sich her. Keine Ahnung, wie sie den Weg in das Einkaufscenter geschafft hatte, sie hatte ja kein Auto.

Wir laufen uns auch immer beim Einkaufen über den Weg, sagte Renate und grinste. Eigenartigerweise, dachte Seisenbacher. Er hatte nichts unternommen, um das *Wen-treffe-ich-heute-Spiel* in Gang zu setzen. Er vermeinte eine Zahnlücke in Renates Oberkiefer entdeckt zu haben.

Ob er vielleicht Zeit auf einen Kaffee habe? Denn heute könne sie ihm wirklich eine Neuigkeit erzählen, frage nicht, sagte sie andeutungsvoll. Seisenbacher hatte noch keinen Kaffee getrunken, warum also nicht mit der Halbschwester ein Schwätzchen abführen?

Sie setzten sich an einen Tisch eines Cafés, das sich mitten im Einkaufszentrum befand. Links und rechts trabten Einkäufer mit müden Gesichtern an ihnen vorbei.

Stell dir vor, was passiert ist, sagte Renate, nachdem sie die Bestellung abgegeben hatten. Sie nestelte eine Zigarette aus der Schachtel und bot auch ihm eine an; Seisenbacher hatte vor Jahren mit dem Rauchen aufgehört. Was er früher an Geld für das Rauchzeug benötigt hatte, trug er jetzt ins Casino. Kam genauso teuer, war aber wesentlich gesünder, sagte er sich.

Was sollte er sich vorstellen? Dass Renate in einer Talkshow aufgetreten war, dass sie bei der Millionenshow gewonnen hatte?

Stell dir vor, sagte Renate, der Dolli ihr Sohn ist erschossen worden.

Seisenbacher verstand Bahnhof und schaute die Halbschwester groß an.

Den kennst du doch auch, sagte Renate. Oder irgendwie müsstest du den auch kennen, sagte sie. Seisenbacher schaute sie groß an.

Du weißt ja, diese komplizierten Verwandtschaftsverhältnisse, sagte Renate. Ich könnte auch sagen: Mein angeheirateter Stiefbruder ist erschossen worden. Der Arnold. Professor war der. Draußen in Regensburg.

Mein Papa, sagte Renate, also der Horst, wie sich der von der Mama hat scheiden lassen, hat er sich doch eine Neue gesucht. Die Dolli eben. Und die Dolli war die geschiedene Frau von einem gewissen Helmut; den habe ich selber nicht mehr gekannt. Weil der ist ertrunken, dazumal bei einem Schiffsunglück auf dem Traunsee. Und die Dolli und der Helmut haben einen gemeinsamen Sohn, gehabt, präzisierte Renate, den Arnold eben. Und der hat dann auf Sprachen studiert, wie mir scheint, und war dann in Deutschland draußen. Und vorige Woche ist der erschossen im Wald gefunden worden. Eine mysteriöse Geschichte.

Seisenbacher sagte gar nichts. Er nippte an seinem Kaffee und schaute seine Halbschwester an. Er hatte das Gefühl, als säße er in einer Art Fahrstuhl, einer kleinen Raumkapsel und schaute durch ein Bullauge auf seine Schwester. Während sie redete, glitt der Fahrstuhl im rechten Winkel immer weiter weg von ihr. Renate bekam vom Vorgang des Weggleitens überhaupt nichts mit und redete wie ein Wasserfall.

Eine irre Geschichte, was? Endlich passiert einmal was in meinem Leben. Mit der Geschichte gehe ich hausieren, sagte sie und lachte ein irres Lachen, das ihre Zahnlücke freilegte. Ohren zwar 2, aber in Verbindung mit der Zahnlücke eine Katastrophe, dachte Seisenbacher. Eine eigene Zahnlückenskala war bislang noch nicht entwickelt.

Ich glaube schon, dass du den auch gekannt hast, plapperte Renate. Die Dolli hat ja mit dem Horst eine Tochter: die Andrea. Die ist praktisch eine Halbschwester von uns. Also der Arnold ist, war, verbesserte sich Renate, ein Halbbruder zur Andrea über die Dolli, ich eine Halbschwester zu ihr über meinen Papa, den Horst. So ist das. Wie die Dolli ihren Siebziger gefeiert hat vor ein paar Jahren, war ich ja eingeladen bei der Andrea. Da war der Arnold auch da. Ein netter Mensch eigentlich. Ich kann mich noch gut erinnern. Ein feiner Herr jetzt. Aber nicht ungut. Der hat ja studiert.

Sie nahm einen Schluck Kaffee und saugte dann intensiv an ihrer Zigarette.

Brocher, dachte Seisenbacher. Dolores Brocher. Der Name war auf der Parte des Bayern gestanden. Dolli. Die Mutter von Renate. Brocher. Das war doch auch der Mädchenname von Renate gewesen. Er wusste nicht einmal, wie sie jetzt hieß.

Doch, sagte sie. Den müsstest du eigentlich auch gekannt haben. Kannst dich nicht mehr erinnern? Wie dieser Helmut ersoffen ist im See, da war der Papa schon mit der Dolli zusammen. Da habt ihr mich doch geholt, deine Mama und ihr Fritz, ich war bei Papa auf Besuch und habe gespielt, und dann hat ein Gendarm, damals war das, die haben den Buben gebracht, also den Arnold, der ist doch auch auf dem Schiff oder wars ein Segelboot, ich glaube, es war ein Segelboot, haben sie den gebracht, völlig verstört war der doch, und ihr habt mich damals abgeholt, kannst du dich nicht mehr erinnern?

Die Raumkapsel, die in einem rechten Winkel von Renate weg fuhr, hatte bereits volle Fahrt aufgenommen, Hari Seisenbacher befand sich kilometerweit entfernt von seiner Stiefschwester.

Was bist du für ein Jahrgang?, fragte Renate. Ein Zweiundsechziger bist du. Und der Unfall wird so Mitte sechzig gewesen sein. Da warst du noch zu klein, du wirst dich nicht mehr erinnern können, aber ich kann mich noch gut erinnern, ein Kleinkind bist du noch gewesen, unser kleiner Hari, sagte Renate aus der

Ferne. Sie war jetzt so weit weg, dass sie nur mehr ein kleiner Punkt am Horizont war. Wenn Seisenbacher durch das Bullauge sah, sah er nichts weiter als einen stecknadelgroßen Kopf, der unentwegt auf ihn einredete.

Am Abend betrank er sich, was selten vorkam. Er blieb zu Hause, starrte auf die Fernsehbilder eines Pokerturniers und ließ den Whiskey in sich hineinlaufen, bis die Flasche leer war.

Er schlief schlecht und träumte wirres Zeug. Seisenbacher A, der Privatdetektiv, saß mit Seisenbacher B, dem Erpresser, in einem Kaffeehaus an einem unbekannten Ort. Die Sätze flogen hin und her.

Es gibt mehrere Möglichkeiten, sagte Seisenbacher A. A trug die unmögliche Perücke mit der Schneckerlfrisur, völlig daneben, B war quasi die Privatperson mit der Vollglatze.

Dass es immer mehrere Möglichkeiten gibt, weiß ich auch, schrie Seisenbacher B; Binsenweisheiten bringen uns jetzt nicht weiter.

Drei Geschäfte sind möglich, entgegnete Seisenbacher A, der ruhiger, überlegter, professioneller wirkte. Seisenbacher B blieb die Rolle des Erpressers, der sich mehr oder weniger dilettantisch an einem kriminellen Experiment versuchte. B hätte die Bezeichnung *Kriminalamateur* wohl wütend von sich gewiesen.

Entweder, führte A aus, der Erpresser meldet sich nicht mehr und zieht sich zurück; dafür waltet der Privatdetektiv seines Amtes und wird tätig – erfolglos zwar, aber er kassiert. Ein Honorar mit leicht erhöhtem Tarif wird fällig, allerdings keine Unsumme. Oder der Privatdetektiv steigt mit einer Ausrede aus, Überlastung, was weiß ich: so spät wie möglich allerdings, um die Tussi nicht noch vor getätigter Geldübergabe zur Konkurrenz zu treiben, und der Erpresser geht laut Plan vor – und kassiert: Immerhin ist von vierzig Flocken die Rede.

Oder, die Idealvariante: Beide machen ihren Job – in Absprache – und kassieren.

Wie stellst du dir das eigentlich vor?, fragte B.

Timing, sagte A. Timing ist das halbe Leben.

Der Privatdetektiv bietet seinen Dienst an, hält sich die Gute aber vom Leib. Kein persönlicher Kontakt. Kontakt nur übers Wertkartentelefon.

Der Erpresser schaut, dass er den Vorgang so bald wie möglich hinter sich bringt. Der Privatdetektiv bietet der Dame, falls sie ihm von einer Geldübergabe erzählt, zum Schein seinen Schutz an. Der Vorgang findet statt, der Erpresser kassiert, der Privatdetektiv tritt auf den Plan und bedauert, dass ihm der Erpresser knapp durch die Lappen gegangen ist.

Dann gäbe es ja doch einen persönlichen Kontakt. Außerdem kennt sie dann ja seine Adresse.

Die kennt sie doch bereits auch so.

Es darf auch nicht der geringste Verdacht aufkommen, dass der Erpresser und der Privatdetektiv miteinander zu tun haben, sagte A.

Wir könnten Ümit/Kurt einschalten, meinte B. Ohne ihn einzuweihen. Du könntest ihm den Fall der Dame übertragen, ihn gleichzeitig mit unsinnigen Informationen in die Irre leiten.

Klingt ziemlich riskant, sagte A. Ümit hat es faustdick hinter den Ohren.

So ging es stundenlang hin und her. Seisenbacher rotierte wie mit Fieber im Bett. Gerädert wachte er auf.

Im Bad betrachtete er lange sein Spiegelbild. Die Ohren lagen 1+ an den Schädel angelegt. Er musste wissen, mit wem er es zu tun hatte.

Ich bin der Detektiv, dachte Seisenbacher. Ich mache mich jetzt nicht verrückt.

Als er die Wohnung verließ, hatte er das Gefühl, sich wieder im Griff zu haben. Das Wichtigste war: dem anderen immer einen Schritt voraus zu sein.

Was ihn dennoch wurmte: Der Name Brocher auf der Parte des Bayern hätte ihn stutzig machen sollen. Aber Brocher gab es viele; außerdem war der Typ schon tot gewesen, als Renate ihm die Zusammenhänge erklärt hatte.

Den angeheirateten Stiefbruder (*Stiefstiefbruder*, oder wie nannte man das?) der Stiefschwester erschossen. Das klang hart, irgendwie. *Krass*, hätte ein Deutscher gesagt. Irgendwie *derbe*, hatte Seisenbacher vor einigen Tagen im Fernsehen gehört. Er konnte sich tatsächlich nicht an die Geschehnisse erinnern, von denen Renate gesprochen hatte. Von Dolli, der Frau ihres Ex, hatte er seine Mutter vielleicht vor Jahrzehnten einmal erzählen gehört, vielleicht auch von Andrea, der Tochter dieser Dolli. An einen Arnold konnte er sich nicht erinnern. Dass dessen Vater im Traunsee ertrunken war? Im Traunsee ertranken Jahr für Jahr Menschen.

Er konnte die Zeit nicht zurückdrehen. Musste nach vorne schauen. Der Intuition vertrauen.

Die Intuition flog ihn an, als er im Büro den Laptop einschaltete und auf das Programm mit dem GPS-Tracker von Katharina Bogner ging.

Sie war wie so oft bereits in die Stadt gefahren und parkte in unmittelbarer Nähe in einer Seitenstraße beim Hotel Kolping.

Seisenbacher, der Privatdetektiv, der inzwischen starken Kaffee getrunken hatte, wusste, was er zu tun hatte. Erst ein Anruf, dann ein Spaziergang.

Katharina Bogner meldete sich sofort. Ihre Stimme klang hallig, wie aus einem Gewölbe oder einem Keller. Egal.

Er fragte sie, ob es ihr möglich war, mit ihm zu sprechen. Sie bejahte. Sie klang ruhiger als am Tag zuvor, nicht mehr so verängstigt.

Ich rufe an wegen der Sache von gestern, sagte Seisenbacher. Ruhig bleiben, sachlich, Vertrauen aufbauen, Zeit gewinnen.

Ich weiß, sagte Bogner leise.

Können Sie sprechen?, fragte Seisenbacher nach.

Ja, sagte sie, aber nur leise.

Der Erpresser, fragte Seisenbacher mit onkelhafter Ruhe, hat der sich noch einmal bei Ihnen gemeldet?

Nein, sagte Bogner wahrheitsgemäß.

Für einen Moment überlegte Seisenbacher, wie er reagiert hätte, wenn sie die Frage jetzt bejaht hätte. Dann wäre er wohl übergeschnappt.

Gut, sagte Seisenbacher. Das lässt uns Zeit zum Überlegen.

Es ist Folgendes, sagte Seisenbacher bestimmt. Ich bin momentan in einer wichtigen Causa außerhalb der Stadt unterwegs, werde erst im Lauf des Abends wieder zurückkommen. Dann rufe ich Sie noch einmal an. Ich zerbreche mir seit gestern den Kopf, wie wir weiter vorgehen könnten, sagte er. Nicht einmal gelogen, dachte er.

Und wenn er anruft?, fragte Katharina Bogner.

Verhandeln Sie mit ihm. Gehen Sie zum Schein auf sein Angebot ein, sagte Seisenbacher. Wichtig ist, dass wir den Kontakt zu dem Mann halten. Sie können sogar, er stockte kurz – er wusste, wenn er jetzt nicht glaubwürdig wirkte, wurde es kritisch – wenn es schon dazu kommen sollte, können Sie ruhig einen Übergabetermin und einen Ort vereinbaren, sagte Seisenbacher. Wichtig ist, dass wir den Mann nicht aus den Augen verlieren.

In vier Tagen ist die Wahl, sagte Katharina Bogner. Ihre Angst kehrte zurück.

Ich kann Sie gut verstehen, sagte Seisenbacher. Große Scheiße, Scheiße groß ist das. Aber, das kann ich Ihnen versprechen: Wir bringen die Sache ohne Wirbel hinter uns. Das wollen Sie doch, oder?

Ja, sagte Katharina Bogner.

Also auch keine Polizei einschalten, sagte Seisenbacher. Da haben wir sofort die Presse am Hals und die Sache in der Öffentlichkeit. Und das wollen wir wirklich nicht. Ich rufe Sie an, sagte Seisenbacher. Morgen Vormittag. Das verspreche ich Ihnen.

Er legte auf.

Seisenbacher wusste, dass er den GPS-Tracker abmontieren musste, ehe er erneut ins Grübeln verfiel. Katharina Bogners Auto stand noch immer an der gleichen Stelle. Wenn sie nach Linz fuhr, blieb sie meist bis nach Mittag in der Stadt. Es war also genug Zeit, den Tracker zu entfernen. Keine Spur, die zu ihm als Privatdetektiv führte, sollte an ihrem Auto verbleiben. Es war besser, den Erpresser vom Privatdetektiv fern zu halten.

Ein milder Tag; mehrere Tische im Café vor dem Schillerparkhotel waren besetzt, im Park stritten zwei Obdachlose ums Rechthaben in einer Sache, von der Seisenbacher nichts mitbekam. *Und das eine sage ich dir*, sagte einer zum anderen, *und das eine sage ich dir*: Was er aber sagen wollte, blieb unklar. Seisenbacher schaute, dass er schnell an den beiden Typen vorbeikam. Hinter der Bibliothek bog er in die Gasse, die zum Kindertheater führt. Hier war er ein paarmal mit Erik beim Kasperltheater gewesen. Einmal hatte Erik aus Angst vor dem Krokodil so heftig zu weinen begonnen, dass Seisenbacher mit ihm die Vorstellung verlassen musste, was ihm äußerst peinlich gewesen war. Andererseits: Nicht jeder brauchte etwas von Kunst zu verstehen, Geschmäcker waren eben verschieden.

Vom Hotel Kolping aus sah er das Auto, das etliche Meter weiter vorne in der schmalen, wenig befahrenen Straße geparkt war. Seisenbacher hatte seinen Rucksack dabei; wichtig war, dass er nicht von Passanten gestört wurde.

Als er zum Auto kam, kniete er sich zum Schuhbandtrick nieder und langte hinter den Kotflügel. Mit ein paar Handgriffen hatte er den Tracker, der an eine starke Magnetplatte geklebt war, abmontiert und im Rucksack verstaut. Die Hände säuberte er mit einem Taschentuch, das er in einem Papierkorb versenkte.

Er nahm nicht den Weg zurück, sondern machte einen kleinen Umweg, ging bis zum Volksgarten und schlenderte dann über die Landstraße zurück ins Büro.

Ein wichtiges Telefonat war ausständig. Frau Bogner wartete auf einen Rückruf. Seisenbacher merkte, wie er während des Gehens in die Rolle des Erpressers mit dem deutschen Akzent schlüpfte. Knapp formulieren, nicht um den Brei herumreden, angreifen, das Heft in der Hand halten.

Wo sollte die Übergabe stattfinden? Der Ort sollte abgelegen sein, mit der Möglichkeit, anschließend in verschiedene Richtungen abziehen zu können. Kurz überlegte er, ob er nicht auch Bogner nach Neuschönau dirigieren sollte. Vielleicht war es ihr von Linz dorthin zu weit. Vielleicht war die Idee, sie genau dort abzucashen, wo es Arnold Walter erwischt hatte, zu verwegen, geradezu frivol. Er verwarf den Gedanken. Der Ort sollte sich wenigstens nahe an der deutsch-österreichischen Grenze befinden; Katharina Bogner sollte glauben, dass er Deutscher war.

Der Moldaublick fiel ihm ein; Bogner hatte sich dort mit ihrem Liebhaber getroffen, kannte die Gegend also. Das Gebiet war nicht überlaufen, ein Fluchtweg über die nahe Grenze nach Tschechien gegeben. Er würde den Moldaublick vorschlagen.

Eine Viertelstunde, nachdem er den Tracker abmontiert hatte, saß er wieder an seinem Schreibtisch. Er war froh darüber, heute nicht gestört zu werden; Ümit war in Izmir, Kerstin mit ihrer Infektion irgendwo.

Es gab Tage, die Seisenbacher als *Trotzdem*-Tag verbuchte. Das galt durchaus als Auszeichnung. Als er kurz nach Mittag das Büro verließ, hängte er – geistig wenigstens – das *Trotzdem-Tag-Schild* in die Firmenauslage. Obwohl der Tag kompliziert angelaufen war – Seisenbacher in heikler Doppelrolle – hatte er sich *trotzdem* zufriedenstellend entwickelt. Seisenbacher hatte den GPS-Tracker ohne Probleme abmontiert und im Gerätelager deponiert. Die Tatsache, dass Ümit und Kerstin ausgefallen waren, hatte sich arbeitstechnisch als Vorteil erwiesen. Obwohl der Erpressungsanruf bei Katharina Bogner der heikelste Part des Arbeitstags gewesen war, war das Gespräch besser verlaufen als erwartet.

Katharina Bogner schien sich vom ersten Schock, erpresst zu werden, erholt zu haben und ließ erstaunlich sachlich mit sich reden.

Eine einzige Frage schien sie zu beschäftigen: Wie sie denn sicher sein konnte, bei der Geldübergabe auch tatsächlich sämtliches belastendes *Material* – auch sie sprach von nichts anderem – zu erhalten?

Seisenbacher spürte, wie ihn eine warme Welle des Verständnisses Richtung Katharina Bogner verließ; wenn nur ein Bruchteil davon, was er in dem plötzlichen Sympathieanfall für die Frau verspürte, bei ihr ankam – immer wieder wurden in Zeitungen Studien zitiert, dass es exakt möglich war, sich auf die Wellenlänge eines anderen Menschen einzustimmen –, dann musste sie glauben, dass er es ernst meinte. Im Moment ihrer Frage hätte Seisenbacher vor jedem Gericht der Welt einen Eid darauf abgelegt, Katharina Bogner alle Unterlagen auf einmal zu überlassen.

Es war tatsächlich so: Als sie nach dem Material fragte, beschloss Seisenbacher, mit der Geldübergabe die Aktion endgültig abzuschließen. Kein Schlenker, kein Nachspiel, kein Nachstochern mehr, keine falschen Tricks.

Wir halten uns an die Vereinbarungen, sagte Seisenbacher mehrmals mit seinem deutschen Akzent, der ihm erstaunlich gut gelang.

Wahrscheinlich gab es so etwas wie ein Stockholm-Syndrom für Anrufe mit erpresserischer Absicht; jedenfalls hatte er das Gefühl, diesem beim Telefonat mit Katharina Bogner zu verfallen. Mehrmals drückte er sein Bedauern für die missliche Situation aus, in die Frau Bogner und ihr Mann gerieten, würde die Geldübergabe aus irgendeinem Grund scheitern und das *Material* damit wenige Tage vor der Wahl an die Presse geraten: *Und zwar an die richtigen Medien, Frau Bogner*; Seisenbacher setzte den Satz ab, um seine Kompetenz zu unterstreichen. Er könne sehr gut verstehen, dass es eine große Scheiße für sie wäre, wenn irgendjemand von dem *Material* erführe. Deswegen seien sie – Seisenbacher benutzte ausschließlich die Wir-Form – auch daran interessiert, die Sache so schnell wie möglich abzuwickeln.

Allen Widrigkeiten zum Trotz – es handelte sich um eine Erpressung! – lief das Gespräch ruhig und sachlich ab, als würden sie über die Übergabe von einer Partie Schraubenzieher sprechen, die in den nächsten Tagen auszuliefern waren.

Katharina Bogner verhielt sich vorbildlich unhysterisch; kooperativ und bereit zur Zusammenarbeit.

Ja, sie könne das Geld bis zum Termin organisieren, und ja, sie werde keine Polizei einschalten. Und auch sonst keine faulen Tricks, setzte Seisenbacher nach.

Die Vereinbarung des Ortes war schließlich Formsache; dass die Übergabe diskret vor sich gehen würde, war schließlich auch in ihrem Interesse.

Am Fußweg zum Moldaublick gebe es eine markante Abzweigung nach links zum Aussichtsturm; sie sollte nicht der Abzweigung folgen, sondern den Forstweg geradeaus gehen; dort würde die Übergabe stattfinden. Das Geld solle in einem Rucksack bereitstehen, auch das Material werde in einem Rucksack bereitgestellt. Jemand von uns wird Ihnen das Material übergeben, damit ist die Sache dann erledigt, sagte Seisenbacher.

Der Tag hatte mit einem Dröhnschädel und Restalkohol im Blut begonnen und trotzdem noch eine positive Wendung genommen.

Seisenbacher hechelte die Möglichkeiten durch, die der angebrochene Nachmittag bot: Casino, Herberts Tagesbar oder Rückzug nach Hause – und entschied sich dann dafür, heimzufahren. Kochen, fernsehen, ausschlafen. Er schlug sich Speck und Eier in die Pfanne. In den Regionalnachrichten wurde ein Bericht über die Endphase des Wahlkampfs gezeigt. Kurz war auch Andreas Bogner im Bild; ein dynamisch, noch nicht erschlafft wirkender Mittvierziger. Warum eigentlich traf sich seine Frau mit einem blassen Bücherheini aus Regensburg zum Vögeln? Mit seinem sozusagen Um-die-Ecke-Stiefbruder. Dem Stiefstiefbruder seiner Stiefschwester. Was war der Bayer dann zu ihm: Ein Stiefstiefstiefbruder? Oder gab es dafür gar keine Bezeichnung? Seisenbacher ertappte sich dabei, die Bildränder nach bekannten Gesichtern abzusuchen; als er noch für die CURE-Security gearbeitet hatte, war er gelegentlich auch bei Parteigroßveranstaltungen im Einsatz gewesen. Außer ein paar steilen blonden Schnitten (*die*

Schnitte!: das war wohl mehr als eindeutig) in roten Kostümen kamen aber keine Sicherheitsleute ins Bild. Als Seisenbacher bereit dafür war, den politischen Bemerkungen und Versprechungen Bogners zuzuhören, war der Beitrag auch schon zu Ende. Was folgte, war ein langweiliges Champions-League-Spiel. Gegen zehn am Abend war er eingeschlafen.

Das Leben war ein Schundroman. In einem Schundroman wimmelte es nur so von Geliebten, Exgeliebten und So-etwas-wie-Geliebten.

An diesem Tag würde er mit je einem dieser Exemplare Kontakt haben. Seisenbacher rekapitulierte: Seit seinem wenn auch nicht ganz einwandfreien Ritt auf Kerstins Hintern war Kerstin wohl so etwas wie seine Geliebte; Sabine, die Mutter von Erik, war seine Exgeliebte, und ob man sein Verhältnis zu Katharina Bogner auch als Liebesverhältnis bezeichnen konnte, darüber ließ sich wahrscheinlich streiten. Immerhin hatte er doppelt mit ihr zu tun; in ihrer Beziehung ging es um Geld, und da Geld in irgendeiner Weise mit Erotik zu tun hat, war die Politikerfrau wohl auch so etwas wie eine Geliebte. Es sollte genug Beziehungen geben, die nur des Geldes wegen existierten.

Kerstin lag krank zu Hause im Bett. Sie wirkte müde, Seisenbacher hatte aber den Eindruck, sein Anruf muntere sie auf. Beinahe glaubte er, ihren Geruch durch die Leitung hindurch wahrzunehmen. Sie liege im Bett, schlafe viel, sehe fern, lese ein bisschen, trinke Tee und lasse es sich gutgehen. So weit es der Virus eben zulasse. Seisenbacher überlegte kurz, ob er scherzen und sagen sollte, dass er auf den Virus eifersüchtig war. Er ließ den Scherz bleiben. Kerstin sollte nicht denken, dass er sich von ihr abhängig fühlte, die Sache mit Ümit war noch nicht endgültig geklärt. Wenn ich nur bei dir sein könnte, aber die Arbeit, säuselte er in den Hörer. Dann legte er auf. Auf keinen Fall hatte sich Kerstin so angehört, als würde sie ihm seine neuliche Entgleisung *(Entgleisung!)* übel nehmen. Im Gegenteil. Vielleicht bot sich ja bald eine Gelegenheit, die Scharte wieder auszuwetzen *(die Scharte auswetzen!)*.

Als Nächstes rief er Sabine an. Seisenbacher in der Rolle des edlen Spenders. Ob sie Zeit habe, ihn zu treffen, er habe ein kleines Geschenk für Erik abzugeben. Wie erstaunt Sabine über seinen unvermuteten Annäherungsversuch war. Er fühlte sich bestätigt: Immer war man der Bösewicht, der verspätete Alimentezahler, der Nur-dann-und-wann-Vater. Und plötzlich meldete sich dieses Ekel völlig unvermutet mit der Ankündigung einer Wohltat für den pubertierenden Sprössling. Seisenbacher sah förmlich durch den Hörer, wie Sabine vor Staunen der Mund offen blieb. Sie vereinbarten einen Termin bei der Straßenbahnhaltestelle.

Der Kontakt zur *Drittfrau* an diesem Tag spießte sich; ausständig war noch der Anruf des besorgt klingenden Privatdetektivs. Wer sich nicht meldete, war Katharina Bogner. Unentwegt hörte er ihren Text vom Band: Sie sei im Moment nicht erreichbar, man könne ihr eine Nachricht hinterlassen, sie werde zurückrufen.

Seisenbacher hatte ihr doch deutlich versichert, dass er sich melden würde. Weshalb war sie jetzt nicht erreichbar?

Der GPS-Tracker lag nutzlos im Lager; hatte er das Gerät zu früh abgebaut?

Hatte sie es sich anders überlegt? War sie zur Konkurrenz gegangen? Warum war sie nicht erreichbar? War sie abgehauen? War sie mit der Besorgung des Geldes beschäftigt und hatte sie deshalb keine Zeit, ans Handy zu gehen?

Aber sie musste doch ein Interesse daran haben, dass ihr jemand half, noch dazu, wenn die Erpressung ihren Lauf nahm.

Lästig marschierten die Gedanken im Kreis. Wie Ameisen, die einem auf dem Bauch herumkrochen. Wie Gelsen, die sich nicht totschlagen ließen. Wie Küchenschaben, die nicht auszurotten waren.

Seisenbacher war froh, abgelenkt zu sein, als er Sabine den Laptop brachte. Er hatte eine neue Tasche gekauft und die Aufkleber auf dem Gerät durch LASK-Etiketten ersetzt. Sabine war überrascht und sichtlich erfreut, als er ihr den Laptop in die Hand drückte. Erik hatte nur einen alten, ausrangierten PC zur Verfügung gehabt, auf dem die neuesten Spiele nicht mehr liefen. Er würde eine große Freude mit dem Geschenk haben. Sabine versprach, Erik von seinem Vater zu grüßen.

Die Straßenbahn fuhr ein; sie gaben einander die Hand, Seisenbacher fasste Sabine kurz an der Schulter, was er lange nicht gemacht hatte. Er blieb an der Haltestelle stehen, bis die Garnitur abgefahren war. Wie in Zeitlupe zogen die Gesichter an den Fenstern an ihm vorbei: glotzende Fenstermolche.

Für einen Moment war Seisenbacher ohne Plan; er überlegte kurz, Herberts Bar einen Besuch abzustatten, raffte sich dann doch auf, ins Büro zu gehen. Noch einmal versuchte er, Katharina Bogner zu erreichen, wieder ohne Erfolg. Vielleicht rief sie ihn ja zurück?

Er saß an seinem Schreibtisch, ohne Licht gemacht zu haben. Vor sich eine halb volle Flasche Mineralwasser, eine Tasse Kaffee, eine angebrochene Packung Mignon-Schnitten, ein Nagelzwicker. Er saß da und starrte auf das Stillleben auf seinem Tisch. Vielleicht nickte er auch kurz ein.

Als er aufschreckte – vielleicht hatte ihn ein Geräusch draußen im Hof geweckt – ein Moment heller Klarheit: Katharina Bogner rief nicht an und war nicht zu erreichen, weil sie die Dienste eines Privatdetektivs nicht mehr benötigte. Sie hatte eine Entscheidung getroffen. Sie hatte sich offenbar entschieden, zu zahlen, das Material ohne Aufsehen an sich zu nehmen und die Sache hinter sich zu bringen. Sie hatte eine Vernunftentscheidung gefällt. Der Erpresser hatte ihr zugesichert, alles Material an sie zurückzugeben, damit die Sache abgeschlossen werde. Und Katharina Bogner hatte sich vernünftigerweise diesem Plan angeschlossen. Sie hatte das Geld besorgt und würde am Tag darauf zum Moldaublick kommen. Allein.

Wer sich so entschied, brauchte keinen Privatdetektiv. Der nur

Unruhe in eine bereits getroffene Entscheidung gebracht hätte. Sie war eine kluge, besonnene Frau und würde die Sache auch alleine regeln.

Seisenbacher merkte, wie ihn eine neuerliche Welle der Sympathie zu Katharina Bogner schwemmte. Was, wenn er ihr in einem anderen Zusammenhang begegnet wäre? Vielleicht hätte er sogar bei ihr landen können? Der Schwemmvorgang hielt an.

Beruhigt ging er nach Hause; es gab Tage, da klingelte das Telefon ununterbrochen, es gab Tage, da schwieg es, als würde alle Welt, aus welchem Grund auch immer, innehalten und seinen Wunsch, allein zu sein, respektieren. Heute war so ein Tag.

Er nahm sein Handy, mit dem er Katharina Bogner untertags angerufen hatte, mit nach Hause.

Aber er rechnete nicht mehr damit, dass sie ihn zurückrief. Sie verhielt sich so, wie er es erwartet hatte.

Anderntags fuhr Seisenbacher über das Hügelland Richtung Moldaublick.

War das schon ein *Descha-Wü*? Wie lange war es her, dass er über das obere Mühlviertel in den Bayerischen Wald gefahren war, um den Bayern, der gar kein Bayer gewesen war, abzumelken? Und der sich nicht hatte abmelken lassen, stattdessen sein Leben gelassen hatte? Mieser Scherz. Seisenbacher verbot sich, weiter daran zu denken.

Also kein *Descha-Wü*. Wohl gab es Gemeinsames: Wie man es drehte und wendete (*drehen und wenden?* Das kam doch aus der Küchensprache, das hörte sich, *anders betrachtet,* aber auch ziemlich ordinär an!), er reiste wie damals als Erpresser an.

Während er auf Höhe des sogenannten Saurüssels die Mühlkreisbahn überholte (vor Kurzem hatte er gelesen, dass Jahrzehnte vorher Passagiere ausgestiegen waren, um anzuschieben, damit die Bahn die Steigung schaffte), fertigte Seisenbacher im Kopf eine Liste mit Punkten an, die diese Aktion von der vergangenen unterschied. Die Liste war lang und stellte ihn zufrieden. Die wichtigsten Punkte waren: 1. Katharina Bogner war eine Frau. Nicht, dass er sie deswegen unterschätzte, im Gegenteil: Aufgrund ihrer Intelligenz und aufgrund des Fiaskos, das ihr drohte, wenn sie nicht zahlte, würde sie besonnen und diskret vorgehen. Und vor allem nicht so kopflos auf ihn zu rennen wie der lebensmüde Bayer. 2. Er würde auf Nummer sicher gehen und sich nicht bloß mit einer Perücke, sondern mit einer Gesichtsmaske tarnen. Nach längerem Hin und Her – die Wahl tobte zwischen George Bush oder Edmund Stoiber – entschied er sich für Letzteren; jede Fährte, die Katharina Bogner nach Bayern lenkte, war wünschenswert. 3. Seisenbacher wollte von vornherein kein Risiko eingehen und in eine Situation geraten, die zu einer ungewollten Eskalation führte. Wer keine Waffe bei sich hat, kann nicht schießen. Also reiste er ohne Waffe an. Außerdem hatte er eine klare Vereinbarung mit Katharina Bogner getroffen, sie würde sich daran halten. Er hatte versprochen, sämtliches Material einzupacken und nichts für einen Nachschlag einzubehalten. Tatsächlich hatte er sich an dieses Versprechen gehalten und alles in einen Rucksack gepackt.

Auf der Höhe von Gerling fiel ihm ein, dass er und Katharina Bogner beinahe denselben Weg ins obere Mühlviertel nehmen mussten. Hätte Bogner geahnt, dass er aus Linz und nicht wie erwartet aus Bayern anreisen würde, und hätte nicht der Ernst der Situation solche Fantasien ausgeschlossen, wäre es durchaus möglich gewesen, gemeinsam anzureisen und vielleicht unterwegs noch miteinander Kaffee zu trinken. Ein skurriler Gedanke, gewiss, aber eine Vorstellung, die Seisenbacher – er fantasierte die gemeinsame Anreise zu einem Konzert oder einem Zeltfest – durchaus nicht unangenehm war. Außerdem hätten sie bei einer gemeinsamen Anreise auch noch Benzin gespart – genug der Denkabsurditäten.

Schon waren die Berge des Böhmerwalds und der Hochficht zu erkennen. Seisenbacher merkte, dass er langsam nervös wurde. Je weiter er nach Norden kam, umso verwegener wurde auf der großzügig ausgebauten Bundesstraße überholt. Er nahm sich vor, bei Gelegenheit einmal die Unfallstatistik dahingehend zu untersuchen, ob mit steigender Meereshöhe die Risikobereitschaft bei Autofahrern zunahm.

Unvermutet stieg das Amateurgefühl in Seisenbacher hoch. Das Gefühl, dass der professionelle Privatdetektiv in ihm ein wenig hämisch auf den Hobbyerpresser hinunterschaute, der gerade im Begriff war, einen läppischen zweiten Abmelkversuch *(Abmelkversuch! Kerstin fiel ihm ein! Das passte jetzt wirklich nicht!)* zu unternehmen.

Im nächsten Augenblick sah sich Seisenbacher einsam kampfbereit in einer Ringecke stehen, während der Ringsprecher (Hari Seisenbacher) gerade die Namen der Kontrahenten aufrief. Und in der blauen Ecke, meine Damen und Herren, sehen Sie, mit bisher einem einzigen Kampf und Sieg nach technischem K.O., aber ohne Börse, Jaaaaaaaasooooooon Saaiiiser!, schrie der Ringsprecher, den Namen in unglaubliche Längen und Höhen ziehend.

Während Seisenbacher völlig alleine und ohne jede Betreuung in der Ringecke tänzelte, ohne Coach und Cutman (unten im Zuschauerraum saßen sie: Kerstin und Ümit, direkt nebeneinander, ein paar Reihen dahinter Mandi Scherer, Herbert und Jasmin, Sabine und Erik, Stiefschwester Renate, Haselwanter mit Gattin, der Bestattungsunternehmer Ewald Sendelsburner mit neuer Freundin, der Anwalt Edi Scharschinger, der Fleischfabrikant Kloibhofer mit erblondeter Gattin, erstaunlicherweise auf dem Stehplatz auch der Croupier Werner Meindl – hatte sich der nicht umgebracht?, fragte sich Seisenbacher –), bemerkte er, dass in der gegenüberliegenden Ecke Katharina Bogner von Coach Andreas Bogner und Arnold Walter warm gemacht (*warm gemacht!)* wurde. Wer ist hier eigentlich der Ringrichter?, hörte sich Seisenbacher fragen, als auch schon die Hymnen erklangen, die deutsche für ihn (er trat für Deutschland an), die österreichische für Katharina.

Zwei Kreisverkehre knapp hintereinander bei der Umfahrung von Aigen-Schlägl rissen ihn aus dieser Fantasie. Nur jetzt nicht nervös werden, ruhig bleiben.

Seisenbacher hatte einen Pass bei sich (noch einmal reiste er als Norbert Weissl aus Spittal), weil er den Rückweg über Tschechien (Nová Pec via Oberplan bis Weigetschlag) antreten wollte; damit kam er Katharina Bogner bei der Heimfahrt garantiert nicht in die Quere.

Eine Viertelstunde später stand er auf dem Parkplatz des Langlaufzentrums Schöneben. Dort, wo im Winter die Loipen wegführten, standen vereinzelt Autos; Katharina Bogners Kleinwagen, den er ja bestens kannte, war noch nicht dabei. Das wunderte Seisenbacher nicht, wie gewohnt war er früh losgefahren, um sich ohne Stress auf die Aktion vorzubereiten.

War das schon ein *Descha-Wü*, wenn er daran dachte, dass es so ähnlich mit dem Bayern gewesen war? Er hatte geparkt, er hatte sich zu Fuß durch den Wald zum Übergabeort begeben. Nein. Seisenbacher stoppte die Gedankenspirale, die abwärts zu trudeln drohte, und hielt sich die Liste vor Augen, die er bei der Fahrt angefertigt hatte. Er hatte tatsächlich keine Waffe bei sich; im Rucksack lagen eine Mappe mit den Fotos (mit allen), das Video (die Kopie hatte er gelöscht) und die Edmund-Stoiber-Maske.

Seisenbacher machte sich auf den Weg. Er ließ sich Zeit; er hatte Vorsprung, er hatte genug Zeit, sich einen Beobachtungsposten im Wald einzurichten, von wo er Katharina Bogner abpassen konnte.

Nach nicht einmal zwanzig Minuten war er an die Abbiegung zum Aussichtsturm gelangt; Wanderer, die zum Turm strebten oder auch nur zur Jausenstation, zweigten hier ab. Seisenbacher ging geradeaus weiter.

Wie plötzlich die Geräusche des Waldes überdeutlich zu hören waren, das Klopfen eines Spechts, das Rufen eines Waldkauzes, das feine Flirren des Windes über den Wipfeln.

Er war einem Waldweg gefolgt, der an einem Holzplatz endete.

Riesige Traktorspuren hatten den weichen Waldboden durchfurcht, mehrere Stapel Holz waren gelagert, Stämme, mit Farbe zum Abtransport angeschrieben.

Dann hörte er die Stimme hinter sich. Ich bin da, sagte die Stimme einer Frau.

Er fuhr herum. Er sah sie erst gar nicht; sie stand hinter einem Holzstapel und hielt einen Rucksack in der Hand.

Er war offensichtlich nicht als Erster aufgebrochen. Er duckte sich weg, kramte in seinem Rucksack nach der Maske, stülpte sich Edmund Stoiber über das Gesicht. Zu spät. Sie musste ihn vorher erkannt haben.

Egal vielleicht. Wer sagte denn, dass sie ihn kannte.

Hier ist das Geld, sagte sie und hob den Rucksack hoch, einen kleinen blauen Kinderrucksack. In so einem gab man einem Kindergartenkind die Jause mit.

Haben Sie das Material?, fragte Katharina Bogner ruhig.

Die Maske saß nicht ganz richtig, er musste den Kopf schief halten, um durch die Sehschlitze zu sehen. Er hatte Katharina bisher nur auf den Aufnahmen so nahe gesehen. Wie hübsch sie war. Sie hatte Ohrenkategorie 1. Ideal. Sie musste als junges Mädchen eine Schönheit gewesen sein. Seisenbacher spürte die Welle der Nähe durch seinen Körper laufen.

Sie können nachzählen, sagte sie. Sie geben mir das Material, ich werfe Ihnen den Rucksack hin, Sie zählen das Geld, sagte sie.

Es ging alles so schnell. Er hatte noch gar nichts gesagt. Es hatte den Anschein, als würde die Frau den Vorgang dirigieren. Aber es lief ja alles wie geplant.

Er warf ihr den Rucksack hin, der knapp vor ihr auf den Waldboden fiel. Sie ging einen Schritt auf den Rucksack zu und hob ihn auf. Da, sagte sie und warf ihm ihren blauen Rucksack vor die Füße. Er kniete nieder, riss den Reißverschluss auf und starrte in den Ranzen.

Dann hörte er ein Knacken. Er sah die Frau nicht. Die Sehschlitze in der Maske erlaubten es nicht. Ein Schlag zwang ihn zu

Boden. Wie ein Knockoutschlag. Gegen die Brust. In die Leber. Mit einem leisen Stöhnen fiel er um.

Normalerweise irrte er sich nicht. In diesem Augenblick fragte sich Seisenbacher, was er falsch gemacht hatte.

III

Sie hatte die besondere Begabung, etwas vor anderen zu verbergen. In dieser Disziplin hatte sie in Jahrzehnten eine stille Meisterschaft ausgebildet. Immer wenn die Umstände, das Schicksal, das Leben, oder wie immer man es in solchen Momenten zu nennen pflegt, sie zwangen, ihr Talent erneut unter Beweis zu stellen, wusste sie, dass sie gewappnet war. Gerüstet, durchzuhalten. Stark genug, *das alles* auszuhalten.

Nach dem Wochenende in Krummau mit Arnold hatte sie sich ausgehebelt gefühlt. Entwaffnet. Verzaubert. Leicht gemacht. Nach all den Jahren hatte sie nicht mehr mit dieser Wucht an Gefühlen gerechnet. Mit diesem Aufschwung. Diesem Aufwind. Dem Gefühl, das Fliegen wieder gelernt zu haben. Wieder und noch einmal. Unverhofft.

Hätte Iris, ihre beste Freundin und Tennispartnerin, im Scherz von ihr wissen wollen, ob sie sich vorstellen konnte, je wieder die Geliebte eines Mannes zu werden, sie hätte lachend abgewunken, sie hätte sich ihren Wunsch nicht eingestanden. Nicht jetzt. Jetzt nicht und vielleicht nie mehr. Sie war von sich selbst überrascht gewesen. Von ihrer Neugier auf den Mann, der ihr fremd war, obwohl in ihm eine längst vergangenen Episode ihres Lebens nachklang. Sie wunderte sich, wie kühl sie die Reise nach Krummau plante, und darüber, wie sie dem dröhnenden Heldenstück ihres Mannes Andreas ihre verrückte, heimliche Posse entgegensetzte.

Vielleicht war es auch nur die Lust an der Camouflage gewesen, war ihre Begabung nur in neuer Verkleidung entflammt. Die Affäre mit Arnold war eben auch eine Geschichte des Verbergens: von Mails, von Telefonaten, von Reisen, von Treffen.

Vielleicht lag genau darin ihr Reiz. Dass verboten war, was sie taten. So sah sich Katharina als Schauspielerin in einem Stück mit Andreas: Vorne an der Rampe gab er das große Polittheater mit Tamtam und Getöse, hinter den Kulissen schlich sie gleichsam auf Zehenspitzen aus dem Haus, keck, schneidig, ungesehen, ungestraft.

Nach dem Wochenende in Krummau war sie verwirrt, kannte sie sich selbst nicht mehr. Belog sie sich, wenn sie behauptete, sie sei ohne Erwartungen nach Tschechien gefahren? War nicht alles, was geschehen war, eine Abfolge von Entscheidungen, die getroffen werden mussten: Einzelzimmer oder Doppelzimmer, nur miteinander reden oder einander auch küssen, freundschaftlich oder fordernd küssen, bloß in einem Zimmer schlafen oder tatsächlich miteinander schlafen, Sexabenteuer auf One-Night-Stand-Basis oder Romantikwochenende mit Aussicht auf Fortsetzung?

Sie war zu einem waghalsigen, aber doch einem Abenteuer mit kalkuliertem Risiko nach Krummau aufgebrochen. Erst als sie Abschied nahm von Arnold im *Niemandsland*, er ihr Komplimente machte, sie küsste, war ihr klar geworden, dass aus diesem Land vielleicht Wege führten, an die sie vorher nicht zu denken gewagt hatte.

Sie war glücklich nach Hause gefahren, sie hatte Schmetterlinge im Bauch gehabt, ungebührlich für ihr Alter, und: Sie bereute nichts. Sie schrieb Arnold das in einer Mail, gemeinsam mit diesem Zitat aus dem Buch von Adolf Muschg. In ihrem Kopf hatte sie den Satz für sich umgeschrieben: *Manchmal dachte sie daran, wie es wäre, mit einem Menschen wie diesem zu schlafen; dann vergaß sie es wieder. Wenn er sie so durchdringend ansah, dachte sie stärker daran, so, wie man an eine Belohnung am Ende eines anstrengenden Tages denkt; es hatte nichts Diebisches.*

Er hatte ihr zurückgeschrieben, ihr versichert, dass er oft an sie denke und sich bald wieder melden würde. Sie wusste, an diesem Wochenende würde er sich zurückziehen, um zu arbeiten und keine Möglichkeit mehr haben, ihr zu antworten. Trotzdem war sie enttäuscht, nichts mehr von ihm zu hören. Mehrmals täglich ging sie zum Computer und schaute erwartungsvoll in die Mailbox. Das Wochenende verstrich ohne Nachricht.

Am Montag wollte sie kurz ins Büro, um die Druckfahnen für ein Geleitwort für eine Festschrift eines Sportvereins durchzusehen, das der Sportlandesrat abzusegnen wünschte, und sich anschließend mit Iris zum Tennis treffen.

Andreas war um sechs Uhr früh aufgebrochen; die zwei letzten Wochen des Wahlkampfs standen bevor. Am Montagmorgen war Dienstfrühstück mit dem Wahlkampfstab, danach ging es noch einmal für eine Woche hinaus in die Kleinstädte und Bezirksstädte, in Volkshäuser und Gewerkschaftsheime, in Bierzelte und Fabrikshallen. Sie hatten seit Wochen kaum mehr miteinander geredet; wenn Andreas einmal für ein paar Stunden zu Hause war, lag er erschöpft vor dem Fernseher oder er war davor eingeschlafen, oder aber er saß telefonierend in seinem Heimbüro. Er funktionierte, strahlte Zuversicht aus, wirkte konditionell weiter belastungsfähig, obwohl Katharina bei der morgendlichen Kontrolle im Bad bemerkt hatte, dass er täglich mehrere dieser grünen Aufputschpillen nahm.

Katharina saß beim Frühstück und las die Zeitung, überflog die gänzlich uninspirierten Kommentare, denen man ihren Entstehungszeitpunkt – Sonntagnachmittag, da herrschte tote Hose in den Redaktionen – von Weitem ansah. Im Radio liefen die Morgennachrichten, irgendwo waren Rebellen angegriffen worden, irgendwo hatte sich ein Erdrutsch ereignet.

Dann eine Meldung, die sie elektrisierte: Im bayerischen Nationalpark nahe der österreichischen Grenze war die Leiche eines Mannes gefunden worden, der offenbar getötet worden war. Bei der Leiche handelte es sich um den bekannten, aus Österreich stammenden Germanisten Arnold Walter, einen neunundvierzigjährigen Wissenschaftler der Universität Regensburg. Erst kürzlich hatte Walter wieder einen Vortrag in seiner ehemaligen

Heimat gehalten. Über die genaue Todesursache und das Tatmotiv gebe es noch keine weiteren Informationen.

Sie hatte Arnolds erste Mail an einem Tag erhalten, an dem sie sich wieder einmal gewünscht hatte, dass Vater bald sterbe. Ein Gedanke, den sie rasch verdrängte, der aber seit einiger Zeit wellenförmig gegen sie anrollte. Man wünscht dem, der einen gezeugt hat, nicht ungestraft den Tod. Dem Todeswunsch folgte das schlechte Gewissen, drückend, lähmend, Lebenskraft zehrend. Gedankenattacken, die ihr die Energie raubten.

Es gab niemanden, mit dem sie sich in dieser Angelegenheit austauschen konnte; mit Andreas hatte sie wegen Vater schon lange nicht mehr gesprochen. Für ihn war die Betreuung seines dementen Schwiegervaters pragmatisch zu lösen: Altersheim ja oder nein? Wenn nein: Welcher Pflegedienst kam in Frage? Welche Summe konnte der Vater selbst aufbringen, welche Ansuchen mussten gestellt werden? Seit der Vater von einer Hauspflege betreut wurde, war die Frage für Andreas abgehakt.

Und bei Iris, mit der Katharina sich regelmäßig traf, kam der Vater, kam ihre Herkunftsfamilie nicht vor. Es gab Themen, über die nicht gesprochen wurde, aus.

Die Betreuung des Vaters war anstrengend geworden. Jahrelang hatte er, der seit dem Tod seiner Frau alleine lebte, sich selber versorgt und war gut zurechtgekommen. Er ging einkaufen, kochte, spülte das Geschirr, traf sich mit einer Runde zum Kartenspielen im Wirtshaus, einmal wöchentlich machte eine Putzfrau die Wohnung sauber. Vaters Verfall begann schleichend. Bei jedem ihrer Besuche vermeinte Katharina ein weiteres Indiz seines langsamen Abschieds zu entdecken. Plötzlich roch es muffig im Haus, der Vater vergaß zu lüften, vernachlässigte sich körperlich, putzte sich die Zähne nicht mehr, duschte nicht, ließ den Müll liegen, vergaß, den Herd abzuschalten, wenn er kochte: Zweimal knapp hintereinander retteten ihn Nachbarn aus der bereits total verqualmten Küche. Ein Herd mit Zeituhr wurde eingebaut. Wenn

Katharina ihn besuchte, vergaß er binnen weniger Minuten, was sie ihm erzählt hatte; endlos oft fragte er nach.

Am schlimmsten fand sie, dass er, nach Jahrzehnten, in denen sie das Gefühl gehabt hatte, sich von ihm gelöst und unabhängig geworden zu sein, wieder begann, grob auf ihr herumzuhacken.

Sie war seine einzige Tochter, sein einziges Kind. Seine Frau, die er ein Leben lang herumkommandiert hatte, war seit Jahren tot, die Tochter, die ihn, solange er seinen Alltag alleine bewältigte, höchstens einmal pro Woche besucht hatte, kam nun beinahe jeden zweiten Tag. An ihr ließ er seine Launen und Macken ungebremst aus. Katharina hatte das Gefühl, als zerrte sie die Alterserkrankung des Vaters zurück in eine Zeit, in der sie das schüchterne Schulmädchen gewesen war, das der strenge Herr, der als Gendarm eine sogenannte Respektsperson darstellte, nach Lust und Laune der Welt als ein Vorzeigestück präsentieren und an dem er seine Allmachtsfantasien ausleben konnte.

Das Mail von Arnold und die senilen Übergriffsattacken des Vaters hatten etwas gemeinsam, wovon Arnold und der Vater nichts ahnen konnten: Sie zogen Katharina zurück in eine Phase ihres Lebens, der sie sich entwachsen wähnte.

Der Vater war es gewesen, durch den sie Arnold am Tag dieses schrecklichen Unfalls kennengelernt hatte. Später wusste Katharina nicht mehr, ob sie sich noch an Einzelheiten jenes Tages erinnerte, als das Segelboot auf dem Traunsee gekentert und der Vater mit dem einzigen verstörten Überlebenden der Katastrophe nach Hause gekommen war: Eine psychologische Betreuung von Opfern war damals noch völlig unbekannt. Der Gendarm hatte, weil Arnolds Mutter und auch die Großeltern nicht erreichbar gewesen waren und wohl auch aus Mitleid, den Buben mit nach Hause genommen und einen Tag und eine Nacht betreut.

Ob Katharina sich tatsächlich an den Nachmittag mit Arnold erinnerte oder ob sich ihre Erinnerung nicht an Elementen einer späteren, immer wieder abgespulten Erzählung des Vaters entzündete – zumindest gehörte dieses Unglück auf dem See zu den fünf großen katastrophischen Erzählungen seiner Berufskarriere –, sie wusste es nicht.

Bewusst setzte ihre Erinnerung an Arnold erst ein, als er während des Tanzkurses für sie zu schwärmen begann. Diese Ereignisse schienen für ihn, nachträglich betrachtet, wichtiger und bedeutsamer gewesen zu sein als für sie selbst.

Sie war schüchtern gewesen als Mädchen und sie war hübsch gewesen; die Mischung aus Schüchternheit und Attraktivität hatten ihr unfreiwillig eine Aura der Unerreichbarkeit verliehen, mit der sie gelegentlich auch kokettiert hatte.

Sie hatte in ihrer Welt aus Enge und Fantasien gelebt. Zahlreiche Verehrer hatten um sie geworben, als sie noch in der Stadt am See gelebt hatte; sie hatte einige tollpatschige, ein paar pickelige, auch einige unverschämte Draufgänger in Erinnerung, vor denen sie, ehe es ernst wurde, die Flucht ergriffen hatte. Die Drohungen und Mahnungen der Eltern, sich ja kein Kind anhängen zu lassen, taten ihre Wirkung. Als sie aus Gmunden wegzog, vermisste sie keinen der jungen Burschen, die sie mit ihren begehrlichen Blicken verfolgt hatten. Mit Inge, der einzigen Freundin aus der damaligen Zeit, hatte sie sich eher lustig gemacht über sie; rückblickend betrachtet, hatten die Mädchen mit ihrem Spott wohl ihre von den Eltern erwartete mädchenhafte Zurückhaltung veredelt; Camouflage schon damals.

Die Ereignisse lagen so weit zurück, dass Katharina alles, was Gmunden betraf, irreal und wie aus der Welt schien. Geschehnisse eines anderen Lebens. Die Körperzellen erneuerten sich alle sieben Jahre. Seither war sie wohl fünfmal eine andere geworden: Ehefrau eines Politikers, Angestellte beim Sportlandesrat mit Halbtagsbeschäftigung, Mutter einer Tochter unzweifelhaft zweifelhafter Herkunft (was sie erfolgreich verbarg), suchtgefährdete Spielerin (was sie erfolgreich verbarg), Mitglied einer ehemals feministisch orientierten Frauengruppe (Nora, einzige in Wort und Tat noch deutlich erkennbare Feministin der Gruppe, hätte auf *Mitgliedin* bestanden), viel zu wenig liebende Tochter eines demenzkranken

Vaters, potenziell noch immer linksidealistische Sozialdemokratin, deren Ideale sich in Jahren des Aufschwungs unmerklich zu verflüchtigen begonnen hatten, noch immer attraktive Mittvierzigerin mit Tendenz zur baldigst ausbrechenden Midlifecrisis, Diagnose: Seinsflaute bei mäßiger Sexualfrequenz. Existenzielle Mittellage.

Dann flatterte die Mail von Arnold in ihren PC.

Sie wusste, um wen es sich handelte, aber sie hatte ihn vollkommen aus den Augen verloren, sie hatte ihn beinahe vergessen. Wenn er behauptet hätte, er habe Karriere bei der NASA gemacht, hätte sie es ihm genauso geglaubt. Es war ein bisschen, als ob sie ein Unbekannter in einem Chatroom anflirtete. Ein wenig Gemeinsamkeit ergab sich ja immer. Mit Arnold Walter verband sie das zufällige Zusammensein am Tag seiner Lebenskatastrophe und später dann eine kurze Schwärmerei. Dass er sie bei der Wahlkampfveranstaltung gesehen hatte, war reiner Zufall gewesen. Sie versuchte, sich die Situation zu vergegenwärtigen, sie erinnerte sich nur undeutlich: Widerwillig hatte sie sich entschlossen, mitzukommen, mit dieser Veranstaltung wurde die heiße Phase des Wahlkampfs eingeläutet. Mit Andreas hatte sie vereinbart, ihn nur zu wenigen, ausgesuchten Veranstaltungen zu begleiten. Sie fühlte sich fremd im Tross der Wahlkämpfer, ein fünftes Rad an einem Wagen, in dem jeder vor schierer Wichtigkeit zu platzen schien. Es war ein Spektakel, ein Theater, das – den Spitzenkandidaten ausgenommen – eher jüngere Parteimitarbeiter vorantrieben, Leute, die noch etwas werden wollten, Leute, die vor Aktivität und Aktionismus nur so strotzten. Katharina hatte beschlossen, ihre Abneigung für Andreas' engste Mitarbeiter für sich zu behalten. Roland Binder, Andreas' Wahlkampfleiter, gehörte dazu, Manuela Dorner, die Sekretärin und Pressesprecherin von Andreas, die sie noch weniger ausstehen konnte, dazu einige dieser aufgeblondeten Hostessen, Nicole hieß die eine, die stets wichtig um Andreas herumwuselte.

Katharina erinnerte sich an die ersten Wahlkämpfe, die sie als Studentin gemeinsam mit Andreas geschlagen hatte; die Erinnerung verklärte vieles. Spindoktoren, Eventmanager und Medienberater hatten den Idealismus und die Unbedarftheit von damals abgelöst, Meinungsumfragen galten heute mehr als Gespräche an der Basis.

Andreas hatte eine Rede vor Parteifunktionären gehalten, eloquent, mitreißend, das konnte er, dafür hatte sie ihn immer bewundert, später war man zum Small Talk bei Campari Orange und Brötchen beisammengestanden, Andreas immer im Zentrum von begehrlichen Schulterklopfern, sie am Rande stehend. Sie hatte wohl auf die Uhr geblickt, hoffentlich aber nicht gegähnt, eine Geste, die ihr Andreas, der sie erstaunlicherweise bei solchen Anlässen genau beobachtete, nicht verziehen hätte. Irgendjemand hatte dann das Kommando zur Abfahrt gegeben, in der Stadt war ein Tisch bei einem Italiener reserviert worden.

Bei solchen Gelegenheiten schätzte sie, von einem Chauffeur gefahren zu werden. Man stieg ein, man entschwand. Das Fußvolk folgte später. Katharina konnte sich nicht mehr entsinnen, im Wagen mehr als ein paar belanglose Sätze mit Andreas gewechselt zu haben; wahrscheinlich hatte er sein Handy nach neuen SMS abgegrast, sie wusste es nicht mehr.

In diesem müden Zustand war sie von Arnold gesehen und erkannt worden, welch lächerlicher Zufall.

Sie lächelte, als sie seine freundliche, jungenhafte Mail las. Eine Mail ist eine geduldige Botschaft; sie schrieb ihm freundlich zurück, ohne größere Erwartung. Sie konnte es sich nicht verkneifen, am Ende die Floskel anzufügen, die sie im Lauf der Zeit als Running Gag für die Frauengruppe entwickelt hatte, mit der sie sich einmal im Monat traf: *Was wollen wir machen?*

Das klang aus dem Zusammenhang der Frauengruppe gerissen kryptisch, das klang ein bisschen nach intimer Vertrautheit, das klang absichtlich mehrdeutig, ein wenig nach Flirtversuch, ohne plump zu wirken.

Sie war bloß neugierig gewesen, wie Arnold darauf reagieren würde.

Sie wunderte sich, wie rasch, wie gierig beinahe er antwortete. Dass er sie auf der Stelle sehen wollte, verwunderte sie.

Es würde ihr nicht schwerfallen, ihn zu treffen. Sie war sozusagen eine Frau mit Tagesfreizeit. Am Wochenende hatte sie Zeit; Andreas würde wahlkämpfen, Sandra würde in Wien bleiben. Katharina schlug den Moldaublick als Treffpunkt vor; als Kind war sie mit den Eltern gelegentlich dorthin und zur Vertriebenenkirche nach Schöneben gefahren; ihre Mutter war Sudetendeutsche und nach dem Krieg aus Südböhmen in die Gmundner Gegend gekommen.

Sie hatte Übung im Verbergen. Sie machte einen Ausflug an die Grenze, wie sie ihn als Kind, später auch einmal mit der Frauengruppe unternommen hatte. Sie würde einen Spaziergang unternehmen, bei dem sie einen Bekannten aus ihrer Jugendzeit treffen würde. Ein banaler Zufall, eine Belanglosigkeit. Ein Spiel, vielleicht.

Bei der Hinfahrt überlegte sie, was sie Arnold erzählen, wie sie sich präsentieren würde. Er war Germanist, hatte er geschrieben; welche Lesart ihrer Biografie würde sie ihm anbieten, was würde er von sich erzählen?

Wäre sie darauf aus gewesen, einen potenziellen Liebhaber zu treffen, wäre sie strenger mit sich verfahren, hätte sie sich von vornherein zensuriert, unmögliche Gesprächsthemen, Tabus festgelegt: nichts über den Ehepartner, nichts über verflossene Partner, nichts über Kinder. Das schreckte ab.

Sie war ohne Ambitionen unterwegs, bloß neugierig, und musste Arnold ja nicht alles erzählen. Nichts über das Spielen (worüber sie sich selber unklar war: War, was sie trieb, bereits eine Spielsucht oder bloß eine Vorform? Sie hatte das Gefühl, jederzeit aufhören zu können), nichts über Sandra. Jedenfalls nichts über sie, was sie nicht auch ihren Freundinnen erzählt hätte.

Es gab überhaupt niemanden, dem sie Sandras Geschichte je erzählt hatte. Manchmal stieß sie auf eine Zeitungsmeldung, in der von Kuckuckskindern die Rede war. Bis zu zehn Prozent der Kinder, so war da immer diese unverschämt hohe Zahl zu lesen, bis zu zehn Prozent aller Kinder stammten nicht vom vermeintlichen Ehemann oder gesetzlich eingetragenen Vater, sondern aus einer außerehelichen oder einer anderen Fremdbeziehung. Niemals hätte Katharina diese Tatsache auf sich bezogen, sie hätte in jeder Diskussionsrunde darüber reden und sich ereifern, abwägen und urteilen können, ohne je zu erröten, niemals aber den Eindruck erwecken, das Thema betreffe sie ganz persönlich.

Sie hatte gelernt, zu verbergen, und sie hatte es auf diesem Gebiet zu einer Meisterschaft gebracht. Das Verborgene war so tief verborgen, dass sie, die Wissende, selbst Mühe gehabt hätte, es wieder an die Oberfläche zu holen. Verborgen lag es auf dem Grund eines unwegsamen Meeres. Eingeschlossen in Bernstein. Eingegossen im Fundament ihres Lebenshauses. Einbetoniert wie eine Leiche in einem Mafiafilm, die man zum Verschwinden gebracht hatte. Fest verpackt und unter Gerümpel versteckt wie die Karte einer Schatzinsel auf dem Grund einer Dachbodenkiste.

In ihrer Geschichte mit Sandra gab es bloß eine Wissende: sie selber. Vielleicht ein paar Ahnende, da war sie sich nicht sicher. Ihre bereits verstorbene Schwiegermutter hatte als Einzige einmal einen Verdacht geäußert. Es war an einem Ostersonntag gewesen, sie waren zu den Schwiegereltern zum Ostereiersuchen aufgebrochen, Sandra, damals Volksschülerin, drehte mit Hilfe ihres Großvaters, dem Vater von Andreas, im Garten erste vorsichtige Runden mit einem Kinderfahrrad, während der Rest der Gesellschaft am gedeckten Kaffeetisch saß – es war ein ungewöhnlich warmer Ostersonntag –, wo Andreas eine Serie von Anekdoten über seine heiß geliebte Tochter vom Stapel ließ. Vielleicht war Katharina an diesem Nachmittag rot angelaufen, als die Schwiegermutter unbedarft und quer über den Tisch, an dem auch noch die Familie von Andreas' Bruder inklusive einiger Kinder versammelt war, verlauten ließ, dass ihr schon mehrmals aufgefallen war, wie *ganz aus der Art geschlagen* Sandra sei. Dem allgemeinen

Gesprächstrubel und der unkontrollierten Gesprächsstruktur einer feiertäglichen Kaffeerunde sei Dank hatte niemand ihr Erröten bemerkt; die Äußerung der Schwiegermutter, die vielleicht nicht ganz ohne Vorsatz gemacht wurde und in dieser Situation klar gegen Katharina gerichtet war, hatte nicht weiter Aufsehen erregt und war, auch weil es unmittelbar ans Eierpecken ging, nicht weiter kommentiert worden. Katharina, die sich von diesem Moment an von der Schwiegermutter unter Beobachtung gestellt sah, hatte wenig später die Gelegenheit ergriffen, sich nützlich zu machen, und war ins Haus und in die Küche abgegangen, um Brot und Salz aufzutragen. Dass Sandra anders war und ein bisschen aus der Art schlug, wurde ihrem eigenwilligen Charakter zugerechnet und gerann mit den Jahren zur familiären Kurzformel und wurde nicht mehr weiter hinterfragt. Andreas sonnte sich geradezu darin, die Entwicklung seiner Tochter in dialektischer Gegenbewegung zu sich selbst zu beschreiben, und sah Sandras Andersheit als Bestätigung seines gewährenden Erziehungsstils. Die Herkunft ihrer weniger angenehmen Charakterzüge, ihre Widerborstigkeit, ihr stures Beharren, ihr manchmal eisiges Schweigen, schlug er Katharinas genetischem Einfluss zu.

Ob die Schwiegermutter ihre Ahnung und letztlich ihre Erkenntnis je ihrem Sohn anvertraut hatte, wusste Katharina nicht. Sie hatte nie den Eindruck gehabt, dass Andreas je an der Vaterschaft zu seinem *Herzikratzi* Sandra gezweifelt hätte.

Es gab also keine weiteren Mitwisser. Und wenn Sandra selber etwas von diesem Familiengeheimnis gewusst hätte, hätte Katharina sie für eine noch perfektere Verbergerin als sich selbst gehalten. Als Sandra elf, zwölf Jahre alt gewesen war, hatte sie ein paarmal stur behauptet, sie habe das Gefühl, in einer fremden Familie zu leben, sie habe den Eindruck, adoptiert worden zu sein: eine emotionale Erregung, die die Eltern der sich entfaltenden Pubertät der Tochter zuschrieben.

Auch der Kindsvater konnte nichts von einer Tochter wissen. Katharina hatte den Mann, einen Arbeitskollegen von Andreas namens Christoph, nur flüchtig gekannt. Mit Andreas, mit dem sie damals noch nicht verheiratet war, hatte sie ein Fest in der Wohnung eines anderen Arbeitskollegen besucht. Wie vereinbart, hatte Andreas noch vor Mitternacht das Fest verlassen, um Plakate für die Kammerwahl in der Stadt zu kleben. Katharina hatte sich in den darauffolgenden Stunden mit Christoph unterhalten, mit ihm getrunken und getanzt. Er war groß gewachsen und hatte dunkle Augen, er gefiel ihr und sie genoss es, dass auch er sie attraktiv fand. Als sie nach Hause wollte, bot er ihr an, sie zu fahren. Im Park vor dem Hochhaus, in dem sie mit Andreas ein Appartement bewohnte, war es dann passiert. Christoph hatte noch im Wagen begonnen, sie zu küssen und ihr Komplimente gemacht; er gab vor, sie zum Eingang zu begleiten. Auf dem Weg dahin fiel er über sie her und sie ließ es geschehen. Sie hatte wohl zu viel getrunken gehabt und sich nichts dabei gedacht. Es war eine laue Frühlingsnacht, Katharina erinnerte sich, dass der Mond den Park hell erleuchtet hatte. Hinter einem Strauch hatte sie ihren Rock hochgeschoben, dann war es zum Verkehr gekommen. Eine hormonelle Begegnung für wenige Minuten, Christoph war schnell zum Höhepunkt gekommen. Sie hatten ihre Kleider wieder angezogen, Christoph hatte sich noch regelrecht entschuldigt – wofür? Er hatte sie nicht vergewaltigt – und war dann abgezogen. Katharina war in die Wohnung gegangen. Sie war müde gewesen, hatte nicht einmal geduscht und war dann rasch eingeschlafen.

Früh am Morgen war Andreas nach Hause gekommen, seinen Versuch, mit ihr zu schlafen, hatte sie erfolgreich abgewehrt.

Zwei Wochen später bemerkte Katharina, dass sie schwanger war. Eine Ahnung, wer der Vater des Kindes war, hatte sie von dem Zeitpunkt an, ab dem ihr der Teststreifen die Schwangerschaft bestätigte. Es blieb bei der Ahnung; niemand sonst bezweifelte Andreas Vaterschaft. Katharina mied den Kontakt zu Christoph, der sich nach dem nächtlichen Fehltritt auch nicht mehr bei ihr meldete. Kein einziges Mal dachte sie an Abtreibung. Noch vor Sandras Geburt bewarb sich Andreas um die Stelle in Linz; dort kam Sandra zur Welt. Ein paar Monate später wurde geheiratet; auf einigen Hochzeitsfotos war auch die Kleine mit abgelichtet. Christoph war aus irgendeinem Grund verhindert gewesen und hatte nicht zur Hochzeit anreisen können.

Erst Jahre später, anlässlich des vierzigsten Geburtstags von Andreas, war es beinahe zu einer prekären Situation gekommen. Christoph, inzwischen selber verheiratet und Vater zweier Kinder, war mit seiner Familie unter den Gästen. Sandra war damals zwölf Jahre alt, kurz davor hatte sie ihre erste Regel bekommen.

Katharina erinnerte sich, wie Christoph, den sie seit dem nächtlichen Vorfall nicht mehr persönlich gesprochen hatte, bei der Begrüßung einen prüfenden Blick auf ihre Tochter warf. Sandra interessierte sich glücklicherweise nicht für die Gäste aus Salzburg. Salzburg, das war für Sandra die Vorgeschichte der Eltern, ohne Belang. Sie war in Linz geboren und fühlte sich als waschechte Linzerin.

Bis auf ein *Tja, die Jahre vergehen*, hatte Christoph keinen Kommentar verlauten lassen. Die Geburtstagsgesellschaft war groß, Katharina hatte sorgfältig darauf geachtet, nicht in eine vertrauliche Gesprächssituation mit Christoph zu geraten. Außerdem hatte sie Sorge, Sandra könne zu engen Kontakt zu Christophs Kindern, also ihren Halbgeschwistern, aufnehmen. Die Sorge war unbegründet. Es waren genug Jugendliche da, Sandra zeigte kaum Interesse an den beiden, die ein paar Jahre jünger als sie waren. Später, als die Salzburger Familie wieder abgefahren war, mokierte sie sich bloß über den seltsamen Dialekt der Kinder, wie sie meinte. Der Abend endete ohne jeden Zwischenfall, Sandra hatte ihren leiblichen Vater, von dem sie nichts wusste, seither nicht mehr wiedergesehen.

Von all dem würde Katharina Arnold bei ihrem Treffen nichts erzählen.

Im Nachhinein wunderte sie sich, wie viel sie dennoch von sich preisgegeben hatte. Mehr als sie sich eigentlich erlaubt hatte.

Per Mail hatte er scherzend gefragt, ob sie ihn wiedererkennen würde. Die *Süddeutsche Zeitung*, die sie als Erkennungsmerkmal vereinbart hatten, wäre nicht nötig gewesen. Sie erkannte Arnold gleich, sein freundliches, vielleicht ein wenig in die Breite gegangenes Gesicht, das ernst und hinter dicken Brillengläsern ein wenig müde wirkte. Graue Streifen zierten seine Schläfen. Sie hatte ihn in ihrer Vorstellung größer in Erinnerung, vielleicht lag es aber auch daran, dass er über die Jahre einiges an Gewicht zugelegt hatte. Als jugendlicher Tänzer war er gertenschlank gewesen.

Seine Augen, sein neugieriger Blick gefielen ihr und erinnerten sie vage an früher. Und seine Stimme, die tiefer klang als damals. Auch sein Lachen kam ihr bekannt vor. Er gehörte offenbar zu der Sorte Männer, die irgendwann einmal gelernt hatten, einer Frau zuzuhören, und sich nicht nur selbst darstellten. Vielleicht hatte sie ihm auch deshalb so viel von sich erzählt.

Als sie auf den Turm gingen, hatte sie ihn gefragt, weshalb er sich bei ihr gemeldet habe. Weil ich dich nicht vergessen habe, sagte er. Die Antwort rührte sie, schuf eine Nähe zwischen ihnen, die sie nicht erwünscht und nicht erwartet hatte. Verlegen standen sie dann oben an der Brüstung und schauten hinüber nach Tschechien. Hatte er nicht angedeutet, dass auch seine Eltern Heimatvertriebene gewesen waren? Hatte sie kurz den Kragen hochgezogen, weil ein kalter Wind über den Aussichtsturm strich, hatte er deshalb seinen Arm schützend um sie gelegt? Er hatte es nicht absichtslos gemacht, das war ihr klar, als sie nebeneinander auf der Aussichtsplattform standen und schwiegen. Sie sahen einander nicht an. Für einen Moment hielt sie die Augen geschlossen, fühlte den Wind und spürte den Druck seines Armes auf ihren Schultern. Als er Stimmen von unten hörte, löste er die Berührung. Eigentümlich hatte sich diese Berührung angefühlt; mit seinem Wunsch nach Nähe hatte sie nicht gerechnet, auch nicht damit, dass ihr seine Geste angenehm sein würde.

Während sie zum Parkplatz zurückschlenderten, war sie damit beschäftigt, den Vorgang auf dem Moldaublick zu deuten;

vielleicht redete sie auch deshalb zu ausführlich über sich. Beim Nachhausefahren machte sie sich leise Vorwürfe, dass sie zu viel über ihre Existenz als Politikergattin geklagt hatte: Jammern auf hohem Niveau, hätte Iris wahrscheinlich kommentiert. Vor allem, dass sie Andreas als Workaholic bezeichnet hatte, tat ihr später leid. Und dass sie gemeint hatte, im goldenen Käfig zu leben. Nicht dass sie etwas Falsches gesagt hatte, grämte sie, vielmehr, welchen Eindruck sie bei Arnold hinterließ, wenn sie so über ihren Partner sprach. Über seine Frau hatte er so gut wie nichts erzählt, außer dass sie als Psychotherapeutin arbeitete.

Katharina ertappte sich auf der Heimfahrt bei dem Wunsch, einen möglichst guten Eindruck bei Arnold gemacht zu haben; hoffentlich dachte er jetzt nicht darüber nach, wie sie das eben geführte Gespräch später mit wem auch immer bewerten würde.

Alles aber, so lautete ihr Resümee, deutete darauf hin, dass auch Arnold die Begegnung mit ihr genossen hatte. Im Gasthaus neben den Loipen, wo sie Kaffee getrunken hatten, hatte er ihr gesagt, dass er sie gern wiedersehen würde. Ein Satz, der warm durch ihren Körper strömte, als sie ihn rekapitulierte. Wenn du möchtest, hatte er hinzugefügt. Ihr damit die Möglichkeit zum Rückzug gegeben. Dann war wieder so ein Satz von ihr gekommen, spontan und unüberlegt: *Heimlich, still und leise*, hatte sie gesagt. Quasi im Verschwörungsstil. Ein Satz war das, aus dem Nichts gegriffen, der eine Brücke baute, auf die Arnold sofort aufsprang. Er hatte den Satz wiederholt. Heimlich still und leise, hatte er gesagt und sie verschmitzt angelacht.

Diesen Satz hatten sie fortan gemeinsam, ein kleines Geheimnis zwischen ihnen. Gleich darauf hatte sie das Thema gewechselt und die Idee geboren, ihn einmal zu einer literarischen Veranstaltung ihrer Frauengruppe einzuladen. Wenn das Thema passte, konnten auch die Kolleginnen und Kollegen nichts gegen einen Vortragenden aus Deutschland einzuwenden haben, der noch dazu in Österreich geboren worden war.

Als sie sich verabschiedeten, küsste er sie auf die Wangen. Sie hatte damit gerechnet; es hätte sie gekränkt, hätte er es nicht getan.

Sie beschloss, den Tag auszukosten, und änderte die Heimfahrtroute. Bei Bad Leonfelden fuhr sie über die Grenze nach Tschechien, den Reisepass hatte sie ohnehin immer dabei. In Hohenfurt, das heute Vyšší Brod heißt, ging sie auf eine Runde ins Casino. Es gab Situationen, in denen sie mit Absicht abergläubisch war. Dass sie an diesem Tag gewann, wenn auch nur eine kleine Summe, nahm sie als positives Zeichen. Als gutes Omen. Als Wink. Auch wenn sie nicht wusste, wofür. Wenn es nach ihr ging, wollte sie Arnold wiedersehen.

Dass sie ihre Beziehung zu Andreas unter ihrem Wert geschildert hatte, kam ihr in den Tagen danach geradezu schäbig vor. Für den Preis, Arnold zu zeigen, wie sehr sie ihm vertraute, war sie bereit gewesen, ihren Partner zu verraten. Wofür sie sich schämte: Arnold hatte diesen Verrat gar nicht gefordert.

Sie hätte genauso gut eine der alternativen Geschichten mit Andreas erzählen können. Durch Andreas war ihr eine neue Welt eröffnet worden. Er stammte aus einem sozialistischen Elternhaus, im Gegensatz zu ihr: Ihre Mutter hatte immer die Christlichen gewählt, allein deswegen, weil sie in dieser Partei die Interessen der Heimatvertriebenen am ehesten vertreten sah. Auch der Vater stammte aus einem bürgerlichen Elternhaus. Erst als Kreisky an die Macht kam und mit ihm ein neuer Schwung ins Land, hatte er die Reihen gewechselt.

Durch Andreas gewann sie einen starken Gegenpol zum autoritären Vater. Gegen seine Redegewandtheit kam jener nicht an. Ab dem Zeitpunkt, als Katharina an die Uni kam, hatte der Vater keinen Zugriff mehr auf sie. Die Eltern waren froh, wenn sie ihre Tochter gelegentlich besuchen kam. Diskussionen zu Hause waren im Prinzip nicht erwünscht, aufflammender Streit wurde von der Mutter im Keim erstickt. Hier wirkten über Jahrzehnte antrainierte Techniken. Nur nicht anstreifen, nur nicht auffallen, fleißig lernen, Fuß fassen, damit aus ihr, der Vertriebenen, schnell eine Dasige würde, das waren die Lebensmotti der Mutter gewesen, die sie – mit erschlaffender Energie – an ihre Tochter weiterzugeben versuchte. Der Vater war ein Pragmatiker, ein Pedant, ein knausriger i-Tüpferl-Reiter, wenn er gereizt war. Geld, das Katharina sich von den Eltern borgte, musste auf den Groschen zurückgegeben, vereinbarte Ausgehzeiten auf die Minute eingehalten werden, sonst setzte es auch einmal eine Ohrfeige: *Tachtel* nannte Vater diese Form der autoritären Tochterbestrafung. Gesetzesübertretungen, selbst in Form harmloser Jugendstreiche, waren natürlich undenkbar: Der Ruf des Elternhauses, der Ruf des Familienoberhaupts, das angesehener Gendarm, später respektierter Rayonsinspektor war, stand auf dem Spiel.

Katharina war das Vorzeigekind und der Stolz ihrer Eltern. An ihr ließen sie ihren besorgten Stolz aus, dass es dieser die Schamesröte ins Gesicht trieb, als sie es zum Beispiel wagten, Katharina einen Spontanbesuch im Studentenheim abzustatten. Dergleichen *Überraschungen* standen ganz oben auf der Schamliste Katharinas. Dennoch hielt sie sich bis zu ihrem Studienabschluss daran, den Eltern die Scheine absolvierter Prüfungen vorzulegen und das gelegentliche Begabtenstipendium, eigentlich eine Art Erfolgsprämie zum vom Staat gewährten Stipendium, von der von ihnen gewährten Unterstützung abzuziehen und an sie zurückzuzahlen.

Katharina war ein Einzelkind, der gehütete Augapfel ihrer Eltern. Immer wieder bekam sie das Beispiel einer Vertriebenenfamilie aufgetischt, die nach der Schmach des *Zusammenbruchs* und der Flucht, nach den mühseligen Aufbaujahren in Oberösterreich, genau zu dem Zeitpunkt, ab dem es *wieder aufwärts* ging, durch einen schrecklichen Unfall am Almfluss beide Kinder verloren hatten. *Tu uns nur das nicht an*, hatte die Mutter immer gefleht, wenn Katharina sich mit einem Freund, der ein Moped besaß, verabredete, später mit Burschen, die mit selbst frisierten Autos herumfuhren. Dass sie dich in einem Sarg nach

Hause bringen, das überleben wir nicht, das war der eine Angstsatz der Mutter gewesen. Der andere lautete: *Lass dir ja kein Kind andrehen!* Auch durch Angsteinflößung ließ sich Bravheit antrainieren; eine Angstbravheit allerdings, die außer Reichweite der elterlichen Autorität kaum mehr Wirkung entfaltete. Andreas hatte seinen Anteil daran. Es gab nichts, was sich Katharina während ihrer Studienjahre hatte entgehen lassen: Rockkonzerte, Nicaragua- und El-Salvador-Solidaritätsdemonstrationen, Friedens- und Ostermärsche, Sternwanderungen gegen Atomkraft und für Abrüstung, Reisen per Interrail bis nach Südspanien, Tramptouren nach Paris, sogar eine Fahrt mit der Österreichisch-Sowjetischen Gesellschaft nach Moskau war dabei gewesen. Und Studentenfeste, Institutsfeste, Heimfeste, Unifeste, Geburtstagsfeiern. Katharina genoss ihr Leben, tanzte sich in Schweiß und Ekstase, wenn ihr danach war, war nicht nur Streberin, genoss, diskutierte, war jung; dachte nie an den Tod oder ans Altwerden. Damals nicht.

Mit Sandras Geburt brach ein nicht gekannter Ernst in ihren Alltag ein. Die Freude über die Kleine bei gleichzeitig radikaler Einschränkung ihrer eigenen Bedürfnisse, die Theorie-Praxis-Kluft, die sich auftat, als unvermutet ein doch längst überkommen geglaubtes Rollenbild wieder aktuell wurde – *natürlich* blieb Katharina bei Sandra zu Hause, *natürlich* ging Andreas zur Arbeit –, überraschte sie und beendete binnen Wochen ihre Adoleszenz. Das Gefühl, dass sich nach Jahren unendlicher Wahl- und Lebensmöglichkeiten Optionen schlossen, Lebensschienen zusammenführten: unter anderem auch der Strang mit Andreas (geheiratet wurde auch kirchlich, auf Wunsch beider Eltern), der Einbruch der Langeweile in den Alltag, die Stupidität der Hausarbeit, die Kraft, die sie aufwenden musste, die überschäumende Energie des Kleinkinds bei gleichzeitiger Einbunkerung der Wahrheit auszuhalten, ermüdete, erschöpfte, laugte sie aus.

Gewiss, es gab Wahrheiten, die niemandem etwas nützten, und gelegentlich vergaß Katharina auch, was sie alleine wusste, aber manchmal und unvermutet brach, oft durch eine Kleinigkeit ausgelöst, ihre Wut auf einen abwesenden Vater durch, der nicht zur Verantwortung gezogen werden konnte. In solchen Momenten kam sie sich vor wie eine Alleinerzieherin und tat sich leid in ihrer selbst gestrickten Opferrolle. Gerade an solchen Tagen war sie Andreas dankbar dafür, wie hingebungsvoll er sich um Sandra kümmerte. Als Sandra dann in ihren Pubertätsjahren mehrmals die Türen schlagend das Haus verlassen hatte, hatte Katharina überlegt, sich jemandem anzuvertrauen, erst einer Freundin, sogar an einen Pfarrer hatte sie gedacht (gab es nicht das Beichtgeheimnis?), später an einen Psychotherapeuten. Sie hatte ihren Mitteilungswunsch, einen Wunsch schwacher Stunden, immer wieder verworfen. Sie hatte durchgehalten, sie hatte für sich behalten, sie hatte die Fähigkeit, ihr Geheimnis zu bewahren, perfektioniert.

Daneben kontinuierlich, stetig, unaufhaltsam: der berufliche Aufstieg von Andreas, seine Erfolge als Politiker, als Verhandler, als Redner, als Netzwerker. Phasen, in denen sie sich in seinem Erfolg sonnte, die abgelöst wurden von Phasen des Neids, der Ernüchterung, Phasen, in denen das Gefühl, Zweite zu sein, überhandnahm, schließlich das Gefühl, mit einem Workaholic verheiratet zu sein. Plötzlich sah sie sich selbst bloß als die Frau eines Politikers, die einer völlig nebensächlichen Beschäftigung in der Presseabteilung eines Sportverbands nachging, als Ghostwriterin Vorworte für Festschriften verfasste, Pressemappen zusammenstellte und Jahresberichte redigierte.

Diesem Wellental der Selbstabwertung folgte ein Hoch der Autoesoterik: Jeder war seines Glückes Schmied, es ging nur darum, an sich und seine Ziele zu glauben. Sie trieb viel Sport, begann, mit Iris durchaus erfolgreich lokale Tennisturniere zu spielen (die Plaketten und Pokale vergammelten im Saunaraum), tanzte in einer Aerobicgruppe, wechselte später zu Pilates und verliebte sich ohne Aussicht auf Erfolg in einen Tai-Chi-Lehrer. Als der Körperaktionismus abflaute, ertappte sie sich plötzlich bei kleinen Frustbelohnungen in Form von wärmenden Alkoholgaben während des Tages. Ihre Eitelkeit stoppte die Aktion rechtzeitig, sie wollte nicht so aussehen wie die müden, aufgedunsenen *Weingesichter* (vom Weinen und vom Trinken), die beim Einkaufen, Spirituosen verschämt auf das Band stapelnd, hinter ihr in der Reihe standen.

Sie machte kehrt aus dieser Sackgasse, einer Horrorvorstellung, in der sie sich als still vor sich hin süffelnde Hausfrau in der Küche ihres Landhauses sah, während im Fernseher amerikanische Tussenserien liefen. Sie tauchte ein in den Trubel der Stadt, gewährte sich Einkaufstouren und immer öfter kleine Belohnungen im Casino und in Spielhallen. Unbedeutende anonyme Tagesfluchten waren das, meist am Einarmigen Banditen, aus denen sie rasch wieder an die Öffentlichkeit zurückkehrte. Es ging um geringe Summen, man gönnte sich ja sonst nichts, kleine Gewinne an tiefgrauen Tagen. Bis plötzlich diese Spiellöcher, die in ihr einen unwiderstehlichen Zwang zu zocken auslösten, sie zur Gegenwehr reizten: Dann riss sie sich zusammen, bestrafte sie sich selbst und hielt sich fern. Sie konnte das Spielchen monatelang durchhalten, ehe der Kreislauf von Neuem begann. Da war sie bereits eine Meisterin im Verbergen: Andreas hatte die Jahre über nichts mitbekommen. Gelegentlich ging sie sogar offiziell mit ihm ins Casino, nicht in Linz, wo man sie kannte, sondern im Ausland, wenn sie auf Urlaub waren, und genoss mit ihm unbeschwert.

Dann erkrankte die Mutter schwer, verstarb schließlich. Notwendigerweise wendete sie sich wieder stärker dem Vater zu, der wenige Jahre später an Alzheimer erkrankte. Und da gab es immer noch Sandra: eine junge Studentin, die ratlos zwischen verschiedenen Studien hin und her schlingerte, auf der Suche nach dem, was man früher Sinn genannt hatte.

So lief das Leben ab. Würde bis zum Ende so ablaufen. Abrinnen wie Sand in der Sanduhr. Lebenszeit verrieselte. Es waren die bleiernen Jahre der Lebensmitte.

Das Feuer ihrer Beziehung zu Andreas war nie ganz verloschen, hatte sich aber merklich abgekühlt, flammte nur auf in heißen, regelmäßig aufbrandenden Eifersuchtsepisoden, die in heftigen Schreiduellen gipfelten. Erst im Nachhinein, wenn Katharinas Kampfesrausch gegen jegliche Tusse, die sich vermeintlich an ihren Mann heranmachte, abflaute, fiel ihr auf, wie nahe sie in ihrem Furor der Ängstlichkeit der Mutter, sie ja nicht zu verlieren, und der Zwanghaftigkeit des Vaters, die Tochter immer und überall unter Kontrolle zu haben, glich.

So war sie im Lauf der Ehejahre selber zu einem peniblen Kontrollorgan ihres Partners geworden; diskret im Argwohn und im Misstrauen. Jedem einen größtmöglichen Vorschuss an Misstrauen gewährend, vor allem den Frauen, die sich um Andreas scharten. Möglich, dass sie deswegen im Kreis um Andreas keine Freundschaften, auch keine näheren Bekanntschaften schloss, sehr wahrscheinlich, dass sie in Andreas' Dunstkreis für unmöglich gehalten wurde, es war ihr egal.

Gelegentlich zuckte Andreas aus ob ihrer Kontrollattacken, gelegentlich machte er sich lustig über ihre Ängste, gelegentlich stand er beinahe väterlich distanziert über ihrer Eifersucht, dann geriet er wieder außer sich vor Zorn.

Ob sie eine glückliche Ehe führten?

Es gab Fragen, die man besser nicht stellte. Arnold war klug genug gewesen, nicht danach zu fragen.

Sie hatte Arnold einen Auszug aus ihrem Leben geboten, so wie man bei einer Bewerbung ein Blatt über einen Tisch reicht, auf dem die eigene Vita in möglichst eindrucksvoller Weise dargestellt ist. Sie hatte ihrem geschönten Porträt ein paar dunkle Flecken zugefügt, was sie später reute. Sie hatte nichts über Andreas erzählen wollen, Arnolds überraschender Wunsch nach Nähe hatte sie regelrecht überrumpelt, sie hatte ihm spontan einen Vertrauensvorschuss gewährt. Sie fürchtete, ihm mehr von sich erzählt zu haben, als der Situation angemessen gewesen war.

Was bahnte sich mit Arnold an? Eine Affäre? Eine Liebschaft? Ob sie dazu bereit war?

In der Frauengruppe hatten sie diese Fragen durch Jahre hindurch in allen Varianten besprochen. Immer gab es in dem allgemeinen Beziehungsgebrodel, das sie umwaberte, Gerüchte zu besprechen, öffentlich gemachte Affären zu kommentieren, kühne Seitensprünge zu bestaunen, mutige Schlussmacherinnen zu bewundern, arme Opfer zu bemitleiden.

Einmal im Monat trafen sie einander zur *Hechelgruppe*, wie Helga gern mehrdeutig bemerkte, obwohl das Sexuelle selbstverständlich nur verbalerotisch und reflektiert zum Ausdruck kam. Helga, die studierte Historikerin und seit Längerem am Rand eines Burn-out spazierend, war die Singlefrau in der Runde und bekennende Hermann-Nitsch-Anhängerin *(es ist nichts so schwer, wie in Rot zu schütten)*. Ihre Affären waren Legion, nie aber hatte sie tatsächlich mit einem Mann zusammengelebt. Sie hatte sich spezialisiert auf Männer, die sich nie und nimmer endgültig zu ihr bekennen würden, entweder weil sie verheiratet, gut situiert und wohl auch zu bequem waren, ihre Familien, ihre Stammsitze zu verlassen, oder weil es sich um Durchreisende handelte, wichtige Männer auf Welttournee aus Boston, aus Jerusalem, aus Budapest, Politiker auf Konferenzen, Künstler auf Vernissagen, Wissenschaftler auf Kongressen, Seemänner der Geisteswissenschaft, die sich in jedem Hafen, in dem sie anlegten – und Linz war gewiss ein reichlich provinzieller Hafen – eine Anlegestelle eingerichtet hatten. Helga war nie einer Affäre abgeneigt gewesen, sie kannte den zyklischen Normverlauf einer kurzen Beziehung wie andere die Entwicklungsstufen beim Kleinkind, sie war routiniert beim Abhaken von *Eintagsmännern*, wie sie gern scherzte, aber sie war, wenn sie nur ehrlich zu sich gewesen wäre, beziehungsmäßig abgestumpft und gleichgültig geworden. Ein paar Jahre würde sie ihr immer noch ansehnliches Fleisch auf den Markt tragen und um immer schlaffer werdende Männer buhlen – Helgas Liebhaber waren ausschließlich ältere Männer, Vaterfiguren. Vielleicht verbarg sich in ihrer zunehmenden affärischen Erschöpfung auch die Traurigkeit einer Tochter, die sich nie wirklich geliebt gefühlt hatte – doch hier begann das weite Feld des Psychologisierens, und dieses war in der Frauenrunde nicht erwünscht.

Dann war da Nora, die nach wie vor und seit Jahrzehnten in der Frauenpolitik tätig war. Es gab einen Lebensgefährten, einen Heinrich, der in ihren Erzählungen stets nur in Randnotizen vorkam. In Noras Welt nahm die Arbeit und alles, was damit zusammenhing, einen Stellenwert ein, der für nichts anderes Platz ließ. Nicht für Sport, nicht für Hobbys, nicht fürs Reisen, von einem zweiwöchigen Sommerurlaub abgesehen, nicht für Sozialkontakte außer dieser Frauenrunde. Nora war mit ihrer Arbeit verheiratet, ein nobler Eros verband sie mit ihr, für ihre Arbeit brannte sie, für sie schuftete sie wie einst ihre Großmutter und ihre Mutter, die zeitlebens in einer Linzer Textilfabrik das karge Einkommen ihrer Familien aufgebessert hatten. Eine Affäre hätte für Nora nur in dem Rahmen stattfinden können, in dem sie für irgendein berufspolitisches Ziel relevant gewesen wäre; in der Formulierung *ich kann ihn ja nicht gut niederschlafen* hatte sie auch diese Möglichkeit definitiv ausgeschlossen.

Zur Runde gehörte noch Hanna, die Katharina aufgrund ihrer Lebensumstände am nächsten stand, Gymnasiallehrerin für Französisch und Deutsch, verheiratet, zwei Kinder. Sie führte nach außen hin ein ruhiges, von Stundenplänen und Vorschriften gedrilltes Leben, dem durch intensive Ferien-, Urlaubs- und Frühpensionsfantasien am besten beizukommen war. Sie war die Kleinste der Gruppe, etwas untersetzt, dafür mit einem schlagfertigen Mutterwitz ausgestattet, welcher der toughen Nora, der zur Hysterie neigenden Helga und der zurückhaltenden Katharina (hätte sie sich selber beschreiben müssen, hätte sie sich als verkniffen bezeichnet) fehlten. Auch Hanna, der man das nicht ohne Weiteres zugetraut hätte, hatte bereits eine respektable Latte an Affären vorzuweisen, wobei in der Runde keine Nennpflicht in Bezug auf Seitensprünge herrschte und manche *Ausrutscher* wenn überhaupt erst nach Jahren und nach Trocknung aller Tränen gebeichtet wurden; wenn nichts mehr schmerzte, wenn frau locker über die eigene Unvernunft lachen konnte, ohne dass die Selbstbeschädigung sichtbar wurde, oder wenn der Abstand zu dem jeweiligen Mann bereits so groß war, dass er als Lachobjekt freigegeben werden konnte.

Hanna also hatte nach Helga die höchste *Quote* aufzuweisen, was sie sich mit der sogenannten *Griffnähe* erklärte. Der Begriff stammte aus der Drogenszene: Dort, wo der Zugang zu Drogen gegeben ist, steigt auch die Wahrscheinlichkeit, sie irgendwann einmal zu konsumieren. Die Drogen, von denen Hanna angezogen wurde, waren männliche Kollegen, die sonder Zahl vorhanden waren, zumal ständig neuer Stoff zugeführt wurde; das System sah vor, dass erfahrene Professoren als sogenannte *Einführende* (wenn es je einen Begriff gab, der einen Seitensprung nahelegte, dann dieser) für Anfänger tätig waren. Im Lauf der Jahre hatte Hanna mehrere männliche Anfänger als Einführende unter ihren Fittichen gehabt; nicht mit jedem, aber mit beinahe jedem war sie im Lauf seines Probejahres auch einmal ins Bett gegangen, *probehalber*, wie sie meinte, ganz Ulknudel der Runde. Vorteil dieser Anfänger (unter denen sich auch einmal eine männliche Jungfrau befunden hatte: Sie war in der Runde mit besonderer Anteilnahme bedacht worden) war, dass sie nach einem Jahr wieder von der Bildfläche verschwanden, weil es keine freien Stellen an den Schulen gab, also lästige Spätfolgen schon aus arbeitstechnischen Gründen ausgeschlossen waren. Wenn stimmte, was Hanna über die Jahre erzählte, hatte sie tatsächlich schon so manchen Kollegen *gestemmt*, wie sie sich ausdrückte, und zwar durchaus klischeegerecht, wie sie nicht ohne Stolz verkündete. Was nichts anderes hieß, als dass ihr der nächtliche Fick im Konferenzzimmer nach einer anstrengenden Schulkonferenz, der schnelle Quickie im Unterholz auf dem Lehrerausflug oder die mittägliche Spazierfahrt mit dem Kollegen in einen Forstweg des Kürnberger Waldes nicht unbekannt waren.

Blieb Katharina, die Tugendhafte. Sie hatte, nach Meinung der Freundinnen, ohnehin das beste Los gezogen. Einerseits hatte sie sich einen top aussehenden Mann in einer Top-Position geangelt (Andreas hatte sich erstaunlich in Schuss gehalten, das Joggen war das Einzige, was er auch in beruflich stressigen Zeiten durchhielt, vergleichbare Männer seines Alters und seiner Position trugen Bäuche vor sich her oder kämpften mit dem Alkohol), andererseits wurde sie neidlos als die Attraktivste von ihnen angesehen. Frau war Feministin, die Komplimente kamen also maximal en passant daher, Aussehen und Figur hatten im Prinzip niemanden zu kümmern, Katharina fing die Rückmeldungen der Freundinnen dennoch dankbar ein. Außerdem arbeitete sie in einem Halbtagsjob, der wenig aufrieb und freie Kapazitäten ließ, und sie hatte eine Tochter, die sich nach Ansicht aller wunderbar entwickelte. In den Augen der Freundinnen hatte Katharina einen einzigen, viel belächelten Nachteil (ihre Eifersucht, wie anderes, hatte Katharina erfolgreich für sich behalten): Sie sei halt die Bravste in der Runde. Ich weiß eh: Was bei dir maximal noch kommt, ist ein Hund, stichelte Helga gern. Katharina trug die ihr zugeschriebene Tugendhaftigkeit mit Würde und wie eine Auszeichnung. Durch sie ließen sich all jene Charaktereigenschaften wegblenden, die nicht ins gerahmte Bild der Ehefrau eines erfolgreichen Politikers passten. Katharina würde einen Teufel tun, irgendetwas an diesem Bild zu ändern. Dass sie sich neuerdings mit einem Schulfreund traf? Sie würde die Geschichte für sich behalten.

Irgendwann einmal hatte Katharina überlegt, mit wem und worüber sie sich sonst austauschte. Mehr als ihre Freundinnen waren ihr nicht eingefallen, es gab ein Bündel Geschichten, mit denen sie allein blieb. Kurz hatte Katharina überlegt, Iris von Arnold zu erzählen. Sie hatte ihre beste Freundin kennengelernt, kurz nachdem sie mit Andreas nach Linz übersiedelt war. Iris arbeitete als Sachbearbeiterin im Sportverband, zwei Türen neben dem Büro von Katharina. In der Teeküche war man ins Plaudern gekommen, über die Kinder – Iris hatte zwei, beide etwas älter als Sandra –, und über das Tennisspielen. Iris hatte ein Doppelpartnerin gesucht, Katharina hatte während des Studiums Tennis gespielt und war froh, sich wieder sportlich betätigen zu können. Irgendwann einmal hatte Iris Katharina und Andreas zu sich nach Hause eingeladen und ihnen ihren Ernst vorgestellt, einen Softwareentwickler. Andreas hatte die Einladung mehr oder weniger über sich ergehen lassen, immerhin war der Sportverband Teilorganisation der Partei. Die Männer unterhielten sich über die missliche Situation des Linzer Fußballs – beide Vereine dümpelten bedeutungslos in ihren Ligen – und Iris ließ sich, während sie in der Küche den Nachtisch zubereitete, über zwei ihrer ehemaligen Doppelpartnerinnen aus und schilderte die Misere bei ihrem letzten Mixedturnier.

Katharina hatte den Eindruck gehabt, Iris bemühe sich, ihrem etwas lahm wirkenden Mann Gesellschaft ins Haus zu bringen – oder tat sie es für sich? Die Interesselosigkeit der Männer, die gegenseitig war, beendete das Experiment bereits mit dem ersten Mal, Freunde würden die Männer nicht werden, Iris und Katharina trafen einander weiterhin allein.

Die gemeinsame Leidenschaft der beiden war das Tennis. Katharina fand Spaß am Trainieren, gelegentlich auch am Spielen. Vom Ehrgeiz von Iris, auch während eines Spieles an die Grenze ihrer körperlichen Belastbarkeit zu gehen, war sie weit entfernt. Es wirkte ein wenig grotesk, wenn die pummelige Iris mit hochrotem Kopf und voll Enthusiasmus Katharina während eines Spieles anfeuerte und ihr mit beschwörenden Gesten den nächsten Spielzug ansagte; Katharina war und blieb ehrgeizlos.

Iris war die Freundin für den Sport. Es brauchte nicht viele Worte, wenn sie nach dem Spiel, erschöpft und ausgelaugt, unter der Dusche standen und lachten und anschließend noch ein Glas Wein miteinander tranken. Es war eine Freundschaft, die wie selbstverständlich im Alltag von Katharina verankert war; die Themen blieben beschränkt.

Plötzlich wurde Ernst in seiner Firma gekündigt und blieb für ein paar Monate arbeitslos.

Dein Mann ist doch Politiker, war Iris direkt auf Katharina losgegangen, es müsse doch in der Partei irgendwo eine Stelle für einen Programmierer aufzutreiben sein.

Iris' Bitte widersprach Katharinas Vorsatz, niemals bei Andreas zu intervenieren. Im Sinne der Gerechtigkeit. Ihr Zögern, für Ernst ein Wort bei Andreas einzulegen, kränkte Iris und war auch durch nichts wiedergutzumachen. Sie werde sehen, was sich machen lasse, hatte Katharina gesagt und dummerweise hinzugefügt, sie müsse versuchen, einen guten Tag bei Andreas zu erwischen. Sie behielt recht, der gute Tag, der diesem Anliegen gedient hätte, kam nicht, Andreas reagierte wie erwartet. Kurz angebunden, sich nicht zuständig erklärend. Da könne auch er nichts für diesen Ernst machen.

Da könne er leider nichts für ihn machen, rapportierte Katharina beim nächsten Treffen mit Iris und ärgerte sich darüber, für einen Mann interveniert zu haben, der wohl auch fähig gewesen wäre, für sich selbst zu sprechen. Stattdessen hatte er seine Frau ins Interventionsrennen geschickt und so die Frauenfreundschaft auf die Probe gestellt.

Andreas leitete die Sache ohne Ambition an einen Parteifreund weiter, die Intervention verlief im Sand, Ernst bewarb sich ein paar Wochen später in der Privatwirtschaft und trat eine gut bezahlte Stelle an. Katharina merkte, wie sehr Iris dadurch verletzt worden war, erst als Bittstellerin ihres Mannes aufzutreten (was ihr gewiss nicht angenehm war) und dann von der Freundin unverbindlich und knapp auf Distanz gehalten worden zu sein.

Der Vorfall riss eine Wunde in ihre Freundschaft, die nie mehr ganz verheilte. Iris sprach die Kränkung nie direkt an, Katharina fragte sie nie danach. Was blieb, waren schnippische Kommentare zwischendurch, fiese, aber gut sitzende, durchaus verletzend gemeinte Bemerkungen von Iris, die ihren Finten beim Tennis glichen, ihren trickreichen Stopps am Netz oder Bällen, die sie plötzlich longline spielte.

Schon vorher war ihre Beziehung nicht in Balance gewesen.

Iris war diejenige gewesen, die den Kontakt gesucht, sich an sie gewandt hatte, als sie Hilfe brauchte. Nur im Sportlichen war sie Katharina überlegen, ansonsten herrschte eine unausgesprochene Hierarchie, in der Katharina oben stand. Weil sie mit einem Politiker verheiratet war?

Da waren wie nebenbei hingestreute Bemerkungen des Neids, der Missgunst, des *ihr könnt es euch ja richten*, die sich auf alles Mögliche bezogen: das Haus (Iris und Ernst bewohnten *nur* eine Stadtwohnung), die Autos, die Kinder. Vergleichsmöglichkeiten waren immer gegeben.

Hinter jeder Geschichte verbarg sich eine andere. Welche sich hinter Iris' Neid verbarg, was ihren Kleingeist speiste, welche Sehnsüchte sie nicht leben konnte, stand nie zur Diskussion. Es gab Gesprächsthemen zwischen ihnen, die abgegrenzt waren, abgezirkelt, abgesichert. Das Thema, ob ein Liebhaber in Frage kam, hatten sie nie abgehandelt.

Auch Iris würde sie nichts von Arnold erzählen.

Nach dem Treffen auf dem Moldaublick flirtete Katharina mit Arnold. Sie neckte ihn mit einer Mail, indem sie ihn offiziell wegen eines Vortrags anschrieb. Katharina merkte schnell, dass sie Arnold nervös machte mit ihrer Anfrage; dass sie ihm in seinem Berufsumfeld zu nahekam, schätzte er offenbar wenig. Was wollte er dann von ihr?

Seinen Literaturtipp fand sie charmant. Sie nahm sich vor, das Buch demnächst in der Landesbibliothek auszuleihen.

Dann kam das Wochenende in Krummau. Für sie war es ein Abenteuer, ein Selbstversuch in Mut und Auslotung ihrer Grenzen. Als sie im Hotel eincheckte, an der Art, wie Arnold sie begrüßte, herzte und umarmte – seine Augen brannten –, wusste sie: Entweder sie machte auf der Stelle kehrt oder sie würde mit ihm am selben Abend im Bett landen.

Grau und weit weg war alle Theorie; sie konnte sich mit ihren Freundinnen lange über alle möglichen Beziehungskonstellationen ausbreiten, nichts hatten sie in den Jahren ihrer Runde theoretischen Durchhechelns ausgelassen: Wie würde sich Sex mit zwei Männern anfühlen, hatte jemand Erfahrung mit einer Frau gemacht, wer hatte schon einmal Lust auf einen Besuch im Swingerklub verspürt? In der Praxis fühlte sich alles viel banaler an. Wann hatte sie zuletzt mit einem anderen Mann geschlafen?

Sie war keine Heilige, kein asexueller Engel. Zwei-, dreimal hatte sie, immer in Verbindung mit zu viel Alkohol, in den langen Jahren ihrer Ehe Sex mit einem anderen Mann gehabt, unbedeutende Episoden der schnellen Geilheit, die sie später beschämten. Auf einer Busreise mit dem Tennisverband, nach einer Weihnachtsfeier, überraschenderweise einmal nach einem dieser Literaturabende, bei dem sie nach einem Absacker in einem Altstadtlokal mit einem der Besucher in dessen Wohnung gelandet war.

Ereignisse waren das, die eher flaue Gefühle in ihr auslösten, Ereignisse, an die sie sich lieber nicht mehr erinnern wollte. Von den Männern war ihr gar nichts mehr in Erinnerung geblieben als die kurzen verschwitzten Augenblicke, ein fremder Geruch, das verschämte Eingeständnis der eigenen Geilheit, die Verlegenheit danach. Mit keinem dieser Männer hatte sie ein zweites Mal geschlafen.

Krummau war anders, Arnold war anders gewesen.

Sie genoss den Nachmittag in der Stadt, das Bummeln durch die engen Gassen inmitten der Touristen, die Sprachfetzen in verschiedenen Sprachen. Worte, deren Sinn sie nicht verstand, hüllten sie ein. Machten sie leicht. Sie hatte die Tugendhafte, die Verkniffene in Österreich zurückgelassen.

Sie kostete die Reise nach jenseits der Grenze wie ein Freispiel aus. Sie spürte, wie Arnolds Blicke auf ihr brannten, wie er darauf drängte, mit ihr allein zu sein. Sie hatte einen Reiseführer eingepackt; auf der Holzbrücke stehend, las sie Arnold vor: Der Heilige Nepomuk, der Brückenheilige, war auch der Patron der Verschwiegenheit. Sie baute einen Kordon der Gemeinsamkeit um sich und Arnold. Dann saßen sie in einem Kaffeehaus direkt an der Moldau. Die Kühle des Flusses wehte sie an.

Sie bildeten eine konzentrierte Einheit, über ihr Gespräch schien sich eine Schutzglocke zu stülpen, in der sie allein geborgen waren. Jetzt erst fragte Arnold nach ihren vergangenen Erinnerungen, versuchte er, wie ein Archäologe Schichten ihrer eigenen, gemeinsamen Vergangenheit abzutragen, jetzt erst fragte er nach früher. Ob sie sich an den Unfall erinnern konnte? Ob sie noch wusste, wann sie einander das erste Mal getroffen hatten?

Beinahe scheu fragte er sie danach, die kaum mehr Erinnerungen an diese Ereignisse hatte, bloß vage Ahnungen, über die sich Vaters Erzählungen in vielen Schichten gelegt hatten.

Arnold erinnerte an Einzelheiten, die auch der Vater nicht erwähnt, die ihr noch nie jemand erzählt hatte. Arnold erinnerte sich an das Ballspiel an der Wand, an den Garten im Elternhaus, daran, dass sie in ihrem Zimmer *Mensch, ärgere dich nicht* gespielt hatten. Ich habe gewonnen, sagte er. Besser, ich habe den Eindruck gehabt, du hast mich gewinnen lassen, sagte er und legte seine Hand auf ihre.

Sie sah den Buben Arnold vor sich: Wie alt war er gewesen?

Ich hoffe, du hast mich nicht aus Mitleid gewinnen lassen, sagte er.

Was wäre so schlimm dabei gewesen?, hatte sie gefragt.

Mitleid heißt Distanz, sagte er. Mit Mitleid habe er nie etwas anfangen können. Wenn er sich an etwas aus dieser Zeit erinnern könne, dann daran, wie hilflos die Erwachsenen nach dem Unfall reagiert hätten. Wie ein Aussätziger sei er sich vorgekommen, sagte Arnold.

Ich kann mich an fast nichts mehr erinnern, sagte sie der Wahrheit gemäß.

Sie sprangen in ihre Jugendjahre. Gesichter von Menschen tauchten auf vor ihnen, die sie fast dreißig Jahre nicht mehr gesehen hatte, Namen von Professoren, die Gestalt des Bademeisters aus dem Seebad, ein Trafikant, bei dem sie ihre ersten Zigaretten gekauft hatten, die Namen der Tanzschullehrer schließlich, bei dem sie gemeinsam den Kurs gemacht hatten. Mit sechzehn war Katharina aus Gmunden weggegangen, sie merkte, dass Arnold viel mehr Einzelheiten gespeichert hatte, er nannte auch die Namen der Burschen, die gerne mit ihr gegangen wären. Daraufhin sagte sie nichts.

Zügig floss die Moldau an ihnen vorbei; klares Wasser, das irgendwann an seiner Quelle entsprungen war und niemals mehr an seinen Ursprung zurückkehren würde. Sie saßen da, zwei Menschen mittleren Alters, und fantasierten, lachten und dachten sich zurück an die Orte ihres Ursprungs. Versuchten, was einem Fluss nicht möglich ist; Lachsen gleich sprangen sie zurück an ihre Quellen. Im gemeinsamen Erinnern ließen sie aufleben: die Esplanade, die Schule, das Seebad, Schloss Ort, die Orte um den Traunstein. Den Liebstattsonntag, die Kastanienbäume im Herbst, die prickelnde Vorerwartung vor dem Kino. Sie bauten kleine Erinnerungsinseln; Partikel, die zuerst nur dem einem gehörten, fügten sich an ein Stück des anderen. Wie die Kanus, die an ihnen vorbeifuhren, ließen sie ihre Erinnerungen treiben.

Wie charmant er fragte. Wie hell er sie ansah. Jungenhaft wirkte er, verschmitzt. Unvermittelt fragte sie ihn: Wie hast du mich eigentlich gefunden?

Fast verlegen wich er ihr aus. Ich habe dich gesucht, und ich habe dich gefunden, sagte er.

Sie spazierten durch das Schloss, sie schlenderten durch den Park. Sie spürte, wie er neben ihr vibrierte. Dann fasste er sie am Handgelenk, zart, scheu, verlegen. Im Schatten eines Baumes küssten sie sich, wie sich Sechzehnjährige küssen. Sie merkte, wie ihr Herz klopfte; sie hatte sich ergeben, sie hatte ihren Widerstand, wenn es je einen gegeben hatte, aufgegeben.

Im Hotel liebten sie sich; er war zärtlich, mit den Händen eines erfahrenen Mannes. Sie hatte keine Sprache für diese intensivste Form der Intimität, die den anderen ganz in ihren Besitz nimmt; seine Falten, seine Hautunreinheiten, seine Sommersprossen, seine Haarbüschel, seinen Geruch.

Sie vertraute ihm. Sie gab einen Vorschuss, auch wenn sie nicht genau wusste, wem: dem Jungen, der sie als Achtjähriger in ihrem Zimmer beim Puppenspiel beobachtet hatte (wie Arnold behauptete), dem Achtzehnjährigen, der beim Abschlussball mit ihr getanzt und wegen ihr schier verzweifelt war, dem Mittvierziger, einem Professor aus Deutschland, der ihretwegen in die Stadt an der Moldau gefahren war. Sie vertraute ihm und ließ sich fallen; sie schloss die Augen, als er in ihr war. Als sie sie wieder aufschlug, war er ihr ganz nah. Sie nahm ein großes, jungenhaftes Staunen wahr, als wollte er sagen: Das sind wir, das ist unsere Gegenwart.

Beim Abendessen folgte ein Gespräch, wie sie es lange nicht mehr erlebt hatte. Ein Redeschwall brach aus ihm, es gab so viel nachzufragen und zu erkunden, Gemeinsamkeiten abzurufen, Unterschiede abzustecken. Die Literatur, seine Musikvorlieben (Bach!, Beatles!, Rameau!), seine, ihre Reisen. Wie es sich lebte in Deutschland. Mentalitätsunterschiede zwischen Österreich und Deutschland. Sie kamen auf Träume zu sprechen, reale und Lebensträume. Max Frisch habe ein Stück darüber geschrieben, wie es wäre, noch einmal an einen früheren Punkt seines Lebens zurückzugehen. *Biografie*. Was anders verlaufen würde. Warum und wieso. An welchen Punkten ihres Lebens sie genauso wieder, an welchen Stellen sie anders handeln würden.

Dann erzählte er von jenem Moment im Segelboot, als ihn sein Vater gebeten hatte, er möge die kleine Gruppe fotografieren. Wie oft er sich den Vorwurf gemacht hatte: Wenn ich es nicht getan hätte, wären sie noch am Leben. Er wisse, es sei absurd, so zu denken. Wenn ich es nicht getan hätte, säßen wir jetzt nicht hier in einem Krummauer Restaurant. Hätte ich nicht eben mit dir geschlafen. Das Leben sei ein Rätsel, absurd. Wenn wir in einem anderen Jahrzehnt geboren wären, jeder von uns: Wir säßen jetzt nicht zusammen, sagte er. Warum etwas sei, wie es sei. Warum sie ausgerechnet in Mitteleuropa, im Wohlstand, geboren worden seien. Kindisch, so zu fragen, sagte Arnold. Sie nickte.

Spätabends schliefen sie noch einmal miteinander.

Sie verließ das Hotel am nächsten Morgen mit der bangen Frage, mit der sie von vielen Orten, an denen es ihr gefallen hatte, weggegangen war. Wann würde sie wieder dorthin zurückkommen? Wann und unter welchen Umständen würde sie wieder nach Krummau zurückkehren?

Jetzt waren die Wege durch die Stadt, die Brücke, das Schloss mit einer neuen Erinnerung, mit Arnold belegt. Mit wem auch immer sie das nächste Mal zum Schloss hinaufwandern würde: Den Kuss im Park würde sie nicht vergessen. Vielleicht würde sie erst als alte Dame wieder hierherkommen. Oder bald wieder mit Arnold?

Es fiel ihr schwer, Abschied zu nehmen. Sie verlängerten ihr Zusammensein um einen Spaziergang am Lipno, schließlich an einem mickrig ausgestatteten Rummelplatz in Cerna.

Den Engel, den er ihr schenkte, legte sie ins Handschuhfach ihres Autos.

Bei der Heimfahrt nahm sie den Grenzübergang Wullowitz. Direkt an der Grenze, noch in Tschechien, befindet sich ein Casino. Sie gewährte sich eine kleine Auszeit, ein kurzes Spiel am Automaten. Und gewann. Der Engel lachte sie verschmitzt an. Sein Lächeln drang durch die Abdeckung des Handschuhfachs hindurch. Sie flog nach Hause zurück.

Sie fühlte sich leicht, sie schwebte. Sie hatte das Gefühl, unverwundbar zu sein. Nichts konnte ihr etwas anhaben. Sie hatte Kräfte getankt, Quellen in sich geöffnet, die sie versiegt geglaubt hatte. Heiße Energie sirrte in ihrem Körper. Sie hatte das Gefühl, der Welt mitteilen zu müssen, wie glücklich sie war. Und dass dieser Zustand sie in die Lage versetzte, alles gutzuheißen und allen gut zu sein. Sie rief Sandra in Wien an und hörte ihr eine Dreiviertelstunde lang zu; Geschichten aus dem Leben einer Studentin. Sie hörte neidlos zu, sie feuerte an, sie motivierte, sie freute sich mit, sie munterte auf.

Sie hieß Andreas, der abgekämpft nach Hause kam, willkommen. Sie hatte Sekt für ihn eingekühlt. In Decken eingehüllt saßen sie abends auf der Terrasse bei Kerzenschein, während er von den Veranstaltungen des Wochenendes erzählte, von gelungenen Auftritten, von einem gefährlich anmutenden Zwischenfall, der sich banal gelöst hatte. Andreas deutete Ängste an, sprach von einer Intrige, die sich anbahnte. Von anstrengenden zwei Wochen, die noch vor ihm standen.

Sie saßen nebeneinander, es war fast wie früher. Katharina hatte die Beine an den Körper gezogen, hörte zu, nickte, lachte, schüttelte leise den Kopf, summte Verständnis. Kein Neid auf Andreas, kein Groll gegen irgendjemanden aus seinem Team. Sie hatte nicht das Gefühl, dass ihre Anteilnahme vorgetäuscht war, sie hatte ihre Batterien wieder aufgetankt, ihre Kraft, zu kommunizieren, war zurückgekehrt. Andreas genoss die unverhoffte Unterstützung und ließ sich, der Süße des Sekts nachspürend, nach hinten in die Liege fallen.

Für eine gute Stunde sponnen sie an einer gemeinsamen Geschichte, an einem Fleckchen gemeinsamer Zukunft, wie sie es früher, vor Sandra, oft getan hatten. Zwei Wochen noch durchhalten, sagte Andreas, dann gibt's eine Woche Koalitionsverhandlungen, und dann machen wir eine Woche Urlaub. Wo immer du willst. Sie fantasierten sich auf eine Insel, eine mögliche Ausflucht im Spätherbst: auf die Kanaren, auf Formentera, Madeira, Elba, vielleicht doch auf Samos, wo sie vor Jahren einmal eine heiße Spätsommerwoche verbracht hatten. Für eine Stunde stimmten sie überein, waren sie auf einer Wellenlänge wie schon lange nicht mehr. Als Andreas aufstand, um ins Bett zu gehen, fasste er Katharina kurz am Handgelenk; Zeichen seines Einverständnisses, Zeichen seiner Dankbarkeit, dass sie bei ihm gesessen war. Für mehr reichte seine Kraft und seine Konzentration nicht. Wie es ihr am Wochenende ergangen war, hatte er nur beiläufig gefragt. Sie habe einen Spaziergang an der Sonne gemacht: Mit dieser Antwort hatte er sich zufriedengegeben.

Tage später, bevor sie zu Vater nach Wels fuhr, lieh Katharina sich das Buch von Adolf Muschg. Vor dem kleinen Haus in der Vorstadtsiedlung, in der die Großeltern nach dem Krieg mit einer Schar Vertriebener voller Hoffnung und zuversichtlich ihr Leben neu zu gestalten begonnen hatten, parkte ein Wagen mit dem Schild einer Hilfsorganisation hinter der Windschutzscheibe. Wieder einmal stand ein Betreuerwechsel bevor, Vater hatte sich über die häufig wechselnden Zivildiener eines anderen Hilfsvereins beklagt, Katharina hatte mühsam nach einer Alternative gesucht. Jetzt war die Hilfe offenbar angekommen.

Bevor sie ausstieg, blätterte sie in dem Buch mit den Liebesgeschichten von Adolf Muschg. Sie fand die Stelle, die Arnold nur zur Hälfte zitiert hatte. Einen Satz hatte er ausgelassen: *Manchmal dachte sie daran, wie es wäre, mit einem Menschen wie diesem zu schlafen; dann vergaß sie es wieder.*

Der Vater saß bereits angezogen und rasiert am Tisch in der Küche und bekam gerade Apfelspalten von seiner neuen Pflegerin serviert. Er war aufgeregt, wie immer, wenn jemand Neuer in die Wohnung kam. Auch wenn er schnell vergaß, wer ihn betreute: Immer wenn eine neue Betreuung ins Haus kam, riss er sich zusammen und versuchte sich von seiner besten Seite zu zeigen.

Die Pflegerin redete mit ruhiger Stimme auf ihren neuen Patienten ein, der Vater schaute sie mit großen, noch vertrauenden Augen an. Sein Misstrauen, seine Kontrolllust, sein Wunsch, der Stärkere zu sein, würden dann wieder hervortreten, wenn seine Selbstsicherheit zurückkehrte, wenn die Schüchternheit, die ihn bei jeder Begegnung mit einem Fremden befiel, sich löste.

Die Pflegerin war noch relativ jung, vielleicht dreißig Jahre alt. Sie hatte ein hübsches Gesicht und trug Jeans, die ihre breiten Hüften unvorteilhaft betonten. Sie wirkte nicht unfreundlich, aber etwas distanziert. Routiniert. Man sah ihr an, dass sie offenbar unter Druck stand. Sie schwitzte, ihr Blick war unruhig, unter den Achseln ihres T-Shirts zeichneten sich dunkle Schweißflecken ab.

Sie führten das Angehörigengespräch im Vorhaus, während

der Vater den Regionalsender einschaltete und die Lautstärke hochfuhr. Seit Kurzem hatte er auch Probleme mit dem Hören.

Sie sind die Tochter, sagte die Frau, die sich als Sabine vorstellte. Sie hatte dicke, wulstige Unterarme, Katharina hatte den Eindruck, dass es für die Frau jetzt nichts Wichtigeres gab als ein paar Blätter Papier, die der Statistik halber auszufüllen waren.

Katharina ging mit Sabine, die einige Tage zuvor schon von einer früheren Betreuerin durchs Haus geführt worden war, zum Medikamentenkasten und zeigte ihr die Liste mit den täglich zu verabreichenden Pillen. An der Kommode lehnte eine aufgerissene Packung Windeln. Der Kübel mit den gebrauchten stand im Bad neben der Dusche.

Wie lange war es her, dass sie Sandra gewickelt hatte? Übermorgen war sie vielleicht selbst ein Pflegefall, dachte Katharina.

Was mag er als Zwischenmahlzeit?, fragte Sabine. Einen halben Apfel, vielleicht ein Butterbrot, mehr brauchte der Vater nicht mehr.

Und Sie kommen aus der Gegend?, fragte sie die Frau schließlich. Sie wohne am Stadtrand von Linz, sagte Sabine. Die Fahrt nach Wels sei ihr nicht unangenehm, sie fahre gegen den Strom der Pendler.

Ich wünsche Ihnen alles Gute mit ihm, sagte Katharina. Er kann schon sehr starrköpfig sein, fügte sie leise hinzu und nickte zur Küchentür hin, die nur angelehnt war.

Wir werden uns schon zusammenraufen, antwortete Sabine mit einem leichten Zucken im Mundwinkel, das nicht als Lächeln interpretiert werden konnte. Sie wirkte müde, verbittert. Hätte Katharina Zeit gehabt, hätte sie mit der Pflegerin Kaffee getrunken, geplaudert. Vielleicht hatte die Frau auch ein Kind.

Jetzt war nicht die Zeit für ein Gespräch; die Pflegerin ersparte ihr eine Entschuldigung.

Ich habe noch zu tun, sagte Sabine, ich muss gleich weg zum nächsten Klienten, sagte sie.

Also dann wünsche ich dir alles Gute mit der Sabine, sagte

Katharina laut zu Vater, während sie die Pflegerin Einverständnis heischend anschaute. Der Vater hob den Kopf, sagte aber nichts.

Beim Nachhausefahren dachte Katharina an Arnold.

Und dass sie ihm bei der nächsten Gelegenheit vielleicht doch von Sandra erzählen würde. Arnold würde ihr zuhören, er würde Verständnis aufbringen, er würde ihr in Freundschaft helfen, das Geheimnis zu tragen.

Zu Hause befiel sie eine Kontrollattacke. Sie fegte in routinierter Reihenfolge durch das Schlafzimmer, stöberte Andreas' gebrauchte Sakkos der letzten Tage durch, suchte seine Hemden nach Spuren ab, schnüffelte an den Krägen: ob sich ein fremder Geruch, eventuell weibliches Parfüm darauf befand. Es war keine plötzlich aufflammende Eifersucht, es war Routine. Irgendwann einmal hatte sie das Passwort zu Andreas' Computer herausgefunden. Jetzt sah sie die Mails durch, die er in den letzten Tagen bekommen hatte: keine Auffälligkeiten.

Ihr konnte das sowieso nicht passieren. Sie löschte ihre Mails, wenn sie geschrieben und abgesandt waren, sofort wieder. Keiner ihrer Wünsche, keiner ihrer Sätze war für die Ewigkeit gedacht, als Träume, als Geister flogen sie durch die Luft, es lohnte nicht, sie aufzubewahren.

Je ne regrette rien, schrieb sie an Arnold. Und dass sie die Stelle in dem Buch gefunden habe. Und dass er jetzt ja wisse, wie es sei, mit ihr zu schlafen.

Am Montagmorgen gegen acht Uhr – Andreas war zwei Stunden zuvor aus dem Haus gegangen, er würde bis zum Wochenende mit dem Wahlkampftross unterwegs sein – saß Katharina beim Frühstück, blätterte in der Zeitung und überlegte, in welcher Reihenfolge sie die Handgriffe des Vormittags erledigen sollte: Spüler einräumen, die Waschmaschine in Gang setzen, den Computer anwerfen, um nachzusehen, ob Arnold in der Zwischenzeit geantwortet hatte, schließlich nach Linz fahren, um die Druckfahnen einer Festschrift für einen Judoverein durchzusehen. Eben hatte sie die Nachrichten eingeschaltet, um den Wetterbericht mitzubekommen, als diese Kurzmeldung kam. Eine Leiche war gefunden worden. Sie hörte Arnolds Namen. Sie hielt den Atem an, sie vermeinte, ein Knistern in der Luft zu hören. Sie wartete darauf, dass der Sprecher, der die Nachricht verlesen hatte, seinen Irrtum eingestand, die Meldung zurücknahm. Als Scherz. Als Fehlmeldung. Dann setzte sofort ihr Zweifel ein: Vielleicht hatte sie sich verhört. Sie war in Gedanken bei Arnold gewesen, der sich noch nicht gemeldet hatte. Sie hatte im Radio eine Meldung gehört, sie hatte nicht richtig aufgepasst, sie bildete sich fälschlich ein, Arnolds Namen in der Meldung gehört zu haben. Ein Irrtum.

Dann folgte der Wetterbericht. Sie schaltete das Radio ab.

Es war still im Zimmer. Sie hörte das Ticken der Junghansuhr; Andreas hatte sie als sentimentales Erinnerungsstück aus dem Haus seiner Kindheit in sein eigenes Haus mitgenommen, zu Tausenden waren diese billigen Uhren in den sechziger Jahren in den Küchen gehangen, sie hörte das Summen einer Fliege, die sich irgendwo zwischen Vorhang und Fensterscheibe verflogen hatte, sie hörte das leise Brummen eines Autos, das draußen vorbeifuhr, spätestens jetzt verließen die letzten Pendler ihre Häuser, um zur Arbeit nach Linz zu gelangen.

Sie hatte sich gewiss verhört.

Sie sah sich wie eine fremde Person am Küchentisch sitzen, vor sich das banale Stillleben ihres morgendlichen Frühstücks: die Tasse mit dem Blümchenmuster, die Kanne, in der sich noch ein Fingerbreit Kaffee befand, die Butterdose, in der die Butter langsam schmolz, der Teller mit einem Rest der Marmelade, Brösel auf und neben der Tischdecke.

Sie saß da. Ein Teil von ihr vermeinte, eine Nachricht gehört zu haben, die so ungeheuerlich war, dass sie glaubte, im Augenblick versteinern zu müssen. Ein anderer Teil von ihr saß da, beruhigte, wog ab. Sie war unaufmerksam gewesen, sie hatte nicht richtig zugehört, sie dachte das Falsche, sie war einem Irrtum aufgesessen.

Als sie aufstand, merkte sie, dass ihr schwindlig wurde. Sie beobachtete, wie sie, die Kaffeekanne in der Hand, Richtung Abwasch ging und wieder umkehrte, sie beobachtete sich wie von oben, als hätte sie ihren Körper bereits verlassen: die Unsinnigkeit ihrer Gesten: wie sie die Tasse anfasste und wieder auf den Tisch setzte, die Zeitung zusammenfaltete und wieder zurücklegte, das Radio, das sie eben abgeschaltet hatte, wieder anmachte – es erklang klassische Musik – und gleich wieder ausschaltete.

Vielleicht hatte sie auch zu atmen vergessen, für Momente hatte ihr Verstand ausgesetzt. Dann erfasste sie Panik.

Sie rannte in ihr Arbeitszimmer, ein Schluchzen brach sich durch ihre Kehle, sie spürte, wie die Tränen kamen und einen Schleier vor die Augen zogen. Sie schaltete den Computer ein. Träge fuhr der Rechner hoch, provokant bot er ihr das Schauspiel des Hochfahrens; das Hochfahren des Betriebssystems, das sie an einem normalen Tag schon gar nicht mehr bemerkte, ihr Zugang zur Welt gewährte, begleitet von einem simplen Musikmotiv. Sie googelte Arnolds Namen und fand ihn in einer Nachricht der *Mittelbayerischen Zeitung*. Der beliebte Professor der Universität Regensburg in einem Waldstück bei Neuschönau tot aufgefunden. Schock und Bestürzung an der Uni, Ratlosigkeit ob eines solchen Gewaltverbrechens, wie es an der Universität seit der Gründung noch nicht vorgekommen war.

Die Polizei tappe im Dunkeln. Der Professor war, wie es hieß, unterwegs zu einem Arbeitsaufenthalt in den Bayerischen Wald gewesen, aber an der gebuchten Unterkunft nicht eingetroffen und offenbar Opfer eines Raubmörders geworden.

Die Meldung über den beliebten, aus Österreich stammenden Professor prangte unmittelbar neben einer Werbung für eine Automarke und der Aufforderung, die *Mittelbayerische Zeitung* zu abonnieren.

Katharina löschte Seite und Verlauf, stand auf, ging ins Bad, nahm die Wäsche aus der Schmutzwäschekiste und ging in den Keller. Sie stopfte die Wäsche in die Maschine, füllte Waschpulver ein, goss Weichspüler in die dafür vorgesehene Box, stellte das Programm ein, setzte die Waschmaschine in Gang. Sie löschte das Licht im Waschraum, sie stand im Kellergang, die Tür zum Saunaraum stand offen. Sie merkte, dass sie sich noch nicht umgezogen hatte; sie trug noch immer den Jogginganzug, in den sie am Morgen geschlüpft war.

Sie betrachtete den Fußläufer am Boden, der an beiden Seiten Fäden verlor; sie hatte sich schon länger vorgenommen, einen neuen zu besorgen.

Der Schrei kam tief aus ihr, heftiger Schmerz drückte an ihre Kehle, ihr lauter Aufschrei ging in ein Weinen über, das ihr fremd war. Sie sank zu Boden, aber sie fiel nicht um. Hockend verharrte sie, den Kopf an einen Türrahmen gelehnt, vom Weinen geschüttelt, sie hielt sich einen Zipfel des Ärmels vor den Mund.

Sie hockte, bis ihre Knöchel zu schmerzen begannen. Dann richtete sie sich auf und ging das unbeleuchtete Treppenhaus hoch ins Haus. Im Bad öffnete sie den Medikamentenschrank, fand die Schlaftabletten. Zwei Stück würden ausreichen. Sie ging zum Telefon. Sie hatte beschlossen, nicht mehr zu funktionieren, nicht für diesen Tag wenigstens. Mochte draußen der Tag weitergehen, Kassen klingeln, Maschinen laufen, Traktoren gestartet werden, Besprechungen abgehalten werden, sie würde sich zurückziehen, ganz bei sich bleiben.

Sie rief im Büro an und gab ihre Krankmeldung durch. Ihre Stimme klang verweint, was am Telefon auch als Erkältung durchging. Sie war als gewissenhafte und verlässliche Kraft bekannt, selten, dass sie sich spontan krank meldete, die Sekretärin schenkte ihr Glauben und versprach, die Druckfahnen einem Referenten zur Durchsicht weiterzugeben, und wünschte ihr gute Besserung.

Sie zog die Vorhänge im Schlafzimmer zu, legte sich im Jogginganzug ins Bett, stand wieder auf, streifte das T-Shirt ab, zog die Hose aus. Nackt hockte sie auf dem Bett. War sie nicht erst vor wenigen Tagen nackt in einem Bett neben Arnold gelegen?

Sie schlüpfte in ihren Pyjama und deckte sich zu. Von irgendwoher hörte sie das Hupen eines Autos, irgendwo ein dumpfes Pochen wie von einem Presslufthammer. Über dem Hämmern schlief sie ein.

Sie verschlief den Tag und eine weitere Nacht. Irgendwann war sie aufgestanden und zur Toilette gegangen, dann hatte sie wieder Tabletten genommen und sich ins Bett gelegt. Anderntags wachte sie auf, weil das Telefon sie weckte. Iris war am Apparat und erinnerte Katharina an die Tennisstunde, die sie für den nächsten Tag vereinbart hatten. Katharina erzählte die Geschichte von der Erkältung, die schon im Abklingen sei. Noch sagte sie den Termin nicht ab, vielleicht war es gut, sich abzulenken.

Sie machte sich Kaffee, das Butterbrot, das sie zubereitet hatte, warf sie angebissen in den Müll, sie hatte keinen Appetit.

Sie saß in der Küche und starrte auf die Tischplatte, betrachtete die Gegenstände, die ihren Alltag ausmachten.

Später setzte sie sich vor den Computer und saugte alles auf, was sie über den Vorfall im Bayerischen Wald aus dem Netz ziehen konnte, entdeckte sogar eine kurze Reportage aus dem Bayerischen Rundfunk und weitere Meldungen auf der Homepage der Universität. Jemand hatte eine Kondolenzliste angelegt, in die man sich eintragen konnte. Katharina sah eine lange Liste von Namen, einen offiziellen Nachruf der Universität, Bemerkungen von Studenten, die bei Arnold studiert hatten. Mit so gut wie keinem Namen konnte sie etwas anfangen, Arnold hatte nicht viel über seine Arbeit erzählt. Alles, was sie mit ihm verbunden hatte, waren die gemeinsame Erinnerung an ihre Jugendzeit in Gmunden und ihre zwei heimlichen Treffen gewesen. Jetzt, zu spät, bekam sie einen kleinen Einblick in die Welt, die ihn als Universitätsprofessor ausgemacht hatte.

Er war beliebt gewesen und würde eine große Lücke am Institut hinterlassen, stand da zu lesen. Kein Wort aber über seine Familie. Nach längerer Suche stieß Katharina dann auf die

Homepage einer psychoanalytischen Gemeinschaftspraxis, auf der auch der Name von Arnolds Frau, Verena, verzeichnet war. Ein Foto zeigte eine Frau ihres Alters mit brünetten, beinah blonden Locken, die freundlich und entspannt in die Kamera blickte. Katharina versuchte Ähnlichkeiten mit sich selbst zu finden. Sie sah der Frau nicht im Geringsten ähnlich; sie hatte dunkle, beinahe schwarze Haare und dunkle Augen, Arnolds Frau war ein heller Hauttyp; wahrscheinlich hatte sie grüne oder blaue Augen, das war auf dem Foto nicht ganz deutlich erkennbar.

Katharina schaltete den Computer den ganzen Tag über nicht ab. Sie ging nur außer Haus, um den Müll zu entsorgen. Über die Gartenhecke hinweg sah sie die Nachbarin auf der Terrasse des Nachbarhauses liegen. Es war ein warmer Herbsttag; in einer windgeschützten Ecke konnte es noch einmal so warm werden, dass es sich lohnte, ein spätes Sonnenbad zu nehmen. Katharina ging rasch ins Haus zurück, um von der Nachbarin nicht bemerkt oder angesprochen zu werden. Gelegentlich war sie von der Frau zum Kaffee eingeladen worden. Interviewtermine waren das gewesen, der Mann der Nachbarin hatte einen gut dotierten, aber langweiligen Job bei einer Bank. Nichts interessierte seine Frau, die als Hausfrau zwei schulpflichtige Kinder betreute, mehr als vermeintlich spannende Berichte aus dem Leben einer Politikerfamilie. Katharina ödeten diese neugierigen Befragungen an, sie trachtete, den Kontakt zur Nachbarin auf das Nötigste zu beschränken.

Gegen Abend erschien plötzlich auf der Homepage der Universität Regensburg eine offizielle Parte: Der Rektor und das Professorenkollegium bedauerten das Ableben ihres Kollegen, der sich in Jahrzehnten wissenschaftlicher Arbeit Verdienste um die Reputation der Universität erworben hatte.

Oben auf der Parte ein Spruch: *Das einzig Wichtige im Leben sind die Spuren der Liebe, die wir hinterlassen, wenn wir ungefragt gehen müssen.* Ein Satz, der sie erneut zu Tränen rührte.

Unten an der Seite wurde gebeten, auf Kranzspenden zu verzichten und stattdessen für eine Waiseneinrichtung zu spenden. Auch waren Tag und Ort des Begräbnisses angeführt.

Auf der Parte befand sich ein Foto von Arnold. Katharina druckte die Anzeige aus und schnitt das Foto aus, den Partezettel ließ sie durch den Reißwolf laufen. Das Foto steckte sie zusammengefaltet zu den Kreditkarten in ihre Geldbörse. Sie besaß kein anderes Foto von Arnold. Fremd kam er ihr vor, ernst, sie hatte ihn offen, heiter, entspannt in Erinnerung.

Den ganzen Tag verbrachte sie im Haus und trug Gegenstände hin und her, betätigte den Spüler, begann, einen Korb Wäsche zu bügeln, um sich bald darauf wieder zu setzen und in die Luft zu starren.

Sie beschloss, zum Begräbnis zu fahren. Niemand konnte sie daran hindern, von Arnold Abschied zu nehmen. Arnold war eine Person des öffentlichen Lebens gewesen, beim Begräbnis würden gewiss so viele Menschen zusammenkommen, dass ihre Anwesenheit, die Anwesenheit der Frau, mit der Arnold vielleicht als Letzte zusammen gewesen war, nicht auffallen würde. Sie hatte das Gefühl, Arnold dieses Zeichen der Anteilnahme schuldig zu sein, sie war sich diese Geste selber schuldig. Vielleicht würde ein bewusster Abschied sie aus der Erstarrung der letzten Tage befreien.

Nach dem Schock, den die Todesnachricht ausgelöst hatte, kam das lähmende Gefühl der Einsamkeit: Es gab niemanden, dem sie sich mitteilen konnte, niemanden, mit dem sie trauern konnte, niemanden, der sie bedauerte. Der Kreis der Menschen, die sie und Arnold bei ihren wenigen Treffen gemeinsam als Paar erlebt hatten, war sehr klein gewesen, ein paar Hotelangestellte, ein paar Kellner und Kellnerinnen, niemand, den sie persönlich gekannt hätten. Niemand würde ihren Schmerz, einen gerade erst gefundenen und geliebten Menschen verloren zu haben, verstehen können.

Später rief die neue Betreuerin des Vaters an; als Katharina die Stimme der Pflegerin hörte, glaubte sie sofort, es sei etwas mit dem Vater passiert. Die Betreuerin teilte aber nur mit, dass die ursprünglich für das Wochenende vorgesehene Kollegin kurzfristig ausgefallen sei und sie selber das Wochenende bereits verplant hatte. Die Betreuerin klang, als hätte sie ein schlechtes Gewissen, oder sie klang so, als ob sie den Eindruck machen wollte, ein schlechtes Gewissen zu haben. Katharina hatte das Gefühl, als wollte sie getröstet werden und wünschte sich jemanden, der ihr die Last der unangenehmen Nachricht abnehmen und sie abschwächen würde. Katharina tat ihr den Gefallen. Sie würde den Vater am Wochenende betreuen. Vielleicht tat es ihr sogar gut, sich abzulenken.

Anderntags fasste sie den Entschluss, sich nicht hängen zu lassen. Wenn keiner sie unterstützte, würde sie sich selber helfen. Sie würde wieder unter Menschen gehen. Sie war krank gewesen und war es noch: Für diese Erklärung würde sie am ehesten Verständnis ernten. Niemandem war die seltsame Wahrheit der heimlich trauernden Geliebten zuzumuten: Sie trauerte um einen Menschen, den sie kaum gekannt hatte, dessen Tod jetzt, Hunderte Kilometer weit entfernt, seiner Familie, seiner Frau, den Kindern, Angehörigen und Berufskollegen Schmerz bereitete. Im Vergleich zu diesen war sie höchstens eine Trauernde zweiten, dritten Grades, ihr Schmerz ortlos.

Sie merkte, dass sie dabei war, sich selber zu kränken. Ihre Affäre fühlte sich noch so frisch an und war von so kurzer Dauer gewesen, dass sie die Schattenseite eines Lebens als Geliebte gar nicht kennengelernt hatte; die Phase, sich als Geliebte zurückgestellt zu fühlen, war übersprungen worden, ein Streich, den ihr das Schicksal gespielt hatte. Arnolds gewaltsamer Tod hatte sie nicht einmal diesen Schmerz erleben lassen. Stattdessen war sie nun gefordert, ihre Trauer für sich zu behalten.

Ablenkung würde ihr gut tun. Sie beschloss, in die Stadt zu fahren und die Arbeit, die sich auf ihrem Schreibtisch angesammelt hatte, anzugehen. Dann nach Hause zu fahren und den Termin mit Iris wahrzunehmen; das Leben musste weitergehen, und es ging weiter. Die Schockwelle, die der Tod des österreichischen Germanisten weit weg in Regensburg ausgelöst hatte, war abgeebbt, ehe sie Linz erreicht hatte. Hier litt niemand, sie war die Einzige, die diese Welle erreicht hatte.

Sie schminkte sich sorgfältig, sie richtete sich her für die Welt draußen, sie würde, wenn notwendig und wenn eine plötzliche Rührung sie überkommen sollte, die Sonnenbrille aufsetzen und notfalls zur Geschichte mit der Bindehautentzündung greifen – eine Lüge, die auch zu Zeiten, da sie mehr getrunken hatte, funktioniert hatte.

Bevor sie zum Auto ging, schaute sie nach der Post. Außer Werbematerial und einer Zuschrift der Bank befand sich ein bräunliches Kuvert im Kasten, dessen handschriftlich geschriebene Adresse sie erschreckte. Das Kuvert trug keinen Absender, intuitiv glaubte sie, Arnolds Handschrift zu erkennen, eine absurde Idee.

Das Kuvert war in Deutschland aufgegeben worden, am Stempel unter der frankierten Briefmarke war deutlich der Name Neuschönau erkennbar. Das Datum war unlesbar.

Sie ging zurück ins Haus. Mit zitternden Fingern brach sie das Kuvert auf. Einen wahnwitzigen Augenblick lang jagte ihr der Gedanke durch den Kopf, dass Arnold sich einen Spaß erlaubt und alle hinters Licht geführt haben könnte. Es gab diese Fälle, dass jemand plötzlich verschwand; vielleicht war die aufgefundene Leiche fälschlicherweise für seine gehalten worden – sie brach den abstrusen Gedanken ab.

Im Kuvert steckte eine tschechische Zeitung, zusammengefaltet. Sie öffnete die Zeitung und wusste Bescheid. Das Wissen trat augenblicklich ein und war von einer Klarheit, wie sie sie von sich nur aus der Kindheit kannte. In der Zeitung lagen zwei Fotos, Aufnahmen von ihr und von Arnold. In eindeutig kompromittierenden Situationen. Arnold und sie, Händchen haltend in dem Kaffeehaus an der Moldau, Arnold und sie, einander küssend, im Schlossgarten in Krummau.

Sie kramte in dem Kuvert. Es enthielt nichts Weiteres, keinen Brief, keine Botschaft. Sie suchte die Zeitung nach Hinweisen ab; sie verstand kein Tschechisch. An den unteren Rand einer Seite hatte jemand etwas in Blockbuchstaben hingekritzelt, sie hätte nicht sagen können, ob es sich um Arnolds Schrift handelte. Sie erkannte seine Urheberschaft am Inhalt: *WAS SOLLEN WIR MACHEN???* stand da.

Die Fragezeichen wirkten wie ein Zeichen großer Verwirrung, Ratlosigkeit. Oder waren sie auch Ausdruck von Belustigung? Für einen Moment wünschte Katharina, Arnolds Witz, sein manchmal aufblitzender Sarkasmus würde in diesen Fragezeichen enthalten sein, ihre Vermutung, er treibe einen Scherz mit allen, könne stimmen. Als zwinkerte er ihr zu mit diesen Fragezeichen, als schickte er ihr die Botschaft, doch nicht alles so ernst zu nehmen.

Dann entdeckte sie, eingeschlagen in die Zeitung, ein weiteres Blatt Papier, auf dem in Druckbuchstaben stand: *Wir haben noch weiteres Material. Info am 4. Oktober, 19 Uhr, im Institut.*

Sie ging zurück ins Haus, ließ Wasser in ein Glas laufen, trank es in einem Zug leer. Sie musste sich setzen. Sie merkte, wie sie augenblicklich müde wurde.

Sie blätterte im Kalender: Der 4. Oktober, das war mehrere Tage vor Arnolds Tod gewesen.

In dem unsignierten Brief war von *weiterem Material* die Rede. Arnold war erpresst worden. Jemand hatte sie beobachtet. In Krummau waren sie oberserviert worden. Katharina fühlte, wie Zorn und ungläubiges Staunen in ihr aufflammten. Wenn nicht alles so unwirklich gewesen wäre, hätte sie lauthals aufgelacht.

Arnold war erpresst worden. Der unbekannte Erpresser musste sich sofort nach dem Wochenende in Krummau bei ihm gemeldet haben. Er hatte *weiteres Material* angekündigt. Arnold hatte Katharina dazwischen eine Mail geschickt, aber nichts von der Erpressung erwähnt. Er hatte sie schonen wollen. Einen Tag nach seiner letzten Mail hatte man ihn ermordet in der Nähe von

Neuschönau aufgefunden. Er hatte eine einzige, *ihre* Frage an den Rand der Zeitung gekritzelt. Als eine letzte Nachricht.

Das Kuvert war in Neuschönau aufgegeben worden. Wenn Arnold das Kuvert aufgegeben hatte (sie untersuchte die Handschrift auf dem Kuvert: Sie glich dem Gekritzel auf der Zeitung; dann stammte sie wohl von Arnold selbst), hatte er ihr eine Nachricht zukommen lassen. Er musste das Kuvert kurz vor seinem Tod aufgegeben haben. Vielleicht hatte ihn jemand dabei beobachtet.

Wenn das Ganze eine Finte war: Wenn jemand anderer das Kuvert aufgegeben hatte? Um ihr Angst zu machen? Warum dann die Anmerkung, warum die Formulierung, deren Anspielung sie allein verstehen konnte?

War es möglich, dass jemand Arnold kurz vor seinem Tod gezwungen hatte, das erpresserische Material an sie weiterzuschicken?

Das ergab keinen Sinn. Katharina ließ den Gedanken fallen.

Sie versuchte sich vorzustellen, was in Neuschönau vor sich gegangen war. Vielleicht hatte Arnold sich dort mit einem Erpresser treffen wollen. Arnold war dahin gefahren: um Geld zu übergeben, um die Situation zu klären, um die Lachhaftigkeit der gesamten Aktion aufzuklären, was auch immer.

Nirgends in den Zeitungsartikeln war etwas über das Motiv des Mordes gestanden; noch immer tappte die Polizei im Dunkeln. Nirgends eine Andeutung von einer Erpressungsaktion. Arnold musste die Sache mit sich allein ausgemacht haben. Knapp vor dem Zusammentreffen mit dem Erpresser hatte er das Kuvert an sie aufgeben: als Botschaft, als Nachricht, als Versicherung, als Warnung?

WAS SOLLEN WIR MACHEN??? Die drei Fragezeichen gafften sie an, verhöhnten sie.

Katharina hatte das Gefühl, aus dem Leben gekippt zu werden; eine überirdische Macht war eben dabei, sich ihrer zu bemächtigen. Sie spürte ein Würgen im Hals.

Wenn sie verharrte und sich nicht rührte, würde sie sterben.

Sie beschloss, das Haus zu verlassen. Sie floh. Sie stürzte in die Garage und startete den Wagen, fuhr hinaus in die Normalität. Dort eggten Bauern ihre Äcker, gingen Hausfrauen einkaufen, erledigten Lieferanten ihre Fuhren. Dort draußen würde sich kein Ungeheuer, keine fremde Macht an ihr vergehen. Sie fuhr in die Stadt. Sie würde kämpfen. Sie würde sich wehren, auch wenn für sie das Motiv des anonymen Angreifers unbegreiflich war.

Sie traf sich mit Iris zum Tennis. Katharina trug die Sonnenbrille, Iris glaubte ihr die Geschichte mit der Bindehautentzündung. Du Arme, versuchte sie sie zu trösten.

Katharina spürte, wie gut ihr die Bewegung tat. Sie konzentrierte sich immer auf den nächsten Ball, so hatte sie es die Jahre über immer wieder trainiert. Wenn auch die mollige Iris stärker am Ball war, sie war flinker auf den Beinen. Ein paarmal gelang es ihr perfekt, die Freundin ins Leere laufen zu lassen. Sie verlor knapp, aber mit Anstand. Iris freute sich sichtlich, wie jemand, der nach Kampf und nicht etwa, weil der Gegner aufgegeben hatte, als Sieger vom Platz ging.

Das anschließende Getränk im Restaurant musste ausfallen; Katharina gab einen Termin im Büro vor. Was nicht gelogen war.

In einer Bäckerei kaufte sie ein Sandwich; das war ihr Abendessen. Sie kehrte nach Hause zurück, als es bereits dunkel war.

Der Anrufbeantworter blinkte, Andreas berichtete aus dem Süden von Oberösterreich. Hoffe, es läuft, sagte er knapp. Bei uns alles paletti. Ich melde mich dann morgen wieder.

Auch Sandra rief an, aus Gewohnheit. Mama, das Wochenende geht sich nicht aus. Sie habe zu lernen und sei außerdem zu einer Geburtstagsfeier eingeladen. Bussi Mama, und bis bald.

Auf dem Band war noch ein dritter Anruf. Katharina erschrak, als sie den bayerischen Dialekt vernahm. Während die Leitung bereits offen war, besprach sich der Anrufer noch mit jemand anderem, ob er die Nachricht aufsprechen sollte. Der Anruf kam von der Kriminalpolizei Regensburg. Es geht lediglich um eine kleine Auskunft, erklärte der Mann in ruhigem Tonfall. Er werde sich am nächsten Tag wieder melden.

Katharina löschte die Anrufe. Seit vor Jahren ein Psychopath versucht hatte, sich an Andreas heranzumachen, wurden alle Gespräche automatisch aufgezeichnet. Andreas hatte über einen Bekannten, der in der Telekom beschäftigt war, eine Telefonanlage beschaffen lassen, die die Nummern der Anrufer anzeigte und die Gespräche aufzeichnete. Wer nicht wollte, dass der Partner ein Gespräch anhören konnte, musste es von Hand löschen.

Für Katharina war es bequem, ein Gespräch noch einmal anhören zu können. Sie brauchte nichts notieren, konnte Passagen mehrmals durchlaufen lassen. Die Anlage half ihr auch, Vater besser zu verstehen. Er hatte immer schon undeutlich gesprochen, seit er eine Zahnprothese trug, hatte sich sein Nuscheln noch verstärkt. Auch wenn die Sekretärin des Sportverbands eine depressive Phase durchlebte – sie nahm deswegen immer wieder längere Krankenstände –, sprach sie so kraftlos und leidend, dass Katharina ein Gespräch lieber ein zweites Mal anhörte, als zurückzurufen.

Der Abend zog sich. Katharina zappte sich durch die Programme. Auf mehreren Kanälen wetzten Quizkandidaten nervös auf ihren Drehstühlen.

Sie konnte nicht widerstehen und ging ins Internet. Nichts Neues über den Mord an Arnold. Auf der Kondolenzseite, die ihm zu Ehren eingerichtet worden war, drängten sich die Einträge; persönliche, förmliche, geschraubte, kumpelhaft formulierte. Die meisten Kondolierenden hatten ihre vollen Namen angegeben. Katharina versuchte sich zu erinnern; keinen einzigen dieser Menschen, die Arnold offenbar nahestanden, hatte er ihr gegenüber erwähnt.

Sie machte sich den leisen Vorwurf, ihn zu wenig befragt zu haben. Sie hatten vor allem über Gmunden, über Arnolds Zeit in Österreich gesprochen gehabt, über ihre privaten Vorlieben.

Katharina spürte, wie sich ein spitzer Schmerz in ihre Schulter krallte. Sie hatte den Menschen, der vor ein paar Tagen im Bayerischen Wald gestorben war, kaum gekannt. Aber sie war ihm so nahegekommen, dass sie ihm gern ihre Lebensgeschichte erzählt hätte; die Wahrheit über Sandra und alles.

Auf dem Tisch lagen die Fotos, die mit der Post gekommen waren.

Jetzt kamen die Fragen wieder und die Angst. Es gab jemanden, der von ihrem Treffen mit Arnold wusste. Das Foto im Kaffeehaus an der Moldau konnte eventuell noch als Schnappschuss eines Krummaubesuchers durchgehen, der sie zufällig entdeckt hatte, in Kombination mit dem im Park aufgenommenen Foto konnte Katharina nicht mehr an einen Zufall glauben. Die Aufnahmen waren in erpresserischer Absicht gemacht worden, der anonyme Brief sprach eine klare Sprache.

Arnold war tot. Hatte er Lösegeld bezahlt? Hatte er sterben müssen, weil er sich geweigert hatte zu zahlen? Oder stand sein Tod gar nicht im Zusammenhang mit einer Erpressung? Hatten zwei Ereignisse nur zufällig beinahe gleichzeitig stattgefunden: die Erpressung, von der ihr Arnold auf dem Weg zu seiner Klause im Bayerischen Wald unbedingt noch Mitteilung machen wollte, und ein Raubüberfall bei einer Wanderung in der Nähe der tschechisch-österreichischen Grenze? Ein Raubüberfall in einem Wandergebiet? Das ergab keinen Sinn.

Arnold war erpresst worden. Wahrscheinlich hatte er sterben müssen, weil er sich geweigert hatte zu zahlen. Es war ihm noch gelungen, sie zu warnen.

Was sollte sie tun? Sie war von keinem Erpresser kontaktiert worden.

Was bedeuteten diese zwei Fotos? Vielleicht gar nichts, wenn sie sie verschwinden ließ. In knapp zwei Wochen waren Landtagswahlen: Katharina versuchte sich vorzustellen, die Fotos gelangten vor der Wahl an die Öffentlichkeit. Ein Skandal würde die Folge sein.

Sie holte eine Flasche Rotwein aus dem Keller und trank sie innerhalb einer Stunde leer. Dann hatte sie zwei Entscheidungen getroffen: Sie würde nicht zur Polizei gehen. Vorläufig jedenfalls nicht. Weil sie nicht erpresst wurde. Und sie würde Andreas nichts davon erzählen. Weil es unklug war, ihn in dieser Phase des Wahlkampfs zu beunruhigen.

Sie würde die Dinge ihren Lauf nehmen lassen. Vorläufig wenigstens.

Und sie würde zum Begräbnis nach Regensburg fahren. Sie würde Arnold die letzte Ehre erweisen.

Sie spürte, wie sich der Alkohol in ihrer Haut und in ihrem Blut festsetzte, wie ihre Backen glühten. Der Wein vertrieb die Angst. Sie spürte, wie ihr die Tränen die Wangen hinunterliefen. Mein Weingesicht, dachte sie. Dann ging sie zu Bett.

Sie wusste, sie würde nicht aus dem Haus gehen, ehe der Anruf aus Regensburg kam. Die Regensburger Kriminalpolizei hatte sie zu sprechen gewünscht. Ein Unbekannter hatte sie in Krummau mit Arnold beobachtet: Konnte die Regensburger Polizei davon wissen? Arnold war erschossen worden. Jetzt würde die Polizei jedem Hinweis nachgehen, um auf die Spur des Täters zu kommen. Arnold hatte strikt darauf bestanden, dass sie alle seine Mails sofort löschte. Er hatte das auch mit ihren getan. Aber es war technisch möglich, gelöschte Daten auf einer Festplatte zu rekonstruieren. So war man vielleicht auf sie gestoßen. Auch wenn das völlig absurd klang: Vielleicht war auch sie der Polizei verdächtig. Die Affäre war jedenfalls entdeckt und aufgedeckt worden. Kriminalpolizisten würden vorfahren, man würde sie vernehmen: Zwei Wochen vor der Wahl. Sie brach den Gedanken ab, destruktive Vorstellungen, die sie hinunterzogen.

Der Anruf entpuppte sich dann als harmlos, der Kriminalbeamte war freundlich und routiniert. Ich weiß nicht, ob Sie von dem Mord an dem Professor gehört haben, sagte der Beamte, Walter war ja Österreicher – Katharina bejahte wahrheitsgemäß –, in diesem Fall würden routinemäßige Ermittlungen in alle Richtungen gemacht.

Wir haben Ihren Namen in den Mails auf der Festplatte des Professors gefunden, sagte der Beamte und Katharina spürte, wie ihr die Schamröte ins Gesicht stieg.

Sie haben den Professor wegen eines Vortrags angeschrieben. Er hat ihnen geantwortet, es war vor circa zwei Wochen. Es ist nur eine Frage, sagte der Beamte. Wir wollen bloß abklären, ob Sie den Professor persönlich gekannt haben, ob Sie weiteren Kontakt mit ihm hatten oder ob Sie Personen kennen, die den Professor kannten, vielleicht auch aus dem österreichischen Raum.

Die Polizei hatte die privaten Mails also nicht gefunden, Arnold hatte sie offenbar wirklich gelöscht. Lediglich Katharinas offizielle Anfrage und Arnolds förmliche Absage waren entdeckt worden; das Telefonat war eine reine Routinebefragung.

Katharina log und blieb dennoch bei der Wahrheit. Sie lieferte die offizielle Version, erklärte, dass sie gemeinsam mit Kolleginnen ein paarmal pro Jahr literarische Abende organisierte; der Professor habe vor einiger Zeit einen Vortrag in Oberösterreich gehalten, deswegen sei er auf eine Liste von Leuten geraten, die man einladen wollte. Der Professor habe abgelehnt. Das sei alles.

Nichts für ungut, sagte der Beamte. Kein Argwohn schwang in seiner Stimme, die Auskunft, die Katharina ihm erteilt hatte, schien mit einem von ihm gefassten Urteil übereinzustimmen.

Hat man denn schon einen Anhaltspunkt?, fragte sie. Entschuldigen Sie, dass ich Sie so frage, setzte sie unmittelbar nach, aber mein Vater war bei der Gendarmerie, da interessiert man sich für solche Sachen.

Verstehe, sagte der Beamte. Wir dürfen an und für sich keine Auskünfte geben. Aber die bisherigen Untersuchungsergebnisse sind mager. Die Kollegen tappen noch im Dunkeln; das wird noch eine Zeit dauern. Also, entschuldigen Sie noch einmal die Störung, ich wünsche Ihnen einen guten Tag.

Der bayerische Kriminalbeamte legte auf, er würde sich hoffentlich nicht wieder melden.

An einem sonnigen, trockenen Herbsttag fuhr sie zum Begräbnis nach Regensburg. Andreas hatte sich am Abend zuvor telefonisch gemeldet. Er klang angeschlagen, die vielen Reden hatten ihn heiser gemacht, er krächzte, flüsterte beinahe, aber er wirkte optimistisch: Die neueste Umfrage deutete darauf hin, dass er erfreulich gut im Rennen lag. Wenn nichts Unvorhergesehenes passiert, sagte er, ist uns der Sieg nicht mehr zu nehmen. Man wisse aber nie, was die anderen in letzter Minute aus der Schublade zögen.

Ich halte dir die Daumen, hatte sie ihm geantwortet.

Sie wählte den dunklen Hosenanzug, den sie zu feierlichen Anlässen trug, dazu den schwarzen kurzen Mantel. Man hätte sie für jemanden halten können, der zu einem Empfang ging, einer Theaterpremiere, einer Vernissage.

Sie hatte keine Angst, dass jemand sie erkennen würde. Ein paar Hundert Kilometer die Donau aufwärts, und die Welt funktionierte nach anderen Parametern. Andere Zeitungen, andere Politiker, andere Plausibilitäten. Alle paar Hundert Kilometer hielt sich eine andere Stadt für den Nabel der Welt; das war in Wien und Linz so, das würde in Regensburg nicht anders sein.

In einem Blumenladen in der Nähe der Kirche kaufte sie eine Rose mit einer schwarzen Schleife. Die kleine Kirche befand sich am Stadtrand; Katharina wunderte sich, wie beschaulich, wie dörflich dort alles wirkte. Jenseits des Friedhofs führte die Autobahn vorbei, an diese grenzten Wiesen und Äcker.

Sie kam rechtzeitig zur Feier und setzte sich in eine der hintersten Reihe. Aus der Reaktion der Menschen um sich herum schloss sie, dass viele der Trauergäste einander unbekannt waren. Sie brauchte sich keine Sorge zu machen, in eine geschlossene Gruppe einzudringen, bei der jeder Fremde argwöhnisch betrachtet wurde.

Vor dem Betreten der Kirche hatte sie überlegt, ihre Sonnenbrille abzulegen. Sie tat es erst, als sie im Kirchengestühl saß. Zu Beginn der Trauerfeier war die Kirche dann dicht besetzt. Sie hatte dem kurz aufkeimenden Wunsch widerstanden, in die Aufbahrungshalle zum Sarg zu gehen. Diese Form des Abschieds war nicht der, den sie glaubte, Arnold schuldig zu sein. Seine Familie würde bei ihm sein, Katharina wollte sich nicht wichtig machen. Als der Trauerzug mit dem Sarg in die Kirche einzog und die Anwesenden sich zu Orgelmusik erhoben, erfasste sie dennoch so etwas wie heimlicher Stolz. Von all den Trauernden war sie diejenige gewesen, die mit Arnold ein Liebeswochenende verbracht hatte – seither waren gerade einmal zwei Wochen vergangen. Sie war Arnolds Geliebte gewesen, ob sie seine Einzige gewesen war, war nicht wichtig, sie war seine Letzte gewesen.

Katharina erkannte Arnolds Frau sofort. Ohne aufzublicken ging die Frau hinter dem Sarg her; eine blasse, zerbrechlich wirkende Person in einem schwarzen Kostüm. Neben ihr die zwei Kinder, der Sohn, die Tochter, die Schultern hochgezogen. Arnold hatte nur kurz von ihnen erzählt; was ihnen bloß in diesem Augenblick durch den Kopf ging? Ihren Großvater, der ertrunken war, hatten sie nie kennengelernt, ihr Vater war erschossen worden. Katharina spürte, wie eine Welle des Mitgefühls in ihr hochstieg. Was hatte Arnold über das Mitleid gesagt? Sie verbat sich dieses Gefühl, diese egoistische Anteilnahme stand ihr nicht zu. Hinter der Familie Arnolds ging eine ältere Frau ganz in Schwarz mit einem altmodisch wirkenden Schleier, sie wurde von einer jüngeren Frau gestützt. Vielleicht Arnolds Mutter. An der letzten Raststation vor Regensburg hatte Katharina die *Mittelbayerische Zeitung* gekauft und eine Parte der Trauerfamilie entdeckt; darin war auch der Name von Arnolds Mutter und deren Wohnort Linz angeführt gewesen, sowie der Name einer Schwester, Andrea. Arnold hatte sie kein einziges Mal erwähnt gehabt. Katharina überlegte, wo ihr jemand mit dem Familiennamen Blümel begegnet war, es fiel ihr nicht ein. Bei den Gesprächen mit Arnold hatte Katharina den Eindruck gewonnen, dass seine Herkunftsfamilie in seinem Regensburger Leben kaum mehr eine Rolle gespielt hatte. Vielleicht hatte er sich deshalb mit so großem Gefühl und Melancholie, so angenehm verklärt an seine Kinder- und Jugendzeit erinnert. Nichts hatte er ihr über seinen Vater, der ertrunken war, erzählt gehabt, nichts über den Schmerz, den er damals empfunden haben musste: bis auf die eine Bemerkung, sich lange Zeit Vorwürfe gemacht, sich gefragt zu haben, ob er das Unglück vielleicht hätte verhindern können, wenn er sich Vaters Fotografierwunsch widersetzt hätte. Arnolds hatte seine Lebensgeschichte vor ihr ausgebreitet gehabt als melancholische Rhapsodie an seine Jugend und an sie (in seinem Kopf), ansonsten als Zeit seines wissenschaftlichen Aufstiegs und seiner Familie in Deutschland.

Gefeiert wurde ein schlichtes katholisches Requiem mit Orgelmusik; ein Chor der Universität sang Motetten von Anton Bruckner und Mendelssohn-Bartholdy und Choräle von Bach. Nach der Messe zog der Leichenzug an den Trauergästen in den Kirchenbänken vorbei. Ungeordnet strömten die Menschen dann auf den nahen Friedhof, der sich rasch füllte. Als Katharina endlich aus der Kirche kam, fand sie nur mehr am Eingang des Friedhofs Platz. Über einen Lautsprecher drang die Stimme des Priesters an ihr Ohr: *Wer an mich glaubt, wird ewig leben!*

Als der Sarg ins Grab gelassen wurde, erklang Musik; Katharina konnte über die Köpfe weg nur erahnen, wo sich das Grab befand. Sie kam sich plötzlich fremd vor, sie spürte, dass sie nicht dazugehörte. Hier war nicht der Ort für ihre Tränen.

Dann folgten mehrere Nachrufe. Mehrmals der Hinweis auf die Unfassbarkeit des Geschehenen, die Grausamkeit des Schicksals. Arnolds Verdienste wurden aufgezählt, ein schwacher Nachhall eines ganzen Lebens. Auch bei den Reden gewann man den Eindruck, als hätte Arnold nur in Regensburg existiert.

Rund um sie standen die Menschen dicht gedrängt, die Hälse gereckt. Während vom Friedhof die Stimme eines Redners über den Platz hallte, beobachtete Katharina die schwieligen Hände eines Mannes, die dieser hinter seinem Rücken verschränkt hatte, eine Frau, die eine Einkaufstasche hin und her schwang, einen Mann, der nervös seinen Hut in den Händen drehte.

Beim dritten Redner beschloss sie, zu gehen. Sie hielt noch immer die weiße Rose in der Hand. Sie betrat die verlassene Kirche, wo Mesner mit dem Aufräumen begonnen hatten. Noch stand aber im Mittelgang die leere Bahre, daneben auf einem Schemel ein Foto von Arnold mit einer schwarzen Schleife. Die Kerze daneben war bereits gelöscht worden. Daneben die Parte mit dem Spruch: *Das einzig Wichtige im Leben sind die Spuren der Liebe, die wir hinterlassen, wenn wir ungefragt gehen müssen.* Katharina legte die Rose neben das Foto und trat rasch ins Freie. Unvermittelt legte sich ein Druck auf ihre Brust, ihr lebenslanger Begleiter seit Kindertagen, den sie erstmals gespürt hatte, als die Großmutter gestorben war, und der sich ungebeten immer wieder einmal meldete, zuletzt beim Tod der Mutter.

Auch in ihrem Leben hatte Arnold eine Spur hinterlassen. Vielleicht war sie blasser, unwichtig neben all jenen Spuren, die Arnold gezogen hatte, aber es war die Spur gewesen, in der sich ihre beiden Biografien gekreuzt hatten. Im Gehen spürte Katharina, wie Tränen auf ihre Bluse tropften. Sie wischte sie mit der bloßen Hand aus dem Gesicht und merkte, dass sich die Wimperntusche zu lösen begann.

Schweigend fuhr sie nach Hause, ohne Musik, ohne Radio, wie sie das für gewöhnlich machte. Die Trauer hatte sie müde gemacht, träge, ein wenig apathisch. Sie fuhr wie in Trance. Eingelullt in Bilder, die ständig umsprangen. Das Lachen der Großmutter, die Ermahnungen der Mutter, das Knurren des Vaters, Arnolds durchdringender Blick. Bizarre Erinnerungen blitzten in ihr auf; ihre Fantasie brachte Arnold mit Menschen zusammen, mit denen er im Leben so gut wie nichts zu tun gehabt hatte.

Erst nach der Grenze, in Österreich, löste Zorn die Trauer ab. Eine heiß brennende Wut durchflutete sie, in der sie sich mit der ihr unbekannten Frau von Arnold verbunden fühlte.

Irgendwo lebte ein Schwein, eine armselige Kreatur, die, aus welchen Gründen auch immer, es für nötig befunden hatte, sie mit Arnold in Krummau zu fotografieren.

Mit der Absicht, Geld zu erpressen.

Sie überlegte, ob es irgendjemanden aus dem Umfeld von Andreas gab, dem sie diese verabscheuungswürdige Tat zutraute. Ihre Überlegungen ergaben keinen Sinn; dann hätte der Unbekannte wohl eher versucht, Andreas zu erpressen oder sie, aber sich nicht an Arnold gewandt.

Das Kuvert mit den Fotos, die ein Unbekannter aufgenommen hatte: Sie blieben die letzte Erinnerung an Arnold. Der Satz, den er an den Rand der Zeitung gekritzelt hatte, der bis auf einen Buchstaben ihr Satz war, war zu einem geheimen, verbindenden Satz zwischen ihnen geworden.

Sie ertappte sich dabei, diese Worte auf der Fahrt die Donau entlang immer wieder laut vor sich her zu sagen: *Was wollen wir machen?*

Irgendein perverses Schwein hatte diese Fotos gemacht. Vielleicht war durch Arnolds gewaltsamen Tod die Kette der Gewalt beendet, vielleicht aber versuchte der Irre weiter, Kapital aus seiner intimen Kenntnis zu schlagen.

Katharina würde diese heimliche Gemeinsamkeit, die sie mit dem Unbekannten verband (an eine Frau wagte sie nicht zu denken), teilen und aushalten. Sie musste aber mit allem rechnen. Sollte der Typ sich an sie heranmachen, würde sie sich zu wehren wissen.

Sie würde kämpfen. Für sich. Für Andreas. Und für Arnold.

Am Samstag gegen Mittag fuhr sie nach Wels zu ihrem Vater; den Betreuungsdienst am Morgen hatte noch die Pflegerin übernommen. Als sie ins Haus kam, saß der Vater vor dem Fernseher und betrachtete eine Quizshow für Kinder: Schulkinder in bunten T-Shirts hüpften auf markierte Felder, die bei richtigen Antworten in grellen Farben aufleuchteten. Gleichzeitig lief in der Küche das Radio.

Vater wirkte ausgeglichen und ruhig. In der Wohnung war gesaugt worden, die Küche war sauber und aufgeräumt, die Betreuerin arbeitete offenbar sorgfältig.

Sie fragte den Vater, wie er mit der neuen Pflegerin zurechtkam. Er hielt den Kopf schief und schien nachzudenken. Katharina zeigte auf das Foto von Sabine an der Pinnwand (dort hingen zur Erinnerung Fotos aller Aushilfspfleger und aller weiteren Bezugspersonen des Vaters; auch Fotos von Sandra und Andreas befanden sich darunter).

Der Vater zog die Augenbrauen hoch und dachte angestrengt nach. Als er Sabines Foto entdeckte, begann er zu grinsen. Sabine, die ist gut, sagte er, die hat einen breiten Arsch. Und er lachte knurrend über seinen Witz.

Katharina hatte beschlossen, einen Ausflug mit dem Vater zu unternehmen. Als Sandra klein gewesen war, war sie mit ihr, um der Enge des Sandkastens zu entkommen, oft durch die Gegend gefahren: nach Passau, nach St. Florian, nach Freistadt (die Grenze zu Tschechien war noch zu gewesen) und immer wieder an die Donau: zur Schlögener Schlinge, wo sie Sandra stundenlang im Kinderwagen den Fluss stromabwärts geschoben hatte, nach Engelhartszell, nach Obernzell in Bayern (sie liebte das Gefühl, ins Ausland zu fahren, auch wenn sie sich nur ein paar Kilometer jenseits der Grenze befand), und in das nahe gelegene Aschach.

Sie würde mit dem Vater nach Aschach fahren. Er war noch in der Lage, alleine zu gehen, wenn man ihn stützte und achtgab, dass er nicht stürzte. Während der Fahrt sah er aufmerksam aus dem Auto und sprach die Namen der Orte aus, durch die sie fuhren, seine Orientierung war noch intakt, in dieser Gegend war er zeitlebens als Rayonsinspektor unterwegs gewesen. Eferding, sagte der Vater, Brandstatt, sagte er. Ah, Steckerlfisch, sagte er, als sie knapp vor Aschach an dem Kiosk vorbeifuhren, bei dem sie früher öfter gestoppt hatten, um gebratene Reinanken oder Forellen am Spieß zu kaufen; damals hatte die Mutter noch gelebt.

Sie ließen den Wagen neben der Kirche stehen und spazierten ein Stück die Donau entlang, ließen Radfahrer, Hundebesitzer, Pärchen mit Kinderwagen und Spaziergänger passieren. Vaters Gehtempo glich dem eines Dreijährigen, der, kaum dass er ein paar mühsam gesetzte Schritte gegangen war, stehen blieb und sich neuen Sensationen, die ins Blickfeld gerieten, ergab. Ein Schiff, das donauabwärts an ihnen vorbeizog, ein Schwan, der in einem eleganten Bogen auf das Ufer zuhielt, gierig nach einem Happen Brot heischend, ein kleines Mädchen, das ihnen mit unsicherem Gang entgegenkam und sie aus erstaunten Augen ansah.

Dann tranken sie Kaffee. Katharina fühlte sich ein bisschen wie die Gouvernante ihres eigenen Vaters und vergaß auch nicht, ihn zu ermahnen, ihr rechtzeitig mitzuteilen, wenn ihn das Bedürfnis überkam, auf die Toilette zu gehen. Die Ermahnung war ihm merklich unangenehm. Eben noch war er als geduldiges, still vor sich hin lächelndes Kind neben ihr gesessen, plötzlich kehrte er sein unbeherrschtes Vatergesicht hervor, brummte ihr ein trotziges *das werde ich wohl noch können* entgegen, um der Tochter mitzuteilen, dass er sie nicht ungestraft über seine Intimität sprechen ließ. *Du Depperl*, setzte er nach, als säße Katharina als Achtjährige neben ihm. Ein paar Minuten später hatte der Vater den Zwischenfall vergessen.

Später setzten sie sich auf eine Bank direkt an die Donau. Träge schob sich der Fluss, aufgestaut vom nächsten Kraftwerk, an ihnen vorbei.

Es war warm geworden. Katharina hatte dem Vater die Jacke geöffnet und eine Kappe aufgesetzt. Mit Jeansjacke und Kappe sah er aus wie einer dieser fitten Senioren aus einer amerikanischen Fernsehserie.

Er saß neben ihr, die Augen geschlossen, die Hände lagen ruhig in seinem Schoß. Plötzlich begann sie von Arnold zu erzählen, ohne Einleitung und ohne den Vater anzusehen. Ob er sich an diesen schrecklichen Unfall erinnere, damals, als sie ein Kind gewesen war? Als diese Familie im Traunsee ertrunken war?

Vaters Erinnerung begann sich zu regen, war ersichtlich in einer fahrigen Auf- und Abbewegung seiner rechten Hand.

Natürlich, sagte er. Der Fall Walter. Ein Mann, eine Frau und ein Kind. Ertrunken im See. Ich habe Dienst gehabt. Mittermaier (das war sein Kollege gewesen, Katharina erinnerte sich) hat frei gehabt. Der Vater lachte sein knurrendes Lachen, das in ein Räuspern überging. Mittermaier hat frei gehabt, ich bin hingefahren. Nichts mehr zu machen, sagte der Vater. Alle tot. Nichts mehr zu machen.

Erinnerst du dich an den Buben?, fragte Katharina weiter. Du hast ihn zu uns nach Hause gebracht.

Nach Hause?

Zu uns nach Hause, zu Mama und mir, sagte Katharina.

Der Vater nickte.

Er hat Arnold geheißen.

Der Vater brummelte; an den Namen schien er sich nicht mehr zu erinnern.

Ich habe mit ihm gespielt damals; am nächsten Tag hast du ihn nach Linz gebracht zu seiner Mutter, sagte Katharina.

Der Vater kniff die Augen zusammen und schien nachzudenken.

Diesen Arnold habe ich vor Kurzem getroffen, sagte Katharina.

Der Vater saß da und bewegte sich nicht. Er hatte die Augen wieder geöffnet und schaute auf den Fluss.

Nach fast vierzig Jahren, sagte Katharina, hat er sich bei mir gemeldet. Er hat sich noch an uns erinnert. An dich, an Mama, an mich. Zweimal haben wir uns getroffen. Ein netter Mann.

Sie redete einfach weiter. Sie spürte, wie sie etwas antrieb, so wie der leichte Wind, der sich von Westen erhob und flussabwärts über die Wellen strich.

Etwas löste sich in ihr. Niemals hatte sie dem Vater gegenüber von ihren Gefühlen gesprochen. Ihre heißen Verliebtheiten in jungen Jahren hatte sie immer für sich behalten, um nicht Vaters unvorhersehbaren Zorn auf sich zu lenken, sich nicht seinen bohrenden Fragen auszusetzen. Es war nicht die Zeit gewesen, in der sich die Kinder mit ihren Eltern austauschten. Eine Verliebtheit war Getändel gewesen, überflüssig, unnötig. In den Nachkriegsjahrzehnten war alles andere wichtiger gewesen; auch der Mutter hatte sie sich niemals anvertraut. Als sie dann mit Sandra schwanger wurde, war klar, dass sie ihre Empfindungen für immer von den Eltern fernhalten würde.

Sie wusste nicht, ob ihr der alte Mann, der neben ihr saß, zuhörte oder etwas anderem lauschte. Es war ihr egal. Er konnte sich nicht wehren. Jetzt war sie die Stärkere. Sie hielt sich den Vater als Zuhörer.

Wir haben uns getroffen, sagte sie. Arnold und ich. Ich habe mich in ihn verliebt. Er hat sich zu einem charmanten Mann entwickelt. Er hat Karriere gemacht. Er ist Professor geworden. In Deutschland. Und vorige Woche ist er erschossen worden. In einem Wald an der Grenze.

Der Vater schwieg. Hörte er ihr noch zu?

Ihre Tränen begannen lautlos zu laufen, sie ließ sie fließen, es war ihr egal. Paare und Passanten, Skater und Radfahrer waren weit weg, sie saßen abgetrennt von den anderen auf einer Bank an der Donau.

Diese Woche ist er begraben worden, sagte sie unter Tränen. Die Welt ist ungerecht.

Der Vater schwieg; er hatte die Augen wieder geschlossen. Hörte er zu, dachte er nach, versuchte er, das Gehörte einzuordnen in die in Unordnung geratene Struktur seines Hirns, rauschte das, was ihm seine Tochter sagte, an ihm vorbei oder verweigerte er sich ihrer Erzählung? Wann hatte sie zuletzt vor ihrem Vater geweint?

Wahrscheinlich beim Begräbnis der Mutter. Damals hatte er sich nicht um ihre Tränen kümmern können, war zu sehr mit sich und seinem ohnmächtigen Schmerz, auch mit der Hilflosigkeit, die ihn plötzlich angefallen hatte, beschäftigt gewesen.

Auch jetzt brauchte sie nicht auf sein Verständnis hoffen. Ihre

Tränen prallten ab an einer undurchlässigen Pelerine, die ihm das Alter umgelegt hatte.

Minuten später hatte sie sich wieder gefasst. Ist dir kalt?, fragte sie den Vater. Sollen wir nach Hause fahren?

So saßen noch länger auf der Bank. Vater und Tochter. Versunken in ihren Gedanken sie, verloren an einem Ort, an den ihm niemand folgen konnte, er.

Beim Nachhausefahren fühlte sie sich trotzdem erleichtert, verspürte sie so etwas wie Schadenfreude in sich aufsteigen. Wer weiß, dachte sie, beim nächsten Mal erzähle ich ihm vielleicht die Geschichte von Sandra.

Am Abend schlief sie nach langer Zeit wieder einmal im Haus ihrer Eltern.

Sie überlegte, ob sie ihr Lager auf der Wohnzimmercouch aufschlagen sollte, entschied dann aber, in ihrem ehemaligen Kinderzimmer zu schlafen. Die Mutter hatte den kleinen Raum mit dem winzigen Fenster, das in den Garten führte, nach dem Auszug von Katharina zu einem Abstellraum umfunktioniert. Es roch muffig; lange war hier nicht gelüftet worden, Katharina brauchte einige Zeit, bis sie Stapel von Bettwäsche und ausrangierten, aber nie weggegebenen Kleidern vom Bett geräumt hatte. Noch immer waren die Wände mit den großen Blumenornamenten tapeziert, die in den Siebzigern modern gewesen waren. Nie hatte sich der Vater zu Zeiten, da er dazu noch in der Lage gewesen wäre, zu einer Renovierung durchgerungen. An der Wand ihres Jugendzimmers, in dem sie jahrelang ihre Hausübungen gemacht und ihre ersten, längst vernichteten Tagebücher vollgeschrieben hatte, hingen immer noch die Handvoll Fotos: ein Klassenfoto aus der Volksschule, das Erstkommunionsfoto – Katharina im weißen Kleid mit Kerze –, ein Klassenfoto aus dem Gymnasium, ein Foto vom Eröffnungsball zum Tanzkursabschluss. In der langen Reihe der Debütantinnen stand sie in der zweiten Reihe, neben ihr der damalige Partner, ein Bürschchen, dessen Name ihr nicht mehr einfiel – alle Tanzpartner waren Bürschchen gewesen –, in der Reihe hinter sich entdeckte sie Arnold. Früher hatte sie diesem Detail keine Aufmerksamkeit geschenkt. Er trug ein Bärtchen auf der Oberlippe; man konnte seinen Blick so interpretieren, dass er sie ansah.

Abends lag sie lange wach. Die ungewohnte Umgebung, der gedämpfte Lärm, der von der nahen Bundesstraße durch das gekippte Fenster drang, hinderten sie am Einschlafen. Sie hatte sogar den Eindruck, das Bett wäre zu kurz. Oder sie wäre seit der Maturazeit noch ein Stück gewachsen, was natürlich eine Täuschung war.

Im Nebenzimmer konnte sie den Vater hören. Einem Hüsteln folgte eine Salve von trockenen, knarrenden Hustern.

Sie erinnerte sich an die nächtlichen Geräusche, die sie damals als Kind, als Teenager abends von draußen gehört hatte: das Schlagen einer Tür, wenn Mutter zur Toilette ging, sogar das Knipsen der Lichtschalter war zu hören gewesen. Das Haus war wenige Jahre nach dem Krieg aus schlechtem Material erbaut worden. Sie hatte den Vater, der damals auch geraucht hatte, oft husten gehört, wenn er zu Bett ging. Im Dunkeln, die tanzenden Schatten an der Wand betrachtend, die vom Licht vorbeifahrender Fahrzeuge erzeugt wurden, hatte sie damals gedacht, wie froh sie war, ihn husten zu hören. So lange er hustete, lebte er. Sie hatte sich vorzustellen versucht, wie es wäre, wenn sie ihn einmal nicht mehr hören würde. Dann würde er tot sein, verschwunden, weg. Der Raum, in dem er geschlafen hatte, würde noch da sein, auch seine Kleider, der Geruch, der in ihnen hing, er aber: nicht mehr da. Kein Husten mehr.

Sonntag. Nach dem Mittagessen fuhr sie nach Hause. Der Vater legte sich nieder, sie hatte ihn vorher mit einer Windel versorgt; ein peinlicher Vorgang, den er nur über sich ergehen ließ, wenn er abgelenkt war. Im Fernsehen lief ein Autorennen. Vor allem musste sie sich beim Windelwechseln jedes Kommentars enthalten. Am Abend würde die Pflegerin die Betreuung wieder übernehmen.

Sie nahm den Weg über Linz und parkte in der Nähe des Casinos. Nach zwei anstrengenden Tagen mit dem Vater hatte sie sich eine kleine Entspannung verdient.

In Linz spielte sie ausschließlich am Automaten. Linz war ein Heimspiel, deswegen nicht ganz unheikel. Sie konnte von Leuten gesehen werden, denen sie lieber nicht begegnen wollte. Sie trug wie immer ihre Sonnenbrille, ihr Markenzeichen, und ging für gewöhnlich an ein Gerät weit hinten im Automatenbereich. Dort fühlte sie sich geschützt, von dort hatte sie einen guten Überblick, ohne selber ins Blickfeld zu geraten.

Am Sonntagnachmittag war wenig Betrieb. Katharina spielte gerade so ihren Einsatz herein. Am Roulettetisch saß diese Frau mit der mächtigen Dauerwelle, die aus der Zeit gefallen schien. Stets trug die Frau eine übergroße Handtasche mit sich; vielleicht hatte sie die Tasche dabei, um für den großen Gewinn, der irgendwann kommen würde, gerüstet zu sein. Katharina kannte sie von irgendeiner Veranstaltung; die Frau war wohl in einem der Linzer Charity-Vereine engagiert, bei den Soroptimistinnen, bei den Rotariern, egal: Sie kannte das Gesicht. Oder sie hatte die Frau einmal bei einer Weihnachtsfeier der sozialistischen Akademiker kennengelernt. Dann war ihr Mann ein bekannter Rechtsanwalt.

Katharina konzentrierte sich auf das Spiel. Symbole sprangen um, blieben stehen, im Inneren der Maschine ratterte und piepste es. Als sie hundert Euro verloren hatte, gewährte sie sich einen kleinen Rückholbonus, wie sie das für sich nannte: Sie setzte eine kleine Summe, um etwas vom Verlust zurückzuholen. Als sie auch diese verloren hatte, gab sie auf.

Drüben am Roulettetisch hockte inzwischen der Glatzkopf, der ihr neulich aufgefallen war. Ein extrovertierter Spielertyp, ein Angeber ohne Stil. Wenn diese Typen verloren, ließen sie es das ganze Casino wissen. Selbst die Niederlage wollte inszeniert sein. Der Typ hatte verloren und anstatt seinen Verlust ruhig zur Kenntnis zu nehmen, unflätig fluchend durch den Raum gebrüllt.

Als Katharina das Casino verließ, bemerkte sie die Parte, die direkt neben der Kasse hing. Herr Meindl, der junge Croupier, war tot. Sie hatte den jungen Mann, der ihr immer als sehr unsicher und eigentlich für einen Croupier zu wenig elegant erschienen war, nur aus der Entfernung wahrgenommen.

Die Frau an der Kasse bemerkte, dass Katharina die Parte las. Die Frauen sahen einander an.

Er hat sich umgebracht, flüsterte die Kassierin. Unglücklich verliebt oder hoch verschuldet, man weiß es nicht. Dabei war er erst zweiunddreißig Jahre alt. Ist doch kein Alter. Gestern haben sie ihn eingegraben. Wir waren alle dort. Wir haben drei Stunden lang zugesperrt gehabt.

Die Kassierin wartete darauf, dass Katharina den Vorfall kommentierte.

Katharina sagte nichts, hielt sich nur die linke Hand vor den Mund und schüttelte leicht den Kopf.

Im Weggehen dachte sie nur: Manchmal verfolgt einen der Tod. Der zweite Mensch innerhalb weniger Tage, dessen Leben gewaltsam zu Ende gegangen war.

Dann fuhr sie nach Hause, um auszuschlafen.

Irgendwann am Nachmittag war auch Andreas nach Hause gekommen; als sie aufstand, lag er vor dem Fernseher und schaute sich ein Fußballspiel an.

Nach Spielende zog er sich telefonierend auf die Terrasse zurück. Erst als es draußen zu dämmern begann, führten sie ein kurzes Gespräch in der Küche bei einem schnellen Abendessen, das sie bereitet hatte.

Es war gut gelaufen in der letzten Woche; die Umfragen waren gut, das Team motiviert und in Schuss. Ungebeten besprach und belobigte Andreas die Leute aus seinem Team, die Katharina nicht ausstehen konnte: unermüdlich kurble Roland Binder, der Wahlkampfleiter; der Mann habe Kondition und Durchblick, vielleicht gebe es nächstes Mal sogar einen Listenplatz für ihn;

Manuela, die Pressesprecherin, lasse sich durch nichts aus der Ruhe bringen, sei ständig am Koordinieren und Vorbereiten und mache permanent Druck bei den regionalen Medien – diese würden von Linz aus grob unterschätzt, ließ Andreas vermelden. Jeder noch so kleine Regionalsender habe sein Interview bekommen, die lokalen Bezirksblätter sowieso. Zwei, drei kleine Veranstaltungen pro Tag habe er absolviert; und in der nächsten Woche wahlkämpfe er im Zentralraum mit Unterstützung der Wiener. Und dann lobte Andreas noch den Tross der Helfer und Hostessen: die Fahrer und die Leute, die sich um die Technik kümmerten, all die Horsts, Karls und Helmuts, die Biancas, Ninas und Nicoles, Namen, denen Katharina keine Gesichter zuordnen konnte. Nicht ganz: Diese Nicole war ihr geläufig, eine auffällige Blondine, ein Hingucker, eine Leimrute, die nicht umsonst bei den Infoständen in der Fußgängerzonen immer in der ersten Reihe agierte, eine Frau mit hohem Sexappeal, blutjung und ständig in der Nähe von Andreas anzutreffen: Auf sie hatte Katharina schon länger ein wachsames Auge geworfen. Sicher kein Zufall, dass Andreas sie erst am Ende seiner Litanei und dann wie beiläufig aufzählte. Er hatte Angst, Katharinas Eifersucht zu wecken. Sie war ihm einen Schritt voraus.

Andreas hob die blonde Tussi auch noch besonders hervor: Sie sei trotz eines Todesfalls in der Familie beim Tross geblieben und habe keinen einzigen Termin ausfallen lassen.

Was Katharina gerne gesagt hätte: dass sich auch in ihrem Umfeld ein Todesfall ereignet hatte. Und dass es niemanden gab, der sich für ihren Trauerfall interessierte, keinen, der sie deshalb wegen irgendeines Einsatzes gelobt hätte. Der Sportreferent wegen des Vorworts, das sie ihm zeitgerecht und korrigiert auf den Tisch gelegt hatte: Fehlanzeige. Andreas dafür, dass sie das Haus – trotz der Katastrophenwoche – in Schuss gehalten hatte, der Vater, dass sie sich am Wochenende um ihn gekümmert, ihn ausgeführt, ihm den Hintern geputzt hatte: Fehlanzeige. Sabine, die Pflegerin, für die sie kurzfristig eingesprungen war, obwohl deren Absage vertragsgemäß genau genommen zu spät erfolgt war: Fehlanzeige. Sie tat sich selbst leid dafür, dass niemand wusste, dass sie die letzte Geliebte eines ermordeten Professors, möglicherweise auch Adressatin seines letzten Briefes gewesen war.

Sie war zu müde, um gekränkt zu sein, und ließ Andreas Lobestiraden, die anderen galten, über sich ergehen. Seit Wochen hatten sie nicht mehr miteinander geschlafen, und auch an diesem Abend hatte er keine Zeit und keine Lust, sie auch nur zu berühren.

Ja, nachher, wenn die Wahl gelaufen und die Verhandlungen abgeschlossen waren: dann winkte ein Urlaub; dann sollte, wenn es nach ihm ging, aus ihr wieder eine Ehe- und Bettpartnerin werden.

Montag. Müde und zerschlagen wachte sie auf. Andreas war längst wieder außer Haus.

Sie verspürte den Wunsch, liegen zu bleiben. In der Woche zuvor hatte sie sich zusammengerissen, als alles über ihr zusammengeschlagen war: die Nachricht von Arnolds Tod, das Kuvert mit den Fotos, die Anspannung beim Begräbnis. Alles zusammen war über ihre Kräfte gegangen. Jetzt kam die Müdigkeit, die Schwäche. Sie ließ die Tränen laufen. Sie wusste nicht, weinte sie um Arnold, oder trauerte sie um sich selbst.

Gegen halb zehn, sie saß noch immer beim Frühstück, läutete das Telefon. Das Geräusch erschreckte sie, riss sie aus der Stille, aus der Hülle aus Trauer, in die sie sich eingesponnen hatte.

Ein Mann mit bundesdeutschem Akzent war am Apparat. Die Stimme hörte sich seltsam an. Ein Migrant? Der Mann sprach schnell, beinahe atemlos.

Er ist aufgeregt, dachte Katharina. Und auch ihr Puls jagte hoch. Der Erpresser hatte sich gemeldet. Sie sprach mit dem Mann, der Arnold erschossen hatte.

Herr Walter ist tot, sagte die Stimme. Wir wissen von Ihrem Verhältnis. Wir haben genug Material, sagte der Anrufer. Fotos,

Videos et cetera. Wenn Sie zahlen, bekommen Sie das Material und die Angelegenheit ist erledigt. Wenn Sie die Polizei einschalten, ist das Material morgen bei der Presse. Ich nehme an, Sie wollen den Wahlkampf Ihres Mannes nicht gefährden. Vierzigtausend in bar. Wir melden uns wieder.

Dann legte er auf. Gab ihr keine Möglichkeit, zu reagieren.

Wie gelähmt saß sie am Tisch. Wirre Überlegungen rauschten ihr durch den Kopf. Die Wut kehrte zurück, mit ihr die Kraft.

Wahrscheinlich hatte sie eben mit dem Mörder telefoniert. Der Typ glaubte, sie in der Hand zu haben. Wenn sie die Kriminalpolizei anrief, würde der Spuk ein rasches Ende haben. Der Erpresser war sicherlich über sein Handy zu orten. Die Kriminalpolizei war zur Diskretion verpflichtet. Nichts von dieser Affäre würde vor der Wahl an die Öffentlichkeit dringen. Alles, was später herauskam, war nicht so schlimm; sie würde sich mit Andreas aussprechen, sie würde sich als Opfer darstellen können.

Der Erpresser war nicht vor einem Mord zurückgeschreckt: ein Profi. Er würde nicht von einem Handy aus anrufen, das sich peilen ließ. Das machten Anfänger. Er hatte gedroht, dass er das Material an die Presse weitergeben werde, wenn sie nicht zahlte. Wenn sie trotzdem zur Polizei ging und diese die Ermittlungen diskret aufnahm? Der Mann würde die Fotos oder das Material (welches Material eigentlich?, fragte sie sich besorgt) an die Presse schicken; bestimmte Zeitungen würden nicht zögern, die Fotos sofort zu veröffentlichen. Der Wahlsieg von Andreas würde gefährdet sein, seine weitere politische Karriere bedroht, wenn nicht am Ende sein. Wenn nichts Unvorhergesehenes passierte, wäre ihm der Wahlsieg nicht mehr zu nehmen, hatte Andreas gesagt. Wenn Katharina zur Polizei ginge, passierte das Unvorhergesehene. Dann war sie es, die Andreas den Wahlsieg vermasselte. Die eigene Ehefrau! Am Unvorhergesehenen würde ihre Ehe zerbrechen.

Die Gedanken liefen im Kreis. Katharina beschloss, gegen den Erpresser aufzustehen. Sie würde dieses Schwein stellen. Sie war es sich, sie war es Andreas, sie war es Arnold schuldig. Sie würde es nicht zulassen, dass jemand ihren Ruf schädigte und das Ansehen ihres Mannes in den Dreck zog. Sie würde verhandeln, aber sie würde sich klug verhalten. Sie würde nicht zur Polizei gehen, sie würde die Sache mit sich allein ausmachen. Dafür war sie gerüstet, das hatte sie ein Leben lang geübt.

Wenn der Erpresser ein Profi war, dann war sie es auch. Eine Professionelle. Eine, die in der Lage war, für sich zu kämpfen. Eine, die fähig war, mit dieser Situation alleine zurechtzukommen. Eine, die diesem anonymen Schwein mutig die Stirn bot.

Sie wollte einen Spaziergang unternehmen. Frische Luft schnappen, einen klaren Gedanken fassen. Gehen und Denken.

Sie tarnte sich als Nordic Walkerin; damit gab sie sich selbst die Erlaubnis, an einem Montagvormittag gleichsam untätig durch die Gegend zu streunen.

Das Gehen beruhigte, brachte sie in Berührung mit dem Alltag der Menschen draußen, die von ihren Gedanken nichts ahnten. Sie traf die Briefträgerin, sie beobachtete eine Maurerpartie auf einer Baustelle, die es sich auf Holzbrettern bequem gemacht hatte, um die Morgenjause einzunehmen, sie traf einen Nachbarn, einen ortsbekannten Rollstuhlfahrer, der, wenn es das Wetter zuließ, mit seinem elektrobetriebenen Rollstuhl die Gegend abfuhr und sich besonders gern an stark befahrenen Kreuzungen und an der Donau aufhielt, sie kam am Haus einer Kleinhäuslerin vorbei, die ihren Hasen gerade das Futter in den Stall einwarf: Alltag, Normalität, beruhigendes Landleben.

Als sie wieder zu Hause war, hörte sie sich das Gespräch mit dem Erpresser noch einmal an. Es war viel kürzer, als sie es in Erinnerung gehabt hatte. Außer ihrem Namen hatte sie fast nichts gesagt; einmal hatte sie zu einer Replik angesetzt, der Mann hatte sie sofort unterbrochen. Wie seltsam sich sein deutscher Akzent anhörte; vielleicht hatte der Anrufer seine Stimme verstellt.

Die Idee kam ihr spontan und sie gefiel ihr: Sie würde den Spieß umdrehen. Der Erpresser war hinter ihr her, sie aber würde jemanden auf ihn ansetzen. Sie würde Wort halten und sich nicht an die Polizei wenden. Dafür aber an einen Privatdetektiv. Auch diese Leute waren Profis, geschult für Observationen, routiniert.

Sie würde sich wenigstens informieren. Drei Adressen von Privatdetektiven waren im Branchenverzeichnis angeführt, sie wählte die erstbeste Nummer.

Sie würde testen, ob sie dem Privatdetektiv vertrauen konnte. Sie konnte dem Detektiv einen Auftrag erteilen, aber sie würde ihm *noch nicht alles* erzählen, das hatte sie beim Spaziergang beschlossen.

Am Ende der Leitung meldete sich ein Mann, förmlich wie eine Behörde. Vorsichtig trug sie ihre Bitte vor. Sie bat um Diskretion. Das war ihr am wichtigsten.

Sie erzählte von einer Affäre mit einem Mann; sie sagte, dass der Mann vor Kurzem ermordet worden war. Sie hatte sich vorgenommen, sachlich zu bleiben und ihr Anliegen knapp und gefasst vorzubringen. Plötzlich konnte sie sich nicht mehr beherrschen, spürte sie, wie die Tränen drängten. Es ist schrecklich, sagte sie. Sie schwieg einen Augenblick, dann hatte sie sich wieder im Griff.

Sie erzählte von dem Erpressungsanruf. Sie erwähnte, dass der Erpresser gedroht habe, mit dem *Material* an die Öffentlichkeit zu gehen, falls sie nicht zahlte. Sie erwähnte, dass ihr Mann Politiker war. Es blieb ihr nichts anderes übrig, als das anzuführen. In einer Woche waren Wahlen. Dann begann sie zu weinen; sie schämte sich, das hatte sie sich vorher verbeten.

Der Mann am Telefon blieb ruhig. Sachlich. Wenn er ein Profi war, musste er ruhig bleiben. Er blieb ruhig. Vielleicht täuschte sie ihr Gefühl nicht und der Mann taugte etwas.

Es ist eine Katastrophe. Was soll ich machen?, fragte Katharina.

Der Mann am Telefon schien überrascht und schwieg. Er versuchte sie zu beruhigen. Dann sagte er, er müsse zu einer dringenden Besprechung. Aber sie könne einen Termin für den nächsten Tag mit ihm vereinbaren. Sie spürte ihre Enttäuschung. Man offenbarte sich einem Fremden und wurde dann vertröstet.

Wir werden garantiert eine Lösung finden, sagte der Detektiv ruhig. Seine Stimme klang vertrauenerweckend. Sie sagte zu. Morgen früh würde er sie zurückrufen.

Dann legte sie auf.

Sie merkte, dass sie zitterte. Sie hatte sich weit vorgewagt. Sie hatte ihre Geschichte, die bisher eine Geschichte für sie allein gewesen war, öffentlich gemacht. Dass sie dem dementen Vater die Affäre mit Arnold angedeutet hatte, zählte nicht. Jetzt hatte sie sich einem Fremden anvertraut. Aber auch ein Privatdetektiv war zur Vertraulichkeit verpflichtet.

Der Mann hatte ihr ruhig zugehört, schien aber unter Zeitdruck zu stehen. Sie wusste nicht, was sie tun sollte, wenn der Erpresser noch einmal anrief, ehe sich der Privatdetektiv wieder meldete.

Kurz überlegte sie, bei einer anderen Firma anzurufen. Der Privatdetektiv hatte ihr garantiert, eine Lösung zu finden. Sie wollte ihm vertrauen. Bis morgen wenigstens.

Sie schlug das Branchenbuch noch einmal auf, um sich die Hausnummer der Privatdetektei zu notieren. Sie stutzte, als sie die Adresse las. Die Detektei befand sich in der Landstraße, die Hausnummer war eine Nummer niedriger als die ihres Zahnarztes. Vor Jahren hatte sie während einer schmerzhaften Wurzelbehandlung den Zahnarzt gewechselt; wegen dessen seelischer Grausamkeit, wie sie damals scherzhaft gemeint hatte. Von Iris hatte sie die Nummer eines Zahnarztes erhalten, dessen Praxis sich in der Nähe des Schillerplatzes, unweit der Parteizentrale befand. Das Büro der Privatdetektei wiederum musste in unmittelbarer Nähe zur Zahnarztpraxis sein.

Der Privatdetektiv hatte gesagt, dass er sie morgen anrufen würde. Katharina beschloss, in die Stadt zu fahren und persönlich mit dem Mann zu sprechen.

Dienstag. Sie schlief schlecht. Die ganze Nacht dröhnte ein heftiger Streit mit dem Erpresser in ihrem Schädel. Im Traum, im

Halbschlaf war sie mutig und wuchtete dem unbekannten Anrufer ihren Widerstand entgegen, schleuderte sie ihm ihre Wut an den Kopf, in Wirklichkeit hatte sie gar keine Gelegenheit gehabt, ihm etwas zu entgegnen.

Frühmorgens hörte sie das Gespräch mit dem Erpresser noch einmal ab und kopierte es auf einen USB-Stick. Wenn der Privatdetektiv Wert darauf legte, würde sie ihm das Gespräch vorspielen.

Viel zu früh brach sie in die Stadt auf und stand dann doch eine Zeit lang im morgendlichen Stau, beobachtete Autolenker in den Fahrzeugen um sie herum, wie sie telefonierten, hastig in Frühstücksbrote bissen, in der Nase bohrten. Als sie nach Linz kam, hatten die meisten Läden noch zu, nur in den Bäckereien und Coffee-to-go-Geschäften herrschte bereits Betrieb.

Zu ihrem Zahnarzt gelangte man durch einen Durchgang in einen schmalen, dunklen Hinterhof. Links war der Eingang zu dem Wohnhaus, in dessen zweitem Stock der Zahnarzt praktizierte. Ebenerdig im Haus gegenüber hatte sich früher ein Sexshop befunden, der irgendwann in Konkurs gegangen war, wie Katharina sich zu erinnern glaubte. Später hatte sich in dem Geschäftslokal ein Bestattungsunternehmen eingemietet gehabt; auch diesem Betrieb war in dem Hinterhof kein Erfolg beschieden gewesen. Die Glasfront, die früher einmal als Auslage gedient hatte, wirkte heruntergekommen. An der Tür ein Messingschild mit der Aufschrift *Privatdetektivbüro Seisenbacher und Scherer*. Irgendjemand musste das Wort *Scherer* überklebt haben, der Klebestreifen hatte sich aber wieder gelöst und stand ein wenig vom Schild ab. Für eine Privatdetektei schien die schattige Hoflage der Diskretion wegen gut zu passen. Das Büro war noch geschlossen, auf dem Schild wurde darauf hingewiesen, dass ab neun Uhr geöffnet war. Katharina beschloss, gleich draußen neben dem Durchgang in einer Bäckerei Kaffee zu trinken und zu warten.

In dem Laden gab es billigen Kaffee und ein günstiges Frühstück. Katharina setzte sich an eine der erhöhten Sitzgelegenheiten an einer Glaswand, von wo aus man, nur durch einen Store getrennt, direkt in den Durchgang sehen konnte.

Sie blätterte in einer der Gratiszeitungen, die in dem Laden auflagen. Das Tageshoroskop sagte ihr eine Überraschung voraus. Sie sah auf die Uhr. Eine dumme Nervosität befiel sie, als ob sie auf ein Bewerbungsgespräch wartete. Sie hatte überlegt, ob sie die Fotos aus Krummau mitnehmen sollte, hatte aber entschieden, sie vorerst nicht zu erwähnen. Fürs Erste sollte der Hinweis genügen, dass sie das Gespräch mit dem Erpresser aufgezeichnet hatte.

Passanten traten in die Bäckerei und musterten das Angebot in den Vitrinen, Stammgäste, die die beiden jungen Frauen hinter der Theke wie alte Bekannte begrüßten, Laufkunden, die sich mit Sandwiches und Getränken versorgten, ehe der Tag in den Büros und Geschäften begann.

Katharina schaute nach draußen auf die Landstraße. An der Haltestelle warteten Passanten auf die Straßenbahn, vertraten sich die Beine, rauchten, blätterten wie sie die Gratiszeitung durch. Plötzlich entdeckte sie ein bekanntes Gesicht: den Glatzkopf, der ihr im Casino aufgefallen war. Er kam auf den Durchgang zu, ging direkt an ihr vorbei, unmittelbar neben der Glaswand, an der sie saß, ohne sie zu bemerken. Möglich, dass er hier wohnte, möglich auch, dass er einen Termin beim Zahnarzt hatte. Von ihrem Sitzplatz aus konnte sie den Eingang in das Wohnhaus einsehen, durch den man zum Zahnarzt gelangte. Diesen Eingang aber benutzte der Glatzkopf nicht.

War es möglich, dass es sich bei dem fluchenden Typen um den Privatdetektiv mit der ruhigen Stimme handelte, mit dem sie tags zuvor telefoniert hatte?

Sie zahlte und verließ den Bäckerladen. Es war kurz nach neun Uhr.

Sie ging in den Durchgang und trat in den Hinterhof; intuitiv ging sie nicht nach rechts, sondern betrat links das Wohnhaus, so, als würde sie einen Termin beim Zahnarzt wahrnehmen. Das Treppenhaus war leer, die Türen zum Aufzug geschlossen. Sie stieg ein paar Stufen hoch in den Halbstock. Von dort konnte sie durch eine Fensterfront direkt auf das gegenüberliegende Büro des Privatdetektivs sehen. Im Büro brannte Licht, das durch die Eingangstür nach draußen fiel. Die Auslage, die noch aus der Zeit des Sexshops und des Bestattungsunternehmens stammte, war durch einen Vorhang verhängt, daher konnte sie nicht erkennen, ob sich der Glatzkopf im Büro befand.

In diesem Augenblick läutete ihr Handy.

Katharina meldete sich mit Namen und drückte im gleichen Augenblick automatisch auf den Aufnahmeknopf an ihrem Handy. Sie merkte, wie ihre Worte im Stiegenhaus laut widerhallten und dämpfte augenblicklich die Stimme.

Ich rufe an wegen der Sache von gestern, sagte Seisenbacher. Können Sie sprechen?, fragte er. Vielleicht fiel ihm auf, wie leise sie sprach.

Wenn stimmte, was zu vermuten ihr seit ein paar Minuten nichts anderes übrig blieb, dann sprach sie eben mit dem unsympathischen Glatzkopf aus dem Casino, der in diesem Moment nicht mehr als fünf, sechs Meter von ihr entfernt, durch einen Vorhang getrennt, als Privatdetektiv Seisenbacher an seinem Schreibtisch saß. Eine groteske Vorstellung.

Sie musste sich auf das Gespräch konzentrieren. Ob sich der Erpresser noch einmal bei ihr gemeldet habe, fragte der Privatdetektiv. Sie verneinte.

Es ist Folgendes, sagte Seisenbacher. Er sei derzeit in einer wichtigen Angelegenheit außerhalb der Stadt unterwegs, sein Mitarbeiter leider auf Urlaub, er, Seisenbacher, werde erst im Lauf des Abends wieder zurückkommen. Dann rufe er sie bestimmt noch einmal an. Seit gestern zerbreche ich mir den Kopf, wie wir vorgehen könnten, sagte er.

Katharina merkte, wie Enttäuschung, gepaart mit Wut in ihr hochstieg. Sie war Kundin. Sie ließ sich nicht gern hinhalten.

Was tue ich, wenn er wieder anruft?, fragte sie.

Der Privatdetektiv riet ihr, zu verhandeln, zum Schein auf

eventuelle Angebote einzugehen. Vor allem den Kontakt zu dem Mann nicht zu verlieren. Eventuell sogar einen Übergabetermin zu vereinbaren. Zum Schein. Das klang durchaus vernünftig. Daran hatte sie selber auch schon gedacht.

Nur war jetzt keine Zeit zu verlieren. In vier Tagen ist die Wahl, sagte sie mit unterdrückter Stimme. Irgendwo in einem höheren Stockwerk hörte man Schritte und eine Tür ins Schloss fallen.

Ich kann Sie gut verstehen, sagte Seisenbacher. Große Scheiße, Scheiße groß ist das. Aber, das kann ich Ihnen versprechen: Wir bringen die Sache ohne Wirbel hinter uns. Und keine Polizei einschalten. Sonst haben wir sofort die Presse am Hals. Und das wollen wir wirklich nicht. Ich rufe Sie an, sagte Seisenbacher, morgen Vormittag rufe ich Sie an. Das verspreche ich Ihnen. Dann legte er auf.

Sie hatte gar keine Möglichkeit gehabt, sich näher zu erklären. Ich bin zufällig in der Stadt, ich stehe zufällig vor ihrem Büro, ich bin einen Katzensprung von Ihnen entfernt, hätte sie dem Mann sagen können.

Er sei derzeit nicht in der Stadt, hatte der Mann gesagt. In seinem Büro brannte Licht. Wer aber saß denn sonst in dem Büro? Der Vorhang war so dicht, dass es unmöglich war, jemanden dahinter zu erkennen. In dem Moment sah sie, wie der Glatzkopf das Büro der Privatdetektei verließ. Sie trat unwillkürlich einen Schritt von der Glasfront zurück in das Treppenhaus. Der Glatzkopf wandte seinen Blick nicht herüber.

Er trug eine schwarze Lederjacke und auffällig spitze Schuhe. Er hatte das Licht im Büro abgedreht und versperrte die Eingangstür, verließ den Hinterhof, ging durch den Durchgang Richtung Landstraße.

Es war absurd. Der Glatzkopf war der Privatdetektiv Seisenbacher. Niemand sonst hatte sich im Büro befunden, sonst hätte er nicht hinter sich abgesperrt. Was war das für ein seltsamer Typ. Er hatte ihr gesagt, dass er nicht in der Stadt sei. Hatte er sie bewusst angelogen? Aber warum? Weil er sich das Geschäft nicht entgehen lassen wollte? Oder wollte er jetzt erst die Stadt verlassen? Sie würde ihm nachgehen und ihn auf der Straße ansprechen.

Katharina nahm die Sonnenbrille aus ihrer Handtasche, ging rasch die Treppe hinunter, verließ das Haus und folgte dem Mann. Draußen auf der Landstraße schien die Sonne; kurz verlor sie den Mann aus den Augen, dann tauchte seine Glatze in der Menge der Passanten wieder auf. Wie man sich in Menschen täuschen konnte; als er fluchend das Casino verlassen hatte, hatte sie ihn für einen Zuhälter gehalten, einen Barbesitzer, einen Wettspielbetreiber vielleicht. Aber nicht für einen Privatdetektiv. Der Mann ging Richtung Schillerpark, überquerte die Ampelkreuzung bei den Würstelbuden und ging an den Cafétischen vor dem Hotel vorbei, durch den kleinen Park, wo sich immer eine Gruppe von Obdachlosen aufhielt. In einem Klosterkrankenhaus in der Nähe gab es einen Treffpunkt, in dem sie zu Mittag eine Mahlzeit erhielten.

Katharina folgte dem Mann, der schnell und zielsicher ausschritt, in einiger Entfernung. Unweit befand sich das städtische Kindertheater; Katharina erinnerte sich daran, häufig mit Sandra dort gewesen zu sein, erst bei Kasperlstücken, später bei fantasievoll inszenierten Stücken für die Kleinsten. Sandra hatte es geliebt, wenn es dunkel wurde im Zuschauerraum, Licht auf die Bühne fiel und Musik einsetzte.

Der Mann bog in die Gesellenhausstraße ein; gelegentlich war Katharina dort in eine Kantine zum Mittagessen gegangen. In der schmalen Straße hatte sie auch ihr Auto geparkt; die Straße lag zentral und war doch weniger befahren; mit etwas Glück fand man hier untertags fast immer einen Parkplatz.

Der Glatzkopf, der offenbar Seisenbacher hieß, ging am Hoteleingang vorbei; jetzt erst bemerkte Katharina, dass er einen Rucksack trug. Sie war vielleicht fünfzehn, zwanzig Meter von ihm entfernt, stand an der Straßenecke, wo in einer Vitrine Veranstaltungen einer Kirchengemeinde aushingen. Wenn sie dem Mann zugerufen hätte, hätte er sie bemerkt.

Auf der Höhe ihres Autos blieb er plötzlich stehen und bückte sich. Vielleicht hatte er etwas verloren, eine Münze, einen Schlüssel. Es hatte den Anschein, als suchte er etwas. Genau an der Stelle, an der ihr Auto stand. Genau unter ihrem Auto. Der Typ griff unter den Kotflügel des Wagens. Eine ruckartige Bewegung, und der Mann hielt einen kleinen Gegenstand in der Hand; er hantierte an seinem Rucksack, mehr konnte sie nicht erkennen, der Mann kehrte ihr den Rücken zu. Dann stand er auf und setzte seinen Gang fort.

Sie würde ihm nicht nachrufen, jetzt nicht mehr. Weiter vorne verschwand der Typ um eine Straßenecke, sie würde ihn auch nicht mehr verfolgen. In wenigen Augenblicken stand sie bei ihrem Wagen und bückte sich, wie der Glatzkopf sich vorhin gebückt hatte. Sie hatte sich nicht getäuscht: der Glatzkopf hatte an ihrem Auto manipuliert. Am staubigen Kotflügel zeichneten sich Fingerspuren ab. Sie kniete nieder, verrenkte den Kopf und versuchte, hinter den Kotflügel zu schauen. Dort war eine helle Stelle, die nicht so verdreckt und verstaubt war wie der andere Teil des Kotflügels. Es sah aus, als hätte sich an dieser Stelle ein Gegenstand befunden.

Katharina fuhr nach Hause. Sie merkte, wie ihre Hände zitterten. Ihr war kalt. Sie würde sich heißen Tee machen. Sie versuchte, ihre Eindrücke zu ordnen, zu verstehen, was sie eben erlebt hatte.

Sie hatte mit einem Privatdetektiv telefoniert. Der Detektiv hatte ihr erzählt, er befinde sich nicht in Linz. Sie hatte den Privatdetektiv sein Büro verlassen sehen. Sie hatte gesehen, wie er an ihrem Auto manipuliert hatte. Welchen Grund hatte er gehabt, an ihrem Privatauto herumzufummeln? Wieso wusste der Typ, welchen Wagen sie fuhr, wo sie geparkt hatte?

Oder bildete sie sich das alles nur ein? Sie war überreizt nach der Tragödie mit Arnold, nach dem Anruf des Erpressers. Möglicherweise stellte sie überdrehte, absurde Zusammenhänge her. Vielleicht war sie verrückt. Schizophren. Psychotisch. Vielleicht halluzinierte sie.

Zu Hause angekommen, schaute sie in der Garage noch einmal unter den Wagen; es war so, wie sie vorher schon vermutet hatte: Irgendetwas, ein Gegenstand hatte sich unter dem Kotflügel ihres Wagens befunden. Der Privatdetektiv hatte ihn entfernt. Warum, wieso? Welchen Gegenstand?

Sie saß am Küchentisch und zitterte. Sie konnte sich die Vorkommnisse nicht erklären. Sie betrank sich und legte sich dann ins Bett. Gerädert stand sie nach zwei Stunden wieder auf.

Irgendetwas stimmte mit diesem Seisenbacher nicht. Es war doch völlig ungewöhnlich, dass man sich an einen Menschen um Hilfe wandte, den man vorher im Leben vielleicht zwei-, dreimal anonym im Casino gesehen hatte, und plötzlich sah man sich damit konfrontiert, dass dieser Jemand Bescheid wusste, wo das eigene Auto stand, das man erst eine halbe Stunde zuvor dort geparkt hatte.

Ihr blieben zwei Möglichkeiten: Die erste: die Polizei anzurufen und diese skurrile Angelegenheit zur Anzeige zu bringen. Aber was sollte sie anzeigen? Dass der Mann an ihrem Wagen manipuliert hatte? Dem Wagen fehlte nichts. Nichts war gestohlen. Was hätte er denn wegnehmen können? Außerdem fehlten jegliche Beweise. Sie würde sich lächerlich machen; irgendeiner der Beamten würde sie als die Frau des Politikers identifizieren; abends war sie möglicherweise Gegenstand einer Kurzmeldung in den Nachrichten, über die sich die ganze Stadt lustig machte. Solange sie nicht wusste, was Seisenbacher am Wagen gemacht hatte, hatte eine Anzeige keinen Sinn. Sie bedauerte, kein Foto mit dem Handy gemacht zu haben. Der Vorfall war so überraschend und so schnell vor sich gegangen, sie war völlig überrumpelt gewesen und hatte ihr Handy nicht griffbereit gehabt.

Die zweite Möglichkeit war, sich an ein anderes Detektivbüro zu wenden. Und zwar in zwei Fällen: im Fall der Erpressung und – getrennt davon – im Fall des seltsamen Vorgehens von Seisenbacher.

Sie beschloss, sich die Bänder mit den Anrufen noch einmal anzuhören.

Es gab den Anruf des Erpressers und es gab zwei Anrufe, die sie mit Seisenbacher geführt hatte: einmal, als sie sich hilfesuchend an ihn gewendet hatte; der zweite Anruf stammte vom Vormittag und war auf ihrem Handy gespeichert. Als der Typ sie angelogen hatte. Aus welchem Grund auch immer.

Sie hörte sich den Erpresseranruf dreimal an. Das Gespräch war sehr kurz gewesen. Ein Mann sprach mit einem seltsamen Akzent. Die Stimme klang nach einem Norddeutschen. Aber sie klang nur so. Hier aber sprach kein Migrant aus Anatolien, Griechenland oder aus Afrika; auch Osteuropäer sprachen anders. Außerdem formulierte der Mann grammatikalisch völlig korrekt. Er wirkte gehetzt, stellte seine Forderungen knapp und ohne Umschweife. Der Mann wusste vom Wahlkampf ihres Mannes. Er sprach von *wir:* Handelte es sich um mehrere Täter? Oder war das ein Ablenkungsmanöver? Sie hörte sich das Gespräch noch ein viertes Mal an und war sich dann sicher: Hier sprach ein Mann mit deutscher Muttersprache, der einen Norddeutschen nachahmte. Ein Süddeutscher, der einen Norddeutschen imitierte. Man kannte das von Kabarettisten oder schlechten Schauspielern. Ein Mann, Süddeutscher, vielleicht Österreicher, verstellte seine Sprache. Zu weiteren Erkenntnissen gelangte sie nicht.

Sie hörte sich die zwei Gespräche mit Seisenbacher an. Wie ruhig er beim ersten Mal sprach. Beim zweiten Anruf, den er selbst getätigt hatte, wirkte er angespannter. Und bei beiden Gesprächen gab es einen Moment, wo er, nachdem er ihr eine Zeit lang zugehört hatte, plötzlich umschwenkte und sie vertröstete. Beim ersten Mal musste er zu einer dringenden Besprechung, beim zweiten Mal war er nicht in der Stadt, aber das war offenbar gelogen. Vielleicht hatte er auch beim ersten Mal nicht die Wahrheit gesagt? Und natürlich verwendete er das Wort von der *großen Scheiße*; das klang nicht sehr charmant, das erinnerte Katharina an den Fluchauftritt des Glatzkopfs im Casino. *Scheiße groß ist das*, hatte Seisenbacher noch hinzugefügt. Das war grammatikalisch falsch und klang seltsam, wie eine plötzlich eingeworfene Phrase auf Gastarbeiterdeutsch, eine Phrase gleichsam wie ein Tick, den man bei Gelegenheit immer wieder verwendete. So wie Iris immer *definitiv* sagte oder *im Endeffekt*.

Eines fiel ihr noch auf: Obwohl der Typ offenbar wenig Zeit hatte, war er dennoch daran interessiert, mit ihr ins Geschäft zu kommen. Ein Typ, der Lösungsgarantien abgab und dann keine Zeit für sie hatte, ein Typ, der sie anlog, ein Typ, der wusste, wo ihr Auto geparkt war, und der an diesem herummachte. Keine vertrauensselige Person.

Die Analyse der Anrufe brachte sie nicht weiter; vielleicht sollte sie sich wirklich an ein anderes Büro wenden.

Dann läutete ihr Handy. Die Nummer war unterdrückt. Bevor sie noch abhob, wusste sie, dass es der Erpresser war. Sie spürte, wie ihr Herz heftig zu schlagen begann. Sie stellte sich in den Flur, aufrecht, die Füße leicht gespreizt. Im Stehen klang die eigene Stimme sicherer, hatte sie einmal gelesen. Sie atmete tief durch. Sie beschloss, ruhig zu bleiben. Besonders aufmerksam zu sein. Nichts sollte ihr entgehen. Sobald sie das Gespräch annahm, lief die Aufnahme.

Es war der Mann mit dem vermeintlich norddeutschen Akzent. Ich hoffe, Sie haben das Geld besorgt, sagte die Stimme. Wir möchten keine Zeit verlieren. Wir möchten die Übergabe in den nächsten Tagen stattfinden lassen, sagte die Stimme. Vor den Wahlen.

Katharina war erstaunt, wie ruhig sie blieb. Sie hatte das Gefühl, als würde sie sich beim Telefonieren zuschauen. Sie war entschlossen, das Gespräch länger zu führen als das erste. Sie würde den Mann ein bisschen zum Plaudern bringen.

Das Material, sagen Sie, sagte Katharina. Wenn ich Ihnen das

Geld gebe, wie kann ich mir dann sicher sein, dass ich auch alles erhalte, was Sie in der Hand haben?

Wir halten uns an die Vereinbarungen, sagte der Anrufer knapp.

Und das soll ich Ihnen einfach so glauben, entgegnete sie.

Erstaunlich, wie kleinlaut ihr der Mann jetzt vorkam. Fast entschuldigte er sich. Das können wir Ihnen versprechen, sagte der Mann. Das garantieren wir Ihnen. Wir bekommen das Geld, Sie bekommen das Material. Wenn nicht, geht das Material sofort an die Medien, und zwar an die richtigen, Frau Bogner, sagte der Mann.

Er versuchte sie zu beeindrucken. Sie stand im Flur, aufrecht, die Beine durchgestreckt.

Sie solle zum Schein auf die Übergabe eingehen, hatte ihr der Privatdetektiv Seisenbacher geraten. Sie würde sich zum Schein so verhalten.

Der Erpresser drückte jetzt sogar sein Verständnis aus. Wir verstehen, das wäre ein großer Scheiß, Scheiße groß wäre das, wenn die Übergabe scheitert, sagte der Mann. Und keine Polizei, fügte er hinzu. Und auch sonst keine faulen Tricks, setzte er nach.

Ja, sie könne das Geld bis zum Termin organisieren, und ja, sie werde keine Polizei einschalten, sagte Katharina. Sie wusste im Moment nicht, ob sie log oder die Wahrheit sagte.

Sie wunderte sich über den Übergabeort, den der Erpresser vorschlug, den Wanderweg zum Moldaublick. Sie kannte sich in der Gegend gut aus, war mit ihren Eltern früher häufig dort oben gewesen, dort hatte sie auch Arnold getroffen. Vielleicht war die Nennung dieses Ortes auch ein Signal, dass der Erpresser es ernst meinte; er wusste offenbar, wovon er sprach, er wusste: Dort hatte sie sich mit Arnold getroffen.

Am Wanderweg vom Parkplatz zum Moldaublick gebe es eine markante Abbiegung nach links zum Aussichtsturm; sie solle nicht der Abbiegung folgen, sondern die Forststraße nach rechts einschlagen. Bei einer Lichtung, an der Holz gestapelt würde, sollte die Übergabe stattfinden. Dann ist die Sache erledigt, sagte der Erpresser.

Er nannte den Tag der Übergabe: Samstag. Das war am Tag vor der Wahl. Um elf Uhr vormittags. Wenn sie bis um zwölf nicht bezahlt hätte, würde die Presse informiert. Dann legte der Mann auf.

Sie stand noch immer im Flur, die Füße fest in den Boden gestemmt.

Sie machte sich starken Kaffee, setzte sich im Wohnzimmer auf die Couch, um zu überlegen.

Sie hatte soeben der Übergabe von Erpressungsgeld zugestimmt. Entweder sie rief jetzt die Polizei an, oder es gab kein Zurück mehr. Es bestand kein Zweifel, dass der Erpresser derjenige war, der sie in Krummau zusammen mit Arnold fotografiert hatte; er hatte sie offenbar schon länger verfolgt; dass er den Moldaublick als Übergabeort vorschlug, war kein Zufall gewesen.

Sie trank den Kaffee, sie setzte sich auf die Terrasse, um zu rauchen; die Terrasse der Nachbarn war leer.

Irgendetwas an dem Gespräch war ihr seltsam vorgekommen, sie wusste nicht, was. Sie hörte sich das Gespräch noch einmal an.

Der Mann sprach mit norddeutschen Akzent; jetzt war sie sich sicher: Der Akzent war eindeutig nachgemacht. Der Erpresser stand offenbar unter Zeitdruck. Das Geld musste vor den Wahlen übergeben werden; zu Recht nahm er an, dass sein Material nach den Wahlen weniger oder gar nichts mehr wert sein würde. In dieser Einschätzung traf er sich mit Katharina; nach der Wahl konnte sie sich das ruhige Gespräch mit Andreas vorstellen, das zu führen jetzt nicht möglich war. Sie musste ihm dann allerdings einen Seitensprung beichten. Vielleicht ließ sich das Problem aber auch auf andere Weise lösen.

Eine Passage ließ sie aufhorchen. Sie hörte sie sich zweimal an. *Wir verstehen, das wäre ein großer Scheiß, Scheiße groß wäre das, wenn die Übergabe scheitert*, sagte der Mann.

Bei der Formulierung mit der Scheiße war er kurz ins Stolpern geraten.

Die Stelle kam ihr bekannt vor. Aber aus einem anderen Gespräch. Katharina merkte, wie sich ihre Wangen röteten, heiß wurden.

Sie hörte sich das Gespräch an, als sie der Privatdetektiv ein zweites Mal angerufen hatte.

Sie kam zu der Stelle, an der Seisenbacher sagte: *Ich kann Sie gut verstehen. Große Scheiße, Scheiße groß ist das. Aber, das kann ich Ihnen versprechen: Wir bringen die Sache ohne Wirbel hinter uns.*

Diese seltsame Wortverdrehung: *Scheiße groß*. Das sagte niemand. Das fiel auf.

Sie hörte sich den Erpresser noch einmal an. Sie hörte sich Seisenbacher an. Sie hörte sich die Gespräche mehrmals an, fünfmal, sechsmal. Sie lief im Wohnzimmer auf und ab. Sie schüttelte den Kopf, wollte nicht begreifen, was offensichtlich war. Aber doch keinen Sinn ergab. Dieser Seisenbacher hatte gewusst, wo sich ihr Wagen befand. Der Erpresser hatte gewusst, dass sie sich mit Arnold am Moldaublick getroffen hatte.

Beide verwendeten dieselbe verdrehte Scheiße-Formulierung. Der Erpresser hatte sein Stimme verstellt. Dennoch: Es hörte sich an wie dieselbe Stimme.

Sie fand keinen Schlaf, sie grübelte, überlegte. Als sie gegen drei Uhr früh zwei Schlaftabletten nahm, hatte sie zwei Entschlüsse gefasst: Sie würde die Polizei nicht verständigen. Sie würde diesen Seisenbacher nicht mehr anrufen. Und sie würde zu dieser Geldübergabe fahren. Sie würde allein mit diesem Kerl fertig werden.

Mittwoch. Sie blieb zu Hause und lenkte sich mit Hausarbeit ab. Sandra rief wegen des Wochenendes an. Andreas wünschte sich, dass seine Tochter nach Hause kam. Es gehörte zu den Ritualen eines Wahltags, dass die Familie eines Spitzenkandidaten für die Medien in Szene gesetzt wurde. Nach den Wochen der offiziellen Auftritte war ein kleiner privater Ausschnitt gewünscht, der zeigte: Auch ein Politiker war nur ein Mensch. Eine Politikerfamilie marschiert optimistisch zur Urne und zieht sich dann in einen geruhsamen Sonntag zurück. Sandra würde ihrem Vater den Gefallen tun, diese kleine Unterstützung konnte sie ihm gewähren, wenn sie sonst nichts für ihn tun konnte.

Und, wie geht es dir?, fragte sie unvermittelt ihre Mutter. Katharina hatte sich oft gefragt, ob ihre Tochter spürte, wie es ihr erging.

Ich bin froh, wenn es vorbei ist, sagte sie. Das war nicht gelogen.

Am Nachmittag drehte sie eine Nordic-Walking-Runde und war froh, niemandem zu begegnen. Als sie nach Hause kam, sah sie, dass jemand versucht hatte, sie anzurufen. Die Nummer war unterdrückt, keine Nachricht auf der Mailbox. Sie war sich sicher, dass Seisenbacher angerufen hatte. Sie würde sich nicht mehr bei ihm melden.

Am Abend öffnete sie eine Flasche Portwein und legte sich zum Fernsehen vor eine herzzerreißend verlogene Geschichte. Deutsche Schauspieler agierten vor einer schwedischen Landschaft und sagten den Mist auf, den sich eine fingierte nordische Autorin ausgedacht hatte. Sedierende Scheiße. Betrunken und benebelt von Schlaftabletten schlief Katharina auf der Couch ein.

Donnerstag. Am späten Vormittag wachte sie auf. Der Wein war teuer gewesen, keine Kopfschmerzen, nichts. Nur Klarheit im Kopf. Nüchterne Entschlossenheit.

Sie fuhr unangemeldet nach Wels.

Als sie eintraf, stand das Auto der Pflegerin vor dem Haus der Eltern.

Möglich, dass sich die Pflegerin kontrolliert und überrumpelt vorkam, es war ihr egal. Sabine hatte gerade begonnen, dem Vater das Mittagessen – gebackenen Leberkäse mit Kartoffelpürree und gemischtem Salat – Löffel für Löffel einzugeben. Der Vater ließ die Prozedur gelassen über sich ergehen.

Katharina entschuldigte sich, obwohl es nichts zu entschuldigen gab. Sie sei gekommen, um die Gartenschere, die sie vor Kurzem vergessen hatte, mit nach Hause zu nehmen.

Aus dem Wohnzimmer drangen laute Geräusche. Ungewöhnlich, dass die Pflegerin den Fernseher anließ, wenn sie dem Vater das Mittagessen gab.

Katharina merkte, dass Sabine rot wurde. Auf der Fernsehcouch saß ein etwa zwölf-, dreizehnjähriger Bub und spielte an einem Laptop, der aufgeklappt vor ihm stand. Eines dieser lauten Totschießspiele. Die Geräusche kamen aus dem Laptop.

Jetzt war Sabine dran, sich zu erklären. Mein Sohn, sagte sie, noch immer rot bis über die Ohren. Entschuldigen Sie vielmals, sagte sie, aber er hat heute schulfrei und wir müssen nachher noch zum Einkaufen, da ist er mitgekommen. Das ist der Erik, sagte Sabine und deutete auf den Buben, der jetzt erst kurz aufschaute. Es war nicht sicher, ob er mitbekam, was um ihn herum vorging, er schien nur Augen für das Spiel zu haben.

Das ist die Frau Magister Bogner, sagte Sabine zu ihm. Die Tochter vom Herrn Raftl, ergänzte sie.

Hallo, sagte Katharina. Erik hatte das pickelige Gesicht eines ausgeprägt Pubertierenden und weit abstehende Ohren. Hallo, sagte der Bub und schien kurz zu überlegen, ob er aufstehen und ihr die Hand geben sollte. Er blieb sitzen und wandte sich wieder seinem Spiel zu. Es krachte und dröhnte aus seinem Laptop.

Ich habe ihm erlaubt, dass er sich hier reinsetzen und ein wenig spielen darf, erklärte Sabine. Katharina nickte zustimmend und legt dem Vater die Hand kurz auf die Schulter. Hast du Besuch heute, sagte sie zum ihm.

Besuch, ja, die Jugend, sagte er und ließ sich einen Löffel Pürree von seiner Pflegerin einschieben.

Den Salat verweigert er mir, sagte Sabine, als müsste sie sich dafür rechtfertigen, dass ihn der Vater stehen ließ. Katharina wusste, dass er außer Kartoffelsalat sein Lebtag keinen Salat gegessen hatte.

Ich möchte euch nicht stören, sagte sie verbindlich, ich hole mir nur schnell die Gartenschere und bin auch schon wieder weg. Die Pflegerin würde noch einige Minuten mit dem Füttern des Vaters beschäftigt sein.

Sie verließ das Haus und ging das kurze Stück durch den kleinen Garten hinüber zum Schuppen, vergewisserte sich, dass ihr niemand folgte. Die Tür zur Hütte war angelehnt, drinnen herrschte ziemliches Durcheinander von Gartengeräten und Werkzeug. Die Werkbank, an der der Vater früher gerne getischlert hatte, war völlig angeräumt. Nicht mehr als ein-, zweimal im Jahr raffte sich Katharina auf, den Garten zu mähen; für gewöhnlich mähte ein Nachbar den Rasen mit.

Der Metallkasten an der Wand war versperrt. Vor Jahren schon hatte sie dem Vater den Schlüssel dazu abgenommen. Gelegentlich suchte er ihn, gelegentlich fiel ihm auch ein, dass Katharina den Schlüssel an sich genommen hatte; dann ließ er eine Schimpftirade vom Stapel, Minuten später hatte er seinen Ärger wieder vergessen.

Im Kasten hing Werkzeug, Schraubenzieher, Franzose, Zangen, Hämmer, eine kleine Säge; jahrelang schon waren sie nicht mehr benützt worden. In dem Kasten lag auch, in einem kleinen Behälter, eine Browning, die der Vater immer sorgfältig gepflegt hatte. Vielleicht hatte der Vater seine Dienstwaffe, kurz bevor er in Pension gegangen war, als Verlust gemeldet und sie einfach für sich behalten; oder er hatte die Waffe erst nach der Pensionierung gekauft, Katharina wusste es nicht. Ihr war auch nicht bekannt, dass der Vater die Waffe einmal benutzt hätte. Außer in der Neujahrsnacht vor dem Jahr, in dem sein fünfundsechzigster Geburtstag anstand, in der er in gespieltem Übermut um Mitternacht in den nachtschwarzen Himmel geballert hatte.

Als die Mutter noch gelebt hatte, hatte Katharina Andreas, den sie kurz zuvor kennengelernt hatte, die Waffe gezeigt. Sie hatten sie geladen und gegen ein Holzbrett geschossen. Der Vater hatte getobt, als er den Vorfall bemerkt hatte, und dann den abschließbaren Kasten im Schuppen angebracht. Während Vaters Dienstzeit war seine Waffe immer in einer Lade in seinem Schlafzimmer gelegen; für ihn war sie ein Alltagsgegenstand gewesen.

Die Waffe war in einem Futteral verwahrt, in einem Futteral

auch der Schalldämpfer, den der Vater – wozu eigentlich? – einmal zugekauft hatte.

Katharina packte die Pistole und die Munition in ihre Handtasche, versperrte den Kasten und ging ins Haus zurück.

Vater war inzwischen bei der Nachspeise angelangt und ließ sich ein paar Löffel einer Fruchtcreme eingeben. Sabine redete leise mit ihm. Katharina hatte den Eindruck, dass sich der Vater bereits an die neue Pflegerin gewöhnt hatte.

Ich fahre dann wieder, sagte sie zur Pflegerin, und zum Vater gewandt: Am Sonntag gehen wir wählen, da hole ich dich ab.

Er nickte kauend, der Bub saß noch immer im Wohnzimmer vor seinem scheppernden Spiel.

Samstag. Vor der Vertriebenenkirche an der österreichisch-tschechischen Grenze parkt ein Wagen mit Linzer Kennzeichen. Eine Frau in Freizeitkleidung steigt aus. Sie öffnet den Kofferraum und entnimmt ihm einen grünen Rucksack, in dem sich ein kleinerer blauer Kinderrucksack befindet.

Die Frau geht die Böschung zur Kirche hoch und betritt den Innenraum des Gotteshauses. Die Kirche ist menschenleer. Die Frau entzündet eine Kerze und verharrt kurz. Den Betrag für die Kerze wirft sie in den Opferstock. Sie verlässt die Kirche. Bevor sie die Straße Richtung Schöneben zurückgeht, nimmt sie einen Schluck aus einer Flasche, die sie bei sich führt. Bald biegt sie in einen Waldweg und schlägt einen markierten Wanderweg Richtung Moldaublick ein.

Man könnte sie für eine Pilzsammlerin halten. Es ist früher Vormittag, durch die Wipfel der Bäume fällt Sonnenlicht, das sich in Streifen bricht. Im Gegenlicht glitzert Tau, schimmern Spinnennetze. Kein Mensch, der der Frau um diese Zeit begegnet; der Weg, den sie eingeschlagen hat, ist nicht die Hauptroute, die zum Moldaublick führt.

Als sie nach einiger Zeit am Parkplatz bei der Jausenstation am Moldaublick eintrifft, geht sie nicht direkt am Kiosk vorbei, sondern hält sich im Wald: eine Pilzsammlerin, eine späte Schwarzbeerensammlerin streift durch das Unterholz.

Schon befindet sie sich auf dem Wanderweg, der zurück zum Parkplatz bei den Langlaufloipen führt. Die Frau mit dem grünen Rucksack trägt ein Kopftuch und hat wegen der kräftig scheinenden Sonne eine Sonnenbrille aufgesetzt. Jetzt kommen ihr auch ein paar Wanderer entgegen: ein Urlauberehepaar aus Wiesbaden, das in Ulrichsberg eine Herbstwoche verbringt, ein Pensionist aus Oberkappel, ein junges Pärchen aus Linz, ein Biker, der ursprünglich aus England stammt und als Lektor an der Universität in Linz arbeitet.

Nach etwa einer Viertelstunde Gehzeit biegt die Frau in einen Waldweg ein. Nach ein paar Minuten hat sie ihr Ziel, eine Lichtung, die als Holzplatz dient, erreicht. Mehrere Stapel Holz liegen hier verstreut, vom Forstweg weg führen mehrere, zum Teil verwachsene Wege in den Wald hinein. Die Frau folgt einem von diesen. Sie setzt sich hinter einem Holzstoß auf einen quer liegenden Stamm, um auszuruhen. Von hier hat sie einen guten Überblick auf den Forstweg, ohne selbst gesehen zu werden.

Die Frau schaut auf die Uhr, sie nimmt die Flasche erneut aus dem Rucksack und trinkt: Schnaps. Sie stellt den blauen Kinderrucksack neben sich, sie holt einen Revolver aus dem grünen Rucksack, steckt den Schalldämpfer auf den Lauf und entsichert die Waffe.

Die Frau sitzt da und wartet. Sie verharrt so ruhig, dass es den Anschein hat, als ob sie meditiere. Sie behält die Sonnenbrille auf, obwohl sie im Schatten sitzt. Sie lauscht in den Wald hinein. Sanft schwingen die Baumwipfel im Wind hin und her.

Einmal hört sie die Stimmen von Wanderern, die den Forstweg entlanggehen. Sie kauert sich zusammen, die Wanderer passieren die Lichtung, ohne sie zu bemerken. Dann sieht sie den Glatzkopf kommen. Es besteht kein Zweifel, er ist es. Auch er trägt einen Rucksack. Mit ihm hat sie gesprochen, mit ihm hat sie sich verabredet. Als er zu der Lichtung kommt, zögert er. Er scheint sich nicht ganz sicher zu sein, am richtigen Platz angekommen zu sein. Er schaut sich um, er bemerkt sie nicht. Dann verlässt auch er den Waldweg und setzt den Weg in einen verwachsenen Waldweg fort. Die Frau hat den Glatzkopf jetzt vor sich. Er ist vielleicht noch zehn Meter von ihr entfernt.

Sie tritt einen Schritt hinter dem Holzstapel vor und spricht ihn an. Erschrocken bleibt er stehen. Sie sehen einander an.

Er ist irritiert, er duckt sich weg. Er kramt in seinem Rucksack. Die Frau hält den Revolver verdeckt unter dem blauen Rucksack. Der Glatzkopf versucht, sich eine Gummimaske über den Kopf zu stülpen.

Hier, sagt sie und hebt den Kinderrucksack hoch. Sie hat zu Hause ein paar alte Putzfetzen in den Rucksack gestopft.

Haben Sie das Material?, fragt die Frau.

Der Mann deutet auf den Rucksack, ohne noch ein Wort gesagt zu haben.

Sie können nachzählen, sagt die Frau. Er wirft ihr seinen Rucksack hin, sie ihm den ihren. So hat sie sich die Situation vorgestellt: Er kniet nieder, er nestelt am Verschluss des Rucksacks. Endlich bekommt er den Reißverschluss auf. Er wühlt im Inhalt des Rucksacks, er greift in die Putzlappen. Ungläubig schaut er sie an.

Sie schießt. Zweimal, dreimal. Mit einem leisen Stöhnen fällt der Mann um. Sie schießt noch einmal. Sie schaut nicht hin. Im Wald ist es ruhig. Der Schuss hat kein lauteres Geräusch gemacht, als wenn ein trockener Ast knacken würde.

Vor ihr, nicht einsehbar von der Straße, liegt ein Mann auf dem Bauch. Die Frau langt nach seinem Rucksack, sie greift dem Mann in die Taschen und zieht einen Schlüssel aus der einen Jackentasche, ein Handy aus der anderen.

Sie lässt ihn zurück. Sie setzt ihre Wanderung fort.

Nach zehn Minuten gelangt sie zum Parkplatz beim Ausgang der Loipen. Nur ein paar Autos stehen dort. Als die Frau die Fernbedienung des Autoschlüssels anknipst, blinken die Lichter eines Wagens auf, der am Rand des Parkplatzes steht. Die Frau hat feine Seidenhandschuhe übergestreift.

Sie geht zu dem Fahrzeug, steigt in den Wagen und fährt los, Richtung Grenze. Vorbei an der Vertriebenenkirche, wo ihr Auto steht, vorbei am ehemaligen Zollhaus. Direkt hinter dem Zollhaus fließt ein kleiner Bach: die Staatsgrenze zu Tschechien. Hier kontrolliert niemand mehr. Unmittelbar nach der Grenze führt ein Forstweg links von der Straße weg. Sie biegt ab und fährt so weit in den Wald hinein, dass das Auto von der Hauptstraße aus nicht mehr gesehen werden kann.

Erst jetzt kann sie den Rucksack des Mannes in Augenschein nehmen: In dem Rucksack befindet sich ein Paket mit Fotos und eine Videokassette mit der Aufschrift *Krummau*, eine Trinkflasche und ein Müsliriegel. Sie entnimmt die Fotos und die Videokassette. Ehe sie aussteigt, legt sie die Ausgabe einer älteren tschechischen Zeitung, die sie von zu Hause mitgenommen hat, auf den Beifahrersitz. Sie versperrt das Auto und wirft den Schlüssel in den Grenzbach.

Sie ist eine Wanderin, die langsam über die Staatsgrenze zurück nach Österreich spaziert. Bei der Vertriebenenkirche hat sie ihr Auto geparkt.

Die Frau fährt über den Grenzübergang nach Tschechien, sie führt einen Reisepass mit sich. Über Nová Pec und Oberplan fährt sie an der Nordseite des Lipno entlang bis Vyšší Brod, dann setzt sie die Fahrt Richtung Budweis fort. An der Staumauer des Lipno wirft sie den Rucksack des Mannes in den See. Vor dem Grenzübergang Wullowitz hält sie beim Casino und spielt ein paar Runden Roulette. Erst setzt sie nur auf Farben, schließlich auf einzelne Zahlen, gleichzeitig auf den Geburtstag ihres Mannes und den ihrer Tochter, zugleich auf das Datum des Wahlsonntags. Mit einem Jeton gewinnt sie tatsächlich und streift den fünfunddreißigfachen Gewinn ein.

Über Freistadt und Linz fährt sie nach Hause. Sie schiebt die Videokassette in den Fernseher und betrachtet die Bilder aus dem

Hotel in Krummau. Sie öffnet eine Flasche Rotwein und kippt zwei Gläser ex hinunter. Sie schließt die Videokassette und die Fotos gemeinsam mit dem Revolver in ein Fach ihrer Handtasche. Betrunken legt sie sich ins Bett.

Spätabends saßen sie bei einem improvisierten Abendessen in der Küche beieinander: Andreas hatte Sandra nach einer letzten Besprechung mit der Parteispitze am Bahnhof abgeholt und nach Hause mit genommen. Er wirkte erleichtert, entspannt, glücklich beinahe. Dieser Abend und der nächste Vormittag gehörten ihm allein, ihm und der Familie.

Katharina hatte Sandra zuliebe Lachsbrötchen mit Kaviar zubereitet, weil sie wusste, dass Sandra die so gerne aß. Einen Abend lang saßen sie wieder einmal als Familie zusammen. Katharina hatte eine Flasche Wein geöffnet, gemeinsam stießen sie an: darauf, dass Sandra bei ihnen war, und natürlich auf eine erfolgreiche Wahl.

Sandra war gut gelaunt und erzählte wie aufgedreht von einem Seminar, das sie auf der Publizistik besuchte, und von einem Thema, das sich möglicherweise auch für eine Diplomarbeit eignete (es ging um die Rolle und Mitwirkung der Medien bei öffentlich inszenierten Skandalen). Sie schien eine gute Phase zu haben, vielleicht war sie sogar verliebt; außerdem wälzte sie Pläne für eine Reise nach Schweden zu einer Freundin.

Sie saßen, hörten zu, nippten am Wein, hatten kein Bedürfnis, schlafen zu gehen. Andreas' Bilanz über die vergangenen Wochen fiel dankbar und mild aus. Jetzt haben wir es geschafft, sagte er mehrmals zu Katharina und fasste sie an der Hand. Bald würden sie einen Urlaub buchen und weit weg fahren, irgendwohin, wo niemand sie kannte.

Noch einmal fühlte er sich bemüßigt, den Einsatz seiner Mitarbeiter zu loben, die sich in den letzten Wochen nicht geschont, Überstunden geschoben, Extratouren unternommen, Pressetermine gekeilt hatten. Eine der Hostessen, Nicole, hatte es sich nicht nehmen lassen, bis zur letzten Veranstaltung an der Kampagne teilzunehmen, obwohl sich in der letzten Woche ein tragischer Todesfall in der Familie ereignet hatte. Ein Bruder ihrer Mutter sei auf tragische Weise ums Leben gekommen, erschossen. Ein mysteriöser Fall, die Zeitungen hätten darüber berichtet, der Mann habe aus Oberösterreich gestammt, habe aber als Professor in Regensburg gelebt. Andreas schaute Katharina fragend an, ob sie davon gehört hatte, sie runzelte die Augenbrauen. Gut möglich, dass sie sich dunkel an diese Nachricht erinnerte.

Das war der einzig gefährliche Moment des Abends; Andreas hatte ohne Argwohn erzählt und keinen Verdacht geschöpft, Sandra hatte nicht weiter nachgefragt.

Kurz nach Mitternacht gingen sie schlafen.

Am Sonntag nach dem Frühstück brachen sie gemeinsam ins Wahllokal auf, Andreas hatte sogar den Fahrer abbestellt. Bis zum Eintreffen bei der Schule, in der man die Stimme abgeben musste, war der Termin sozusagen privat. Vor dem Schulgebäude warteten, wie vereinbart, ein Fernsehteam und Fotojournalisten, um die Familie des Spitzenkandidaten bei der Stimmabgabe ins Bild zu bekommen. Erst jetzt, als die Kameras bereits auf sie gerichtet waren, fiel Katharina ein, dass sich in ihrer Handtasche noch der Revolver und das *Material* befanden. Es war zu spät, umzukehren. Katharina hatte die Handtasche auch im Wahllokal über der Schulter hängen, als sie die Stimmzettel aus der Hand eines Beisitzers nahm. Von den Kameraleuten wurde sie gebeten, die Stimmzettel gleichzeitig mit denen ihres Mannes einzuwerfen. Die Handtasche war später in den Nachrichten auf allen Kanälen zu sehen.

Allein fuhr sie zu ihrem Vater nach Wels. Sie hatte mit Andreas vereinbart, dass sie sich, nachdem sie mit dem Vater wählen gegangen war, in einem Lokal in der Nähe zum Mittagessen treffen würden.

Der Vater hörte laute Blasmusik, eine Frühschoppensendung, und schien erstaunt, dass ihn Katharina besuchte. Dass Sonntag, dass Wahltag war, hatte er vergessen.

Katharina ging in den Gartenschuppen und legte den Revolver zurück in das Futteral. Mit einem Hammer hieb sie auf die Videokassette ein, bis diese vollständig zerstört war, die Fotos aus dem Kuvert zerriss sie in kleine Stückchen. Der letzte Dienst, den sie Arnold erweisen konnte.

Bei einer Sammelstelle warf sie den Müll in einen großen Container.

Gegen sechzehn Uhr, nachdem sie den Vater wieder nach Hause gebracht hatte – seine Betreuerin würde abends noch einmal nach ihm sehen – fuhr Katharina in das Parteibüro. Andreas hatte sich schon gegen zwei dahin begeben. Bereits seit Mittag waren die ersten erfreulichen Wahlergebnisse durchgegeben worden.

Aufgeregte, aufgeräumte Hektik in der Parteizentrale. Gut gelaunt kam Roland Binder auf sie zu und umarmte sie, die Pressesprecherin von Andreas drückte ihr ein Glas Sekt in die Hand und prostete ihr zu – noch lange vor Bekanntgabe der ersten Hochrechnung.

Langsam füllte sich der Pressesaal mit gut gelauntem Publikum; in der Menge der Feiernden bemerkte Katharina Nicole, die Blondine, von der Andreas am Vorabend gesprochen hatte. Sie musste Arnolds Nichte sein, die Tochter seiner Stiefschwester. Ihre Mutter war jene Frau gewesen, die beim Begräbnis die Mutter von Arnold gestützt hatte. Katharina bemerkte, dass Nicole auffiel, dass sie von ihr gemustert wurde. Die junge Frau war arglos. Fröhlich winkte sie ihr zu und machte mit der Rechten das Victory-Zeichen.

Dann wurde Katharina in den Besprechungsraum gebeten, in dem sich Andreas befand. Konzentriert saßen dort Mitarbeiter der Partei über ihre Bildschirme gebeugt; Andreas war mitten unter ihnen. Dennoch fand er Zeit für Katharina und zog sie an sich. Wir haben es tatsächlich geschafft, sagte er, danke, und drückte ihr einen Kuss auf die Wange.

Gegen achtzehn Uhr, eine Stunde, nachdem der uneinholbare Sieg in der ersten Hochrechnung verkündet worden war, traten sie gemeinsam in einen Saal voll jubelnder Anhänger. Andreas als winkender Sieger, Katharina an seiner Seite. In der Menge stand Sandra und strahlte zurück.

Palma de Mallorca; Regensburg, Ebensee, Krummau (Künstleratelier des Landes OÖ), Walding, Gmunden (Villa Stonborough-Wittgenstein des Landes OÖ), Greisinghof, Steyr, Basel, Wien, Rohrbach, Obernzell (Bayern) 2009–2010.